HARMONY VERNA

# Das Land der roten Sonne



atb aufbau taschenbuch

HARMONY VERNA arbeitet als Journalistin und als Autorin für Radio und Fernsehen. »Das Land der roten Sonne« ist ihr erster Roman und wurde für den James-Jones-Preis nominiert. Verna lebt mit ihrem Ehemann und ihren drei Söhnen in Newtown Connecticut.
Im Taschenbuch liegt ebenfalls ihr Roman »Im Land der Apfelblüten« vor.

James und Leonora wachsen im selben Waisenhaus auf. Sie sind beste Freunde und engste Vertraute. Doch dann werden sie eines Tages auseinandergerissen. James Verwandte ärmliche Bauern, die eine kleinen Farm in der Wüste Australiens haben, möchten, dass ihr Neffe sie unterstützt, und holen ihn zu sich. Und auch Leonoras Leben ändert sich schlagartig, als eine reiche Amerikanerin sie an Kindes statt annimmt und sie ihr Heimatland verlassen muss. Jahre später kehrt sie an der Seite ihres Mannes nach Australien zurück und eines Tages trifft sie durch Zufall James wieder und ihre langjährige, unschuldige Jugendliebe entfacht zu ungeahnter Leidenschaft – doch beide wissen, dass sie ihre Liebe niemals werden ausleben dürfen …

HARMONY VERNA

# Das Land der roten Sonne

ROMAN

Aus dem Amerikanischen
von Marie Rahn

atb aufbau taschenbuch

Die Originalausgabe unter dem Titel
*Daughter of Australia*
erschien 2016 bei Kensington Books, New York.

MIX
Papier aus verantwortungsvollen Quellen
FSC® C083411

ISBN 978-3-7466-3381-7

Aufbau Taschenbuch ist eine Marke der Aufbau Verlag GmbH & Co. KG

2. Auflage 2019
Vollständige Taschenbuchausgabe


Die deutsche Erstausgabe erschien 2016 bei Rütten & Loening,
einer Marke der Aufbau Verlag GmbH & Co. KG, Berlin

Published by Arrangement with KENSINGTON PUBLISHING CORP.,
New York, NY 10018 USA
Umschlaggestaltung www.buerosued.de, München
unter Verwendung von Bildern von © Mark Owen / Trevillion Images
und © Christopher Groenhout / getty images
Gesetzt aus der Minion Pro durch Greiner & Reichel, Köln
Druck und Binden CPI books GmbH, Leck, Germany
Printed in Germany

www.aufbau-verlag.de

*Für Leonora,*
*aus deiner Erde bin ich neu geboren.*

## *Dank*

Als Schriftstellerin ist mir zutiefst bewusst, dass ich im Schaffensprozess nur ein kleines Rädchen bin. In Wahrheit gebührt die Ehre allen, die mich auf dem Weg begleitet und unterstützt haben. Ich danke meiner wunderbaren Agentin Marie Lamba von der Jennifer De Chiara Literary Agency, weil sie sich durch ein neunhundert Seiten dickes Manuskript beißen musste und doch bereit war, mich zu vertreten. Dank auch an meinen brillanten Lektor John Scognamiglio und das ganze Team von Kensington, die mein Buch ins Leben gerufen haben. Ich danke meiner Familie und meinen Freunden, die meine ersten Leser und Verbündeten waren: Ohne euch wäre dieser Roman immer noch ein Traum.

Und schließlich danke ich meinem Mann Jay und meinen drei Jungen … die meine Champions sind, mein Glück, mein Leben.

# TEIL EINS

# Kapitel Eins

*Western Australia, 1898*

Sie wanderten der Sonne entgegen. Ihre mageren Beine bewegten sich wie von selbst; ihre Finger rieben die schlafverklebten Augen. Anziehen war unnötig, was sie am Leib hatte, trug sie Tag und Nacht. Hunger war so selbstverständlich wie Atmen.

Die Sonne schob sich den Horizont hinauf und warf Hitzewellen über die Erde, die sich zu kräuseln schien, wie ein flacher, dunkler See. Die nachtaktiven Wesen versteckten sich huschend und schlitternd vor dem Licht, suchten Schatten für ihren Schlaf. Die tagaktiven erwachten ausgeruht und lärmend in ihren Nestern, Erdhügeln und Höhlen. Vogelschwärme ließen sich schwer auf den wenigen Ästen nieder, die ihr Gewicht tragen konnten. Bunte Federn und lautes Zwitschern brachten Leben in die sonst so tote Ebene.

Die Erde war ausgetrocknet, die rote Oberfläche bröcklig. Die Morgenluft drückte heiß und lastend auf ihnen. Kriebelmücken schwärmten herbei, setzten sich auf Gesichter, krochen in die Kleider – ein ganz normales Ärgernis. Nur die dreistesten, die in Nase oder Ohren krochen, lohnten einen Schlag.

Ihre Schuhe beulten sich von den hineingestopften Lumpen, und jeder Schritt warf einen kleinen Sandsturm auf. Rostrote Erde befleckte ihre Strümpfe. Immer wieder stolperte sie über ihre flappenden Schuhe, der leise Aufprall auf dem staubigen Boden hallte durch die Luft.

Sie umklammerte seine Hand, doch seine Finger blieben schlaff in ihrem Griff. Sie blickte auf. Er war so groß, dass seine Haare den Himmel zu streifen schienen. Als die Sonne höher stieg, wirkte sein Kopf wie ein blendender Himmelskörper. Er reckte den Nacken, und seine Gesichtszüge wurden schärfer: magere Wangen, dunkle, ledrige Haut, grau- und schwarzstoppliges Kinn. Er starrte auf seine Füße, mit leerem, fast wildem Blick, wie ein kranker Dingo. Ihr Magen krampfte sich zusammen. Im nächsten Augenblick verdunkelte die Sonne sein Gesicht, und sie wandte den Blick ab.

Schritt. Schritt. Schritt. Das Loch in ihrem Schuh jagte den Schatten ihrer Hutkrempe, der mit dem Steigen der Sonne immer kürzer wurde. Sie gingen, Minuten, Stunden oder Tage. Hunger und Durst quälten sie. Sengende Hitze. Jeder Atemzug ein Stich in den Lungen. Ihre Füße glühten; ihr Hut klebte ihr am Kopf fest. Schweißtropfen trübten ihre Sicht.

Ein einsamer Eukalyptusbaum ragte in die Leere der Ebene, seine spärlichen Blätter waren grau, mit einem pudrigen Film überzogen. Er zog sie matt zum Stamm, löste seine Finger aus ihrem Griff und bedeutete ihr, sich hinzusetzen. Seine Arme zitterten, und seine Augen wurden feucht, als er die zerbeulte Feldflasche von seinem Gürtel nahm und sie neben sie legte. Er drehte sich um und ging los. Sie sah, wie er sich mit den Händen durch sein sich lichtendes Haar rieb und seinen Nacken umfasste. Sah, wie seine Schultern zuckten und seine Beine einknickten, als würde er gleich auf die Knie sinken. Sie sah, wie seine Gestalt immer kleiner wurde, bis sie nur noch ein winziger Punkt am Horizont war. Kurz darauf verschwand der Punkt in der flirrenden Luft.

Ihr drehte sich der Magen um, doch brechen konnte sie nicht, dazu war ihr Mund zu trocken. Sie griff nach der Flasche. Das Wasser darin schlug mit leisem Platschen an die Wände. Sie versuchte, den Verschluss aufzudrehen, so wie sie es bei ihm gesehen hatte, doch ihre winzigen, schweißnassen Hände rutschten ab. Sie versuchte es, wieder und wieder, während sich ihre Kehle immer weiter zusammenzog. Schließlich barg sie die Flasche in ihrem Schoß. Er würde sie öffnen. Sie lehnte ihren Kopf gegen die glatte Baumrinde. Später. Geduld und Sonne mischten sich mit schmerzendem Durst und lullten sie in den Schlaf.

Fliegen huschten ihr über die Augen, kitzelten ihre Wimpern und summten zufrieden über ihre feuchte Haut. Sie schrak auf und hielt nach ihm Ausschau. Panik drückte ihre Kehle zusammen. Reflexartig versuchte sie zu schlucken, es scheuerte schmerzhaft. Sie stemmte sich gegen die Panik, konzentrierte sich auf ihre Füße, schlug sie ein paar Mal zusammen und sah zu, wie der Staub in wirbelnden Wolken zu Boden sank.

Der Himmel wechselte von Blau zu Pink, die Wolken bekamen lila Ränder. Die Farben wurden dunkler. Sie sperrte sich dagegen. Furcht beschlich sie und ließ ihre Haut prickeln. Sie starrte angestrengt in die Ferne, um zu sehen, wann seine Gestalt am Ende der Ebene wiederauftauchte. Ihre Augen suchten nach einer Bewegung, einem Punkt, der größer und länger wurde. Das Blut pochte ihr in den Ohren. Wasser stieg ihr in die Augen, rann die Wangen hinunter und landete salzig auf ihren Lippen. Kostbares Wasser vergossen. Die Dunkelheit rückte näher und spielte mit ihr, verzerrte Büsche zu Hunden, Äste zu ausgestreckten Armen. Die Schatten wurden größer, eroberten die Ebene und verdrängten das Licht.

Sie umschlang ihre Knie, vergrub ihren Kopf zwischen ihnen und hielt sich die Ohren vor dem Pochen der Angst zu.

»Papa?«, flüsterte sie, und die Furcht in ihrer Stimme brach alle Dämme. Sie mühte sich auf und spähte in die Finsternis. »Papa? Papa!« Sie spie das Wort aus, heiser, heulend. »Papa!«

Der Mond ging auf.

Sie krümmte sich unter ihren Schreien und Tränen, zitterte in der abkühlenden Luft. Die Nachtschwärmer traten ihre Schicht an, das Zwitschern wich dem Zirpen. Ihre Schreie hallten über die Ebene, getragen und zerstreut von den Geräuschen der Insekten. Dann verlor sich der klagende Ruf des Kindes im Vakuum der Nacht.

## Kapitel Zwei

Die Sonne brannte durch Ghans Hemd, das der Schweiß vollständig durchtränkt hatte. Er nahm einen Schluck Wasser aus der Lederflasche und zog den Hut tiefer in die Stirn. Endlose Ebene: roter Staub, blauer, wolkenloser Himmel, niedrige, verkrüppelte Meldenbüsche, hier und da Eukalyptusbäume.

Der ratternde Planwagen, die zähflüssigen Schritte der Kamele waren das einzige Geräusch, die einzige Bewegung, das einzige Anzeichen von Leben in einem Ozean der Stille.

Neely streckte die Beine, bis seine Füße gegen die vorderen Bretter stießen. »Verteufelt heiß. Noch mehr als gestern.«

»Wird 'ne Höllenhitze.«

»Hätten früher losmüssen«, beschied Neely.

»Ach was.« Ghan starrte ihn finster an.

Weiße Narben bedeckten seinen Arm, hoben sich deutlich von seiner kupferbraunen Haut ab. Es waren Spuren seiner Vergangenheit als Minenarbeiter, seine persönliche Collage der Selbstausbeutung unter Tage – genau wie sein von einer explodierten Karbidlampe abgerissenes Ohr und sein verkrüppeltes Bein, das unterhalb des Knies verdreht und zerquetscht war. Die Wange voller Brandnarben, die Nase knollig und von Faustkämpfen hoffnungslos schief. Ein hässliches Gesicht, passend zu seinem hässlichen Leben.

Neely drückte seine Kippe am Holz des alten Wagens aus. Plötzlich zogen sich seine Schultern zusammen und begannen zu zucken. Er umkrallte seinen Hemdkragen, während sein Körper unter Krämpfen nach Luft rang.

»Nicht schon wieder«, murmelte Ghan, doch seine Augen verdunkelten sich vor Sorge. »Einatmen, Kumpel.«

Neely bog den Kopf zurück, riss den Mund auf und schrie stumm nach Luft, mit verzweifelt aufgerissenen Augen. Ghan wandte den Blick ab. Minutenlang wackelte der Wagen unter dem krampfartigen Husten des Mannes. Dann die Erlösung, pfeifendes Einatmen. Neely löste den Hintern von der Bank, beugte sich über die Wagenwand und spuckte einen Blutklumpen aus. Dann holte er eine neue Zigarette heraus, zündete sie mit zitternder Hand an und zog daran, langsam und gleichmäßig, mit bleichen Wangen.

»Wasser?«, fragte Ghan sanft. Neely schloss die Augen und schüttelte den Kopf. Der Mann hatte noch etwa sechs Monate. Ghan sah so was nicht zum ersten Mal. Diesen Husten hatten viele unter Tage: Staublunge, Berufskrankheit der Minenarbeiter.

Neely griff unter den Sitz und wühlte in einer braunen Tüte.

»Du hattest doch grade erst was!«, zischte Ghan.

»Ich hab aber Hunger.« Neely wühlte in einer zweiten Tüte. »Und was geht das dich an?«

»Dann beschwer dich nicht, wenn später nichts mehr da ist.«

Neely fand die Sandwichpakete, wickelte eines aus und warf das Wachspapier in den Staub. »Schmeckt mir besser, wenn das Fleisch noch nicht warm ist.« Er kaute langsam.

In der Ferne hüpfte ein Schwarm Emus auf federnden Beinen vorbei. Der Staub umwölkte ihre Flanken und senkte sich dann wie zuvor auf die Erde, als wäre nichts geschehen. Ghan brachte die Kamele ruckartig zum Stehen, worauf Neely fast von der Bank kippte.

»Herrgott, kannst du mich nicht warnen!«, bellte er. »Was stoppst du denn?«

Ghan zeigte ins grelle Sonnenlicht. »Siehst du das?« Er kniff die Augen zusammen und starrte auf das, was er entdeckt hatte: ein Felsen, ein altes Bündel oder auch ein toter Dingo. Ein Schleier trübte seine Sicht.

Neely blinzelte. »Nee, da ist nichts.«

»Ich seh mal nach.« Ghan kletterte vom Wagen. Seine Stiefel landeten mit einem Staubwirbel auf dem Boden. Das kaputte Bein verkrampfte sich, und einen Moment lang kämpfte er um sein Gleichgewicht.

»Ist doch Zeitverschwendung.« Neely schnalzte mit der Zunge und lehnte sich auf dem Sitz zurück. »Wär's was Gutes, hätt's schon jemand mitgenommen.«

Langsam und mit steifen Beinen ging Ghan los. Die Sonne stach ihm in die Augen. Schweiß lief ihm, langsam, in vereinzelten Tropfen, von der Nase.

Kaum merklich näherte er sich dem einsamen Gummibaum in der Ferne, dessen Äste in dem einen Moment die blendende Sonne abschirmten und im nächsten wieder nicht, so dass er immer wieder die Augen zusammenkneifen musste. Irgendwann zwischen Licht und Schatten begann das Ding Form anzunehmen: Kleider, alte Lumpen vielleicht, auf einem kleinen Haufen, ganz harmlos, so dass er eigentlich hätte kehrtmachen können. Stattdessen ging er schneller und verfiel in Trab, weil plötzlich tausend Ameisen über seine Haut zu krabbeln schienen.

Noch ein paar weitere mühsame Schritte, und der Baum schirmte die stechende Sonne ab. Jetzt verschwammen die Einzelheiten nicht mehr, sondern winzige Schuhe und ein Kleid waren auszumachen. Er erstarrte. Blitzende Lichtreflexe auf einer Metallflasche. Angesichts der winzigen Finger, die sie umklammerten, drehte sich Ghan der Magen um.

Er sank auf die Knie, und Staub wallte neben dem kleinen, leblosen Kind auf. Ein Mädchen.

Ghans Fingernägel bohrten sich in seine Handfläche.

Er wischte sich über den ausgetrockneten Mund und streckte langsam die Arme aus, doch seine Hände zitterten so heftig, dass er sie wieder zurückzog, weil er befürchtete, sein ungeschickter Griff würde die Knochen des Kindes in tausend Stücke zerspringen lassen. Er biss die Zähne zusammen und versuchte es noch einmal, schob einen Arm unter die Knie der Kleinen und den anderen unter ihren Nacken. Ihr Körper bewegte sich mit, war noch nicht steif.

Ein leises Stöhnen entfuhr ihr.

Sie lebte. Aber nur gerade so, war mehr tot als lebendig, ein zartes, gefährdetes Gleichgewicht, das er nun in seinen nichtsnutzigen Händen hielt. Mit einer raschen Bewegung hob er das Kind hoch und drückte es sich an die Brust. Mühsam stieß er Luft durch die Nase, während er zum fernen Wagen lief, das Kind mit seinem Schweiß besprenkelte und sein lahmes Bein verfluchte, das er mit panisch ruckartigen Bewegungen schneller hinter sich herzuziehen versuchte. »Neely!«

Neely schirmte sich mit einer Hand die Augen ab; dann sprang er vom Wagen, rannte zu Ghan und machte in einer Staubwolke vor ihm halt. Ghan übergab sie ihm nicht, sondern eilte weiter. Sie lebte noch – in seinen Armen.

Keuchend stieß er hervor: »Hol mein Wasser.«

Neely kramte nach der Wasserflasche.

»Halt es ihr an den Mund. Mal sehen, ob sie trinkt«, befahl Ghan und hielt den schlaffen Körper des Mädchens unter die Flasche.

Mit zitternden Händen drückte Neely ihr die Flaschenöffnung an die trockenen, zersprungenen Lippen. Platschend rann ihr das Wasser am Kinn herab. Sie rührte sich nicht. Ihr Kopf hing vollkommen schlaff herunter, als hätte ihr Hals keine Knochen. Ghan trug sie zur Ladefläche des Wagens. »Schieb die Kisten weg, damit ich sie hinlegen kann.«

Neely holte die Unterlage heraus, worauf Ghan sie in den Schatten der Plane legte. Er ließ vorsichtig Wasser auf ihre Lippen rinnen, hielt ihr aber diesmal mit den Fingern den Mund auf. »Komm schon, Kleine, trink.«

Er krümmte sich innerlich, als er ihr Gesicht und die Hände betrachtete, die, wo sie der Sonne ausgesetzt waren, vollkommen mit Blasen und Schorf bedeckt waren.

»Sie braucht einen Arzt.«

»Herrgott, Ghan.« Neely packte sich in die Haare und zog sein Gesicht straff. »Was sollen wir denn machen?«

»Ich glaube, in Leonora gibt's ein Krankenhaus.« Ghan kniff sich in den Nasenrücken und versuchte, sich an den Weg dorthin zu erinnern. »Wir könnten westwärts Richtung Gwalia abbiegen. Ich glaube, das ist nicht allzu weit.«

Neely hatte die Lippen zusammengepresst und hörte ihm gar nicht richtig zu. »Was glaubst du, wie sie hier gelandet ist?«

»Keine Ahnung. Kann ich jetzt nicht drüber nachdenken.«

»Aber dann verpassen wir den Zug und können nicht ausliefern«, sagte Neely in neutralem Ton, ergeben die neue Wendung hinnehmend.

»Scheiß doch auf den Zug«, erwiderte Ghan. Er starrte auf das kleine Mädchen und sagte heiser: »Du musst fahren, Neely. Glaubst du, du kennst den Weg?«

Neely nickte, sein Blick war jetzt schärfer. »Den kenne ich.«

## Kapitel Drei

Quälend langsam brachten Ghan, Neely und das verdurstende Kind Meilen und Stunden hinter sich, zu benommen, um an Geschwindigkeit zuzulegen. Unter dem Knattern der Plane wallte der Staub an den in Zeitlupe rollenden Hinterrädern auf. Jede Minute in dieser Wüste brachte die Kleine dem Tod näher.

Zwischen den Kisten mit Sprengstoff zuckte der Körper des Mädchens zum Ruckeln des Wagens. Verzweiflung versteifte Ghans Muskeln. Gefühle – schwaches, brennendes Ziehen, das ihm Kehle und Brust abdrückte – drohten mit Übernahme. Er scheuchte sie weg wie Schmeißfliegen und sah das Mädchen nur so lange an, wie er brauchte, um ihm Wasser zwischen die aufgesprungenen Lippen zu tröpfeln.

Zorn wallte in ihm auf, mit einem Mal hasste er diesen Ort, dieses Land. Hier lebten nur Irre. Männer, die ihre Jobs und Städte verließen, um im verödeten, toten Busch zu leben. Und nicht nur eine Handvoll, sondern ganze Züge voll. Angelockt von der Aussicht auf Bodenschätze kamen die Männer in Scharen und schleppten entweder ihre Familien mit oder überließen sie sich selbst. Doch Reichtum war in diesem Land so selten wie Regen. Nur die großen Minengesellschaften, die gefräßigen Ungeheuer, fanden das Gold.

Ghan wandte sich zu der Kleinen und strich ihr sanft eine Haarsträhne aus dem Gesicht. Seine plumpen, dreckigen Finger wirkten geradezu monströs neben ihren zarten Zügen. Das Mädchen trug Lumpen. Wieder schoss heißer Zorn in ihm hoch. Irre. Das harte Leben unter der sengenden Sonne, ohne Geld, ohne Hoffnung, war ein grausames Dasein, das Männer in den Irrsinn treiben konnte. Ghan musterte die Narben auf seinem Arm. Dies war ein Ort, wo ein Irrer ein Kind zum Sterben aussetzte und ein verkrüppelter Irrer sie retten musste.

Während der Wagen immer weiterrollte, tauchten allmählich Anzeichen von Zivilisation auf. Der Weg wurde breiter, die Oberfläche fester und kompakter.

Ghan lehnte sich aus dem Wagen. »Wie lange noch?«

»Wir kommen jetzt nach Gwalia. Vor uns ist der Mount Leonora.« Neely trieb peitschend die Kamele an, worauf der Wagen schlingerte.

Der weiße Planenstoff über ihm wurde beige, als die Sonne sank und mit jedem Zentimeter abwärts die Gluthitze des Tages minderte. Ghan setzte dem Mädchen erneut die Wasserflasche an die Lippen. Dieses Mal öffnete es leicht den Mund. Ganz kurz öffnete es die Augen. Ghan verharrte mit der gekippten Flasche in der Schwebe. Ihr teilnahmsloser Blick traf seinen und verband sich flüchtig mit ihm, bevor er wieder in die Bewusstlosigkeit abdriftete. Es schnürte Ghan die Kehle zu. Wenn sie starb, würde ihn dieser Blick bis zu seinem Lebensende verfolgen.

Draußen häuften sich jetzt die Anzeichen von Leben. Zelte der Wanderschürfer tüpfelten die Landschaft. Dann kamen die festeren Unterkünfte, die sogenannten Humpies der Goldschürfer, die sich zum Bleiben entschieden hatten. Humpies, das waren größere Zelte, verstärkt mit platt gehämmerten Zyanidfässern und Wellblech, elende Behausungen, die im Sommer die Hitze und im Winter die Kälte drinnen hielten. Wenn ein Feuer ausbrach, verbrannte die Plane, doch das Blech schloss das Inferno ein wie ein Deckel auf einem Topf.

Schließlich wichen die Humpies Hütten mit Zäunen aus Maschendraht oder alten, rostigen Bettgestellen, die nur dazu dienten, die Hühner vom Weglaufen abzuhalten. Wilde Ziegen durchstreiften die Straßen und schienen hier eher zu Hause als die menschlichen Bewohner. Auf den ersten Blick war es schwer zu sagen, ob es ein aufstrebender Ort war oder ein aussterbender.

Unter einem grell orangefarbenen Sonnenuntergang, der die spärlichen Bäume der Ebene in schwarze Silhouetten verwandelte, fuhr der Wagen nach Leonora hinein. Neely brachte die Kamele zum Stehen und kam herum, um einen Blick auf das Mädchen zu werfen. »Lebt sie noch?« Die Frage kam zu schnell, zu leichtfertig. Neely senkte den Blick. »Da drüben gibt es einen Pub«, sagte er. »Soll ich hingehen?«

»Ich gehe.« Ghan stieg aus. Seine Beine waren so steif, dass er aufkeuchte. Als er den Nacken streckte, war ihm mehr als bewusst, dass Neely ihn beobachtete. Er machte einen unbeholfenen Schritt und biss sich auf die Lippen. Verdammt, er hasste dieses Bein.

Nach ein paar Schritten ging es schon leichter, und er machte sich auf den Weg zum Pub. Zwei geöffnete und mit Kleiderbügeln aus Draht festgemachte Türen flankierten den Eingang. In der Bar flackerten Lampen, doch in den hinteren Gefilden war es stockdunkel. Zwei staubige Männer saßen auf Hockern. Der Barkeeper nickte ihm gelangweilt zu. »Sieht so aus, als könntest du einen Drink gebrauchen, Kumpel. Was kann ich dir bringen?«

Ghan bemühte sich, seine sirrenden Nerven zu beruhigen. »Ich such nach dem Krankenhaus.«

»Gibt's hier nicht, Kumpel.« Der Mann wischte ein Glas mit einem alten Lappen aus. »Tut mir leid.«

Ghans Mund wurde trocken. Stockend sagte er: »Ich hab gehört … gedacht, es gibt ein Krankenhaus … bin die ganze Strecke gefahren.«

Der Barmann kaute auf einem Klumpen Tabak, hielt bei Ghans schriller werdendem Tonfall aber inne. »Bist du krank?«

»Ich nicht.« Der Tag spulte sich rasend schnell in seinem Kopf ab, aber Reden brauchte Zeit. »Gibt's hier irgendwo einen Arzt?«

Der Mann klemmte den Lappen unter seinen Gürtel und wandte

sich an eine Gestalt, die zusammengesunken an der Theke hockte. »Andrew, der junge Schwede war doch ein Doc, oder?«

»Glaube ja. Wohnt bei Mirabelle.«

Der Barkeeper duckte sich unter der Theke hervor. »Komm schon. Ich bring dich rüber. Drew, passt du für mich auf die Bar auf?« Andrew nickte träge und widmete sich dann wieder seinem Bier.

Dem Barkeeper fiel der Planwagen ins Auge. »Aus Menzies?«, fragte er.

»Ja.«

»Also arbeitest du in der Bailen-Mine?«

»Früher«, murmelte Ghan. »Jetzt transportiere ich Zeug nach Laverton.«

Die Miene des Mannes hellte sich auf. Er spuckte einen rostroten Klumpen Rotz auf die Straße. »Hast du zufällig ein paar Kisten Whiskey im Wagen? Bekämst einen guten Preis dafür.«

Ghan schüttelte den Kopf und ballte die Fäuste. Gequatsche. Ständig quatschten alle. Sein eigener Herzschlag dröhnte ihm in den Ohren.

»Hab ich mir schon gedacht.« Der Mann zuckte die Achseln und zeigte dann auf ein gelbliches Backsteinhaus an der Ecke. »Also, da drüben ist Mirabelle's.« Dann drehte er sich um. »Muss zurück, sonst leert Drew den ganzen Grog im Pub.«

Ghans steifes Bein hämmerte laut auf die Stufen, als er die kurze Treppe zur Veranda hinaufstieg. Hinter der Fliegentür erschien eine Frau. »Alles voll für heute«, bemerkte sie, die Hände in die Hüften gestemmt. Mit harter Miene musterte sie sein Gesicht, ohne ihr Misstrauen zu verbergen.

»Ich will kein Zimmer.« Er übersprang alle Einleitungsfloskeln. »Ich brauch einen Arzt.«

»Sie sehn nicht krank aus«, erwiderte sie barsch.

»Nicht für mich. Für ein Kind.« Unwillkürlich brach ihm die Stimme. »Ein kleines Mädchen.«

Das Gesicht hinter der Fliegentür wurde weicher. Die Frau öffnete die Tür, worauf er sie, ohne das Maschengeflecht, deutlicher sehen konnte. »Der Doc isst hinten mit seiner Frau zu Abend.«

Als Ghan der Frau durch den Flur folgte, hallten ihre Schritte laut auf den glatten Bodendielen. Sie führte ihn durch das Wohnzimmer zur hinteren Veranda, wo sich ein gut gekleidetes Paar den Sonnenuntergang ansah. »Dr. Carlton«, setzte sie im gleichen barschen Ton an. »Der Mann will Sie sprechen. Sein Kind ist krank.«

»Ist nicht meins!«, fauchte Ghan. Die Bemerkung erschütterte ihn. »Hab es auf dem Weg gefunden, lag auf dem Boden, und die Sonne knallte drauf.« Schon diese Erklärung weckte die Erinnerung, und Panik breitete sich in seiner Brust aus. Nicht zusammenbrechen. Nicht hier.

Der blonde Mann tupfte seinen Mund mit einer Serviette ab und ließ sie auf den Teller fallen. »Wo ist es jetzt?«

»In meinem Wagen. Hab sie unter der Plane.«

»Dann helfe ich beim Tragen«, sagte der Doktor ruhig. »Mirabelle, hätten Sie noch ein Bett?«

»Ganz oben. Ich muss es nur kurz beziehen.« Mirabelle raffte den Rock und stampfte die mit Teppich ausgelegte Treppe hinauf.

Ghan ging durch den Flur zurück und verließ das Haus. Der Schwede folgte ihm schweigend. »Wo haben Sie sie gefunden?«, fragte er, und seine Stimme war so sanft wie die einer Frau.

»Mitten im Busch. Etwa fünfzehn Meilen weiter östlich.« Ghan zeigte auf seinen Wagen. »Sie ist da drin. Wollte ihr was zu trinken geben, aber mehr als ein paar Tropfen sind nicht dringeblieben.«

Neely hörte die Stimmen und kam heraus. Er ließ die Kippe fallen und trat sie mit seinem Stiefelabsatz aus. Der Arzt zog die Planenöffnung zurück und senkte, sobald er das Kind sah, den Blick. »Wir müssen schnell machen.«

Ghan drückte den schlaffen Körper, der so leicht war wie ein Jutesack, gegen seine Brust und trug ihn zum Gasthaus. Mirabelle spähte über das obere Treppengeländer. Ihre Halsmuskeln und ihr Kiefer spannten sich an, als sie befahl: »Hoch mit ihr! Das Bett ist fertig.« Es war die erste Stimme, die ihm so was wie Trost schenkte.

Ghan legte das Kind auf das Bett mit dem weichen Kissen und den gestärkten, weißen Laken. Das Zimmer war schlicht, aber sauber, sauberer jedenfalls als in jedem Krankenhaus. Nach wenigen Minuten hatte Mirabelle ihr die dreckigen Kleider und Strümpfe ausgezogen und sanft Hals und Gesicht gewaschen. Sie legte ihr einen kalten Waschlappen auf die Stirn. Dabei schüttelte sie die ganze Zeit den Kopf und gab missbilligende Geräusche von sich.

Der Doktor fühlte der Kleinen den Puls. Er zog ihre Augenlider hoch, prüfte die Pupillen und ließ die Lider wieder zufallen.

Dr. Carlton tauchte ein Laken in Wasser und packte das Mädchen lose darin ein. »Wir müssen ihre Temperatur senken«, sagte er. Er zog den Pfropfen von einem kleinen, stark riechenden Fläschchen und hielt es ihr unter die Nase. Das kleine Mädchen drehte mit einer Grimasse den Kopf weg, schlug die Augen auf und sah mit flackerndem Blick in ihre Gesichter, bevor sie bei Ghan innehielt. Er drückte sich mit dem Rücken an die Wand. Dankbarkeit durchströmte seine Brust. Dann schlug sie die Augen zu, krümmte sich schmerzverzerrt und stöhnte rau und heiser.

Mirabelle drückte sanft ihren Kopf ins Kissen. »Versuch, nicht zu weinen, Liebes.«

»Ich werde eine Salbe auf die Verbrennungen auftragen«, sagte der Doktor milde. »Sie warten wohl besser alle unten.«

• • •

»Wie heißen Sie?«, fragte Mirabelle, als sie in die Küche kamen.

»Claudio Petroni. Doch alle nennen mich Ghan.«

Sie runzelte die Stirn und sah ihn argwöhnisch an. Er zuckte mit den Schultern. »Ich kann gut mit Kamelen. Wie die Afghanen.«

Kamele. Neely. Transport. Die Welt war nur ein ferner Schatten. Ghan nahm an dem kleinen, runden Tisch Platz, wobei ihm seine staubigen Kleider und Stiefel in dem makellos sauberen Haus mehr als bewusst waren. Die Panik verflog langsam. Zurück blieb nur Erschöpfung. Er sank auf dem harten Stuhl zusammen. Das Mädchen würde überleben. Er konnte aufatmen.

Mirabelle erhitzte den Teekessel und verschränkte die Arme. Sie war eine starke Frau, keine hübsche.

Ghan stützte die Ellbogen auf das Wachstuch. »Gott sei Dank war der Doc hier. Weiß nicht, was ich sonst gemacht hätte«, bemerkte er. »Hatte gehört, in Leonora gäb's ein Krankenhaus. Bin deshalb den ganzen Weg hergekommen.«

»Krankenhaus! Oh nein!«, schnaubte sie. »Frühestens in zwei Jahren. Ist alles schon in Perth beschlossen. Die Männer sitzen nur rum und reden drüber. Wär schön, wenn sie zur Abwechslung auch mal was machten.« Eine Haarsträhne fiel ihr ins Gesicht, die sie nachdrücklicher als nötig wegblies.

Der Teekessel gab ein lautes Pfeifen von sich. Mirabelle holte einen Becher und Zucker und drehte die Gasflamme ab. »Der Doc arbeitet für die Plymouth Mine. In einem Jahr ziehen sie in die Nähe des Camps. Seine Frau tut mir leid. Da kann's ganz schön einsam sein, den ganzen Tag so allein. Vor allem für eine Frau. Ihre blasse Haut wird schneller verbrennen als eine Scheibe Speck.« Sie schob den Becher zu ihm und schenkte ihm Tee ein, worauf eine Dampfwolke zwischen ihnen aufstieg. »Wollen Sie Kuchen dazu?«

Sein Magen meldete sich knurrend. »Wenn's keine Arbeit macht.«

Mirabelle ließ ein Stück flachen, gelben Kuchen auf einen angeschlagenen Teller gleiten. Dann kamen die Carltons zurück, und Mirabelle brachte noch mehr Becher, Teller und Kuchen.

Das Gesicht des Doktors war müde und blass. »Ihre Temperatur ist stabil. Sie schläft jetzt.«

»Also kommt sie wieder in Ordnung?«, fragte Ghan, und vor lauter Erleichterung erschienen Fältchen an seinen Augenwinkeln.

»Sie hat schwere Verbrennungen. Das wird bei der Heilung sehr wehtun.«

Mirabelle schnaubte. »Ich möchte wissen, wo sie herkommt und wer ihr das angetan hat. Dem würd ich was erzählen. Aber ehrlich!« Sie wandte sich zu Ghan. »Wo haben Sie sie gefunden?«

»Im Busch. Etwa vier Stunden weiter östlich.«

»Und sie hat einfach so dagelegen?« Der Abscheu in ihrer Stimme fand ein Echo im scharfen Pochen in seiner Brust.

»Vielleicht ist sie von zu Hause weggelaufen und hat sich verirrt?«, bemerkte der Doktor.

»Da ist doch nur Wüste. Dort gibt's keine Häuser«, erwiderte Ghan.

»Das Mädchen hat ein übles Zuhause. Ganz eindeutig. Ihre Kleider sind doch nur Lumpen.« Mirabelle wrang ein Küchentuch in ihren Händen, als wäre es ein Hals. »Diese verdammten Goldsucher kümmern sich doch einen Dreck um alles.«

»Nun, jedenfalls müssen wir die Behörden benachrichtigen«, sagte der Doktor. »Wie lange bleiben Sie in Leonora?«

»Gar nicht.« Ghan leerte seinen Becher in einem Zug, weil ihm aufging, wie viel Zeit schon verstrichen war. »Bin sowieso schon spät dran.«

Dr. Carlton riss die Augen auf. »Aber sie ist nicht transportfähig; sie ist viel zu schwach.«

Ghan sah erst Mirabelle und dann den Doktor an. Er war mit den Nerven am Ende.

»Na klar ist sie zu schwach! Ich nehm sie auch nicht mit, Herrgott noch mal!«

Stille senkte sich über die vier Personen am Tisch. Mrs. Carlton drückte ihren Mann am Arm, ihre Miene ein einziges Flehen. Dr. Carlton seufzte resigniert und wandte sich an Mirabelle. »Könnten wir das Mädchen hierbehalten?«

Die Muskeln an Mirabelles Hals spannten sich. »Das Mädchen tut mir leid, aber ich habe ein Gasthaus zu leiten und kann mich nicht um ein Kind kümmern.«

»Meine Frau würde das übernehmen. Vorübergehend.« Das letzte Wort sagte er mit besonderem Nachdruck, doch als er in das hoffnungsvolle Gesicht seiner Frau sah, wurde sein Blick weicher. »Wir würden für das Zimmer bezahlen. Wäre das in Ordnung? Nur für eine Weile.«

»Selbstverständlich.« Mirabelles Halsmuskeln entspannten sich. »Solange Sie dafür bezahlen.«

Mrs. Carlton lächelte und klatschte mit den Fingerspitzen.

»Morgen früh telegrafiere ich dem Constable.« Der Arzt holte einen Zettel und reichte ihn Ghan. »Wir brauchen Ihren Namen und Ihre Adresse, falls die Polizei Sie sprechen will.«

Ghan starrte auf Stift und Papier, mit denen er als Analphabet genauso wenig anfangen konnte wie eine Ziege. Er reichte sie zurück. »Ich bin bei der Bailen Mine in Menzies. John Matthews leitet sie. Der weiß, wo ich bin.« Wieder senkte sich Stille über das Zimmer.

Ghan wollte nicht bleiben, wenn der Nachschub zu spät kam, würde er gefeuert. Und einen neuen Job bekäme er nicht – kein Mensch stellte einen Krüppel ein. Und doch konnte er sich nicht rühren, wusste nicht, wie er aufbrechen und das Mädchen alleinlassen sollte. Er rieb sich über sein stoppliges Kinn. Die Augen aller ruhten auf ihm. Das Mädchen würde überleben; war das nicht genug? Schließlich hatte er alles getan, was man von einem Menschen erwarten konnte. Diese Leute würden sich um sie kümmern. Er hatte seinen Teil erledigt.

Ghan schluckte den merkwürdigen Kloß in seinem Hals herunter. »Ich geh dann mal.«

»Und Ihr Kuchen?«, fragte Mirabelle.

»Bin doch nicht so hungrig.«

Der Arzt stand auf. »Wir melden uns, falls die Polizei noch Fragen haben sollte.«

Mit einem hohlen Gefühl im Magen starrte Ghan von der Küche aus in den dunklen Flur, der zur Treppe führte. »Ist es in Ordnung, dass ich mich noch verabschiede?«

»Selbstverständlich«, erwiderte der Doktor. »Wecken Sie sie nur nicht auf.«

Ghan ging die Treppe zu ihrem Schlafzimmer hinauf und öffnete die Tür, die ziemlich laut quietschte. Die Kleine schlief, ihre hellbraunen Haare breiteten sich über dem Kissen aus, und ihre winzige Faust steckte unter ihrem Kinn. Ihre Haut glühte von den schrecklichen Verbrennungen, die durch die Salbe noch röter wirkten. Traurigkeit schnürte ihm die Kehle zu, während Dankbarkeit, dass die Kleine noch lebte, wieder einen Kloß anschwellen ließ. Er hoffte, der Rest ihres Lebens würde nicht mehr so schwer sein – sie würde nicht mehr tiefer sinken, ins Unaussprechliche – und ihre Verbrennungen würden keine Narben hinterlassen.

Ghan verließ das Zimmer so leise, wie er es betreten hatte, und stieg schwerfällig die abgetretenen Stufen hinunter. Auf dem Weg hinaus nickte er dem Doktor kurz zu und kam sich noch mehr wie ein Fremder vor als bei seiner Ankunft.

Er trat in den kühlen Schatten von Leonoras Hauptstraße und hatte sie schon halb überquert, als er Mirabelle rufen hörte: »Moment noch!« Sie kam ihm nachgestapft, und ihre breiten Hüften schwankten hin und her wie die Flanken eines Packpferds. »Ich hab noch ein paar Pasteten und den Rest vom Kuchen für Sie.« Sie gab ihm einen Korb, der mit einem Mulltuch abgedeckt war. »Dachte, Sie hätten vielleicht Hunger.«

»Nett von Ihnen, Mirabelle. Echt nett.«

Da berührte sie ihn am Arm und starrte ihm durchdringend in die Augen. »Die Kleine wäre gestorben, wenn Sie sie nicht gefunden hätten.« Sie drückte seine Finger. »Sie haben ihr das Leben gerettet.«

Ghan nickte kurz und blickte auf das Essen. Wieder bildete sich der merkwürdige Kloß in seinem Hals. »Danke für den Proviant, Mirabelle.«

• • •

Der Himmel war pechschwarz, doch der Mond warf sein Licht auf die stille Straße und ließ die Sterne flirren. In dieser Nacht würde er nicht schlafen, sondern weiterfahren nach Kookynie, in der Hoffnung, dass die Vorräte da noch warteten. Ausruhen konnte er morgen in der Tageshitze.

Im Wagen schnarchte Neely pfeifend unter einem Deckenhaufen. Der Wechsel von gnadenloser Hitze zu klirrender Kälte war genauso abrupt wie der von Licht zu Dunkelheit. Ghan war gegen beides unempfindlich geworden.

Neely wachte von seinen Schritten auf und rieb sich die Augen. »Wie geht's der Kleinen?«

»Gut.«

Ghan reichte ihm den Essenskorb.

»Gott sei Dank!« Neely schnappte ihn sich. »Bin schon am Verhungern.« Dann hielt er inne und hob den Blick. »Soll ich fahren?«

»Nee, ich bin wach. Ruh dich aus, dann kannst du morgen übernehmen.«

Neely und sein Haufen aus Decken bewegten sich unter der Plane. Ghan stieß einen Pfiff aus und ließ über den Kamelen die Peitsche knallen. Während sie losrumpelten, kamen ihm Mirabelles Worte wieder in den Sinn. *Sie haben der Kleinen das Leben gerettet.* Er ließ die Worte in seinem Kopf nachhallen und dann in sein Inneres sinken. Tief dort drinnen erwachte etwas. *Sie haben der Kleinen das Leben gerettet.* Ein Grinsen erschien auf seinen Lippen, und seine gebeugten Schultern strafften sich; ein Lebensnerv surrte in seinem Körper.

Der Wagen rollte am Gasthaus vorbei. Im Zimmer des Mädchens brannte Licht. *Sie haben der Kleinen das Leben gerettet.* Etwas in seiner Brust, das zerquetscht und tief begraben war, spähte durch die Dunkelheit und blinzelte ins Fünkchen Licht.

## Kapitel Vier

Die Hitze weckte sie; die Sonne versengte ihr das Gesicht. Doch das Brennen hatte sich verändert. Es atmete mit ihr, versteckte sich unter den Decken und biss bei der kleinsten Bewegung zu. Auch der Ort hatte sich verändert. Ihr Körper lag nicht mehr auf Steinen und Wurzeln, sondern auf weicher Fülle, bis sie sich bewegte; dann wurde es so scharf wie Scherben.

Langsam, blinzelnd, um nicht geblendet zu werden, öffnete sie die Augen und entdeckte, dass sie sie nicht zuzukneifen brauchte. Da war keine Sonne, nur ein Zimmer, nicht ganz hell und nicht ganz dunkel. Sie berührte ihre Wange, doch sofort kam sengender Schmerz.

Ihre Finger krümmten sich um die glatte, weiße Decke. Vor ihr ragte der Umriss ihrer Füße empor. Es gab ein kleines Fenster mit geschlossenen Vorhängen. Möbel, groß und dunkel, drängten sich an die Wände. In unsichtbaren Schwingungen verströmte das Zimmer sein Grau. Sie lag da, wach, brennend, und versuchte, sich nicht zu bewegen.

Da quietschte die Tür und warf ein Dreieck aus Licht auf die Bettdecke. Eine blonde Frau trat lautlos über den Teppich und setzte sich auf die Bettkante, so dass die Matratze einsank. »Dein Name?«

Die Frau wartete und schlug sich dann an die Brust. »Elsa. Mein Name: Elsa.« Sie legte den Kopf zur Seite. »Kannst du das sagen? El-sa.«

Keine Reaktion. Elsa klopfte auf das weiße Laken. »Schon gut. Das kommt noch. Zeit. Zeit.« Die Wörter klangen wie das Ticken der Uhr neben dem Bett.

Elsa streckte die Hand aus, ganz vorsichtig, da sie wusste, die brennenden Stellen würden nicht berührt werden. Die Frau strich ihr mit den Fingerspitzen übers Haar und schob es ihr hinters Ohr. Eher eine Brise als eine Berührung.

»Aufstehen?«, fragte Elsa. »Geht das?«

Sie schlug die Decke zurück. Ihr Nachthemd war neu und reichte ihr bis zu den nackten Füßen. Sie drehte sich auf den Bauch und glitt durch das Feuer zur Bettkante, wo sie die Füße auf den Holzboden sinken ließ. Es tat weh, aber nicht so weh wie die Flammen in ihrem Gesicht.

Elsa ging in die Hocke, bis sie sich in die Augen sehen konnten. Die der Frau waren feucht, aber nicht traurig; sie lächelte. »Gut. Sehr gut.« Sie stand auf und streckte die Hand aus. »Komm. Wir essen.«

Das kleine Mädchen ergriff die ausgestreckte Hand. Obwohl jene andere Hand sie erst vor ein paar Tagen zu einem Ort voller Schmerzen gebracht hatte. Obwohl ihr diese blasse, nach ihr ausgestreckte Hand völlig fremd war. Sie ergriff die Hand, denn ein Kind hat keine andere Wahl.

## Kapitel Fünf

Ghan wurde langsam ein sentimentaler alter Narr. Sechs Monate war es her, seit er die Kleine in der Wüste gefunden hatte. Sechs Monate schon sah er jedes Mal ihr Gesicht, wenn er die Augen schloss; sechs Monate schon stockte ihm jedes Mal der Atem, wenn er an einem einsamen Gummibaum vorbeikam. Ihr Bild verfolgte ihn nicht wie die anderen Erinnerungen, sondern flatterte wie weiche Flügel über sein Gesicht und wärmte es wie eine Nachmittagsbrise. Aber ihr Schicksal belastete ihn wie sein steifes Bein und zog ihn zurück, wann immer er sich vorwärtsbewegen wollte. Er konnte die Fahrt nicht länger aufschieben.

• • •

Die Sonne war eine orangefarbene Blume mit tiefrosa Blütenblättern, die sich nach Osten und Westen öffneten, als Ghan wieder in Leonora einfuhr. Der Wagen hielt. Ghan rutschte von seinem Platz und gab dem Fahrer ein paar Scheine. Ihm war flau im Magen. Er drückte sich den Seesack in den Bauch und knitterte damit die neuen Hemden, die er zusammen mit den Vorräten gekauft hatte. Besser, er brachte es hinter sich; besser, sich wieder um Steine und Kamele zu kümmern, nicht um verdammte Schmetterlinge.

Die Luft war trocken und angenehm und mischte sich mit dem Duft der Rosen, die sich an Mirabelles Zaunpfosten hochrankten. Das scharfe Schaben von Besenborsten tönte von der Veranda und verstummte abrupt. »Ich glaub's ja nicht«, rief Mirabelle aus dem Schatten des Vorbaus. »Jetzt sieh mal einer an, was der Staubteufel reingeweht hat!« Sie schüttelte den Kopf und lehnte den Besen gegen einen Balken. »Ich hoffe doch, Sie haben nicht noch ein Kind aus dem Busch gerettet?«

Ghan grinste die Frau an. »Tag auch, Mirabelle.«

Sie nickte dem abfahrenden Fahrer zu. »Wie ich sehe, haben Sie Ihre Kamele eingetauscht. Sind wohl auf Gold gestoßen?«

Es war ihm immer schwergefallen, mit Frauen zu reden, aber Mirabelle war eher wie ein Kerl. Sie machte das Reden leicht, so als wären nicht sechs Monate, sondern nur sechs Minuten vergangen.

»Schön wär's. Hab in der Mine nur ein paar Tage frei genommen. Mache Urlaub, könnte man sagen.« Selbst das Wort klang seltsam.

»Und den wollen Sie im schönen Leonora verbringen? Da sind Sie dümmer, als Sie aussehen.« Ihr Ton war warm und scherzhaft. »Kommen Sie rauf, Ghan. Wie lang bleiben Sie?«

»Ein paar Tage. Wenn Sie was frei haben.«

»Genau wie beim letzten Mal. Sind nur die Carltons da. Und das Mädchen.«

Ghan verharrte mitten in der Bewegung. »Sie ist noch da?«

»Ist schon ein Wunder. Aber es fand sich niemand, zu dem sie gehört.«

»Wer sorgt denn für sie?«

»Die Frau vom Doc, Elsa. Kommen Sie, ich erzähl Ihnen die ganze Geschichte.«

Schweiß sammelte sich in den Furchen auf seiner Stirn. Das Mädchen sollte doch eigentlich nicht mehr hier sein. Er wollte kehrtmachen, verfluchte sich deswegen. Er war so ein verdammter Narr: ein erwachsener Mann mit Nervenflattern wegen einem Kind!

Ghan folgte Mirabelle durch den Flur, vorbei an vergilbten Tapeten mit Rosenknospen, über verblichene Läufer, die in der Mitte verschlissen, doch am Rand noch unversehrt waren. Ihm war es, als sähe er das alles zum ersten Mal. Vor sechs Monaten hatte er nur Augen für das arme Ding gehabt.

»Die Kleine ist in der Küche«, sagte Mirabelle forsch. »Ich hole was Kaltes zu trinken, während Sie ihr Hallo sagen.«

Kaum bog Mirabelles massige Gestalt Richtung Schränke ab, kam das Mädchen in Sicht, mit dem Rücken zu ihm. Die Verbrennungen in ihrem Gesicht fielen ihm wieder ein, und er wusste nicht, ob er das Mitleid aus seinem Blick halten konnte, wenn die Kleine entstellt war. Mirabelle tippte dem Mädchen auf die Schulter. »Wir haben Besuch.«

Sie drehte den goldenen Haarschopf zu ihm. Er blinzelte kurz, bevor er sich abwandte. Da waren keine Verbrennungen, keine Narben, nur das glatte Gesicht eines Engels, das ihn blendete.

Mirabelle reichte ihm ein Glas Eistee, ohne zu bemerken, wie seine Hand zitterte und die braune Flüssigkeit über den Rand laufen ließ. »Elsa ruht sich gerade aus«, sagte sie, holte einen Brotlaib heraus und fing an, dicke Scheiben abzuschneiden. »Der Doc ist bei der Mine.« Mirabelle legte das Brot auf einen Teller, schob den auf den Tisch, knallte ein Marmeladenglas auf die Anrichte und nickte dem Kind zu. »Nehmen Sie's nicht persönlich, wenn sie nicht mit Ihnen redet. Tut sie mit keinem.«

»Gar nicht?«

»Kein Wort. Nicht ein einziges, seit sie hier ist.« Mirabelle sprach über die Kleine, als wäre sie auch taub. »Stört mich kein bisschen. Hab's gern ruhig.«

• • •

Ghan konnte immer nur für kurze Zeit in dem kleinen Zimmer mit den blauen Tapeten und den gewachsten Holzdielen einnicken. Er versuchte sich zu erinnern, wann er das letzte Mal in einem Bett geschlafen hatte und nicht auf dem Boden oder einer Pritsche. Da sein Körper sich auf der weichen Matratze nicht entspannen konnte, lag er stocksteif da. Im Zimmer war alles still, doch das merkte er nicht, denn selbst nach all diesen Jahren über Tage hörte er immer noch das Schlagen der Picke auf Stein, ein unaufhörliches *Ping* im Gehörgang.

Der Geruch von Eiern mit Speck driftete ihm auf der Mitte der Treppe entgegen. In der Küche beugte sich Mirabelle mit einem Bratenheber über zwei zischende Pfannen. »Frühstück kommt in einer Minute.«

»Hoffe, Sie sind nicht nur wegen mir so früh auf.«

Mirabelle grunzte. »Bevor Sie einen Fuß aus dem Bett gesetzt haben, war ich schon mit der Wäsche fertig.« Sie stellte einen Teller mit dampfenden Eiern vor ihn. »Meistens weck *ich* morgens die Hühner.«

Das Fett vom Speck umschloss die Eier, als er sie in sich hineinschaufelte. »Hab gemerkt, dass die Haustür schief hängt. Könnte das reparieren, wenn Sie wollen.«

Sie lachte kurz auf. »Ich dachte, Sie hätten Urlaub.«

»Ja, ja.« Grinsend kratzte er sich am Kopf. »Ehrlich gesagt, kann ich nichts mit mir anfangen. Hatte vorher noch nie frei.«

»Das ist das Problem mit Leuten wie uns. Wir haben schon so lange gearbeitet, da können wir nicht mehr aufhören.«

Er hörte etwas über den Flur huschen. Und dann drückte sich das Mädchen in einem ordentlichen, blauen Kleid an den Türrahmen.

»Komm, hol dir dein Brötchen ab, Kind.« Mirabelle holte einen Teller aus dem Schrank. »Isst wie ein Vögelchen, die Kleine.«

Das Mädchen schwebte wie ein Geist durch die Küche. Eine große Traurigkeit durchströmte Ghan, als er sie aus dem Augenwinkel beobachtete. Es war, als wollte sie in den Schatten des Zimmers verschwinden. Dann vermischte sich Scham mit der Traurigkeit. Vielleicht hatte sie Angst vor ihm. Wäre nicht die Erste. *Besser, das arme Kind in Ruhe zu lassen.* »Dann nehm ich mir mal die Haustür vor.«

»Viel Vergnügen«, erwiderte Mirabelle, ohne sich von der Spüle umzudrehen. »Werkzeug ist im Schrank.«

Ghan holte einen Schraubenzieher heraus und hockte sich vor die verzogene Tür. Er hatte gerade das erste Scharnier abgeschraubt, als das Mädchen in den Flur gehuscht kam, sich ans staubige Fenster stellte und das Kinn auf den Arm stützte. Ghan warf einen Blick zu ihr, als er am Nagel zog. *Guckt wie ein Welpe*, dachte er. *Als würde sie auf jemanden warten, der nie kommt.* In der Stille des Flurs hörte er eine fette Schmeißfliege gegen die Scheibe prallen, ihre Flügel surrten vergeblich, um durch das schmutzige Glas ins Freie zu kommen.

Eine Wärme durchströmte Ghans Muskeln, die nichts mit der Arbeit zu tun hatte. *Wäre nett, wenn ein Kind auf einen wartete,* dachte er. *Und jeden Morgen Eier mit Speck zu kriegen, die eigene Haustür zu reparieren.* Er wischte sich mit dem Handgelenk den Schweiß von der schiefen Nase und sah die Narbensprenkel auf seinem Arm.

Er biss die Zähne zusammen und hämmerte den Nagel mit dem Schraubenzieher ins Holz. *Verdammter Narr.*

Auf der Treppe hörte er Schritte. »Guten Morgen«, grüßte Elsa Ghan.

Dann knallte laut die Tür, und Ghan trat einen Schritt zurück. Elsa eilte zu ihrem Mann, umarmte ihn, nahm ihm leicht hektisch den staubigen Hut und Mantel ab. Dr. Carlton blickte, mit eindeutig finsterer Miene, zu dem Mädchen.

Elsa wuselte um den Doktor herum, hielt sein Gesicht mit beiden Händen und versuchte unmerklich, seinen Blick vom Kind abzuwenden. Ihre Muttersprache strömte heftig aus ihr heraus, bei allem Geplapper lag etwas Schrilles, Scharfes in ihrer Stimme, das jeden Satz wie eine Entschuldigung klingen ließ. Sie fasste ihn am Arm und zeigte auf Ghan in der Ecke.

Dr. Carlton senkte den Blick, weil seine Manieren ihn dazu zwangen. »Verzeihung, ich habe Sie nicht gesehen.« Er fasste sich schnell und richtete sich auf. »Ghan, oder?«

Ghan sah ihn prüfend an. »Ja, das ist richtig.« Irgendwas stimmte nicht mit dem Mann.

»Sind Sie für länger im Ort?«

»Ein paar Tage. Auf der Durchreise.«

»Ich habe vorne gar keinen Wagen gesehen. Ist der andere Mann mit Ihnen gekommen?« Der Arzt blickte zur Decke und überlegte. »Wie hieß er noch?«

»Neely«, antwortete Ghan. »Ist gestorben.«

»Das tut mir leid.« Keinerlei Gefühl schwang in den Worten mit, es waren nur Laute aus dem Mund eines Mannes. Wieder blickte er mit schweren Lidern zur Decke. »Ich muss mich waschen. Es war eine lange Nacht.« Er ging an Ghan vorbei und stieg die ächzende Treppe hinauf.

Ghan hielt seine Hände mit so viel Arbeit beschäftigt, wie er finden konnte. Am Nachmittag schwangen Fenster und Türen frei in gesäuberten Scharnieren, der Holzstoß war neu in gleichmäßigen, überkreuzten Reihen aufgestapelt, und der Riss in der Fliegentür war ordentlich mit Draht geflickt. Schweiß hatte sein hellbraunes

Hemd schon dunkler gefärbt, doch er wollte nicht aufhören. Jeder freie Augenblick führte zu zitternden Fingern.

Mirabelle klopfte an die Fensterscheibe. »Kommen Sie aus der Hitze raus und essen Sie was!«

Ghan strich über das reparierte Maschengeflecht und ging durch die Tür, die Mirabelle ihm aufhielt. »Jetzt ist Schluss mit der Arbeit! Sonst komm ich mir noch faul vor!«, schalt sie. »Von wegen Urlaub!«

Dr. Carlton saß am Esstisch, hoch aufgerichtet, nur leicht an der Stuhllehne angelehnt, und las die Zeitung. Er hatte sich gewaschen, seine blonden Haare glänzten am Scheitel noch feucht, doch an seinen Augenwinkeln zeigten sich immer noch Fältchen der Erschöpfung.

Elsa kam herein und schob die Kleine an den Schultern vor sich her. Dr. Carltons leicht zusammengekniffene Augen folgten dem Kind, und seine Oberlippe kräuselte sich, als Elsa ihn auf den seidigen Schopf küsste. »Setz dich neben unseren Gast«, befahl er.

Der Blick der Kleinen streifte kurz Ghans Gesicht, bevor er sich abwandte. Er schluckte hart und wischte sich mit einem schmutzigen Taschentuch über die Stirn. Er spürte eine leise, warme Brise hinter sich, als das Mädchen neben ihm Platz nahm.

Schweigen lastete auf ihnen, bis Mirabelle mit einem Eisentopf in den Händen hereingeächzt kam. Sie belud die Teller mit dem Eintopf, und sein heißer Dampf brachte ihrer aller Gesichter zum Glänzen.

Ghan zupfte an seinem Hut, weil ihm schmerzlich bewusst war, dass sein muschelloses Ohr genau im Blickfeld des Mädchens lag. Er nahm die Gabel zur Hand und rieb nervös über das Silber. Ihm war jeglicher Appetit vergangen. Die Kleine beobachtete ihn, ihr Blick bohrte sich in seine Haut. Er war in seinem ganzen Leben noch nicht rot geworden, aber jetzt stieg ihm die Hitze vom Hals ins Gesicht. Er wünschte, sie würde sich abwenden. Kein Kind sollte so etwas Groteskes sehen.

*Gottverdammtnochmal, hör auf, mich anzustarren!* Ghan konzentrierte sich auf das Gewebe der Spitzendecke auf dem Tisch, spürte aber immer noch die Blicke. Musternd. Verurteilend. Elsa betrachtete ihn gedankenverloren, mit tief in ihren Höhlen liegenden, traurigen Augen. Mirabelle musterte Gabeln, Teller und unberührtes Essen. Und der Doktor schaute auch. Der Doktor beobachtete ihn, vermerkte Ghans Unbehagen mit scharfem Blick, und auf einmal umspielte ein Lächeln seinen Mund, das Ghan veranlasste, sich auf die Unterlippe zu beißen.

Er hätte nicht kommen sollen. Durch ihn wurde die arme Kleine nur an den Tag erinnert, an dem sie fast gestorben wäre – an ihren hässlichsten Tag. *Hässlich. Hässlich.* Er brachte nur Hässlichkeit in diese Welt.

Ghans Hand zitterte. Er ließ die Gabel los. Und da legte die Kleine ihre Hand auf seine. Diese Berührung verschlug ihm den Atem: fünf winzige, federleichte Finger krümmten sich über seinen knotigen Knöcheln.

Als er sie jetzt ansah – direkt –, wandte sie nicht ihren Blick ab. Ihr Engelsgesicht verzerrte sich nicht in Abscheu oder Angst. Stattdessen lächelte sie, und dieses Strahlen vertrieb jeden Schatten seit Anbeginn der Zeit. Die Kleine sah ihn an, als fände sie ihn schön.

Mirabelles Stimme schwirrte über einen erhobenen Löffel hinweg. »Sie mag Sie.«

Worte und Laute verschwammen. Die Nähte, die im Verlauf eines ganzen Lebens entstanden waren und seine harten Teile zusammenhielten, lösten sich mit der Berührung auf. Er schnappte nach den losen Fäden, wollte sie wieder zusammenknoten, doch der Blick war zu sanft. Diese schlichte Reinheit tat weh.

Ghan riss seine Hand weg und sprang unbeholfen auf, bevor seine Knochen sich noch auflösten. »Ich, ich muss an die Luft«, stammelte er. Er hielt den Stuhl an der Lehne fest, damit er nicht umkippte, und humpelte blind durch das Esszimmer, durchs Wohnzimmer, durch die Haustür ins blendende Licht der Sonne.

Als Ghan den Pub entdeckte, stürmte er in seinen Schatten und zog sich vor dem staubgefilterten Licht zurück. Der Pub war nicht nur Holz und Metall, denn der Geruch nach Tabak, Schweiß und abgestandenem Grog hüllte das Mobiliar ein und drang ihm in die Nase. Keine Blumen; keine geputzten oder mit Sand bestreuten Böden. Hier konnte er atmen. Und mit dem Zwielicht wurde sein Herzschlag langsamer, und er spürte wieder seine Füße in den Schuhen, und sein Kinn hörte auf zu zittern. Er suchte sich einen Hocker an der Bar und bestellte einen Whiskey. Eigentlich trank er nicht, aber jetzt brauchte er was, brauchte es mehr als die Luft zum Atmen. Ghan riss schon das Glas an seine Lippen, bevor die Flüssigkeit darin sich setzte. Sie lief brennend über seine Zunge, die Kehle hinunter in seine leere Magengrube, die augenblicklich warm wurde. Der Barkeeper blieb, wo er war, und schenkte ihm nach. Das zweite Glas hielt Ghan fest in seinen plumpen Fingern und kippte es nicht herunter. Der Barmann verstand den Wink und ging zum nächsten Gast.

Mit warmem Magen konnte Ghan denken, und er stieß matt die Luft aus, die er angehalten hatte, und rieb sich mit der Hand über die Augenbrauen. Jetzt konnte er wieder sehen, seine Pupillen waren im Dämmerlicht größer geworden. Ghan blickte auf die Theke und wusste nicht, wie er hierhergekommen war oder das Gasthaus verlassen hatte. Wollte auch nicht mehr darüber nachdenken, wollte überhaupt nicht nachdenken. Basta.

Der Pub kam ihm anders vor als vor sechs Monaten. Alles kam ihm anders vor. Alles an jenem Tag erschien ihm halb wie ein Traum, halb wie ein Alpdruck. Es war ein verschwommenes Durcheinander aus Hitze und Kälte, Übelkeit und Hochgefühl. Jetzt kippte er doch den Whiskey herunter und schloss die Augen, als es brannte, riss sie dann aber wieder auf, um den Schleier wegzuwischen. Er bedeutete dem Barmann nachzuschenken.

Brutale Kerle bevölkerten die Theke; brutale Kerle drückten sich in den Ecken herum; brutale Kerle tranken Schnaps und schlugen Falter zwischen ihren Händen kaputt.

Keine Schritte warnten ihn vor der Hand, die sich ihm auf die Schulter legte. Ghan sprang auf und verschüttete den halben Whiskey zwischen seinen Fingern. »Was zum Teufel!« Er schüttelte sich die Hand aus.

»Verzeihung«, lachte Dr. Carlton und drückte ihm die Schulter.

»Ich wollte mich nicht von hinten anschleichen.« Er setzte sich auf einen Barhocker und knöpfte sich mit einer Hand die Jacke auf. »Ich dachte mir schon, dass Sie hier sind. Gibt ja auch kaum was anderes.« Er blickte lächelnd zu den Flaschen auf dem Regal. »Was dagegen, wenn ich Ihnen Gesellschaft leiste?«

Sein Tonfall zeugte von einer Mischung aus Amüsement und harter Entschlossenheit, als würde er ein Kuriosum der Wissenschaft sezieren. Ghan trank den Rest aus seinem Glas und schluckte ihn hart, doch jetzt brannte es nicht mehr so. Das fehlte ihm. Er erhob sich zum Gehen.

»Bleiben Sie, bitte.« Dr. Carlton winkte den Barmann zu sich. »Zwei Whiskeys. Wir haben was zu feiern.«

Ghan ließ sich wieder auf den Hocker sinken und drehte das leere Glas zwischen den Fingern. »Ja?«, fragte er desinteressiert. »Was denn?«

»Eine Wiedervereinigung natürlich«, erwiderte Dr. Carlton mit Nachdruck.

Der Barmann brachte eine neue Flasche und schenkte ihnen vorsichtig ein. Dr. Carlton hob sein Glas und stieß es mit breitem Grinsen an Ghans auf der Theke. »Prost.« Ghan presste die Lippen zusammen, während die Wut in seinem Magen stieg und sich in seine Gliedmaßen ausbreitete.

Dr. Carlton stützte sich lässig mit einem Ellbogen auf die Theke, verschränkte die Finger, schüttelte den Kopf und lachte über eine imaginäre Unterhaltung, die nur er mitbekam.

Ghan verdrehte die Augen und verlagerte sein Gewicht auf dem Hocker. Der Doktor ging ihm auf die Nerven, und der Whiskey verstärkte das nur. »Sind Sie betrunken, Doc?«

»Nein.« Wieder lachte der Arzt. »Nein, noch nicht.« Er blickte zur Decke. »Ich fasse es nicht, dass ich es nicht schon bei unserer ersten Begegnung bemerkt habe. Doch als ich Ihr Gesicht sah, wurde mir alles klar.« Er kippte seinen Whiskey herunter und kniff die Augen zu Schlitzen zusammen. »Schätze, manche Gebete werden doch erhört, was? Aber ich bin neugierig … wieso haben Sie es sich anders überlegt?«

Ghan fuhr sich mit der Zunge über die Innenseite seiner Wange. »Was denn?«

»Zurückzukommen.« Ein kaum merklicher Lachschluckauf ließ die Schultern des Arztes zucken. »Das Kind mitzunehmen, natürlich.«

Ghan hatte das Gefühl, er wäre in einer Spinnwebe gefangen und als wären seine Gedanken verklebt. Die Wut zog sich in ihm zusammen, aus allen Gliedmaßen, aus Vergangenheit und Gegenwart. Seine Finger wollten das Glas zerquetschen, während er eisig zum Doktor hinunterstarrte.

Dem gefror das Lächeln auf den Lippen. Dann lehnte er sich zu ihm, warf einen Blick zu den Männern an der Theke und senkte die Stimme. »Keine Angst. Das braucht niemand zu wissen. Man hat schon vor Monaten mit der Suche aufgehört. Sie haben mein Wort, es wird niemand davon erfahren, so als wäre es nie passiert.«

Ghan rieb sich mit der Hand über die stopplige Wange, während Weißglut durch seine Nerven surrte. Er versuchte, seinen Ton zu mäßigen, und sagte ruhig: »Als wäre was nie passiert?«

Der Arzt neigte sich noch näher zu ihm und flüsterte: »Dass Sie sie in der Wüste ausgesetzt haben. Dass Sie ihr Vater sind.«

Da schoss Ghans Zorn wie eine blaue Flamme durch seine Adern, bis hinauf zu den Schläfen. Er packte den Doc schnell wie ein Habicht, schloss seine Klauen um dessen Hals und drückte sie ins Fleisch. Die Wucht riss den Arzt von den Füßen und knallte ihn gegen die Theke, worauf ihre Gläser zu Boden fielen und in tausend Stücke zerbarsten. Alle Gesichter wandten sich zum Aufruhr, geschockt und kurzzeitig wie erstarrt, doch Ghan sah nur ein Gesicht, einen Mann: den, den er in seinen Händen hielt.

Als sich seine Finger stärker um die dünnen Knochen drückten, traten dem Doktor die Augen aus den Höhlen. »Du verdammter Bastard!«, knurrte er, und sein Speichel spritzte auf das violett anlaufende Gesicht. »Du glaubst, so was würde ich einem Kind antun? Du glaubst, ich würde das meinem *eigenen verdammten Kind* antun?«

Da traf etwas Hartes, Kantiges seine Kniekehlen, und als er

einknickte, rutschte seine Hand von der Kehle des Doktors. Sekunden später wurde ihm ein Holzscheit unter das Kinn gedrückt, so dass er keine Luft mehr bekam. Starke Hände zogen seine Ellbogen nach hinten.

Dr. Carltons Gesicht bekam weiße Flecken, als er sich die Kehle rieb und die andere Hand hochhielt. »Stopp.« Durch sein Keuchen war seine Stimme kaum zu hören. Er richtete sich auf und zerrte am Holzscheit. »Stopp! Aufhören!«

Doch keiner der Männer ließ Ghan los. »Wir kümmern uns um den Krüppel, Doc!«, keuchte der Mann direkt an Ghans Ohr. Ghans Augäpfel verdrehten sich, seine Gliedmaßen wurden taub, und die dunklen Flecken vor seinen Augen wuchsen mit dem Schmerz.

»Nein!« Dr. Carltons Stimme war jetzt hart und streng, als er den Arm des Mannes wegzuzerren versuchte. »Es war meine Schuld. Ich habe ihn beleidigt. Lasst ihn los!«

Sofort verschwand das Holzscheit, und Ghan sank zu Boden. Luft strömte in seine gierigen Lungen, Erlösung und Qual zugleich, so dass er die Tischkante umklammerte. Er presste die Lippen zusammen und atmete mit geblähten Nasenflügeln ein. Die Gerüche kehrten zurück, schärfer noch als zuvor, stiegen auf vom Boden, auf dem er kniete: altes Bier, das ihm den Magen umdrehte; Schichten festgetrampelter, verrotteter Erde. Abgewetzte Stiefel entfernten sich schlurfend. An der Theke wurden Gläser und Gespräche wiederaufgenommen.

Eine blasse Hand streckte sich nach ihm aus. Ghan schlug sie weg, holte tief Luft, umklammerte den Rand der Theke und mühte sich wieder auf die Füße.

Mit von frischem Sauerstoff geschärftem Blick überflog er den Pub. Nicht ein Mann schaute zu ihm. Seine Lungen arbeiteten mühsam, während sein Körper schlaff und taub bis auf die Knochen war. Das Feuer von Whiskey und Wut war verpufft.

• • •

Der Doktor wies auf einen Stuhl. Sein Gesicht wirkte nun grau und alt. »Ich muss um Verzeihung bitten. Bitte setzen Sie sich. Bitte.«

Ghan setzte sich. Er war erschöpft. Mit dem Zigarettenrauch, der über ihren Köpfen schwebte, senkte sich Schweigen über sie. Keiner der Männer sprach oder bewegte sich. Zwei frische Whiskeys erschienen auf ihrem Tisch. »Nicht übel nehmen, ja, Kumpel?«, brummte der Barmann. Der Kampf war schon in den Fasern des Mobiliars verschwunden.

Als der Arzt nach einem Glas griff, zitterte seine Hand so heftig, dass der Whiskey bis an den Rand schwappte. Statt es an die Lippen zu setzen, stellte er es auf den Tisch zurück, senkte den Kopf und griff sich mit beiden Fäusten in die Haare. »Es tut mir leid. Ich kann nicht mehr geradeaus denken.« Aus seiner Stimme war alles Leben gewichen.

»Es wäre einfach perfekt gewesen.« Der Doktor hockte auf seinem Stuhl, und nur seine Augen bewegten sich in ihren Höhlen, hin und her, hin und her. »Wenn Sie der Vater des Mädchens wären, würde Elsa verstehen, dass sie wegmuss. Sie wäre traurig, aber sie würde es verstehen. Sie würde mich nicht hassen, weil ich sie wegschicke.«

Dr. Carlton schlug mit dem Glas auf den Tisch, mit jedem Wort stärker. »Immer wieder habe ich ihr gesagt, dass sie sie zu nah an sich rankommen lässt, dass es nur eine Frage der Zeit ist, bis die Kleine wegkommt. Aber sie hat sich in den Kopf gesetzt, dass ich mich dran gewöhne und wir sie adoptieren.« Seine Stimme wurde rau. »Was nicht in Frage kommt.«

Ghans blinzelnde Augen funkten ihm eine Frage, die er verstand. »Ich hasse diesen Ort. Ich *hasse* ihn.« Sein geöffneter Mund war feucht und zitterte an den Winkeln. »Wir verschwinden an dem Tag, an dem mein Vertrag ausläuft. Ich kann kein weiteres hungriges Maul stopfen, und nichts soll mich hieran erinnern, schon gar kein Waisenkind.«

Er neigte sich zu ihm und wurde so deutlich, dass seine Züge sich anspannten: »Die Behörden müssen sich um das Kind kümmern, doch wenn ich mich an sie wende, wird Elsa mich hassen.« Er stieß ein kurzes, hohles Lachen aus. »Ich hab mir schon angewöhnt, die Kleine zu missachten. Manchmal denke ich sogar, ich hasse auch sie. Ist das nicht krank? Aber Sie verstehen das doch, oder? Sie verstehen, dass ich keine andere Wahl habe?«

Beide Männer schwiegen, während Worte Gedanken wichen. Draußen ging die sengende Sonne unter und lugte durch das Fenster über dem Eingang, blitzte in einem alten, an die Wand genagelten Spiegel auf.

Schweigend holte Dr. Carlton seine Brieftasche hervor, legte mehrere gefaltete Geldscheine auf den Tisch und ließ Ghan allein.

Die Sonne sank tiefer und verwandelte den Spiegel in ein grellweißes Rechteck. Sein Licht enthüllte eine Staubschliere in der Luft, deren Partikel silbern funkelten. Ghans Gedanken kehrten zu dem Kind zurück, und Leere breitete sich sanft in ihm aus. Man würde sie wegbringen. Man würde sie aus diesem Haus reißen und sie wieder in den Staub werfen. Allein. Sie hatte keine Stimme, konnte nicht für sich sprechen. Er dachte, er hätte sie gerettet. Sonst wäre sie gestorben. Aber der Tod kommt schnell und hat ein Ende. Sie hatte nicht darum gebeten, gerettet zu werden oder Verbrennungen zu erleiden oder von Ort zu Ort, von Hand zu Hand weitergereicht zu werden wie ein gebrauchter Jutesack.

Alle Geräusche im Pub verschmolzen zu einem gedämpften Summen. Der Atem der Kleinen schwebte um ihn herum; ihr Strahlen drang in seine Gedanken; ihre Frische vertrieb den schmierigen Kneipengestank. Nein, er hatte sie gerettet, und er bedauerte es nicht.

Dann trat ein Bild vor sein inneres Auge: ein Bild von ihm, wie er pfeifend zur Arbeit ging, und das Kind ritt auf seinen Schultern, umschlang lachend seinen Hals. Er hatte sanft ihre bestrumpften Knöchel umfasst, und sie wusste, dass sie in Sicherheit war; er wusste, dass sie in Sicherheit war.

Dann betrat jemand die Bar und sperrte die Sonne aus. Die Stille wurde von trunkenen Rufen unterbrochen. Der funkelnde Staub verschwand, und das Lichtrechteck verdunkelte sich wieder zu einem grauen Spiegel. Und in diesem Spiegel sah er sein Gesicht: ein hartes Gesicht mit dunklen Augen und hoher Stirn, mit vernarbter, stoppliger Haut; ein schiefes Gesicht mit nur einem Ohr und breiter, eingedrückter Nase. Jetzt sah er ein neues Bild vor sich. Er sah einen Engel, den ein Monster trug. Sah einen Mann, der unter ihrem Gewicht taumelte, weil sein verkrüppeltes Bein sich bei jedem Schritt verdrehte. Sah die grauen Wände mit der abgeplatzten Farbe vor sich, von dem engen Herbergszimmer, das sie mit ihm teilen musste. Sah die Angst in ihren Augen, wenn betrunkene Grubenarbeiter Flaschen unter seinem Fenster zerschlugen und sich prügelten. Sah, wie Schürfer ohne Frau jedes weibliche Wesen, ganz gleich wie alt, musterten.

Er sah jetzt vieles, sah es ganz deutlich. Sah, dass er nicht hätte zurückkommen dürfen. Sah, wie lächerlich sein Urlaub und die neuen Hemden waren. Sah, dass dieser Teil seines Lebens enden musste – dieser Traum musste aufhören und verschwinden. Sein Körper wurde wieder hart und schwer wie Blei. Es war Zeit zu gehen.

• • •

Ghan blickte auf das Gesicht des Mädchens, das auf dem Kissen ruhte: Er wusste, er würde es nie mehr wiedersehen.

Unter seinem Gewicht knarzten die Stufen laut, und er verfluchte sie, als er sich einen Weg durch die Dunkelheit ertastete. Wie bei einem langsamen Sonnenaufgang wurde der Flur in einer Ecke hell. »Sie gehen?«, fragte Mirabelle, mit einer Kerosinlampe in der Hand.

Er rieb sich über die Wange und bemühte sich, ganz normal zu klingen. »Hab vergessen, dass eine Warenladung von Murrin Murrin kommt. Dachte, ich könnte helfen«, log er.

»Nun, dann hole ich schnell Ihr Geld. Sie haben für eine Woche bezahlt.«

»Behalten Sie's.«

»Aber ich schulde Ihnen auch was für die Reparaturen.«

»Ich würde nichts annehmen.« Seine Stimme duldete keinen Widerspruch. Mirabelle nickte. Einen Augenblick schwiegen sie beide, dann erwähnte Ghan die Person, an die sie beide dachten. »Sie wird bald weg sein. Er gibt sie ab.«

»Ich weiß.« Mirabelle straffte sich rasch. »So ist es am besten.«

Ghan nickte. Verlegen drehte er einen großen Umschlag in seinen Händen, so dass die Münzen darin klimperten, und knickte ihn an den Ecken. »Könnten Sie dafür sorgen, dass ihr das mitgegeben wird?« Er reichte ihn Mirabelle. »Es ist nicht viel, aber vielleicht hilft's.« Er konnte in der Dunkelheit nicht ihr Gesicht sehen, doch als sie antwortete, klang ihre Stimme sanfter, wie die einer Frau. »Das werde ich.«

Nun konnte er gehen. Das Kind würde ihn nicht mehr belasten und behindern wie sein steifes Bein. Zur Hölle, vielleicht würde er sogar zum Schlachter gehen und es sich ein für alle Male abnehmen lassen: Je weniger von ihm blieb, desto besser.

## Kapitel Sechs

Sie wartete im Bett auf Elsa, aber Elsa kam nicht. Ihr hungriger Magen zischte und gurgelte mit einem brennenden Schmerz, der seit den ersten Sonnenstrahlen immer größer wurde. Sie verschränkte die Arme darüber, stieg vom Bett und schlich durch die Stille die Treppe hinunter. Am Fuß der Treppe sah sie ein Kleid an der Garderobe, ein kleines, aus weißer Baumwolle, hübsch und neu; am Ärmel hing noch ein Schildchen. Sie schmeckte etwas Saures im Mund.

Am Ende des Flurs hörte sie ein vertrautes Scheppern. Sie folgte ihm in die Küche, wo Mirabelle in der Spüle einen Topf schrubbte. Sie spähte am Türrahmen vorbei und beobachtete die Frau. Mirabelle schrubbte den Topf immer weiter, obwohl er schon ganz sauber war. Ihre Ellbogen ruckten hin und her, und von der heftigen Bewegung hatten sich aus ihrem Knoten ein paar Strähnen gelöst. Dann hielt sie inne und schleuderte plötzlich den Schwamm mit dem Schaum gegen das Fenster. Sie senkte den Kopf zwischen ihre Schultern, die mit einem Mal nicht mehr so stark wirkten.

Ihr Magen brannte, und sie drängte sich enger an die Wand. Mirabelle drehte sich um und schrak zusammen, als sie sie auf der Türschwelle sah. Ihre Augen waren müde und rot gerändert.

Mirabelle richtete sich auf und rieb sich die Hände an ihrer nassen, am Bauch umgeschlagenen Schürze ab. Sie säbelte dicke Scheiben von einem Laib Brot und griff dann nach einer Schale Pfirsiche, ohne ihr in die Augen zu sehen. »Iss das ja auf«, sagte sie sanft.

Das Brot zerbröselte trocken in ihrem Mund. Sie wollte es nicht essen, schluckte aber jeden Krümel, obwohl dadurch das Brennen im Bauch nicht besser wurde, sondern schlimmer. Mirabelle kam zu ihr, legte ihr sanft die Hand auf die Schulter und sagte viel zu sanft: »Komm, machen wir uns fertig, ja?«

An Mirabelles Hand wurde ihr ganzer Körper taub und kalt: das Ziehen der Hand, der leere Blick, die Stille. Mirabelle führte sie ins Wohnzimmer, zog sie aus und ließ das neue Kleid über ihre zarten Schultern gleiten. Aus dem Schrank holte sie winzige schwarze Lackschuhe mit silbernen Schnallen über den Riemen. Abwesend, mit zusammengepressten Lippen zog Mirabelle sie ihr an und wich ihrem Blick aus. »Wird schon nicht so schlimm werden. Du wirst sehen.« Der Frau brach die Stimme. »So ist es am besten.« Ihre Wangen färbten sich rot, als sie das sagte.

Mirabelles Finger waren zittrig und ungeschickt, als sie ihr die steifen Schuhe über die Strümpfe streifte und dann die Fältchen am Ärmel glättete. Endlich sah sie ihr in die Augen und sagte abschließend: »Komm. Zeigen wir Elsa, wie hübsch du aussiehst.«

Die neuen Schuhe klapperten hohl, als sie das Schlafzimmer betraten. Elsa saß aufrecht im Bett und schluchzte mit zuckenden Schultern in ein Taschentuch. Als sie sie sah, putzte sie sich rasch die Nase und steckte das Taschentuch unters Kissen. Ein Lächeln breitete sich über ihre Lippen aus, und sie sagte in stockendem Englisch: »Oh, so hübsch! So, so hübsch!«

Sie streckte die Arme aus und winkte sie zu sich.

Da knallte die Haustür.

Schritte und knarzende Stufen. Leise Männerstimmen.

Elsa zog sie heftig an sich und vergoss neue Tränen auf ihr Haar.

Geräusche durchfluteten das Zimmer.

Panik brach aus, drückte sich gegen ihre Haut, pochte in jeder Faser ihres Körpers. Elsa quetschte sie heftig an sich, so dass ihr schmerzhaft die Luft wegblieb. Eine heiße Welle stieg durch ihr Inneres, und ihr Geist verschloss sich wie eine Muschel, alles in ihr zog sich zurück, zog sich immer mehr zusammen. Gedämpfte Geräusche prallten an ihrer geschlossenen Schale ab: Weinen, Schreien, Betteln.

Ihre Arme wurden in zwei verschiedene Richtungen gezogen, ihre Füße plötzlich vom Boden gehoben. Sie kniff die Augen zu.

Jetzt wurde sie schnell durchs Haus getragen, die Treppe hinunter und aus der Haustür, die Elsas Schreie mit einem lauten Knall ausschloss. Starke Arme hielten sie fest umfasst; ein Mann atmete ihr keuchend ins Ohr, während ihr Gesicht hart gegen den kratzigen Stoff einer Uniform gedrückt wurde. Jeder Gedanke verhallte im ohrenbetäubenden Dröhnen in ihrem Kopf. Ihre Sinne erwachten: der Geruch nach Pferden, das Geräusch der Stiefel im Staub, der Geschmack von Blut, als sie sich auf die Lippen biss – während alles andere erstarb.

Als der Mann sie auf einem glatten Ledersitz absetzte, kauerte sie sich blind in eine Ecke. Räder ratterten und schubsten ihren Kopf zwischen Sitz und Kutschentür. Ihr ganzer Körper pochte und brannte. Unter ihren Augenlidern erhaschte sie einen Blick von den neuen Schuhen, die ihr schlaff an den Füßen hingen und jetzt schon verschrammt und mit rotem Staub überzogen waren.

Sie ließ die entlegene Wüstenstadt in einer Staubwolke hinter sich – den Ort, der ihr kaum mehr gab als ihren Namen: Leonora.

# TEIL ZWEI

## Kapitel Sieben

Eine verschwommene Abfolge von Händen, Menschen und Häusern, von Männern in Uniform prägte die folgenden Monate. Noch eine Reise und ein Polizist, der die Kutschentür öffnete. »Raus mit dir.« Grunzend schob er seinen Helm zurück, so dass ihm der Kinnriemen eine weiße Linie in die rote Haut schnitt. »Komm schon, Kind; wir haben nicht den ganzen Tag Zeit.« Er umfasste ihre Hände und schwang sie aus der Kutsche.

Ein gefällter Baum ohne Rinde, der seine Wurzeln wie knochige Finger himmelwärts streckte, versperrte ihnen den Weg. Scherben bedeckten die Steinplatten und blitzten weiß zwischen Grasflecken auf. Neben der Kirche lag Sperrmüll: aufeinandergestapelte, kaputte Stühle, lose Backsteine mit Mörtel, aufgeklappte Bücher mit schimmligen Seiten. Der Polizist ließ ihre Hand los. Ihr Mund wurde trocken. In der Ferne toste das Meer, doch ihr donnernder Herzschlag übertönte es.

In der breiten Kirchenpforte erschien ein Priester. Er war von Kopf bis Fuß in Schwarz gekleidet und schwebte wie ein gravitätischer Schatten über den Kies auf sie zu. »Guten Morgen, Constable«, sagte er ausdruckslos.

»Morgen, Pater McIntyre.« Der Polizist musterte die Planen und die zerbrochenen Fenster des Waisenhauses und rieb sich über den dicken Bauch. »Mann, der Wirbelsturm hat bei Ihnen aber einiges angerichtet, Pater. Wie wollen Sie das alles wieder reparieren?«

Der Priester seufzte und tappte mit dem Fuß. »Ich habe an den Bischof geschrieben. Das Geld wird schon kommen.«

»Hoffen wir es. Geraldton hat schon was abgekriegt, aber hier, puh …« Der Polizist wischte sich mit dem Handrücken über die Stirn und blickte auf die dezimierte Gruppe geknickter Bäume.

»Kein Vergleich zu hier. Ich fürchte, Sie haben das meiste abbekommen.« Er kratzte sich abwesend in der Nase. »Wie auch immer«, sagte er und senkte den Blick auf sie. »Ich hab wieder eins für Sie.«

»Das sehe ich.« Die Miene des Priesters war unbewegt, sein Ton streng. »Ein bisschen mehr Vorlauf wäre angezeigt gewesen. Sie sagten doch, sie käme erst in einem Monat.«

Der schwitzende Polizist zuckte die Achseln. »Stand nicht in meiner Macht. Die Kleine hat schon zwei Heime hinter sich. Dass sie nicht redet, hat alle verrückt gemacht. Ich hatte sie eine Woche am Hals.«

Sie schluckte und senkte den Blick auf den Kies. Das Brennen kroch in ihren Bauch und breitete sich bis zu ihrem Gesicht aus.

Pater McIntyre räusperte sich und senkte sich dann auf ein Knie. Sanft hob er ihr Kinn, bis sie ihm direkt in die Augen schauen konnte. Das Brennen wurde schwächer. Sein Gesicht war sanft und ruhig. Er nahm ihre Hand und hielt sie in seiner warmen Handfläche. »Wir freuen uns, dass du gekommen bist. Leonora, richtig?«

»Ist nicht ihr richtiger Name«, warf der Polizist ein und knibbelte wieder in der Nase. »Ist nach einem Ort im Busch benannt. Sie können sie nennen, wie Sie wollen.«

Der Priester wandte nicht den Blick von ihr, presste aber die Lippen zusammen. Dann drückte er ihre Hand, und seine Lippen entspannten sich wieder. »Ich finde, Leonora ist ein sehr schöner Name. Sollen wir ihn behalten?«

Sofort füllte sich ihr Mund mit Watte: Sie sollte sprechen. Stocksteif stand sie da. Doch im Gegensatz zu den anderen, die sie kalt angestarrt oder kurz geschnaubt hatten, lächelte Pater McIntyre noch breiter. Er neigte sich zu ihr und flüsterte ihr ins Ohr: »Dies ist ein guter Ort.«

Sie überflog mit dem Blick die baufällige Kirche und das verwüstete Gelände. Der Priester folgte ihrem Blick und nickte. »Das wird schon wieder, Leonora. Die Zeit heilt alle Wunden.« Ein fast verschliffener schottischer Akzent rundete seine Worte, und so aufrichtig und aufmunternd klangen sie, dass sich ihre Kehle und ihre Schultern entkrampften.

»Wir werden uns gut um dich kümmern.« Damit stand er auf, und seine würdevolle, schwarze Gestalt ragte in den Himmel, als er die Hand nach ihr ausstreckte. »Versprochen.«

## Kapitel Acht

Pater McIntyre brachte seinen Morgentee nach draußen. Vom Meer kam eine leichte, salzige Brise und mit ihr das Bild gegen die Klippen krachender Wellen. Der dunkelblaue Himmel klammerte sich gierig an die letzten Sterne, die einer nach dem anderen im breiter werdenden Streifen des Morgenlichts verblassten. Lebendigkeit lag in der Luft: Es war Gottes Stunde.

Im Jungenschlafsaal war noch alles still. Das mit einer Plane abgedeckte Dach hielt kaum den Morgentau ab. Der Sturm hatte jede einzelne Scheibe zerbrochen; Sperrholz schützte jetzt die Öffnungen. Die kleinen Füße mussten immer noch über Scherben im Gras laufen. Der Mädchentrakt sah nicht besser aus. Die Schlafsäle zweigten in Flügeln vom Hauptgebäude ab, und der Sturm hatte sie einfach abgeschnitten.

Pater McIntyre ging ums Gebäude zu der Ruine aus Backsteinen und Mörtel, die einst seine persönliche Bibliothek dargestellt hatte. Von dem Anblick bekam er immer noch ein hohles Gefühl im Magen. All die Bücher, die er ein ganzes Leben lang zusammengetragen hatte: Shakespeare, Dickinson, Poe – waren ins Meer geweht, von Ästen aufgespießt und bis zur Unkenntlichkeit durchnässt worden. *Ist doch nur Druckerschwärze auf Papier*, ermahnte er sich wieder einmal. Nicht ein einziges Kind war verletzt worden. Fleisch und Blut waren stärker gewesen.

Er hatte seinen Tee ausgetrunken, als die Morgendämmerung die letzten Sterne gepflückt und die Klippen überflutet hatte. Das kleine Mädchen kam ihm in den Sinn, das ein paar Tage zuvor eingetroffen war, und es schnürte ihm die Kehle zu. Noch eine Waise. Ein Kind ohne Stimme, doch mit dem Licht der Unschuld im Blick.

Dann ertönte die Messingglocke, sieben Schläge. Sein Quäntchen Ruhe war vorbei. Die Kinder würden in Kürze mit dem Frühstück fertig sein. Die häuslichen Pflichten begannen. Schon bald würden das Plappern junger Stimmen und das Trippeln kleiner Füße jeden Zentimeter des Waisenhauses erfüllen, und seine Arbeit würde beginnen.

• • •

Gegen Mittag umhüllte der Salzgeruch vom Meer die Felder, geleitete Pater McIntyre über den steinernen Pfad und vermischte sich mit dem faulig süßen Nektar des Obstgartens. Knorrige, abgeerntete Apfelbäume standen so dicht beieinander, dass sich ihre Äste miteinander verhakten und die Reihen wie zusammengenäht wirken ließen. Die Erntezeit war vorbei, die letzten Körbe mit entkernten Früchten in den Ort geschafft und der Rest vom Sturm ins Meer geblasen. Vögel, die jetzt keine Konkurrenz mehr zu fürchten brauchten, pickten an den Überbleibseln.

Pater McIntyre stieg vorsichtig über die zermatschten Früchte. Ein älterer Junge mit aufgerollten Hemdsärmeln balancierte auf einer Leiter und beschnitt die Äste. Ein kleinerer Junge saß am Fuß der Leiter und untersuchte einen verschrumpelten Apfel auf Ameisen.

»Dylan!«, rief der Priester. »Hast du James gesehen?«

Der Junge auf der Leiter drehte sich um und legte die Astschere auf die Schulter. »Zuletzt in der Scheune.«

»Erledigt seine Pflichten«, ergänzte der Ameiseninspektor hilfsbereit.

»Bist du mit deinen fertig?«, fragte Pater McIntyre.

»Ja, Sir.«

»Guter Junge.«

Ruhig bahnte er sich einen Weg zur Scheune auf der unteren Wiese, und sein schwarzer Talar bildete einen scharfen Kontrast zu den weiß gebleichten Kieseln, die das Meer angeschwemmt hatte. Unten angekommen, lehnte sich Pater McIntyre leise gegen das alte, warme Holz und sah zu, wie der Junge Heu in den hinteren Stallbereich fegte. Der Besen, der noch immer zu groß für ihn war, drohte seinen Händen zu entgleiten, während er den Boden um die Pferdehufe säuberte.

James wurde älter – noch war er ein Kind, doch mit jedem Tag weniger. Pater McIntyre betrat die Scheune, in der sich die Hitze drückend staute. James wischte sich die Stirn am Ärmel ab, dann tätschelte er der Stute sanft die Nase. Doch das Pferd wich erschrocken zurück.

Pater McIntyre griff nach dem Geschirr. »Hoo! Was ist denn in sie gefahren?«

James blickte überrascht zu ihr auf. »Keine Ahnung. Sie ist nicht sie selbst.«

»Hast du den Stall auf Schlangen untersucht? Letzte Woche habe ich die kleine Mutterziege an eine verloren.«

James' Miene hellte sich auf. Er tauschte den Besen gegen eine Heugabel und stocherte in dem hohen Heuhaufen. Da schoss eine lange, braune Schlange aus dem aufgewühlten Heu und schlängelte sich durch seine Beine. Das Pferd geriet in Panik und schlug mit den Vorderhufen in die Luft.

»Ich hab sie in eine Ecke gedrängt!«, rief James.

Pater McIntyre erschauerte. »Komm dieser Schlange ja nicht zu nah, James! Schlag sie nur schnell tot!«

Pure Verwirrung malte sich auf dem Gesicht des Jungen. »Ich kann ihr doch nichts tun, Pater.« Mit einer schnellen Bewegung hob er sie mit der Forke hoch, trug das sich windende Reptil zur Scheunentür und schleuderte es weit auf die Wiese hinaus.

»Um Himmels willen, James!« Pater McIntyre war entsetzt. »Tu das nie wieder. Die Welt kann ohne weiteres mit einer Schlange weniger auskommen.«

James runzelte die Stirn. Stroh und Grassamen klebten ihm im Haar und an den verschwitzten Unterarmen. Pater McIntyre schüttelte den Kopf, lachte über die todernste Miene des Jungen und tätschelte ihm den Kopf, worauf eine staubige Wolke aus winzigen Strohhalmen aufflog. »Furchtlos. Schon immer gewesen.«

Als James dem Pferd sanft über die Nase rieb, beruhigte es sich. Daraufhin packte er sich erneut die Heugabel und schob den Haufen wieder zusammen.

Pater McIntyre hielt ihn auf. »Komm mal mit raus und setz dich mit mir zusammen.«

»Und meine Pflichten?«

»Die können warten.«

Pater McIntyre und James ließen den durchdringenden Stallgeruch hinter sich und lehnten sich draußen gegen einen sonnengewärmten Felsen. Pater McIntyre gab ihm ein braunes Päckchen. »Herzlichen Glückwunsch.«

Der Junge wog es in seiner Hand. »Aber wir kriegen doch eigentlich keine Geschenke.«

Der Pater lachte leise. »Ab und zu gibt es eine Ausnahme. Los, James. Mach's auf.«

Widerstrebend knotete der Junge die Schnur auf und schälte das Papier ab. Seine Miene blieb unverändert, als er auf die dicke Lederbibel starrte.

»Die ist neu, keine gebrauchte aus der Kirche«, erklärte Pater McIntyre. »Hör mal, ich weiß, du hättest dir vielleicht was anderes gewünscht, aber« – er suchte nach den richtigen Worten– »aber du könntest darin nach Antworten suchen. Vielleicht nicht jetzt, aber irgendwann mal.«

James blickte auf das Buch in seinen Händen. »Danke, Pater.«

Pater McIntyre wusste nicht, ob er den Jungen schütteln oder umarmen sollte. Also kniff er ihm nur ins Kinn. »Warum guckst du immer so ernst, mein Sohn?« James antwortete nicht, doch das hatte er auch nicht erwartet.

Pater McIntyre blickte den Steinpfad hinunter. »Hier habe ich dir das Laufen beigebracht.« Er zeigte zu einer Ecke der Scheune. »Dort, auf der ebenen Stelle. Kaum waren deine Beine kräftig genug, sind wir jeden Tag hierhergekommen und haben geübt. Du hast meine Zeigefinger mit den Fäusten umklammert und so fest zugedrückt, dass sie weiß wurden.« Er blickte auf seine Finger und sah es wieder vor sich. »Du warst wild entschlossen zu laufen. Kaum konntest du krabbeln, hast du auch schon versucht, dich auf deinen wackligen Beinchen aufzurichten.«

Die Sonne warf ihr warmes Licht auf den bernsteinfarbenen Scheitel des Jungen, der golden aufleuchtete. »Ich weiß noch, wie man dich mir in den Arm gelegt hat, da warst du gerade mal eine Woche alt. Du wurdest knallrot und hast so heftig geschrien, dass ich dachte, du würdest platzen.« Er fuhr sich mit der Hand durchs Haar und starrte mit weit aufgerissenen Augen in die Vergangenheit. »Ich hatte solche Angst. Meine Hände zitterten so stark, dass ich dachte, ich würde dich fallen lassen. Ich war ja selbst erst einen Monat hier.« Er lächelte James an. »Du und ich sind zusammen hier gewachsen, mein Sohn. Wir haben uns auf diesem Weg gegenseitig gestützt.«

Er betrachtete das Profil des Jungen und fragte sich, welche Gedanken sich hinter dieser Stirn verbargen. James war ein guter Junge. Ein guter, wunderbarer Junge, und er liebte ihn, wie ein Vater seinen Sohn. Nicht wie ein ordinierter Pater, sondern wie ein echter Vater.

James hatte ein gutes Leben im Waisenhaus; da war er sicher. Er wurde ernährt und erzogen, man brachte ihm bei, ordentlich zu sprechen, ohne den üblichen Slang der Kinder. Er wurde nicht schikaniert und war der Liebling der Nonnen. Doch der Junge hatte keine Freunde und schien auch keine zu brauchen. Allein oder in Gesellschaft von Tieren wirkte er zufriedener. Seit seiner Geburt hatte James etwas gefehlt, und noch nach neun Jahren hatte Pater McIntyre keine Ahnung, was es war.

Er zog James auf die Füße und zwinkerte ihm zu. »Los. Du hast Geburtstag. Die Pflichten können bis morgen warten.« Er wusste schon, wohin der Junge gehen würde. »James!«, rief er dem Jungen nach, der schon zum Meer hinunterlief. »Vergiss nicht! Nicht zu nah an die Klippen!«

## Kapitel Neun

James lehnte sich an den Stamm der Trauerweide, die einen filigran durchlöcherten Schatten um sich breitete. Er saß da, das eine Bein gestreckt, das andere angezogen, und presste sein Kinn aufs Knie. Da schoss ein Ball durch die Äste und traf ihn fast am Kopf.

»Hey, da hinten!«, brüllte ein Junge vom Spielfeld. »Wirf ihn zurück!«

James schmiss den Ball durch die Luft.

»Willste nicht mitspielen, James?«

»Nee.« James setzte sich unter den Baum zurück und zeichnete mit einem krummen Stock Linien in die weiche, braune Erde. Das Stimmengewirr der Kinder umhüllte ihn wie das Summen der Insekten.

Meghan Mahoneys Schatten fiel über seinen Fuß, als sie, mit zwei anderen Mädchen kichernd, vorbeischlenderte. »Da ist sie ja!«

James seufzte, kratzte entschiedener über die Erde und wünschte sich, ihre Stimmen wären weit genug entfernt, um mit dem anderen Insektensummen zu verschmelzen.

»Leonora! Hey, Leonora, was machst du da?« Meghans Rufen galt dem kleinen Mädchen, das sich im Schatten versteckt hatte.

»Ach ja! Sie kann ja nicht sprechen. Die Arme. Soll ich es dir beibringen? Ich bin eine sehr gute Lehrerin.« Die Mädchen kicherten. »Sprich mir nach: Ich bin ein dummes, hässliches Mädchen. Los, sag es mit mir zusammen: Ich bin ein dummes, hässliches Mädchen.«

James bohrte sein Kinn ins Knie und blickte sich nicht um. Das brauchte er auch nicht, er wusste genau, wie Meghans Gesicht mit den Sommersprossen aussah, wenn sie das neue Mädchen quälte. Er kratzte so hart mit dem Stock über die Erde, dass er ihm in der Hand zerbrach.

»Du redest also nicht, wie? Wie wär's dann mit Singen? Ich kenne ein schönes Lied. Hab ich mir extra für dich ausgedacht.«

*Leonora, Leonora,*
*in der Wüste lag sie*
*sterben sollte sie*
*und ihr Vater lachte wie ein Kookaburra*

Von den Worten wurde James übel. Er warf Blicke wie Dolche nach den Mädchen und bekam ganz kurz Leonoras Augen zu sehen, als sie zu ihm herüberhuschten. Kein Zorn, keine Tränen zeigten sich darin, nur Sanftheit. Hitze schoss in ihm hoch. Er konnte es beenden. Aber dann würde es morgen weitergehen, und übermorgen. Es würde noch schlimmer werden, weil sie Streit genossen. Ihre Augen glänzten vor lauter Gier danach. Sie würden noch schlimmer sticheln. Also schloss er die Augen und konzentrierte sich auf das Rascheln der Blätter, bis das Gelächter erstarb und Meghan und ihre Bande davonrannten.

Danach saß er müßig da. Das stille Mädchen kauerte im Schatten und stützte ihr Kinn auf ihr Fäustchen. Da hasste James diesen Ort – das einzige Zuhause, das er je kennengelernt hatte –, und nichts wollte er lieber, als zu verschwinden. Er konnte nicht länger hier sitzen, und so viele Stöcke, wie er zerbrechen wollte, gab es nicht auf der Welt. Er sprang auf, rannte vom Feld, rannte über den Pfad, der sich um die Kirche schlängelte. So schnell rannte er, dass er den Kopf gesenkt nach vorn streckte und seine Beine nur noch ein verschwommener Wirbel zwischen den Wildblumen und Findlingen auf dem Weg zu den Klippen waren.

Der Geruch des Meeres schlug ihm entgegen, als er den Rand des Vorsprungs erreicht hatte. Er ließ sich auf einem Fleckchen nieder, das in Sand eingebettet und mit rauem Gras bewachsen war. Seine Beine ließ er über die Klippe hängen, seine Füße baumelten Hunderte von Metern über den strudelnden Wellen. James lehnte sich zurück, bohrte seine Ellbogen in den Sand, schloss die Augen und hob das Kinn zu den Wolken. Das Tosen des Wassers übertönte die Stimmen, die Sticheleien; der salzige Geruch nach Fisch und Meer vertrieb den Gestank aus Schweiß, Schmutz und Schimmel.

Das Meer beruhigte ihn. Die weit unter ihm spritzende Gischt bannte und besänftigte seine Gedanken. Die Kirchturmglocke tat zwei blecherne Schläge, und ein hohles Gefühl zupfte an seinen Eingeweiden. Er gehörte nicht hierher. Das hatte er schon gewusst, bevor er alt genug war, es zu *wissen*. Dieses Leben war ihm nicht bestimmt, und doch war es sein Leben, und weil er das nicht begriff, wollte er am liebsten Stöcke zerbrechen und Steine ins Meer schleudern, bis ihm die Schultern wehtaten.

Er zog die Bibel, die ihm Pater McIntyre geschenkt hatte, aus dem Hosenbund. Der Pater hatte gesagt, dort fände er Antworten, und tatsächlich hatte er eine Frage, doch die hätte ein Priester gewiss nicht gebilligt. James schlug das Buch auf und strich mit der Hand über die winzigen, gedruckten Wörter und das dünne, milchige Papier. Langsam nahm er die Ecke einer Seite zwischen die Finger und riss sie einfach heraus. Er ergriff noch mehr Seiten und riss sie so glatt an der Bindung heraus, dass sie kaum ausfransten. Die letzten Seiten lösten sich von selbst. Danach fuhr James mit dem Finger über die roten Fäden der Bindung. Der leere Einband knickte schlaff nach hinten. James sammelte die ausgerissenen Seiten ein, hielt sie einen Augenblick fest und ließ sie im warmen Wind flattern, bevor er sie über der Klippe losließ, wo sie im Wind tanzten, wie milchige Hände winkten und hinunter in die weiße Gischt sanken. Neben ihm stemmte sich eine Zypresse mit dicken, faserigen Wurzeln gegen den Abgrund. Am Fuß des Baumes war eine kleine Steinpyramide errichtet, von der James jetzt Kiesel um Kiesel nahm, bis er das verbrannte, schwarze Buch vor sich sah. Die goldgeprägte Schrift glänzte hell im Sonnenlicht, und sein Herz raste genauso wie damals, als er es in Pater McIntyres Bibliothek entdeckt hatte. Der Name ›O'Connell‹ blitzte auf. Sein Name. Der Pater hatte das Buch vor ihm versteckt, doch der Sturm hatte es ihm zurückgegeben: es aufgeklappt in den Trümmern zurückgelassen, bis er es sich schnappte.

Jetzt blies James die Erdkrümel von den Rillen im Ledereinband. Er legte das Buch in den Einband der Bibel und drückte es fest in den Knick. Es passte nicht perfekt, aber doch gut genug, um keine Fragen aufzuwerfen. Jetzt waren ihre Worte in Sicherheit, unter Gottes Schutz. Er versteckte das Tagebuch seiner Mutter sorgfältig unter seinem Hemd.

## Kapitel Zehn

Fünfundsiebzig Meilen nördlich von Geraldton, in der Nähe von Kalbarri, ragte das Waisenhaus über den zerklüfteten Klippen empor, die keinerlei menschliche Spuren zeigten außer der Serpentinenpiste, die Sträflinge mehr als zehn Jahre zuvor notdürftig angelegt hatten. Hopfenbüsche streckten täglich ihre grünen Finger nach der Schotterstraße aus, um sie zurückzuerobern, krochen mit ihren Wurzeln über Wagenspuren und vom Winterregen vieler Jahre ausgewaschene Rillen; jede Kurve wurde von nicht zu bewegenden Felsbrocken verengt. Doch über diese Straße musste kaum jemand. Die Menschen aus dem Norden, dem wilden Land, blieben im Norden; die Menschen aus dem Süden, dem Land der Sonne, blieben im Süden.

Daher empfing die Piste das benzinbetriebene Vehikel des Bischofs mit großer Belustigung. Spitze Steine stachen in die dünnen Gummireifen und ließen die Metallkarosserie gefährlich über tückische Wurzeln und Rillen springen. Das ganze Waisenhaus sah zu, wie das Gefährt aus Stahl und Gummi näher kam. Selbst die Erwachsenen hielten Alter und Erfahrung nicht davon ab, den Mund aufzusperren, als der arg mitgenommene Wagen in einer Wolke aus Staub und Abgasen auf das ebene Grundstück der Kirche fuhr. Ein Mann mühte sich mit einem Schaltknüppel ab und provozierte mit jedem Ruck lautes Aufheulen vom Motor und noch mehr Rauchfürze aus dem Auspuff, bis er hart an etwas riss und der Motor wimmernd absoff. Die Beifahrertür sprang auf, und ein schwarz gewandeter Arm versuchte wedelnd, die Rauchwolken zu verscheuchen.

Pater McIntyre streckte eine Hand in den Rauch. »Willkommen, Euer Gnaden.«

Der Bischof stieg aus, lehnte sich mit bleicher Miene an den Wagen und gluckste dann. »Diese Reise ist nichts für jemanden, der ein schwaches Herz hat.« Er klopfte seine Soutane aus. Staub wallte auf und ließ sich auf seinem rot verschwitzten Gesicht nieder.

Er verschränkte die Hände auf dem Rücken und streckte sich, so dass sich sein Bauch weit nach vorne wölbte. Ein anderer Mann fummelte am Gepäck, das hinten auf den Wagen geschnallt war, und stellte sich dann, mit Roben über seinen Händen, neben den Bischof.

Pater McIntyre sperrte den Mund auf. Sein Körper reagierte noch vor seinem Geist auf die Begegnung, und alles Blut wich ihm aus dem Gesicht.

»Mein neuer Assistent, Diakon Johnson«, stellte der Bischof den Mann vor.

»Hallo, Pater McIntyre.« Der Mann sprach den Priester ganz ruhig an, doch sein Blick war unsicher und fragend. »Schön, Sie wiederzusehen.«

Der Bischof blickte überrascht auf. »Sie kennen sich?«

Ohne den Blick von Pater McIntyre abzuwenden, antwortete der Diakon leise: »Wir waren zusammen am Seminar in New South Wales. Ich war jahrelang sein Tutor.«

Pater McIntyre versuchte sich zu ermahnen, dass dieser Mann früher ein Freund gewesen war, und zwang die Erinnerung daran, alle anderen zu überdecken, bis ihm das Blut wieder ins Gesicht strömte und er freier atmen konnte. »Diakon Johnson«, begrüßte er ihn förmlich. »Es ist lange her.«

»Schön, dass wir hier angefangen haben«, bemerkte der Bischof. »Es ist immer gut, ein vertrautes Gesicht zu sehen.«

»Also besuchen Sie nicht nur uns?«

»Wohl kaum!«, schnaubte der Bischof. »Wir müssen fast zu einem Dutzend Missionen.« Er schlug dem Pater auf die Schulter. »Sie sind nicht der Einzige, der Geld braucht, wissen Sie? Aber jetzt würde ich mich gerne frisch machen und ausruhen, wenn Sie nichts dagegen haben.« Der Bischof ging an den Kindern vorbei, ohne sie anzusehen oder gar anzusprechen. »Übrigens haben Sie und Diakon Johnson sich gewiss einiges zu erzählen.«

Als Pater McIntyre dem Bischof nachsah, spürte er mehr als deutlich, dass der Blick des Diakons auf ihm ruhte. Er verschränkte die Hände auf dem Rücken und sog tief die salzige Luft ein, bevor er sagte: »Es ist sehr lange her, Robert. Wir müssen nicht darüber sprechen.«

Die runden Wangen des Diakons zuckten. »Ich weiß, aber ich habe das Gefühl, ich sollte – «

Er unterbrach den Satz des Mannes mit einem einzigen, durchdringenden Blick. »Es ist sehr lange her.«

## Kapitel Elf

An diesem Tag brachen sich die Wellen nicht an den Klippen, sondern umspülten sie nur sanft. Die Seiten des auf James' Knien aufgeschlagenen Buches raschelten kaum in der stillen Luft. Er las ein bisschen in dem Tagebuch und nahm jedes Wort tief in sich auf, um sich ein Bild von seiner Mutter zu machen. Am Ende jeder Seite zögerte er umzublättern, denn jede Seite öffnete ein Fenster in seine Vergangenheit, mit allem Guten und Schlechten darin. Er hatte keine Eile, das Tagebuch zu lesen. Er war Waise. Er wusste, wie es endete.

James schlug das Buch zu, steckte es sich unter die Knie und umschlang sie mit seinen Armen. Er lauschte auf das Rauschen des Meeres. Dann fiel ein Schatten über einen Felsbrocken. Ein Stock knackte. Seine Haut wurde eiskalt. Er wartete, wurde so reglos wie die Felsen. Als rechts von ihm Steine knirschten, sprang er auf. »Wer ist da?«, brüllte er. Er steckte sich das Buch in den Hosenbund, nahm langsam einen Stein vom Boden und hob wurfbereit den Arm. »Wer ist dahinten?«

Hinter den dornigen Zweigen einer Murchison-Rose erschien eine Gestalt. James senkte den Arm und ließ den Stein fallen. »Du darfst nicht hier oben sein«, mahnte er.

Leonora wich von dem Rosenstrauch zurück. Sie atmete so unruhig, dass sich ihre Schultern hoben und senkten. In ihren Augen zeigte sich Angst. »Du darfst nicht hier oben sein«, wiederholte er. »Die Klippen sind gefährlich.« Er trat ein paar Schritte vor, worauf sie genauso viele Schritte zurückwich.

»Ich tu dir nicht weh.« Er ging jetzt schneller, doch sie auch, so dass das Meer und der Abgrund hinter ihr auftauchten. »Halt!«, brüllte er, doch sie begriff nicht und geriet in den Bereich, wo kein Gras mehr wuchs und der Sand in den Fels der Klippe überging. Ohne dorthin zu blicken oder auch nur einen Gedanken zu fassen, schoss James los und packte genau in dem Augenblick ihren Arm, als ihr Fuß unter einem losen Stein nachgab, welcher ins Meer stürzte. Er riss sie vom Abgrund zurück und ließ sie erst los, als sie sich seinem Griff entwand.

Adrenalin rauschte in seinen Adern, und er wusste nicht, was passiert war, außer dass sie da war, nicht die Klippe hinuntergestürzt, und dass er es kaum glauben konnte. Schwer atmend starrten sie einander an. Leonoras Blick huschte zum Rosenbusch.

»Was ist denn?«, fragte er. »Was ist da drüben?« Sie antwortete nicht, sondern beobachtete nur jede seiner Bewegungen, als er sich anschickte, unter den stachligen Strauch zu kriechen. Dann packte sie seinen Arm, hielt ihn auf und zeigte auf den Boden. Dort, wohin er als Nächstes getreten wäre, befand sich ein Nest aus Stöckchen, Blüten und Blättern. In der Mitte hockte ein kleiner gelbgrauer Vogel, dessen einer Flügel merkwürdig abstand, und blinzelte sie langsam mit bleichen Lidern an.

Leonora hielt ihn am Arm fest und drückte ihn leicht. Ihre Miene war ein einziges Flehen. Er kniete sich auf den sandigen Boden, fasste die Äste vorsichtig zwischen den Dornen und schob sie auseinander. »Ich tu ihr nicht weh«, flüsterte er.

James strich dem Vogel über den bleifarbenen Kopf. »Ein Gelbbauchschnäpper. Aber ihr Flügel ist gebrochen. Warte hier.« Er rutschte vom Busch zurück und erschien kurz darauf wieder mit einem Wurm, der sich in seinen erdverschmierten Fingern wand. Den legte er auf den Boden. Der Vogel ruckte den Kopf erst zur einen und dann zur anderen Seite, pickte, hielt den Wurm längs im Schnabel und verschlang ihn mit drei Schlucken.

Leonora wandte sich zu James. Ihre Augen glänzten vor Dankbarkeit. Sie lächelte vorsichtig. James erwiderte ihr Lächeln. Dabei lächelte er nie.

## Kapitel Zwölf

»Wir können die Schlafsäle nur mit Planen abdecken.« Pater McIntyre zeigte auf das beschädigte Dach. »Aber das ist lediglich ein Provisorium. Damit kommen wir nicht noch mal durch den Winter.« Bischof Ridley nickte und ging weiter, führte eher, als zu folgen, und wandte sich zu dem steilen Hang mit den Reihen knorriger Obstbäume.

»Der Obstgarten erholt sich wieder, aber das braucht Zeit. Einige Bäume sind mit der Wurzel herausgerissen worden.« Pater McIntyre fasste den Bischof am Ellbogen. »Aufgepasst«, sagte er, als sie über ein tiefes Loch traten. »Mit den Kirschen war es nicht so schlimm – «

Der Bischof unterbrach ihn. »Wie viele Kinder leben hier?«

»Achtundzwanzig.«

»Und wie viele Angestellte?«

»Drei Nonnen und ein Koch.«

Der Bischof musterte ihn. »Und Sie.«

»Und ich, ja.«

Der Bischof verschränkte die Hände auf dem Rücken und ging weiter. Pater McIntyre versuchte, sich dem gemächlichen Schritt anzupassen, doch drängte es ihn, dem Bischof all das zu zeigen, was getan werden musste. Als die Zaunpfosten der Farm im Tal in Sicht kamen, verschwendete Pater McIntyre keine Zeit. »Früher brachte das Schafescheren – «

»Wie viele Kinder ... Verzeihung, Pater, ich wollte Sie nicht unterbrechen.«

»Nein, bitte, fahren Sie fort.«

Bischof Ridley blickte zum Himmel. »Wie viele Kinder wurden adoptiert?«

Er versuchte, der Frage auszuweichen: »Wie viele? Schwer zu sagen. Schließlich gab es das Waisenhaus schon, bevor ich herkam.«

»Wie viele dann, seit Sie hier sind?«, fragte der Bischof.

Pater McIntyre wischte sich seine verschwitzte Handfläche an der Soutane ab. »Keins.«

Dem Bischof klappte der Mund auf. »Nicht ein einziges? In der gesamten Zeit?«

»Dies ist kein reiches Land, Euer Gnaden. Die Zeiten sind hart. Und wir sind nicht gerade leicht zu erreichen.« Letzteres hatte er gesagt, um beiläufig zu klingen, aber sofort darauf erkannte er seinen Fehler.

»Ein gutes Argument.« Der Bischof zog die Augenbrauen in die Höhe und ließ sich das durch den Kopf gehen. »Dieser Ort ist zu abgelegen für ein Waisenhaus. Vielleicht könnte man es besser als Priesterseminar nutzen. Junge Priester brauchen die Einsamkeit. Kinder brauchen das Gegenteil.«

Pater McIntyre geriet ins Schwimmen, riss sich aber zusammen. »Darf ich offen sprechen?« Der Bischof, neugierig geworden, nickte.

»Dies hier ist mehr als ein Waisenhaus. Für die Kinder ist es ein Zufluchtsort, ihr *Leben.* Für die meisten von ihnen ist dies ihre einzige Chance.« Pater McIntyre starrte durchdringend in die ausdruckslose Miene seines Gegenübers. »Sie bekommen hier eine Ausbildung, damit sie nicht auf Abwege geraten wie die Ungelernten. Jedes Kind verlässt diesen Ort mit der Fähigkeit, seinen Lebensunterhalt zu verdienen, wird ein anständiger, erwerbstätiger Erwachsener und zweifellos ein überzeugter Verfechter der Kirche.« Dies sagte er ganz sachlich, ohne Emotionen, und hielt den Blick des Bischofs fest, so dass dieser ihm nicht ausweichen konnte.

»Wir bitten nicht um Almosen, sondern um eine Investition«, fuhr er fort. »Diese Kinder arbeiten und lernen hart. Wir versorgen uns selbst mit der Farm und dem Obstgarten und bitten nur um so viel, dass wir uns wieder an die Arbeit machen können. Der Sturm hat uns vor große Herausforderungen gestellt.«

»Aber Sie haben schon vor dem Sturm um Geld gebeten, Pater McIntyre.« Der Bischof blähte skeptisch die Nasenflügel. »Mehrfach, meine ich.«

»Das ist wahr. Doch mir geht es nur um das Wohl der Kinder. Damit sie eine Chance bekommen.«

»Sie sind ein hingebungsvoller Mensch«, erwiderte der Bischof unverbindlich. Doch der Priester war sich nicht sicher, ob dies ein Kompliment war.

Die Männer gingen nicht weiter zur Farm, das war jetzt unnötig geworden. Nichts, was er dem Bischof zeigen konnte, wäre zwingender als seine Worte. Auf dem Rückweg setzten sie sich im Licht der sinkenden Sonne auf eine Bank. Jetzt fühlte Pater McIntyre sich nicht mehr gezwungen, die Gesprächspausen zu füllen. Die Sonne brannte auf seinen Lidern, und an seinen Schläfen meldeten sich Kopfschmerzen. Er empfand Überdruss, Überdruss gegen den Bischof und sein Desinteresse, und er freute sich auf den nächsten Morgen, wenn dieser abreisen würde.

Auf dem Feld spielte eine Gruppe Jungen Ball. Pater McIntyre entspannte sich und lächelte darüber, wie die Kinder eifrig und sorgenfrei um den Ball kämpften; er lächelte über die lachenden Gesichter, die Freude, die Kinder in die Welt brachten, in seine Welt. Er wagte einen Blick zum Bischof, um zu sehen, ob dieser auch lächelte. Doch der Bischof verzog keine Miene, und zum ersten Mal sah Pater McIntyre ganz deutlich, welche Gedanken dieser wälzte. Für Bischof Ridley war dieses Waisenhaus nur ein Kostenfaktor – etwas, das abgeschrieben werden konnte.

• • •

Pater McIntyre stieß die Tür zu seinem Arbeitszimmer auf, ohne zu bedenken, dass es besetzt war. Diakon Johnson sprang keuchend auf und drückte sich die Hand auf die Brust. »Ich hätte fast einen Herzanfall bekommen!« Er gluckste über seinen Schreck. »Ich habe gerade die Bücher geprüft und meine Umgebung vergessen. Das bringen Zahlen so mit sich.«

Pater McIntyre ließ sich mit ernster, bedrückter Miene auf seinen Sessel sinken. »Ich nehme an, es ist alles in Ordnung?«

»Ja. Deine Aufzeichnungen sind sehr sorgfältig.« Der Diakon runzelte die Stirn. »Was ist los, Colin?«

Pater McIntyre verschränkte die Finger und knibbelte an seinem Daumennagel. »Bischof Ridley hatte nie vor, uns Geld zu geben, oder?«

Der Diakon biss sich auf die Lippe. Leichte Röte stieg ihm ins Gesicht. »Nein.«

»Warum ist er dann hier?«, rief der Pater etwas zu laut. »Was soll dann die lange Fahrt und dieser Höflichkeitsbesuch, wenn er meine Briefe doch einfach wie sonst auch hätte ignorieren können? Wieso musst du die Finanzen prüfen, wenn er nicht die Absicht hat, sie aufzustocken?«

»Der Bischof hat die Absicht, die Hälfte der Gemeinden zu schließen«, antwortete der Diakon leise und sah ihn starr an. »Er will prüfen, welche.«

Diese Ankündigung traf Pater McIntyre wie ein Schlag in den Magen. Er lehnte sich auf seinem Sessel zurück, starrte an die Decke, verdaute die Nachricht und versuchte, trotzdem nachzudenken. »Was kann ich tun?«

Der Diakon setzte sich die Brille auf und öffnete das Hauptbuch. »Die Zahlen sind gar nicht gut. Das weißt du. Du hast schon vor dem Sturm Verluste gemacht, und jetzt …« Er blickte den Pater ernst an. »Wenn sich das nicht ändert, wird der Bischof das Waisenhaus schließen.«

»Ändern soll sich das also«, sagte Pater McIntyre sarkastisch. Er verzog den Mund, weil ihn Hoffnungslosigkeit überkam. »Kann man denn gar nichts tun?«

Der Diakon warf ihm einen Blick über die Brille zu, bat ihn mit erhobenem Finger um Geduld und blätterte durch das Hauptbuch.

»Hier ist ein Betrag, den ich gerne von dir erklärt haben würde.« Er zeigte dem Pater die betreffende Seite und tippte auf die Zahl. »Unter dem Wort ›Leonora‹.«

»Das gehört uns nicht.« Er schob das Buch weg. »Sondern einem Kind hier.«

Diakon Johnson legte den Kopf zur Seite. »Was soll das heißen?«

»Hier ist ein Mädchen, das Leonora heißt. Als sie kam, hatte sie einen Umschlag mit Geld dabei, für ihre Zukunft; es gehört ihr.«

»Aber sie befindet sich in der Obhut der Kirche«, widersprach der Diakon. »Also gehört das Geld uns.«

»Jemandem war das Kind so wichtig, dass er Geld beiseitegelegt hat.« Er biss die Zähne zusammen. »Das rühre ich nicht an.«

»Dir bleibt wohl nichts anderes übrig.«

»Oh doch!«, rief Pater McIntyre, mäßigte sich dann aber. »Das verstehst du nicht. Das Kind ist … etwas Besonderes.«

»Inwiefern?«

»Sie spricht nicht.«

Johnsons Miene wurde streng. »Colin, dies ist kein Ort für solche Kinder, das weißt du genau. Für sie gibt es staatliche Anstalten. Sie hätte nie hierherkommen dürfen.«

»Himmel noch mal, sie ist nicht zurückgeblieben! Das arme Kind hat Unvorstellbares durchgemacht, wurde einfach im Stich gelassen und von einem Ort zum nächsten abgeschoben. Kein Wunder, dass sie nicht spricht. Wahrscheinlich hat ihr noch nie jemand richtig zugehört.« Er drückte seine Knie zusammen. »So ein Kind hat keinerlei Zukunftsaussichten. Sie braucht das Geld, um zu überleben. Also lass ich nicht zu, dass es angerührt wird.«

Als der Diakon ihn nur ruhig ansah, brodelte es in seinem Magen. »Wag es nicht, mich so anzuschauen und zu analysieren, Robert.«

»Du kannst nicht die ganze Welt retten.«

Pater McIntyre wandte den Kopf ab, doch ihre Vergangenheit schob sich zwischen sie.

»Du setzt dich zu sehr unter Druck, Colin. Das ist nicht gesund.«

»Hör auf!«, befahl Pater McIntyre.

»Ich kenne dich.« Diakon Johnson neigte sich zu ihm. Seine Augen waren feucht, blickten hilflos. »Du verlierst dich in der Suche nach Erlösung. Ich habe immer noch Alpträume von dem, was ich gesehen habe, von dem, was du dir angetan hast.«

»Hör auf!« Pater McIntyre kniff die Augen zu und presste sich so fest die Hände auf die Ohren, dass er seinen eigenen Herzschlag hörte. Doch es war zu spät … Er blickte auf die dünnen, weißen Narben an seinen Handgelenken. Er riss die Hände von den Ohren und faltete sie über dem Magen.

»Hast du es schon vergessen? Ich war es.« Der Diakon schlug sich mit der flachen Hand auf die Brust. »Ich habe dich gefunden.«

»Verdammt!« Pater McIntyre schlug mit der Faust auf seinen Schreibtisch. »Wie kannst du es wagen, das hier zur Sprache zu bringen! Wie kannst du es wagen, diesen Ort zu besudeln, meinen Ort mit dieser … mit dieser Hölle.« Er sah sich mit wildem Blick um. »Dies ist mein Ort. *Mein Ort*, hörst du? Du hast kein Recht, das wieder heraufzubeschwören.« Wie ein gefangenes Tier tigerte er durchs Zimmer, während das Blut in seinen Adern rauschte. Er drehte sich zum Diakon und streckte ihm seine Handgelenke entgegen. »Ich vergieße kein Blut mehr, siehst du? Die Narben sind längst verheilt.« Plötzlich sagte er ganz ruhig: »Du hast kein Recht, die Wunden wieder aufzureißen.« Pater McIntyre kehrte zu seinem Sessel zurück. Seine Pupillen waren groß und dunkel. »Ich bin ein anderer Mensch geworden. Es war ein anderes Leben für mich.«

»Ja, das sehe ich!«, rief der Diakon. »Das habe ich schon gesehen, als ich aus dem Wagen stieg. Doch als ich jetzt dein Gesicht sah, deinen Druck, die Hoffnungslosigkeit … da wurde ich in die Vergangenheit zurückkatapultiert. Nur weil wir älter werden, heißt das noch lange nicht, dass unsere Dämonen nicht mehr zuschlagen können.«

»Meine Dämonen habe ich längst hinter mir gelassen, Robert …«

»Dann lass mich dir helfen. Damit es so bleibt«, sagte der Diakon drängend. »Es gibt doch eine Lösung, zumindest vorübergehend. Du musst das Geld des Mädchens nutzen.«

Pater McIntyre legte den Kopf in den Nacken.

»Hör mir zu.« Der Diakon rutschte unruhig auf seinem Stuhl hin und her. »Wenn das Waisenhaus schließt, wo soll sie dann hin? Sie kommt entweder in eine Anstalt, in ein Arbeitshaus oder in noch was Schlimmeres. Du hast selbst gesagt, dass sie keinerlei Zukunftsaussichten hat. Hier ist das Kind in Sicherheit. Hier wird sie genau wie die anderen Kinder ernährt, aufgezogen und ausgebildet. Das Wohl eines Einzelnen muss zugunsten des Ganzen geopfert werden. Verstehst du das? Du hast keine andere Wahl. Lass mich dir doch helfen, Colin. Wenn du für die Kirche keine Belastung mehr darstellst, kann ich den Bischof dazu bringen, alles beim Alten zu belassen. Aber du musst begreifen, dass dieses Geld nur eine vorübergehende Lösung ist. Hier herrscht Stagnation, kein Kommen und Gehen. Du musst Menschen finden, die Kinder adoptieren oder Geld spenden wollen. Anders geht es nicht.«

Geschlagen senkte Pater McIntyre den Blick und nickte.

• • •

Bischof Ridley und Diakon Johnson brachen beim ersten Licht des Tages auf. Der Geruch der salzigen Luft, die nicht mehr von den Abgasen des Wagens verpestet wurde, weckte Pater McIntyres Lebensgeister.

Er ging den Pfad zum Meer hinunter, setzte sich in den Schatten eines Pfefferbaums und schloss die Augen. Als er die Augen wieder aufschlug, stand James vor ihm. Ein seltsamer Ernst, eine stille Würde umgab ihn. Der Priester lächelte dem Jungen zu und klopfte auf den Boden. »Setz dich. Setz dich doch.«

James verschränkte die Beine und beugte sich über das Dreieck seiner Gliedmaßen.

»Ich hab dich länger nicht gesehen. Ist alles in Ordnung?«, fragte er. James nickte.

Pater McIntyre sah forschend in James' Gesicht. Die Bibel ragte aus dem Hemd des Jungen. Er tippte James aufs Knie. »Dann erzähl doch mal, was dich in letzter Zeit dazu bringt, so häufig Gottes Wort zu lesen.«

James senkte das Kinn. Sein Kopf erschien als Schattenoval auf dem Gras. »Ich weiß nicht.«

»Dann lies mir einen Abschnitt vor, den du interessant findest. Du hast doch sicher ein paar Lieblingsstellen.«

Der Junge rührte sich nicht; seine Brust war so reglos, dass er nicht mal zu atmen schien.

Pater McIntyre lachte und zog ihm die Bibel aus dem Hemd. »Schön, dann suche ich eine aus.« Er setzte sich die Brille auf und öffnete das Buch in der Mitte. Zuerst starrte er verwirrt, ohne etwas zu erfassen, auf die elegante, zu einer Seite geneigte Handschrift. Er blätterte mit dem Zeigefinger ein paar Seiten um und sah die Daten in den Ecken. Da klappte er das Buch wieder zu und wandte den Blick ab. »Wie lange hast du das schon?«, fragte er matt.

Langes, quälendes Schweigen trat zwischen sie. »Seit dem Sturm«, sagte der Junge schließlich.

»Hast du es gelesen?«

»Nein«, antwortete James. »Oder nur ganz wenig.«

»Du hättest es nicht behalten dürfen.«

»Ja, Pater.«

»Und ich hätte es dir nicht vorenthalten dürfen.«

James klappte der Mund auf. Pater McIntyre drückte ihm das Buch in die Hände. »Es war falsch von mir.« Er sah den Jungen an. »Ich habe es nie gelesen, James. Ich hoffe, das kannst du mir glauben. Es war ausschließlich für deine Augen bestimmt.« Dann saßen sie ein paar Minuten nur unter dem raschelnden, löchrigen Blätterdach.

»Glauben Sie …«, wagte James sich vor, verstummte aber und biss sich auf die Unterlippe.

»Was denn, mein Sohn?«

»Glauben Sie, ich habe Verwandte … in Irland?«

Pater McIntyre dachte einen Augenblick nach. »Hm. Möglich wäre es.«

»Mein Vater stammte von dort. Vielleicht habe ich Onkel?« Seine Stimme stieg in die Höhe. »Vielleicht könnten sie mich zu sich holen?«

Pater McIntyre schürzte die Lippen und tappte mit dem Fuß auf. »Es gibt keinerlei Möglichkeit, das in Erfahrung zu bringen, mein Sohn.«

»Sie könnten doch einen Brief schreiben.« Hoffnung schlich sich in die Miene des Jungen. »Er stammte aus Limerick. So steht's im Tagebuch. Sie könnten an die Stadt oder die dortige Kirche schreiben.«

Pater McIntyre stemmte seine Absätze in die Erde. Mit einem Mal wurde er zornig, und er war zu erschöpft, um zu merken, dass sein Zorn unangebracht war. »Bist du nicht glücklich hier?« Das klang eher wie ein Vorwurf, weniger wie eine Frage. »Habe ich nicht für dich gesorgt wie ein richtiger Vater? Habe ich dich nicht geliebt und erzogen, wie das auch ein richtiger Vater tun würde?«

James machte ein langes Gesicht und senkte das Kinn zur Brust.

Ein hohles Gefühl breitete sich in Pater McIntyres Magengrube aus. »Es tut mir leid, James.« Er fuhr sich mit den Händen über die Augen und rieb den Zorn weg. »Es tut mir sehr leid. Ich hatte kein Recht, das zu sagen.« Er drückte sich die Fingerspitzen an die Schläfen. »Es geht mir heute nicht so gut. Der Besuch des Bischofs … der Druck … das habe ich an dir ausgelassen. Es tut mir leid.« Er zupfte am Arm des Jungen. »Kannst du mir verzeihen?«

»Ja, Pater.« Doch man sah und hörte ihm immer noch an, dass er verletzt war.

»Ich schreibe den Brief, James. Noch heute, ich verspreche es.«

James blickte auf, und wieder, wenn auch zögerlicher, malte sich Hoffnung auf seiner Miene ab. Pater McIntyre umschloss das Gesicht des Jungen mit beiden Händen. »Ich schreibe den Brief, James. Aber bitte mach dir nicht allzu viele Hoffnungen. Irland ist groß und O'Connell kein ungewöhnlicher Name. Ich werde den Brief schreiben. Doch bitte, mein Sohn, setz nicht allzu sehr auf diesen Traum.«

James nickte, doch der Traum hatte schon Wurzeln getrieben.

## Kapitel Dreizehn

Sie trafen sich täglich an der Klippe – Leonora mit Brot und James mit Käfern und Würmern. Sie polsterten das Nest mit frischen grünen Blättern und füllten Wasser in ausgehöhlte Stöcke. Manchmal flatterte der Vogel mit seinem gebrochenen Flügel, als wollte er losfliegen, und manchmal hockte er einfach nur in seinem Nest und ließ sich füttern.

James ließ sich neben einer rauen, gelb blühenden Flechte nieder, stützte sich mit den Ellbogen auf und ließ seine Unterschenkel über die Klippe baumeln. Leonora kreuzte die Beine an den Knöcheln und ließ sie sanft gegen den Sandstein prallen.

In stiller Eintracht saßen die beiden kleinen Gestalten unter dem leuchtend blauen Himmel, der so weit und tief war wie das Meer. Hunderte von Metern unter ihren Füßen blitzten ungefilterte Sonnenstrahlen wie Diamanten in den Wellen auf, während der Ozean träge seinen Strömungen folgte und so sanft an die Klippen schlug, dass es kaum spritzte. Pelikane und Möwen wippten müßig auf den Wogen, die Bäuche dick und satt vom Fischen im klaren Wasser. Und die Kinder verschmolzen wie die Vögel, Eidechsen und Insekten mit ihrer Umgebung, als wären sie schon immer da gewesen.

Aus dem Augenwinkel erhaschte James einen Blick auf Leonoras lange Haare, die so golden leuchteten wie die Sonne. Als sie sich zu ihm drehte und lächelte, breitete sich eine derartige Hitze über seine Haut, dass er sich abwenden musste.

»In Irland gibt es auch solche Klippen«, verkündete er, eine Spur zu laut. »Nur sind sie weiß. Weiß wie Puder. Weil sie aus Kreide sind. Wusstest du das? Aus demselben Stoff wie unsere Schulkreide. Pater McIntyre hat ein Buch nur über Irland.«

Leonora stützte sich auf eine Hand und lauschte mit großen Augen auf jedes Wort.

»Man nennt Irland auch die Smaragdinsel, weil alles so grün ist«, fuhr er fort. »Das Gras dort leuchtet grüner als überall sonst auf der Welt. Die Häuser sind so weiß wie die Klippen.« Er blickte aufs Meer. »Es muss so schön sein dort, mit all dem Grün und Weiß. Es muss aussehen wie ein Feld aus Pilzen.« Sie ließen sich Zeit mit diesem Bild.

»Auch in Irland gibt es unheimlich viele Schafe. Aber nicht braune wie hier, sondern sahnig weiße. Und tonnenweise Kartoffeln … so viele, dass man kaum seinen Spaten in den Boden stechen kann, ohne eine auszugraben. Und so was wie irische Kartoffeln hast du noch nie gesehen, Leo. Die sind fast größer als mein Fuß!« Als er dramatisch seinen Fuß vorstreckte, leuchteten ihre Augen auf.

»Eines Tages werde ich dort leben. Ich baue mir ein kleines weißes Haus direkt am Rand der kreideweißen Klippen und besiedle die grünen Wiesen mit Schafen. Mit so vielen Schafen, dass es, wenn ich aus dem Fenster gucke, aussieht, als würden Wolken über einen grünen Himmel ziehen. Ich werde sie auch selbst scheren. Das hab ich schon geübt. Wahrscheinlich hab ich auch einen kleinen Kartoffelacker. Muss sein. Ist möglicherweise sogar Gesetz, dass man Kartoffeln anbaut.« Er kniff die Augen zusammen und starrte auf das, was sich in seinem Kopf formte. Leonora folgte seinem Blick und versuchte das zu sehen, was er sah.

»Jeden Abend gibt es Eintopf mit so viel Fleisch und Kartoffeln, dass man kaum den Löffel reinstecken kann. In einer Ecke der Küche stelle ich ein Butterfass auf. Die mache ich selbst, ehrlich. Dann kommen dicke Scheiben Butter auf mein Brot, und das esse ich zu jeder Mahlzeit.« Er warf einen Blick zu Leonora und senkte die Lider, peinlich berührt, weil er so viel erzählte, doch sie lächelte nur, und mit ihrem Lächeln schwand seine Verlegenheit, und er wurde wieder lebhafter.

»Du kannst mitkommen, weißt du? Du könntest die Wolle spinnen. Ich schere die Schafe, du spinnst die Wolle, und dann verkaufen wir die in der Stadt und werden dick von der Butter.«

Leonora legte den Kopf zur Seite und lauschte seiner Stimme, als sänge sie ein Lied. Als in der Ferne blechern die Kirchglocke ertönte, wurde seine Miene wieder finster.

»Ich muss hier weg.« Er umfasste seine Knie, wiegte sich hin und her und blickte aufs Meer. »Irgendwas hier macht die Menschen gemein, und das hasse ich. Manchmal habe ich das Gefühl, ich könnte auch gemein werden, und das will ich nicht. Er sah sie mit jämmerlicher Miene an. »Ich will niemals gemein werden, Leo.«

Ein letzter Glockenschlag ertönte und verhallte. James betrachtete einen Augenblick ihr Profil und bemerkte, wie die Sonne die Linie von Stirn, Nase und Kinn zum Leuchten brachte. Dann streckte er seine Beine wieder über die Klippe und legte den Kopf lächelnd ins Gras.

»Weißt du, was dein Problem ist, Leo?«

Sorge breitete sich über ihre Miene.

Er grinste und schloss die Augen. »Du redest zu viel.«

• • •

Ein paar Tage später trafen sich James und Leonora am gewundenen Weg an der Kirche. Aufspritzende Steinchen und Gelächter drangen an ihr Ohr, und dann rasten Michael Langley und zwei weitere Jungen an ihnen vorbei. Michael drehte sich noch mal um und griff sich an die Kehle, als würde er ersticken, bevor er weitersauste.

James sah ihnen nach. »Achte gar nicht auf sie, Leo. Ein Haufen Schwachköpfe.« Als er sich zu ihr umdrehte, stand sie stocksteif da und starrte zum Meer. Ihm dämmerte es nur langsam, doch sie wusste es bereits. Ein heißer Blitz durchschoss ihn. Er wollte etwas sagen, aber seine Kehle war wie zugeschnürt. »Nein, Leo«, flüsterte er.

Wie ein plötzlich gerissenes Seil schnellte sie zu den Klippen, während er vor lauter Furcht wie gelähmt dastand. »Leo, nein!«, schrie er und zwang seine Beine, ihr nachzurennen.

Er wusste genau, wo er sie finden würde: vor einer Pyramide aus Steinen und einem Wildrosenbusch. Als er ein paar Meter hinter ihr stehen blieb, drehte sie sich nicht um. Wieder war ihr Körper stocksteif. James atmete heftig durch die Nase und klemmte die Lippen zwischen die Zähne. »Nicht hingucken, Leo. Nicht hingucken.«

Als sich Leonora schließlich zu ihm umdrehte, war ihr Gesicht bleich. Sie hatte den Mund geöffnet, und ihr Kinn zog sich zittrig zusammen. Ihre weit aufgerissenen Augen zeigten eine solche Verstörung und Trauer, ein solches Entsetzen, dass sich seine Brust schmerzhaft zusammenzog. Er trat einen Schritt näher zu ihr. »Leo …«

Doch sie wandte sich von ihm ab und rannte dicht am Rand der Klippen entlang. Er folgte ihr nicht. Sein Blick sank zu Boden, zu dem gelben Bündel Federn im Rosenbusch, an dem der Wind zauste, und da stieg Zorn in ihm auf – ein Zorn, den er noch nie zuvor verspürt hatte, der an seinen Eingeweiden zerrte. Vor lauter Hass wurde ihm schwindlig. Er wandte sich um und stapfte mit entschlossenen Schritten zum Waisenhaus zurück.

## Kapitel Vierzehn

Pater McIntyres Soutane bauschte sich über seinen Beinen, als er mühsam den Hügel hinaufging. Es wurde Abend, und der Himmel färbte sich tiefblau. Über dem Kirchturm erschien ein dünner Sichelmond, wie das Auge einer Eidechse.

Der zunehmende Wind machte ihn darauf aufmerksam, dass das Meer nicht mehr weit war. Pater McIntyre konzentrierte sich auf seinen stockenden Atem und staunte, wie sehr er außer Form war. Seine schwarzen Schuhe wichen den Felsen aus und drückten kurzzeitig das zwischen ihnen wachsende hohe Gras platt. Er trug eine kleine Wolldecke mit sich. Längst drohte ihm Schwindel angesichts der Höhe, doch er keuchte immer weiter, denn er wusste, wenn er stehen bliebe, würde ihn der Mut verlassen. Aber zumindest das schuldete er dem Kind.

Pater McIntyre fand das Mädchen zusammengekauert an einem knorrigen Gummibaum. Die Kleine hatte den Kopf in den Armen vergraben. Einen Moment lang hielt er inne, um wieder zu Atem zu kommen, dann näherte er sich ihr und legte ihr sanft die Decke um die Schultern. »Ist schon gut, Liebes. Ich hab dich ja jetzt.« Er hob sie auf seine Arme und drückte ihren Kopf an seine Halsbeuge. Sie war so leicht wie eine Feder.

Als Pater McIntyre sie von den Klippen wegtrug, schwand sein Schwindel. Ein paar Sterne lugten durch den dunkelsten Streifen am Himmel, als er die Kleine in das Kirchgebäude brachte und sie auf seinen Sessel im Arbeitszimmer setzte.

»James hat mir erzählt, was passiert ist«, sagte er leise. »Es tut mir so leid, Leonora. Kinder können grausam sein, sehr grausam.« Doch das waren leere Worte, und er fahndete angestrengt nach etwas Tröstlichem. Er hob ihr Kinn. »Leonora?«

Langsam hob sie die Lider. Als ihr Blick den seinen traf, krampfte sich sein Herz zusammen. Er starrte in Augen, die viel zu viel Leid für ein einziges Leben gesehen hatten: uralte, traurige Augen in einem wunderschönen, sanften Gesicht, das keinerlei Hass zeigte, obwohl es alles Recht dazu gehabt hätte. Pater McIntyre sah solche Augen nicht zum ersten Mal, er kannte sie so gut, dass er sich selbst in ihnen erblickte. Eine so tiefe Traurigkeit überkam ihn, dass ihm Tränen in die Augen stiegen. Erinnerungen tauchten in ihm auf. Es gelang ihm nicht, sich Leonoras – und seinem – Schmerz zu entziehen. Er wusste, was er zu tun hatte, selbst wenn das bedeutete, eine Tür zu seiner Vergangenheit zu öffnen, die er längst zugesperrt hatte.

Eine Weile saß er nur gedankenverloren da und sammelte Kraft, um fortzufahren. Dann seufzte er mit ernster Miene und nahm den Schlüssel aus der Schreibtischschublade. Er holte eine längliche Holzkiste von einem Regal, trug sie zum Schreibtisch und schloss sie auf. Seit seiner Kindheit hatte er nicht mehr hineingesehen, doch nie auch nur einen Augenblick vergessen, was sie enthielt.

Mit zusammengebissenen Zähnen holte er ein quadratisches Foto heraus. Es war schon angegilbt, an den Ecken leicht eingerissen und hatte Knicke, die anzeigten, dass es jahrelang gefaltet gewesen war. Sein Daumen verdeckte eines der Gesichter darauf. Als er ihn langsam wegzog, sah man ihn selbst als kleinen Jungen. Pater McIntyre legte das Foto auf den Tisch. »Dies ist ein Bild von meiner Familie: meinen Eltern und meinen beiden jüngeren Brüdern. Das hier, mit den abstehenden Haaren, bin ich.« Er zeigte freudlos darauf.

Plötzlich meinte er einen Schuss zu hören und fuhr zusammen. Als er die Nasenflügel blähte, konnte er den Rauch fast riechen. »Ich war damals nur ein kleines bisschen älter als du.«

Leonora starrte reglos wie eine Statue auf das Bild.

»Etwa ein Jahr, nachdem dies hier aufgenommen wurde …« Er verstummte. Wieder hörte er den Schuss. Er schloss die Augen. »Starben meine Eltern.« Er schluckte, doch der Kloß in seinem Hals wollte nicht weichen. Er erinnerte sich daran, wie sich das Gewehr angefühlt hatte, als er versucht hatte, es seinem Vater zu entreißen; wie kalt es war und wie unglaublich heiß, als es seine Mutter gegen die Wand schleuderte. Ihm wurde eiskalt. Wie gelähmt hatte er mit angesehen, wie sein Vater die Waffe gegen sich selbst richtete und abdrückte. »Sie sind in den Himmel gegangen«, sagte er leise.

Pater McIntyre verdrängte das Gewehr und die Gesichter und sagte lauter: »Da waren wir ganz allein, meine Brüder und ich. Wir hatten nichts. Kein Geld. Kein Essen. Keine Eltern.«

Jetzt ruhte ihr Blick auf ihm. Sie sah ihn unter gesenkten Lidern unverwandt an.

»Ich wurde zu meinem Onkel und seiner Frau geschickt. Meine beiden kleinen Brüder kamen ins Waisenhaus.« Wieder ergriff ihn der Schmerz, als er an ihre winzigen, ängstlichen Gesichter dachte, an seine zwei Brüder, die er zu schützen gelobt hatte und nie mehr wiedersah.

»Innerhalb weniger Tage hatte ich meine Eltern und meine Brüder verloren. Innerhalb einer Woche brach meine gesamte Welt zusammen.« Er sah durch sie hindurch, tief in die Vergangenheit. »Ich begriff es nicht, wie meine ganze Welt, mein Leben, meine Familie einfach weg sein konnten. Ich wollte, dass es aufhörte … dass der Wahnsinn einfach aufhörte. Ich wollte mich nicht mehr bewegen.

Nicht mehr atmen. Nicht mehr sprechen.« Er sah sie durchdringend an und sagte leise: »Also tat ich es auch nicht mehr. Ich zog mich in mich selbst zurück und hörte auf zu sprechen. Ich hörte einfach auf.«

Leonoras winzige Hände umklammerten die Decke.

»Es war nichts, was ich hätte beeinflussen können. Mein Leben wurde viel schwerer deswegen, aber ich konnte es einfach nicht. Jedes Mal, wenn ich sprechen wollte, verschloss sich etwas in mir. Mein Onkel schrie mich deswegen an und schlug mich. Die Kinder in der Schule quälten mich endlos. Doch je mehr mir zugesetzt wurde, desto tiefer vergrub sich meine Stimme in mir. Ich wollte verschwinden, mich auflösen.« Er starrte über ihren Kopf, als er das sagte – zu sich selbst genauso wie zu dem Kind, das vor ihm saß.

»Ich litt so sehr, bis mir nichts anderes mehr geblieben war als Leiden. Ich wollte nicht mehr existieren, Leonora.« Sein Gesicht verzog sich, und in seinen Augen brannten unterdrückte Tränen. »Und fast gelang es mir.« Er erinnerte sich an die Rasierklinge, den scharfen Schmerz des Schnitts und die Ruhe danach. Er erinnerte sich an das hellrote Blut und die Hoffnung, den tödlichen Strom. »Fast wäre ich verschwunden.«

Mit unendlicher Traurigkeit in seinen dunklen Augen sah er sie an. »Ich möchte nicht, dass du so leidest wie ich, Leonora.«

Ihre Blicke trafen sich, und mit einem Mal verbanden sie sich zu einer Vereinigung, die über Alter und Geschlecht hinausreichte, die unter die Haut ging und bis ins Blut und die Organe vordrang. Jenseits von Schmerz und Erinnerungen schrie etwas in ihm triumphierend auf. Denn dies war es, was er verloren hatte: die Verbindung seiner Seele mit einer anderen. Ein Funke entzündete sich in ihm, und ein Feuer breitete sich in ihm aus bis zu Teilen seiner selbst, die gefühllos geworden waren und seine Seele überschatteten. Es überwand das Blut, den Schmerz und den Tod.

Im Augenwinkel des Mädchens hing eine Träne, die sich nur zögerlich löste und dann die Nase herunter über die Wange und bis zum Hals rann. Es war das erste Mal, dass er sie weinen sah, und er lächelte dankbar, weil sie sich zu fühlen erlaubte und sich damit der Heilung öffnete.

Pater McIntyre erhob sich von seinem Schreibtisch, kniete sich vor die Kleine und nahm ihre Hände in seine. Er schluckte, denn die Kehle war ihm zugeschnürt, und sagte dann mit Inbrunst, damit sie ihn auch wirklich verstand: »Ich kenne deine Geschichte, Leonora. Ich weiß, was dir in der Wüste widerfahren ist. Ich weiß, dir sind Dinge zugestoßen, die einem Kind niemals widerfahren sollten. Die niemandem widerfahren sollten.«

Panik malte sich auf ihrem Gesicht ab, und er befürchtete schon, sie wollte wegrennen. Er umklammerte ihre Hände fester. »Ich weiß nicht, wieso du dort ausgesetzt wurdest, aber ich weiß, dass es nicht deine Schuld war. Allein Gott weiß, warum Menschen solche Entscheidungen treffen. Wichtig ist nur, wie du mit dem Schmerz umgehst. Lass dich nicht von ihm verschlingen. Lass nicht zu, dass er sich in Hass verwandelt und die Menschen um dich herum verschlingt.« Er lächelte matt. »Es liegen bessere Zeiten vor dir, Leonora. Das verspreche ich dir.«

Als heiße Tränen auf seine Hände tropften, drückte er sanft ihre Finger. »Ich weiß, du fühlst dich allein, Leonora. Aber das bist du nicht! Und du warst auch im Busch nicht allein. Gott war bei dir, und er wird immer bei dir sein, über dich wachen und dich beschützen. Siehst du das nicht? Du solltest leben, das war deine Bestimmung. Du solltest gefunden werden.«

Die Wahrheit strömte heiß durch seine Adern. »Es war deine Bestimmung zu überleben. Du hast so viel Licht in dir, Leonora! Ich möchte nicht, dass die Dunkelheit Macht über dich gewinnt. Gott möchte nicht, dass die Dunkelheit Macht über dich gewinnt. Du wirst geliebt, Leonora.« Tränen standen ihm in den Augen, als er jedes einzelne Wort mit Nachdruck wiederholte: »Du … wirst … geliebt.«

Als er so ihre Hände umfasst hielt, zerbrach etwas in ihr. Ein fast unhörbarer Schrei löste sich aus den Tiefen ihrer Seele. Pater McIntyres Brust brannte, als er sie an sich zog und in seinen Armen hielt, während Schluchzer ihren winzigen Körper durchrüttelten. Mit erstickter Stimme flüsterte er ihr immer wieder ins Ohr: »Du wirst geliebt, Kleine. Du wirst geliebt.«

Die Zeit stand still, während er sie tröstete. Erst als ihre Schultern nicht mehr zuckten und ihre Augen nicht mehr heiße Tränen auf seinen Ärmel tropfen ließen, löste er sich aus der Umarmung. Er umfasste mit beiden Händen ihr Gesicht und kippte es so, dass er ihr in die verweinten Augen sehen konnte. »Du bist immer noch da, Leonora.«

Als er den Eindruck hatte, dass sie bereit war, stand er auf und streckte ihr eine Hand entgegen. »Komm mit. Da wollen ein paar Jungen mit dir sprechen.« Erschöpft nahm sie seine Hand. Gemeinsam gingen sie in den Korridor. Der Himmel hinter den Fenstern war pechschwarz, und Licht drang nur aus der offenen Tür seines Arbeitszimmers und den Flügeltüren zur Kirche. Er führte sie dorthin, doch sie erstarrte und wollte nicht weiter, als sie die Jungen mit dem Rücken zu ihr auf den Bänken sitzen sah. Sie hatten die Köpfe gesenkt – bis auf einen.

»Ist schon gut, Leonora. Vertrau mir.« Er drückte ihre Hand und führte sie den Gang hinunter. »Michael«, befahl er dann harsch. »Steh auf!«

Michael erhob sich und drehte sich mit gesenktem Kopf um. »Es tut mir leid, Leonora.« Als er flüchtig den Kopf hob, sah man, dass seine Nase blutig war und sein linkes Auge geschwollen.

Als Nächster stand Thomas auf. Er konnte sein linkes Auge kaum öffnen, und ihm fehlte ein Vorderzahn. »Sorry, Leonowa.«

Patrick erhob sich und versuchte, mit seinem blau geschlagenen, aufgeplatzten Auge zu blinzeln. »Tut mir leid, Leonora.«

»Und jetzt ab ins Bett!«, knurrte Pater McIntyre. »Den gesamten nächsten Monat werdet ihr Leonoras Pflichten übernehmen.«

Leonora setzte sich neben den Jungen auf der letzten Bank, dessen Hand einen Verband von den Fingern bis zum Gelenk trug. An seinen Knöcheln sah man rotes Blut in den weißen Stoff sickern. Leonora neigte sich zu James und drückte ihm sacht einen Kuss auf die Schläfe.

## Kapitel Fünfzehn

Und so begann das Leben wieder von vorne.

Zuerst kamen die Baustoffe – Holz, Mörtel, Steine, Nägel, Dachziegel –, um das Waisenhaus wiederaufzubauen. Danach die Pflanzen und Tiere – Bäume, Samen, Schafe und Hühner –, um das Waisenhaus zu unterhalten. Als Nächstes brachten Holzkisten neue Lehrbücher aus Australien, nicht aus England; Lehrbücher, in denen Australiens Geschichte nicht zu Anfang des Jahrhunderts endete, in denen mehr Entdeckungen als die erste Swan-River-Kolonie die Seiten füllten und Karten bewiesen, dass Western Australia tatsächlich als Territorium existierte. Leonoras Geld hatte, so wenig es auch war, viel bewirkt, und Pater McIntyre bereute nicht mehr, es genutzt zu haben.

James' Hand heilte, und seine Wunden hinterließen keine Narben, doch die Erinnerung daran, wie es sich angefühlt hatte, als seine Faust auf Knochen traf, hatte ihn verändert. Er hasste Gewalt und Grausamkeit – ihm wurde übel davon –, doch dies hier war etwas anderes: Dies war Gerechtigkeit gewesen, und davon hatte er vorher nichts gewusst. Die Untätigkeit hatte immer an ihm genagt, seine Ohnmacht hatte ihn verbittert und geschwächt. Aber Gerechtigkeit jagte kribbelnde Energie in sein Blut.

Er trug das Tagebuch seiner Mutter immer noch ständig bei sich, doch hatte er keine Angst mehr, damit ertappt zu werden. Und die Seiten, die er las, vermittelten ihm nach und nach ein Bild von seinen Eltern, ein Vorbild. Seine Mutter war ihm ganz nahe, wenn er lächelte, grinste oder einfach stillvergnügt dasaß. Diese Frau stand für Sonne, warme Brise und Blumenduft. Sein Vater war ihm ganz nahe, wenn er hart arbeitete oder lernte, wenn er unter der Last eines schweren Sacks grunzte oder die Pferde in rasender Geschwindigkeit ritt. Dieser Mann stand für Erde, kräftigen Wind und frisch gemähtes Gras. Doch nie hatte er sich seinem Vater so nahe gefühlt wie in dem Moment, als er diese Jungen verprügelte und ihm sein Vater ins Ohr geflüstert hatte, nicht bösartig oder hasserfüllt, sondern mit gerechtem Zorn. Und als es erledigt war und er seine verletzte, aufgeplatzte Hand sah, spürte er Billigung und Stolz. Denn ein Mann kämpft für die, die nicht für sich kämpfen oder sprechen können.

• • •

James saß still neben Leonora, und selbst die Wellen rauschten nur leise unter ihren herabbaumelnden Füßen. Sie musterte sein Profil, um die Ursache für sein Schweigen herauszufinden, sichtlich besorgt, sie hätte es ausgelöst. Doch ihre Sorge war unbegründet. Sein Schweigen rührte von Aufregung und leichter Verlegenheit, von Schmetterlingen im Bauch.

Plötzlich stand James auf und griff in einen hohlen Ast, der sich zwischen Wurzeln verbarg. Als er sich umdrehte, hielt er beide Hände auf dem Rücken. Einen Augenblick lang starrte er zu Boden, dann streckte er eine Hand aus und hielt ihr ein braunes Päckchen hin. »Für dich, Leo.«

Er kniete sich vor sie und sah zu, wie ihre Fingerchen an der dünnen Schnur zerrten, die das Papier ordentlich zusammenhielt. Als es auseinanderklaffte, konnte sich Leonora nicht rühren, nicht mal blinzeln.

»Ich hab das gemacht«, sagte er eilig und schluckte. »Ich hab seit Wochen daran gearbeitet.« Unter ihrem Schweigen wurde er immer nervöser. »Ge… gefällt es dir?«

Als sie immer noch nicht den Kopf hob oder auch nur blinzelte, sank ihm der Mut. Er war so ein Narr. Es waren doch nur Stöckchen, winzige, zu einem Nest verflochtene Stöckchen mit gelben Federn darin. Damit wollte er sie an den Vogel erinnern, an ihre glückliche Zeit mit ihm. Er hatte sogar einen kleinen, weißen Stein zu einem Ei geschliffen und ihn in die Mitte des Nests gelegt. Doch das Ganze war kümmerlich, zerbrechlich und lachhaft.

Er wurde rot. »Ist ja albern. Egal.« Er wollte es ihr entreißen, doch sie presste es abwehrend an ihre Brust und sah ihn mit weit aufgerissenen, tränenfeuchten Augen an.

Da hockte er sich auf die Fersen, die Schmetterlinge entflatterten seinem Bauch, und er wusste, dass sie die Schönheit in seinem Geschenk sah. Vorsichtig entfernte sie das braune Papier ganz und ließ es zu Boden fallen, während sie das runde Gebilde aus Stöckchen und Federn auf ihrer Handfläche hielt. Sie nahm das winzige Ei und hielt es in die Sonne, so dass es ihr Licht reflektierte. Sie berührte sachte die gelben Federn, und ein leichtes, erinnerungsseliges Lächeln umspielte ihre Lippen. Als sie ihn wieder mit glitzernden Augen ansah, spiegelten sich Staunen und Dankbarkeit darin.

Da verstummte der Wind, und ein neuer, an Meer und Klippen nie zuvor ertönter Laut, so zart wie Blütenblätter und so schön wie der Gesang des winzigsten Singvogels, erklang. »Danke.«

# TEIL DREI

## Kapitel Sechzehn

Das Sanitätszelt unterschied sich nur in der Größe von denen der Minenarbeiter. Es bestand im Wesentlichen aus hellem Segeltuch, das von vier Eckstangen und noch mal zwei Stangen in der Mitte gestützt wurde, und hätte ohne weiteres als Zirkuszelt durchgehen können, nur dass die Eintrittskarten hier Gliedmaßen waren und kein Mensch hineinwollte, nur hinaus.

Ghan hinkte zum Zelt und zog die schwere Plane am Eingang auf, die schon leicht zurückgeschlagen war. Fast wäre er rückwärts wieder hinausgetaumelt, so heftig schlug ihm der Geruch nach Ammoniak, Alkohol und Lauge entgegen, der Alptraum der antiseptischen Dreifaltigkeit, doch sein Holzbein war zentimetertief im Schlamm versunken.

»Herrgottszeiten!«, fluchte er. Als er das Holzbein herauszog, schmatzte der Boden wie bei einem nassen Kuss. Er ließ den Blick nach der Quelle der Feuchtigkeit schweifen, prüfte, ob das Spitzdach ein Leck hatte, und fragte dann in den Raum hinein: »Wo zur Hölle kommt das ganze Wasser her?«

»Die Tische wurden abgespritzt«, erwiderte ein Mann, der in der Ecke auf einem schmalen Holzstuhl saß und rauchte. Eine Wolldecke bedeckte eine seiner Schultern und lag quer über seiner Brust.

»Du bist Bianchi?«, fragte Ghan. Der Mann nickte. Sein Gesicht glänzte vor Schweiß.

»Gott, mit der Decke musst du doch schwitzen wie ein Schwein!«

Der Mann nahm noch einen Zug von der Zigarette. Seine Pupillen füllten die gesamte Iris aus, seine Hand zitterte heftig. Blankes Entsetzen und nicht die Hitze ließ ihm den Schweiß übers Gesicht strömen. *Arme Sau.* Ghan drehte sich der Magen um. Die Zeltplane hielt die Feuchtigkeit drinnen, erstickte auch den leisesten Hauch frischer Luft und stank nach süßem, ranzigem Blut. Am liebsten hätte er sich übergeben.

Ghans Holzbein stakste schmatzend über die durchweichten Stellen des Bodens, bis er den Mann erreichte und sich neben ihn setzte. Asche fiel von der zitternden Zigarette auf die Decke, doch der arme Kerl war zu sehr mit Angst und Schmerz beschäftigt, um das zu bemerken.

»Der Arm?«, fragte Ghan. Drum herumreden war zwecklos.

Der Mann nickte und blickte auf eine Erhebung unter der Decke.

»Vor 'nem Monat wurde mir das Bein abgenommen«, erklärte Ghan.

Bianchi warf einen Blick auf das Holzbein und schluckte. Dann zog er so heftig an der Zigarette, dass seine Wangen hohl wurden, und warf die Kippe in den Schlamm, wo sie weiterglühte. »Ich mach's nicht«, sagte er trotzig.

»Hast du eine andere Wahl?«

»Vielleicht.«

»Was ist passiert?«

»Verbrannt«, sagte der Mann nur und wurde noch bleicher. »Bis auf die Knochen.«

»Also ist nicht mehr viel da, oder?«

Der Mann, dessen Gesicht vor Schmerzen fast eingefallen wirkte, schoss ihm einen Blick zu, der erst Wut und dann Hilflosigkeit zeigte.

»Du hast keine Wahl«, bekräftigte Ghan. »Wenn die Schmerzen aufhören sollen, bleibt dir nichts anderes übrig. Du kannst ja nicht mit dem brutzelnden Arm rumlaufen. Der Arzt ist gut. Das geht ganz schnell«, log Ghan. »Bevor du's mitbekommst, hört das Brennen auf, und dir geht's wieder gut.«

»Aber es ist doch mein Arm. *Mein Arm!*« Die schwarzen Pupillen wurden vor Panik noch größer, als Bianchi sich zu ihm lehnte. »Gottverdammt, ein Mann braucht doch seine Arme! Ich hab Kinder! Wie soll ich die denn ernähren?« Abschätzig blickte er auf Ghans Holzbein. »Nur ein Bein ist nicht so schlimm. Man kann sich noch bewegen; man kann noch arbeiten. Ersetzt man den Knochen eben durch ein Stück Holz. Aber ein Mann braucht doch seine Hände, Gottverdammt noch mal!«

Ghan sah ihn mit zusammengekniffenen Augen an. »Hör auf zu jammern, du Heulsuse!« Der Mann fuhr zurück, als hätte er ihn geschlagen. »Ich hab Neuigkeiten für dich, Bianchi. Du hast keinen Arm mehr. Denn was da hängt, ist nur ein Streichholzstummel, also heul nicht um was, das sowieso nicht mehr da ist.« Dem jungen Mann klappte der Mund auf, an den Winkeln klebte getrocknete Spucke.

»Du kannst immer noch arbeiten, Bianchi«, sagte Ghan nun sanfter. »Und deine Kinder ernähren. Morrison hat für dich schon einen Platz in der Sammlergruppe. Ist nicht so schlecht, hab ich selber mal gemacht. Todlangweilig, aber sicher. Um Verbrennungen brauchst du dir da keine Sorgen mehr machen.« Da der Mann ihm aufmerksam zuhörte, fuhr Ghan fort: »Du kriegst 'nen Haken oder so was. Ist nicht hübsch, aber du bist kein Krüppel. Außerdem brauchst du zum Sammeln sowieso nur eine Hand.«

Bianchi hob die Hand zum Mund, bevor er bemerkte, dass er keine Zigarette mehr in den Fingern hielt. Er ballte die Hand zur Faust und ließ sie wieder auf die Decke sinken. »Tut es weh?«

»Ach was!«, sagte Ghan achselzuckend. »Nicht besonders.«

Ghan würde diesem Mann nicht seinen Schmerz zeigen, bevor er eintrat. Bianchi würde ihn noch früh genug sehen. Wenn er Glück hatte, verlor er das Bewusstsein, bevor das Sägen losging. »Der Doc hat Morphium«, log Ghan weiter. »Da spürt man kaum was.«

Steif stand Ghan auf. »Ich hole den Doc. Wird vorbei sein, bevor du was merkst.« Hinkend floh er aus dem Zelt, eilte zum nächsten Baum und kotzte.

## Kapitel Siebzehn

Der Morgentau überzog das Gras mit Silber, brachte Spinnweben zum Glitzern und durchnässte Pater McIntyres Schuhe, als er dem Postboten an der Straßenbiegung entgegenging. Er lächelte, als er die Staffelschwänze zwitschern hörte. Ihr Tschilpen schwand mit dem Licht des anbrechenden Tages, verflüchtigte sich wie der Nebel in der Sonne. »Ist das nicht ein prächtiger Morgen, Mr. Cook«, grüßte Pater McIntyre den Postboten.

Der reckte seinen mageren Hals unter der Plane hervor. Sein Gesicht war so dunkel wie Rindsleder. »Morgen, Pater. Hab Sie gar nicht kommen hören.« Er nahm einen Packen Briefe, die mit Schnur zusammengebunden waren, und gab ihn dem Priester. »Hab Ihre Anzeige in der Zeitung gesehen.« Der Postbote kratzte sich in seinem großen Ohr und betrachtete prüfend seinen Finger. »Haben schon viele angebissen?«

»Ein paar«, erwiderte der Pater missmutig. »Diese Woche kommen zwei Familien, um sich die Kinder anzusehen.«

Mr. Cook verzog das Gesicht. »Ist doch gut, oder nicht, Pater? Ist doch gut, wenn die Kinder adoptiert werden.«

*Klar ist das gut*, antwortete Pater McIntyre im Stillen. Genauso gut wie die Klippen und das Meer. Aber sie alle sorgten dafür, dass ihm der Kopf schwirrte und ihm flau im Magen wurde. »Ja.« Pater McIntyre lächelte matt. »Das ist gut.«

Schritte donnerten über den Kies. »Ist er da?«, stieß James keuchend hervor.

Der Postbote grinste und stemmte die Hände in die Hüften. »Wartest du auf was, Kleiner?«

Pater McIntyre tätschelte James die Schulter und verdrehte die Augen.

»Er erwartet einen Brief aus Irland. Aber ich hab ihm gesagt, er soll sich nicht allzu große Hoffnungen machen.«

»Ho! Dann ist heute aber dein Glückstag, Junge!« Mr. Cook klatschte in die Hände. »Ich hab gesehen, dass einer dabei ist. Aus Limerick, glaube ich.«

Wieder wurde Pater McIntyre flau im Magen. Er schob sich den Packen Briefe unter den Arm und klemmte sie mit dem Ellbogen fest.

»Einen schönen Tag, Süße.« Mr. Cook tippte sich an den Hut, als sich ein Mädchen still zu ihnen gesellte, dann wandte er sich erneut zum Priester. »Mach mich jetzt wieder auf den Weg. Wir sehn uns in ein paar Wochen, Pater.«

»Bitte machen Sie ihn auf, Pater!«, bettelte James und quetschte unruhig Leonoras Hand.

Seufzend löste Pater McIntyre die Schnur vom Packen und sichtete die Briefe, bis er einen dünnen blauen Umschlag mit einer irischen Marke entdeckte, der fleckig und abgegriffen war. Er riss den Umschlag auf, zog eine Karte heraus, las die Schrift und wurde bleich. Dann las er sie noch mal, wobei seine Augen von rechts nach links huschten und seine Kieferknochen knackten.

James beobachtete jede seiner Bewegungen. »Was steht drin?«

Pater McIntyre schloss die Augen. »Es tut mir leid, mein Sohn.«

»Was denn?« Der Junge blinzelte heftig und umklammerte Leonoras Hand noch heftiger. »Was steht drin?«

»Es gibt niemanden mehr, James.« Er konnte dem Jungen nicht in die Augen blicken. »Es tut mir leid.«

»Aber, der … der Brief«, stammelte James. »Es … der ist doch … sie haben ihn geschickt.«

»Der Brief stammt von einem Priester, den ich kenne und der in der Nähe von Limerick wohnt.« Pater McIntyre atmete geräuschvoll aus und verbarg seinen Blick unter gesenkten Lidern. »Die O'Connells sind alle fort. Entweder weggezogen oder … gestorben. Es tut mir leid, mein Sohn.«

James ließ Leonoras Hand los.

»James …« Pater McIntyre streckte die Arme nach dem Jungen

aus, doch James wich vor ihm zurück und drehte sich auf dem Absatz um. Der Schotter spritzte unter ihm auf, als er davonrannte.

Pater McIntyre spürte, wie sein Herz schwer wurde, als er dem Jungen nachblickte und merkte, wie Leonora ihn kummervoll ansah. »Er wird es vergessen, Leonora. Mit der Zeit.« Seine Stimme klang hohl und abwesend, doch schneidend wie Eiswasser. »Er braucht einfach nur Zeit.«

Leonora setzte sich in Bewegung, Richtung Klippen.

»Lass ihn einfach in Ruhe, Leonora.« Pater McIntyre wollte nach ihr greifen. »Lass ihm Zeit.« Doch sie war schon losgelaufen.

Als beide Kinder fort waren, blieb nur eine große Einsamkeit zurück. Er hätte diesen Brief nie schreiben sollen. Schuldgefühle bestürmten ihn. Daher setzte er sich ebenfalls in Bewegung, aber ganz maßvoll und vorsichtig, bis er auf dem Pfad mit den gebleichten Kieseln die Grenze erreicht hatte, die er einfach nicht überwinden konnte. Dort, an der Stelle, wo das Meer als schmale blaue Linie in Sicht kam, entdeckte er James. Er saß, dem Rand der Welt zugewandt, am Abgrund und hielt seine Knie umklammert. Leonora stand hinter ihm.

James drehte sich zu ihr und schrie sie über das Tosen der Wellen hinweg an, scheuchte sie fort. Doch das Mädchen rührte sich nicht. James neigte sich näher zu ihr und schrie sie wieder an, mit zornesrotem, tränenüberströmtem Gesicht. Doch immer noch stand sie mit reglos hängenden Armen da. James schlug mit der Faust auf den Boden, drehte sich wieder zum Meer und vergrub den Kopf in seinen Knien.

Jetzt rührte sich Leonora. Ganz langsam näherte sie sich ihm und setzte sich auf den Boden. Mit ihren mageren Ärmchen umschlang sie die Schultern des Jungen. Als James sich dagegen wehrte, umarmte sie ihn noch fester, und ihre Arme waren so unnachgiebig wie Stahl, als sie ihn hielt wie eine Mutter ihr Kind. Sie legte ihren Kopf auf seinen Scheitel und ließ nicht zu, dass er sich krümmte. Dort oben auf den Klippen, gegen die das Meer täglich anstürmte, um sie zu zerbrechen, war zwischen dem Kummer des einen und des anderen Kindes nicht mehr zu unterscheiden.

Dieser Anblick schnürte dem Pater schmerzhaft die Kehle zu, und er blähte die Nasenflügel, um die Tränen in Schach zu halten. Während er James Kummer bereitete, schenkte dieses Kind ihm Wärme. Pater McIntyre wandte sich von den Kindern ab. Trösten war leicht; aber einem Kind Kummer zu bereiten, nur zu seinem Besten, für seine Zukunft, dazu musste man stark sein, hart und skrupellos.

Pater McIntyre stürmte den Pfad hinunter, fort von Liebe, Wärme und Unschuld. Mit gesenktem Kopf betrat er die Kirche und stieß die Tür zu seinem Arbeitszimmer auf. Er ließ den Packen weit gereister, abgegriffener Briefe auf den Schreibtisch fallen, wo sie sich unter der losen Schnur auffächerten. James' Gesicht, der heftige, unverhohlene Schmerz in seiner Miene, kam ihm in den Sinn. Er vergrub den Kopf in seinen Händen und rieb sich über die Augen, um das Bild zu vertreiben. Niemals hätte er den Brief schreiben sollen. Er hätte dem Jungen diesen Kummer ersparen können. Pater McIntyre zog seine Finger von den Augen die Wangen hinunter. Mit der Zeit würde James darüber hinwegkommen, versuchte er sich einzureden. Vielleicht würde er ihm eines Tages sogar dankbar sein.

Der Pater ließ sich auf seinem Stuhl nieder und wippte mit dem Rücken gegen die Lehne. Mit den Fingern der einen Hand trommelte er auf den Knöcheln der anderen. Plötzlich stand er abrupt auf und riss den geöffneten Brief vom Stapel. Als er ihn noch einmal las, sorgfältiger diesmal, wurde aus seiner Gereiztheit Zorn. Zorn darüber, den Brief geschrieben zu haben. Doch noch größerer Zorn, weil sie zurückgeschrieben hatten. Zorn, dass sie am Leben waren und James wollten.

Seine Vorurteile trieben seltsame Blüten. Irgendein bettelarmer Farmer wollte James. Seinen James. Bloß weil sie denselben Nachnamen hatten, wollten sie ihn. Wozu denn? Um Kartoffeln zu pflanzen und einen Eselskarren zu ziehen? Um ihn aus der Schule zu nehmen, damit er sich das Hirn aus dem Leib schuftete? Das war kein Leben für den Jungen – nicht für einen wie James. Der Junge gehörte hierher!

Der Brief war vor über drei Monaten abgeschickt worden. Sein Blick heftete sich auf den letzten Satz. Wieder und wieder las er ihn, bis ihn ein kalter Schauer überlief. Sie sparten Geld, um nach Australien zu kommen.

Pater McIntyre hielt den Brief in die Höhe, nahm die Ecken zwischen Daumen und Zeigefinger, zerriss ihn in winzige Fetzen und ließ diese in den Papierkorb rieseln. »Nur über meine Leiche.«

## Kapitel Achtzehn

Zur Jahrhundertwende konnte Perth sich noch längst nicht mit den prächtigen Rivalinnen auf dem Kontinent vergleichen, doch für Ghan war es die größte Stadt der Welt. Daher betrat er sie, als er den Busch hinter sich gelassen und nun an immer zahlreicheren, größeren und dichter beieinanderstehenden Häusern vorbeikam, wie ein Mann, der sich in einen Sturm begibt: mit vorgeneigtem Oberkörper und zusammengekniffenen Augen.

In kürzester Zeit übertönte das Rattern der Einspänner, der schwer beladenen Karren und der berühmten Postkutschen von Cobb & Co die leisen Geräusche seines wackligen Pferdewagens. Die Wucht der Stadt drang von allen Seiten auf ihn ein und bestürmte seine Sinne, bis ihm alles vor den Augen verschwamm. Die Zügel straff angezogen und um seine weiß werdenden Knöchel geschlungen, bemühte er sich nach Kräften, seine in Panik geratenen Pferde in Schach zu halten: gegen wendige Kutschen und Straßenbahnen, die wie verrückt hupten, ganz dicht an ihnen vorbeikurvten und ihnen dichte, graue Abgase in die Nase bliesen.

Ghan riss seinen Hut vom Kopf, wischte sich damit übers Gesicht und zockelte durch die Straßen, bis er das Dayton Hotel fand, das so riesig und majestätisch war wie ein Schiff. Er reihte sich in die Schlange der schwarzen Einspänner, die vor dem Eingang warteten.

Sofort stürzte ein Mann in einem dunkelgrauen Anzug mit langen Rockschößen und Zylinder aus der vergoldeten Flügeltür und blies heftig in eine Trillerpfeife. »Weg da!«, brüllte er. »Was wollen Sie mit dieser Karre hier?«

Ghan schnitt dem hochroten Mann, der schon wieder seine Pfeife ansetzte, eine Grimasse. »Meinen Fahrgast abholen«, brüllte er zurück.

»Unsere Gäste fahren nicht in solchen Karren«, höhnte der Mann. »Und jetzt weg hier. Ich habe keine Zeit für dumme Spielchen. Fahren Sie dieses verdammte Ding weg!«

»Nicht ohne meinen Fahrgast«, erwiderte Ghan stur. »Holen Sie ihn doch. Ist ein Amerikaner – heißt Fairfield.«

»Fairfield, sagen Sie?« Er drehte sich um und blies in seine Pfeife, bis ein verschwitzter Page mit der Geschwindigkeit eines Schoßhündchens herangezockelt kam. »Frag nach, ob Mr. Fairfield jemanden erwartet.« Dann wandte er sich wieder zu Ghan und zeigte mit dem Finger auf ihn: »Fünf Minuten, dann rufe ich die Polizei.«

Noch vor Ablauf der Frist schlenderte ein Mann mit weißem Anzug, weißem Hut und ordentlich gestutztem weißem Bart aus der großen Eingangstür und blickte auf eine Taschenuhr. Bei ihm eingehakt hatte sich eine dünne Frau, die ganze zwei Köpfe größer war als er. Der Trillerpfeifenmann verneigte sich vor dem Paar, neigte sein Ohr dem Mann zu und nickte mit unschuldig überraschter Miene, um daraufhin zackig auf Ghan zu zeigen und wie wild in seine Pfeife zu blasen. Die anderen Einspänner rollten schnell aus dem Weg und formten ein U am Ende der Schlange. »Liebe Güte, los geht's«, murmelte Ghan.

Doch noch bevor Ghan absteigen konnte, wurde das Gepäck aufgeladen. Die große Frau trug ein blaues, mit dunkleren Lagen verziertes Seidenkleid und wirkte steif und älter, als sie wahrscheinlich war. Sie presste die Finger, die in einem weißen Handschuh steckten, an die Lippen und machte sich nicht mal die Mühe, ihren Abscheu zu verbergen. Mit finsterem Seitenblick auf ihren Mann zog sie ihren Arm aus seiner Ellenbeuge.

»Aber, aber«, sagte Mr. Fairfield beschwichtigend.

»Was: aber, aber! Wo ist deine Kutsche?« Sie ließ ihm nicht die Möglichkeit zu antworten, sondern tippte dem Mann mit dem Zylinder auf die Schulter. »Wo ist seine Kutsche? Man könnte doch meinen, Ihr Hotel würde nicht zulassen, dass sich Vagabunden mit ihren Karren hier blicken lassen.«

Als der sich instinktiv seine Trillerpfeife zwischen die Lippen steckte wie einen Schnuller, schlug sie sie ihm aus dem Mund. »Ich will eine Antwort und keinen Pfiff aus Ihrem Spielzeug!«

»Eleanor, bitte«, sagte Mr. Fairfield besänftigend und nahm ihre Hand. »Darüber haben wir doch schon gesprochen. Wenn ich in einer Kutsche ankomme, werden sie mir niemals einen fairen Preis bieten. Außerdem ist es ja nur eine kurze Fahrt.« Er zog die Augenbraue in die Höhe und nickte Ghan zu: »Das stimmt doch, nicht wahr, Sir?«

Ghan räusperte sich. »Am Abend sind wir da.«

Der Mann zwinkerte dankbar und wandte sich wieder an seine Frau. »Siehst du, Liebes?«

Sie verzog den Mund und kaute an ihrer Unterlippe. »Das gefällt mir nicht. Das gefällt mir ganz und gar nicht, Owen.« Sie musterte Ghan, schürzte in unverhohlenem Ekel die Lippen und sagte so laut, als hätte er nicht nur ein Ohr, sondern gar keins: »Du kennst diesen … *Mann* ja nicht mal. Er könnte dich ausrauben und vollkommen nackt am Straßenrand liegen lassen. Und was würdest du dann tun? Um Himmels willen, Owen! Ich werde ein nervöses Wrack sein!« Ihr amerikanischer Akzent klang grob und streng. Sie sprach so laut wie ein Mann.

»Ich kable dir vom Bahnhof. Einverstanden?«

Sie reckte ihr Kinn nach vorn. »Wirst du deinen Hut tragen? Ich will nicht, dass mein Ehemann wie eine menschliche Runkelrübe aussieht, das weißt du.«

»Selbstverständlich, Liebes.«

Sie tappte mit dem Fuß. »Du kabelst mir also vom Bahnhof?«

»Ja, Liebes.«

»Vier Wochen? Und keinen Tag länger?«

»Nicht eine Sekunde länger.«

Mr. Fairfield reckte den Kopf und drückte ihr einen Kuss auf die Wange. »Leb wohl, Liebes.« Dann ergriff der Trillerpfeifenmann seine Hand und half ihm, sich auf den Kutschbock neben Ghan zu setzen.

Aus dem Mundwinkel flüsterte Mr. Fairfield: »Fahren Sie einfach!« Als Ghan sofort die Pferde antrieb, tat der Amerikaner überrascht, dass es schon losging, und klammerte sich an der Seitenverschalung fest. Seiner Frau warf er einen Luftkuss zu. »Ich liebe dich, mein Schatz. Und schicke dir von jeder Station ein Telegramm.« Ghan blickte lange genug zurück, um zu sehen, wie Mrs. Fairfield ihren Spitzenkragen weiter hochzog und mit dem Blick die Straße überflog, peinlich berührt, mit einem Krüppel und seinem alten Karren in Verbindung gebracht werden zu können.

Ghan beachtete seinen Fahrgast nicht weiter, als er mit angehaltenem Atem die Pferde durch den dichten Verkehr lenkte. Schweiß tropfte ihm von der Stirn, während er sich an Menschen, Tieren und den rasenden, hupenden Metallkisten vorbeischob, die sich zwischen ihnen hindurchfädelten. Sein Tunnelblick war so verengt, dass er nur noch das sah, was direkt vor ihm war. Je mehr sie sich den Randbezirken der Stadt näherten, desto mehr Platz bekam er und desto mehr Himmel sah er über den Häusern, die auch endlich kleiner wurden und nicht mehr über ihm hochragten.

Schweigend fuhren die beiden Männer über die wechselnden Straßen von Stadt und Land. Jetzt verschloss Ghan nicht mehr die Ohren, sondern öffnete sie der frischen Luft, wo die Geräusche sich nicht mehr überlagerten und zwischen Gebäuden und Lebewesen hin und her hallten. Als der Wagen einen kleinen Hügel hinauffuhr, erschien ihm die Stadt mit einem Mal meilenweit weg.

»Halten nicht viel von der Stadt, was?«, fragte sein Fahrgast. Ghan blickte erschrocken auf. Mr. Fairfield saß aufrecht da und sah ihn an. Sein Rücken berührte nicht die Lehne, und seine Hände lagen verschränkt auf dem Schoß. Der Mann lachte. »Sie haben die Schultern bis zu den Ohren gezogen, Mann.«

Ghan senkte bewusst die Schultern und lockerte seine Muskeln. »Bin nur nicht dran gewöhnt.«

Mr. Fairfield reckte sich wie eine faule Katze in der Sonne. Er knöpfte seine Jacke auf und warf sie auf die Ladefläche, dann öffnete er seufzend seinen steifen Kragen und schleuderte ihn vom Wagen. Er rieb sich den Nacken. Mit den Fingern löste er die großen Manschettenknöpfe aus Onyx und schob sie tief in seine Hosentasche. Er rollte die Hemdsärmel auf und holte dann einen Tabaksbeutel und einen kleinen Stapel dünner Papierrechtecke hervor. Den Tabak streute er auf eines der Papierchen, rollte es zusammen und leckte am Rand. »Eine rauchen?« Er bot Ghan die Zigarette an, doch der schüttelte wieder den Kopf.

»Ihre Frau hat recht«, bemerkte Ghan und blickte auf die bleichen Unterarme des Mannes. »Die Sonne wird Sie verbrutzeln.«

»Ich werde es überleben«, erwiderte er gutmütig. »Rauchen soll ich auch nicht. Sie sagt, dann stinke ich wie ein Kamin.« Er ratschte mit einem Streichholz über das splittrige Holz und hielt die blaue Flamme an die zusammengekniffene Spitze der Zigarette. »Aber ich habe vor, jede Sekunde auf dieser Reise zu rauchen.«

»Sieht so aus. Ihr gutes Recht als Mann«, erwiderte Ghan.

»Gesprochen wie ein wahrer Junggeselle, Mr. …«

»Ghan.«

»Ach Ghan? Türke?«

»Nee. Bin früher mit Kamelen gefahren, wie die Afghanen.«

Mr. Fairfield nickte und erläuterte weiter: »Natürlich hat meine Frau in den meisten Dingen recht. Aber manchmal will ein Mann eben nicht das Richtige tun. Er will Fehler machen, er will was ausprobieren und damit durchkommen wie ein rotznasiger Halbwüchsiger. Albern, ich weiß. Kindisch, aber ich kann nichts dagegen machen. Am Ende des Tages hol ich mir meine Strafpredigt und den Kuss auf die Stirn ab.« Sein schwächliches Stimmchen hatte er in Perth gelassen. Jetzt klang seine Stimme leicht, sorglos und sogar leicht rauchig. Grinsend zog er an seiner Zigarette. »Waren Sie je in Amerika, Ghan?«, fragte er.

»Nee. Bin nie aus Australien rausgekommen.«

»Nun, ich bin bereits mehrfach um die ganze Welt gereist, und ich kann Ihnen sagen, es gibt keine zwei Länder, die sich so ähnlich sind wie Australien und Amerika.«

Ghan versuchte, das zu verdauen.

»Es ist wahr«, fuhr Mr. Fairfield fort. »Unsere beiden Länder sind die Minderjährigen der Welt und eigentlich Halbgeschwister. Wir haben dieselbe Mutter, aber England wurde ein liederliches Frauenzimmer und lud Männer aus ganz Europa ein, Vater für uns zu spielen, bis wir ein solcher Schmelztiegel wurden, dass man nicht mehr weiß, welches Blut in uns fließt. Außer bei den Eingeborenen natürlich.«

Ghan lauschte auf den Akzent und den schnellen, selbstbewussten Redefluss des Mannes ebenso wie auf den Inhalt des Gesagten. Vielleicht lag es an den drei Tagen ohne Gesellschaft, aber Ghan gefiel seine Art zu reden. Er mochte den fremdartigen Klang und die Verschmelzung der Wörter.

»Australien und Amerika sind riesig«, sprach Mr. Fairfield weiter. »Unsere Städte und das beste Land befinden sich im Osten und Westen und dazwischen trockenes Gebiet – Weizen und Wüste. Wir beide haben die besten Rinder der Welt und die härtesten Männer, um sie zu treiben. Keinerlei Unterschied zwischen unseren Cowboys und euren Drovers: zähe, sonnenverbrannte Männer, die gleich schnell und geschickt mit Peitschen und Prostituierten umgehen können. Das sind noch richtige Männer, für die Freundschaft und Loyalität Religion ist. Im Vergleich zu denen bin ich eine Frau.« Plötzlich verstummte Mr. Fairfield und legte den Kopf schräg. »Ich quatsche Ihnen doch nicht ein Ohr ab, Ghan? Nur ein Wort, und ich verstumme.«

Eine Minute verging, dann setzte der Mann von neuem an, doch diesmal bedächtiger. »Es ist schön, in einem Land zu sein, wo man Englisch spricht.« Er wandte sich zu Ghan. »Wissen Sie, was unsere Akzente so unterschiedlich macht? Australier klingen immer, als würden sie eine Frage stellen, während Amerikaner immer so klingen, als wüssten sie die Antwort.« Er lachte herzlich. »Ja, Sir, Amerikaner haben auf alles eine Antwort.«

Er stellte seine Schuhe aus glänzendem Kalbsleder auf die Fußstützen. »Sie haben noch nie von mir gehört, oder?«

Ghan schüttelte den Kopf.

»Würde es Sie überraschen, wenn ich Ihnen sagte, dass die meisten mich kennen? Denn wissen Sie, Ghan, ich bin ein schwerreicher Mann«, erklärte er ganz sachlich. »Obwohl ich das nie geplant hatte. Ich habe Geologie studiert. Steine und Erde haben mich immer fasziniert, die Adern der Mineralien und der Druck, der Stein zu Diamanten härten oder zu Öl aufweichen kann. Offenbar hatte ich ein Gespür für die entscheidenden Stellen. Bevor ich mich's versah, besaß ich eine Kupfermine in Utah, eine Kohlenmine in Pennsylvania und eine Silbermine in Nevada. Jetzt habe ich Minen auf der ganzen Welt.

Und das bringt mich zu der Erklärung, was ich mit Ihnen hier will«, fuhr Mr. Fairfield fort. »Ich will nach Australien expandieren. Ich hab mir den Goldrausch hier sehr genau angesehen. Hab gesehen, wie dasselbe vor nicht allzu langer Zeit in Kalifornien passierte, und weiß, wohin das führt.«

»Da kommen Sie wohl zu spät«, bemerkte Ghan. »Im Busch wimmelt's schon von den großen Minenunternehmen. Viel Gold kann da nicht mehr übrig sein.«

Der Amerikaner nickte zustimmend. »Ganz genau, mein Freund. Aber ich will gar kein Gold. All diese Männer mit ihren Spitzhacken sind für alles andere völlig blind. Sollen sie doch das Gold für sich haben. Ich will Nickel und Erz, all das Zeug, das nicht glänzt, das die Welt aber viel dringender braucht als Gold.«

Mr. Fairfield zog den Ellbogen zurück, um ihn besser betrachten zu können. »Wie ist Ihr Manager so? Mr. Matthews?«

Ghan verdrehte die Augen. »Ein ganz übler Kerl.«

»Wieso?«

»Faul. Und gemein.« Ein verschlagener Zug huschte über sein Gesicht. »Aber man kann's ihm wohl nicht verübeln.«

Der Mann lehnte sich erwartungsvoll vor. »Erzählen Sie!«

»Tja, Mr. Matthews hat nicht weit von der Mine entfernt ein großes altes Haus, und seine Frau kommt ständig angelaufen und meldet, dass was kaputt ist: Rohre, Wasserhahn, Türscharnier. Jammert ständig rum. Also musste Mr. Matthews einen Schürfer hochholen und zum Haus schicken.«

Der Amerikaner verzog verwirrt das Gesicht. »Kann der Mann nicht mal sein eigenes Haus in Schuss halten?«

»Ist nicht das Haus, das in Schuss gehalten werden muss. Verstehn Sie?« Ghan zwinkerte ihm zu. »Der Handwerker ist für Mrs. Matthews, wenn Sie wissen, was ich meine.«

»Sie nehmen mich auf den Arm!«

»Soll tot umfallen, wenn's nicht stimmt! Jeder Kerl, der zum Haus geschickt wird, kommt zurückgehüpft, als hätte er den Mund voller Zucker. Sie ist auch nicht wählerisch. Eines Tages hat Matthews den einäugigen Earl rübergeschickt, und als der zurückkam, funkelte sein eines Auge so heftig, dass man denken konnte, das andere, vernarbte würde zur Unterstützung aufspringen.«

»Das ist eine gute Geschichte, mein Freund.« Mr. Fairfield presste die Lippen zusammen, schnalzte mit der Zunge und hob verschmitzt die Augenbrauen. »Eine sehr gute Geschichte.«

Eine Weile saßen die Männer nur schweigend da und hingen ihren Gedanken nach. »Kann ich Sie mal was fragen?« Ghan kratzte sich an seinem verstümmelten Ohr. »Warum haben Sie Ihre Frau mitgebracht? Fühlt die sich nicht einsam?«

»Sie will zu einem Waisenhaus, das oberhalb von Geraldton an der Küste liegt.« Sein Gesicht sackte zusammen, und seine Stimme wurde leiser. »Wir adoptieren ein kleines Mädchen.«

## Kapitel Neunzehn

Eleanor Fairfield traf mit einer Entourage von Anwälten mit hohen, steifen Kragen und gestutzten Schnurrbärten am Waisenhaus ein. Die drei Männer schirmten sie in einem Dreieck aus dunkelgrauen Anzügen ab, aus dem die Frau hervorragte: groß und dünn, ganz in Smaragdgrün bis auf das weiße Spitzenband, das ihren Hals zierte. Und es war ganz eindeutig, wer die Macht hatte.

»Mrs. Fairfield«, begrüßte Pater McIntyre sie, als sie aus der Gruppe auftauchte. »Willkommen.«

Sie bot ihm die Hand und schlackerte zur Begrüßung nur einmal schlaff mit dem Handgelenk. Als sie den Priester musterte, blieb ihr Blick an den Falten der Soutane und dem Dreitagebart hängen. »Pater McIntyre«, bemerkte sie. »Dies ist Mr. Newton, Esquire.«

Die beiden Männer gaben sich die Hand. Mrs. Fairfield machte sich nicht die Mühe, die zwei anderen Anwälte vorzustellen, die identische schwarze Aktenmappen mit Messingverschlüssen umklammerten. Pater McIntyre wies zum Gebäude. »Sollen wir?«

Eleanor Fairfield und Pater McIntyre waren fast gleich groß. Sie war keine alte Frau, doch ihre straff gespannten Züge hatten etwas Zähes, Ledriges. Sie hätte als hübsch gelten können, wäre ihr nicht eine scharfe Falte von der Stirn über die Nase gelaufen und hätte sich von dort zu den Winkeln des schmalen Mundes aufgefächert, die jede natürliche Schönheit verdrängte.

»Aus welchem Teil von Amerika kommen Sie?«, erkundigte sich Pater McIntyre in dem Bestreben, mit etwas Konversation seine schlampige Erscheinung zu kompensieren.

»Pennsylvania. Pittsburgh.«

»Ah ja, davon habe ich schon gehört.« Er lächelte dümmlich, während er zwei Holzstühle neben den Ledersesseln platzierte, die schon vor dem Schreibtisch standen.

»Nun«, setzte er dann förmlich an. »Sie möchten also ein Kind von uns adoptieren. Ein Mädchen, ist das richtig? Haben Sie an ein bestimmtes Alter gedacht?« Er spulte die Fragen mechanisch ab.

»Ich möchte Leonora kennenlernen.«

»Leonora?« Pater McIntyre blinzelte.

»Wir haben Nachforschungen betrieben zu allen Kindern, die an der Westküste zur Adoption freigegeben sind, und glauben, dass sie am besten geeignet ist.«

»Wieso das?«

»Das ist unwichtig«, sagte sie und wedelte mit der Hand. »Ist sie klug?«

»Ja.« Er spannte sich an, als er ihren Ton hörte. »Sehr klug.«

»Ist sie hübsch?«

»Ja.«

»Gut.« Sie lehnte ihre Schultern leicht zurück. »Dann würde ich sie jetzt gerne kennenlernen.«

Pater McIntyre räusperte sich. »Ich muss Ihnen sagen, Mrs. Fairfield, dass Leonora schon für eine andere Adoption vorgesehen ist.«

»Wieso weiß ich nichts davon?«, zischte sie Mr. Newton an. Der Mann zuckte zusammen und starrte finster zu den anderen Anwälten, die immer kleiner wurden. Sie verdrehte die Augen und wandte sich wieder an den Priester. »Egal. Ich will sie kennenlernen.«

Pater McIntyre ertappte sich dabei, dass er wie ein dressierter Welpe aufsprang und zu Schwester Louises Klasse ging. Er öffnete die Tür, unterbrach den Unterricht, nickte der Nonne zu und winkte das kleine Mädchen in der hinteren Reihe zu sich. »Leonora, komm mal bitte mit.« Alle Kinder beobachteten sie, als sie zwischen den Tischen hindurchging und Pater McIntyres Hand ergriff.

Im Arbeitszimmer stellte er sie freundlich vor: »Leonora, dies ist Mrs. Fairfield. Sie wollte dich kennenlernen.«

Eleanor Fairfield hob ihr Kinn über dem Spitzenkragen und ließ ihren Blick über das kleine Mädchen wandern. »Dreh dich bitte um«, befahl sie.

Schlurfend beschrieb Leonora einen Halbkreis.

»Sie ist hübsch«, befand die Frau. Es war eine Feststellung, kein Kompliment. »Wie alt bist du?«

Sie neigte den Kopf zur Seite, als das Kind schwieg. »Ich habe gefragt, wie alt du bist.«

»Sie ist acht.« Pater McIntyre lächelte dem Mädchen sanft zu. »Sie ist sehr scheu, Mrs. Fairfield. Und spricht kaum.«

»Nun, das könnte sogar günstig sein. Besser, als wenn sie ein loses Mundwerk hätte.« Sie ließ noch einmal ihren Blick über das Mädchen gleiten. »Also gut. Du kannst gehen.« Sie entließ sie mit einem Wedeln ihrer Hand. »Ich habe genug gesehen.«

Leonora sah den Priester fragend an. »Danke, Leonora«, sagte dieser. »Du kannst zurück in den Unterricht.«

Als sich die Tür geschlossen hatte und die Schritte des Kindes verstummt waren, faltete Mrs. Fairfield die Hände. »Ich nehme sie.«

Pater McIntyre mochte diese Frau nicht, das spürte er deutlich in der Bauchgegend. »Wie ich Ihnen bereits sagte, Mrs. Fairfield …« Er schwieg nachsichtig. »Leonora steht nicht zur Verfügung.«

Ihre Augen glitzerten. »Sie sagten nicht, dass sie nicht zur Verfügung steht, Pater McIntyre, Sie sagten, sie wäre schon für eine andere Adoption vorgesehen. Achten Sie auf Ihre Worte«, warnte sie.

»Meiner Meinung nach«, erwiderte er, ebenfalls mit einem warnenden Unterton, »bedeutet beides dasselbe.«

»Wurde bereits ein Vertrag unterzeichnet?«

»Ja.«

»Wie viel haben sie bezahlt?«

Er krümmte sich innerlich, bevor er sagte: »Ein gutes Zuhause für ein Kind ist Bezahlung genug.«

»Ha!« Zum ersten Mal lächelte sie. »Dann steht sie also doch noch zur Verfügung.« Sie klopfte auf ihre Handtasche. »Ich bezahle fünfundzwanzigtausend Dollar für sie.«

Pater McIntyre riss unwillkürlich die Augen auf und erstarrte.

Wieder lächelte die Frau. »Eine Menge Geld, nicht wahr, Pater McIntyre? Die Kirche würde einen Priester mit einer schönen Beförderung belohnen, wenn er so viel Geld einbrächte, meinen Sie nicht auch?«

Sein Adamsapfel rieb gegen den Kragen seiner Soutane. »So was interessiert mich nicht.«

»Aber natürlich nicht!« Sie lachte und blickte in die leicht zusammengekniffenen Augen der Anwälte. »Kein Mann Gottes hat je an sich selbst gedacht.«

Seine Miene wurde ernst. »Glauben Sie, was Sie wollen, aber mein Interesse gilt ausschließlich den Kindern.«

Eleanor Fairfield nickte langsam, und ein schmales Grinsen hob ihre Mundwinkel. »Dann wird es Sie ja auch nicht interessieren, dass Sie bald ohne Stelle dastehen könnten. Denn Bischof Ridley will dieses Waisenhaus schließen.« Im darauf eintretenden Schweigen ließ sie ihn nicht aus den Augen.

Pater McIntyre spürte, wie seine Füße kalt wurden. Er atmete nicht und rührte sich nicht. Nur seine Augenlider zuckten krampfhaft.

Als sie sah, wie blass der Priester war, glitzerten ihre Augen noch stärker. »Sie haben sich höheren Orts entweder Feinde gemacht oder zu wenig getan, um Ihren Vorgesetzten zu gefallen, Pater McIntyre.« Sie tätschelte ihre perlenbesetzte Tasche, als wäre sie ein Hund. »Ich bin sicher, fünfundzwanzigtausend Dollar würden dem Bischof beweisen, dass das Waisenhaus es doch wert ist, gerettet zu werden.«

»Das Waisenhaus ist aus Stein und Mörtel«, antwortete er leise. »Und kann, wenn Gott es will, zu Staub zerfallen.« Sein Blick wurde eisig, als er mit zusammengebissenen Zähnen fortfuhr: »Ein Kind ist es wert, gerettet zu werden. *Leonora* ist es wert, gerettet zu werden. Ihr Geld ist hier nicht gefragt, Mrs. Fairfield. Leonoras Glück steht nicht zum Verkauf.«

»Ah, welch fromme Haltung! Ich bin zutiefst gerührt, Pater McIntyre.« Ein heiseres Gackern entfuhr ihr, als sie eine imaginäre Träne abtupfte. »Doch was ist mit den anderen Kindern hier? Sicher sind ihr Glück und ihre Sicherheit auch etwas wert.« Sie hob gehässig die Augenbrauen. »Oder hegen Sie vielleicht … ganz spezielle Gefühle für die hübsche kleine Leonora?«

Pater McIntyres Lippen wurden bleich. »Wie können Sie es wagen – «

»Ich spreche natürlich aus reiner Nächstenliebe«, unterbrach sie ihn und wedelte in der Luft, um sie zu reinigen. Sie neigte den Kopf zur Seite und musterte ihn prüfend. »Ob Sie es glauben oder nicht, Pater: Wir wollen beide das Gleiche für Leonora, auch wenn unsere Mittel sich unterscheiden mögen. Ich kann ihr ein Leben bieten, von dem die meisten Kinder nur träumen können. Sie wird Geld haben. Sie wird in den Genuss einer höheren Bildung kommen. Sie wird die Welt sehen und einen Familiennamen bekommen, der Reichtum und Hochachtung mit sich bringt.« Sie verstummte kurz. »Sie sollten mir dankbar sein, Pater. Sie wissen, welches Schicksal Waisenkinder erwartet, vor allem Mädchen wie Leonora.«

Etwas Sanftes huschte über ihr Gesicht, wurde jedoch sofort von etwas verdrängt, das kein Mitgefühl duldete. »Nehmen wir nur mal für einen Augenblick an, Sie könnten uns – sei es wegen irgendeiner Gnade Gottes oder blinder Dummheit – Leonoras Adoption verweigern. Sie könnten sie weiterhin unter Ihren Fittiche halten, aber die Altersbegrenzung für dieses Waisenhaus liegt bei sechzehn. Und was dann? Dann könnte sie entweder irgendeinen aussichtslosen Landstreicher heiraten oder als Bardame in einem schäbigen Pub arbeiten.«

»Sie haben das Paar vergessen, das sie adoptieren will«, wandte er ein.

»Und *Sie* haben vergessen, dass die, die hier vorsprechen, arme Leute sind. Sie wird arbeiten müssen. Ein hartes Leben für ein Kind.«

Darauf trat Schweigen ein. Pater McIntyre spürte, wie die Worte, die Wahrheit über Leonoras Zukunft, in ihm nachhallten. Eine Schweißperle rann ihm von der Schläfe bis zum Ohr.

Eleanor nickte, als hätte er ihr eine Frage beantwortet. Sie ließ die Schultern sinken und sagte nun sanfter: »Der Vertrag über Leonoras Adoption ist kein Problem. Mr. Newton wird die Schwachstellen darin finden. Sie werden keinerlei Haftung übernehmen müssen, selbst wenn die Adoptionswilligen klagen sollten – nicht, dass sie überhaupt Geld dazu hätten. Fakt ist, dass es überhaupt kein Problem darstellt. Sagen Sie ihnen, was Sie wollen. Es interessiert mich nicht.« Sie wedelte mit der Hand, als wollte sie einen schlechten Geruch in der Luft wegfegen.

»Meine Anwälte werden einen Vertrag für uns aufsetzen, und den werden Sie unterschreiben, zusammen mit dem Bischof«, fuhr sie fort. »Ich werde mich den nächsten Monat nördlich von Geraldton aufhalten. Dorthin können Sie kommen, um die Papiere zu unterzeichnen. Bis dahin müssen alle Unterlagen über das Kind vernichtet sein, und es darf keine einzige Kopie geben. Ist das klar?« Sie wartete seine Antwort nicht ab, sondern fuhr fort: »Ich schicke eine Lehrerin, die mit ihr arbeitet, bis wir abreisen. Leonora hat zwei Monate, um ihren Akzent abzulegen und unserem perfekt zu entsprechen. Ihr werden anständige Manieren beigebracht, und sie lernt unsere Familiengeschichte auswendig. Viel Zeit haben wir nicht.«

»Und wenn sie Ihren Anforderungen nicht genügt?«, fragte er bitter.

»Was denn, Pater«, entgegnete sie süßlich. »Wo bleibt denn Ihr Glaube?«

## Kapitel Zwanzig

Leo erschien nicht zum Frühstück, wie schon die ganze Woche. Alle paar Sekunden blickte James zu ihrem Platz, ob sie noch auftauchen würde, und dann zur Tür, doch sie kam nicht, und ihre Abwesenheit schwebte über ihm wie staubbedeckte Spinnweben. Er wusste, wo sie war: Sie saß in dem winzigen Studierzimmer fest, mit dieser gekünstelt sprechenden Lehrerin. Das Zimmer war eigentlich nur eine zweckentfremdete Besenkammer, in der die Putzgeräte beiseitegeschoben und ein Tisch und zwei Stühle untergebracht worden waren.

In letzter Zeit sprach James so selten wie Leonora. Es gab nichts, worüber sich zu reden lohnte, und niemanden, der zuhörte. Er driftete durch Tag und Nacht, ohne von Irland zu reden. Er bemühte sich sogar, nicht daran zu denken. Seine Erzählungen von smaragdgrünem Gras und Kreidefelsen, von Schafen und warmem Feuer kamen ihm nun vor wie Geschichten von Kleinkindern, die von Schatzkisten und Märchen plapperten. Und dass er kein Kind mehr war.

Dies hier war sein Leben. Er spürte die Ödnis darin, die schwarzen Ecken, die sich immer enger um ihn schlossen. Seine Gedanken waren jetzt leer, dabei waren sie noch vor kurzem so voll gewesen.

Mit einem letzten Seufzer wandte James seinen Blick vom leeren Stuhl ab und brachte seinen Teller in die Küche zurück. Da kam die farblose Lehrerin in den Speisesaal, nahm einen Teller vom Koch entgegen und setzte sich zu Tisch. James hatte sie noch nie außerhalb des Arbeitszimmers essen sehen. Sein Herz fing an zu rasen. Schnell lief er los und rannte an den beiden Klassenräumen vorbei zum Ende des Korridors.

Ohne anzuklopfen, riss er die Tür auf. Leonora sprang vom Stuhl auf und stieß gegen die Besen. »Tut mir leid, Leo. Ich wollte dich nicht erschrecken.« Er wartete darauf, dass ihre starre Miene sich entspannen, ihr Lächeln den Schock auf ihrem Gesicht vertreiben würde, doch sie sah ihn nur weiter mit weit aufgerissenen Augen an.

»Beeil dich, Leo. Die graue Dame frühstückt.« Er hielt ihr die Tür weit auf. »Lass uns gehen, bevor sie zurückkommt.«

Immer noch starrte sie ihn reglos an. James trat zu ihr. »Keine Angst; sie wird nicht wütend werden. Wir sind ja schnell wieder zurück.«

Leonora drückte sich tiefer in die Putzgeräte und schüttelte den Kopf.

»Es wird alles in Ordnung sein, das verspreche ich.« Er packte ihre Hand, doch sie schrie leise auf.

»Was ist denn los, Leo?« Ein unbehagliches Kribbeln überlief ihn. »Was ist?«

Sie versteckte ihre Hände hinter dem Rücken. Sanft umfasste er ihren rechten Ellbogen und zog ihren Arm zu sich. Langsam öffnete sie ihre zur Faust geballte Hand und zeigte ihm die Handfläche.

Er brauchte einen Moment, um die roten Striemen über den Fingern und der Handfläche zu erfassen. Sein Herz pochte laut und schmerzhaft, als er sanft nach ihrer anderen Hand fasste. Deren Fläche war genauso rot wie die der anderen, und ein offener Schnitt verlief über ihre Knöchel.

Scharfer, weißglühender Zorn schoss ihm durch die Adern, als er auf die winzigen, geschundenen Hände starrte. Er sah Leonora ins Gesicht. »Nicht!«, flehte sie.

Doch er war schon fort, stürzte blind vor Wut den Korridor hinunter. Er suchte erst gar nicht die Lehrerin, sondern rannte zu Pater McIntyres kleinem Büro, wo er mit der Faust gegen die Holztür hämmerte. Keine Reaktion. James hämmerte noch mal dagegen. Hinter der Tür hörte er schlurfende Schritte, mehr nicht. Er drückte die Schulter dagegen, um sie aufzustoßen, doch sie öffnete sich ganz leicht; sie war nicht verriegelt.

Pater McIntyre kam aus seinem Schlafzimmer, sein Haar war an einer Seite des Kopfes platt gelegen. »War es wirklich nötig, so laut zu klopfen, James?« Er ließ sich auf seinen Schreibtischstuhl sinken. »Warum bist du nicht im Unterricht?«

James wischte die Frage beiseite. »Wieso kommen Sie nicht zur Tür?«

Pater McIntyre schob einen Stapel Papiere zusammen und legte sie ordentlich aufeinander. »Ich habe ein bisschen geschlafen.«

»Wie immer«, zischte James.

Pater McIntyre sah ihn scharf an. »Mir gefällt dein Ton nicht, James.«

Vor lauter Zorn schlug James mit beiden Händen so heftig auf die Schreibtischplatte, dass der Priester von seinem Stuhl hochfuhr. »Wachen Sie auf!«, brüllte James.

Pater McIntyre war vor lauter Verblüffung wie gelähmt. Dann stand er langsam auf. »Erhebe ja nicht deine Stimme gegen mich, junger Mann.«

James reckte das Kinn vor. Seine Augen waren so dunkel, dass sie fast blind wirkten. Er packte mit einer Hand die Schreibtischlampe und schleuderte sie an die Wand. Der gläserne Lampenschirm zerbrach auf dem Boden, und dickflüssiges, durchsichtiges Öl spritzte auf die Scherben und die Dochtfasern. »Wie konnten Sie nur?« Vor lauter Empörung atmete James ganz flach und stieß die Luft durch die Nase aus.

Pater McIntyre blickte benommen auf die Bescherung am Boden. Er wirkte so zerbrochen wie die Lampe, suchte nach Klarheit. »Ich weiß nicht, was du meinst.« Doch dann dämmerte es ihm, und er streckte die Hand nach dem Jungen aus. »Verzeih mir, James. Bitte, hass mich nicht«, flehte er ihn mit einem verzerrten Lächeln an. »Ich habe nur versucht, dich zu schützen.«

»Mich?«, schrie James fassungslos. »Das hat doch nichts mit mir zu tun!«

»Aber ja doch, alles, mein Sohn. Siehst du das nicht?« James verstand ihn immer weniger. Nichts von dem, was er sagte, ergab einen Sinn. »Ich musste an deine Zukunft denken, dich beschützen. Der Brief …«

»Welcher Brief?« James schüttelte den Kopf, um seine Frage zu verdrängen. Der Pater redete unverständliches Zeug. Verächtlich schloss er die Augen. »Sie sollten doch sie schützen, nicht mich!«

Pater McIntyre presste die Lippen zusammen, um nicht mit etwas herauszuplatzen. Als er James jetzt in die Augen blickte, war er vollkommen wach. »Sag mir, wovon du redest, James.«

»Leonora«, erwiderte der Junge mit spürbarem Schmerz. »Wie konnten Sie zulassen, dass man ihr wehtut?«

• • •

Wie ein Besessener stürzte Pater McIntyre den Korridor hinunter. James hatte große Mühe, auf dem Weg zur Besenkammer mit ihm Schritt zu halten. Hinter der dünnen Wand hörten sie Stimmen. Pater McIntyre stieß die Tür so heftig auf, dass sowohl Leonora als auch die Lehrerin aufsprangen.

»Zeig mir deine Hände!«, befahl er. Leonora war wie gelähmt vor Angst. Der Priester beherrschte sich und zwang sich, ruhiger zu sprechen. »Du bekommst keinen Ärger. Bitte, zeig mir deine Hände.«

Mit gesenktem Blick streckte sie ihm ihre wunden Hände mit den Striemen hin. Pater McIntyre nahm sie so vorsichtig, als wären es Scherben. Er wurde knallrot und bleckte die Zähne.

»Gehen Sie! Auf der Stelle!«, befahl er der Lehrerin.

»Ich … ich hatte keine andere Wahl«, stammelte die Frau. »Sie muss so viel in so kurzer Zeit lernen und ist manchmal ziemlich schwer von Begriff. An manchen Tagen spricht sie kaum.« Sie sah das Mädchen anklagend an. »Mrs. Fairfield hat mir strikte Anweisungen gegeben.«

»Sie sind gefeuert.«

»Mrs. Fairfield hat mich eingestellt, deshalb kann auch nur sie mich feuern.«

Pater McIntyre ließ Leonoras Hände los und wandte sich zu der Frau. »Gehen Sie, bevor ich Ihnen dasselbe antue, Mrs. Applegate.« Er nahm den Rohrstock neben dem Tisch und fuchtelte damit gefährlich nahe vor ihrem Gesicht herum.

Mrs. Applegate wurde bleich, presste sich ihre Tasche an den Bauch, drehte sich abrupt um und floh mit klackernden Absätzen so schnell wie eine Staubmaus, die der Wind vor sich hertreibt.

Pater McIntyre schien vergessen zu haben, dass er nicht allein war. Sein Blick huschte von links nach rechts, er schlug sich mit dem Rohrstock gegen die Schuhe und murmelte unverständlich vor sich hin. Als er sich umdrehte, bemerkte er James und ließ unter dem Blick des Jungen den Stock zu Boden fallen. »James, bitte Schwester Louise, Leonoras Hände zu verbinden.«

»Das mache ich selbst«, erwiderte James mit harter, tiefer Stimme. Er baute sich beschützend vor Leonora auf und schirmte sie vor ihm ab. »Ich kümmere mich um sie.«

## Kapitel Einundzwanzig

»Ich reite nach Northampton.« Pater McIntyre schob sich grob an Schwester Margaret und den Kindern vorbei. Er packte keine Tasche, nahm keinen Proviant mit. Er sattelte auch nicht sein Pferd, sondern ritt ohne Sattel und trat der Stute so heftig in die Seiten, dass der Schotter unter ihren Hufen aufspritzte.

Pater McIntyre war fast im Sumpf ertrunken, der Sog unter seinen Füßen war stärker als sein Wille gewesen, doch jetzt bot ihm sein Zorn einen Ast, an den er sich mit beiden Händen klammern konnte. Die braune Stute galoppierte am Kirchengebäude vorbei auf die Küstenstraße. Ihm wurde schwindlig, doch er kniff die Augen zu und wandte den Kopf von der endlosen Weite des Ozeans ab. Er umklammerte den Hals des Pferdes, als wäre er ein Felsvorsprung, so dass ihm die Mähne ins Gesicht schlug und in der Nase kitzelte. Und er lockerte seinen Griff erst, als das Rauschen des Meeres leiser wurde.

Als er an Leonoras rote, geschwollene Händchen dachte, richtete er sich auf und trat dem Pferd noch härter in die Flanken. Seine schwarze Soutane wehte um die Hufe und schien sie beide mit ihrem lauten Flappen anzuspornen.

Als er in Northampton ankam, waren seine Beine schwer und steif, und seine Schenkel zuckten wie eine Kuh, die eine lästige Fliege loszuwerden versucht. Einen kurzen Moment sank ihm der Mut, doch als er die mit rotem Teppich ausgekleidete Lobby des Duxton Hotel betrat, zwang er sich, an Leonoras Hände zu denken, an ihre aufgeplatzten Knöchel, als er, zwei Stufen auf einmal nehmend, die Treppe hinauflief. Er brauchte seinen Zorn, um stark und wachsam zu bleiben.

Schwer atmend schloss er die Augen, um sich das Bild einzuprägen, und klopfte dann dreimal laut gegen die Doppeltür der Suite.

»Herein!«, ertönte Eleanor Fairfields Stimme.

Wieder klopfte er. Sie riss die Tür auf und fauchte: »Ich sagte doch: herein …« Sie verstummte und riss die Augen auf. »Ach, Pater McIntyre, das ist aber eine Überraschung. Ich dachte, Sie wären im Heim und kümmerten sich um die Schmutzwäsche. Aber bitte, kommen Sie doch herein!«

Der Salon war luxuriös mit Perserteppichen und polierten Eichenmöbeln ausgestattet. Ein großer, vergoldeter Spiegel bedeckte eine halbe Wand. Mrs. Fairfield ließ sich wie eine Königin auf einem hochlehnigen Sessel nieder und winkte ihn zum Rosshaarsofa. »Bitte, Pater McIntyre, nehmen Sie doch Platz.«

»Ich stehe lieber«, erwiderte er kalt. »Es wird nicht lang dauern.«

»Wie Sie möchten.« Unter halb gesenkten Lidern musterte sie ihn. »Nun, welchem Umstand verdanke ich die Ehre?«

»Ich bin gekommen, um mit Ihnen über Leonora zu sprechen.«

»Das habe ich mir schon gedacht. Allerdings hätte ich Sie erst in ein paar Tagen erwartet. Egal. Meine Anwälte haben den Vertrag gerade fertiggestellt, daher können Sie ihn noch heute unterzeichnen. Das erspart Ihnen eine weitere Reise hierher.« Sie griff nach einem braunen Lederkoffer und stellte ihn auf ihren Schoß.

»Es wird keine Adoption geben.« Diese Worte versengten ihm fast die Lippen.

»Ach wirklich?« Eleanor Fairfield hob die Augenbrauen, und ihre Mundwinkel zuckten belustigt. »Und warum nicht?«

Pater McIntyre versuchte, sich an seiner Wut festzuhalten, doch seine Ohren glühten, und seine Unterlippe zitterte. »Ich lasse nicht zu, dass ein Kind geschlagen wird«, knurrte er.

Ihre Augenbrauen senkten sich, und jeglicher Ausdruck schwand aus ihrem Gesicht. »Wovon sprechen Sie?«

»Ich habe mit eigenen Augen ihre blutigen Hände gesehen!« Er musste die Zähne zusammenbeißen. »Das ist Kindesmisshandlung, die ich nicht zulassen werde.«

Eleanor Fairfield drückte ihren Rücken an die Stuhllehne und starrte grübelnd an die Wand. Als sie sich wieder zu ihm wandte, war ihr Gesicht starr und ernst. »Ich bin eine harte Frau, Pater McIntyre, aber ich bin nicht gewalttätig. Mrs. Applegate hat sie also geschlagen?«

»Spielen Sie keine Spielchen mit mir, Mrs. Fairfield. Sie behauptete, Sie hätten ihr strikte Anweisungen gegeben.«

»Ja, sie zu unterrichten, Pater McIntyre«, erwiderte sie hitzig. »Sie zu unterrichten, nicht, sie zu züchtigen.«

Ihr Zorn nahm ihm den Wind aus den Segeln. Er versuchte, dem etwas entgegenzuhalten. »Ich habe die Lehrerin gefeuert.«

»Gut so«, nickte sie. »Ich werde für Ersatz sorgen.«

Sein Zorn verrauchte. Aber er brauchte ihn, brauchte das Feuer. »Ich glaube, das Ergebnis wird dasselbe sein, Mrs. Fairfield. Ihre Erwartungen sind einfach zu hoch für das Mädchen.«

Da wurde ihr Gesicht wieder hart und zynisch. »Ich kann Ihnen versichern, Pater, dass ich ihr genauso wenig wehtun will wie Sie.« Herausfordernd neigte sie sich zu ihm. »Dennoch überrascht mich Ihre Leidenschaft bei diesem Thema. Heißt es nicht: Wer sein Kind liebt, der züchtigt es, Pater? Ich dachte immer, die Kirche sei ein eifriger Verfechter körperlicher Züchtigung.«

»Daraus erwächsen nur Angst und ein gebrochener Geist.«

»Mit dieser Ansicht stehen Sie aber ziemlich allein da. Ich muss sagen, es beeindruckt mich, mit welcher Verve Sie Ihren Standpunkt vertreten. Normalerweise stehe ich Priestern eher misstrauisch gegenüber. Ich finde sie ziemlich selbstsüchtig und wirklichkeitsfremd.« Sie hob die Hände und klatschte einmal. »Fangen wir doch noch mal von vorn an, ja?« Sie wies erneut aufs Sofa. »Bitte, setzen Sie sich doch, und ich bestelle Ihnen etwas zu trinken.«

Plötzlich merkte er, wie schwach seine Beine vom wilden Ritt und dem Wutausbruch waren. Er nahm auf dem Sofa Platz, dessen geschwungene Rückenlehne hoch über ihm aufragte. »Ich hätte gerne einen Tee.« Jetzt wusste er nicht mehr, gegen wen oder was er eigentlich kämpfte.

»Tee? Nein, trinken Sie etwas Richtiges mit mir. Wir trinken und unterhalten uns richtig.«

Der Priester nahm das braune Getränk aus ihren Händen entgegen, ohne zu fragen, was das war.

»Sie haben sich noch gar nicht nach meinem Mann erkundigt«, bemerkte Mrs. Fairfield, als sie ihr eigenes Glas nahm, sich auf ihrem Thron zurücklehnte und entspannt die Knöchel kreuzte. »Möchten Sie nicht wissen, ob er ein guter Mensch ist? Schließlich adoptiert auch er Leonora.«

»Nun«, erwiderte Pater McIntyre ausdruckslos, »ist er denn ein guter Mensch?«

»Ja«, antwortete sie. »Er ist klug und anständig und freundlich. Freundlicher als ich. Sie würden ihn mögen. Er ist Minenbesitzer, falls es Sie interessiert.«

»Nein, das interessiert mich nicht.« Es fühlte sich gut an, ihrem Ego einen Schlag zu versetzen. Langsam nippte er an seinem Getränk. Sie lächelte, als amüsierte sie sein Schweigen.

»Nun, dann sagen Sie mir, Pater …« Sie lachte kurz auf, als ihr etwas durch den Sinn fuhr, und nippte an ihrem eigenen hohen Glas. »Was haben Sie eigentlich dem Paar erzählt, das Leonora adoptieren wollte?«

Er grub seine Fingernägel in die Knie. »Dass sie nicht mit ihnen mitgehen wollte.«

»Hah!« Sie lachte und hielt ihr Glas wie zu einem Trinkspruch in die Höhe. »Sehr schön! Einfach aufs Kind schieben. Gute Entscheidung.« Sie drückte sich die Zunge in die Wange. »Ich schätze, ein besonders guter Lügner sind Sie nicht, Pater McIntyre, was man natürlich als Tugend betrachten kann oder als Fluch. Und: Haben sie Ihnen geglaubt?«

»Nein.« Er entspannte seine Finger. »Wahrscheinlich nicht.« Er hob die Augenbrauen und widmete sich wieder seinem Getränk. Durch das Glas sah er seine eigenen Finger, verzerrt und aufgebläht, und dahinter ihre schemenhafte Gestalt, die ihn nicht aus den Augen ließ. »Warum muss es denn unbedingt Leonora sein?«

Sie ließ einen Fuß wippen, so dass der Rocksaum kokett hin und her schwang. »Weil sie ein Phantom ist.«

»Das verstehe ich nicht.«

»Sie hinterlässt keine Spuren. Sie hat keine Vergangenheit, keine Geschichte, keinen Namen. Würde sie morgen verschwinden, wäre es, als hätte es sie niemals gegeben. *Puff!*« Sie schnippte mit den Fingern. »Niemand würde merken, dass sie weg ist.«

Seine Miene wurde hart wie Stein. »Doch. Ich.«

»Ja«, räumte sie lächelnd ein. »Und ich habe dafür gesorgt, dass Sie dies niemals preisgeben.«

»Mit dem Vertrag?«, spottete er und verschüttete fast sein Getränk. »Die Unterschrift unter einem Kontrakt ist nur so viel wert wie das Wort eines Mannes. Und das Wort eines Mannes kann sich mit der Zeit ändern. Selbst das eines Priesters.«

Sie lachte. »Ich bin nicht dumm, Pater McIntyre. Meine Anwälte zerreißen jeden Tag Verträge. Ich weiß, wie wenig sie wert sind. Nein, meine Rückversicherung greift tiefer, das kann ich Ihnen versprechen.«

Mrs. Fairfield starrte in ihr Glas und wirkte, als suchte sie in dem Getränk nach Worten. »Meine Schwester ist kürzlich verstorben.«

»Das tut mir leid«, erwiderte er mechanisch.

Sie schoss ihm einen Blick voll unterdrückter Qual zu und zischte: »Ich muss Ihnen nicht leidtun.« Dann beherrschte sie sich und strich über die Falten ihres Kleids. »Wie auch immer, als sie starb, war sie in Sydney, in einer Nervenklinik. Sie hat sich erhängt.« Das sagte sie ganz ruhig, reckte aber unwillkürlich den Hals. »Ich war es, die sie dort hatte einweisen lassen. Ich hielt Sydney für den hintersten Winkel der zivilisierten Welt und hatte recht damit.«

Plötzlich schaltete sie um, lächelte und hob ihr Glas. »Ich erfand eine Geschichte, Pater McIntyre, und ging dabei ziemlich ins Detail. Ich erzählte ausführlich über meine schöne, kluge Schwester und ihr aufregendes Leben in Australien. Ich erfand sogar eine Tochter für sie.« Sie presste die Lippen zusammen. »Ich mache nicht oft Fehler, aber dies war einer. Als meine Schwester starb, wollte jedermann wissen, was denn jetzt aus dem Kind würde. ›Das arme Schätzchen‹, hieß es. ›Sicher holen Sie sie zu sich‹, hieß es. ›Ein Kind muss bei seiner Familie aufwachsen.‹«

Eleanor Fairfield setzte das Glas an ihre Lippen, trank es aus und klimperte dann mit den Eiswürfeln, als riefe sie nach einem Kellner. »Und das ist der Grund, Pater McIntyre, warum ich Leonora adoptiere. Sie wird meine lang vermisste Nichte sein, und ihre einzige Geschichte ist die, die man ihr beigebracht hat.«

Pater McIntyre klappte der Mund auf. Er fragte sich, ob das ein Scherz sein sollte, sah aber an ihrer kalten, entschlossenen Miene, dass es ihr ernst war.

»Ah«, sagte sie. »Ich habe Sie schockiert. Sie halten mich für eine herzlose Person.«

Eleanor betrachtete ihn ausgiebig, dann griff sie nach ihrem Scheckbuch. »Ich hatte Ihnen fünfundzwanzigtausend Dollar zugesagt, aber wenn Sie so besser schlafen können, mache ich dreißigtausend draus.«

Die Ätzkraft des Geldes raubte ihm die Beherrschung, und bevor er merkte, was er tat, riss er ihr schon den Stift aus der Hand und schleuderte ihn ihr vor die Füße. »Ich verkaufe doch keine Kinder!«

Sie stand auf und sah ihm, da sie so groß war wie er, direkt in die Augen.

»Genau da irren Sie sich, Pater. Sie haben Leonora wie eine Sklavin verkauft, sie an den Meistbietenden abgegeben.«

»Wie können Sie es wagen!« Er suchte nach einer Begründung, fand aber keine. So stammelte er: »Die Kinder … ich wollte doch nur … helfen –«

Sie schnitt ihm das Wort ab und lähmte ihn mit dem Gift ihrer Worte: »Sie unterrichten sie und bilden sie aus, und dann verkaufen Sie sie an Leute, die zu arm sind, um für Hilfskräfte zu bezahlen.« Sie stieß ihn in den Sumpf zurück. »Ihre Absichten mögen gut und ehrenwert sein, doch das Ergebnis ist dasselbe.« Sie entriss ihm den rettenden Ast. »Sie werfen sie den Wölfen vor und klopfen sich noch auf die Schulter, während sie von ihnen in Stücke gerissen werden.« Sie drückte seinen Kopf unter Wasser.

Er wich zurück. Die Wände schlossen sich um ihn, und er wusste nicht mehr, wo die Tür war. »Warum?«, fragte er verzweifelt. »Warum sagen Sie so etwas?«

Langsam ging sie auf ihn zu. »Weil Sie unter diesem schwarzen Gewand ein Mensch sind. Sie mögen tatsächlich ein guter Mensch sein oder auch ein schlechter, das ist mir ziemlich egal. Aber sobald Sie dieses Gewand übergestreift und diesen Kragen angelegt haben, sind Sie etwas Größeres als ein Mensch, nicht wahr? Und das ist Heuchelei, die schlimmste von allen. Denn nackt sind Sie ein Mensch, so schwach und fehlerhaft wie alle anderen. Doch angezogen sind Sie ein Priester!« In ihrem rauen Ton machte sich eine alte Wunde bemerkbar. »Ich mag keine Heuchler. Und ich hasse Priester!«

Es rauschte in seinen Ohren, und er begann zu zittern. In seiner Phantasie rannte er zornentbrannt aus dem Raum, aber in Wahrheit schlich er sich wie ein Feigling davon, und die Tür fiel leise hinter ihm zu.

## Kapitel Zweiundzwanzig

Pater McIntyre verschlief das erste Läuten und auch das zweite. Als die Kirchenglocke den späten Vormittag ankündigte, vergrub er erst seinen Kopf im Kissen, bemühte dann aber seine gesamte Willenskraft, um aufzustehen. Er kam ohnehin schon zu spät zu seinem Treffen mit Diakon Johnson.

Seine Hose war zerknittert vom Schlaf, doch zog er sich nicht um, sondern nahm nur seine Soutane vom Boden und schob die Arme durch die rauen, fadenscheinigen Ärmel. Schwerfällig knöpfte er die lange Reihe Knöpfe zu, bis seine Finger an eine leere Stelle gerieten. Zwei Knöpfe fehlten. Er rieb über die losen Fäden und fragte sich, wie lang sie schon fehlten. Ob dort je welche gewesen waren.

In seinem Arbeitszimmer saß Diakon Johnson bereits am Schreibtisch und setzte sich gerade die Brille auf. Er blickte den Priester nicht an, sondern verzog nur das Gesicht. »Du hast dich mit Mrs. Fairfield getroffen.«

»Ja.«

»Wie macht sich die neue Lehrerin?«

»Sie lässt das Kind unversehrt«, sagte er. »Mehr interessiert mich nicht.«

»Du bist dir über alle Bedingungen des Vertrags im Klaren?«

»Ja.«

Der Mann blätterte durch den Kontrakt, der so dick war wie ein Buch, fächerte die einzelnen Seiten auf. »Die Fairfields haben der Kirche eine Spende von dreißigtausend Dollar zukommen lassen.«

Pater McIntyre schüttelte nur angewidert den Kopf.

Diakon Johnson verstummte. Rote Flecken machten sich an seinem Hals bemerkbar. Er schob Pater McIntyre den Vertrag zu. Darauf war die schräg zur Seite geneigte, schlanke Unterschrift des Bischofs zu sehen und die breite, unleserliche des Diakons. Pater McIntyre tauchte den Füllfederhalter ins Tintenfass. Er kritzelte seine Unterschrift auf die frei gebliebene Linie und schob dann den Vertrag zurück.

»Wo sind ihre Akten?«

»In der obersten Schublade.« Er bot ihm keine Hilfe an, sondern sah reglos zu, wie der Diakon seinen Hängeordner durchging.

Diakon Johnson wanderte mit den Fingern die Reiter ab, holte einen grauen Hefter hervor, blätterte durch die wenigen darin enthaltenen Seiten, schloss den Hefter und ließ ihn in den Papierkorb fallen. Er entzündete ein Streichholz aus einer kleinen Pappschachtel und hielt es sanft an die Papiere. Flammen leckten um ihre Ecken, die sich schwarz färbten und einrollten. Der Name *Leonora* kräuselte sich kurz, bevor er von einer blauen Flamme verschlungen wurde, die die kurze Geschichte des Mädchens in schwelende Asche verwandelte.

Pater McIntyre straffte sich und presste die Lippen zusammen. »Ein bisschen dramatisch, findest du nicht?«

Weißer Rauch wallte auf, doch keiner der Männer wedelte ihn weg, so dass er sich im Zimmer verbreitete und dann auflöste. Nur der Geruch nach Verbranntem blieb zurück. Pater McIntyre fielen Eleanor Fairfields Worte ein: *Als hätte es sie niemals gegeben. Puff!*

Der Diakon wandte seinen Blick von der Asche zu seinen Händen. Kein Muskel regte sich in seinem Gesicht. »Es sind Veränderungen angezeigt, Colin. Die Armut in diesem Land belastet unaufhörlich unsere Mittel. Wenn wir überhaupt etwas bewirken, echte spirituelle Wirkung erzielen wollen, dann brauchen wir Missionen und Priester, die sie leiten. Es wird dich nicht überraschen zu hören, dass der Bischof hier ein Priesterseminar gründen will.« Der Diakon rieb sich über die Schläfen. »Das Geld der Fairfields wird dafür genutzt. Es werden zwei neue Gebäude errichtet, und das Pfarrhaus wird vergrößert. Außerdem wird die Straße ab Geraldton ausgebaut.«

Die Luft im Zimmer war abgestanden und trocken. Pater McIntyre brannte die Kehle. »Und die Kinder?«

»Ein paar können bleiben; der Rest wird woanders untergebracht.«

Die Worte hingen im Raum, steckten irgendwo zwischen Kopf und Brust, ihre Bedeutung unverdaulich. »Wieso bleiben denn überhaupt Kinder hier?«, fragte er verbittert. »Wieso werden sie nicht alle weggebracht, damit sie arbeiten oder Dynamit in die Schächte stecken?«

»Das war eine von Mrs. Fairfields Bedingungen.« Der Diakon seufzte. Sein Gesicht war hochrot. »Solange Leonoras Anonymität gewährleistet ist, bleibt das Waisenhaus, wenn auch in kleinerem Umfang, bestehen.«

Da fing Pater McIntyre an zu lachen. Erstickt, stoßartig lachte er, bis ihm die Tränen kamen.

»Sie ist brillant. Einfach brillant.«

Diakon Johnson wich vor ihm zurück wie vor einem Geisteskranken.

»Sie dreht das Messer herum und lässt mich auch noch dankbar dafür sein, dass sie es mir nicht ins Herz gebohrt hat. Brillant.« Staunend erkannte er, wie ihr Verstand arbeitete. Er lachte hysterisch. »Weißt du«, stieß er hervor, »sie hatte keine Garantie, dass ich über Leonora Stillschweigen bewahren würde. Sie wusste, ich konnte den Vertrag unterzeichnen, und auch, dass wir jede Spur von Leonora vernichten konnten, und doch gab es genug Schlupflöcher, um etwas durchsickern zu lassen. Also hat sie mich damit mundtot gemacht, verstehst du? Ach, ihr scharfer Verstand ist so gefährlich wie eine glühend heiße Mistgabel, findest du nicht? Sie hält mir die Kinder vor die Nase wie eine Möhre dem Esel, gerade genug, dass ich den Mund halte.«

»Du dichtest da zu viel hinein, Colin. Sie will nur das Beste für die Kirche und ihre neue Tochter.«

»Ihre Nichte«, berichtigte er ihn säuerlich. »Ihre lang vermisste, geliebte Nichte.«

Diakon Johnsons Gesicht erschlaffte. »Du siehst gar nicht gut aus, Colin.«

»Mir geht es auch nicht gut.« Erschöpft stand er auf. »Ganz und gar nicht gut.«

»Colin.« Der Diakon hob seine Stimme. »Setz dich wieder. Das war noch nicht alles.«

Pater McIntyre drückte kurz die Stirn gegen die Tür, kehrte dann um und ließ sich wieder auf seinen Stuhl sinken. »Aber ja, das reichte noch nicht«, lachte er zynisch.

Die Miene des Diakons war jetzt sanft, auch er wirkte erschöpft, und seine schweren Wangen sackten ihm noch tiefer an sein fliehendes Kinn. »Kennst du Pater Brennan?«, fragte er leise.

»Nein. Sollte ich?«

»Er ist ein römisch-katholischer Priester. Einer der Geistlichen von Saint Rose. Er tut viel für die Armen und Immigranten. Ein guter Mann.«

Pater McIntyre wartete desinteressiert, begriff nicht, worauf der Diakon hinauswollte.

»Ein Ehepaar hat ihn aufgesucht«, fuhr der Diakon fort. »Neuankömmlinge aus Irland. Sie hatten deinen Namen.« Er zögerte kurz. »Und behaupteten, sie hätten dir geschrieben, aber keine Antwort bekommen … es ging um James.«

Da wurde sein Leib so spröde wie Glas, und ein Windstoß hätte ihn zerbrechen können.

Behutsam fuhr der Diakon fort: »Ihr Name ist O'Reilly, und der Mädchenname der Frau lautet O'Connell. Wie James'.« Der Mann zog die Augenbrauen in die Höhe, faltete die Hände und drehte die Daumen umeinander. »Ich weiß, wie du zu dem Jungen stehst.«

Jetzt brach alles zusammen. Sein Mund klappte auf und zu, doch brachte er kein Wort heraus.

»Es ist seine Familie, Colin.« In jeder Furche von Diakon Johnsons Gesicht zeigte sich Mitgefühl. »Dort gehört er hin.«

»Das verstehst du nicht.« Pater McIntyre brach die Stimme. »James ist nicht wie die anderen. Er ist gütig. Er ist klug. Er ist …« Seine Augen huschten hin und her, um etwas Zwingendes zu finden, das er vorbringen konnte. »Er ist etwas Besseres.« Beschwörend sah er seinen Freund an. »James könnte Arzt werden, oder Anwalt. Dies ist nicht sein Schicksal, Robert. Bitte. Er ist besser, besser als diese Leute.«

»Aber es sind seine Blutsverwandten.« Der Diakon breitete die Hände aus wie bei einer Predigt. »Colin, du hast diesen Kindern alles gegeben und nichts für dich zurückbehalten. Aber du bist auch nur ein Mensch. Verstehst du das? Nur ein Mensch. Du kannst nicht ändern, was nicht in deinen Händen liegt.«

Pater McIntyre blinzelte, doch seine Augen blieben trocken. Es war vorbei. Die Entscheidung war bereits gefällt.

Langsam erhob sich Diakon Johnson vom Schreibtisch und stützte sich mit gespreizten Fingern auf die Kante. »Ich werde James selbst zu ihnen bringen, wenn dir das hilft. Sie richten sich gerade häuslich ein, in der Nähe von Southern Cross. Vom Zeitpunkt wäre es günstig, da ich in der Gegend eine Trauerfeier abhalten soll.« Er klopfte mit den Fingerknöcheln auf die Holzplatte. »In zwei Tagen brechen wir auf.«

Pater McIntyre barg den Kopf in seinen Händen und ließ die Welt um sich herum schwarz werden. Er hörte die Schritte des Diakons, spürte, wie er ihm leicht die Schulter tätschelte, vernahm das Knarren der Tür.

»Soll ich es dem Jungen sagen?«, fragte sein Freund im Gehen.

»Nein«, erwiderte Pater McIntyre mit hohler, vollkommen ausdrucksloser Stimme. »Ich sag's ihm.«

## Kapitel Dreiundzwanzig

James kniete neben einer Reihe Sättel und rieb das Lanolin in das dunkle Leder. Seine Haut war vom Fett so weich wie die eines Babys. Als er Schritte hörte, drehte er sich um und runzelte die Stirn. Pater McIntyres Gestalt zeichnete sich schwarz und hoch aufragend vor dem blauen Himmel ab. Er war ihm fremd geworden. Der Priester, der früher so oft gelacht und gelächelt hatte, war verschwunden. James drückte den Lappen fester aufs Leder.

Pater McIntyre beugte sich zu ihm und begutachtete seine Arbeit. »Ist das nicht Hughs Aufgabe?«

James hielt inne, biss sich in die Wange und zog noch stärker die Augenbrauen zusammen. Hugh war drei Monate zuvor adoptiert worden. »Es macht mir nichts aus«, antwortete er kühl.

Pater McIntyre berührte ihn an der Schulter. »Ich muss mit dir reden, mein Sohn.«

*Mein Sohn.* Er war nicht sein Sohn. Am liebsten hätte er die Hand weggeschoben. »Ja, Pater.«

Pater McIntyre ließ sich auf dem Boden nieder, sein Gesicht war grau und eingesunken. »Ich wollte nur, dass du weißt«, setzte der Priester an, »dass du weißt, dass ich immer versucht habe, die richtigen Entscheidungen für dich und die Kinder zu treffen.« Er blickte in die Ferne. Seine Lippen waren bleich, fast weiß. »Vor allem für dich, James.« Der Priester verstummte kurz, reckte den Hals und blickte blinzelnd an Gras und Himmel vorbei. »Ich habe gelogen. Was den Brief betrifft.«

James begriff nicht. *Den Brief?* Ach, *den* Brief. Endlich dämmerte es ihm.

»Du hast eine Tante«, seufzte Pater McIntyre. »Die Schwester deines Vaters.«

James brach der Schweiß aus. Er war zu geschockt, um Wut oder irgendetwas anderes zu empfinden als das Pochen seines Herzens.

»Sie sind hergekommen, um dich mitzunehmen.«

»Nach Irland?«, stieß er hervor.

»Nein. Sie sind wegen dir nach Australien gezogen.«

James' Haut pochte und kribbelte. Vor lauter Hoffnung und Erleichterung schwoll ihm der Brustkorb. *Ich gehe nach Hause.*

»James«, sagte Pater McIntyre und riss ihn aus seinen Gedanken. »Es gibt etwas, das du wissen solltest.« Der Priester versuchte, an der Hoffnung des Jungen vorbeizukommen und an den Teil in ihm zu appellieren, wo die Vernunft herrschte. »Es sind arme Leute.« Und dann flüsterte er: »Es dürfte ein hartes Leben werden, James.«

Geld interessierte James nicht. Arbeit störte ihn nicht. Und den Ton in der Stimme des Paters verstand er nicht.

»Du musst nicht gehen, James«, sagte der Pater drängend.

»Aber ich will gehen.« James' Stimme war fest. »Ich will nach Hause.«

Pater McIntyre senkte den Kopf. »Dann brichst du morgen auf.«

Und da schien sich eine Faust um James' Kehle zu schließen; als sein Herz wieder zu hämmern anfing, wurde ihm nicht leichter zumute. Sein Magen verkrampfte sich. *Leo.*

## Kapitel Vierundzwanzig

James ging fort. Leonora sah es an seinen aufgerissenen Augen, an den beredten Augenbrauen, die immer seine Gedanken verrieten; sie sah es an Pater McIntyres Gesicht, an der düsteren Aura, die ihn umgab.

Das Meer, die Sonne und die Klippen waren schön, doch neben James verblassten sie. Denn sie liebte ihn, wie nur ein Kind ein anderes lieben kann, mit so weit ausgebreiteten Armen, dass die ganze Welt und noch mehr darin Platz gefunden hätte. Ihr Herz zersprang fast, so freute sie sich für James, weil seine Familie gekommen war, weil er das Leben bekam, das er verdiente. Das reichte ihr – bis der Morgen kam.

Sie traf James bei Tagesanbruch in der Eingangshalle. Hatte weder Augen noch Gedanken für den Diakon oder den Pater, die an der Tür warteten; nur für James, der seine Habseligkeiten in sein altes Arbeitshemd gewickelt und die Ärmel als Griff verknotet hatte. Die Knöchel seiner Hand waren weiß, so fest umklammerte er das Bündel. Er sah sie auch. Einen Moment lang regte sich keiner von ihnen. Sie starrten sich nur an. Atmeten.

»Ich seh noch mal nach der Kutsche«, bemerkte der Diakon. »Ein paar Minuten, James. Länger nicht.«

Panik schlich sich in James' Augen. Leonora verdrängte ihre eigene, als sie seine Hand nahm. Er blickte auf ihre Finger und blähte die Nasenflügel. Sie drückte seine Hand, ignorierte das Brennen.

Da schüttelte er fast zornig den Kopf. »Ich muss nicht gehen.« Er sah rasch zu ihr, wandte den Blick aber sofort wieder ab, als täte ihr Anblick seinen Augen weh. »Ich bleibe, Leo. Wenn du es willst, bleibe ich.«

Ihre Miene blieb unverändert. Als sie ihn an der Hand zog, folgte er ihr. Ihr inneres Brennen wurde immer heißer und beißender, doch sie beachtete es nicht, schob es in ihre Zehenspitzen, befahl ihm zu warten. Sie ging mit James in den dunstigen Morgen. *Schritt, Schritt, Schritt.* Geistesabwesende Bewegungen, wie im Traum. Dies war ein Traum: der dichte Nebel, die grauen Pferde an der Kutsche, die schattenschwarzen Priester.

Leonora zog James zu Pater McIntyre, der mit blutunterlaufenen Augen dastand. Sie ließ die Hand ihres Freundes los, blieb aber dicht neben ihm stehen. Pater McIntyre streckte mit zitternden Händen die Arme aus und drückte James fest an sich.

James warf einen Blick zum Diakon, der schon mit den Zügeln in der Hand auf dem Kutschbock saß, dann wandte er sich zu Leonora. Sie lächelte ihn an, löste ihren Blick nicht von ihm, ihm brach die Stimme. »Ich kann bleiben, Leo.«

»Geh.« Ihre Stimme klang schrill und fast zu dünn, um gehört zu werden. James blinzelte in den Nebel und wandte sich zur Kutsche.

Kaum hatte er ihr den Rücken zugedreht, da quoll ihr schon die erste Träne aus einem Auge, rann ihr über die Wange und landete auf ihren immer noch lächelnden Lippen.

James setzte sich auf die rissige Lederbank. Der Diakon ließ die Peitsche knallen, worauf die Pferde sich in Bewegung setzten. James' Rücken schwankte im Rhythmus der Kutsche. Leonora war dankbar, dass er sich nicht umschaute, denn hätten sich ihre Blicke getroffen, hätte es sie überwältigt.

Die Kutsche ruckelte durch den Morgendunst und wurde grau. James' braunes Haar verblasste langsam, zeichnete sich jedoch immer noch gegen seinen Nacken ab. Dann überwog das Weiß, und er verschwand im Nebel

Leonora wandte sich zu Pater McIntyre, doch der Priester stand mit leerem Gesichtausdruck neben ihr.

Die Dunkelheit streckte ihre Finger nach ihr aus, und tief in ihrem Inneren schrie eine ferne Erinnerung vor Entsetzen auf. Sie hatte solche leeren Augen schon mal gesehen, solche zitternden, knochigen Finger, solch maskenhaftes Gesicht eines gebrochenen Mannes. Sie erinnerte sich an einen anderen gebrochenen Mann, einen anderen Vater, der ihre Hand losgelassen und sich buchstäblich in Luft aufgelöst hatte. Jetzt kamen die Tränen in Strömen. Sie quollen ihr aus den Augen, die wie blind ins Leere starrten, und durchnässten ihre Wangen und den Kragen ihres Kleids. Sie wollte schreien, wollte an seinen Armen rütteln: *Verlass mich nicht!* Aber der Mann hörte nicht ihr Schluchzen, sah sie nicht, sondern drehte sich blicklos zur Kirche.

Sie blieb allein in der Stille zurück, wieder einmal. Kein Vogelgezwitscher, kein Wellenrauschen. An den Bäumen raschelte kein Blatt. Da stand Leonora, und die Panik breitete sich in ihrer Brust aus. Sie kniff die Augen zusammen, wusste sie doch, wie leicht es wäre, dem einfach nachzugeben, zu Staub zu zerfallen, bis alles sich auflöste, doch ein Teil in ihr wehrte sich wie wild dagegen, denn die Angst zu verschwinden war größer als der Schmerz.

Sie zwang sich durch die Verzweiflung, den Blick auf das einzige Gesicht zu richten, das nicht gebrochen war: James'. Sie richtete all ihre Gedanken und Gefühle auf ihn. Er ging nach Hause. Sie stellte sich ihn im Schoß seiner neuen Familie vor, in einem Leben, wo er nie die Stirn runzeln musste, und lächelte unter Tränen. Wenn sein Leben glücklich wurde, würde sie nicht zerbrechen.

Da stand sie: hoch aufgerichtet, winzig vor der unendlichen Weite von Land und Meer, und zerbrach nicht. Doch sie hatte ihre Lektion gelernt und würde sie nie mehr vergessen.

Am Ende verließen sie alle.

## Kapitel Fünfundzwanzig

Der Nachthimmel überspannte die Erde wie eine Kuppel, als Ghan mit dem Amerikaner sein Lager in der Ödnis zwischen Woolgangie und Coolgardie aufschlug. Die vollkommen flache Ebene glühte eisblau, und die wenigen dürren Bäume malten sich schwarz vor dem Horizont ab. In dieser Nacht waren die Sterne keine Diamanten, sondern feste Himmelskörper, die zum Greifen nahe schienen.

»Noch nie so einen Himmel gesehen. In meinem ganzen Leben nicht.« Owen Fairfield stützte sich mit den Händen im Rücken ab und schaute mit zurückgelegtem Kopf nach oben, während Ghan die beiden Zelte aufbaute. Als er Mulgazweige ins Feuer warf, wurde das ganze Lager in Licht getaucht. Da Windstille herrschte, loderten die Flammen senkrecht nach oben und schickten weißen Rauch zu den Sternen.

»Was gibt's zu essen?«, fragte Mr. Fairfield händereibend.

»Dasselbe wie gestern.« Ghan wühlte im Seesack und holte ein Messer, einen Topf, ein paar Dosen und Gläser heraus. »Bohnen und gepökeltes Schweinefleisch.«

»Dann fangen Sie mal an zu kochen. Ich steh kurz vorm Verhungern.«

Ghan gluckste. »Ich glaub's nicht, dass Sie solchen Fraß mögen.«

»Irgendwann ist man Stinkekäse und Gänseleber leid, mein Freund.«

Ghan wurde bei dieser Bemerkung munter. »Warten Sie nur, bis wir zum Lake Douglas kommen. Da mach ich Ihnen Forelle und Krebse. Röste sie am Stück in der Asche. Ich wette, so was Gutes haben Sie noch nie gehabt.«

»Mir läuft schon das Wasser im Mund zusammen.« Der Mann klatschte in die Hände. »Gibt's noch Kaffee?«

»Wahrscheinlich schon verbrannt. Nur so als Warnung.«

»Je stärker, desto besser.« Der Mann ließ sich auf einem halbierten Baumstamm nieder, den Ghan neben das Feuer geschoben hatte. »Das ist also Ihr Leben, was, Ghan?«

Ghan säbelte mit dem Messer an der Konservendose, bis ihm das Bohnenwasser auf die Finger spritzte. »Sieht so aus.«

»Sie gehören zu einer aussterbenden Art.«

»Ich weiß.« Er kippte die Bohnen in den schwarz gebrannten Topf.

»Wann kommen wir wohl an der Pilchard-Mine an?«

Ghan suchte am Himmel den Polarstern. »Übermorgen. Am späten Nachmittag.«

Die Flammen leckten an den trockenen Zweigen, und das Licht flackerte über ihre Gesichter. Irgendwo rief eine Eule in die Nacht, wartete auf Antwort, wiederholte ihren Ruf. Die Luft des Buschs drückte kalt an ihren Rücken, während ihre zum Feuer gewandte Vorderseite vor Schweiß glänzte. Mr. Fairfield hob verschmitzt die Augenbrauen. »Ich hab noch mal über die Geschichte nachgedacht, die Sie über Ihren Boss erzählt haben – Mr. Matthews. Über seine Frau, die den Arbeitern so zugetan ist.« Sinnend kniff er ein Auge zusammen. »Glauben Sie, Matthews weiß, was seine Frau da treibt?«

»Das versuche ich immer noch rauszukriegen«, gluckste Ghan. »Weiß nicht, ob er einfach zu dumm ist, das zu merken, oder ob es ihm egal ist.«

Ghan stellte den Topf aufs Feuer, den die Flammen sofort umschlossen. Die Bohnen begannen zu brodeln. Er nahm das Pökelfleisch und schnitt große Stücke in den Brei. Allein das Salz und der Zucker, die erhitzt wurden, rochen schon gut.

Ghan rührte die Bohnen um und löffelte sie auf zwei Blechteller. Er reichte einen kochend heißen Teller zu Owen, der ihn sofort auf den Boden stellte. Dann nahm Ghan den kleineren, noch sauberen Topf, gab Kaffeemehl dazu und goss Wasser aus dem Ledersack hinein. »Hab ihn nicht im Stieltopf gemacht«, erklärte er. »Deshalb brennt er an.«

Owen hörte nicht zu. Er hatte die dunklen Augen nachdenklich zu Schlitzen verengt. Sie sahen aus wie die einer Schlange. »Ich werde die Pilchard-Mine kaufen.«

Ghan schluckte. Dieser Mann wollte eine Mine kaufen. Einfach so. Eine gottverdammte Mine kaufen. Das sagte er so ruhig, als ginge es um ein Paar Socken. »Die Besitzer sind Schweizer«, murmelte Ghan kaum verständlich.

»Wie war das?« Owen neigte sich zu ihm.

Ghan wurde plötzlich kribbelig. »Wollte nur sagen, dass sie fast nie in Australien sind.«

»Egal. Ich komme oft in die Schweiz«, erwiderte Owen leichthin.

»Und wenn sie nicht verkaufen wollen?«

»Das werden sie schon.« Er sah Ghan an, und seine Augen wirkten seltsam kalt in seinem freundlichen Gesicht. »Ich bin immer fair, zumindest am Anfang. Ich biete ihnen einen fairen Preis. Es gibt kein Gold mehr, und das wissen sie. Wenn sie schlau sind, akzeptieren sie mein erstes Angebot. Aber manchmal werden diese Typen gierig. Sie wittern Blut im Wasser und versuchen, mich vom Fleischbrocken wegzukriegen. Ich lass mir das eine Weile gefallen, doch dann verliere ich die Geduld.«

»Und dann?«, fragte Ghan mit angespannten Muskeln.

»Dann«, sagte Owen und hob eine Gabel Bohnen zum Mund, »wird es hässlich.« Könnte eine Stimme eine Farbe haben, wäre seine schwarz gewesen. So sehr unterschied sie sich von seinem sonstigen Plauderton, dass Ghan heftig im Kaffee rührte und damit die sirupartige Flüssigkeit über den Topfrand verspritzte. Der Geruch nach verbranntem Kaffee vermischte sich mit dem Rauch. Ghan nahm ihn zum Abkühlen vom Feuer.

»Jeder Mensch hat eine Schwachstelle, Ghan. Und manche mehr als eine. Reinheit findet man nur bei einem Engel von Rembrandt, nicht im wahren Leben.«

Da das Essen jetzt abgekühlt war, schaufelte Owen es sich rasch zwischen zwei Wörtern in den Mund. »Wenn jemand Schwierigkeiten macht, finde ich seine Schwachstelle und nutze sie. *Schaufeln, kauen.* »Manchmal ist es Spielen oder Saufen.« *Schaufeln, kauen.* »Manchmal sind es Frauen.« *Schaufeln, kauen.* »Manchmal sind's kleine Jungs.«

Owen Fairfield kratzte seinen Teller leer. »Offenbar gilt die Regel: Je reicher und mächtiger, desto lasterhafter.« Er schob den Teller weg und nahm einen Becher Kaffee. »Ich finde den Spalt in der Rüstung und stoße hinein. Schön ist das nicht.« Einen Moment wirkte er traurig. Doch sofort darauf zeigte sich Triumph in seiner Miene. »Wenn ich mit ihnen fertig bin, verkaufen sie spottbillig und sind noch dankbar, dass ich ihnen nicht bei lebendigem Leib die Haut abgezogen hab.« Owen trank seinen Kaffee aus, spuckte den Prütt auf den Boden und wischte sich mit dem Handrücken über den dünnen, weißen Schnurrbart. »Jeder Mensch hat eine Schwachstelle, Ghan. Sogar Sie.«

Ghan stellten sich die Härchen auf den Armen auf, trotz des kochend heißen Kaffees. Alte Routine verwandelte Angst in Trotz. Er rieb sich über sein Bein und spürte die Kränkung. »Meinen Sie etwa mein Bein?«

»Nein, mein Freund. Ganz ruhig. Ihr Bein hat nichts damit zu tun«, gab Fairfield leichthin zurück, ließ das Gespräch hoch- und niederschnellen wie ein Jo-Jo.

»Arbeit«, sagte er. »Arbeit ist Ihre Schwachstelle. Sie brauchen die Arbeit, wie ein Mensch die Luft zum Atmen braucht. Sie haben keine Familie, kein Mädchen, keinen außer sich selbst. Sie übernehmen jede Arbeit, nur um etwas zu tun zu haben, nur um weiter zu atmen.« Owen stand auf, reckte die Arme zum Himmel, holte dann sein Bettzeug und rollte es so aus, dass der Baumstamm als Kissen fungierte. »Das ist eine edle Schwäche, Ghan, also nehmen Sie's mir nicht übel. Edel, aber einsam.«

Ghan hing dem nach, aber nicht lange genug, um etwas tief in seinem Inneren zu wecken. Der Amerikaner drehte sich zu ihm und sagte schläfrig: »Ich mag Sie. Jemanden wie Sie könnte ich in meiner Ecke brauchen. Sie haben was Besseres verdient als Transporte. Sie sind loyal und aufrichtig. Das werde ich nicht vergessen, Ghan. Verlassen Sie sich drauf. Teufel auch, vielleicht nehme ich Sie sogar nach Pittsburgh mit.«

Ghan war Lob fremd, und er ließ nicht zu, dass es ihm den Bauch kitzelte wie eine Feder. Dennoch tat es ihm gut und ließ den Himmel in neuem Glanz erstrahlen. Lob bedeutete nichts, wenn es von einem Dummkopf kam, doch Lob von einem Mann wie Owen Fairfield bedeutete einiges. Ghan spuckte den bitteren Kaffeeprütt aus, doch weil er immer noch den süßen Nachgeschmack der Worte in seinem Mund spürte, wurde er kühn. »Was ist denn Ihre?«

»Meine Schwachstelle?«

»Ja.«

»Meine Frau.« Er lachte resigniert auf und schloss die zum Himmel gewandten Augen. »War sie schon immer.«

• • •

Wenn die Bailen-Mine ein Dorf war, war die Pilchard-Mine eine Stadt. Um das Grubenloch, eine klaffende Wunde in der Landschaft, wuchs die Siedlung, breitete sich in Ringen aus wie die Spuren eines gefletschten Kieselsteins auf dem Wasser. Hütten, Humpies und Zelte säumten den Rand. Alles erwuchs aus der Mine: das Post- & Telegraphenamt, der Laden, zwei Speiselokale, ein Hufschmied, ein Mietstall. Die Mine bezahlte die Arbeiter; die Arbeiter bezahlten die Geschäfte. Die Geschäfte wurden von der Mine unterhalten, also floss das Geld direkt zurück in die tiefen Taschen, die all das in Gang gebracht hatten.

Zwei Gasthäuser hatten Schanklizenz. Pubs waren in unmittelbarer Umgebung der Mine nicht erlaubt. Aber Trinken war ein Laster, das zwar eingedämmt, aber nicht ausgerottet werden konnte, und in den Gasthäusern gab es Räumlichkeiten im Keller, wo getrunken und Karten gespielt werden durfte. Und käufliche Damen brachte der Zug jeden Mittwoch neue.

Die Geschäfte waren zwar geöffnet, doch herrschte nicht viel Betrieb. Alle Männer waren unter Tage. Die ätzende Luft drang in Nase und Kehle. Das metallische Schlagen vom Förderturm ließ den Boden erzittern. Ghans Pferde blähten die Nüstern und tänzelten nervös.

»Setzen Sie mich an der Verwaltung ab«, befahl Mr. Fairfield.

Ghan folgte dem Hämmern des Stahls. Der Geruch nach frisch geschlagenem Erz und Fels verdichtete die Luft und tat ihm an den Zähnen weh. Hier war keinerlei Schönheit. Graublauer Rauch verdunkelte die Sonne. Das Herz pochte im Takt der metallenen Schläge. Nirgendwo Blumen. Keine Vögel. Nur Gerätschaften. Rostiges Metall. Männer.

»Ich werde eine Weile da drinnen brauchen.« Mr. Fairfield knöpfte sich seinen Staubmantel zu, und Ghan zügelte die Pferde, damit er aussteigen konnte. »Parken Sie den Wagen auf der Hauptstraße«, sagte er, ohne ihn anzublicken. Er bot ein beeindruckendes Bild, als er in die Verwaltung marschierte, so stark, so selbstsicher, so energisch, dass er schon fast bedrohlich wirkte.

Ghan parkte den Wagen, streckte sein Bein aus, schnallte das

Holzbein ab und ließ den Stumpf uneingeengt pochen. Warten machte ihm nichts aus. Warten war so leicht wie sich bewegen. Eine Minute war eine Minute, ob man nun saß oder ging. Er holte einen Apfel hervor und biss in die warme Schale. Jeder neue knackige Bissen unterbrach krachend die metallischen Schläge in der Luft. Ghan ging davon aus, dass das Treffen den ganzen Tag dauern konnte. *Also kann ich genauso gut ein Nickerchen machen*, dachte er träge. Owen verriet vorher nie, wohin es als Nächstes ging. Möglicherweise mussten sie die ganze Nacht durchfahren. Ghan warf die Apfelkitsche auf die staubige Erde, kletterte auf die Ladefläche des Wagens, legte den Kopf auf seine Bettrolle und schlief zum spröden Wiegenlied der Mine ein.

Beim Aufwachen war sein Mund trocken, und Spucke klebte ihm am Bart. Als er sich über die Wange wischte, spürte er den Abdruck von der Bettrolle. Er trank gierig aus dem Wassersack, schnallte sich das Holzbein wieder an und pinkelte hinter einem Eukalyptusbaum. Er striegelte die Pferde, füllte die Futterbeutel und wartete, an den Wagen gelehnt.

Keine Spur von Mr. Fairfield oder sonst jemandem. Er blickte zum Büro des Managers und grinste. »Wie gern wäre ich da eine Fliege an der Wand«, sagte er laut. Er überflog die Ladenfront. Das eine Gasthaus sah ganz anständig aus, die Veranda war überdacht, und es waren Tische und Stühle aufgestellt. Ghan bekam langsam Hunger.

Wenn das Treffen gut verlief, wollte Mr. Fairfield vielleicht feiern, dachte Ghan. Er schien so ein Typ zu sein. Vielleicht würden sie hier übernachten. *Und das ihm, einem Straßenkind aus Sydney. Wohnte auf Kosten eines Amerikaners in einem schicken Hotel. Würde wahrscheinlich Steak im Speisesaal essen.* Natürlich wäre er genauso zufrieden unter freiem Himmel. *Andererseits,* räumte er ein, *wird einem nicht jeden Tag solcher Luxus geboten.*

Der reiche Amerikaner mochte ihn, das fühlte sich gut an. Langsam gewöhnte er sich daran, kam sich nicht mehr so falsch vor. Fast schien es ihm, als würde der Mann ihn für schlau halten, behandelte ihn nahezu als ebenbürtig. Das hatte schon was für sich. Wer wusste schon, wohin das führen konnte. Er konnte dem Mann noch jede

Menge Minen zeigen. Wenn er es richtig anstellte, wenn er ihm die wahre Geschichte erzählte, wie er es wollte, dann Teufel noch mal, konnte er sich die Arbeit aussuchen. Was Minen betraf, war Bailen die unterste Stufe. Pilchard wäre gut. Es wäre nett, in der Stadt zu wohnen. Er konnte in Pilchard arbeiten. *Und Pittsburgh gibt's auch noch, Teufel noch mal. Hatte noch nie die Wahl.* Ein schwacher Anflug von Hoffnung, süß und fremdartig, kitzelte ihm in der schiefen Nase.

Da kam ein junger Kerl aus der Seitentür des Managerbüros, lief mit gesenktem Kopf zum Wagen und grinste, als hörte er einen alten Witz. Ronnie Peters. Ghan war ihm bei seinen Transporten schon ein paar Mal begegnet. Rotznasiger Bürogehilfe, der sich nach oben arbeiten wollte.

»Tag, Ghan.« Peters, halb Junge, halb Mann, hob die Hand.

»Tag«, erwiderte Ghan und schob die Hände in die Taschen.

Ghan suchte in der Miene des Jungen nach Hinweisen zum Treffen, doch Ronnie kratzte sich nur am Kopf und grinste noch breiter. »Verdammt, verdammt, der Typ kennt vielleicht Geschichten!«

»War 'ne Weile mit ihm unterwegs«, nickte Ghan, stolz, auf vertrautem Fuß mit diesem Mann zu stehen. »Er kennt Tausende.«

Ronnie streckte den Arm über die Wagenwand, hievte einen Sack hoch, stellte ihn auf dem Boden ab und griff nach der großen, ledernen Reisetasche.

»He«, warnte Ghan. »Die gehören Fairfield.«

»Weiß ich.« Ronnie wuchtete die schwere Tasche zu Boden und griff nach der nächsten. »Er hat gesagt, ich soll sie reinbringen.« Er packte eine letzte, stellte sie auf den Haufen und versetzte Ghan einen leichten Schlag auf die Schulter. »Du kannst gehen, Kumpel.«

Seine Stimme schwankte zwischen Dummheit und Gemeinheit. Ghan lehnte sich gegen die Holzwand des Wagens und verschränkte die Arme. »Nee. Ich warte hier auf Mr. Fairfield.«

Ronnie legte den Kopf zur Seite. »Du bist hier fertig, Kumpel. Er hat mir gesagt, ich soll dich wegschicken.«

Ghan spucke auf den Boden und grinste den Jungen an. »Da hast du was falsch verstanden. Wir sind noch mindestens eine Woche unterwegs. Wahrscheinlich will er hier nur übernachten.«

»Bist du jetzt seine Mutter? Ich hab ihn ganz genau verstanden.« Ronnies Miene verfinsterte sich. »Er sitzt da drinnen, raucht Zigarren und süffelt Scotch. Und er hat gesagt: ›Ich fahre nicht weiter nordwärts. Wenn ein Mann sieht, was ihm gefällt, dann fährt er nicht weiter.‹« Der aufgesetzte amerikanische Akzent des Jungen war grottenschlecht.

Jetzt strahlte Ronnie. »Ich habe jedes Wort verstanden. Der Typ hat mit mir geredet, als wär ich sein Kumpel. ›Ronnie, mein Junge‹, hat er gesagt. ›Hol mein Gepäck und schick den armen Mann nach Hause!‹ Dann hat er gesagt: ›Ich schwöre, wenn ich noch eine Minute auf dem rumpelnden Wagen sitzen muss, brechen mir die Eier wie Walnüsse!‹ Ronnie lachte laut, drückte sich den Handballen auf ein Auge und nahm dann die Taschen, unter deren Gewicht er schwankte.

Ghan schluckte etwas Scharfes, Kratziges in seinem Hals. In seinem Bauch krampfte sich etwas zusammen. *Armer Mann.* So hatte er ihn genannt. *Schick den armen Mann nach Hause!* Hitze stieg seinen verkrampften Bauch empor und schoss ihm ins Gesicht. Er drückte sich gegen den Wagen. »Hat er noch was gesagt?«

Ronnie dachte kurz nach und verlagerte das Gewicht von einem Fuß auf den anderen. »Ach ja, er sagte, dein Ohr macht ihm 'ne gottverdammte Gänsehaut!« Er hievte die Taschen über die Schulter. »Herrgott, bedeck das Ding doch einfach, Kumpel. Das macht doch jedem 'ne Gänsehaut!«

Ghan sah zu, wie der mickrige Kerl über die Straße schwankte, folgte mit leerem Blick seinen Bewegungen, bis er im Gebäude verschwand. Die Worte stachen ihm in den Bauch, wie schnelle Messerstiche, jedes Mal aufs Neue, wenn er sie sich durch den Kopf gehen ließ. Eine Sekunde dachte er, er hätte sich verhört, wollte es dem Rotzjungen zuschreiben, aber er kannte Mr. Fairfields Redefluss.

Da knallte die Tür zur Zentrale auf, und Gelächter drang vor den Männern nach draußen. Zuerst kam Mr. Bradley, dann Mr. Fairfield, hell und makellos. Er hatte dem Mann den Arm um die Schultern gelegt. Eine dicke Zigarre hing ihm im Mundwinkel, und als er sprach, sah man das feuchte, aufgeblähte Mundstück. Zwei weitere Männer folgten ihnen, und dann kam Ronnie, in ihrer Staubwolke.

Als die Männer in Ghans Richtung schwenkten, seufzte er vor Erleichterung auf, riss sich zusammen und richtete sich auf wie ein Soldat, der auf einen Salut wartet. Aber dann bog die Gruppe ab, überquerte die Straße und strebte zum Gasthaus, ohne ihm mehr Aufmerksamkeit zu schenken als dem Wagen, den Pferden oder dem Staub. Ihr Gelächter verebbte und schwoll wieder an, als sie das Gasthaus betraten.

Jetzt pochte sein Blut schneller. Die Luft war drückend heiß und trocken, und sein Mund füllte sich mit Speichel. Ghan blickte auf seinen Fuß, den Lederstiefel, der so rot und staubig war wie der Boden, die Sohle auf einer Seite fast durchgelaufen vom jahrelangen Humpeln. Daneben das Holzbein, dünn, hart und hässlich.

Auf der Straße wurde es ruhig; das Hämmern verzahnte sich mit seinem Puls. Aber hinter den Mauern des Gasthauses, unten im Keller, war es nicht ruhig, das wusste Ghan. Der Whiskey würde in Strömen fließen, die Luft mit süßem Duft erfüllen und sich mit Schweiß und alkoholgeschwängertem Atem vermischen. Geschichten würden erzählt werden, ausgeschmückt und kommentiert; die Witze würden Schluck für Schluck schmutziger werden. Gelächter würde in die Mauerritzen dringen und das Klirren der Gläser übertönen.

Ghan war müde bis auf die Knochen. Der Drang, zu bleiben, abzuwarten, auszuharren für einen Lichtblick im Nebel, machte jede Bewegung schwer. Doch dann ballte er fluchend die Faust und hätte sich am liebsten selbst die Nase eingeschlagen. Würde er sowieso nicht spüren; hätte aber nicht das Geringste geändert.

Die Pferde warteten ruhig in der Hitze auf ihn. Selbst wenn ein Mann ein Pferd schlug, wartete es immer noch auf ihn. *Nicht richtig, wie Menschen Tiere behandeln. Nicht richtig, was Menschen machen.*

Ghan warf einen letzten, schnellen Blick zum Gasthaus, dann hievte er sich auf den harten Kutschbock und drängte sein hohles Gefühl in der Brust in den Bauch. Wieder hörte er Ronnies Worte, doch diesmal mit Mr. Fairfields Stimme: *Ich schwöre, wenn ich noch eine*

*Minute auf dem rumpelnden Wagen sitzen muss, brechen mir die Eier wie Walnüsse!* Wieder stieg ihm die Hitze ins Gesicht. *Das Ohr macht mir 'ne verdammte Gänsehaut!* Einen Augenblick saß Ghan ganz still da und blickte auf die weißen Narben auf seinem Arm, die im Sonnenlicht deutlich zu sehen waren. Dann nahm er die Zügel und trieb sanft die Pferde an, kehrtzumachen und ihn nach Hause zu bringen.

• • •

Ghan steckte den Schlüssel ins Schloss, drehte ihn um und wollte die Tür öffnen, doch seine Schultern prallten hart dagegen. Er fummelte mit dem Schlüssel herum und versuchte, den Türknauf zu drehen. *Verdammt.* Er war so gottverdammt müde. Sein Hintern war taub und heiß vom Wagen; sein Stumpf tat weh, als steckte er in einem Schraubstock. Jetzt würde er auch noch den faulen Polen suchen müssen, damit der ihn einließ.

Draußen auf der Schotterstraße belastete er sein gesundes Bein stärker, während das Holzbein wie ein Dorn zur Seite ragte. Ghan fand den Polen an einem Tisch vor dem Metzger, wo er mit drei anderen Karten spielte. Kein Einziger hob den Kopf, als er vorbeihumpelte. »Mein Schlüssel geht nicht«, verkündete Ghan.

Lupinsky kaute auf einem dicken Zigarrenstummel, der ihm im Mundwinkel hing. Er war so kurz, dass er kaum über die Lippen hinausragte. Jetzt knallte er glucksend eine Karodame auf den Tisch. Der Mann rechts von ihm verdrehte die Augen und warf seine Karten hin.

»Ich sagte, mein Schlüssel geht nicht«, knurrte Ghan.

Jetzt blickte Lupinsky zu ihm hoch. Sein dickes, rundes Gesicht war mit fettigen, schwarzen Mitessern übersät. »Kein Miete, kein Zimmer«, antwortete er achselzuckend. Er breitete seinen Flush aus und lachte, als der dritte Mann sein Blatt wegschob.

*Ist der verdammte Manager wieder spät dran mit den Rechnungen. Herrgott, ich will mich doch nur endlich hinlegen!* Ghan ging über die Straße auf das Backsteingebäude am Ortsrand zu. Bei jedem Schritt presste er vor Schmerzen die Lippen zusammen und zwang sich, nur daran zu denken, wie er seinen Kopf aufs Kissen bettete.

Im Büro war es augenblicklich kühler. Ghan wischte sich mit einem fleckigen Taschentuch den Schweiß vom Nacken. Andrew Morrison, der stellvertretende Manager, kam, sich die Hose zuknöpfend, durch die Hintertür und schrak zusammen, als er Ghan bemerkte. »Mann, du hast mich zu Tode erschreckt!«

»Bin grade zurückgekommen«, erklärte Ghan. »Musste noch den Amerikaner absetzen.«

Da blickte Andrew zu Boden und kratzte sich nervös am Kinn. »Mann!«

»Matthew ist mal wieder spät dran mit der Miete«, grummelte Ghan. »Der Pole hat mich ausgesperrt.«

Das Kratzen verstärkte sich. Der Mann bearbeitete seinen Nacken, als hätte er Flöhe. »Was sollte das, Ghan?« Er hörte auf, sich zu kratzen, und hob die Hände. »Was erzählst du Fairfield den ganzen Scheiß?«

Ghans Holzbein zitterte, es klang wie nervöses Fingertrommeln. »Was zum Teufel meinst du?«

Morrison ließ sich mit zusammengesackten Schultern auf der Schreibtischkante nieder und stützte die Hände auf die Knie. »Du bist ein guter Kerl, Ghan. Keiner arbeitet härter als du. Das sag ich nicht zum ersten Mal und auch nicht zum letzten Mal. Es bringt mich um, dass ausgerechnet ich es dir beibringen muss.«

»Was denn?«, fragte Ghan. »Wenn ich beim Polen rausmuss, brauchst du es nur sagen. Macht mir nichts aus, im Lager zu schlafen.«

»Ghan.« Jetzt sah der Mann ihn an, und vom Ton und dem Blick bekam Ghan eine Gänsehaut. »Matthews kam gestern stocksauer angerannt. Meinte, du hast gegenüber dem Amerikaner dein loses Maul nicht halten können. Ich hab ihn noch nie so angepisst gesehen – so als hätte jemand seine Frau dazwischengenommen oder so.«

Morrisons Augen ruhten einen Moment auf Ghans Gesicht. »Tut mir leid, Kumpel, aber du bist gefeuert.«

## Kapitel Sechsundzwanzig

James war fort.

Das Leben in der Finsternis verlief langsamer. Alles, was der Priester anfing, kostete große Mühe, und er schleppte sich wie ein Schlafwandler von einem sinnlosen Augenblick zum nächsten, existierte nur noch in einem fernen Abseits. Die Stimmen und Geräusche der Kinder hallten wie aus einer Höhle zu ihm. Nichts schmeckte mehr, und wenn er doch etwas aß, dann unbewusst.

Der Priester ging in die Scheune, zog die rote Tür hinter sich zu und wartete, bis sich seine Augen an das dämmrige Licht gewöhnt hatten. Auf der Suche nach etwas Vertrautem fand er nur eine Schnittwunde in seinem Innern. James war hier überall zu spüren. Die Heugabel an der Wand wartete darauf, vom Jungen in die Hände genommen und benutzt zu werden. Die Heuballen waren jetzt unordentlich und alt, da keiner der Jungen so gewissenhaft seine Aufgaben erledigte wie James. Die Pferde waren still. Auch sie vermissten ihn. Die Leere, die der Junge hinterließ, drohte den Priester zu ersticken.

Pater McIntyre drehte die Hände um und starrte auf die blauen Adern, die die Hände mit den Gelenken verbanden. Er berührte die längst verheilten Narben, die quer darüber verliefen. Von ihrem Anblick wurde ihm gleichzeitig warm und übel. Einen Augenblick lang verspürte er Sehnsucht. Einen Augenblick lang gab es eine Zukunft, wo der Schmerz enden würde. Dann wallte Zorn in ihm auf, und er zog seine Ärmel über die Handgelenke, verschränkte die Arme und schob die Fäuste unter die Achseln. Er schloss die Augen und wiegte sich tröstend gegen die Schatten.

• • •

Von ihrer Abreise würde es keine Aufzeichnung, keine Erinnerung geben.

Die Kutsche mit sechs Pferden musste die beste gewesen sein, die Northampton zu bieten hatte. Hut und Anzug des Kutschers waren makellos sauber. Die Fairfields waren nicht mitgekommen. Nur Mr. Newton, Esquire, wartete vor der Kutsche.

Mrs. Fanning, die neue Lehrerin, war gedrungen und nicht viel größer als das Mädchen an ihrer Seite. Sie reichte dem Anwalt die Hand, um sich von ihm in die Kutsche helfen zu lassen. Leonora wartete am Rad und hielt mit beiden Händen einen kleinen Koffer fest. Sie trug ein hellblaues Kleid, weiße Kaschmirstrümpfe und schwarze Lacklederschuhe, die nicht einen einzigen Kratzer hatten. Ihre Haare waren zu einem langen Zopf zurückgebunden und mit einer farblich passenden blauen Schleife geschmückt.

»Leben Sie wohl, Pater McIntyre.« Er erkannte die Stimme nicht wieder. Leonoras australischer Akzent war verschwunden, und ihre Worte klangen amerikanisch, ruhig und perfekt akzentuiert. In ihrer Stimme lag kein Flüstern mehr, keine Scheu. Sie hatte ihre Lektion gut gelernt. Was blieb ihr auch anderes übrig.

Jetzt blieb Pater McIntyre stumm. Er streckte nicht die Hände aus, um ihre Schultern zu umfassen. Er versprach ihr nicht, dass alles wieder gut würde. Er bat sie nicht, ihm zu vertrauen.

Die Kutsche verschwand, bevor er auch nur merkte, dass sie losgefahren war.

Aufblitzende Erinnerungen ersetzten seine Sicht. Alte Geräusche erfüllten seine Ohren. Ein Gewehrschuss, der dumpf in ihm nachhallte. Immer wieder, so dass seine Gelenke vibrierten.

Das Blutbad seines Lebens in einer einzigen Bewegung freigelegt. Die Leiche seiner Mutter am Boden. Die seines Vaters mit klaffender Wunde. Seine Brüder fortgerissen, in ein Leben voller Schmerz, Verletzungen und Tod. Und er versteckte sich hier, wie ein vollkommener, selbstsüchtiger Narr.

Seine Beine schritten weit ausholend über den gewundenen Pfad. Die salzige Brise stach ihm in der Nase, die die Luft in kurzen, flachen Zügen einsog. Pater McIntyre übertrat die unsichtbare Grenze, die ihn bislang immer aufgehalten hatte: die Grenze, die ihm anzeigte, dass das Meer und die endlos hohen Klippen in Sicht kamen. Kaum näherte er sich ihnen, stieg Übelkeit in ihm auf.

Sein Gesicht war feucht und salzig – ob vom Meer oder von Tränen, war ganz gleich. Jetzt umringten ihn die Erinnerungen und stachen mit spitzen Fingern auf ihn ein. Er kniff die Augen vor dem Wind zu, schob sich weiter gegen ihn voran und ging, als er die Wärme einer Zukunft ohne Schmerzen spürte, schneller.

Pater McIntyre beachtete den Wind nicht, hielt nicht inne, um über Reue und Entschuldigungen nachzugrübeln. Er stand am Rand der Welt, wo die Erde zwischen Meer und Luft schwebte. Er streckte die Arme über den Kopf, worauf seine Soutane wild zu flattern anfing und seinen Körper anflehte loszufliegen. Und dann machte er einen Schritt in den Himmel …

# TEIL VIER

## Kapitel Siebenundzwanzig

James schob die Hutkrempe zur Nasenspitze, um die Augen vor der gnadenlosen Sonne zu schützen. Er lebte nun schon über drei Jahre bei seinen Verwandten im Wheatbelt, dem Weizenanbaugebiet im Westen Australiens. Und in all den Jahren hatte es keinen Regen gegeben. Tropfen, das ja. Trügerische Schauer. Aber keinen Regen. Wäre das Land vollkommen trocken gewesen, wäre es leichter gewesen. Man versucht nicht, die Wüste zu beackern; man zieht fort, verabschiedet sich von dem toten Landstrich und sucht sich einen, von dem man leben kann. Aber nicht bei diesem Land, dieses Land schwankte zwischen Grün und Braun, hier konnte es an einem Ort in Strömen gießen und nur eine Meile weiter östlich gerade mal nach Regen riechen. So war das Leben im Wheatbelt: ein lockendes Hin und Her zwischen Fülle und Entbehrung.

Regen. Es war leicht, die Härten des Lebens auf den launenhaften Himmel zu schieben, doch James wusste es besser. Schon seit Jahren. Die Schuld lag bei ihm.

Mit beiden Händen umklammerte er den linken Griff des Pflugs, während sein Onkel, Shamus O'Reilly, den rechten umfasste. Da er genauso groß war wie er, trafen sich ihre Schultern am Querjoch. Da er jedoch nicht so schwer war wie der stämmige O'Reilly, kippte der Pflug auf seiner Seite in die Höhe und griff nicht. James grub seine Hacken in die steinige Erde, bis seine Beine vor Anstrengung zitterten.

»Komm schon, Junge«, brüllte Shamus. »Drück mit der Schulter. Los!«

Das alte Arbeitspferd ruckte mit dem Kopf, um den stumpfen Pflug weiter vorwärtszuzerren. Langsam, Schritt für Schritt grub das widerspenstige Gerät Rillen, wühlte die spröden Stängel vom

Korn des letzten Jahres hoch und zerhackte die Stachelkopfgräser, die täglich neu zu wachsen schienen.

»Okay. Das reicht erst mal.« Erschöpft ließ Shamus den Pflug los und beugte sich nach vorn. »Lass sie mal ausruhn, James.«

James schnallte das Pferd los, dessen Fell unter den Lederriemen vor Schweiß glänzte.

»Das machen wir nach dem Essen fertig.« Als Shamus seinen Rücken streckte, knackten die Gelenke seines stämmigen Rumpfs und seiner muskulösen Arme. »Wird spät werden, aber das Pflügen muss heute Abend noch fertig werden, und wenn wir Laternen brauchen. Ende der Woche kommen Egge, Walze und Saat.« Mit zusammengekniffenen Augen blickte er zur Sonne und knurrte: »Schon ganz schön spät!« Dann ruckte er herausfordernd mit dem Kinn. »Schaffst du das, Junge?«

»Ja, Sir.«

Sie gingen über die tiefen Furchen, die sie Tage und Wochen und etliche Blasen und Schwielen an den Händen gekostet hatten. Der Geruch nach Speck driftete vom Ofenrohr des Küchenherds zu ihnen, noch bevor die kleine, braune Hütte in Sicht kam. Ihr Zuhause war nicht größer als ein Scherschuppen, und sein Holz war vom Küchenrauch so geschwärzt, dass es wie verbrannt wirkte. Das Wellblechdach war in den Ausbuchtungen silbern und in den Einbuchtungen rot vom Rost. Der Vorbau war schief und wurde von Holzplanken unterstützt, damit das Dach nicht einbrach. Ein Wassertank stand neben der Hütte, dicht bei der freistehenden Küche, und dahinter gackerten die Hühner in einem Maschendrahtgehege.

Tess O'Reilly empfing sie mit einem kaum merklichen Lächeln. »Wurde aber auch Zeit! Ihr habt Glück, dass ich euer Essen nicht an die Schweine verfüttert habe!« Das war nicht ernst gemeint, und sie scheuchte sie zum Tisch und belud ihre Teller mit Eiern und Speck. Der Tee war heiß und dick vom Zucker. Es war Anfang des Monats. Am Monatsende würde es nur ein Ei und eine kleine Scheibe Schweinefleisch pro Teller geben, und der Tee würde schwarz und bitter sein.

Während des Essens käute Shamus zwischen zwei Bissen jede Einzelheit des Tagwerks wieder und sparte dabei nicht mit Seufzern und Kopfschütteln, damit seine Frau auch ja das Ausmaß seiner Bemühungen begriff. Und Tess huschte dabei in der Küche umher, hörte zu und gab kleine Laute von sich, um zu zeigen, dass sie auch wirklich das Ausmaß seiner Anstrengung begriff. Und sobald er unfehlbar damit anfing, den verdammten australischen Boden zu verfluchen, schnalzte sie beruhigend mit der Zunge und schaufelte über seine Schulter hinweg noch mehr Eier auf seinen Teller. Und dabei lächelte sie und zwinkerte James zu.

Tess war eine kleine Frau und wirkte auf den ersten Blick erschreckend zerbrechlich, umso mehr, da ihre Haut im Vergleich zu ihren langen, blauschwarzen Haaren fast durchsichtig schien. Aber ihre Augen, leuchtend grün und groß wie Unterteller, verdrängten ihren Körper in den Hintergrund, bis man nur noch sie sah. Und diese Augen ruhten ständig auf James, hießen ihn mit vor Freude geweiteten Pupillen in ihrem Leben willkommen. Manchmal, wenn sie meinte, James sähe es nicht, berührte sie ihre Lippen und dann ihr Herz.

Shamus runzelte die Stirn und schob seinen leeren Teller über den Tisch. »Zurück an die Arbeit.«

»Aber doch nicht jetzt!«, protestierte Tess. »Das ist die heißeste Zeit des Tages. Da kippt ihr nach einer Stunde um.«

»Keine andere Wahl.« Shamus bedeutete James, ihm zu folgen. »Musst dich nicht mit dem Abendessen beeilen, Tess.«

Tess wedelte mit dem Finger und mahnte ihren Mann: »Achte darauf, dass der Junge Pausen macht, Shamus.«

Je mehr die Temperatur stieg, desto mehr sank Shamus' Laune, und als sie den Pflug erreichten und das Pferd wieder davorschnallten, war sie rabenschwarz, und er fluchte stumm vor sich hin. Schweigend rackerten sie sich an dem letzten, endlosen Abschnitt des Feldes ab. Die Hitze erschöpfte sie mehr als die Arbeit, verdoppelte ihre Anstrengungen und halbierte ihre Ergebnisse. Shamus' Mund zuckte vor wachsender Wut und stummen Schmähreden. James verschloss seinen Geist und konzentrierte sich nur noch auf die Arbeit, schob mit seinem ganzen Körper, bis ihm der Schweiß beißend in die Augen rann.

»Vorwärts!«, schrie Shamus zum Pflug, zu James, zum Pferd, zum endlosen Acker.

Ein metallisches Knirschen stoppte den Pflug so abrupt, dass James auf die Knie fiel.

»Gott im Himmel!« Shamus beugte den Kopf zum Rahmen des Pflugs und umfasste ihn mit beiden Händen. »Zur Hölle, gottverdammt noch mal!« Er mühte sich auf, riss sich den Hut vom Kopf und schlug ihn gegen den Pflug, der so rot war wie sein Gesicht.

»Achsenbruch! Sauber durch!«, schrie er und stürmte mit gebeugtem Rücken und in die Hüften gestemmten Händen davon, bevor er noch einmal umkehrte und dem Pflug einen Fußtritt versetzte, der am Metall so laut nachhallte, dass es schien, als machte er sich über ihn lustig. Das Pferd tänzelte nervös herum.

»Würd dich wohl umbringen, wenn du nur einmal was richtig machen würdest!«, wandte sich Shamus plötzlich gegen James.

»Ich hab dir gesagt, du sollst das verdammte Rad nicht gegen Steine drücken!« Er schob sich an ihm vorbei und murmelte: »Und nur wegen dir bin ich in diesem gottverfluchten Land.«

James folgte Shamus nicht zum Haus, sondern stand reglos da und spürte eine bleierne Last auf der Brust. Er ging zum Pferd und kratzte ihm die Ohren, dann blickte er durch die Speichen des Pflugs. Die Achse lag zerbrochen und durchgerostet am Boden. Er wandte sich wieder zum Pferd und streichelte seine samtigen Nüstern. Die Stute schnaufte, sie war zu alt für solche Arbeit. James schnallte sie los, ließ den Pflug auf die Erde fallen und führte sie zurück zum Haus. Dort pumpte er frisches Wasser in ihren Trog, setzte sich zu ihr und sah ihr beim Trinken zu, während die Sonne sich in orangefarbenen Kräuselungen auf dem Wasser spiegelte.

Und wie er so dasaß, in der Stille neben der baufälligen Hütte, mit schmerzenden Muskeln vom fruchtlosen Tagwerk, drang der Verlust einer Freundin aus den Winkeln des weiten Horizonts zu ihm und erinnerte ihn daran, dass dies das Leben war, das er gewählt hatte.

## Kapitel Achtundzwanzig

An diesem Tag, Leonoras elftem Geburtstag, endete der Regen in Pittsburgh nicht in einem Regenbogen, sondern wurde mit dem Abend dunkel, färbte die Rinde der großen Eichen, trocknete in grauen Schlieren auf den Schieferdächern wie rußige Tränen und verebbte zu aschfarbenem Nieseln.

Leonora zog die Decke bis zum Hals und betrachtete die zerplatzenden Regentropfen an ihrem Schlafzimmerfenster, die auf die nasse Scheibe trommelten. Elf: eine Zahl, ein Alter, ein Geburtstag zum Feiern, ein falsches Datum, erneutes Magenweh. Die Gäste waren gegangen, Stimmen und Schritte verstummt.

Als es leise an der Tür klopfte, reagierte sie nicht. »Bist du wach?«, fragte ihr Onkel durch einen kleinen Spalt.

»Ja.«

»Gut.« Er schloss die Tür hinter sich und fummelte am Knauf herum. »Ich wollte nicht abreisen, ohne Lebewohl zu sagen.«

Owen Fairfield kam durchs Zimmer und setzte sich ans Fußende des Betts. Er streckte die Hand nach der Lampe aus und drehte am Messingventil, so dass ein Lichtquadrat über das Bettzeug fiel. Sein weißer Bart war kurz, adrett und umschloss in einer scharfen Linie Mund und Kiefer. Er warf einen raschen Blick auf die goldene Taschenuhr, die er aus der Weste seines Reiseanzugs aus grauem Köper zog. In der kohlenstaubgeschwängerten Luft mussten weiße Anzüge immer schon nach ein paar Stunden gewechselt werden.

Er versuchte, die Stimmung aufzuheitern, Leonora dazu zu bringen, ihn anzublicken. »Es war so ein geschäftiger Tag, da dachte ich, du würdest schon schlafen.«

Sie lächelte matt. Er roch leicht süßlich nach Pfeifentabak.

»Elf!«, sagte Owen Fairfield kopfschüttelnd. »Elf Jahre alt, ich kann's kaum glauben. Es kommt mir vor, als wäre es erst gestern gewesen, dass du noch ein kleines Mädchen warst. Und jetzt bist du schon fast erwachsen.« Er zeigte mit dem Finger auf sie, und vor Zuneigung kräuselten sich Fältchen an seinen Augenwinkeln. »Du machst aus mir einen alten Mann, mein Schatz.«

Ihr Onkel warf einen Blick durchs Zimmer und schaute dann zur Kassettendecke. »Du hast ja keins deiner Geschenke ausgepackt.«

Die Scham über das, was sie getan hatte, trieb ihr die Röte in die Wangen. Sie wandte sich ab.

»Es war nicht deine Schuld, Leonora.« Er kniff ihr ins Kinn. »Es gibt nichts, dessen du dich schämen müsstest.« Er blickte auf seine Hände und drehte an seinem Ehering. »Sie ist zu streng mit dir. War sie schon immer.«

Einen Moment schwieg er, dann holte er erneut seine Uhr hervor, ließ sie nach einem kurzen Blick zuschnappen und steckte sie zurück. »Der Wagen wartet«, sagte er, stand aber nicht auf. »Ich bin mindestens sechs Monate unterwegs. China und Japan.« Er runzelte die Stirn. »Das Reisen ist nicht mehr wie früher; alles ist angespannter. Schwer zu erklären. Als würde die ganze Welt in verschiedene Richtungen gezogen, wie Gummi. Früher war es viel einfacher und freundlicher. Die Welt verändert sich, mein Schatz, und ich bin nicht sicher, ob zum Besseren.« Seine Sorgenfalten wichen einem Lächeln, als ihm der Ernst seiner Worte bewusst wurde. »Und jetzt sieh dich an! Elf Jahre! Man kann dir beim Wachsen förmlich zusehen!« Noch einmal zeigte er mit dem Finger auf sie. »Aber nicht größer werden, während ich weg bin, hörst du?«

Sie nickte.

»Ich bringe dir einen Seidenkimono mit, der das Gold in deinen Haaren und Augen betont.« Er zwinkerte. »Vielleicht auch Jade. Du und ich, wir haben eine Schwäche für Steine, stimmt's?«

Ihr Onkel neigte sich zu ihr, küsste sie auf die Stirn und sah aus, als wollte er noch etwas sagen. Doch dann verließ er unvermittelt den Raum und ließ das Ungesagte in der Luft schweben. Kurz darauf huschte das Licht von den Scheinwerfern des Rolls-Royce über das Fenster, bevor es zu der von Kiefern gesäumten Auffahrt abdrehte.

Leonora schlang sich die Arme um den Leib. Die Leere im Zimmer ließ die Mauern zurückweichen, ihr Betthimmel ragte drohend über ihr auf, und aus dem klaffenden Maul des Marmorkamins pfiff ein kalter Luftzug. Ohne Owen war das Haus kälter, so als hätte man von einem ohnehin schon fröstelnden Hals den Schal genommen. Zwar beschäftigte ihr Onkel sich nicht viel mit ihr, lenkte aber Eleanors Aufmerksamkeit von ihr ab. Wenn Owen weg war, wandte ihre Tante vor lauter Sorge und Sehnsucht nach ihrem Mann den Fokus einzig und allein auf Leonora. Dann konnte sie nichts mehr richtig machen und verbrachte die Tage in der Hoffnung, sich mit dem Morgendunst aufzulösen.

In der Dunkelheit des riesigen Zimmers wanderten Leonoras Gedanken unablässig zu den unangenehmen Momenten des Tages. Daher kletterte sie aus dem Bett, ging mit nackten Füßen hinaus auf den Flur und tastete sich die Treppe hinunter.

Die Feuerkästen waren aus und die Bodendielen eiskalt, als Leonora auf Zehenspitzen an den geschlossenen Küchentüren vorbeihuschte und sich in eine Ecke hockte, wo sie sich das Nachthemd um die Knöchel wickelte. Es war kalt, aber die Geräusche hinter der Wand wärmten sie von innen. Sie spitzte die Ohren und lauschte auf die Geräusche des einzigen betriebsamen Bereichs im Haus. Sie hörte das Klappern von Geschirr, vermischt mit lachenden Stimmen, mit Nudelhölzern, die auf Tischplatten geschlagen, und Töpfen, die geschrubbt wurden.

Die Küche nährte sie nicht nur mit Essen. Worte wurden gewechselt, Gefühle flogen frei hin und her. Echte Worte. Echte Gefühle. Nicht gezwungene Konversation und Lügen, die ihren Tag füllten, oder das unermüdliche Wiederholen von Fakten, geschichtlichen Begebenheiten und Zahlen, die ihr ins Hirn gehämmert wurden. So viele Worte füllten ihre Tage: Worte, die behalten, und Worte, die wiederholt werden mussten, aber nie Worte, die wirklich etwas bedeuteten.

Auf der Dienstbotenseite knallte eine Tür, und eine Frau stöhnte. »Bist du immer noch hier?«, bellte Berthas Stimme. »Ich dachte, du hättest schon Feierabend.«

»Ha! Schön wär's.« Leonora erkannte die Stimme von Mindy, dem Dienstmädchen. »Ich musste das Silber polieren. Zweimal!«, knurrte die Frau. »Einmal vor der Party und einmal danach. Sogar die Sachen, die niemand benutzt hat.«

»Na, dann setz dich kurz und trink einen Tee, bevor du gehst«, befahl Bertha. Man hörte das Scharren von Stuhlbeinen auf dem Boden. »Schläft Mrs. Fairfield schon?«

»Soweit ich weiß. Natürlich wird sie gleich zu ihrem Nachtmahl aufstehen und Babys und kleinen Kätzchen das Blut aussaugen.« Die Köchinnen lachten. »Der Kuchen sah einfach überirdisch aus. Ingwerkuchen?«

»Karotten. Es ist noch ein ganzer übrig geblieben. Nimm dir ein Stück.«

»Hast du gehört, was passiert ist?«, kicherte Mindy.

»Das hat doch jeder gehört. War es so schlimm?«

»Schlimmer. Die Kleine hat sich vollgebrochen, gerade als sie die Kerzen ausblasen sollte. Ihr hättet Mrs. Fairfields Gesicht sehen sollen: Ihr quollen die Augen aus dem Kopf, und sie wurde knallrot.« Die Frau schnaubte. »Leonora hat Glück, wenn sie noch ihren zwölften Geburtstag erleben darf.«

Hitze schoss ihr in die Wangen und verbrannte ihre Ohren. Ihr wurde schon übel, wenn sie nur daran dachte.

»Das arme Mädchen«, sagte Bertha und schnalzte mit der Zunge. »Ein ganzer Saal Unbekannter erzählt ihr, wie hübsch sie aussieht, und löchert sie mit Fragen. Es waren mehr Erwachsene als Kinder da! Und habt ihr die ganzen Geschenke in dem blauen Papier gesehen? Kristall und Silber! Was soll ein Kind mit so einem Zeug?«

»Du weißt doch, dass das gar nicht für sie ist«, ertönte eine dritte Stimme. »Ist nur Arschkriecherei. Jeder dieser Gäste hatte die Lippen gespitzt, um vom süßen Fairfield-Arsch zu kosten – der schmeckte ihnen besser als dein Karottenkuchen, Bertha.« Heiseres Kichern ertönte, bevor die Stimme fortfuhr: »Kann's dem Kind nicht verdenken, dass es gekotzt hat. Ist bestimmt nicht leicht, zu wissen, dass man keine Freunde hat.«

»Von mir kannst du kein Mitleid erwarten«, zischte Mindy. »Denk an meine Worte, Mrs. Fairfield wird deswegen noch eine von uns feuern. Ich sage dir, das Mädchen ist wie ein Fluch. Ihre Zofen und Gouvernanten bleiben nie länger als ein Jahr. Kaum hat sie sich an sie gewöhnt, müssen sie schon wieder weg. Wenn man der zu nahe kommt, verbrennt man sich.«

»Das arme Ding ist nur einsam. Es könnte keiner Fliege was zuleide tun«, widersprach Bertha mit leicht gepresster Stimme, als hätte sie ihre Arme über dem Bauch verschränkt. »Mir tut sie leid. Von morgens bis abends wird sie mit Lektionen traktiert. Sie darf gar keine Freunde oder Spielgefährten haben. Und überlegt mal, mit wem sie zusammenleben muss: einem Onkel, der ihr ein Geschenk vor die Füße fallen lässt und ihr den Kopf tätschelt, bevor er mal wieder verschwindet, und einer Tante, die mit nur einem Blick den Schwanz des Teufels zu Eis gefrieren lassen könnte.«

»Ach, wie schrecklich!«, spottete Mindy. »Man stelle sich nur vor: Nie einen schmutzigen Teller abdecken oder ein Stück Toast rösten!«

»Harte Arbeit ist keine Schande, das weißt du auch. Würdest du mit ihr tauschen wollen?« Das Hausmädchen schwieg.

»Eben nicht«, ertönte Berthas Stimme, nun leiser. »Das ist doch kein Leben für ein Kind. So ein Leben wünscht man nicht mal einem Hund.«

Die Teetasse wurde weggeräumt, und Mindy tappte mit dem Fuß auf den Fliesen, bevor sie ihren Stuhl zurückschob. »Tja, jetzt wirkt sie vielleicht noch süß und unschuldig, aber wenn sie erst groß ist, wird sie so gemein wie Mrs. Fairfield. Ihr werdet schon sehen.«

Leonora kauerte sich in ihre Ecke und spulte das Gespräch immer wieder in ihrem Kopf ab, ohne allzu sehr auf die schwächer werdenden Geräusche in der Küche zu achten. Die Lichter verloschen und mit ihnen der weiße Streifen an ihren Füßen. Die Tür zum Dienstbotentrakt schloss sich, dann drehte sich der Schlüssel darin. Dies war das letzte Mal, dass sie Berthas Stimme hören würde, die Stimme der Köchin, die ihr Leckereien zusteckte und sie in ihre dicken, warmen Arme schloss. Das letzte Mal, dass sie hören würde, wie diese liebe Frau sie in Schutz nahm. Denn ihre Tante hatte bereits entschieden, Bertha zu feuern. Sie machte Bertha für ihre Übelkeit verantwortlich, ihr Kuchen war zu üppig gewesen für den Magen eines Kindes. Die Warnung des Hausmädchens hallte ihr im Kopf wider: *Wenn man der zu nahe kommt, verbrennt man sich.* Erneut schossen Schuld und Scham ihr heiß ins Gesicht.

Nun schwand alle Wärme aus der Küche, und Kälte drang ihr aus dem leeren Raum bis in die Knochen. Zitternd stand sie auf und tastete sich blind durch die Halle und die Treppe hinauf. Als sie am Zimmer ihrer Tante vorbeikam, schlich sie langsamer und hielt die Luft an, da die vertraute Angst in ihr hochstieg. Doch da drang ein Laut zu ihr, und sie erstarrte mit gespitzten Ohren. Hinter der Tür war stockendes Schluchzen, leises, lang gezogenes Weinen zu hören.

Vor lauter Verblüffung konnte Leonora sich nicht rühren, so merkwürdig war das – so seltsam, als würde eine Rose mitten im Winter erblühen: ein flüchtiger Moment mit echten Gefühlen. Ohne nachzudenken, drehte Leonora am Knauf und stieß sachte die Tür auf. Vor dem Kamin saß zusammengesunken Eleanor, hatte das Gesicht in den Händen vergraben, und ihre Schultern zuckten. Es war ein Moment solcher Weichheit und der Schmerz der Frau so echt, dass Leonora die Tränen kamen und ihr das Herz brach.

Langsam schlich sie zu ihr, lehnte sich an sie und schlang ihr sanft die Arme um den Hals. Ihre Tante ließ, in einem Moment der Schwäche, den Kopf an ihre Schulter sinken und stieß einen leisen Schrei aus. Leonora hatte Eleanor noch nie berührt, war von ihr noch nie geküsst oder umarmt worden, und jetzt verschmolz sie mit der kalten Haut, verlor sich in diesem einzigartigen Moment der Nähe, nach der sie sich aus tiefster Seele sehnte. Doch es war nur ein Moment. Ein Moment, der für immer verloren ging, denn plötzlich fuhr der Kopf ihrer Tante hoch, als wäre sie von einem Donnerschlag geweckt worden. Ihre geröteten tränenverschmierten Augen glühten schwarz. »Wie kannst du es wagen, hier hereinzukommen.« Eleanor brach die Stimme, und ihr Kinn zitterte. Leonora wich zurück.

»Wie kannst du es wagen, dich bei mir anzuschleichen!«, schrie Eleanor. Leonora wich noch zwei Schritte zurück, doch Eleanor packte sie am Handgelenk und zog sie zu sich. »Wenn du irgendjemandem davon erzählst«, zischte sie, »dann werfe ich dich raus, auf die Straße. Hast du das verstanden?«

Leonora versuchte zurückzuweichen und fing an zu weinen. Die vertraute Angst schnürte ihr die Kehle zu.

»Hast du das verstanden?«, kreischte Eleanor. »*Ich verstoße dich!*«

*Ich verstoße dich. Ich verstoße dich. Ich verstoße dich.*

In Leonoras Kopf wurde alles weiß, und sie nickte hektisch, nickte noch, als sie aus dem Zimmer floh und den Flur hinunterrannte.

*Ich verstoße dich. Ich verstoße dich. Ich verstoße dich.*

Das waren Eleanors Drohungen und Schwüre, das war Eleanors Schlaflied, das in Leonoras Ohren erklang, seit die Fairfields sie adoptiert hatten. Falls sie irgendwas aus ihrer Vergangenheit erzählte oder irgendeinen Fehler machte, würde sie verstoßen. Und niemand verteidigte sie oder schützte sie vor dieser Drohung, nicht mal ihr Onkel. Wann immer Owen diesen Schwur seiner Frau hörte, zog er sich innerlich zurück, und sein Gesicht wurde grau und hohl, als hätten die Worte ihm gegolten. Und dann ging er; nie verteidigte er sie oder sagte, es würde alles gut werden; und deshalb war der Schmerz noch schneidender. Also verplapperte sich Leonora niemals, sie hielt den Mund und teilte ihre Geheimnisse nur mit den Vögeln und Bäumen, mit den Scheunenkatzen und den Jagdhunden, die ihr die Sorgenfalten von der Stirn leckten.

Leonora kletterte in ihr Bett und zog sich die Decke über den Kopf. In der Dunkelheit holte sie einen winzigen, eiförmigen Stein aus der Tasche, schloss ihre Hand darum und sehnte sich schmerzlich nach dem Freund, der ihn ihr einst geschenkt hatte. Sie sehnte sich nach einem Ort, an den sie gehörte, nach einem Zuhause, das es nicht gab. Und klammerte sich, wie in so vielen Nächten zuvor, an eine Erinnerung, die einen Traum nährte, zitterte in der finsteren Stille und schlief in einem nass geweinten Nachthemd ein.

## Kapitel Neunundzwanzig

»Du siehst richtig gut aus, James«, sagte Tess zwinkernd, als sie die abgetragene Anzugjacke zuknöpfte, die er von Shamus geerbt hatte. Sie hatte kein Futter mehr, und die Ellbogen waren durchgescheuert. Neue Nähte hoben sich pechschwarz von den ansonsten verblichenen Fäden ab. Tess runzelte die Stirn, als sie an den Ärmeln zupfte und zurücktrat, um ihn aus der Distanz zu betrachten. »Ein bisschen schief.« Sie lachte. »Flicken war noch nie meine Stärke.«

Shamus kam grunzend aus dem Schlafzimmer und fummelte an seinem Kragen herum. »Tess, muss ich das verdammte Ding wirklich anziehen? Du weißt doch, dass es mir die Luft abdrückt.«

»Aber ja doch! Es ist eine Beerdigung, Shamus. Hast du denn gar keinen Respekt?«

Er grummelte: »Respekt für einen Mann, der uns dieses lausige Stück Land angedreht hat?«

»Schäm dich!«, sagte Tess, und ihre Stimme wurde laut und nachdrücklich. »Die Shelbys waren vom ersten Tag an unsere Schutzengel. Haben uns Kredit gegeben, ohne uns zu kennen. Dann ist Mr. Shelby höchstpersönlich hergekommen und hat uns Werkzeug geliehen und Essen von seiner Frau gebracht.« Sie stemmte die Hände in die Hüften und hielt ihm mahnend den Zeigefinger vors Gesicht. »Er hat dich über dieses Land aufgeklärt. Ich stand direkt hier, als er uns vom trockenen Boden erzählt hat, und weißt du noch, was du gesagt hast? ›Es gibt kein Land, das ein O'Reilly nicht bezwingen kann.‹ Schändlich!«

Tess packte den Kragen und knöpfte ihn zusammen, worauf Shamus' Hals sofort rot wurde. »Sich zu beschweren, einen Kragen auf der Beerdigung eines Mannes tragen zu müssen. Eines Mannes, der uns immer nur geholfen hat.«

»Tut mir leid, Tess«, sagte Shamus beschämt. »Du hast ja recht. Verzeihst du mir?«

Sie versuchte, ihren Zorn noch nicht verrauchen zu lassen, wurde jedoch weich und drückte die Aufschläge seiner Jacke platt. »Aber ja.«

Dann schwand ihr Lächeln, und ihre Miene wurde ernst. »Das Ganze nimmt mich ziemlich mit. Ich konnte nicht schlafen, weil ich ständig an die arme Mrs. Shelby denken musste, die jetzt ganz allein mit ihren Kindern ist. Sechs Kinder und Zwillinge unterwegs! Kannst du dir das vorstellen, Shamus? Und jetzt haben sie keinen Vater mehr.«

»Mit den Pachterträgen wird sie doch ganz gut leben können.«

»Ich weiß nicht.« Sie warf einen Blick durch die Küche und nahm den abgedeckten Eintopf. »Bei der Trockenheit und den Goldminen verlassen die Männer links und rechts ihre Farmen. Ich habe gehört, die Holloways haben eingepackt und sind ohne ein Wort verschwunden. Sie haben nicht mal den Esstisch abgeräumt!«

Tess setzte ihr Häubchen auf, von dessen Schwarz sich ihre Haut schneeweiß abhob. Dann hielt sie kurz inne und sah erst James und dann ihren Mann an. Als ihr Tränen in die Augen stiegen, ergriff Shamus ihre Hand. »Was ist denn, Tess?«

»Ach, seht euch nur an. So gut aussehend, so stark. Mrs. Shelby hat ihren Mann verloren, und ich stehe hier und habe noch alle beide.« Ihre Lippen zitterten. »Gott meint es wirklich gut mit mir.«

Trotz Shamus' Gerede von Pächtern und Pachterträgen kamen auf der Beerdigung nicht mal zwanzig zusammen, und die pfiffen genauso aus dem letzten Loch wie die O'Reillys. Der Priester begrüßte zwar die Trauergäste, hinterließ jedoch einen merkwürdigen Eindruck. Eine dicke Brille vergrößerte seine Augen, und sein Kopf sah aus, als würde er wie ein riesiger Bommel auf seiner skelettdürren Gestalt sitzen. Er wirkte, als könnte er jeden Augenblick seine eigene Totenmesse lesen.

Mrs. Shelby stand vor ihm; schwarze Spitze bedeckte ihren schweren Körper, und unter dem Schleier leuchtete ihr rotes Haar. Eine Heerschar von Kindern hing ihr am Rockzipfel und scharrte vor Hitze und Langeweile ungeduldig mit den Füßen.

Ein halbwüchsiger Junge etwa in James' Alter warf ihm einen Blick zu und senkte sofort darauf die Augen zu Boden. Als er so dastand und sein Gewicht von einem Fuß auf den anderen verlagerte, wirkte alles an ihm schief: Hut, Hosenbund und Krawatte. Die Aufschläge an seiner Hose fielen nicht gleichmäßig, obwohl die Hose neu und ungekürzt aussah. Wieder warf er James einen Blick zu und grinste, zupfte verlegen an seinen Hosenträgern und kickte Staub auf die Schuhe seines Bruders. Der ältere Junge stieß ihm in die Seite, doch dann warf Mrs. Shelby ihnen einen Blick zu, der Wasser zu Eis hätte gefrieren lassen können.

James hörte dem Priester nicht zu, niemand schien das zu tun außer Mrs. Shelby, die starr geradeaus blickte und vor Aufmerksamkeit ganz still dastand. Stattdessen betrachtete er die Gesichter der anderen Farmer, sah, wie ungeduldig sie dreinblickten und ihre Muskeln anspannten. Sie alle wollten zurück aufs Feld.

Als die Messe beendet war, schaufelten die Männer das Grab zu, reihum jeder eine einzelne Schaufel. Der Rest der Trauergäste entfernte sich in Grüppchen. Shamus und Tess gesellten sich zu den Pächtern bei Mrs. Shelby, gaben ihr die Hand und sagten etwas Tröstliches; kleine Mädchen klammerten sich an die Röcke ihrer Mütter, und ältere Jungen kamen hinzu und versuchten, wie Männer zu wirken: mit strenger Miene und von schweren Lasten gebeugten Schultern.

Der schiefe Shelbyjunge kam schräg geneigt zu James und musterte ihn mit zur Seite gelegtem Kopf. Dann streckte er, als wäre er zufrieden mit dem, was er sah, die Hand aus. »Ich bin Tom.«

»James.« Sie schüttelten sich kräftig und mit schlackernden Armen die Hand.

Die Männer am Grab klopften mit ihren Schaufeln die Erde fest.

»Das mit deinem Vater tut mir leid«, sagte James.

Der Junge senkte den Blick und verzog den Mund. »O'Reilly, oder? Du redest anders als deine Familie.«

»Ich wurde hier geboren.«

»Ach so«, erwiderte Tom, zufrieden mit der Antwort. »Gehst du zur Schule?«

»Nein.«

»Mum sagt, ich kann aufhören. Sie braucht mich jetzt auf der Farm.« Er warf einen verstohlenen Blick zum Grab und zuckte die Achseln. »Ich hass die Schule sowieso. Siehst du den Priester? Der ist der Lehrer. Nur einen Tag in seinem Unterricht, und du wünschst dir, er würde dich beerdigen!«

James lächelte und Tom lachte, bremste sich aber, bevor seine Mutter es tat, und verzog den Mund. »Ich hab dich vorher noch nie gesehen.«

»Hatte auf den Feldern zu tun.«

»Nur du und dein Dad?«

James ignorierte die Bezeichnung. »Ja.«

»Habt ihr denn keine Hilfskräfte?«

»Nein.«

Tom nickte, zuckte erneut die Achseln und sah ihn schief an. »Ich könnte dir ab und zu helfen, wenn Mum mich lässt. Ich wette, solange ich meine Pflichten erledige, erlaubt sie es mir.«

»Tommie!«, rief Mrs. Shelby. »Zeit, zurück zum Haus zu gehen!«

Er verdrehte die Augen. »Der Priester liest heute Abend zu Hause eine Trauermesse. Du solltest den Mann mal essen sehen! Mahlt mit dem Kiefer wie ein Pferd und gibt dabei erbauliches Zeug von sich; redet von Gott und versprüht dabei überall Essensreste.« Tom erschauerte. »Du kommst doch auch, oder?«

James warf einen Blick zum Zug der Trauergäste, die Mrs. Shelby folgten, und entdeckte Tess und Shamus zwischen ihnen. »Schätze ja.«

Sie gingen so einträchtig und im selben Schritt nebeneinander, als hätten sie das schon ihr ganzes Leben lang getan. Tom plauderte freundlich mit ihm, ohne Härte oder etwas anderes vorzutäuschen, einfach nur umgänglich und gut gelaunt.

»Habt ihr Ochsen?«, fragte er.

»Nein.«

»Schafe?«

James schüttelte den Kopf.

»Was dann?«

»Weizen.«

»Mehr nicht?«

»Und ein paar Schweine und Hühner.«

»Aber die hat doch jeder«, sagte Tom ohne eine Spur von Herablassung.

James wurde still. Tom hingegen sagte plötzlich munter: »Wir haben fünfzig Rinder. Und noch mal hundert Schafe. Mum meint, wir haben kein Geld für Drover, also darf ich das übernehmen.« Er verstummte angesichts der Halbwahrheit und erklärte: »Eigentlich treiben wir das Vieh nicht, sondern hüten es nur. Kannst du reiten?«

James nickte.

»Hab ich mir gedacht. Vielleicht kannst du mir beim Vieh helfen, und ich helfe dir beim Weizen. Wir könnten auf den weiter entfernten Weiden unser Lager aufschlagen, ein Feuer machen, Würmer ausgraben und Warane essen wie die Aborigines!«

Als James das Gesicht verzog, lachte Tom. »War nur ein Spaß … das mit den Waranen, meine ich. Aber die Abos essen die wirklich. Maden auch. Wie Süßigkeiten.« Er schüttelte sich.

Ein paar Minuten später tauchte das Haus der Shelbys in einem Meer aus Grün auf, wie eine Oase in der Wüste. Rote Rosen umwanden die Balken der Veranda; Flieder und gelbe Akazien umringten das Haus. Hinter den Blumen sah man die Farbe von der Fassade abblättern, und ein paar Fensterläden hingen nur noch an einem Scharnier, doch die weit offenen Türen und die schattige Veranda boten ihnen ein herzliches Willkommen. Und mit jedem Quadratmeter des einstöckigen Hauses wurde der Kontrast zur Armut der O'Reillys deutlicher.

»Wie kriegt ihr es so grün?«, fragte James.

»Mit einem Aquädukt. Pumpt das Wasser aus einem artesischen Brunnen. Ich zeig's dir irgendwann mal. Stinkt wie faule Eier, sorgt aber dafür, dass Mums Blumen blühen.« Sie betraten das Haus, in dem Stimmengewirr herrschte, welches durch die geschlossenen Wände lauter und gleichzeitig gezwungener wirkte.

»Tommie.« Mrs. Shelby winkte ihnen. »Bring Reverend Jordan zum Gästezimmer.«

Tom zuckte zusammen. »Das heißt, er bleibt über Nacht. Gott helf mir!« Er bekreuzigte sich. »Ich bin gleich wieder unten.«

James zwängte sich durch die Gäste im Esszimmer. Das Haus wirkte gemütlich verwohnt. Verblichene Tapeten, vermackte Fußleisten. Verschlissene Teppiche auf durchgelaufenen Dielenböden zeugten von vielen Füßen und vielen Zusammenkünften. Als er um eine Ecke bog, kam er in ein Zimmer, das leicht nach Schimmel roch. Er hielt inne. Vom Boden bis zur Decke überall Regale voller Bücher. Alte Wälzer mit gebrochenen Buchrücken und verblichenen Umschlägen standen neben neuen mit Ledereinbänden. James strich mit dem Finger über die Buchreihen, zog eines heraus und blätterte es durch. Staub stieg darauf auf und kitzelte ihn in der Nase.

»Was machst du hier?«

James wirbelte herum und ließ das Buch zuschnappen.

Mrs. Shelby lehnte am Türrahmen. Ihre Haare wirkten über dem schwarzen Kleid wie eine rote Flamme.

»Verzeihung, ich wollte nur …«, stotterte er.

Mrs. Shelby kam auf ihn zu und musterte ihn unter gesenkten Augenlidern. Sie nahm ihm das Buch aus der Hand, blätterte durch die Seiten und schob es ins Regal zurück.

»Ich wollte nicht …«

»Schsch.« Sie hielt sich den Zeigefinger an die Lippen, überflog mit dem Blick das Regal, stellte sich auf die Zehenspitzen und holte einen dicken, grünen Band herunter. »Hier.« Sie gab ihm das Buch. »Das wird dir besser gefallen.«

James strich über den Einband. Robert Louis Stevenson.

»Du liest gern, oder?«, fragte sie und musterte ihn erneut.

»Ja, Ma'am.«

»Meine Jungs interessieren sich nicht dafür.« Sie schüttelte den Kopf. »Ich habe so viele Kinder, dass ich eine ganze Klasse füllen könnte, aber keins von ihnen will auch nur ein Wort lesen. Ich kann sie nur in die Nähe dieser Bücher bringen, indem ich ihnen eins über ihren Dickkopf haue«, sagte sie schnaubend, und ihr sich vorwölbender Bauch zuckte, als sie gluckste. »Sie kommen wohl nach ihrem Vater. Vor allem Tommie.« Mrs. Shelbys Gesicht wurde grau.

»Er war kein gebildeter Mann, aber schlau wie ein Fuchs. Ein guter Mann«, sagte sie mit ersterbender Stimme.

Als sie zu den Bücherregalen zeigte, klang sie wieder fest und entschieden. »Diese Bücher gehören der Kirche. Sie wurden für eine Schulbücherei gesammelt, doch dann brauchte man den Raum für die Wohnung des Priesters. Ich habe sie mit Freuden übernommen, weil ich schon jahrelang nicht mehr die Chance hatte, etwas zu lesen. Eine Schande, oder?«

Sie nahm seine Hand in ihre. Ihre Handfläche war warm. »Diese Bücher sind genauso für dich da wie für mich. Komm rüber und nimm dir so viele, wie du willst. Hörst du?«

»Ja, Ma'am.«

Ihr Blick fuhr über seinen Anzug. »Wie geht's deiner Familie?«

»Gut.«

»Ich meinte, mit dem Land. Es ist nicht leicht zu bestellen.«

»Diese Woche haben wir den Weizen ausgebracht. Aber die Krähen picken ihn auf.«

»Ihr braucht einen Hund. Ein guter, bellfreudiger Hund verscheucht sie schneller als ein Gewehrschuss.« Sie nickte und runzelte dann die Stirn. »Aber wenn wir nicht bald Regen bekommen, damit sich Wurzeln bilden können, wird die ganze Saat aufgepickt, auch mit Hund.«

Ein junger Mann bog seinen Kopf um den Türrahmen. »Mum, der Priester will mit der Messe anfangen.«

»In Ordnung. Ich komme gleich.«

Sie neigte sich zu James. »In Wahrheit will er endlich den Schinken anschneiden.« Wieder schnaubte sie. »Der Priester futtert wie ein Schwein. Während der ganzen Messe starrt er sabbernd aufs Essen. Pass mal auf! Du bist ein guter Junge.« Mrs. Shelby zwinkerte ihm zu. »Du redest anständig. Es wird Tommie guttun, einen Freund wie dich zu haben.« Sie fasste ihn an der Schulter und drückte sie, so kräftig wie ein Mann, so tröstlich wie eine Mutter. »Du bist hier immer willkommen, fühl dich ganz wie zu Hause.«

Die Wände des Esszimmers wurden von zwei langen Tischen gesäumt, die schwer beladen waren mit gekochtem Schinken, Truthahn, etlichen Brotlaiben, getrockneten Früchten, Tontöpfen voll Butter und Schüsseln voll Bratensauce. Tom gab James einen Teller und stieß ihn mit dem Ellbogen an. »Komm, essen wir draußen.« Sie trugen ihre hoch beladenen Teller auf die Veranda, setzten sich dort auf den Boden und ließen die Beine über die Kante baumeln. Zwei junge Männer gesellten sich zu ihnen. Sie waren ein paar Jahre auseinander, sahen sich aber so ähnlich wie Zwillinge.

»Wer ist denn deine Freundin?«, fragte der eine grinsend.

»Klappe!« Tom bewarf ihn mit einer Aprikose. »Das ist James. O'Reillys Junge.« Tom verdrehte die Augen. »Will und John. Meine älteren Brüder.«

»Also Ire, wie?«

James legte seine Gabel nieder und blickte Will direkt in die Augen.

»Ganz ruhig!« Will riss abwehrend die Hand hoch. »Sollte keine Beleidigung sein. Hab nur deine Leute reden hören.« Er stopfte sich ein Riesenstück Schinken in den Mund. »Unser Dad war Schotte. Wenn er was getrunken hatte, wurde sein Akzent so schlimm, dass man nicht ein verdammtes Wort mehr verstand.«

Die drei Jungen lächelten wehmütig in ihr Essen. »Dad hätte es gefallen, so viele Leute hier zu haben«, bemerkte John.

Will lachte. »Er hätte sie so lange mit seinen Geschichten bombardiert, bis sie schreiend die Flucht ergriffen hätten.«

James lauschte dem leichten, warmherzigen Geplauder, der Vertrautheit unter Brüdern.

*Pling.* Tom ließ die Gabel auf seinen Teller fallen. Aller Augen wandten sich zu ihm. Er wischte sich mit der Hand über die Wange und starrte ungläubig auf seine Finger.

»Heulst du etwa?«, fragte Will entsetzt.

Tom legte den Kopf in den Nacken und blickte blinzelnd zum Himmel. »Es regnet«, hauchte er.

Jetzt reckten alle die Köpfe. Graue Wolken strebten aufs Haus zu und ballten sich immer dichter zusammen. Ein paar leichte Tropfen landeten auf ihren Gesichtern.

»Es regnet«, wiederholte Will. »*Es regnet!*«

Ihre vollen Teller fielen klappernd zu Boden, als sie ins Haus stürzten und in die Gästeschar platzten, die sofort ihr Geplauder unterbrach.

»Es regnet!«

Alle verstummten, hoben langsam das Kinn, wandten den Blick zur Decke und spitzten die Ohren wie ein Känguru.

Und dann kam es. Regentropfen prasselten auf das Wellblechdach. Aber niemand jubelte. Alle standen stocksteif da und warteten auf die Enttäuschung, warteten darauf, dass das Prasseln verstummte und die Sonne wieder durchs Fenster schien. Die Männer umklammerten die Tischkanten, während die Frauen die Hände an die Brust drückten, damit auch ja kein Atemzug den Regen verscheuchte. Sie warteten auf ein Zeichen, einen Hinweis des Windes, ob er die Wolke dort ließe, wo sie war, oder sein Geschenk wieder mitnähme.

Und dann: welch ein Geräusch! Die Wolken platzten und bombardierten das Haus. *Ping, ping, ping:* dicke Münzen fielen in eine Blechdose – *ping, ping, ping*, bis es sich zu einem glorreichen Trommelfeuer vermengte. Und jetzt stieß man allerorten die angehaltene Luft aus, Augen schlossen sich im Gebet, und Gesichter weichten zu einem zutiefst dankbaren Lächeln auf, das sich sofort hinter einer gewichtigen Miene versteckte.

Ein Blitz zuckte hinter dem Fenster auf, dicht gefolgt von rollendem Donner. Jetzt gab es kein Halten mehr, Jubel brandete auf, Tränen flossen. Jetzt gab es keine Siedler oder Kolonisten mehr, Farmer oder Pächter, Iren, Engländer oder Deutsche, Priester oder Trinker, sondern nur noch Menschen, die ihr Land bestellten. Und die Gäste umarmten Mrs. Shelby, da sie erkannten, was genau dieses Wunder bedeutete: Mr. Shelby war durch die Pforten des Himmels getreten und hatte seinem Land Regen geschickt.

So begann die Freiheit und Freude der grünen Jahre. Das Land seufzte auf. Nachbarn klopften sich auf den Rücken und zogen sich den Hosenbund hoch, was nichts anderes hieß als: *Wir haben es geschafft. Es wird alles gut.* So spross der Weizen, wurde grün und pumpte seine Adern voll mit Wasser. Und der Weizen reifte, wurde braun, dann golden und wehte so weich im Wind wie das Fell eines Kalbs.

James fand Freiheit in den grünen Jahren. Er lernte den Weizen zu lieben, die unverwüstlichen weißen und gelben Blüten, die filigranen Spinnenragwurzen, die kühlen Flussbetten, die aus ihrem Winterschlaf erwachten, die Rosakakadus, die in den Bäumen sangen. Er lernte sie so sehr zu lieben wie das Meer.

Shamus stellte einen Aborigine ein, der ihnen auf den Feldern half, und obwohl die Arbeit immer noch jeden ihrer Tage bestimmte, gab es doch Freiheit für stille Stunden in der Bibliothek der Shelbys, für Zeltlager im Busch mit den anderen Jungen, für Pferderennen über die Weiden und fürs Schwimmen in tiefen Flüssen. Es gab Freiheit, dass Gliedmaßen wachsen und Muskeln anschwellen konnten, während Jungen zu Männern wurden.

In den grünen Jahren konnte man leicht das übersehen, was nicht frisch, strahlend und blühend war. Es war leicht, an Tess' Blässe vorbeizusehen, an den dunklen Ringen unter ihren Augen, die immer violetter wurden, und dem Lächeln, das sofort verblasste, wenn der Kopf abgewandt wurde. Tess machte es einem leicht zu glauben, dass die Furchen in ihrem Gesicht nur dem Nachdenken und nicht dem Schmerz geschuldet waren. Wenn sie jemand nach ihrem Befinden fragte oder sie prüfend ansah, ließ sie ihre Augen funkeln und schnalzte missbilligend über solche Albernheit. Und ein Mensch lässt sich gern beruhigen.

Dies waren die grünen Jahre, als der Boden aufriss und alles grünte und blühte, eine Welt voller Leben – selbst als das von Tess zu schwinden begann.

## Kapitel Dreißig

In Pittsburgh verzogen sich die Wolken. Die letzten Regentropfen auf Leonoras Schlafzimmerfenster verdunsteten in der Morgensonne. An diesem Tag würde es kein Unwetter geben, aber feucht bleiben.

Leonora seufzte und wandte den Kopf zur Tür. Ihre langen, goldbraunen Haare breiteten sich um ihre Schultern aus. Ihr Zimmer war noch genauso wie an dem Tag, als sie in die Rolle einer Fairfield schlüpfte. Die Rosenblütentapeten und kastanienbraunen Möbel hatten ihr Heranwachsen begleitet, doch hatte sie das Gefühl, sich nur äußerlich verändert zu haben. Ihr Körper war länger und schlanker geworden; Hüften und Büste bildeten Kurven in ihrer Silhouette. Allem Anschein nach war sie jetzt eine Frau. Doch ihr schmales, wenn auch weiches Gesicht zeigte ein Selbstvertrauen, eine Raffinesse, die sie nicht empfand.

In der Ferne heulte die Sirene eines Krankenwagens. Ihr Herz fing an zu hämmern. Kein anderer in diesem Haus würde die Sirene hören, die nur leise aus dem Tal zu ihnen drang, aber sie vernahm sie wie ein Hund einen hohen Pfiff. Die Fairfields stifteten dem Krankenhaus einen neuen Trakt, und sie sollte der Zeremonie beiwohnen: ein Moment der Freiheit, eine kurze Flucht aus dem Haus, das sie fast nie verlassen durfte. Sie folgte der Sirene, bis sie immer leiser wurde und im Geräuschteppich vom Tal verschwand. Wieder hämmerte ihr das Herz. Wenn sie je ihren Wunsch vorbringen wollte, zur Schwesternschule zu gehen, dann wäre heute der richtige Zeitpunkt.

»Das wirst du nicht anziehen!«, schalt Eleanor, kaum dass sie Leonora die Treppe herunterkommen sah. »Wir gehen nicht mit den Krankenschwestern Tee trinken, sondern stiften einen Trakt. Zieh etwas Patriotisches an!«

Leonora zog sich um und traf sich mit ihr am Fuß der Treppe zur nächsten Korrekturrunde.

Ihre Tante musterte das Kleid. »Das wird gehen.«

Der schwarze Rolls wartete im Leerlauf vor dem Haus. Der Chauffeur hielt ihnen die Tür auf. »Haben Sie etwas von Mr. Fairfield gehört?«, fragte Eleanor, als sie forsch an ihm vorbeischritt.

»Nein, Ma'am.«

»Eigentlich sollte er gestern schon kommen.« Sie verzog das Gesicht. »Typisch für ihn.« Die Tür schloss sich, und sie machten es sich auf den Sitzen bequem. »Dein Onkel ist so stur wie ein Esel. Jeder vernünftige Mensch bemüht sich, so schnell wie möglich aus Europa wegzukommen, aber Owen gräbt seine Fersen in den blutigen Boden. Jetzt muss ich die ganze Zeremonie allein übernehmen.« Eleanor rieb sich den langen Hals und streckte das Kinn vor. »Ich überlege glatt, ob ich die Schlösser auswechseln lasse. Dann kann er ein Weilchen in den Stallungen schmoren.«

Leonora drückte sich an die Tür und versuchte, so wenig Aufmerksamkeit wie möglich zu erregen. Sie wusste, dass Eleanors Zorn jeden Moment in ihre Richtung gelenkt würde.

Mrs. Fairfield zupfte an den ergrauenden Haaren über ihren Ohren und steckte die bereits aufgesteckten Strähnen noch straffer fest. »Die *Post-Gazette* wird über die Sache berichten. Also versuche, nicht allzu maulfaul zu sein.« Sie wedelte mit der Hand. »Aber natürlich auch nicht zu viel zu sagen. Nur, dass wir unsere Alliierten unterstützen – wie wichtig es ist, unseren Teil beizutragen – hast du verstanden?«

Dies war die Gelegenheit, auf die Leonora gewartet hatte, doch als sie ihren Mund öffnete, war ihre Kehle wie zugeschnürt. Geschlagen senkte sie den Kopf. »Ja, Ma'am.«

Eleanor musterte sie prüfend. »Du wolltest doch etwas sagen. Was denn?«

Es gab kein Entrinnen. Röte stieg Leonora ins Gesicht, als sie unter dem Blick ihrer Tante stammelnd nach den richtigen Worten suchte: »I-i-ich mmm … ich …«

»Sprich, um Himmels willen!«

Da wurde ihre Angst plötzlich von Wut verdrängt. Sie sah ihrer Tante direkt in die Augen und schluckte hart. »Ich will auf die Schwesternschule gehen.«

Eleanor lachte. »Ja, ja, Owen hat mir schon von deiner kleinen Anwandlung erzählt. Er fand sie so albern wie ich. Wir beide haben sehr darüber gelacht.«

Die Bemerkung traf sie wie eine Ohrfeige, brannte ohne jede Berührung. »Das ist nicht wahr.« In ihrem Kopf rangen Wut und Fassungslosigkeit miteinander. »Er hat gesagt, er unterstützt mich. Er … er hat gesagt, er wolle darüber nachdenken.«

»Hast du in all den Jahren immer noch nichts über meinen Mann gelernt, Leonora? Owen sagt immer das, was im gegebenen Moment nützlich für ihn ist. Er würde auch behaupten, dass der Himmel grün ist, nur um dich zum Lächeln zu bringen.«

Dann murmelte sie leise und mit einem Anflug von Eifersucht: »Erbärmlich. Eine Ausbildung als Krankenschwester kommt nicht in Frage. Keine Frau mit dem Namen Fairfield wird wie ein Dienstbote für Geld arbeiten. Und eine Krankenschwester ist nichts anderes als ein Dienstmädchen für Kranke.« Eleanor lehnte sich vor, um sich im Rückspiegel des Fahrers zu betrachten. »Die Antwort lautet ›nein‹, und ich erwarte, dass dieses Thema damit erledigt ist.«

Leonora unterdrückte ihre aufsteigenden Tränen, hielt sie mit reiner Willenskraft in Schach. »Aber ich bin mit meinen Studien fast fertig. Was soll ich denn dann machen?«

»Du wirst in eine angesehene Familie einheiraten und für viele Babys und glückliche Erinnerungen sorgen«, gab Eleanor sarkastisch zurück. »Und jetzt ist Schluss mit diesem Unsinn.« Sie schüttelte den Kopf, als kitzelte sie etwas, und rieb sich über die Kehle. »Wir kommen gleich am Krankenhaus an, und du bist ganz rot und aufgebracht. Das macht keinen guten Eindruck, vor allem nicht vor der Presse.« Wieder kratzte sie sich an der Kehle. »Allerdings wissen wir auch nicht, welchen Empfang man uns bereiten wird, nachdem du Dr. Edwards derart vor den Kopf gestoßen hast. Mein Gott, Leonora, der Mann hat dich lediglich gebeten, mit ihm essen zu gehen.«

Leonora wandte das Gesicht zum Fenster. Sie hatte den vierzigjährigen Vorstandsvorsitzenden, dessen Augen ständig an ihrem Busen klebten, äußerst höflich zurückgewiesen.

Eleanor zog ihren Spitzenkragen höher und entspannte sich. »Nun, ein Krankenhaus ist ohnehin nicht der richtige Ort, um seinen Zukünftigen zu finden. Vertrau mir. Schon bald wird die Hälfte aller Ärzte einberufen worden sein, und der Rest ist zu alt oder untauglich.«

Der Chauffeur fuhr am Krankenhauseingang vor und half ihnen durch die wartende Schar aus Geschäftsleuten und Regierungsvertretern, die zur Zeremonie erschienen waren.

Als die Fotografen ihre Stative aufbauten und Blitzlichter in die Höhe hielten, drängten sie sich alle grotesk aneinander, um nur ja ins Bild zu kommen und einen Beweis für ihre Anwesenheit zu liefern. Sie rangelten darum, Mrs. Fairfield die Hand zu geben, sich künftige Einladungen zu sichern und zu schmeicheln, welch eine reizende junge Dame aus ihrer Nichte geworden war. Leonora nickte und lächelte, schüttelte Hände und ließ Komplimente und Lobhudeleien wie bei einer Fremdsprache zu einem Klangteppich verschmelzen.

Als die Menge sich zerstreut hatte und schwarze Pünktchen vom Blitzlicht vor ihren Augen tanzten, führten die Ärzte sie in den neuen Trakt und besichtigten mit ihnen die Reihen von Metallbetten, deren strahlend weiße Decken unter frisch aufgeschüttelten Kissen in einem adretten Dreieck zurückgeschlagen waren.

»Der Krieg ist mit Sicherheit schon längst vorüber, bevor Amerika auch nur einen einzigen Mann hinüberschickt«, bekundete Dr. Edwards, den Blick auf Leonoras Busen gerichtet. »Dennoch ist es wichtig, vorbereitet zu sein«, fuhr er, zu Mrs. Fairfields Hals gewandt, fort. »Außerdem platzen die englischen Krankenhäuser aus allen Nähten.«

»Wir müssen alles tun, um unsere Alliierten zu unterstützen«, spulte Mrs. Fairfield ab.

Der Reporter der *Gazette* schrieb jedes Wort mit, hielt dann aber inne und blickte Leonora an. Er war ein klein wenig älter als sie und trug einen schmalen Schnurrbart über der Oberlippe. »Und Sie, Miss, möchten Sie dem noch etwas hinzufügen?«

Sie senkte den Kopf.

Mrs. Fairfield verengte die Augen zu Schlitzen. »Meine *Nichte* erwähnte gerade, wie wichtig es für die jüngere Generation ist, von sich selbst abzusehen und sich dem höheren Gemeinwohl zu widmen.«

»Ah«, sagte der Reporter und hielt den Blick auf Leonora geheftet. »Also liegt Philanthropie wohl in der Familie. Haben Sie die Absicht, ehrenamtlich hier im Krankenhaus zu arbeiten?«

Da schwang die Tür des Käfigs auf, und Leonora spürte flatternde Flügel in ihrem Bauch. »Ja!«, sagte sie, rief es fast. Die Gruppe blieb stehen. Eleanors Augen wurden so groß wie Untertassen.

Jetzt flatterten die Flügel in Leonoras Kehle. »Ja. Ich würde gerne hier freiwillig arbeiten – helfen.« Sie war erstaunt, wie kühn ihre Stimme klang.

»Das sind ja wundervolle Neuigkeiten«, befand Dr. Edwards und blickte auf ihre Hüften. »Wir wären hoch erfreut, Sie hier zu haben. Wir unterstellen Sie dem Roten Kreuz. Wann möchten Sie anfangen?«

»Morgen«, platzte es aus ihr heraus. Mrs. Fairfield schloss kurz die Augen und biss die Zähne zusammen, so dass ihre Kieferknochen unter den hohen Wangen hervortraten.

Der Reporter schrieb, die Zungenspitze im Mundwinkel, jedes Wort mit. »Großartiger Weg, um das Ganze abzurunden: Eine Familie sticht im Großen und Kleinen heraus.«

Während der gesamten restlichen Führung gab Leonoras Tante kein einziges Wort von sich, sondern lächelte nur höflich zu Dr. Edwards Ausführungen. Aber Leonora konnte ihre Freude kaum verbergen und blickte auf die weißen Wände, den Linoleumboden und die hallenden Korridore, als wären sie der Garant ihrer Freiheit.

Nach dem Lunch fuhr ihr Wagen vor. Die Fairfield-Damen gewährten ihre Hände einer Reihe von Dankesbekundungen und kalten Lippen.

»Dann sehen wir uns morgen, Leonora«, sagte Dr. Edwards mit einem Augenzwinkern.

»Ja. Danke.«

Dr. Edwards drückte die Wagentür zu und schloss damit den Lärm der Stadt aus. Tiefe Stille breitete sich zwischen Leonora und ihrer Tante aus. Leonora hielt den Blick starr aufs Fenster gerichtet, während der Wagen in die Straße einbog, und spürte den brennenden Blick ihrer Tante im Nacken.

»Jetzt bist du bestimmt sehr stolz auf dich«, setzte Eleanor schließlich an und zupfte an ihren Fingern, bis ihre Handschuhe wie ein zweites Paar Hände in ihrem Schoß lagen.

Leonora wartete darauf, dass ihr der Boden unter den Füßen weggezogen würde.

»Ich gestehe, so viel Eigeninitiative hätte ich dir gar nicht zugetraut. Ich weiß nicht, ob ich verärgert oder stolz sein soll.« Eleanor legte den Kopf zur Seite und sah sie an. »Allerdings ist mitzuerleben, wie du für dich selbst einstehst, genauso, wie einem Blinden beim Überqueren der Straße zuzusehen. Ziemlich erbärmlich also.«

Das Flügelflattern erstarb, und die Käfigtür fiel zu.

»Wie auch immer: Ich werde es erlauben.«

Leonoras Kopf fuhr hoch.

»Ich muss es nicht«, erklärte Eleanor ihr sofort. »Ich könnte leicht eine Ausrede finden, warum du unbedingt zu Hause gebraucht wirst. Aber ich habe entschieden, dir dieses Mal deinen Wunsch zu erfüllen.« Sie verdrehte die Augen. »Ich weiß zwar nicht, warum du unbedingt Zeit an diesem Ort verbringen willst, aber das ist ohne Belang.«

Leonora konnte ihr Glück kaum fassen und versuchte, ihre Aufregung darüber zu verbergen, doch für ihre Tante war es so deutlich wie blinkende Lichter. »Nur so als Warnung, Leonora. Dieses Mal habe ich dir nachgegeben. Doch solltest du noch mal versuchen, mich auszutricksen, wirst du es bereuen. Ich rate dir, nicht mal daran zu denken.

Sieh mich an.« Eleanor klopfte ihr mit Nachdruck aufs Knie. »Du redest mit niemandem, verstanden? Mach deine Arbeit, roll Bandagen auf oder was auch immer man dir da aufhalst, und mehr nicht. Und deine Studien musst du am Abend nachholen. Sind wir uns da einig?«

»Ja, Ma'am.«

Mrs. Fairfield tippte mit dem Finger gegen ihre Handtasche, als sie das erste Tor zur Auffahrt durchfuhren. »Wie ich dich kenne, verliebst du dich in einen verkrüppelten Soldaten. Genau wie du versuchst, alle räudigen Straßenköter zu retten.« Plötzlich veränderte sich ihre verächtliche Miene, und ihr ganzer Körper schoss nach oben, als zöge man sie an den Haaren. Sie spähte über die Schulter des Chauffeurs. »Owen ist wieder da.«

Eleanor drückte dem Dienstmädchen Mantel und Tasche in die Arme und schritt forsch zur Bibliothek, wo man das Klimpern von Gläsern hörte. Leonora ließ sich mit dem Mantelablegen Zeit, bevor sie ihr folgte.

»Du hast dich verspätet!«, schalt ihre Tante, doch ihr Tadel wurde durch ihre spürbare Erleichterung abgemildert. »Wir haben schon gestern mit dir gerechnet.«

Owen Fairfield gab seiner Frau einen Kuss auf die Wange, während er in der einen Hand eine Zigarre und in der anderen einen bernsteinfarbenen Drink hielt. »Die Zeitumstellung, meine Liebe. Die verwirrt mich jedes Mal.«

Sie verdrehte die Augen. »Die Zeitumstellung«, schnaubte sie. »Du lebst nach der Weltuhr. Dich kann nichts verwirren.«

Er lächelte und küsste sie auf die Stirn. »Ah, ich habe dich vermisst, Liebes.«

In diesem Augenblick bemerkte Eleanor den Mann, der lässig an der Bar lehnte. Sie strich sich mit den Händen über die Hüften. »Ich wusste gar nicht, dass wir einen Gast haben.« Als Leonora dem Blick ihrer Tante folgte, stockte ihr der Atem.

Der Mann trat einen Schritt vor, und Owen legte ihm die Hand auf die Schulter. »Meine Damen, ich würde euch gerne Alexander Harrington vorstellen.«

Der nahm Eleanors Hand und neigte seine Lippen über sie, worauf sie irritiert die Augenbrauen in die Höhe zog. »Guten Abend, Mrs. Fairfield«, begrüßte er sie. Dann wandte sich der junge Mann zu Leonora, kam langsam näher, nahm ihre Hand und küsste sie; seine Lippen verharrten weich auf ihren Knöcheln und jagten ihr eine Gänsehaut über Arme und Beine. »Hallo, Leonora.« Er ließ ihre Hand los, und sein Blick wanderte über ihren Körper. »Es ist mir ein außerordentliches Vergnügen.«

Eleanor Fairfield beobachtete das Ganze mit wachsender Begeisterung. Ein seltenes Lächeln umspielte ihre Lippen. Owen drückte dem jungen Mann erneut die Schulter und erklärte: »Alex hat unsere Mine in Bombay geleitet.«

Ein Hausmädchen brachte Weißwein auf einem Silbertablett. Eleanor drückte Leonora ein Glas in die Hand, nickte ermunternd, damit sie etwas trank, und wandte sich wieder ihrem Gast zu. »Und wie finden Sie Indien?«

»Heiß«, antwortete Alex lächelnd und zeigte dabei seine geraden, weißen Zähne. »Es kann feucht oder trocken sein, je nach Jahreszeit, aber es ist immer heiß.« Er verzog seine sinnlich geschwungenen Lippen zu einem Grinsen. »Indien ist genauso hart, wie es schön ist. Auf der ganzen Welt gibt es nichts Vergleichbares. Dank der Briten kann man immer noch ein gewisses Maß an normalen Annehmlichkeiten genießen. Aber natürlich schwindet das alles mit dem Krieg.«

»Sie werden doch hoffentlich nicht allzu bald dorthin zurückkehren?«, fragte Eleanor kokett.

»Diese Entscheidung liegt bei Ihrem Mann.«

Eleanor umfasste mit zwei ihrer langen Finger den Stiel des Glases und legte den Kopf schräg. »Wie alt sind Sie, Mr. Harrington?«

»Siebenundzwanzig.«

Sie fuhr mit einem Finger über den Rand des Glases; der Wein hob ihre Stimmung, doch ihr Blick blieb skeptisch.

Alex verschränkte die Arme und erwiderte ganz ruhig ihren Blick. »Ihrer Miene nach zu urteilen, Mrs. Fairfield, sind Sie entweder beeindruckt oder verwirrt. Ich kann es nicht genau sagen.«

»Ehrlich gesagt: beides«, erwiderte sie lächelnd. »Beeindruckt bin ich von Ihrem Ehrgeiz. Aber von meinem Mann bin ich enttäuscht.«

Owen zog die Augenbrauen hoch, als er diesen Vorwurf hörte. »Was habe ich denn getan?«

»Einen so attraktiven und charmanten Mann in den Gruben von Bombay versteckt. Welch eine Verschwendung!«

Alex sah tatsächlich erschreckend gut aus. Er überragte Leonoras Onkel um einen ganzen Kopf und auch ihre Tante um etliche Zentimeter. Seine Gesichtshaut erschien vor dem geschwungenen Kragen und dem Plastron weich und leicht gebräunt, und seine dichten, rau gewellten, fast windzerzaust wirkenden Haare gaben ihm etwas Lässiges.

»Er schuftet ja nicht gerade mit der Spitzhacke, Liebling«, spottete Owen und ergänzte dann, mit einer leichten Verneigung: »Aber ich verspreche, von nun an darfst du all meine Mitarbeiter nach ihren physischen Attributen begutachten.«

Als Alex sich zu Leonora wandte, fiel sein Blick auf ihren Ausschnitt. Sie zog ihn ein wenig höher, bemerkte aber dann den missbilligenden Blick ihrer Tante. Eleanor bedeutete dem Hausmädchen, Leonora nachzuschenken, dann wandte sie sich an ihren Mann: »Deine Nichte hat beschlossen, als Freiwillige im Krankenhaus zu arbeiten.« Seltsamerweise klang etwas Lobendes aus dieser Bemerkung durch.

»Tatsächlich?«

»Was werden Sie denn tun, Miss Fairfield?«, fragte Alex und durchbohrte sie mit seinen dunklen, fast schwarzen Augen.

»Das weiß ich noch nicht«, antwortete Leonora. Sein Blick war so intensiv, dass ihr Gesicht heiß wurde. Als seine Lippen sich zu einem Grinsen verzogen, war sie dankbar, dass das Hausmädchen zwischen sie trat.

Owen hob sein leeres Glas. »Scotch, bitte.«

»Nicht vor dem Abendessen«, erwiderte Eleanor scharf.

Er ignorierte sie. »Alex, trinken Sie einen mit?«

»Nicht, wenn es den Damen missfällt.« Leonora staunte über die Autorität, die in seiner Stimme mitschwang. Vor den Fairfields buckelten Regierungsvertreter und Wirtschaftsmogule gleichermaßen, und hier stand dieser Mann mit den windzerzausten Haaren, der weder seine Worte mit Vorsicht wählte noch sich verlegen herumdrückte.

»Eigentlich denke ich, dass dieser Abend nach Champagner verlangt«, beschied Eleanor. »Mr. Harrington hat mich in Feierstimmung versetzt.« Tatsächlich erzeugte seine Anwesenheit eine heitere Atmosphäre. Normalerweise verliefen die Abende unerträglich zwischen quälendem Schweigen und spitzen Bemerkungen. Aber an diesem Abend lag Unbeschwertheit in der Luft, und Eleanor Fairfield sprudelte auf einmal so leicht wie der Champagner, der jetzt entkorkt wurde.

»Einen Toast!« Eleanor hob ihr Glas. »Auf die Heimkehr meines Mannes, auf unseren Gast Mr. Harrington und natürlich auf unser Land!«

Leonora trank ihren Champagner, spürte, wie seine Bläschen ihre Zunge kitzelten, spürte, wie er sich mit dem Weißwein in ihrem Magen vermischte, und auf einmal überkam sie eine große Dankbarkeit. Dieser Abend schenkte ihr das leichte Geplauder ihres entspannten Onkels. Dieser Abend schenkte ihr einen Mann, der Eleanors Blick von ihren Unzulänglichkeiten ablenkte. Und der nächste Morgen schenkte ihr eine Fluchtmöglichkeit aus den Mauern dieses Hauses. Heute Abend gab es Luft zum Atmen, Leonora konnte richtig atmen, und so wandte sie sich zu Alex und lächelte ihn unbewusst an, schenkte ihm ein Lächeln, das nicht zaghaft war, sondern einfach von ihrer Dankbarkeit zeugte. Er zog eine Augenbraue in die Höhe, und seine dunklen Augen huschten über ihr Gesicht.

Eleanor Fairfield entspannte sich, ihre Züge lösten sich, bis sie fast hübsch wirkte. »Dann erzählen Sie mal, Mr. Harrington, in welcher Branche Ihre Familie tätig ist.«

»Im Bankwesen. Warenhandel. Investment und dergleichen.«

»Und wie läuft das Geschäft?«

Owen lutschte an einem Eiswürfel. »Meine Frau will wissen, ob Sie reich sind.«

Alex lachte. »Da ich für Ihren Mann arbeite: nein. Das soll natürlich nicht respektlos gemeint sein.«

»So habe ich's auch nicht aufgenommen.« Owen schlug ihm auf die Schulter und beäugte dann seine Frau. »Lass den jungen Mann jetzt in Ruhe, Liebes.«

»Ist schon gut«, sagte Alex. »Ich habe keine Skrupel, über Geld zu reden. Im Gegenteil, ich bewundere Ihre Direktheit. Die meisten

Menschen versuchen, einen Mann nach seinen Manieren, seinen Kleidern, seiner Erziehung – oder nach Gerüchten – zu beurteilen. Ich ziehe es vor, auf alle Spielchen zu verzichten; so wird ein Abend interessanter und echter, finde ich. Außerdem bin ich weder stolz auf den Reichtum meiner Familie, noch schäme ich mich, dass ich diesen Reichtum nicht teile.« Beiläufig lehnte sich Alex näher zu Leonora, so dass sich ihre Körper fast berührten. »Mein Vater verstarb, als ich noch ziemlich jung war, und meine Mutter folgte ihm vor einigen Jahren. Zwar ist mein Stiefvater ein reicher Mann, und es wurde auch Geld zurückgelegt für den Fall, dass ich es mal brauchen sollte. Doch weder brauche ich es, noch werde ich es je benutzen.« Er richtete sich auf, spannte jeden Muskel seines Körpers an und sagte mit hartem, durchdringendem Blick: »Ich beabsichtige, sehr reich zu werden, habe jedoch vor, mir jeden Penny selbst zu verdienen.« Er lächelte. »Deshalb schätze ich mich so glücklich, dass Mr. Fairfield mich unter seine Fittiche genommen hat. Ich lerne vom Besten.«

»Was Sie auch verdienen«, erwiderte Owen, immer noch den Eiswürfel im Mund. »Wo Sie auch sind, steigt die Produktivität sprunghaft an. Keine Ahnung, wie Sie das anstellen. In dieser Hinsicht könnte ich von Ihnen noch was lernen.« Er steckte sich einen weiteren scotchgetränkten Eiswürfel in den Mund. »Deshalb habe ich ihn mitgenommen. Er soll herausfinden, wo im Stahlwerk das ganze Erz bleibt.«

»Dann werden Sie doch hoffentlich bei uns wohnen«, drängte Eleanor.

»Ich will Ihnen nicht lästig fallen.«

»Unsinn. Wir haben doch genug Platz hier.« Sie wandte sich zu Leonora und schnalzte leise. »Nicht wahr?«

»Dann wäre es mir eine Ehre. Wahrscheinlich werden wir uns ziemlich häufig sehen«, sagte Alex, grinsend zu Leonora gewandt.

Eleanor nickte. Ihre Augen, die sie zu Schlitzen verengt hatte, glühten. Sie nahm Owen das Glas aus der Hand. »Komm, wir sehen mal nach dem Abendessen.«

»Ich bin sicher, die Köchin hat alles im Griff, Liebes.«

Eleanor verdrehte die Augen, zog ihren Mann an der Hand und blickte mit zur Seite gelegtem Kopf zu den jungen Leuten. Leonora stieg heiße Röte ins Gesicht, starrte auf ihre Hände und wäre am liebsten im Erdboden versunken.

• • •

Alex griff in seine Jackentasche, holte ein schmales Silberetui hervor und ließ es mit dem Daumen aufschnappen. Darin lagen, ordentlich aufgereiht, Zigaretten. »Rauchen Sie?« Leonora schüttelte den Kopf und verschränkte die Hände.

»Gut.« Er nahm eine Zigarette heraus, klopfte sie zweimal auf das Etui, steckte sie sich in den Mund und schob das Etui wieder in die Tasche. »Ich finde es undamenhaft.« Er schirmte die Zigarette mit einer Hand ab, zündete sie an, zog daran und zuckte die Achseln. »In dieser Hinsicht bin ich altmodisch.«

Ein paar Minuten sagte keiner von ihnen etwas. Er sah sie an. »Sie werden mich doch nicht von Ihrer Tante rauswerfen lassen, weil ich rauche, oder?«

»Keine Angst«, erwiderte Leonora leise. »Sie haben sie bezaubert. Das ist gar nicht so leicht.«

Alex wich leicht zurück und drückte die Hand auf die Brust. »Ah, sie spricht doch!« Er lächelte breit. »Ihre Tante ist eine starke Frau. Respekt! Ein Mann muss wissen, wo sein Platz ist.« Er sah sie unverwandt an. »Aber die wichtigere Frage ist doch, ob ich Sie bezaubert habe.«

Leonora schluckte, doch ein Lächeln umspielte ihre Lippen.

»Ja, das ist doch schon besser!«, scherzte er. Er rauchte ungezwungen und betrachtete sie dabei. »Wie lang leben Sie schon bei Ihrer Tante und Ihrem Onkel?«, fragte er.

»Seit meinem achten Lebensjahr.«

»Dürfte ich fragen, was mit Ihren Eltern ist?«

Ihre Antwort kam wie aus der Pistole geschossen. »Sie sind bei einem Brand ums Leben gekommen.«

»Das tut mir leid.« Seine Miene wurde weich.

Der Champagner beruhigte ihre Nerven und dämpfte ihr schlechtes Gewissen wegen der Lüge. »Mein Onkel mag Sie. Sie müssen sehr gut in Ihrem Job sein.«

»Das bin ich auch«, antwortete er mit unverhohlenem Selbstvertrauen. »Aber mein Kredit ist nicht unbegrenzt. Ich habe alles von Ihrem Onkel gelernt.« Er tat so, als erschauerte er. »Und möchte ihn nicht zum Feind haben.«

»Ach, er ist doch ein Teddybär.«

Alex stutzte. »Aber mit wohl verborgenen Klauen, meine Liebe! Ich habe gesehen, wie er Männer in Stücke gerissen hat.«

Jetzt stutzte sie. »Wollen Sie damit sagen, er ist gewalttätig?«

»Nein. Gewalttätig nicht. Aber skrupellos.« Als er ihre schockierte Miene sah, grinste er. »Das klingt wahrscheinlich, als redete ich schlecht über ihn, aber das Gegenteil ist der Fall. Ernsthaft: Er ist ein erstaunlicher Mensch. Ein Meister bei Verhandlungen. Er lässt einem Mann die Wahl, tut so, als läge die Entscheidung allein in dessen Händen, während es in Wahrheit doch nur eine Antwort gibt, die immer – wirklich immer – zu seinen Gunsten ausfällt, so wie er es von Anfang an beabsichtigt hat.« Er glühte geradezu vor Bewunderung. »Da hat Ihr Onkel eine einzigartige Gabe.«

Leonora wurde still. Alex drückte die Zigarette in einem Aschenbecher aus Kristall aus. »Aber jetzt stehe ich hier mit einer wunderschönen Frau und rede übers Geschäft. Sie können gerne gähnen.« Er lächelte verschmitzt und schob beide Hände in die Taschen. »Sagen Sie mir, Miss Fairfield, gehen Sie mit jemandem aus?«

Jetzt surrten ihre Nerven wieder, und ihr Herz hämmerte. »Nein.«

»Nicht? Ich bin mir ziemlich sicher, dass ich vor dem Tor Ihre Bewunderer habe Schlange stehen sehen«, scherzte er.

Sie verdrehte die Augen und versuchte, ihr Lächeln zu unterdrücken.

»Und es gibt keinen Mann, von dem ich wissen sollte? Hmm? Ich möchte niemandem auf die Füße treten.«

Da lachte sie – es war ein aufrichtiges Lachen, gefolgt von einem aufrichtigen Lächeln. Als sie ihn ansah, schossen seine Augenbrauen angenehm berührt in die Höhe.

»Gut«, sagte er, als hätte sie etwas gesagt. Er trat näher zu ihr, neigte sich vor und starrte sie kühn und siegesgewiss an. Er flüsterte ihr ins Ohr: »Dann sind Sie wohl auch nicht empört, wenn ich Ihnen einen Kuss raube.«

»Abendessen ist fertig!«, brüllte Owen von der Halle her, fast laut genug, um das Hämmern ihres Herzens zu übertönen.

• • •

»Stehen Sie einfach ruhig da und halten Sie die Schale gerade«, befahl Schwester Polansky. Sie sprach mit leichtem polnischen Akzent und war groß und blond. Eigentlich hätte sie besser in einen Modesalon gepasst als an ein Krankenbett, aber ihre Hände bewegten sich sicher und geschickt, als sie dem Patienten ein Augenlid hochzog, um sich zu vergewissern, dass er wirklich bewusstlos war. Dann nahm sie die Schere und schnitt den Verband auf, der ihm vom Knie bis zum Fuß reichte und mit jedem Schnitt der Schere weiter aufklaffte.

Leonora spürte, wie ihr das Blut aus dem Gesicht wich. Unter der Gaze war die Haut zerschrumpelt und schwarz, und der Geruch von nassem, verrottendem Fleisch stieg ihr in die Nase. Schwester Polansky zog langsam den Verband ab und legte die blutverkrustete Gaze in die zitternde Schale. Blutstropfen quollen aus der Wunde. Leonora schloss die Augen. Um sie herum drehte sich alles; Magensäure brannte ihr in der Kehle. »Gehen Sie«, sagte die Krankenschwester entschieden, nahm ihr die Schale ab und wandte sich wieder dem Patienten zu.

Leonora rannte aus dem Zimmer und konnte den Würgreflex unterdrücken, bis sie den Waschraum erreicht hatte. Dort umklammerte sie mit beiden Händen die Toilette und erbrach sich, bis sich ihr Magen vollkommen entleert hatte; und selbst dann krampfte er sich noch zusammen. Sie ließ sich zu Boden gleiten, hielt sich die Hand über die Augen, tastete nach dem Toilettenpapier und wischte sich über Mund und Wangen. Irgendwann raffte sie sich auf und ging zum Waschbecken, wo ihr Gesicht ihr bleich aus dem Spiegel entgegenstarrte. Mit zitternden Händen spritzte sie sich Wasser ins Gesicht und tupfte es trocken.

Schwester Polansky sah nicht auf, als sie zurückkehrte. Sie umwickelte das Bein des Mannes mit einem frischen Verband, räumte alles weg und bedeutete Leonora mit einem gekrümmten Finger, ihr zu folgen. Ihrer Miene nach zu urteilen, durfte sie ab jetzt wohl wieder Bandagen aufrollen.

Im Schwesternzimmer schrubbte sich Schwester Polansky die Arme bis zu den Ellbogen, trocknete sich ab und hängte das Handtuch gefaltet neben das Waschbecken. Dann wandte sie sich zu Leonora. »Sie sind das Fairfield-Mädchen, nicht wahr?«

Leonora sank das Herz. »Ja.«

»Und warum sind Sie nicht unten bei den anderen Freiwilligen?«

Leonora wurde rot, als sie daran dachte, wie die anderen Mädchen sie aufgezogen, sie ›Prinzessin‹ genannt und sich grausam über sie lustig gemacht hatten. Schwester Polansky schien ihre Gedanken zu lesen und nickte. »Weiß man, dass Sie hier oben sind?«

»Nein.« Jetzt würde sie weggeschickt werden.

Die Schwester zog eine Schublade auf und gab ihr ein Namensschildchen, auf dem ›Clara D.‹ stand. »Dann achten Sie darauf, dass es niemand herausfindet.« Leonora blickte dankbar auf.

»Und in Zimmer drei elf ist ein junger Mann, der sich Hilfe beim Schreiben eines Briefs wünscht.« Die Schwester zwinkerte ihr zu. »Ich glaube, er mag Sie.«

Leonora fand das Zimmer am Ende des Gangs und erkannte den jungen Mann, dem ein paar Tage zuvor der Unterarm bis zum Ellbogen amputiert worden war. Er konnte nicht viel älter sein als sie. Sein dick verbundener Stumpf steckte in einer Schlinge. Als sie sich an seinem Bett niederließ und Stift und Block in die Hand nahm, ließ er sie nicht aus den Augen. Dann sah sie ihn direkt an und fragte sanft: »Wie fühlen Sie sich?«

Er zuckte mit der unversehrten Schulter. »Eigentlich unverändert. Kann mich nicht mehr daran erinnern, wie es ist, keine Schmerzen zu haben.« Obwohl sie vollkommen gesund neben ihm saß, wusste sie genau, was er meinte.

Leonora versuchte, das Thema zu wechseln. »Woher kommen Sie?«

»Aus South Carolina. Spartanburg.« Sein Akzent klang weich und träge. Er hatte Sommersprossen und war nicht gerade attraktiv, sondern sah eher wie ein unbekümmerter, frecher Farmersjunge aus, der auf einem Strohhalm kaut.

»Und an wen möchten Sie schreiben?«, fragte sie und zückte den Stift.

»An meine Mom.« Er grinste. »Sind Sie verheiratet?«

»Nein.«

»Aber dann haben Sie einen Schatz, nicht wahr?« Seine Augen wurden glasig.

Sie wusste, was das bedeutete: gegen Morphium hatte Amor keine Chance. »Nein. Also, was soll ich schreiben?«

»Wollen Sie mich heiraten?« Der Mann sah sie verträumt an. Sie legte den Stift nieder.

»Ich fürchte, aus Ihnen spricht das Morphium.« Sie deckte ihn zu, damit er gut schlafen konnte.

Er nuschelte, als er protestierte: »Ein Mann weiß, wann er verliebt ist.«

»Sie kennen nicht mal meinen Namen.«

»Aber ja doch.« Er reckte den Kopf und sah blinzelnd auf ihr Namensschild. »Clara. Clara D.«

»Das ist nicht mein Name.«

»Natürlich nicht! Aber da steht er doch. Es ist nicht nett, sich über einen Krüppel lustig zu machen, Clara! Aber jetzt komm schon … was sagst du? Willst du mich heiraten, Kleine?«

Sie tätschelte ihm sanft den gesunden Arm. »Ich fühle mich sehr geschmeichelt, doch werde ich Sie nicht heiraten – oder irgendjemand anderen.« Letzteres überraschte sie selbst, vor allem, da sie es ernst meinte.

»Aber klar doch«, erwiderte er sarkastisch, bevor er langsam die Augen schloss und den Kampf gegen das Morphium – und um ihre Hand – aufgab. »Ich weiß Bescheid, Clara. Du wirst heiraten. Das tun die Guten immer.«

• • •

Mehrere Wochen später war Neumond, doch die Gaslampen im Rosengarten warfen ihr helles Licht auf den Kiesweg. Jeder Abschnitt, an dem sie vorbeikam, leuchtete auf und verblasste wieder in der Dunkelheit, bis es ihr schien, als wäre der Garten ein vollkommen isolierter Ort, der in der Schwärze des Universums verschwand. Das steinerne Herrenhaus war außer Sichtweite. Rosenduft hing in der warmen Luft und umhüllte Haut und Sinne. Leonora hatte um ihre Handgelenke lose eine Seidenstola gewickelt, deren Mitte ihr bis zum Kreuz hing.

»Da sind Sie ja.« Aus dem Schatten tauchte Alex auf. »Ihre Tante sucht nach Ihnen. Die Party fängt gleich an.« Er musterte ihr Gesicht und trat näher zu ihr. »Was ist denn?«

»Ach ich … ich mache mich nicht so gut … auf Empfängen.« Sie warf einen verstohlenen Blick zum Haus und umklammerte die Stola.

Er lachte und drückte ihr einen Kuss auf die Schläfe. »Aber Sie hatten mich auch noch nie als Begleiter.«

Sein Körper strahlte eine solche Wärme aus, dass die Luft im Vergleich dazu kühl wirkte. Sie rückte näher zu ihm, bis die weichen Fasern seines Jacketts über ihren Arm strichen. Sein Daumen berührte ihren kleinen Finger. Ihre Haut kribbelte. Er nahm ihre Hand und hielt sie sanft auf. »Ist sonst noch etwas? Seit Ihrer Rückkehr aus dem Krankenhaus sind Sie so ernst und in sich gekehrt.«

»Glauben Sie, der Krieg dauert noch lange?«, fragte sie und presste die Lippen zusammen.

»Ja. Kämpfe wie diese enden nicht schnell; Blut ist zähflüssig.«

Die Vorstellung sickerte dumpf in ihr Inneres. Bilder von verwundeten britischen Soldaten, die zur medizinischen Versorgung in die Staaten verschifft worden waren, tauchten aus ihrer Erinnerung auf, eher Schmerzbündel als menschliche Gestalten, und jetzt würde die ganze Grausamkeit mit neuen Jungen weitergehen, neuer Schmerz, von der Skrupellosigkeit des Menschen verbreitet wie eine Plage.

»Im Krieg gibt es die, die leiden, und die, die sich daran gesundstoßen«, fuhr er fort. »Und ich persönlich habe nicht die Absicht, zu den Leidenden zu gehören.« Alex berührte ihre Wange mit seiner Handfläche, strich ihr bis zum Kieferknochen und umfasste ihr Kinn. Ohne sich auch nur zu bewegen, kam er immer näher, neigte sich sanft zu ihr und berührte ihre Lippen mit seinen, die so prall und weich waren wie Blüten. Er legte ihr seine Hand aufs Kreuz und drückte kaum merklich ihren Körper an seinen. Sie umschlang seine Taille und klammerte sich an seine Jacke, was ihn veranlasste, sich enger an sie zu pressen und sie mutiger zu küssen. Ihr an Berührungen nicht gewöhnter Körper spürte jede einzelne seiner Fingerspitzen, die ihr das Rückgrat hinaufwanderten und die Kanten ihrer Schulterblätter nachfuhren.

Sein Kuss wurde leidenschaftlicher: Er teilte ihre Lippen, wanderte mit seiner Zunge um ihre und zwang Leonora, den Mund zu öffnen. Empfindungen stürmten zu überwältigend auf sie ein. Abrupt zog sie sich zurück.

Mit ausgebreiteten Armen und offenem Mund stand Alex fassungslos da. Dann schloss er den Mund und bedeckte ihn mit einer Hand. Sein Körper zuckte vor unterdrücktem Gelächter. »Ich glaube es nicht. Du bist noch nie geküsst worden, oder?«

Sie wandte sich ab und hoffte, der Boden würde sich unter ihr auftun und sie verschlingen.

»Ach, Darling, sei nicht so aufgebracht.« Er musste nicht mehr lachen, aber seine Stimme klang immer noch amüsiert. Er trat von hinten zu ihr und umfasste ihre Schultern. »Es tut mir leid, dass ich gelacht habe. Ehrlich.«

Als sie nicht reagierte, küsste er sie auf den Nacken. »Offen gestanden, finde ich es reizend.« Ihr stellten sich die winzigen Härchen in ihrem Gesicht auf, so sacht strich sein Atem über ihr Ohr. Jetzt küsste er ihre Halsbeuge. »Oder besser gesagt: bezaubernd.« Er küsste ihr Schlüsselbein. »Unwiderstehlich.«

Alex drehte sie zu sich und küsste sie wieder auf den Mund, streifte aber diesmal behutsam über ihre Lippen, anstatt seine gegen ihre zu pressen. »Dann gehen wir es einfach langsam an, nicht wahr?«

Er neigte den Kopf, küsste sie sanft auf die Kehle, wanderte mit seinen Lippen über ihren Kiefer bis zu ihrem Ohrläppchen und flüsterte: »So langsam, wie du willst …«

• • •

Der Empfang der Fairfields an diesem Abend war für ihre Verhältnisse eher klein, obwohl die Gäste einen Großteil des Geldes in Pittsburgh besaßen. Die Monroes und Edmontons hatten altes Geld, das von Generationen durch Bank- und Immobiliengeschäfte vervielfacht worden war. Neues Geld aus Bodenschätzen, Erfindungen und Bauwerken füllten die Taschen der Beekers und Sotherbys. Richter Richardson war mit seinen Mädchen erschienen, die mit jedem männlichen Wesen über siebzehn flirteten und jedes weibliche Wesen, ungeachtet ihres Alters, finster musterten. Dann war eine handverlesene Auswahl von Nachwuchskräften aus Mr. Fairfields Stahlwerken da: junge Männer, die zwar jetzt noch nicht reich waren, aber es gewiss in naher Zukunft sein würden, denn unter Owen Fairfields Fittichen blieb niemand lange arm.

Leonora trug ein neues Kleid aus ihrer reichhaltigen, ständig wachsenden Garderobe: italienische oder französische Etiketten, tiefe Ausschnitte und schmiegsamer Stoff, Seidenstrümpfe und Unterwäsche, in denen man sich eher nackt als angezogen fühlte. Die Cocktails wurden im Salon gereicht. Serviermädchen zirkulierten unsichtbar zwischen den Gästegrüppchen. Solche Empfänge waren für Leonora nicht neu, genauso wenig wie ihre daraus resultierende Beklemmung, denn machten sie ihr doch ständig bewusst, dass sie in keine Gruppe passte und ein Schattendasein führte. Aber dieser Abend war anders, denn Alex stand so dicht neben ihr, dass zwischen ihnen eine Hitzeschicht entstand, so dicht, dass das säuerliche Geflüster der Richardson-Mädchen und das Zwinkern der jungen Männer vom Stahlwerk sie nicht treffen konnten. Alex' schneidiger, starker Körper schirmte sie von Eleanors spitzen Bemerkungen ab, und seine kenntnisreichen Gesprächsbeiträge entbanden sie von der lästigen Pflicht, Konversation zu betreiben.

»Alex!«, rief Owen Fairfield aus einer Gruppe rauchender Männer. »Gesellen Sie sich zu uns!«

»Mein Marschbefehl«, sagte Alex augenzwinkernd zu Leonora. »Sprich nicht mit fremden Männern, solange ich weg bin.«

Geschmeidig wie eine Katze glitt Eleanor Fairfield in die Lücke, die er hinterlassen hatte. Die eine Hand hatte sie um ihre Taille geschlungen, die andere hielt ein Weinglas. »Dann geht es also gut?«, fragte sie. Leonora nickte.

»Er ist sehr aufmerksam. Und konnte den ganzen Abend die Augen nicht von dir lösen.« Sie wies mit dem Glas zu den Richardson-Töchtern. »Sieh sie dir an, wie sie in ihrer Ecke schmachten. Und ihre Mutter ist keinen Deut besser. Wieso muss diese Frau unbedingt Cremefarben tragen, obwohl sie damit aussieht wie eine Wasserleiche? Sieh dir an, welche Wirkung er sogar auf Männer hat.«

Jetzt wies Leonoras Tante auf die Gruppe schwarzer Smokings. Owen brachte eine seiner Geschichten zum Besten und hielt Alex an der Schulter gefasst. »Ich würde behaupten, mein Mann schwärmt für ihn.« Sie lachte. »Siehst du, wie die Männer sich in seiner Gegenwart straffen und sich die Haare in Ordnung bringen? Bemerkenswert.« Da hatte sie recht. Kaum strich sich Alex durch die Haare, ahmten zwei junge Männer ihn fast lächerlich simultan nach. Er verkörperte eine Mischung aus Lässigkeit und Arroganz und löschte mit seinem gewinnenden Lächeln jegliche Kränkung. Jetzt wandte er sich, als hätte er sie gehört, zu den Damen und verabschiedete sich von den Männern.

Eleanor unterzog ihre Nichte einer raschen Musterung. »Vermassele das nicht, Leonora.«

Alex nahm wieder seinen Platz an Leonoras Seite ein, legte ihr eine Hand um die Taille und küsste sie auf die Schläfe – zur offenen Billigung ihrer Tante und zum Missfallen aller jungen Damen und Männer, die gleichermaßen Eifersucht verspürten. »In diesem Raum herrscht ein Ungleichgewicht an Schönheit«, bemerkte Alex frech. »Das ist wirklich nicht fair.«

»Sie sind ein Charmeur, Mr. Harrington.« Eleanor kniff ihn voller Zuneigung in die Wange, bevor sie sich zu ihrem Mann begab.

Alex warf einen Blick über die Gäste. »Es fällt mir wirklich äußerst schwer, an etwas anderes zu denken als unseren Kuss. Du hast mich in eine brenzlige Lage gebracht.« Er nippte an seinem Glas, grinste und rieb ihr mit dem Daumen über den Rücken. »Am liebsten würde ich dich auf der Stelle in die Arme nehmen und etwas sehr Unanständiges tun.«

Nach den Cocktails kamen alle im Speisesaal zusammen und nahmen ihre Plätze ein. Gerald, ihr langjähriger, erfahrener Butler, bewegte sich seiner Rolle gemäß unmerklich um den Tisch herum und schenkte nach, sobald ein Glas halbleer war. Angela, das neue Serviermädchen, mühte sich mit dem Tablett voller Suppenteller ab, die bis zum Rand gefüllt waren. Sie bediente Mr. und Mrs. Fairfield zuerst und stellte dann nervös einen Teller vor Leonora ab, die zu ihr aufblickte und ihr ein beruhigendes Lächeln schenkte. Das Mädchen atmete sichtlich auf und straffte sich.

Owen Fairfields Nase war schon gerötet, als er auf den Tisch schlug und mit einer Geschichte fortfuhr, die er äußerst amüsant fand. »… selbstverständlich rechneten sie nicht damit, dass ein Yankee was von Polo versteht, aber unser Junge hier« – er zeigte quer über den Tisch zu Alex – »unser Junge hier hat sie vernichtend geschlagen und ihnen ihre Eier auf dem Präsentierteller überreicht!« Die Männer brachen in lautes Gelächter aus.

»Owen!«, zischte Mrs. Fairfield.

Er hob mit Unschuldsmiene die Hände. »Ist doch Polo, Liebes.«

Als Alex sich zurücklehnte und lachte, stieß er mit dem Kopf gegen Angelas Arm, so dass die Suppe, die sie ihm gerade servieren wollte, auf seinem Hemd landete. Er schoss so heftig in die Höhe, dass sein Stuhl umkippte. »Herrgott noch mal. Du dummes –«, brüllte er jähzornig.

Leonora erstarrte, geschockt über seinen Wutausbruch. Er sah ihren Blick und entspannte sich. »Ist schon gut.« Dann nahm er seine Serviette und fing an, sich abzuwischen.

»Das ist ganz und gar nicht gut!«, schalt Eleanor. »Hat sie Sie verbrannt?«

»Nein, ich glaube nicht.«

Eleanor wandte sich mit eisiger Miene an das zitternde Mädchen. »Gehen Sie und packen Sie Ihre Sachen!«

Das Mädchen fing an zu weinen, ihre Augen huschten von Gesicht zu Gesicht. Leonora stand auf und fasste sie an der Schulter. »Es war doch nicht ihre Schuld.«

»Da hat sie recht«, sagte Alex gefasst und reckte leicht den Hals. »Es war mein Fehler.«

»Unsinn!« Mrs. Fairfield wandte sich an den Butler. »Gerald, bringen Sie sie hinaus. Auf der Stelle.«

Hilflos ließ Leonora das Serviermädchen los und musste zusehen, wie es zusammengekrümmt verschwand.

»Ich bitte aufrichtig um Entschuldigung, Mr. Harrington.« Eleanor rieb sich den Hals. Die anderen Gäste starrten peinlich berührt in ihre Teller. »Leonora, bring Alex nach oben, damit er sich ein frisches Hemd anziehen kann.«

Ohne auf Alex zu warten, stürmte Leonora aus dem Saal und verlangsamte auch dann nicht ihre Schritte, als er sie einzuholen versuchte. Sie stürmte nach oben in das Zimmer am Ende des Korridors und stieß die Flügeltür aus Walnussholz auf, als wären es Blendläden.

»Du findest, es ist meine Schuld, oder?«, fragte er, als sie einen Schrank nach dem anderen öffnete und Bügel hin und her schob. Sie tat so, als hörte sie ihn nicht, musterte eine Reihe Hemden und zog ein weißes heraus.

»Ich wurde mit kochend heißer Suppe verbrannt, und doch bist du zornig auf mich?«, rief er.

Leonora prüfte das Etikett am Kragen und reichte ihm das gestärkte Hemd. »Hier. Das sollte passen.« Als sie zur Tür ging, packte er sie am Arm.

»Sei nicht wütend. Bitte«, flehte er sie an. »Außerdem kannst du mich nicht hier allein lassen. Ich finde den Weg nicht zurück.«

Sie verharrte, drehte sich aber nicht zu ihm um. Alex zog seine Smokingjacke aus, legte sie auf eine genoppte Ottomane und fummelte an seinem Kragen und der Krawatte. »Verdammt«, murmelte er. »Könntest du mir helfen? Die verflixten Knöpfe sind mit Suppe verklebt.« Skeptisch drehte sie sich um.

»Bitte. Deine Finger sind viel kleiner als meine.«

Der Mann, besprenkelt mit Maronensuppe, wirkte tatsächlich ziemlich hilflos. Leonora unterdrückte ein Lachen.

Er grinste. »Dich so lächeln zu sehen, macht eine Verbrennung dritten Grades fast wieder wett.«

Leonora trat zu ihm und knöpfte mühelos die ersten drei Knöpfe an seinem Hemd auf. Doch die Knöpfe an seiner Brust waren tatsächlich von Suppe verklebt, und sie hatte einige Mühe, sie zu öffnen. Mit einem Mal klaffte sein Hemd v-förmig auf. Sie schluckte und kümmerte sich um den nächsten Knopf. Da ihr mehr als bewusst war, dass er sie beobachtete, stieg ihr, als ihre Finger ihn berührten, heiße Röte in die Wangen. Einen Knopf tiefer fingen ihre Hände an zu zittern. An seiner Atmung erkannte sie, dass er lächelte. Sie öffnete den Knopf und wandte sich ab.

»Da ist noch einer«, sagte er sanft. »Du hast den letzten vergessen.«

Leonora biss sich auf die Lippen, drehte sich wieder zu ihm und zupfte an dem Knopf über seinem Gürtel, bis das Hemd aufklaffte. Eine feine Linie dunkler Härchen wuchs zwischen seinen Muskeln und verbreiterte sich über seinem Hosenbund. Sie spürte, wie ihr ein heißer Schauer über die Beine lief. Er folgte ihrem Blick und musterte seinen Bauch, an dem sich die Muskeln abzeichneten. »Du bist doch Krankenschwester«, sagte er lächelnd. »Ist die Verbrennung schlimm?«

»Ich bin keine Krankenschwester«, erwiderte sie und wandte den Blick ab.

»Aber du verbringst genügend Zeit mit ihnen.« Er streifte das Hemd ab und ließ es auf den Boden fallen. Seine breiten Schultern waren so verwirrend wie seine fein gemeißelte Brust.

Sie wurde hochrot. »Du wirst es überleben.«

Alex zog sich wieder an, während sie mit dem Fuß tappend danebenstand und versuchte, ihren Puls zu beruhigen.

»Jetzt ist alles wieder gut, wie?«, sagte er. Als er dicht an ihr vorbeiging, streifte er ihren Arm. Dann öffnete er die Tür und verneigte sich. »Danke für deine Hilfe, Leonora.«

Als sie den Flur hinuntergingen, drückte er sich mit der Schulter an ihren Rücken und flüsterte ihr ins Ohr: »Und fürs Protokoll: Falls du jemals mit Suppe verbrüht wirst, würde ich mich gerne revanchieren.«

## Kapitel Einunddreißig

In den trockenen Jahren war James erschöpft vom unfruchtbaren Boden, der in gleichem Maße Hoffnung und Verzweiflung hervorbrachte, doch in den regenreichen Jahren war er erschöpft von der elenden Schufterei. Denn sobald die Sonne mit dem Mond tauschte, begann, obwohl der Tee noch so dunkel war wie die Nacht, die Arbeit und hörte nicht auf, bis die Dingos heulten. Obwohl James mittlerweile zum Mann geworden war, hochgewachsen, schlank und muskulös, zitterten ihm die Glieder vor Mühsal, und die Gabel beim Abendessen war schwer wie Blei. Doch die Erfordernisse von Wachstum und Leben zwangen ihn, jeden Morgen noch vor dem ersten Hahnenschrei die müden Augen zu öffnen, und gaben ihm die Kraft zu arbeiten, so dass er am Ende eines Arbeitstages fast so etwas wie Enttäuschung empfand. Das Land gab ihnen Nahrung, Obdach und eine Zukunft, so dass sie das Grün wie Champagner schlürften.

James schleppte vom Holzstoß so viele Scheite ins Haus, wie er tragen konnte. Tess lag neben dem Ofen und hatte die Decke bis zum Kinn gezogen. Als sie ihn sah, leuchteten ihre Augen auf, sie erhob sich, ließ sie die Decke zu Boden gleiten und stützte sich am Stuhl ab.

»Es ist schon spät.« Sie griff nach einem der Holzscheite auf seinen Armen, doch es war zu schwer, entglitt ihren Fingern und fiel zu Boden. Mühsam beugte sie sich vor, um es aufzuheben, und fegte die Splitter in die Ritzen zwischen den Bodendielen. »Was bin ich wieder ungeschickt«, sagte sie, ohne ihn anzusehen. »Jetzt wollte ich dir helfen und mach nur noch mehr Arbeit.«

»Ist schon gut.« James kniete sich neben sie, nahm ihr das Holzscheit aus der Hand, öffnete die Ofenklappe, warf es hinein und schürte das Feuer. Dann wischte er sich über die Stirn. Draußen war es schon heiß, aber hier drinnen herrschte eine Gluthitze.

Töpfe knallten auf der Spüle, und als er sich umdrehte, sah er, dass Tess mit einer schmiedeeisernen Kasserolle kämpfte. »Kommt Shamus auch bald?«, fragte sie und bemühte sich, dabei ganz ruhig zu klingen.

»Ja.« James hob ihre Decke auf und legte sie gefaltet auf den Stuhl. »Er versucht noch was zu schaffen, solange der Mond am Himmel steht.« Dabei arbeitete der Mann immer, wie ein Besessener, ob es Tag oder Nacht war. Für Shamus war Arbeit ein Heilmittel gegen alles. Er arbeitete, um nicht Tess' Gesicht sehen zu müssen, und hoffte, seine Schufterei würde seine Frau ebenso wieder ins Leben zurückbringen wie die Erde, die er beackerte.

Tess holte aus der Vorratskammer ein paar Kartoffeln und fing an, sie mit einem kleinen Messer zu schälen. »Ich sollte mich schämen, dass ich noch kein Abendessen fertig habe.« Ihre Stimme klang tränenerstickt.

James kam zu ihr. Mittlerweile war er zwei Köpfe größer als sie. Er nahm ihr das Messer aus der Hand. »Ich habe gar keinen Hunger.«

Sie verbarg ihr Gesicht vor ihm. »Lüg mich nicht an. Du hast den ganzen Tag noch nichts gegessen.« Eine Träne tropfte ihm auf die Hand.

James fasste sie bei den Schultern und spürte ihre dünnen Knochen unter seinen Händen, als er sie zurück zum Stuhl lenkte. Dort deckte er sie wieder zu. »Ich mache dir Tee.«

Sie griff nach seiner Hand. »Du trinkst doch einen mit, oder? Du setzt dich ein bisschen zu mir?«

James lächelte, ging zum Ofen zurück, kochte heißes Wasser und brachte dann den dampfenden Tee, mit zwei Löffeln Zucker gesüßt, zu ihr. Er ließ sich auf dem Boden neben ihr nieder und nippte an dem kochend heißen Getränk. Der Tee brannte in seinem leeren Magen. Ihm brach der Schweiß aus.

»Du bist ihm so ähnlich«, sagte Tess leise.

Es war schwer, sich auf etwas anderes zu konzentrieren als auf seinen nagenden Hunger und die Hitze. »Wem?«

»Deinem Vater.«

James starrte in seinen schwarzen Tee und zog die Augenbrauen zusammen.

Tess strich ihm so leicht wie eine Feder die Haare hinter die Ohren. »Er wäre stolz auf dich.« Dann lachte sie leise. »Wenn du beim Nachdenken die Stirn runzelst und die Augenbrauen zusammenziehst, sehe ich ihn direkt vor mir.«

Sie strich die Decke über ihren Knien glatt. »Ich wünschte, ich hätte ihn besser gekannt. Als er fortging, war ich noch ein kleines Mädchen. Aber ich weiß noch, wie ich ihn beobachtet habe, wenn er las oder schrieb. Wie ernst er war, wie klug! Abends schlich er sich zu seinen Treffen raus, in seinem Wollmantel. Auf seinem Pferd war er so groß und schnell wie dieser furchtlose irische Ritter! Ich habe ihn so bewundert. Wir alle haben ihn bewundert.«

Eine Frage brannte ihm auf der Zunge. »War er ein guter Mensch?«, stieß er schließlich hervor.

Ihr Blick wurde traurig, als sie ihm forschend ins Gesicht blickte. Sie strich ihm mit den Fingern durchs Haar. »Aye, James.« Sie nickte heftig. »Er war ein *großartiger* Mensch. Daran darfst du nicht einen Augenblick zweifeln.«

Er wandte sich ab, doch sie wusste, woran er dachte. »James, damals wurde man in Irland schon verhaftet, bloß weil man Brot stahl. Selbst Kinder! Sie wurden ihren Müttern entrissen, wenn sie ein bisschen Milch für ein sterbendes Baby stahlen. Aber dein Vater war kein Dieb. Er kam für seine Worte ins Gefängnis. Nur dafür. Seine letzten Tage verbrachte er damit, die zu verteidigen, die nicht für sich selbst sprechen konnten.« Sie senkte die Stimme. »Oder willst du etwas über ihn und deine Mutter wissen?«

James klammerte sich an seine Tasse und spürte, wie sie ihre Hitze verströmte.

»Er hat deine Mutter geliebt, James. Aber manchmal findet Liebe kein gutes Ende.« Sie umfasste sein Kinn. »Du musst dich deswegen nicht schämen.«

Da sprang die Tür auf. Shamus' Gesicht wurde hart, als er Tess und James so nah beieinandersitzen sah. Tess ließ ihre Hand sinken.

»Kleines Teestündchen, während ich da draußen schufte?«, knurrte er James an.

Zitternd stand Tess auf. »Rede nicht so mit ihm! Der arme Junge hat ja nicht mal was gegessen!«

»Da sind wir schon zwei.« Shamus zog sich bis aufs Unterhemd aus und stellte seine Stiefel nach draußen. »Höllisch heiß hier drinnen.«

James ging zur Spüle und schälte die angefangene Kartoffel zu Ende. Tess' Blick folgte ihm voller Reue.

Shamus lehnte sich auf seinem Stuhl zurück und beruhigte sich. »Tess, du solltest mal die Ballen sehen! Wir werden schon mehrere Männer brauchen, nur um sie zum Markt zu bringen.«

Tess setzte sich an den Tisch und tätschelte ihrem Mann den Arm. Als sein Blick auf ihre knochigen Finger fiel, wandte er den Kopf ab. »Vielleicht können wir auch zweimal ernten. Was meinst du, James?«

James gab Schweineschmalz in die Pfanne und fing an, die Kartoffeln zu braten. Als er Fleisch hinzugab, spritzte das Fett auf. »Die Shelbys haben ein zweites Mal ausgesät, aber die Ernte wird nicht so üppig. Tom meinte, sie wollen das östliche Feld verkaufen. Hundertfünfzig Morgen.«

»Wirklich? Wieso verkaufen sie denn?«

»Haben sie nicht gesagt.« James wusste nicht, warum er log. Doch er hatte noch Toms Gesichtsausdruck vor Augen, als er ihm vom geplanten Verkauf erzählt hatte; es hatte ausgesehen, als würde es ihn umbringen. Auf keinen Fall wollte er Shamus von den Geldproblemen der Shelbys erzählen.

»Genau das passiert, wenn man den Betrieb von einer Frau leiten lässt. Die verkauft das beste Stück Land gerade dann, wenn es was abwirft.«

James und Tess wechselten einen Blick. Nur Shamus erkannte nicht die Logik in der Entscheidung der Shelbys. James wollte Tess einen Teller reichen, doch sie schob ihn weg. »Nein, danke, James.«

Shamus machte ein finsteres Gesicht. »Du musst was essen, Tess. Bitte«, bettelte er. »Nur ein, zwei Bissen.«

Tess stocherte an einer Kartoffel und steckte sich ein Stückchen in den Mund. Mit Tränen in den Augen wandte sie den Kopf ab und schob den Teller weg. »Ich kann nicht.« Sie stand auf und schlich in ihr Zimmer.

James brachte seinen Teller zum Tisch. »Sie braucht einen Arzt.«

Shamus schluckte und säbelte an seinem Fleisch. »Der Arzt hat keine Ahnung. Du hast doch gehört, was er letztes Mal gesagt hat. Ich zahl nicht noch mal für seine Lügen.«

James hatte den Appetit verloren und ließ sein Essen kalt werden. »Aber sie ist krank, Shamus!«

Shamus hörte zu kauen auf und knurrte: »Klar ist sie krank!« Dann seufzte er und kaute langsam weiter. »Deshalb kümmern wir uns um sie, bis es ihr besser geht.«

* * *

Die nächsten Tage vergingen mit der Ernte. Und wenn ihre Kleider und Haare abends nach Heu rochen und die Kookaburras ihr Schlaflied sangen, las James Tess aus Büchern vor, die er bei den Shelbys geliehen hatte. Tess saugte mit glühenden Augen jedes Wort in sich auf und nahm es mit in ihre Träume, wenn sie bleich und mit offenem Mund schlief. Shamus hörte ebenfalls zu, doch sein Blick verriet den Neid des Analphabeten und seine Haltung widerwillige Bewunderung.

Die letzte Oktoberwoche brachte ihnen Sonne bis zum Abendessen und Regen bis zum Frühstück. Ihre Stiefel sanken morgens tief in den roten Schlamm ein und trockneten bis zum Mittag. Die Ähren des Weizens wurden vom Regen niedergedrückt, bogen sich unter dem Gewicht wie Weiden, ließen sich von der Sonne aber wieder aufrichten. Manchmal schien es fast, als könnte man ihnen dabei zusehen.

Am letzten Tag des Monats regnete es früher und durchnässte die Ähren, so dass die Sensen sie nur anritzten, aber nicht richtig schneiden konnten. Dennoch arbeitete sich Shamus stur durch die niedergedrückten Reihen und fluchte, was das Zeug hielt. Die Regentropfen trommelten so heftig auf den Boden, dass sie zurücksprangen und es aussah, als würden Himmel und Erde gleichzeitig regnen. Die Hufe des Pferds lösten sich nur noch mit lautem Schmatzen aus dem Schlamm, und die Räder des Wagens sanken mit jedem Schritt tiefer ein.

»Vergiss es, James!«, brüllte Shamus schließlich mit tropfnassem Gesicht. »Der Schlamm ist zu tief. Hörn wir auf!«

James schnallte das Geschirr ab und führte das Pferd zurück zum Stall. Aus dem Knick seines Huts strömte der Regen wie ein Wasserfall. Trotz seiner Öljacke war er nass bis auf die Knochen, weil ihm alles in den Kragen lief. Auf der Veranda kickte James die Stiefel von den Füßen, warf Jacke und Hut darauf, schüttelte wild den Kopf, um das Wasser aus den Haaren zu entfernen, und ging hinein.

»Schsch.« Shamus legte den Zeigefinger auf den Mund und wies zu Tess, die im Nebenzimmer auf dem Bett lag und schlief. Die beiden Männer nahmen am Tisch Platz und aßen schweigend den Eintopf vom Vortag, den sie vor lauter Erschöpfung nicht mal aufwärmen mochten.

Das Bett knarrte. Tess setzte sich auf. Ihr Gesicht war schmerzverzerrt, die Knochen über ihren eingefallenen Wangen traten scharf hervor. Shamus wandte sich ab und schluckte, ohne zu kauen, ein Stück Lammfleisch.

»James« – Tess räusperte sich – »setzt du dich ein bisschen zu mir? Und liest mir was vor?«

Shamus senkte die dunklen Augen und verzog den Mund. »Du hast sie gehört.« Er stach mit der Gabel auf seine Kartoffel ein.

James setzte sich auf den storchbeinigen Stuhl und nahm das dicke Buch vom Nachttisch. Emily Brontë. Tess lehnte sich an die dünnen Kissen und zog sich die Decke bis zum Kinn. So wirkte sie winzig wie eine Elfe. Ihre schwarzen Haare und die grünen Augen leuchteten fast grell im Kontrast zu ihrer weißen Haut, während alles andere an ihr zu verblassen schien.

James las die schwarze Schrift auf dem fast durchscheinenden Papier. Aus dem Augenwinkel sah er, wie Tess sich krümmte. »Ich hole Shamus.« Er stand auf, doch sie fasste ihn am Arm.

»Nein, bitte. Bleib einfach bei mir. Bitte.« Sie schloss kurz die Augen und sank zurück ins Kissen. »Das geht gleich vorbei.«

James spähte an der Tür vorbei zu Shamus' Hinterkopf, sah, wie der Mann Essen vom Teller zum Mund schaufelte. Als James wieder zu Tess zurückblickte, starrte sie ihn an. Tränen stiegen ihr in die Augen und überzogen sie mit einem Glanz, so dass sie aussahen wie zwei riesige Smaragde.

»Es tut mir leid«, flüsterte sie.

Feuer schoss ihm durch die Brust. Sie griff nach seiner Hand und drückte sie fest. »Es tut mir so leid, dich allein zu lassen.« Ihr brach die Stimme. »Kannst du mir verzeihen?«

»Sag nichts – « James ballte die Fäuste, drückte sich die Fingernägel ins Fleisch und versuchte so zu verhindern, dass sich das Feuer ausbreitete.

»Du musst mir etwas versprechen«, flehte sie.

James wandte sich ab und presste die Lippen zusammen, doch sie umfasste sein Kinn und zwang ihn, sie anzusehen. »Versprich mir, nie zu vergessen, dass du geliebt wurdest. Du *wirst* geliebt. Immer.«

Eine Träne entschlüpfte seinem Augenwinkel und rann ihm heiß über die Wange. Es machte ihn zornig, wie sehr es brannte.

Sie strich ihm über die Wange, verwischte die Spur der Träne und lächelte schwach. »So.« Sie lehnte sich ins Kissen zurück, tätschelte seinen Handrücken und schloss die Augen. »Lies mir vor.«

Er schlug das Buch auf. So schwer erschien es ihm in seinen gefühllosen Händen, dass er es kaum halten konnte. Er fing an zu lesen, einen Satz nach dem anderen, und erkannte seine eigene Stimme kaum wieder, so zitterte sie.

Tess' Fingernägel bohrten sich in seine Hand, und ihr Körper bäumte sich auf.

Dann löste sich ihr Griff, und ihre Hand lag schlaff in seiner. James' Blick wanderte zum Ende des Gedichts, doch seine Sicht war verschwommen. Mit zusammengeschnürter Kehle las er weiter, bis ihre Hand aus seiner glitt und schlaff über der Bettkante hing.

James klappte das Buch zu. Nur sein Atem war zu hören. Er stand auf, ohne einen Blick auf die Frau zu werfen – das war nicht nötig.

James stand im Türrahmen. Shamus saß immer noch mit dem Rücken zu ihm am Tisch. Sein Teller war leer gegessen und in die Mitte des Tisches geschoben, wartete darauf, dass jemand ihn wegräumte. Mechanisch bewegte sich Shamus' Arm, vor und zurück, um ein rostiges Werkzeug mit einem eingeölten Lappen zu säubern. Er warf einen Blick zu James und drehte sich ganz schnell wieder um.

Dann hielt er inne. Sein Körper erstarrte, sein Ellbogen verharrte mitten in der Bewegung. Erneut, fast ohne den Hals zu bewegen, wandte er ihm den Kopf zu, und sein Gesicht sackte zusammen, seine Lippen zitterten. Im Bruchteil einer Sekunde verwandelte es sich in das eines Mannes in wilder Agonie.

Das Werkzeug entglitt ihm, landete scheppernd auf dem Boden und kreiselte darüber, bis es umkippte. Shamus versuchte aufzustehen, klammerte sich an den Tisch, während sein Stuhl mit einem lauten Knall umfiel. Dann schob er sich an James vorbei ins Schlafzimmer.

James hörte flehendes Schluchzen, gedämpft durch einen Haarschopf, leichte Klapse auf Haut, Schütteln von schlaffen Gliedmaßen. Die herzzerreißenden Geräusche eines rasenden Mannes, der eine Tote zum Leben erwecken will.

Einen kurzen Augenblick herrschte Stille, und dann ertönte ein solch gequältes Brüllen, dass James floh, aus dem Haus floh, durch die Regenwand auf die Felder floh, in denen seine platschenden Füße versanken. Er brach so wild durch die Kornreihen, dass die Ähren ihm über Gesicht und Arme peitschten, und blieb erst stehen, als der Schlamm ihn an den Waden festhielt. Dann sank er zu Boden, umklammerte seinen Kopf mit beiden Händen, hielt sich am nassen Haar fest und hörte immer noch die Schreie, die in seinen Ohren widerhallten … Schreie, die aus der Erde selbst zu dringen schienen.

• • •

Die Monate nach Tess' Tod waren ein einziges Grauen. Der Krieg tobte auf fremden Schlachtfeldern und an der Heimatfront. Es gibt

Menschen, die sterben an ihren Verwundungen, und Menschen, die damit leben. Tess starb, und Shamus blutete aus jeder Pore.

Der runde Tisch war leer geräumt, keine Teller, kein Essen, keine Werkzeuge lagen mehr darauf. Das alte Holz war blank gescheuert vom Gebrauch, die dunkle Maserung spannte sich von einem Ende zum anderen. Und in der Mitte des Tischs stand die braune Flasche. Roter Wachs umgab die Öffnung und hing in harten Tropfen am Hals, das Siegel war erbrochen. Die Flasche war fast bis zum Boden bernsteinfarben und wurde erst dort, von zwei Fingerbreit Flüssigkeit, dunkler. James nahm die Flasche und schwenkte sie, dass die Flüssigkeit hin und her schwappte und das Licht der Lampe darin reflektiert wurde.

Shamus tauchte aus dem Schlafzimmer auf. Sein Kinn war nass und zitterte, seine Augen waren rot und geschwollen. James setzte die Flasche ab, Glas traf auf Holz, das Geräusch prägte eine Erinnerung, die ein Leben lang andauern würde. Und dann wartete er.

Der Schlag traf blitzschnell seinen Kiefer und riss ihm mit Wucht den Kopf zurück. Seine Welt wurde schwarz. Der zweite Schlag traf seine Schläfe und warf ihn auf den harten Boden.

• • •

Der erste Schlag war der schlimmste gewesen, aber nicht der letzte. James schlug nie zurück, rannte nie davon, ertrug alles, bis die Dunkelheit es beendete. Und er wäre auch geblieben, hätte Mrs. Shelby dem nicht ein Ende bereitet.

Für Shamus brachte der Tag ein ausgiebiges Saufgelage und einen Faustschlag, der fast ein Knock-out gewesen wäre. James saß noch am Tisch und tupfte sich das Blut von der Nase, als Mrs. Shelby plötzlich hereinplatzte. »Ich hab was zu essen gebracht!«

Dann trat lastende Stille zwischen die drei. Shamus stand mit blutigen Fingerknöcheln an der Küchenanrichte. Als sich Mrs. Shelby zu James wandte, traten ihr fast die Augen aus dem Kopf, und ihr Gesicht wurde so rot wie die Tomaten in ihrem Korb. »Du Mistkerl!«, zischte sie Shamus an.

Shamus trank einen Schluck Whiskey. »Halt dich da raus.«

Mrs. Shelby biss die Zähne zusammen. Vor lauter Zorn traten ihr die Tränen in die Augen. »Tess würde sich im Grab umdrehen, wenn sie das wüsste!«

Bei der Erwähnung seiner Frau wurden seine Augen schwarz. »Du sprichst nicht von meiner Frau! Nicht hier! Hast du gehört? Ihr alle habt sie mit diesem Land umgebracht, genau wie James, der sie hergelockt hat!«

Mrs. Shelby nahm Shamus die Flasche aus der Hand und schlug sie ihm über den Schädel. Das Glas zerbrach auf seinem Kopf, und die scharfen Scherben schnitten ihm in die Haut. Sie umklammerte James' Hand wie ein Schraubstock. »Du wirst nie wieder Hand an ihn legen, Shamus O' Reilly!«

Als Mrs. Shelby James die Stufen der Veranda hinunterzog, stieß Shamus so heftig die Fliegentür auf, dass sie an die Hauswand knallte. Er presste sich die Hand auf die blutende Wunde an seiner Schläfe. »Wenn du jetzt gehst, kommst du nie wieder! Hörst du? Mörder seid ihr. Ihr alle!«

Mrs. Shelby zerrte James zum Wagen und hievte ihn auf die Bank. »Nicht hinhören, James.« Sie versuchte, sich über die gebrüllten Drohungen von Shamus hinweg Gehör zu verschaffen. »Das ist nur die Raserei eines Irren. Achte nicht darauf.« Mit einer Hand holte sie ein Taschentusch heraus und drückte es gegen James' Nase, während sie mit der anderen die Zügel aufnahm und das Pferd zum Galopp antrieb. Doch noch über das Klappern der Hufe, das Klirren des Geschirrs und das Knarren der Räder hinweg hörten sie Shamus' Verwünschungen, selbst als die Hütte vom Zwielicht schon verschluckt war.

## Kapitel Zweiunddreißig

Bevor die Amerikaner ins Kampfgeschehen eingriffen, hielt die Aussicht auf Krieg ein ganzes Land in Erstarrung – wie der Frost das Gras auf den Schnee vorbereitet. Aus dem Radio schöpften sie die Hoffnung, der europäische Krieg würde kein amerikanischer werden. Da Woodrow Wilson nach Reden und Gebaren gleicher Meinung schien, blieb die Hoffung bestehen.

Doch es gab auch Menschen, die wussten, dass der Krieg sich ausbreiten würde. Leonora wusste es, denn sie hatte leise Gespräche zwischen Alex und ihrem Onkel mitgehört, sah es an den tiefen Furchen in ihren Gesichtern, als sie immer mehr Zeit im Stahlwerk verbrachten, sah es an ihren zusammengepressten Lippen, wenn sie Telegramme lasen.

Die Einwohner von Pittsburgh reckten ihre Nasen in die Luft und rochen die ersten Vorboten des Krieges. Leonora entdeckte stille, kaum merkliche Furcht bei den weiblichen Dienstboten, weil beim Besteckaufdecken und Porzellantragen ihre Hände zitterten, wenn sie an das Damoklesschwert der Einberufung dachten, voller Sorge um ihre Söhne, jungen Männer oder Brüder. Leonora bemerkte die Mienen der Stalljungen, sah, wie sie verschwörerisch miteinander redeten und zuerst zu Boden und dann in die Ferne blickten, als witterten sie Feuer. Sie spürte Gewalt in der Luft, zuckend und nagend wie eine hungrige Bestie, gegen die sich die Männer mit gefurchten Brauen und zusammengebissenen Zähnen wappneten.

Dann, am 6. April 1917, erklärte Amerika Deutschland den Krieg. Das ganze Land bekam vor lauter Angst und Aufregung eine Gänsehaut. Die Straßen hallten wider vom Draufgängertum der jungen Männer, die laute Reden darüber schwangen, dass die Amerikaner stärker seien als die Krauts. Aber das waren Jungen, die keine Ahnung hatten von kalten Schützengräben, dem Gewicht eines Bajonetts oder dem Anblick eines aufgeschlitzten Kameraden.

Und kaum wurden die jungen Männer in den Krieg geschickt – Schulabbrecher von Privatschulen wie Sewickley, Minenarbeiter aus McKees Rocks und privilegierte Jungen von der Shady-Side-Akademie –, kamen sie schon in Stücke gerissen zurück. Vor dem Hospital spuckten Krankenwagen Leichensäcke und Bahren aus, während zwei Straßen weiter eine lange Prozession frisch einberufener Soldaten in brauner Uniform, Stahlhelm und Bewaffnung sich winkend von den Zuschauern am Straßenrand verabschiedete.

Ein Wechselbad der Gefühle zeigte sich auf den Mienen der Zuschauer, während die Jungen stark und gesund davonmarschierten. Mütter prägten sich die Züge ihrer Söhne ein und fragten sich, ob sie Wunden, Narben oder den Tod davontragen würden. Sie sahen nicht die Gesichter der jungen Soldaten, der Männer, die sie geworden waren, sondern die unschuldigen, zarten Gesichter der Kinder, die sie geboren hatten. Väter sahen ihre Söhne älter, als sie eigentlich waren, als Männer, als Verlängerung ihrer eigenen Arme. Sie blickten ihnen mit Stolz und Schmerz nach und fragten sich: *Habe ich ihn stark genug gemacht? Wird er tapfer genug sein?* Und so begann der Krieg und brachte Verluste, noch bevor die letzten sich verabschiedet hatten.

Im Krankenhaus sah Leonora in den Reihen der Verwundeten den Krieg in all seiner makabren Farbenpracht: im Gelb von Typhus und Sklerose, im Schwarz von Wundbrand und im Weiß von Pneumonie – den immer wiederkehrenden Farben, die Amputation oder Tod so unwiderruflich verkündeten wie ein Urteilsspruch. Die Arbeit im Krankenhaus war grauenhaft und erschütterte Leonora zutiefst. Sie liebte und hasste sie gleichermaßen. Denn trotz des Grauens war alles ungeschminkt und echt, und trotz des Verwesungsgeruchs in den sterilen Räumen gab es Leben und unerschütterliche Hoffnung.

Hier fand Leonora einen Teil ihrer selbst, der nicht den Fairfields gehörte, der nicht durch Lügen verbogen und durch falsche Eindrücke verzerrt worden war. Hier schenkte sie den Wimmernden ein

Lächeln, gab den Mutlosen Hoffnung und hielt denen die Hand, die Nacht für Nacht schreiend aus schrecklichen Alpträumen erwachten. Sie gab, und das freiwillig, öffnete ihr Herz für ein größeres Ganzes, das Hoffnung brachte. Es machte ihr Gänsehaut: dass sie noch da war, dass sie lebte, dass sie unversehrt war und einem wirklichen Ziel diente.

* * *

Tief in Gedanken versunken wechselte Leonora die Bettwäsche und zuckte zusammen, als Schwester Polansky sie an der Schulter tippte. »Da wartet unten jemand auf Sie«, sagte sie mit einem merkwürdigen Lächeln. »Ein großer, dunkler, gut aussehender Mann.«

Leonora fasste sich an die Kehle. Sie strich sich die Schwesterntracht glatt und zupfte einen unsichtbaren Fussel ab. Ihr spontanes Widerstreben, ihr Ärger gar über Alex' Besuch überraschte sie. Dies war ihr persönlicher Rückzugsort, und seltsamerweise empfand sie Alex als Eindringling.

»So einen würde ich nicht warten lassen«, mahnte die Schwester. »Die Damen vom Roten Kreuz stehen schon schmachtend am Fenster.«

Leonora nickte, eilte den Korridor entlang und dann die Metalltreppe hinunter, während sie versuchte, ihre Gereiztheit abzuschütteln. Als sie um die Ecke bog, sah sie Alex, der mit auf dem Rücken verschränkten Händen vor einem Aquarell stand. Obwohl ihre Hände trocken waren, wischte sie sie an ihrer weißen Schürze ab.

»Ich habe überall nach dir gesucht.« Alex gab ihr einen raschen Kuss auf die Wange.

»Was machst du denn hier?«

Er zog die Augenbrauen in die Höhe. »Nun, mit einem solch kühlen Empfang hätte ich nicht gerechnet.«

»Es tut mir leid.« Sie warf einen verstohlenen Blick durch die Eingangshalle. »Ich hatte dich nur nicht hier erwartet.«

»Offensichtlich.« Er berührte ihr Namensschild und ließ seinen Finger länger als nötig an ihrer Brust verweilen. »Clara.«

Schnell löste sie das Schild und schob es in ihre Tasche. »Der

Name Fairfield hat eine seltsame Wirkung auf Menschen.« Sie zeigte auf die Stifterplakette an der Wand.

Er nickte seufzend, denn das verstand er. »Warum bist du nicht bei den Freiwilligen?«

»Oben fehlte Personal.«

»Ach.« Er drückte seine Zungenspitze in die Wange. »Bei den Soldaten?«

Bei seinem Tonfall machte ihr Herz einen Satz. »Ja.«

»Hältst du das für angemessen? Schließlich bist du keine Krankenschwester.«

»Ich weiß.« Sie krümmte sich innerlich. »Alex, warum bist du hergekommen?«

Seine Miene glättete sich. Er griff nach ihren Händen. »Ich muss eine Weile fort.«

Er warf einen kurzen Blick auf die Krankenschwestern im Korridor und senkte die Stimme. »Meine Nummer ist gezogen worden. Dein Onkel versucht, seine Beziehungen spielen zu lassen und durchzusetzen, dass ich hier gebraucht werde. Was auch stimmt. England und Amerika können gar nicht genug Stahl bekommen. Jedenfalls ist es das Beste, wenn ich verschwinde, bis sich alles geklärt hat. Ich bin zuversichtlich, dass dein Onkel ihnen vor Augen führen kann, dass ich im Stahlwerk nützlicher bin.« Er gluckste. »Ganz sicher nützlicher, als wenn ich an der Front erschossen werde.«

Leonora verzog das Gesicht über seine leichtfertige Bemerkung, hatte sie doch die Verwundeten oben vor Augen. Alex missdeutete ihren Ausdruck als Sorge und strich ihr über die Wange. »Ich möchte, dass du mitkommst.«

Es dauerte eine Weile, bis sie seine Worte begriff und Furcht sie beschlich. »Was?«

»Ich bin nicht bereit, dir jetzt Lebewohl zu sagen.«

Angestrengt suchte sie nach einer Ausflucht und entdeckte sie bei einer ungewöhnlichen Verbündeten: »Das würde meine Tante niemals zulassen.«

Wieder lachte er. »Aber sie hat es doch vorgeschlagen. Dein Onkel wird den Anstandswauwau spielen.«

Sehnsüchtig blickte Leonora zu einer Gruppe Krankenschwestern, die am Empfang plauderten. »Alex, ich kann jetzt nicht einfach das Krankenhaus verlassen. In der derzeitigen Lage haben sie einfach nicht genügend Helfer.«

»Ja, ja.« Er kniff ihr in die Wange und schnalzte mit der Zunge. »Was würden sie nur ohne dich anfangen?« Lächelnd neigte er sich zu ihr. »Aber das ist schon geklärt. Ich habe mit Dr. Edwards geredet. Der meinte, sie hätten mehr Freiwillige, als sie beschäftigen könnten.« Er wirkte sehr zufrieden mit sich.

»Was hast du? Wie –«

»Unter uns gesagt, konnte er sich kaum daran erinnern, dass du hier arbeitest.«

»Dazu hattest du kein Recht!«, platzte es aus ihr heraus.

»Bist du etwa wütend?«, stieß er hervor.

»Natürlich bin ich das!« Jetzt wandten sich einige Köpfe zu ihnen. »Du hattest kein Recht, das zu tun, ohne mit mir zu sprechen, hinter meinem Rücken.«

Er packte sie grob am Ellbogen, und seine Pupillen weiteten sich. »Du solltest mir dankbar sein!«, zischte er leise, wohl bedacht, dass sie Zuhörer hatten. »Jeder vernünftige Mensch wäre froh über eine Ausrede, hier rauszukommen. Der Verwesungsgeruch erschlägt einen ja schon an der Tür! Es gefällt mir gar nicht, dass du hier arbeitest; und deiner Tante auch nicht.« Wieder dämpfte er seine Stimme, die jetzt einen Anflug von Selbstgefälligkeit zeigte. »Es … gehört sich einfach nicht für jemanden mit deiner Herkunft.«

»Für mich ist das Thema beendet, Alex.« Sie wollte sich abwenden, doch er fasste, diesmal sanft, nach ihrer Hand.

»Hör mal, es tut mir leid, wenn ich dich verärgert habe. Du hast recht, ich hätte zuerst mit dir reden sollen.« Er verneigte sich kurz. »Zu meiner Verteidigung kann ich sagen, dass ich wirklich dachte, du würdest dich freuen.« Er verzog ernst den Mund. »Ich bin ein bisschen nervös, Leonora. Es geht alles viel schneller, als ich erwartet habe. Daher muss ich so schnell wie möglich aufbrechen.« Wieder umspielte ein Lächeln seine Lippen. »Ich schlage dir einen Handel vor: Komm für ein paar Wochen mit mir, dann überzeuge ich deine Tante, dich nach deiner Rückkehr wieder hier arbeiten zu lassen. Eigentlich hatte sie vor, dich kündigen zu lassen.«

»Dazu kann sie mich nicht zwingen, Alex.«

»Das wohl nicht, aber sie kann dich feuern lassen. Deine Tante und dein Onkel haben diesem Krankenhaus so viel Geld gespendet, dass man alles tun wird, was sie verlangen. Was ist schon eine Freiwillige im Vergleich zu einem ganzen Krankenhaus-Trakt?«

Wieder einmal schnitten ihr die Fesseln ihrer Familie ins Fleisch, schnitten ihr jegliche Freiheit ab. Als Leonora in Alex' attraktives Gesicht blickte, suchte sie nach einem Zeichen von Verständnis oder Mitgefühl, sah aber nur Glätte und Desinteresse. Sie wandte sich von ihm ab, und ihr Blick fiel auf das Aquarell an der Wand. Für einen Moment blieb die Zeit stehen, und alle Geräusche um sie herum verstummten. Das Bild zeigte das Meer, einen tiefblauen Himmel und nackte Felsen, die aus dem Mittelpunkt der Erde emporzuragen schienen, aus den Tiefen der Zeit, einem uralten Land. Unwillkürlich öffnete sie die Lippen, denn Wärme durchströmte sie, und mit einem Mal war sie dort, ließ ihre Füße über der Klippe baumeln, und neben ihr saß ein Freund, der schon immer alle Dämonen verjagt hatte.

Alex schüttelte sie am Arm. »Leonora, hast du auch nur ein Wort von dem gehört, was ich gesagt habe?«

Da setzte sich die Zeit wieder in Bewegung, und Geräusche drangen in ihre Stille. Das Bild verwandelte sich zurück in die amateurhafte Abbildung einer pastellfarbenen Landschaft, und Leonora schob alle Erinnerungen beiseite und verdrängte die Sehnsucht in ihre Finger, die sie zu Fäusten ballte. Sie blickte auf die Krankenschwestern und Patienten, die durch die Halle gingen. Das Krankenhaus war das Einzige, was sie auf der Welt hatte, und Alex' Ultimatum ließ nur eine Entscheidung zu. Resignation machte sich in ihr breit. »Wann brechen wir auf?«

## Kapitel Dreiunddreißig

Die Shelbys nahmen James in ihrem Haus und ihrer Familie auf, als wäre er dort hineingeboren. Shamus' Misshandlungen wurden mit keinem Wort erwähnt; es gab kein Mitleid, keine Erklärung, keine Fragen. Neben der Freundlichkeit und Wärme der Shelbys verblasste die berühmte Gastfreundschaft des australischen Outback zu aufgeblasenem Getue. Und im Gegenzug bot James das Einzige, was ihm zur Verfügung stand: seine Arbeitskraft.

Jeden Morgen brachen James, Tom, John und Will in aller Frühe zu einer der Weiden auf – innerlich gewärmt von Mrs. Shelbys üppigem Frühstück, äußerlich durch dicke Arbeitshemden. Doch selbst für ihre acht starken Arme war die Arbeit zu viel. Hilfskräfte waren teuer und wurden nur zur Ernte und Scherzeit angeheuert. Und jeden Abend kehrten sie schmutzig, mit rotem Staub bedeckt und, je nach Tagwerk, nach Schafen oder Heu riechend zurück. Die Arbeit war so hart wie bei Shamus, doch wurde hier dabei geredet und gescherzt, so dass James' Muskeln mehr vom Lachen schmerzten als vom Arbeiten.

Unter der Anleitung der Shelby-Männer lernte James, mit Kugeln und Fallen Dingos und Kaninchen zu erlegen, lernte, Kälber zu markieren und zu kastrieren. Still und tapfer ertrug er es und merkte schnell, dass er diese grausamen Pflichten aus tiefster Seele hasste. Und nach ein paar derben Scherzen der Brüder erfuhr er, dass er sie nie mehr übernehmen musste.

Stattdessen kümmerte sich James um die Herden, eine Aufgabe, die den Shelby-Jungen so verhasst war wie das Brandmarken ihm. Wofür vorher alle drei Brüder nötig waren, übernahm James nun allein. Mal mit, mal ohne Sattel lenkte er jedes Pferd geschickt nur mit dem Ruck seiner Zügel oder dem Druck seines Knies und brachte es dazu, gegen seinen Instinkt in eine Schar gereizter Rinder zu preschen, ohne dass die Sporen sein Fell auch nur berührt hätten.

James dressierte auch die unbändigen Hunde, nervöse Mischlinge, in denen mehr Dingo als Hütehund steckte. Sie folgten ihm mit wildem, wachsamem Blick, so dass er nur zu nicken, zu zwinkern oder die Augenbraue zu heben brauchte, um ihnen Befehle zu geben. Und nach einem anstrengenden Tag auf der Weide verwöhnte er sie derart mit Streicheleinheiten, dass die Tiere sich vor lauter Ekstase krümmten und winselten wie unter Schmerzen.

Die Peitsche wurde ein weiteres unverzichtbares Werkzeug. Er trug sie eingerollt an seiner Hüfte und konnte sie so blitzartig vorschnellen lassen wie eine Eidechse ihre Zunge. Aber James nutzte sie nur zur Warnung, nicht zur Strafe, drohte mit ihrem scharfen Knall und nicht mit ihrer Berührung, denn er konnte die Rinder und Schafe ohne einen einzigen Schlag zusammentreiben. Und so arbeitete James auf den am weitesten entfernten Weiden, flickte die Zäune auf dem Weg dorthin und trieb das Vieh von einer Grasfläche zur nächsten.

Und er liebte das grüne Land, das sich unter seinen Füßen und Hufen erstreckte und so endlos weit vor seinen Augen ausbreitete, dass es mit dem Horizont abzufallen schien. Im filigranen Schatten der Gummibäume konnte er grüne und gelbe Papageien sehen, die die Äste zierten. Rostrote, mannsgroße Kängurus bewegten sich zu Hunderten über die Ebenen, kauten Blätter und leckten sich die Pfoten, damit sie kühl blieben. Das Land summte vor Leben und war in seiner Unberührtheit doch vollkommen still.

An heißen Nachmittagen zog er sich ganz nackt aus und schwamm in einem tiefen Bach, von einem Ende zum anderen. Dann ließ er sich auf dem Rücken treiben, spürte die Sonne warm auf der Brust und das Wasser kalt am Rücken und beobachtete die Schnabeltiere, die sich von Felsen gleiten ließen und kleine Wellen über das glasklare Wasser trieben. Nach dem Schwimmen schlüpfte er wieder in seine Kleider, die in der Sonne gelegen hatten und seinen Körper sofort trocknen ließen.

Jenseits der Wäldchen erstreckte sich das Land mit Gras, das ihm bis zur Taille reichte und das Vieh im Überfluss satt machte. Und dort verbrachte er unter freiem Himmel die Nacht, unter den Sternen, nur mit einer Decke zwischen sich und der Erde, und wie in den Schlaf driftete er in den Sternenhimmel und fühlte sich dort heimischer als in einem Haus aus Stein oder Holz.

In all den Jahren bei den Shelbys ging James nicht einmal zu Shamus zurück und versuchte auch, nicht an den Mann zu denken, dessen Seele sich vor Verzweiflung verdüstert hatte.

Mrs. Shelby stellte Shamus einmal die Woche Essen auf die Stufen der alten Veranda, erwähnte jedoch nie, ob es gegessen wurde. Tom holte das Pferd, damit es nicht verhungerte, sagte jedoch kein Wort über die Zustände dort. Shamus war ein Geist, von dem man nur über Nachbarn hörte, die ihn vom Pub nach Hause schleppten oder auflasen, wenn er irgendwo im Straßengraben schlief. »So schnell habe ich noch nie einen Mann zum Trinker werden sehen«, sagte einer, und ein anderer nickte: »Die Iren saufen ihren Kummer.« James starb fast vor Scham unter ihren mitleidigen Blicken.

• • •

Mit der Zeit gelang es James, es sich mit seinem hoch aufgeschossenen Körper auf der zu kleinen Couch der Shelbys bequem zu machen, obwohl er seine Beine über die verschlissene Lehne hängen musste.

Jetzt hatte er die Faust unter dem Kopfkissen geballt und driftete von einem Traum in den nächsten. Da stach ihn etwas am Arm: ein Strohhalm oder ein Zweig. Noch im Schlaf wischte er es weg. Wieder stach ihn etwas, und sein Traum verschwamm. Grunzend warf er sich den Arm über die Brust.

»Jamesie«, flüsterte der Störenfried.

James fuhr so abrupt auf, dass das Buch, das aufgeschlagen auf seiner Brust lag, auf den Boden polterte. »Charlotte? Was machst du denn hier?«

Das kleine Mädchen biss sich schluchzend auf die Unterlippe und wischte sich über die Nase.

James griff nach ihren Händen. »Was ist denn los?«

»I-i-ich hatte einen Alptraum«, stammelte sie, und ein Rotzfaden erschien in einem ihrer Nasenlöcher.

James klopfte sich übers Hemd, bis er ein Taschentuch fand, und hielt es ihr unter die Nase.

»K-kann ich … bei dir bleiben, Jamesie?«, fragte sie und schluchzte erneut.

Er setzte sie sich auf den Schoß und umschlang ihre Schultern. »Aber klar.« Er drückte ihr einen Kuss auf den roten Schopf. »Willst du mir von deinem Traum erzählen?«

Sie schüttelte den Kopf und lehnte sich an seine Schulter. Ihre Brust zitterte, als sie versuchte, ihr Schluchzen zu unterdrücken. James strich ihr über den Arm.

»Has… hast du auch Alpträume?«, fragte sie.

»Manchmal schon.«

»Und wie kriegst du die weg?«

James dachte kurz nach und küsste sie wieder aufs Haar. »Ich versuche, an glückliche Zeiten zu denken. Schöne Orte, tolle Tage … so was in der Art.«

Da sah sie ihn mit großen, runden, tränenfeuchten Augen an. »Was denn zum Beispiel?«

Er lächelte. »Ich denke an das Meer.«

»Erzähl mir davon.« Jetzt lächelte sie. »Bitte.«

»Tja«, begann er. »Es gibt einen Ort, nicht weit von hier, wo das Land ans Meer reicht. Goldene Klippen, so groß wie ein Berg, scheinen direkt aus dem Ozean zu ragen. Es sieht aus, als hätte ein Riese ein Stück von Australien abgebissen. Das Wasser ist so blau wie der Himmel und reicht auch fast so weit.« Einen Moment lang schloss er die Augen. »Wenn die Sonne aufs Wasser scheint, dann sieht das aus wie ein Feld aus Diamanten, die alle gleichzeitig glitzern. Es ist wunderschön, Charlotte. Fast so hübsch wie du.« Er kniff ihr ins Kinn, und sie kicherte.

»Ich war noch nie am Meer«, sagte sie.

»Ich bring dich eines Tages mal hin. Versprochen.«

Da wurde ihr Gesichtchen ernst. »Du bleibst doch für immer bei uns, oder, Jamesie?«

»So lange ihr mich hier haben wollt.«

In ihren Wangen erschienen Grübchen. James strich ihr über den Arm und wiegte sie sanft, bis ihr Körper erschlaffte und anzeigte, dass sie schlief. Dann löste er ihren Arm von seinem Hals, legte sie auf die Couch, deckte sie zu und ging mit seinem Kopfkissen in Toms Zimmer, wo er sich auf dem Boden ausstreckte. Er schob die Hand unters Kissen und rutschte mit den Hüften auf dem harten Boden hin und her. Dass er eingeschlafen war, merkte er erst, als die Dielen unter ihm vibrierten. Als er die Augen aufschlug, war es noch dunkel.

»Auf, auf, die Damen!« John stieß ihn leicht mit den Stiefeln in die Rippen. James drehte sich auf den Bauch und vergrub den Kopf im Kissen.

John ging zu Tom und zog ihm die Decke weg. Mit völlig zerzausten Haaren schnappte Tom danach. »Hau ab!«

»Bewegt euch. Mum will, dass wir heute den Weizen zur Wiegestation bringen.«

Tom grunzte. »Und wieso braucht ihr da uns?«

»Du weißt doch, dass sie immer mehr zahlen, wenn wir zwei hübsche Mädchen dabeihaben«, witzelte John.

»Mann, hör auf! Wozu sollen wir mit?«

»Du und James sollt das neue Pferdegeschirr abholen. Ist gestern mit dem Zug angekommen.« Sein Ton war jetzt ernst. »John und ich kümmern uns um den Weizen, und wir treffen uns später. Aber wir müssen jetzt los, sonst sind wir erst im Dunkeln zurück.«

Tom schwang die Beine aus dem Bett und rieb sich mit der Hand durch den zerzausten Haarschopf. James stand auf und streckte sich, dass sein Rücken knackte.

»Ach und zieht das rosafarbene Kleidchen mit den Schleifen an. Das betont eure Augen!«, lachte John und duckte sich vor dem Kissen, das ihm an den Kopf geschmissen wurde.

James zog sich rasch an und ließ seine Hosenträger an den Bauch schnellen. Tom kam nur langsam in Bewegung und grummelte, als sie nach draußen gingen. Will und John hatten schon die Pferde an den Wagen gespannt. Die Sonne ließ sich gerade am Horizont blicken, und die Luft war noch kühl. Ein Weizenballen nach dem nächsten wurde mit der Heugabel auf den Wagen gehievt. Das war harte Arbeit, und die Spelzen flogen ihnen in Augen und Nase. James wischte sich das Gesicht mit dem Hemd ab, als der letzte Ballen verladen war. Will holte die Seile, und dann zurrten sie jeweils zu zweit die Ladung fest.

»Jungs, kommt frühstücken!«, rief Mrs. Shelby vom Haus.

»Keine Zeit, Mum. Wir müssen vor den anderen an der Wiegestation sein«, antwortete John.

»Widersprich mir nicht! Ihr werdet nicht fahren, bevor ihr nicht was im Magen habt.« Sie ging wieder ins Haus.

John seufzte. »Aber wir essen ganz schnell, klar?«

Der Geruch von fettgetränkten Würstchen erfüllte die Küche. Ohne ein Wort kippten die Jungen ihren schwarzen Kaffee herunter und schaufelten sich Eier und Fleisch in den Mund. Hinter dem Haus krähten die Hähne – an diesem Morgen waren sie nicht die Ersten.

»Wenn's dunkel wird, sind wir wieder da, Mum«, sagte John, küsste sie schnell auf die Wange und hinterließ einen Fettfleck.

»Was meinst du eigentlich, wofür Servietten da sind!«, erwiderte sie und wischte sich die Wange mit der Schürze ab. »Benehmt euch, Jungs! Und lasst euch nicht reinlegen, verlangt einen guten Preis für den Weizen.« Sie machte sich daran, den Tisch für die nächste Gruppe hungriger Mäuler vorzubereiten.

Will und John setzten sich auf den Kutschbock des Wagens, James und Tom machten es sich auf den Weizenballen bequem. Dennoch war die Fahrt mühsam, weil der Wagen ruckelte und die Ballen unter ihnen ständig verrutschten. Geredet wurde wenig, jeder hing seinen Gedanken nach. Tom streckte sich schläfrig aus, kreuzte die Beine an den Fußknöcheln und kaute an einem Strohhalm.

Gegen zehn kamen sie an McGinnys weitläufigem Haus mit der geschützten Veranda, dem Tennisplatz und dem üppigen Obstgarten vorbei. Auf den umliegenden Feldern grünte bereits der neue Weizen.

»Habt ihr die McGinny-Mädels gesehen?«, fragte Tom.

»Herrgott, Tom. Die Sonne ist nicht mal aufgegangen, und dir platzt schon die Hose«, zog Will ihn auf.

»Was denn?« Tom hob mit Unschuldsmiene die Hände. »Ich hab doch nur eine Frage gestellt.«

James bewarf ihn mit einem Klumpen Heu. »Rattiger Bastard.«

»Außerdem hast du keine Chance bei denen«, lachte John. »Die haben nur Augen für James. Alle drei.«

Tom verdrehte dramatisch die Augen und fistelte in seiner besten Mädchenstimme: »Oh, James, er ist ja so gut aussehend … so mysteriös!« Er flatterte mit den Augenlidern.

James grinste. »Kannst einer Lady nicht ihren Geschmack vorwerfen.«

Den Rest der Zeit schwiegen sie träge, eingelullt von den gleichmäßigen Bewegungen des Wagens. Als sie sich Southern Cross näherten, begegneten ihnen ein paar Reisende auf Wagen oder Pferden und Wanderer, die sich an den Hut tippten und ihnen einen guten Tag wünschten.

Tom gähnte und klopfte sich das Heu von der Hose. »Wollt ihr uns zuerst am Bahnhof absetzen?«

Die beiden älteren Brüder tauschten einen Blick. Will nickte John zu, der sich daraufhin räusperte. »Wenn wir in der Stadt sind, müsst ihr beide den Weizen wiegen lassen und dann das Geschirr abholen.«

»Was?« Tom schob sich zwischen die beiden. »Wo wollt ihr denn hin?«

»Wir haben was Wichtigeres vor.«

Tom äffte ihren geheimnistuerischen Ton nach. »Was Wichtigeres! Was denn?« Die beiden anderen schwiegen. »Kommt schon. Raus damit«, drängte Tom.

»Wir melden uns, Tom«, antwortete John leise.

Die Räder des Wagens fuhren knarrend über die Bodenrillen; das Getreide rutschte über die Ladefläche.

»Was?«, fragte Tom schluckend. »Zur Armee?« Ihr Schweigen war Antwort genug. »Weiß Mum davon?«

»Nein.«

»Und wann wollt ihr es ihr sagen?«

»Heute Abend.«

»Aber sie wird ausflippen!«

»Deshalb müssen wir's ja tun, bevor sie es erfährt. Sonst würde sie uns ans Haus ketten.«

Tom lehnte sich an einen Ballen und verdaute die Neuigkeit mit weit aufgerissenen Augen. Dann setzte er sich blitzartig auf. »Oh nein, das werdet ihr nicht! Nicht ohne mich und James. Ihr werdet nicht ohne uns gehen.«

»Aber die Armee nimmt keine Mädchen«, sagte Will. Es sollte wie ein Scherz klingen, doch seine Stimme klang gepresst.

»Wir gehen mit euch«, sagte Tom wild entschlossen.

Will brachte die Pferde abrupt zum Stehen und drehte sich mit ernster Miene zu ihm um. »Hör mal, Tom, du kannst nicht mit, weil Mum und die Mädchen dich brauchen. Sie brauchen euch beide. Wir werden in der Armee zwar etwas Sold kriegen, den wir nach Hause schicken, aber der wird nicht reichen.«

»Dann bleibt ihr zu Hause, und James und ich gehen.«

»Auf gar keinen Fall, Tom. Ohne dich kann sich Mum nicht um die Felder kümmern, und James brauchen wir für das Vieh. Das weißt du auch. Außerdem bist du Mums Liebling. Wenn dir etwas zustöße, wäre es, als würde sie Dad ein zweites Mal verlieren.« Das sagte John ohne jegliche Eifersucht, und niemand widersprach ihm.

Missmutig saß Tom da und suchte nach Gegenargumenten. »Das ergibt doch keinen Sinn! Das Geld von der Armee kann doch nicht mehr sein als das, was ihr zu Hause erwirtschaftet.«

John seufzte. »Sollte die jetzige Trockenzeit sich wieder zu einer Dürre ausweiten, wonach es aussieht, dann kriegen wir von der Armee etwa genauso viel Geld, wie wir hier bekämen. Hör mal, Tom, wir melden uns auf jeden Fall freiwillig, das heißt, wir diskutieren nicht, sondern teilen dir einfach mit, was Tatsache ist. Da dann du der Älteste bist, werden die Finanzen in deiner Hand liegen. Wir stehen ziemlich schlecht da, das muss man ganz klar sagen. Im letzten Quartal konnten wir die Steuern nicht zahlen und zahlen immer noch die Zinsen vom Jahr davor ab.«

»Aber die letzten Jahre waren doch gut, ich hab doch die Zahlen gesehen!«

»Dad hatte ein paar gefälschte Schuldscheine, wofür er nichts konnte. Die zahlte die Bank nicht aus. Also starteten wir mit einem Defizit, das wir nach seinem Tod nicht ausgleichen konnten. Darüber will ich nicht jammern, und du kannst das auch nicht. Es ist einfach, wie es ist.«

»Und es geht nicht nur um die Schulden«, fügte Will hinzu. »Hör mal, wir sind auch nicht scharf drauf, Krieg zu spielen oder Schützengräben in der Türkei zu buddeln, aber es geht einfach nicht anders. Die Regierung vergibt an Rückkehrer aus dem Krieg Staatsland. Weil Mum die Steuern auf unser Land nicht zahlen kann, wird sie eine der Ersten sein, der sie was wegnehmen werden. Aber zwei Söhne, die im Krieg waren, sind die beste Versicherung, die wir kriegen können, unser Land zu behalten. So dass wenigstens wir den Profit einstreichen und nicht der Staat, sollte das Land verkauft werden.«

»Will und ich haben die Sache zwei-, dreimal von allen Seiten betrachtet und uns dann für diesen Plan entschieden«, sagte John. »Vom Rumsitzen und Grübeln werden die Schulden nicht weniger, also packen wir's einfach an.«

John wandte sich zu James. »Du gehörst jetzt auch zur Familie, und Mum braucht dich.« Er wies mit dem Kopf zu Tom. »Rede du mit ihm. Anders geht's nicht.«

• • •

Tom kochte noch immer vor Zorn, als sie um den Markt herumgingen. Der Preis, den sie für ihren Weizen bekommen hatten, trug ein Übriges dazu bei. Eigentlich konnte ein Farmer nur verlieren: In Dürrezeiten wuchs nicht genug, um damit Gewinn zu machen; und in fruchtbaren Jahren wuchs zu viel und verdarb den Preis.

Das Scheppern von Metall auf Metall von der neuen Eisenbahnstrecke wurde lauter, je näher sie der Ortsmitte kamen. Brütend blieb Tom stehen und kaute an der Unterlippe. »Verdammt. Ich hätte einen besseren Preis aushandeln müssen.« Er machte kehrt. »Ich gehe zurück.«

James schob seine Hände in die Hosentaschen. »Der wird dir niemals mehr geben.«

»Dann wird's sich verdammt gut anfühlen, ihm in die Fresse zu treten.« Wie um dem Nachdruck zu verleihen, trat er gegen einen Stein, der durch die Luft surrte. Es war nicht der Weizenpreis, der ihn so aufbrachte.

Schließlich fragte James: »Warum bist du so scharf darauf, in den Krieg zu ziehen?«

»Weil ich hier festsitze, verdammt noch mal! Seit meiner Geburt hocke ich auf demselben Stück Erde.« Tom geriet nur selten in Rage, doch jetzt wurde er hochrot, bevor er sich wieder beruhigte. »Ich liebe unser Land. Wirklich. Aber ich krieg eine Heidenangst bei dem Gedanken, dass ich nie von hier wegkomme. Was erwartet mich denn hier? Nur Geburt und Tod und dazwischen Kühe und Weizen und zum Zeitvertreib ein paar Mädchen!« Verbittert blickte er zu den Pferden und dem alten, nun leeren Wagen. »Wenn das mit dem Geld nicht wäre, würde ich sofort abhauen.«

Mit gesenkten Köpfen gingen sie die Hauptstraße hinunter. Die Sonne brannte ihnen so heiß auf den Rücken, dass ihnen der Schweiß zwischen den Schulterblättern herunterlief. Die Eisenbahnstrecke vor ihnen blinkte im grellen Licht fast weiß auf. Eine Reihe Chinesen schwang riesige Hämmer über ihre konischen Hüte. Ihre klapperdürren Körper bewegten sich synchron wie die Kolben einer Maschine: Eine Gruppe hob die Hämmer, während die zweite sie niedersausen ließ. Das schrille *Bing* beim Aufprall dröhnte schmerzhaft in den Ohren und ließ die Fußsohlen vibrieren.

James spürte Toms Hilflosigkeit und die Last der Familienschulden, als wären es seine eigenen. »Schmeißt uns raus. Shamus und mich«, stieß er hervor. »Das Land liegt doch brach, und ihr müsst Steuern zahlen.«

Das schmetterte Tom sofort ab. »Kommt nicht in Frage.«

»Wir sind euch schon viel zu lange zur Last gefallen. Verpachtet oder verkauft das Land. Und wenn ich Shamus persönlich da wegzerren muss.«

Jetzt wurde Tom wieder wütend. »Das ändert auch nichts, James. Kein Mensch wird das Land pachten oder kaufen. Es wird weiterhin brachliegen, ob dein Dad nun da ist oder nicht. Außerdem: Wer soll sich ums Vieh kümmern, wenn du weg bist? Du bist mehr wert als das lausige Stück Land, dreimal mehr!«

Die Männer sahen den Chinesen zu, die in der sengenden Sonne immer weiterhämmerten. Tom klimperte mit ein paar Münzen in seiner Hosentasche. »Ich brauch was zu trinken.«

»Ich auch.«

Sie traten über die neuen Bahnschwellen und den gefurchten Boden und gingen am Laden vorbei zum Pub an der Ecke. Der war aus alten Metallfässern zusammengezimmert, die verschweißt, vernietet und zusammengeklebt worden waren. Darin stank es nach Schweiß und verschüttetem Bier, und Buschleute und Farmer – die einen aus dem Osten, die anderen aus dem Westen – drängten sich um ihren Schnaps.

»Zwei Whiskeys!«, befahl Tom und überflog die brechend volle Konservendose. »Da sind Flanegan und Berkshire.« Er hob das Glas, um die jungen Viehtreiber von der Baratta Station zu grüßen.

Die Männer grinsten, als sie zu ihnen traten. »Ich hab mich schon gefragt, wann wir auf eure hässlichen Visagen treffen würden«, grölte der riesige Flanegan mit whiskeyschwerer Zunge.

»Spar dir das Süßholzraspeln«, spottete Tom. »Sonst werden eure Mädchen eifersüchtig.«

Sie gaben sich die kräftigen, schwieligen Hände. Berkshire sagte nichts, sondern grinste nur mit glasigem Blick.

»Habt ihr was verkauft?«, fragte Tom.

»Verkauft? Eher verschenkt«, grollte Flanegan. Er überragte alle aus dem Bezirk um einen ganzen Kopf und war ein hitzköpfiger Ire, der im Umkreis von hundert Meilen den Rekord im Schafscheren hielt. Der Mann war berühmt wegen seiner drei Talente: scheren, saufen und streiten.

Berkshire zuckte die Achseln. »Der Kerl hatte uns an den Eiern.«

»Ganz genau.« Flanegan schürzte die Lippen. »Wo sind deine Brüder, Tom?«

Tom stieß seinen Stiefel gegen die platt getretene Erde. »Melden sich freiwillig.«

»Erzähl keinen Scheiß!«

Tom ließ seinen Drink im Glas kreiseln, bis er über den Rand schwappte.

Flanegan beäugte James. »Lebst wohl immer noch wie die Made im Speck bei den Shelbys, wie?«

»Versäufst wohl immer noch das Geld für die Babymilch, wie?« James kippte den Whiskey mit einem Schluck weg.

»Verdammt richtig«, stieß der andere finster hervor. »Und zwar zusammen mit deinem Dad.«

James knallte das leere Glas auf die Theke.

»War nur 'n Witz!« Flanegan schlug James herzhaft auf die Schulter, worauf dieser fast vornüberkippte. »Kein Stunk, was, James?« Er boxte ihm hart auf den Arm. Sein Blick über dem schiefen Grinsen war gehässig. Dann schlenderte er davon.

James bestellte noch einen Drink, setzte ihn an die Lippen und leerte ihn in einem Zug.

Tom beobachtete ihn. »Langsam, Kumpel. Das bist du nicht gewohnt.«

James ignorierte ihn und bestellte einen dritten Drink. Sein Arm tat immer noch weh von Flanegans Schlag. Geistesabwesend strich er über die Stelle. Als er die braunen Bier- und Whiskeyflaschen an der Theke sah, hatte er die Flasche auf Shamus' Tisch vor Augen. Er rieb sich stärker über die schmerzende Stelle und erinnerte sich an Shamus' Gesichtsausdruck, wenn er ihn geschlagen hatte, an den betrunkenen Blick, der genauso aussah wie Flanegans. Die Geräusche des Pubs dröhnten ihm in den Ohren, und er trank, kniff die Augen zu vor den hämmernden Gedanken, die immer lauter, und den Erinnerungen, die immer gewalttätiger wurden, und trank noch mehr. Der Pub vibrierte vom Hämmern der Bahnarbeiter, und das eintönige metallische Klingeln pochte in seinem Hirn wie ein nahender Kopfschmerz.

Flanegan kam in die Bar zurückgetorkelt und spritzte Whiskey aus seinem Glas auf Toms Ärmel. »Pass doch auf!«, bellte Tom.

Flanegan legte die Arme schwer um Toms und James' Schultern. »Zwei Whiskeys für meine Kumpel«, brüllte er. Sein Gesicht war feucht von Schweiß und Alkohol.

»Hast du die Kulis da draußen gesehen?«, nuschelte Flanegan. »Mit den Zöpfen sehn die doch aus wie Weiber.« Seine Lippen glänzten feucht. »Ich hasse Kulis. Hätte gute Lust, ihnen mit ihren Hämmern eins überzuziehen.«

James umklammerte sein Glas so fest, dass er dachte, es würde zerbrechen. »Lass sie in Ruhe.«

»Was sagst du?« Flanegan schüttelte den Kopf und neigte ihm sein Ohr zu.

James sah ihm geradewegs in die glasigen Augen. »Du kannst keinen Mann schlagen, bloß weil er ein besseres Leben haben will.«

Flanegan stutzte, lehnte sich dann zurück und brach in Gelächter aus. Er pfiff und lachte dann wieder so laut, dass ein paar Männer sich neugierig zu ihm umdrehten.

James betrachtete Flanegan durch seine eigene wachsende Whiskeywolke. Er blickte auf dessen Wurstfinger, die so kurz und stumpig waren wie die von Shamus. Er schmeckte Blut, sein eigenes Blut, weil er sich auf die Lippen biss. Alles, was gut in ihm war, schwand, wie Stimmen in einem Brunnen, die immer leiser werden. Stattdessen flammte Zorn in ihm auf und griff nach allem, was ihn nähren konnte.

Flanegan hob sein Glas. Seine trüben Pupillen hatten sich im Zwielicht geweitet. »Einen Toast!«, brüllte er undeutlich. »Auf den Schmarotzer, der auf Kulis steht … seine tote Mutter kann stolz auf ihn sein!«

Noch bevor das Glas seine Lippen berühren konnte, rammte James ihm die Faust ins Gesicht. Mit vom Schlag zurückgerissenem Kopf starrte Flanegan ihn fassungslos an. Dann reckte er den Hals und rollte wild die Augen. »Was soll das, du Hurens –«

James holte aus und rammte ihm noch mal die Faust ins Gesicht. Flanegan kippte nach hinten und wäre zu Boden gegangen, hätten die anderen Männer an der Theke ihn nicht abgefangen und wieder aufgerichtet. James stürzte sich auf ihn und spürte, wie die Haut an seinen Knöcheln aufplatzte, als er auf sein Gegenüber eindrosch – auf Shamus, die Dürre, die Almosen, die Schulden, den Tod, den Pflug, den Verlust, das Mitleid und die Leere. Und Flanegan zahlte es ihm Schlag für Schlag zurück, grunzend und stöhnend ging es über Tische und Bänke.

Durch den Adrenalinrausch hörte James Tom fluchen. »Aah, verdammt noch mal!« Er hörte, wie Männer ihn zurückhielten und schrien: »Lass sie! Ist doch ein fairer Kampf!« Und dann: »Fair oder nicht, die müssen raus, sonst hauen sie die ganze Bude zu Klump!«

Daraufhin wurden ihre miteinander verknäuelten Körper hinaus in die Sonne geschoben, wo sie im Staub landeten. James stand auf, aber Flanegan rammte ihm das Knie in die Seite, was erstaunlich wehtat und ihn wieder zu Boden warf. Dann zerrte Flanegan ihn am Kragen hoch und hielt ihn fest, während er ihm zwei Schläge gegen die Schläfe versetzte. Die beiden Männer schnappten nacheinander, ihre Fäuste waren glitschig vor Blut, konnten jetzt aber, im Freien, hemmungsloser zuschlagen. Flanegan nutzte seine gesamte Kraft. Und nach einem letzten Hieb gegen die Schläfe sah James nicht mal mehr den Boden, auf den sein Kopf prallte, sondern nur noch Dunkelheit.

• • •

»Roll die Jacke zusammen und schieb sie ihm unter den Kopf«, hallte Johns Stimme wie durch einen langen Tunnel zu ihm.

James versuchte, die Augen zu öffnen, doch das rechte war fest zugeklebt, während das linke nur einen Spalt weit aufging und sofort vom grellen Sonnenlicht geblendet wurde. Sein Kopf fühlte sich an wie eine riesige Wassermelone.

Er sah Sternchen, echte Sternchen, die sich ausdehnten und hüpften, sich verdoppelten und verschwammen. Er kniff das eine Auge zu – das andere blieb fest verklebt –, und sofort drehte sich die Dunkelheit in seinem Kopf, und der saure Whiskey strudelte in seinem Bauch und brachte die Erde zum Kippen. Er rollte sich auf dem losen Stroh herum, bis er fast vom Wagen fiel. Dann erbrach er sich über die Seite, und seine geprellten Rippen jaulten bei jedem Würgen auf.

»Unser Sonnenschein ist wieder wach«, bemerkte John vom Kutschbock.

James rollte sich auf den Rücken. Sein Kopf hüpfte auf der leeren Ladefläche wie ein Hammer auf einem Amboss.

»Setz dich hin.« Tom drückte ihn von hinten hoch. »Lila steht dir, James.«

James blinzelte und drückte die Hände an die Rippen. Tom grinste und presste ein blutiges Taschentuch an seine aufgeplatzte Lippe. Seine Nasenlöcher waren schwarz verkrustet.

»Was ist denn mit dir passiert?«, krächzte James.

»Ist in Flanegans Fäuste gefallen«, gluckste John.

Tom lachte, zuckte aber zusammen, als seine Lippe noch weiter aufplatzte. »Ich seh doch nicht tatenlos zu, wenn man dich zu Brei schlägt.«

Da dachte James, er müsste sich wieder übergeben. »Ich kann meine Kämpfe allein ausfechten.«

John lachte. »Ja, das sieht man.«

»Gott sei Dank ist Tom so ein Idiot. Er hat dir den Arsch gerettet«, fügte Will hinzu. »Als wir von der Rekrutierungsstelle kamen, blutete Tom wie ein abgestochenes Schwein, hatte aber die Arme um Flanegan und Berkshire geschlungen, und alle sangen sich die Seele aus dem Leib.«

Tom summte schief und mit listigem Blick:

• • •

»*On hill and plain the clust'ring vine*
*Is gushin' out with purple wine …*
*And cups are quaffed to thee and thine – Australia!*«

• • •

In gespielter Rührung drückte er sich die Hand an die Brust und umfasste James' Schulter, der trotz seiner Schmerzen lächeln musste. »Siehst du! Iren können nicht wütend bleiben, wenn ein Betrunkener ihnen was vorsingt. Nicht mal ein Schwachkopf wie Flanegan.« Tom stopfte sich das Taschentuch noch tiefer ins Nasenloch.

Stunden später, als der Vollmond schon am Himmel stand, fuhr der Wagen vor dem Haus vor. James barg den Kopf zwischen den Händen, damit er nicht explodierte. John hielt den Wagen und blickte zu den erleuchteten Fenstern. »Da sind wir.«

Die Brüder schleppten James zum Haus. John stieß die Tür mit dem Fuß auf und ließ sie hinter sich zuknallen. Die Kinder saßen am Tisch und aßen. Als James in Sicht kam, verharrten ihre Gabeln in der Schwebe. Gracie schrie auf. Mrs. Shelby wirbelte vom Herd herum und riss erschrocken den Mund auf, kniff ihn dann aber wieder zu. »Mädchen, holt Handtücher!«, befahl sie. Die Mädchen rührten sich nicht, sondern machten große Augen.

»Raus mit euch!«, brüllte sie. »Los!«

Jetzt stoben die Mädchen davon.

John räusperte sich und gab James einen Klaps auf den Rücken. »Oh, Mum, du hättest James sehen sollen! Hat es mit dem größten Kerl im ganzen County aufgenommen! Der Schläger hat jede Menge Ärger gemacht, bevor er sich einmischte.«

»Setzt ihn hierhin«, erwiderte Mrs. Shelby, zog einen Stuhl heraus und füllte einen Topf mit Wasser. Die Jungen wurden immer unruhiger, da sie ihre Erklärungen mit Stillschweigen strafte.

Nervös sagte Will: »Genau, der Typ wollte es ja nicht anders. Und jetzt sieht er noch viel schlimmer aus als James.«

Mrs. Shelby schob sich an ihnen vorbei. Die drei Brüder sahen sich an und warteten.

»Geht den Mädchen helfen.« Mrs. Shelby kniete sich vor James hin, nahm sein Kinn in die Hand und untersuchte sein Gesicht.

»Mit ihm ist alles in Ordnung«, bemerkte Tom. »Ist mehr Blut als sonst was.«

Ihr Kopf schnellte zu ihm herum. »Raus! Alle!« Sie sah ihnen nach. »Ich hab einen Haufen Schwachköpfe aufgezogen, ehrlich.« Sie drehte sich wieder zu James, fing an, seine aufgeplatzte Wange zu säubern, und ging dabei nicht gerade zimperlich vor. »Bist du stolz auf dich?«

James zuckte zusammen, ihr Sarkasmus schmerzte genauso wie das Wasser in der offenen Wunde.

»Jetzt fühlst du dich gut, was?«, fragte sie. »Weil du einem anderen die Faust ins Gesicht gerammt hast? Weil du selbst was abgekriegt hast? Weil du dich betrunken hast? Das macht alles besser, nicht wahr?«

James sah sie mit seinem geschwollenen Auge an und senkte dann den Blick.

»Du solltest es doch besser wissen, James.« Sie tauchte den Lappen ins Wasser, das sich sofort rosa färbte. »Von meinen Jungen hätte ich das erwartet. Aber doch nicht von dir! Deine Mutter würde sich im Grab umdrehen!«

Er wich mit dem Kopf zurück. »Tess war nicht meine Mutter.«

»Ich weiß.« Sie zögerte kurz. »Ich meinte auch deine richtige Mutter.«

»Woher wusstest du es?«

»Das konnte doch ein Blinder sehen«, sagte sie aufgebracht. »Du und Shamus, ihr habt nichts gemein, weder vom Aussehen noch vom Wesen her.«

Sie nahm wieder den Lappen in die Hand. »Ich habe deine Tante ziemlich gut kennengelernt. Ich wusste schon vor Shamus, dass sie krank war. Sie hat mir erzählt, dass du nicht ihr echter Sohn bist, sondern von ihnen adoptiert wurdest.«

Seine Miene erschlaffte, und sein Körper sank in sich zusammen. Der Whiskey lastete schwer auf seinen Gedanken.

»Diese Frau hat dich geliebt, James.« Ihr stockte die Stimme. »Es war eine Qual für sie, mit ansehen zu müssen, was du dir selbst angetan hast – was Shamus dir antat.«

»Sie ist wegen mir gestorben.« Eine angeknackste Rippe stach ihn beim Atmen, doch er zuckte nicht zusammen.

»Das ist nicht wahr! Tess hatte Krebs! Er hatte sich im ganzen Körper ausgebreitet. Sechs Fehlgeburten hatte sie deswegen. Du warst das Einzige, das diese Frau so lange am Leben erhielt. Du! Sie wusste, dass sie sterben musste – und das schon, bevor sie Irland verließ. Sie sagte, du wärst das Einzige, weswegen sie jeden Tag darum kämpfte weiterzuleben. Du!«

Mrs. Shelby umfasste grob sein geschundenes Gesicht. »Hör mir jetzt zu, James, und zwar ganz genau. In diesem Leben hast du die Wahl, ob du zulässt, dass dich die Wut von innen auffrisst. Du kannst dich in dieser Wut suhlen, bis sie alle um dich herum vergiftet. Genau das hat Shamus getan. Er ist ein verdammter Feigling, James!«

Jetzt umfasste sie ihn sanfter, und Tränen glitzerten in ihren Augen, dennoch sagte sie entschieden: »Du hast die Wahl, James. Was wirst du in diese Welt bringen: Frieden oder Leid?«

Als sie den Lappen jetzt im Topf auswrang, färbte sich das Wasser tiefrot. »Und nun ab ins Bett.«

James hinkte zur Bibliothek und ließ sich auf die Couch sinken. Da hörte er aus einer Ecke ein Schniefen, und als er dorthin blickte, sah er Charlotte, die weinte.

»Warum haben sie dir wehgetan, Jamesie?«, fragte sie, und ihr Kinn schrumpelte wie ein alter Apfel.

Ihr Kummer brach ihm das Herz. »Ich war dumm, Charlotte. Es war ganz allein meine Schuld.«

Da runzelte das kleine Mädchen so heftig die Stirn, dass sich ihr gesamtes Gesicht zusammenzog. »Ich hatte solche Angst, als ich dich sah. So große Angst. Ich dachte, du bist tot.«

Scham flammte in ihm auf wie ein Streichholz, und als er auf seine blutig aufgeplatzten Hände blickte, sah er die Wahl, sah sie klar und deutlich, spürte sie bis ins Mark.

Da kamen John und Will herein, fassten die Kleine an den Schultern und drehten sie Richtung Tür. »Ab ins Bett mit dir.« Charlotte nickte und ging.

»Ist Mum allein?«, fragte Will. James nickte, worauf die beiden die Schultern strafften und in die Küche gingen.

James lag im Dunkeln auf dem Sofa. Sein Kopf pochte vor Schmerzen über die Worte, die er gehört und gesagt hatte. Aus der Küche drangen Stimmen zu ihm, doch zu leise, um sie zu verstehen. John sprach am meisten, Will nur hin und wieder. Mrs. Shelby kein einziges Mal.

Irgendwann kratzten Stuhlbeine über den Boden. Die Küchentür ging auf. Johns und Wills Schritte entfernten sich, dumpf und schwer, zu ihrem Zimmer. Dann breitete sich Stille im ganzen Haus aus. Schließlich schabte noch ein Stuhl über den Boden, und jemand ging, diesmal leise, über den Teppich. Die Lampen im Flur wurden heruntergedreht und gelöscht. Die Haustür knarrte, und dann sah James aus dem Fenster, wie Mrs. Shelby auf die mondbeschienene Veranda trat. Mit dem Rücken zu ihm lehnte sie sich ans Geländer und stützte sich schwer auf ihre Hände. Sie senkte den Kopf und drückte ihn an einen Balken. Sie legte beide Hände auf den Mund. Und unter ihrem flammenden Haar beugte sich ihr Nacken, und ihre breiten Schultern sackten zusammen.

## Kapitel Vierunddreißig

»Wie lange werden wir fort sein?« Mit dieser Frage brach Leonora das Schweigen im Wagen und achtete darauf, sich nicht anmerken zu lassen, wie Pittsburgh ihr fehlte. Sie musste ständig an das Krankenhaus und die Soldaten denken, die sie zurückgelassen hatte; wie die Krankenschwestern die Augen verdreht und sich von ihr abgewandt hatten: wieder mal ein reiches, verwöhntes Mädchen, das beim ersten Zwinkern ihres Freunds ihre Pflichten im Stich ließ. Sie wussten ja nicht, dass sie keine Wahl gehabt hatte.

»Nur bis dein Onkel die Sache mit meiner unsinnigen Einberufung geklärt hat«, erwiderte Alex, und seine Miene verdüsterte sich so, dass sich neues Schweigen zwischen ihnen ausbreitete.

Kurz darauf lehnte Leonora sich zum Fenster und blickte auf die sich verändernde Landschaft. In der Ferne war New York zu sehen.

Alex prüfte sein Erscheinungsbild im Seitenspiegel und rückte seine Krawatte gerade.

Eine Weile später hielt der Chauffeur vor einem hoch aufragenden Hotel aus Kalkstein, dessen Markise in der Luft flatterte wie eine Metallzunge. Alex nickte dem Portier zu, während Jungen mit

Pagenkappen und glänzenden Knöpfen auf ihren Uniformen sich eifrig um ihr Gepäck kümmerten. Alex nahm Leonora am Ellbogen und führte sie durch die Lobby, unter einem Kronleuchter hindurch, der so groß war wie ein glitzernder Teich, und dann die geschwungene Treppe hinauf. »Du warst schon mal hier«, bemerkte sie erstaunt.

»Ja, ein paar Mal.« Er zwinkerte und geleitete sie zu einer mit Schnitzereien verzierten Tür. »Ihre Suite, Miss Fairfield.«

Die Farben und Stoffe des Raums waren in perfekten Kontrasten gehalten: dunkles Holz und glänzend weißer Marmor; Stein und Seide; Kissen und Kacheln. In jeder Ecke standen große Vasen mit Rosen, Königs-Strelitzien, Cannas und Jasmin – von deren Geruch ihr leicht schwindlig wurde. Hauchzarte Vorhänge hingen vom Baldachin des Betts, und auf der Matratze lagen so viele Kissen, dass man von der Tagesdecke nur am Fußende einen schmalen Streifen sah. Geöffnete Flügeltüren gingen auf den Balkon hinaus, vor dem sich ebenfalls filigrane Seidenvorhänge im Wind blähten.

»Gefällt es dir?«, fragte Alex.

»Ich glaube, ich habe noch nie etwas so Schönes gesehen.«

»Warte mal ab.« Er zog eine schwarze Samtschatulle aus seiner Tasche.

»Was ist das?«

»Mach es auf.«

Als sie die Schatulle aufklappte und zwei diamantbesetzte Ohrringe vor sich sah, fuhr sie sich mit der Hand an die Kehle. »Das wäre doch nicht nötig gewesen, Alex.«

»Betrachte es als Dankeschön. Dafür, dass du mit mir gekommen bist.«

»Das ist aber ein sehr teures Dankeschön.«

Er küsste sie auf die Wange und bedachte sie mit einem intensiven Blick. »Ich bin froh, dass du hier bist.«

Sie lächelte und gab ihm mit funkelnden Augen ebenfalls einen Kuss auf die Wange. »Ich auch.« Und das stimmte. Er war wieder freundlich und sah so gut aus. Vor seinem sanften Blick verblassten die Gespräche über das Krankenhaus und die Gründe für diese überstürzte Reise, und mit einem Mal wusste sie nicht mehr, warum sie ihm so böse gewesen war.

Er führte sie zum Bett. »Es war eine lange Reise. Wie wär's, wenn du dich ein Weilchen ausruhst, und wir treffen uns später?« Er zeigte auf ein silbernes Tablett auf dem Nachttisch. »Da sind Früchte und Brötchen. Und Champagner.«

»Und was machst du?«

Er lächelte, als er den enttäuschten Unterton in ihrer Stimme hörte. »Ich muss mich um etwas Geschäftliches kümmern, Liebling. Mich mit einigen Leuten treffen.« Er steckte sich eine Erdbeere in den Mund. »Ein paar Freunde werden mit uns zu Abend essen. Sie wollen dich unbedingt kennenlernen.«

Alex neigte sich zu ihr und küsste sie. Als sie seinen Kuss erwiderte, legte er seine Hände auf ihre Hüften und zog sie näher zu sich, bevor er sie rasch wieder losließ. »Ich verschwinde mal besser, sonst gehe ich überhaupt nicht mehr.« Er seufzte und drückte ihr einen Kuss auf die Stirn. »Ruh dich ein bisschen aus, Darling«, befahl er und verließ das Zimmer.

Leonora lehnte sich in die Kissen zurück und schloss die Augen. Sie spürte seine Lippen immer noch auf ihren. Von draußen drangen, durch die Vorhänge gefiltert, die Geräusche der Stadt zu ihr herein. Der Duft von den Blumen vermischte sich mit dem warmen Geruch seines Rasierwassers, und irgendwann, bevor sie auch nur bemerkte, wie müde sie war, schlief sie ein.

• • •

Eine sanfte Brise kitzelte sie an der Wange und streichelte sie am Hals. Sie roch nach Alkohol. Als sie die Augen aufschlug, entdeckte sie, dass Alex ihre Kehle küsste, und schrak hoch.

»Verzeih, dass ich dich erschreckt habe. Ich habe geklopft. Ehrlich«, beteuerte er mit Unschuldsmiene.

Sie lächelte nervös, war ihr doch mehr als bewusst, dass sein Körper direkt neben ihrem auf dem Bett lag. Dann warf sie einen Blick über seine Schulter. Der Himmel draußen war schon dunkel. »Wie viel Uhr ist es?«

»Acht. Ich hätte dich ja schlafen lassen, aber unten warten alle auf dich.«

Eilends stand Leonora auf und öffnete den Schrank. »Ich brauche nur eine Minute, um mich umzuziehen.«

Alex lehnte sich in die Kissen und sah sie unter halb gesenkten Lidern an. »Lass dir so viel Zeit, wie du brauchst.«

Sie nahm seine Hände und zog ihn vom Bett. »Ohne dich. Los, geh.«

Nachdem sie sich umgezogen hatte, schlenderten sie im Mondlicht über die weitläufige Terrasse. Wie gemeißelt wirkende, spitz zulaufende schwarze Lebensbäume schirmten sie von den hektischen Lichtern der Stadt ab. Von irgendwoher erklang Ragtime-Musik, deren synkopischer Rhythmus sogar die Luft zum Tanzen zu bringen schien. Von einem langen, rechteckigen Tisch ertönte schrilles Gelächter. Zigarettenrauch driftete vorbei und legte einen Schleier vor den Sternenhimmel. Leere Weinflaschen wurden von den Kellnern weggeräumt und neue entkorkt. Geplauder flog über den Schieferboden zu ihnen.

»Endlich!« Von dem Tisch erhob sich einer der dort sitzenden Männer mit einer Zigarette im Mundwinkel. »Wir dachten schon, ihr hättet uns vergessen«, erklärte er mit britischem Akzent, der vom Alkohol etwas verwaschen war.

Augenblicklich änderte sich Alex' Verhalten; er entspannte sich, als hätte er Straßenschuhe gegen Schlappen ausgetauscht, und aus seinen Augen blitzte der Schalk. »Das, meine Liebe, ist Edward Warton.«

»Und Sie müssen Leonora sein.« Edward führte ihre Hand an seine Lippen und küsste sie etwas zu vertraulich. »Sie sind so schön, wie Alex Sie beschrieben hat.« Unerwartet zog er sie an sich. »Setzen Sie sich doch neben mich, vielleicht möchten Sie ja lieber *mir* Ihre Gunst schenken.«

»Wohl kaum«, sagte Alex, zog sie mit einem Arm zurück und nahm seinen Freund mit dem anderen in den Schwitzkasten.

»Jungs!« Eine Frau am Tisch klatschte in die Hände und mahnte: »Ihr wollt euch doch nicht um unseren Gast schlagen!«

Alex ließ Edward los, versetzte ihm einen Schlag auf den Rücken und führte Leonora zum Tisch, um sie vorzustellen. »Leonora: das ist Molly Brighton von der Brighton Tea Company.« Die Frau, deren Gesicht fast ganz von einem ovalen, kühn gekippten Hut verdeckt wurde, erhob sich mit großer Geste. In der einen Hand hielt sie eine Zigarette in einer schwarzen Spitze, die ihr fast bis zum Ellbogen reichte, und in der anderen ein Glas mit einer schwimmenden Olive, dessen Rand mit rotem Lippenstift verziert war.

»Warum musst du mich immer so vorstellen! Es ist doch das Geschäft meines Vaters, nicht meins! Du weißt genau, dass ich keine Teetrinkerin bin.«

»Allerdings!«, bestätigte Edward, worauf Molly ihn kokett in die Seite stieß. Dabei verrutschte ihr Kleid und legte die tiefe Kluft an ihrem Busen frei. Sie war nicht gerade eine Schönheit, doch ihre Gestalt und ihr Benehmen waren so aufreizend, dass man kaum anders konnte, als sie anzustarren.

»Und dies sind Margaret und Robert Farthington.« Ein etwas gesetzteres Pärchen mittleren Alters erhob sich vom Ende des Tischs. »Robert hat in Arkansas eine Diamantmine«, erklärte Alex.

»Wie ich sehe, haben Sie schon Bekanntschaft mit unseren Produkten gemacht«, sagte Mr. Farthington augenzwinkernd.

Leonora berührte ihre Ohrringe. »Sie sind wunderschön.«

»Dann haben wir hier die Brüder Ralph und Ronald Hancock, die faulsten und reichsten Mistkerle von ganz New York. Was macht eure Familie noch mal?«, fragte Alex amüsiert.

»Handel mit Sklaven, Opium, Sex. Das Übliche«, antwortete Ralph mit unbewegter Miene, bis der ganze Tisch in Gelächter ausbrach.

Leonora schob sich näher an Alex und lächelte zaghaft. Jeder Wortwechsel kam ihr vor wie ein Insiderwitz, den sie nicht verstand. Alex zog ihr einen Stuhl heraus, worauf alle sich wieder hinsetzten.

Ralph überflog mit dem Blick die Terrasse, was sein Bruder ihm mit leicht zusammengekniffenen Augen gleichtat. Beide waren gut aussehende, hochgewachsene Männer, doch ihre Miene wirkte immer verächtlich, selbst wenn sie lachten. Ralph schnippte mit den

Fingern nach einem der Kellner, die an der Wand Aufstellung genommen hatten. »Ich verhungere gleich, verdammt noch mal.«

Molly klopfte ihre Zigarette an einem silbernen Tablett ab und blies einen Rauchfaden aus dem Mundwinkel. »Trink noch was, Darling«, sagte sie tröstend zu Ralph, blickte dann mit schräg geneigtem Kopf zu Alex und sah ihn leicht lasziv an. »Es ist so schön, dass wir unsern Alex wiederhaben. Wir haben dich vermisst, Darling.«

Leonoras Magen krampfte sich zusammen, doch Alex wirkte vollkommen ungerührt, als er sich auf seinem Stuhl zurücklehnte.

»Und wie lange werden wir das Vergnügen deiner Gesellschaft haben?« Sie warf einen Blick zu Leonora. »Und Ihrer?«

Gereizt trank Alex einen Schluck von seinem Wein. »Das hängt von der verdammten Einberufung ab!«

»Schreckliche Sache, diese Einberufung«, bestätigte Mr. Farthington, und seine Frau nickte folgsam. »Männer nach dem Losverfahren auszuwählen! Sie nebeneinander aufzustellen, als wären sie völlig gleichwertig.«

Molly legte den Kopf in den Nacken und lachte gackernd. »Ein Tisch voller Feiglinge! Amen!« Sie zog an ihrer Zigarette.

»Aber ganz und gar nicht!«, wehrte sich Mr. Farthington. »Irgendwer muss sich doch um die Wirtschaft kümmern. Wenn wir alle unser Blut vergießen, für wen kämpfen wir dann noch?«

»Cheers.« Ralph und Ronald hoben ihre Gläser.

Edward lehnte sich zurück. Amüsiert blähte er die Nasenflügel. »Redet, so viel ihr wollt, von Einberufung und Blutvergießen, aber wir alle profitieren von diesem Krieg, und das kann kein Mann, und auch keine Frau, leugnen.«

Molly hob ihr Glas zu einem Trinkspruch. »Auf den Krieg!«

Leonora presste sich ihr Taschentuch vor den Mund und unterdrückte ein Husten. Vom Zigarettenrauch tränten ihr die Augen und brannte ihr die Kehle. Mit jedem Satz fühlte sie sich mehr wie ein ungeladener Gast. Alex hingegen schien sich wohl zu fühlen und war mit Trinken und Reden so beschäftigt, dass er sie wie den Zigarettenrauch wegzuwedeln schien.

Jetzt fuhr er sich durch die Haare und rieb einen Finger über den Rand seines Glases. »Sobald ich Nachricht bekomme, dass der Spuk mit der Einberufung ausgestanden ist, fahre ich zurück. Das ist natürlich nicht gegen euch gerichtet, meine lieben Freunde.«

»Aber nein!«, lachte Mr. Farthington. »Dennoch verstehe ich eins nicht: Wieso hat Owen dich aus Indien geholt? Du bist doch sein bester Manager.«

Edward kicherte und zwinkerte Leonora zu. »Da sind ganz sicher noch wichtigere Partnerschaften in der Mache.« Alex und Edward tauschten grinsend einen Blick. »Wo ist der Tiger überhaupt?«

»Der Tiger?«, fragte Leonora.

Alex lachte. »Der weiße Tiger: dein Onkel.« Dann sagte er zur Gruppe gewandt: »In Harrisburg, um seine Beziehungen spielen zu lassen.«

Verwirrt sagte Leonora zu ihm: »Ich dachte, er wollte sich hier mit uns treffen?«

»Das wird er auch, Liebes.« Alex tätschelte ihr Knie. »Der gute Mann wollte uns einen Abend in Ruhe lassen und uns die Gelegenheit geben, allein zu sein.« Sein Blick ruhte auf ihren Lippen. »Nett von ihm, nicht wahr?«

»Von so einem Anstandswauwau kann ja jeder Mann nur träumen.« Edward leckte sich über die Lippen. Leonora rann ein kalter Schauer über den Rücken.

Dann umringten Kellner den Tisch und deckten ihn mit Brot, Rinderfilet, Bratensauce, Kartoffeln und Yorkshirepudding. »Man möchte kaum glauben, dass Krieg ist, was?«, bemerkte Edward, schlug seine Serviette aus und legte sie sich über den Schoß.

»Auf die armen Teufel in den Schützengräben!«, rief Ralph und hob sein Glas.

»Möge ihre Dummheit uns Ruhm und Reichtum bringen!«, schob sein Bruder nach.

Alle am Tisch brachen in Gelächter aus. Leonora verzog den Mund und sah jeden Gast einzeln an. »Das ist abstoßend.« Ihre Bemerkung übertönte das Lachen, das sofort verstummte.

Alex räusperte sich und warf einen lächelnden Blick zu seinen

Freunden. Dabei knackte sein Kieferknochen. »Das war doch ein Witz, Darling.« Er neigte sich zu ihr, küsste sie auf die Wange und verbarg seinen Mund in ihren Haaren. »Sei einfach still und iss.«

Es waren Fremde, die da mit ihr am Tisch saßen, vor allem Alex, und am liebsten wäre sie jetzt allein gewesen, auf ihrem Zimmer, wo alles so schön war, wo Alex so nett gewesen und kein böses Wort gefallen war. Sie erhob sich zum Gehen. »Entschuldigen Sie mich.«

Alex packte sie am Handgelenk. »Wohin willst du?«

Es war Molly, die antwortete. »Oh, ich fürchte, mit unserer Herzlosigkeit haben wir Leonora verschreckt!« Mit gespielt strafender Miene musterte sie die anderen. »Benehmt euch, Kinder. Bitte setzen Sie sich wieder, Leonora. Wir haben nur Spaß gemacht und werden uns jetzt besser benehmen, versprochen.«

Leonora nahm wieder Platz. Der Kellner präsentierte ihr mit gezücktem Messer das Rinderfilet. »Nein danke.« Alex bedachte sie mit einem kühlen Blick, sagte jedoch nichts.

Molly ignorierte ebenfalls die Fleischplatte und schien den plötzlichen Stimmungsumschwung zu genießen. »Ich mag sie«, verkündete sie. Sie verzog ironisch den Mund. »Sie ist viel netter als die anderen. Und hübscher.«

Alex hielt mitten im Kauen inne, sah Molly finster an und wischte sich mit der Serviette über den Mund.

»Und nun, Leonora«, sagte Molly und neigte sich zu ihr, »müssen Sie uns Ihr Geheimnis verraten. Wie haben Sie den wilden Mr. Harrington gezähmt?«

»Das reicht, Molly«, warnte Alex sie. Jetzt lächelte er nicht mehr.

Sie ignorierte ihn und rückte mit verschwörerischer Miene zu ihr. »Sie kennen doch sicher seinen Ruf.«

Da stand Alex auf. »Ralph, bring Molly nach Hause. Sie hat wohl einen zu viel getrunken.«

Ralph fasste sie an den Schultern. »Komm, wir besorgen dir eine Tasse von Daddys Tee.«

»Ich gehe nirgendwohin«, erwiderte Molly und wehrte seinen Griff ab. »Ich versuche nur, diese liebenswürdige Dame kennenzulernen. Außerdem bin ich sicher, dass sie gerne ein paar Anekdoten über unseren Freund hören möchte.«

Alex warf seine Serviette auf den Tisch. »Das reicht.« Sein Ärger war so deutlich, dass alle am Tisch nervös wurden. Er ging zu Molly und geleitete sie trotz ihrer Proteste mit Hilfe von ein, zwei der anderen Männer hinaus.

Mrs. Farthington blickte ihnen nach und lehnte sich dann leicht schwankend zu ihrem Mann. »Ich glaube tatsächlich, Molly ist eifersüchtig«, flüsterte sie ihm ins Ohr, worauf der sich angewidert abwandte. »Sie hatte schon immer eine kleine Schwäche für Alex, nicht wahr?«

Kurz darauf kamen die Männer ohne Molly zurück. Das Geplänkel am Tisch setzte wieder ein, doch Alex wirkte finster und war nicht bei der Sache. Leonora missachtete er völlig, zog nicht mal ihren Stuhl heraus, als die Mahlzeit beendet war.

Ohne ein Wort brachte er sie zu ihrem Zimmer. An der Tür drehte er sich zu ihr. »Tu das nie wieder. Hörst du?« Vor lauter Wut waren seine Lippen ganz schmal.

Ihr hämmerte das Herz. »Was denn?«

»Mich so in Verlegenheit zu bringen.«

»Ich wollte dich doch nicht – «

Da trat er so nah zu ihr, dass sie zurückwich und der Türgriff sich in ihren Rücken bohrte. Mit zuckenden Lippen sagte er überdeutlich, jedes Wort einzeln betonend: »Lass mich nie wieder wie ein Idiot dastehen, Leonora. Nie wieder.«

• • •

Durch die geöffneten Balkontüren drang die Nacht in ihr Hotelzimmer und bis in ihren unruhigen Schlaf: Die Dunkelheit, die Sterne, der auf- und untergehende Mond und die Geräusche von draußen verzerrten sich durch Leonoras Beklemmung und verwandelten ihre Träume in Alpträume.

Am nächsten Morgen war sie kaum erfrischt und fühlte sich zittrig. Von den Straßen drang der Geruch nach Müll und Urin zu ihr herauf. Ihre Benommenheit umnebelte die Morgenfrische. Sie zog sich an und sah, dass der Butler unbemerkt Tee und Obst ins Wohnzimmer gebracht hatte.

Eine Sirene heulte ein Abschiedslied, denn sie beabsichtigte, noch am gleichen Morgen abzureisen. Sie mühte sich damit ab, den Deckel ihres Koffers über den wild hineingeworfenen Kleidern zu schließen. Ihre Gedanken wanderten nach Pittsburgh, und auch wenn sie sich weder auf ihr Zuhause noch auf ihre Tante freute, so erschien ihr das Krankenhaus doch wie ein Leuchtturm, der sie mit seinem Licht zu sich lockte.

Da knallte die Tür zum Wohnzimmer auf. Alles in ihr gefror. Stille folgte, bis nach einer Ewigkeit der Türknauf zu ihrem Schlafzimmer sich drehte und Alex hereinkam, die Tür schloss und sich mit verschränkten Armen dagegenlehnte. Er war frisch rasiert, und seine Haare waren noch feucht vom Bad, doch hatte er dunkle Ringe unter den Augen. »Guten Morgen«, begrüßte er sie förmlich. »Willst du irgendwohin?«

»Nach Hause.« Selbst als sie es aussprach, kam ihr das Wort unpassend vor. Sie hatte kein Zuhause. Das Anwesen der Fairfields war nur ein Konstrukt aus kalten Steinen und Verachtung. Mit einem Mal fühlte sie sich schwach, weil eine Welle der Traurigkeit sie überflutete.

»Ist gut.« Alex ging zum Sofa und drückte zu ihrer Überraschung so heftig gegen den Kofferdeckel, dass er mühelos zuging. Er hob den Koffer vom Bett und stellte ihn auf dem Boden ab. »Aber nicht, bevor ich die Möglichkeit hatte, mich zu entschuldigen.«

Er nahm auf dem Sofa Platz, löste seine Krawatte, knöpfte den Kragen auf und massierte sich dann mit den Fingerspitzen die Schläfen. »Manchmal vergesse ich, wie naiv du bist.« Sie schoss ihm einen Blick zu und griff nach dem Koffer.

»Tut mir leid, schlechte Wortwahl. Empfindsam. Das meinte ich.« Er klopfte neben sich aufs Sofa. »Setz dich. Bitte.« Das war eine Bitte, kein Befehl, daher ließ sie sich widerstrebend und mit sehr geradem Rücken auf der Kante nieder.

»Deine Empfindsamkeit ist eine der Eigenschaften, die ich an dir liebe. Die Unschuld.« Er sah sie mit sanftem Blick an. »Du musst dir bewusst machen, dass ich den ganzen Tag nur mit Männern zusammenarbeite. Und das sind nicht Männer wie dein Onkel, sondern Männer, die so grob und hart sind, dass sie eine Rose eher in der Faust zerdrücken würden, als daran zu riechen. Da ist es ganz leicht zu vergessen, wie empfindsam und sanft Frauen sind. Es tut mir leid, dass ich mich über die Soldaten lustig gemacht habe.« Er legte seine Hand auf ihre. »Wir kommen aus vollkommen unterschiedlichen Welten, Leonora. Da werden wir uns manchmal in der Mitte treffen müssen.«

Leonora starrte auf seine Hand und spürte die Wärme seiner Berührung, die Wärme seines Blicks. In ihrem Leben war so viel Kälte, dass diese Wärme, alles, was nicht aus Eis war, sie anzog.

»Lass uns noch mal von vorne anfangen.« Mit einer Handbewegung wischte er ihren Streit weg. »Versprich mir, dass du mir noch ein paar Tage schenkst, damit ich alles wiedergutmachen kann. Wenn du dann immer noch unglücklich bist, fahre ich dich persönlich nach Hause. Ist das ein Deal?«

Sie nickte, drehte ihre Hand um, drückte seine Finger, und ließ seine Wärme das Eis schmelzen. Vielleicht war das so zwischen Männern und Frauen. Vor Alex war sie noch nie mit einem Mann ausgegangen, noch nie geküsst worden. Vielleicht hatten alle Männer solche Stimmungsumschwünge; vielleicht war sie *zu* empfindsam.

Seufzend hob Alex ihre Hand an seine Lippen, drehte sie dann um und fuhr mit dem Finger eine Linie auf ihrer Handfläche nach, so zart, dass ihre Finger zuckten. »Du hast wunderschöne Hände, Leonora. Weiß. Glatt. Makellos.« Er rieb mit dem Daumen darüber. »Sie erinnern mich an die meiner Mutter.«

Ein Schatten huschte über sein Gesicht, und als sie seinen plötzlichen Schmerz sah, wurde ihr Herz weich.

»Sie starb, als ich im Internat war«, erklärte er. »Mein Stiefvater hat mich nicht mal davon in Kenntnis gesetzt. Dass sie tot war, erfuhr ich erst, als ich in den Ferien heimkam.«

»Ach, das tut mir so leid, Alex. Das ist schrecklich.«

»War aber nicht anders zu erwarten.« Er barg den Kopf in den Händen und fing an, sich die Kopfhaut zu kratzen, bis er unvermittelt lachte. Von diesem erneuten Umschwung, diesmal in Verbitterung, wurde ihr angst und bange. »Harrington – ein stolzer Name. Meine Mutter hatte alles dafür getan, um ihn zu bekommen, und dann trank sie sich zu Tode, um ihn zu vergessen.«

Und da erkannte sie es: Die Kälte – auch er hatte sie erfahren, auch ihm war sie begegnet, genau wie ihr. In diesem Augenblick verstand sie ihn. Der Zorn glitt von ihr ab wie eine Feder über Seide. Er brauchte nur Wärme, um die Gespenster, die Verbitterung vertreiben zu können. Er konnte freundlich sein, das hatte sie selbst gesehen. Er brauchte nur Wärme, ihre Wärme.

Leonora umschlang seine Taille, doch er war zu tief in Gedanken versunken, um es zu bemerken. Ihr Herz pochte heftig; er wirkte so verwundet wie die verletzten Soldaten im Krankenhaus. Sie küsste ihn auf die Wange, versuchte, sein Gesicht zu sich zu drehen, ihn von seinem Schmerz abzulenken. Sie drückte ihre Lippen so heftig auf seine, bis sie spürte, wie seine weich wurden und mit ihren verschmolzen. Sie glitt mit ihrem Arm unter seine Jacke und fuhr ihm mit den Fingernägeln über den Rücken. Sein Kuss wurde jetzt drängender, und er hob die Schultern, nahm ihr Gesicht in beide Hände, glitt mit seinen Lippen ihren Hals herunter und fuhr ihr mit der Zunge über die Kehle. Dann schob er ihr Kleid über die Schulter, bis er den Träger ihres Hemdchens fand und ihn so ungeduldig herunterzerrte, dass ein roter Striemen an ihrem Arm erschien.

Er presste sein Gesicht in ihre Halsbeuge und griff nach ihrer Brust, drückte sie grob und schob sie hoch, bis sie aus dem Stoff hervorkam. Ihr wurde der Mund trocken, als er seine Lippen daraufdrückte und ihre Brustwarze umschloss. Sie erstarrte. Er spürte ihre Anspannung, missdeutete sie als Lust und zupfte mit den Zähnen an ihrer Brustwarze. Sie schrie auf und versuchte, sich von ihm zu lösen, doch er drückte seine Hände auf ihren Rücken, zog sie zwischen seine Beine und presste sie an ihn. Eine harte Ausbeulung stieß gegen ihren Schenkel. Die Wärme schwand, und unter seinen Händen, die ihre Brüste kneteten, geriet sie in Panik und versuchte, ihn wegzustoßen.

Da ertönte ein lautes Klopfen. »Alex, bist du da drinnen?«, fragte Owen Fairfield munter.

»*Scheiße!*«, knurrte Alex, den Mund an ihrem Busen vergraben. Er hob den Kopf. Leonora nutzte die Gelegenheit, um ihren Busen wieder ins Kleid zu schieben und die Träger hochzuziehen.

»Ist jemand da?«, ertönte Owens Stimme erneut.

Alex drückte Leonora einen Finger auf die Lippen und wartete, bis sich die Schritte ihres Onkels entfernten. Dann grunzte er und rückte seine Hose zurecht, da die Stimmung verdorben war. »Perfektes Timing von deinem Onkel, findest du nicht?« Er grinste und fügte ganz ungezwungen hinzu: »Hilfst du mir bei der Krawatte, Darling? Es klingt, als wollte er reden. Hoffentlich hat er gute Nachrichten.«

Mit zitternden Fingern nahm sie die schwarze Krawatte, schlang einen Knoten und schob ihn unter sein Kinn. Er stand auf, ließ seine Augen über ihren Körper wandern und zog sie an sich. »Erinnerst du mich daran, wo wir aufgehört haben?«

Sie legte sich eine Hand auf die Stirn und starrte zu Boden. »Ich werde mich jetzt ausruhen. Das Wetter setzt mir zu.«

»Du siehst auch blass aus.« Er gab ihr einen leichten Kuss. »Ruh dich aus, Darling. Morgen ist auch noch ein Tag.«

Mehrere Minuten blieb sie vor der Tür stehen, die sich hinter ihm geschlossen hatte. Sie berührte sacht ihre linke Brust, die noch von seinen Fingern und Lippen brannte. In ihrem Bauch verspürte sie ein Ziehen; lose Gefühlsfäden verwoben sich und zogen sich zusammen, bis es nicht mehr länger vage Erinnerungen und Empfindungen waren, sondern eine Emotion. Und gleichzeitig damit tauchte eine Wahrheit, eine Erkenntnis in ihr auf – eine Gewissheit. Sie dachte an Alex' Gesicht, wie es im Zorn aussah, in Hochstimmung, im Verlangen, und die unterschiedlichen Ausdrücke verschmolzen miteinander, bis sie nur noch ein Gesicht sah. Ihn. Angesichts ihrer Erkenntnis beruhigten sich ihre Nerven, denn sie mochte Alex, empfand ihm gegenüber zuweilen sogar große Zuneigung, selbst Verlangen. Doch sie wusste auch mit vollkommener Gewissheit und einem Anflug von Angst, dass sie ihn nicht liebte.

• • •

Im Verlauf der nächsten Tage hielt Alex sein Versprechen und widmete ihr, wenn er nicht mit ihrem Onkel unterwegs war, seine gesamte Aufmerksamkeit und Zuneigung. Falls er sich spätabends noch mit seinen Freunden traf oder etwas trank, so hielt er es vor ihr geheim. Und drei Abende später führte Alex sie auf eine abgeschiedene Dachterrasse des Hotels. Der Himmel spannte sich lavendelfarben über die Stadt. Kerzen warfen ihr gelbes und orangefarbenes Licht über den Marmorboden und verdoppelten sich im Spiegelbild der silbernen Feuerschalen. Schwüler Rosenduft lag schwer wie Brandy in der Luft und benahm Leonora fast den Atem, als sie den hauchzarten Baldachin über ihrem Tisch betrachtete und die weißen Fliedertrauben, die über Simsen und Geländern hingen und jeden Winkel rundeten.

Alex hatte noch nie so gut ausgesehen wie jetzt mit seinem schwarzen Smoking und der weißen Fliege. Er zog ihr den Stuhl heraus. Sie konnte sein intensives Rasierwasser riechen. Die Kellner zogen sich zurück. Es war weder warm noch kalt, und eine leichte Brise umspielte den dünnen Kleidersaum an ihren gekreuzten Fußknöcheln. Es war perfekt.

Plötzlich bekam sie eine Gänsehaut. Es war zu perfekt, zu geplant, und was sie schon in Pittsburgh hätte ahnen müssen, wurde jetzt erschreckend klar, als Alex aufstand, langsam zu ihr kam und ihre Hand nahm. Sie sah jede seiner Bewegungen wie in Zeitlupe und konnte nur hilflos zuschauen, als wäre sie in einem Traum. Als er sein Knie auf den Boden senkte, sank ihr das Herz.

»Leonora«, sagte er klar und selbstbewusst. »Ich weiß, wir kennen uns noch nicht so lange, doch wusste ich schon bei unserer ersten Begegnung, dass ich meine Zukünftige gefunden hatte.«

Das Wort *Zukünftige* ließ eine neue Welle der Panik in ihr aufsteigen. Sie versuchte, nicht die Augen aufzureißen, nicht erschreckt zu wirken, doch ihr Gesicht war wie erstarrt.

»Deine Anmut und Schönheit, deine erlesene Würde und Reinheit … rauben mir den Verstand.« Lächelnd drückte er ihre Hand. »Ich möchte nichts lieber auf der Welt, als mein Leben mit dir zu verbringen.«

Mit einer Hand griff er in seine Tasche, holte eine schwarze Samtschatulle hervor, öffnete sie langsam und präsentierte ihr einen großen ovalen Diamanten, der in Gold gefasst und von Smaragden umgeben war. »Der gehörte meiner Mutter. Und ich kann mir niemanden denken, der würdiger wäre, ihn zu tragen.« Er holte so tief Luft, als hätte es ihm – genau wie ihr – den Atem verschlagen. »Leonora Fairfield, willst du mich heiraten?«

*Nein. Nein!*, schrie alles in ihr. Sie schloss die Augen und kam sich unendlich dumm vor, weil sie dies nicht vorausgesehen hatte. Sie wusste nicht, wie lang sie schwieg – eine Minute, zwei – bevor sie herausbrachte: »Es tut mir leid, Alex.«

Er legte den Kopf schräg, und sein Lächeln wirkte plötzlich wie angeklebt. »Was?«

»Es tut mir so leid.« Sie versuchte, seine Hand zu drücken, doch die war kalt und steif.

»Leid?«, wiederholte er im Versuch, die Bedeutung ihrer Antwort zu erfassen. Er entzog ihr seine Hand und schüttelte so schnell den Kopf, als hätte er Wasser in den Ohren. »Heißt das ›nein‹?«

Sie nickte langsam.

»Wieso zum Teufel!«, schrie er auf.

Ihre Gedanken wimmelten in tausend Richtungen, doch er starrte sie an und wartete auf eine Antwort. Angesichts ihres Schweigens schwand jegliche Zärtlichkeit aus seinem Gesicht.

»Ich weiß, es ergibt keinen Sinn, Alex.« Angestrengt suchte sie nach Worten, die ihn nicht verletzen würden, fand aber keine.

Alex kniff leicht die Augen zusammen und ballte knackend die Fäuste. »Gibt es jemand anderen? Denn dann möge Gott mir beistehen, aber –«

»Nein! Alex, nein.« Sie schirmte ihre Augen mit einer Hand ab und drückte die Fingerspitzen gegen die Schläfen. »Ich kann dich nur einfach nicht heiraten. Es tut mir leid.«

In dem darauf eintretenden Schweigen zeigte sich echter Schmerz in seinem Gesicht, der jedoch bald von aufflammendem Zorn abgelöst wurde. Leonora schnürte es die Kehle zu. »Bitte sei nicht wütend.«

»Halt den Mund!«, zischte er, hob die Hand und schlug sie gegen die Luft, als wäre es eine Wand. »Halt … einfach … den …Mund!«

Er blickte über die Dächer der Stadt und schnaubte. »Und würdest du mir dann sagen, was die letzten drei Monate zu bedeuten hatten?« Seine Augenbrauen hoben sich zu spitzen Winkeln. »War das alles nur ein Spiel für dich?«

Sie krümmte die Hände und senkte den Kopf, doch Alex hob ihr Kinn und rief: »Sieh mich an, verdammt! Was! War es amüsant für dich, mich die ganze Zeit an der Nase herumzuführen?«

Ihre Lippen begannen zu zittern, weil er so grob mit ihr sprach. »Bitte sag doch nicht so etwas.«

»Warum dann?«, brüllte er. »Warum willst du mich nicht heiraten?«

*Genau darum*, wimmerte ihr Verstand. Sie wollte es schon laut aussprechen, brachte jedoch kein Wort hervor. Alles in ihr verschloss sich, und mit einem Mal war sie wieder ein Kind, stumm und zu verängstigt, um sich zu rühren.

Schließlich presste Alex die Lippen zusammen und nickte. Er straffte die Schultern und strich sich die Aufschläge seiner Smokingjacke glatt. Als er sie erneut anblickte, verzog er verächtlich die Lippen. »Du bist eine Närrin, Leonora. Eine verdammte Närrin.«

Er wandte sich zum Gehen, wurde aber von seinem herausgezogenen Stuhl aufgehalten. Da trat er so heftig dagegen, dass der Stuhl durch die Luft flog und auf den Marmorfliesen zerbrach.

• • •

Leonora ließ ihren Blick vom Balkon ihres Zimmers schweifen. Hinter ihr gingen die Flügeltüren mit einem Klicken zu. Sie nahm die Ellbogen vom schmiedeeisernen Geländer, drehte sich aber nicht um. Süßer Pfeifenrauch drang zu ihr, bevor ihr Onkel neben sie trat. Owen Fairfield betrachtete lächelnd den Verkehrsstrom und holte tief Luft.

»Ich werde Alex nicht heiraten.«

»Das habe ich schon gehört«, sagte Owen glucksend. »Er hat die Nachricht wohl nicht so gut aufgenommen?« Als sie nicht antwortete, wurde er ernst, stützte seine Ellbogen auf das Geländer und bildete mit seinen Fingern eine Pyramide. »Ich bin sehr enttäuscht.«

»Ich liebe ihn nicht.«

Einen Moment schwieg er. »Das Problem der westlichen Welt ist, dass alle ein Märchen wollen, Leonora. In Indien und ganz Asien werden fast alle Ehen arrangiert. Wusstest du das? Es heißt, solche Verbindungen sind auf Dauer glücklicher als die von Paaren, die aus Liebe heiraten.« Er blickte auf seine Hände. »Liebe. Das ist so ein Wort, nach dem wir die Hände ausstrecken, als fiele es vom Himmel und müsste nur geschnappt werden. Manchmal ist das auch so. Manchmal. Aber meistens muss Liebe wachsen, sich entwickeln, gehegt und gepflegt werden.« Er lächelte, als ihm ein Gedanke kam. »Eleanor hat mich nicht aus Liebe geheiratet, Leonora. Das wusste ich damals und weiß es jetzt. Aber die Liebe ist gekommen, mit der Zeit. Genauso wird sie auch bei dir und Alex kommen. Er passt gut zu dir, Liebes. Und er liebt dich. Auch wenn du jetzt noch nicht so für ihn empfindest, wird es doch kommen. Das verspreche ich.«

»Aber es ist nicht nur das.« Sie suchte nach den richtigen Worten und staunte über die, die aus ihr heraussprudelten. »Er hat eine grausame Seite.«

»Alex? Tss. Ich fürchte, wir haben dich zu behütet aufwachsen lassen. Ein Mann muss eine harte Seite haben, Liebes, sonst ist er kein Mann.« Sein Ton wurde streng. »Du bist fast noch ein Kind, Leonora, nicht nur dem Alter nach. Manche Entscheidungen solltest du besser deiner Tante und mir überlassen.«

Entgeistert sah sie ihn an. »Willst du mich etwa zwingen, ihn zu heiraten?«

»Nein. Natürlich nicht.« Owen ließ seinen Blick nachdenklich über die Gebäude schweifen. »Schließlich haben wir 1917, nicht 1617.«

Sie legte ihre Hand auf seine und suchte seinen Blick. »Es tut mir leid, dass ich dich enttäusche, Onkel. Aber ich habe mich entschieden.«

Da drehte er sich zu ihr um und sah sie voller Mitgefühl an: »Aber damit wird es nicht aufhören, Leonora.«

»Was wird nicht aufhören?«, fragte sie, obwohl sie nicht sicher war, dass sie die Antwort hören wollte.

»Eleanors Besessenheit, dich unter die Haube zu bringen. Sie kann und wird dir das Leben sehr, sehr sauer machen.« Er seufzte tief. »Dies ist ihr sehr wichtig, Leonora. Dass du Alex heiratest. Sie wird dir alles nehmen und dein Leben derart bestimmen, bis du dich auf den ersten Heiratswilligen stürzen wirst, der des Weges kommt, nur um ihr zu entkommen. Alex ist ein guter Mann. Der nächste vielleicht nicht so sehr.«

Sie krümmte sich innerlich, als sie das hörte, kannte sie doch den Ingrimm ihrer Tante. Noch schlimmer aber war die Passivität ihres Onkels, als ginge ihr Verhalten ihn genauso wenig an wie die Farbe an der Wand.

Als Owen ihre Gedanken las, bildeten sich Fältchen um seine Augen, und plötzlich wirkte er viel älter. »Ich bin ein schwacher Mann, Liebes – schwach, wenn es um meine Frau geht. Ich liebe sie, Leonora.« Er legte ihr die Hände auf die Schultern. »Es gibt Dinge, die deine Tante betreffen, von denen du nichts weißt. Dinge aus ihrer Vergangenheit, aus ihrem früheren Leben. Ich glaube nicht, dass du dir auch nur ansatzweise vorstellen kannst, was sie hat durchmachen müssen.« Er schüttelte den Kopf. »Es würde sie umbringen, wenn ich es jemandem erzählte, und ich werde ihr Geheimnis mit ins Grab nehmen. Und nicht mal dir verraten.«

Seine Augen wurden feucht. »Das sage ich dir nur, weil ich alles tun würde, um sie glücklich zu machen. Alles. Denn wenn sie sich aufregt, gerät sie in Panik, und alte Erinnerungen bestürmen sie.« Owen kämmte sich mit den Fingern den Bart. »Ich bin kein Narr. Ich weiß, sie hat dir das Leben nicht leicht gemacht. Sie kann grausam sein. Wenn du Alex nicht heiratest, werde ich dich nicht beschützen können.«

*Du hast mich doch nie beschützt!,* schrie es in ihr. Ihr schwirrte der Kopf, und ihr Magen zog sich schmerzhaft zusammen.

Mit einem Mal veränderte sich seine gesamte Haltung. Er gluckste und wirkte zufrieden, was sie nicht begreifen konnte. »Das ganze Leben ist ein Kompromiss, meine Liebe. Ständig müssen wir wählen und Vorteile gegen Nachteile abwägen. Das gilt fürs Geschäftliche, aber ebenso für Beziehungen.« Er zögerte und sah sie durchdringend an. »Wenn du dich bereit erklärst, Alex zu heiraten, bin ich bereit, dir etwas im Gegenzug anzubieten.«

Jetzt jagten ihr die Gedanken durch den Kopf. Was sollte er ihr schon anbieten können, dass sie ihre Meinung änderte? »Geht's ums Krankenhaus?«, stieß sie hervor. »Glaubst du etwa, ich würde Alex heiraten, nur um weiter im Krankenhaus arbeiten zu können?«

Er lachte herzlich. »Aber liebes Mädchen! Ich rede über das heilige Sakrament der Ehe! Und du willst dafür acht Stunden am Tag Bettpfannen reinigen? Hah! Das wäre wohl kaum ein fairer Tausch. Aber ich habe deine Begeisterung dafür schon von Anfang an nicht verstanden. Nein, ich kann dir etwas viel Größeres und Wichtigeres dafür anbieten.«

Frustriert schüttelte sie den Kopf. Sie hatte es satt, manipuliert zu werden. Da veränderte sich ihr Onkel erneut, wie der Mond in seinen verschiedenen Phasen, trat auf sie zu und umfasste ihre Wangen. Als er jetzt sprach, klang seine Stimme sehr sanft: »Vergiss nicht, ich *kenne* dich. Ich kannte dich schon, bevor du meine Nichte wurdest. Ich weiß um deine Geschichte.« Seine Augen brannten. »Ich weiß, woher du gekommen bist.«

Panik befiel sie. Allein die Erwähnung dieses Themas ließ ihr das Blut in den Adern gefrieren. Sie blinzelte und wäre am liebsten weggerannt, da die Angst sie nach einem Leben voller Drohungen sofort im Griff hatte.

Vor lauter Reue wurde seine Stimme rau. »Wir haben dir so viel genommen, liebes Kind. Aber ich kann dir etwas zurückgeben.« Jetzt flehte er: »Wenn du Alex heiratest, kann ich dir ein Stück deiner Vergangenheit zurückgeben. Einen Teil deiner selbst, den du verloren hast … den wir dir vor langer Zeit weggenommen haben. Ich glaube, du wirst nicht enttäuscht sein. Denk dran, mit Alex hast du eine Chance, eine *echte* Chance, glücklich zu werden.«

Owen holte seine goldene Uhr heraus und blickte darauf. »Denk über das nach, was ich gesagt habe. Du hast die Wahl.«

## Kapitel Fünfunddreißig

Mrs. Shelby blickte aus dem Fenster und riss entsetzt den Mund auf. »Feuer.«

James und Tom traten zu ihr und folgten ihrem Blick. Sie alle wussten, woher der Rauch im Zwielicht kam.

»Der verdammte Narr«, flüsterte sie. »Bei dieser Trockenheit wird er den ganzen Busch in Brand stecken.«

James schnappte sich seinen Hut.

»Lass Tom gehen!«, protestierte Mrs. Shelby.

James schüttelte den Kopf. »Ich gehe. Allein.«

Mrs. Shelby sah ihn einen Moment lang an, nickte dann und griff hinter einem alten Sessel nach dem Gewehr. »Wenn du uns brauchst, schießt du zweimal in die Luft.«

James nahm das Gewehr, schnallte es mit der Peitsche an seinen Sattel und ritt dann so stürmisch los, dass die Staubwolke hinter ihm das Haus der Shelbys verdeckte.

Die anhaltende Trockenheit hatte überall auf dem Weg ihre Spuren hinterlassen. Das spärliche Gras war nur noch nahe der Wurzeln grün, an den rasiermesserscharfen Spitzen aber vertrocknet. Wo sich unter den Gummibäumen einst Pfützen gebildet hatten, war die Erde rissig und von Rillen durchzogen. Hufabdrücke hatten den Weg holpriger werden lassen, da die Tiere auf der Suche nach den besten Wasserlöchern immer weiter laufen mussten.

James konzentrierte sich auf den Rauch, der sich weiß vor ihm blähte, bis zu den Sternen hinaufwirbelte und sie vernebelte. Der Geruch von verbranntem Holz lag in der Luft. Das Pferd hob und senkte unruhig den Kopf. James schnalzte mit der Zunge und bewegte das Pferd dazu, an den abgestorbenen Feldern entlangzutraben, deren vergessene Halme bläulich im Mondlicht schimmerten und die

Grenze vom Land der O'Reillys markierten. Er ritt an dem verrosteten Pflug vorbei, der umgekippt am Feldrand lag, ungenutzt seit dem Tag vor einiger Zeit, als das mit dem Trinken angefangen hatte.

Der immer stärkere Brandgeruch zeigte an, dass das Feuer hinter dem Hügel war. Schwarzer Rauch vermischte sich mit der schwarzen Nacht; orangefarbene Funken sprühten empor. Ein leiser Seufzer entfuhr ihm: Das Haus war es nicht. Sonst wären Flammen in den Himmel gestiegen, und er hätte mittlerweile das Knacken berstender Balken hören können. Als er über den nächsten Hügel ritt, fasste er kurz ans Gewehr, um sich zu vergewissern, dass es noch da war.

Nach ein paar Minuten kam das Haus in Sicht. Die Armseligkeit der Hütte und das Elend seiner Kindheit drangen ihm in die Knochen. Die eine Seite der Hütte war schwarz wie die Nacht, die andere glühte, angestrahlt vom Feuer. Als das Pferd vor der Hitze zurückwich, stieg James ab und band es an einen Baum. Das Gewehr glühte rot von den Flammen, die sich darin widerspiegelten. Wieder fasste er danach, ließ es dann aber los und ging mit leeren Händen aufs Feuer zu.

Abfall umgab und speiste es: Flaschen, ein platter Reifen, ein Handbohrer, ein kaputter Stuhl. Eine Schubkarre lag umgekippt da; an ihrem Vorderreifen leckten die Flammen.

Da knallte die Fliegentür auf. Shamus taumelte, einen Berg Töpfe, Besteck und Küchentücher auf den Armen, aus dem Haus. Er ging geradewegs zur brennenden Abfallpyramide, ließ alles darauffallen und wich kaum vor den Flammen zurück. Dann wandte er sich wieder zum Haus.

»Was machst du da, Shamus?«, rief James aus der Dunkelheit.

Der Mann drehte sich um und blickte blinzelnd an den Flammen vorbei. »Wer ist da? Wer ist da gekommen?« Dann lachte er auf. »Das wird doch nicht mein geliebter verlorener Sohn sein, oder etwa doch?« Er ging um das Feuer herum. Sein Gesicht war hell erleuchtet, seine Augen waren schwarz mit dunklen Schatten. Sein Bart wucherte ihm bis zum Hals herunter.

James verdrängte den Impuls, einfach kehrtzumachen, und ging auf ihn zu, bis er ihm gegenüberstand.

»Aber ja doch, er ist es. Da staunst du, dass ich noch nicht verhungert bin, was?« Shamus streckte die Arme aus, damit James ihn in voller Pracht sehen konnte. Seine Kleider waren schmutzig, und sein Hemd hatte am Bauch einen Riss. »Was? Nimmst mir erst meine Frau und guckst jetzt nach, ob der Alte noch da ist?«

James biss sich auf die Unterlippe und blickte angestrengt zu dem Mann, den er nicht wiedererkannte. Er verspürte keinerlei Zorn mehr auf Shamus, nur noch widerstrebendes Mitgefühl. »Komm, löschen wir das Feuer, Shamus. Ich mach uns Abendessen. Und helf dir beim Aufräumen.«

»Du hast sie umgebracht, dass du's nur weißt«, knurrte Shamus und stiefelte näher zu ihm. »Da passt es doch, wenn du mithilfst, die Erinnerung an sie zu verbrennen.«

Funken vom Feuer blitzten in den dunklen, feuchten Pupillen des Mannes auf. Sein Geruch nach Alkohol, Erbrochenem und Exkrementen war kaum zu ertragen. James wandte sein Gesicht ab.

»Kannst den Anblick nicht ertragen, was? Kannst nicht ertragen, was du getan hast, Junge! Aber ich erinnere dich dran, verlass dich drauf.« Shamus taumelte rückwärts, drehte sich um, eilte ins Haus und kehrte mit einer Schublade in den Armen zurück. Er warf sie zu Boden, und als er sich zu ihr beugte, wäre er fast vornübergekippt. Er hielt ein Buch in die Höhe. »Brontë-Scheiß! Das waren die letzten Worte, die sie hörte, bevor du sie umgebracht hast.« Er warf das dicke Buch ins Feuer und griff erneut in die Schublade. »Siehst du die Fotos?« Er fächerte sie vor seiner Nase auf. »Tot. Tot! *Tot*!«, brüllte Shamus und schleuderte sie ins Feuer.

»Hör auf!« James wollte nach den Fotos greifen, doch sie rollten sich bereits im Feuer zusammen. Er atmete schneller, weil er kaum Luft bekam, und bohrte seine Fingernägel in die Handfläche.

»Ach, jetzt endlich kommst du mal aus dir raus, mein Junge, wie?« Shamus schlug sich auf die Brust. »Komm schon, Junge. Zeig mir, ob du schon ein Mann geworden bist.«

James schloss die Augen. »Ich werde nicht gegen dich kämpfen, Shamus.«

»Kämpfen? Wie? Gegen mich kämpfen?«, brüllte der in die Nacht.

»Mit deinen Mädchenhänden? Ich hab dich geschlagen, bis ich zu schlapp war, um noch die Faust zu heben, und was hast du gemacht? Dich gewehrt? Ach was! Hast nur dagelegen wie ein geschlachtetes Hühnchen.«

Zorn durchschoss ihn, bis er meinte, seine Muskeln würden reißen. »Ich werde dich nicht schlagen«, sagte James überdeutlich, mehr als Befehl an seine eigenen Hände gerichtet.

Shamus starrte ihn finster und mit zuckender Oberlippe an. Langsam griff er wieder in die Schublade und hielt ein kleines, schwarzes Buch in die Höhe. »Schön, schön. Das hab ich gefunden.« Er lachte und wedelte mit dem Buch in der Luft. Die Flammen ließen goldene Schrift aufblitzen. James erstarrte.

»Deine kostbare Bibel. Nur dass nicht das Wort Gottes drinsteht, was?« Shamus schlug das Buch auf und durchblätterte es mit seinen schmutzigen Fingern. »Sondern das deiner verkommenen Mutter.«

Da wurde ihm schwarz vor Augen. Er stürzte vor und versuchte, dem Mann das Buch zu entreißen. Aber Shamus wehrte sich wie ein Besessener, bis er den Arm frei bekam und das Buch ins Feuer schleudern konnte.

»*Nein!*« Sofort riss James es wieder heraus, warf es auf den Boden und trat die Flammen aus.

Shamus hielt sich den Bauch vor Lachen. »Da kannst du stampfen, wie du willst, die schmort trotzdem in der Hölle.«

Wieder durchschoss ihn der Zorn und drang ihm bis in die Fingerspitzen. Ohne nachzudenken, stieß er den schmutzigen Körper von sich. Shamus wich taumelnd zurück, verlor das Gleichgewicht und fiel auf einen Haufen Müll.

James umklammerte das Buch, um sich zu beruhigen und seinen Zorn zu unterdrücken. Er ging zum Pferd, schob das angesengte Buch in die Satteltasche und schnallte das Gewehr ab. Er richtete den Lauf in die Luft und schoss, wartete kurz und schoss ein zweites Mal. Die Schüsse hallten durch die Nacht. Dann wickelte er die Peitsche wieder ums Gewehr. Er war erschöpft. Mit den Schüssen war aller Zorn aus ihm gewichen, und jetzt fühlte er sich nur noch unendlich müde.

James ging ums Feuer zu der Stelle, wo Shamus lag. »Steh auf.« Er streckte die Hand aus, um ihn hochzuziehen, doch der Mann lag einfach nur da.

James kniete sich neben ihn und schlug ihm leicht gegen die bärtigen Wangen. »Steh auf, Shamus.«

Als er ihm unter den Nacken griff, kippte der Kopf schlaff nach vorn, und James hörte ein schmatzendes Geräusch. Dann strömte ihm etwas Warmes über die Finger und lief ihm übers Handgelenk in den Ärmel.

James ließ Shamus' Kopf sinken und setzte sich auf die Fersen. Neben Shamus' Ohr sah er eine Holzlatte mit spitzen, schwarzen, feucht glänzenden Nägeln. »Nein.« James blickte auf seine Hände, die rot waren und sich vom trocknenden Blut zusammenzogen. »Nein!«

Blut umschloss in einer schwarzen Pfütze seine Stiefel, und er griff mit der Hand hinein, packte Shamus' Hinterkopf, wollte das Blut irgendwie wieder dort hineinbekommen. »*Gott, nein!*«

Shamus' Gesichtszüge hingen schlaff zu einer Seite hinunter. Er starrte ihn mit leerem Blick an. James ließ ihn los, ließ den Kopf entsetzt zu Boden fallen und floh rückwärtskriechend vor dem Blut, das ihm nachjagte. Er hob seine zuckenden Hände ans Gesicht, um seine Augen zu bedecken, doch der metallische Geruch nach Blut war so übermächtig, dass er die Hände wieder herunterriss, sie zu Fäusten ballte und unter seine Beine schob.

Rechts von ihm brannte knackend das Feuer; auf der anderen Seite schickte die nur wenige Zentimeter entfernt von ihm liegende Leiche Kältewellen zu ihm. »*Nein.*« James verschränkte die Arme über den Knien, drückte seine Stirn dagegen und verschloss seine Augen vor dem Feuer, dem Blut und dem Tod.

• • •

»Steh auf, James.« Mrs. Shelby hielt ihn an den Schultern umfasst. Er wusste nicht, wie lange sie schon da war, wie lange sie mit ihm redete. Ruckartig sah er zu ihr auf und blickte in ihre ruhigen Augen. »Steh auf, mein Sohn«, sagte sie sanft.

Langsam und mit verkrampften Beinen erhob er sich. Um ihn herum roch es nach kokelndem Feuer und feuchtem Holz. Er bemerkte den qualmenden Haufen Müll hinter ihr, den hellen Mond. Da fiel ihm wieder ein, wo er war, und der Alptraum kehrte zurück. Er fuhr mit dem Kopf herum, doch Shamus' Leiche war fort, und nur ein dunkler Rostfleck war zurückgeblieben.

Tom kam mit einer Schaufel in der Hand ums Haus herum und stellte sich neben seine Mutter. Ohne einen Blick zu James zu werfen fragte er leise: »Was meinst du, wo?«

»Auf dem hinteren Feld.« Sie wies mit dem Kinn dorthin. »Stell den Pflug drauf, um die Tiere abzuhalten.«

Als Tom hinter dem Haus verschwand, legte Mrs. Shelby James wieder den Arm um die Schultern. »Tom kümmert sich darum, dass er verschwindet.« Sie versuchte, ihn mit sich zu ziehen. »Bringen wir dich nach Hause.«

Aber James rührte sich nicht, sondern starrte wieder zu dem Fleck. Er drehte sich zu ihr. Seine Kehle brannte. »Ich habe ihn gestoßen.« Er blinzelte, als die Erinnerung in ihm aufstieg, krümmte die Hände, als er an das Buch dachte und den Stoß, den er Shamus gegeben hatte. »Er hat alles verbrannt. Ihre Bilder. Alles.«

James blickte auf seine Hände, die bis zu den Ellbogen mit Blut verschmiert waren. »Er ist gefallen. Aber … da waren Nägel«, stammelte er. »Ich wollte das nicht … hab versucht, das Blut zu stoppen …«

»James …« Ihre Stimme drang wie aus einem weit entfernten Tunnel zu ihm.

»Er ist auf die Nägel gefallen … das Blut.«

»Sieh mich an, James.« Mrs. Shelbys Stimme klang tränenerstickt. Als er aufblickte, sah sie ihn direkt an. »Du warst nicht schuld.«

Er schüttelte den Kopf, doch sie drückte ihn an den Schultern. »Hör mir zu, James. Hör mir zu! Shamus ist am gleichen Tag wie Tess gestorben. Er hat nur darauf gewartet, dass sein Körper ihn einholt.«

»Ich hätte ihn nicht alleinlassen sollen«, murmelte James. »Ich hätte ihm helfen sollen.«

»Du konntest ihn nicht retten, James. Shamus' Ende war unausweichlich. Das hier, *das*!«, rief sie und zeigte auf den Blutfleck, »war ein Unfall. Mehr nicht. Shamus hätte sein Leben so oder so beendet. Mit Alkohol oder seinem Gewehr. *Dies* war nicht deine Schuld.«

Mrs. Shelby zog ihn zu sich, drückte seinen Kopf an ihre Schulter und schlang ihre Arme um ihn. »Das war nicht deine Schuld, mein Sohn. Es war nicht deine Schuld.«

## Kapitel Sechsunddreißig

In New York City prasselte der Regen ohrenbetäubend an die Seitenwand des Hotels. Obwohl der Balkon von Leonoras Suite breit und tief war, drang das Wasser fast bis zu den geöffneten Flügeltüren. Es war früher Nachmittag, doch der Himmel hatte sich fast schwarz gefärbt und verdunkelte die Fassaden der Gebäude zu einem tiefen Grau. Keine Menschenseele hielt sich draußen auf. Kein Blitz oder Donner war zu sehen, nur der dichte Vorhang aus Regentropfen.

Leonora war froh über ihre geöffneten Fenster, boten sie doch eine Öffnung in den immer näher rückenden Wänden des Zimmers. Seufzend faltete sie ihre Hände über dem Bauch. Alex schlang von hinten seine starken Arme um sie. »Ist dir kalt? Ich könnte die Fenster zumachen«, bot er ihr an.

»Nein. Ich finde es schön, den Regen zu betrachten.«

Alex küsste sie auf die Wange. »Und ich finde es schön, dich zu betrachten.«

Ihr Onkel hatte sich zuerst mit Alex getroffen und ihm erzählt, sie wäre krank geworden. Wegen der ungewohnten Umgebung, hatte er behauptet. Frauen seien labile Wesen. Emotional. Fiebrig. Sie habe sich wohl einen Bazillus vom Personal eingefangen. Owen hatte Alex so vollständig beruhigt, dass er, als sie doch noch seinen Antrag annahm, nicht mit der Wimper zuckte angesichts ihres

Meinungsumschwungs und ihr den Ring über den Finger schob, als wäre es das Selbstverständlichste der Welt.

Jetzt schlang er seine Hände um ihre Taille, verschränkte sie über ihrem Bauch und legte seine Wange auf ihren Schopf. Feuchte Luft durchdrang das Zimmer, warm, schwer, fast greifbar. Alex presste die Oberschenkel gegen ihre Beine, und sie spürte etwas Hartes an ihrem Kreuz. Er schob ihr Haar beiseite und küsste sie auf den Nacken. »Hast du schon mal vom Kamasutra gehört?«, flüsterte er ihr ins Ohr.

Rasch drehte sie den Kopf zu ihm. »Nein.«

»Das ist ein alter Hindutext. Über Lust.« Er wickelte sich eine Haarsträhne um den Finger. »Über Sex, um genau zu sein.«

Röte stieg ihr vom Hals in die Wangen. Seine Finger drückten sie rhythmisch.

»Beschreibt, auf wie viele Arten Männer und Frauen zusammenpassen. Die Beschreibungen sind ziemlich detailliert.« Wieder küsste er sie auf den Mund. »Vierundsechzig Stellungen insgesamt.« Er wanderte mit seinen Lippen ihren Nacken hinunter, bis er den Kragen ihres Kleids erreicht hatte. »Ich würde mich erst mal mit einer begnügen.« Während er mit der einen Hand ihre Taille umschlungen hielt, griff er mit der anderen nach oben und öffnete geschickt den obersten Knopf an der Rückseite ihres Kleids.

»Alex …«

»Schsch.«

Leonora protestierte nicht mehr, sondern versuchte, ihren Atem unter Kontrolle zu halten, als er die Knopfreihe öffnete und mit dem Mund jeden Zentimeter ihrer freigelegten Haut hinunterfuhr. Sein Atem strich heiß über ihren Rücken.

Er drehte ihren Kopf zu sich, presste seine Lippen auf ihre und stieß ihr mit der Zunge in den Mund, während er ihr gleichzeitig das Kleid von den Schultern schob. Als er sich mit seinem Körper gegen sie drängte, wich sie zurück, bis ihr Rücken die Wand berührte. Am liebsten hätte sie sich seinem Griff entwunden und wäre durch die Tür geflohen, doch er würde bald ihr Ehemann sein. Dann musste noch Schlimmeres erduldet werden. Also wehrte sie sich nicht.

Alex drückte ihren Körper mit dem Brustkorb gegen die Wand, schob ihr mühelos das Kleid hinunter bis zum Bauchnabel, zu den Hüften und bis zu den Füßen, um es dann wegzutreten, damit sie nicht mehr daran kam.

»Alex, ich kriege keine Luft!«, keuchte sie an seinem offenen Mund, doch er achtete nicht auf sie. Er fuhr ihr mit den Handflächen über die Brüste und stöhnte in ihre Halsbeuge. Mit einem Knie drängte er ihre Beine auseinander und schob seine Hand unter den Saum ihres Seidenhemdchens. Sie zuckte zurück, wandte den Kopf ab und wollte seine Hand wegziehen, doch er grub seine Finger schon in das Fleisch ihres Schenkels und wanderte nach oben. Als er ihren Strumpfgürtel erreicht hatte, bohrten sich seine Nägel in ihre Haut.

Da fing Leonora an sich zu wehren. Jetzt war ihr gleich, ob er bald ihr Ehemann sein würde. Sie drückte mit den Unterarmen gegen seine Brust und stemmte sich vergeblich gegen sein Gewicht. »Das reicht.«

Er lachte leise, den Mund an ihren Hals gepresst. »Nein, ganz und gar nicht.«

Angesichts seiner vorrückenden Finger fing ihr Herz an zu hämmern. »Wir sind noch nicht verheiratet.«

Seine Zähne berührten ihre Haut, als er lächelte. »Die Zeiten haben sich geändert, Darling. Schließlich herrscht Krieg.« Er schob ihr sein zweites Knie zwischen die Beine. »Dies könnte unsere letzte Gelegenheit sein.«

Er nagelte sie mit den Beinen an die Wand. »Ich werde nicht schlecht von dir denken, versprochen. Außerdem schuldest du mir was. Schließlich hast du mir letztens ziemlichen Kummer bereitet.« Er warf ihr einen scharfen Blick zu, bevor er sich wieder den Erkundungen unter ihrem Hemdchen widmete.

Leonora zuckte mit dem Becken, das sich ohne ihr Zutun öffnete. Alex schob ihr eine Hand zwischen die Schenkel und wanderte damit bis zum Rand ihres Höschens. Plötzlich drang er mit dem Finger in sie ein. Sie erstarrte. Er sah ihr direkt in die Augen, hielt ihren Blick gefangen, lächelte zufrieden und stieß immer wieder mit dem

Finger in sie hinein. Sie wimmerte und presste sich mit dem Rücken gegen die Wand, doch es gab kein Entkommen. Je mehr sie sich wehrte, desto härter und gröber stieß er zu. Wie gelähmt schloss sie die Augen.

Da hörte Alex abrupt auf, umfasste mit beiden Händen ihren Po und trug sie die wenigen Schritte zum Bett. Sie war orientierungslos. Bevor sie erkannte, dass sie nicht mehr an die Wand gepresst war, hatte er ihr schon das Hemdchen abgestreift und saß rittlings auf ihr, zog sein Hemd aus und knöpfte seine Hose auf.

Leonora schüttelte den Kopf und fing an, flehentlich zu wimmern, da sie kein Wort mehr hervorbrachte. Kalte Panik ergriff sie. Vor lauter Verzweiflung richtete sie sich auf, wollte ihn wegstoßen und trommelte mit ihren Fäusten gegen seine Brust. Alex grinste nur, drückte mit einer Hand ihre Schulter zurück aufs Bett und entfernte mit der anderen seine Hose. Entsetzen ergriff sie, als sein Penis sich steif und pochend vor ihr aufrichtete. Sie streckte den Arm aus, um Alex das Gesicht zu zerkratzen, kam aber nur bis zu seiner Schulter. Sie versuchte zu schreien, aber ihre Kehle war wie zugeschnürt.

Alex packte mit seiner linken Hand ihre Handgelenke und zog sie ihr über den Kopf. Im nächsten Augenblick ließ er sich mit seinem ganzen Gewicht auf sie sinken und glitt zwischen ihre Schenkel. Und dann, mit einem kurzen Stoß, drang er stöhnend in sie ein. Von der Wucht und dem Schmerz wölbte sie den Rücken hoch und biss sich auf die Lippen. Seine nackte Brust rieb gegen ihre, als er immer wieder nachstieß und ihr enges, reißendes Becken weitete. Ihr Geist verschloss sich, und sie versuchte wimmernd sich zusammenzukauern. Ihre Augen waren fest zugekniffen. Weiter und weiter ging es, mal schneller, mal langsamer, wie lange, wusste sie nicht, bis plötzlich sein ganzer Körper erstarrte. Alex stieß einen gequälten Schrei aus. Dann erschauerte er, glitt aus ihr heraus und legte den Kopf auf ihre Brust.

Er rollte sich auf den Rücken, starrte zur Decke, während seine schweißnasse Brust sich hob und senkte und sein Penis schlaff auf seinem Schenkel lag wie die Zunge eines hechelnden Hundes. Träge drehte er sich auf die Seite und stützte einen Ellbogen auf. Lächelnd sah er sie an und strich ihr eine Haarsträhne hinters Ohr. »Ist alles in Ordnung?«

Sie schluckte und blickte starr zur stuckverzierten Decke.

»Es tut nur beim ersten Mal weh. Du wirst sehen.« Zufrieden fuhr er ihr mit der Hand über die Brust, den Bauch und die Hüfte und sagte: »Gott, wie schön du bist.«

Mit zitterndem Kinn versuchte sie, ihre Tränen zu unterdrücken.

»Ah ... die Reue der Jungfrau. Du musst dich nicht schämen, Darling.« Er strich ihr mit den Fingerknöcheln über den Arm. »Findest du nicht auch, dass es ein bisschen altmodisch ist, bis zur Hochzeitsnacht zu warten?« Mit der Fingerspitze umkreiste er ihre Brustwarze und bemerkte leise: »Wenigstens kannst du es dir jetzt nicht mehr anders überlegen.«

Da wandte Leonora ihm den Kopf zu und sah, dass er sie hart und blitzend ansah.

»Wir wollen uns doch nicht beim nächsten Fieber wieder aus unserem Heiratsversprechen schleichen, wie?«, sagte er. Dann schwand sein harter Ausdruck, und er küsste sie sanft lächelnd auf die Stirn. »Gute Nacht, Mrs. Harrington.«

Leonora wandte den Blick wieder zur Decke. Langsam hob und senkte sich ihr Brustkorb, während der Rest ihres Körpers nackt und reglos unter dem Laken lag. Schon bald verriet Alex' ruhiger und gleichmäßiger Atem, dass er eingeschlafen war. Die Vorhänge wehten ins Zimmer und wurden wieder nach draußen gesogen. Der Regen hatte aufgehört. Die warme, feuchte Luft wurde immer drückender. Aus den Büschen und den mickrigen Straßenbäumen war das Summen der Insekten zu hören. Und ihre Zukunft nahm Gestalt an: Sie tauschte das eine Gefängnis gegen ein anderes. Ein Licht in ihrem Herzen flackerte, und sie flehte es an, nicht auszugehen.

Unter ihrem Fenster stieg die melancholische Klage einer Sirene empor. Leonora lauschte ihr und rührte sich nicht, als warme Tränen ihr aus den Augen quollen, über die Wangen liefen und aufs Laken tropften.

## Kapitel Siebenunddreißig

Shamus' Beerdigung fand in grausamer Dürre statt, unter einem grellblauen Himmel, dem Baldachin trockener Tränen.

James hockte auf dem Boden. Seine alten Stiefel hatten tiefe Falten an den Zehen, und der Saum seiner Lederhose war vom Staub rot gefärbt. Er fuhr mit den Fingerspitzen über den Boden, nahm eine Handvoll trockene Erde, rieb die Körnchen zwischen den Fingern und ließ den Staub die Handfläche hinuntergleiten. Dann stand er auf, entfaltete seinen hoch aufgeschossenen Körper, streckte die breiten Schultern unter dem weißen, gebügelten Hemd, das trotz der Stärke weich wurde. Er wischte sich die Hand an der Hose ab. Wie er so aufgerichtet und mit leicht gespreizten Beinen dastand, war er im Umkreis von einer Meile die höchste Silhouette unter dem blauen, wolkenlosen Himmel. Die Sonne brannte gnadenlos auf seinen Lederhut. Nur ein paar Büsche und hier und da eine Eidechse brachten Leben in die Leere um ihn herum. Leben, aber keinen Trost.

Mrs. Shelby stand links von James, in ihrem schwarzen Gewand, das von so vielen Trauerfällen schon verblichen war. Tom stand in gleicher Positur wie er zu seiner Rechten. Die rothaarigen Mädchen umringten ihn. John und Will waren weit weg im Krieg, doch spürten sie ihre Gegenwart. Die Shelbys hatten einen dichten Kreis gebildet, als Schutz vor der Außenwelt wie schon immer.

In der Mittagshitze warf der Priester seinen Schatten über die Erde vor dem Grabstein. Der Boden zu seinen Füßen war ganz glatt, ohne aufgeworfenen Hügel, denn der Grabstein war nichts anderes als der Hinweis auf ein vollendetes Leben; ein Hinweis auf den Menschen, der anonym weit draußen auf den Feldern lag.

»Und so trauern wir um Shamus O' Reilly«, verkündete der Priester und sprenkelte Weihwasser auf den Boden, der Gottes Trank gierig in sich aufnahm. »Er ruhe in Frieden.«

Zwei weiße Grabsteine. Seite an Seite. Tess O'Reilly. Shamus O'Reilly. Mrs. Shelby schob ihre Hand durch James' Armbeuge – er war ein zweites Mal Waise geworden.

Mit einem Klicken wurde vom Priester das Friedhofstor zugezogen, ein nutzloses Stück Metall, das die Toten ein- und die Lebenden aussperrte.

»Komm mit nach Hause und iss etwas.« Mrs. Shelby berührte James am Arm. »Lass den Tag hinter dir. Ich verspreche, es gibt keine Trauerfeier.«

»Ich hab noch ein paar Dinge am Haus zu erledigen.«

Mrs. Shelby nickte und drückte seinen Arm. Dann wandte sie sich zu Tom. »Du kommst auch nicht?«

»Nein. Bei mir wird es spät.«

»Dann benimm dich, Tom, sonst …« Sie hielt ihm drohend den Zeigefinger vor die Nase.

Tom lächelte und wehrte ihre Hand ab. »Aber immer doch.«

»Also gut«, sagte Mrs. Shelby. »Dann fahre ich mit dem Priester zurück. Die Kinder werden schon unruhig. Besser, sie kriegen was zu essen, sonst bringen sie sich noch gegenseitig um.« Mrs. Shelby tätschelte James die Schulter. »Du reitest zum Haus und erledigst, was auch immer du tun willst. Aber danach lässt du bitte alles hinter dir, mein Sohn. Dein Zuhause ist nicht mehr dort, sondern bei uns. Das war es schon immer.«

James neigte sich zu ihr und küsste sie auf die Wange. Sie straffte die Schultern und brüllte den Kindern zu: »Los, kommt! Wir fahren zurück!«

James sah zu, wie der Wagen immer kleiner und das öde Land immer weiter wurde. Er wandte sich zu Tom. »Wo willst du noch hin?«

»Southern Cross.« Er kickte den Staub hoch und sah ihn scheu an.

»Ach ja?«, grinste James. »Wie heißt sie denn?«

»Ashley.« Als er den Namen aussprach, trat ein Funkeln in seine Augen. »Vom Tanzen vor ein paar Monaten.«

»Ja, ich weiß.« James verschränkte die Arme und musterte seinen Freund. »Ich weiß außerdem noch, dass wir dich erst zwei Tage später wieder zu Gesicht bekommen haben.«

Tom lachte und zog die Augenbrauen in die Höhe. Dann blickte er zum Friedhof und wurde ernst. »Soll ich dich begleiten? Musst es nur sagen, Kumpel.«

»Nein, danke«, erwiderte James. »Ich muss mal allein sein. Das selbst erledigen. War ja schon lange mit zu rechnen.«

Tom nickte. »Dann sehen wir uns zu Hause.«

»Benimm dich.« James hielt ihm wie Mrs. Shelby den Finger vor die Nase.

»Aber immer«, grinste Tom.

Als Tom gegangen war, lief James, den Hut tief in die Stirn gezogen, am Friedhof vorbei. Da ihm die Sonne ins Gesicht schien, hielt er den Kopf gesenkt und beobachtete, wie seine Stiefel mit jedem Schritt eine rötliche Staubwolke aufwallen ließen. Das Zirpen der Grillen drang aus den Büschen und hüllte ihn ein, bis kein anderes Geräusch mehr zu existieren schien.

Im Osten schimmerte ein dünner, goldener Streifen: der Rand eines Weizenfeldes von den Livingstons. Eine leichte Brise ging dort, vielleicht vom Meer. Die goldenen Ähren wehten im Wind, so filigran und glatt wie Haare. Wärme durchströmte ihn, als ihm die Haare einer Freundin einfielen; Meer, Licht und Wind vor sehr langer Zeit. Doch dann blinzelte er, atmete tief ein, schob die Hände in die Taschen, und aus dem Weizen wurde wieder Weizen.

• • •

An Leonoras Hochzeitstag begutachtete Eleanor, nervös mit dem Fuß tappend, ihre Nichte. »Gott sei Dank gibt es Schleier. Du siehst ja aus wie ein Geist.« Sie richtete ein paar Strähnen an Leonoras Hochsteckfrisur.

»Haben Sie die Diamanten gefunden?«, fauchte Eleanor die Zofe an.

»Ja, Mrs. Fairfield.« Die Frau reichte ihr ein Schmuckkästchen aus Rosenholz.

Eleanor öffnete den Deckel und verzog das Gesicht. »Aber wirklich, du benimmst dich wie eine Fünfjährige, Leonora.« Sie nahm einen kleinen, runden Stein in die Hand. »Kiesel zusammen mit Schmuck aufzubewahren!« Sie schleuderte den Stein durchs Zimmer. Ohne ihren Kopf zu bewegen, sah Leonora zu, wie der Stein unters Bett rollte.

Ziemlich grob stieß Eleanor ihrer Nichte die Diamantstecker durch die Ohrläppchen und musterte sie ein letztes Mal. »So wird es gehen müssen. Wir sind schon spät dran.« Sie öffnete die Tür zum Gehen und sah sich dann um. »Nun?«

»Ich brauche noch eine Minute«, sagte Leonora leise. »Bitte.«

Eleanor verdrehte die Augen, rauschte aus dem Zimmer und bellte der hinterhereilenden Zofe Befehle zu.

Leonora ging zum Bett, hob ihr Brautkleid hoch, kniete sich auf den Boden und tastete unter dem Bett umher, bis sie den Stein fand, der so glatt und makellos rund war wie ein winziges Vogelei. Sie rieb über die Oberfläche, bis vor ihrem inneren Auge das freundliche Lächeln eines lieben Freundes auftauchte und eine altvertraute Wärme sie durchströmte, die intensiver war als die der Sonne.

• • •

James stand auf der morschen, schiefen Veranda des alten Hauses, deren splittrige Balken unter seinem Gewicht durchhingen. Kautabakflecken sprenkelten die Wände wie Blut; überall lagen leere Flaschen herum. Als er die Maschendrahttür aufstieß, quietschte sie, so verrostet war sie. Unzählige Fliegen, von ihm aufgestört, schwärmten ihm summend entgegen, bevor sie sich wieder in ihren Lieblingswinkeln niederließen. Der Vorhang, der sein Zimmer von den anderen abteilte, war zerrissen und die Matratze auf dem Boden von Ratten ausgehöhlt. Shamus' Zimmer war vollkommen leer. Das Eisenbett war gegen die Wand gerückt und hatte weder Kissen noch Decken. Die dünne, gestreifte Matratze hatte rote Flecken von den rostigen Sprungfedern und gelbe unbekannten Ursprungs. Keine Kommoden. Keinerlei Erinnerung an die guten Zeiten – nur Narben von den schlechten Tagen, den schlechten Jahren.

James verließ das Haus und ging zu dem kleinen Schuppen dahinter, wo er zwischen Fässern und Gerätschaften stöberte, bis er das Petroleum fand. Er drehte den Verschluss ab und bespritzte großzügig die tragenden Balken des Hauses und die Stufen der Veranda. Das Holz war trocken und alt, mit dem Öl würde es garantiert brennen. Als James ein Streichholz an einem Stein abrieb, erwachte eine blaue Flamme zischend zum Leben.

• • •

Leonora stieg aus dem Wagen, ohne darauf zu achten, wer die Schleppe trug oder ihr den Brautstrauß in die Hand drückte. Durch den Schleier sah sie das Leben nur wie im Nebel.

Musik setzte ein. Bögen strichen über Violinen und Cellos, Kolophonium stäubte auf. Pachelbels Kanon in D-Dur. Das Stimmengewirr im Saal verstummte. Ihr Onkel fasste sie am Ellbogen und flüsterte ihr ins Ohr: »Du siehst atemberaubend aus, Liebes.« Und ihre Füße setzten sich in Bewegung. Einen Schritt nach dem anderen. Immer näher zum Altar.

• • •

James warf das Streichholz auf das petroleumgetränkte Holz, trat ein paar Schritte zurück und blieb hoch aufgerichtet, die Daumen in den Gürtelschlaufen verhakt, stehen. Er beobachtete, wie die Flammen den Hohlraum unter der Veranda füllten und um die Dielenbretter züngelten.

• • •

Leonora blickte durch den dichten Schleier. Alex nahm ihre Hand. Der Priester fragte: »Willst du diesen Mann zu deinem rechtmäßig angetrauten Ehemann nehmen?«

• • •

Flammen stiegen an den Balken empor, deren morsches Holz rasch in einem Funkenregen zusammenbrach. Gierig leckte das Feuer an den Wänden und schwärzte es unter seiner zischenden Zunge.

Dann drang es ins Haus und zerfraß die verschlissenen Vorhangfetzen.

• • •

»Ich will«, sagte Leonora.

• • •

Die Veranda krachte zusammen. Die angesengten Balken des Hauses barsten.

• • •

»Damit erkläre ich Sie zu Mann und Frau. Ladies und Gentlemen: Mr. und Mrs. Alexander Harrington.«

• • •

Der Rauch brannte James in der Kehle.

• • •

Unter dem Schleier brannten ihr Tränen in den Augen.

• • •

## Kapitel Achtunddreißig

Als James zum Haus der Shelbys zurückkehrte, war es schon spät. Aus den Bäumen stieß ein Flötenvogel sein erschreckend menschliches Schluchzen aus. Aus dem Küchenfenster schien Licht.

Zu Hause.

James brachte das Pferd in den Stall. Vor der Veranda tanzte ein winziger roter Punkt: Tom, der auf den Stufen hockte und rauchte. James ließ sich neben seiner dunklen Gestalt nieder und streckte die langen Beine, in denen er noch das Vibrieren des Pferdes vom Ritt spürte. Starker Rauchgeruch umgab seinen Freund. Die Stufen waren mit Kippen übersät. James musterte Tom mit gerunzelter Stirn: Tom rauchte nicht.

»Abgefackelt?«, fragte Tom leise. James nickte.

»Alles klar?«

»Ja«, sagte James. »Erledigt.« Er legte den Kopf in den Nacken und blickte hinauf zu den Sternen. »Ich dachte, du wärst die ganze Nacht weg.«

Tom zog an seiner Zigarette und kniff dabei ein Auge zu. Einen Moment lang hielt er die Luft an, dann stieß er den Rauch durch die Nase aus. »Ich stecke in Schwierigkeiten, Kumpel.«

James wartete und sah, wie sich die Miene seines Freundes verdüsterte.

»Sie ist schwanger.«

Lastendes Schweigen senkte sich über sie und übertönte sogar die Flötenvögel.

»Wirst du sie heiraten?«, wagte James sich vor.

»Wenn's nur so einfach wäre.« Tom stieß ein leises Lachen aus, umfasste, mit der Zigarette in der Hand, seine Knie und wiegte sich vor und zurück. »Die hat schon 'nen Kerl. Ist verheiratet.«

»Verdammt.«

»Das wusste ich nicht«, brach es aus Tom hervor. »Ich schwöre bei Gott, sie hat nie ein Wort gesagt.«

»Wer ist denn der Kerl?«

»Keine Ahnung.« Tom fuhr sich durch den roten Schopf. »Ein irrer Mistkerl, nach dem, was ich gehört habe. Arbeitet in der Sträflingskolonie oben in Queensland. Als Deputy oder so.«

»Weiß er Bescheid?«, fragte James.

»Noch nicht.«

»Will sie es ihm sagen?«

Tom nahm einen Stein, schleuderte ihn in die Nacht und ließ erschöpft den Kopf hängen. »Das kommt wohl drauf an.«

»Worauf denn?«

»Ob ich zahle oder nicht. Sie will Geld, James.« Tom nahm noch einen Stein und warf ihn dem ersten nach. »Sie glaubt, wir sind reich. Weil wir Land haben und so. Ich hab ihr gesagt, dass uns Dad nicht mal 'nen Pisspott hinterlassen hat, aber das kauft sie mir nicht ab. Sie meint, auf die eine oder andere Weise müsste ich bezahlen.«

»Das ergibt doch keinen Sinn. Dann müsste sie ja zugeben, dass sie sich mit dir eingelassen hat.«

Tom zog mit zittrigen Fingern an seinem Zigarettenstummel. »Ashley ist vielleicht unvernünftig, aber dumm ist sie nicht. Hat an alles gedacht.« Er lachte kalt, doch seine Stimme verriet seine Angst: »Sie meint, wenn ich nicht zahle, wird sie ihm erzählen, ich hätte sie gezwungen. Hätte sie vergewaltigt.«

Er blinzelte wild und verzerrte das Gesicht vor Abscheu. »Das würde ich einer Frau niemals antun! Das weißt du doch. Ich habe Schwestern. Allein bei dem Gedanken, dass jemand so etwas einer Frau antut, dreht sich mir der Magen um!« Er verzog das Gesicht. »Und jetzt kommt sie und wedelt mir mit dem Wort wie mit einem gottverdammten Fähnchen vor der Nase herum.«

Tom ließ den Kopf in seine Hände sinken. Die Kippe fiel zu Boden und glühte dort weiter. »Was mache ich nur?«

James trat den Zigarettenstummel mit dem Absatz aus und starrte angestrengt in die Dunkelheit.

»Ich hab doch kein Geld«, sagte Tom erstickt. »Verdammt noch mal, ich würde ihr sofort was zahlen, wenn ich sie damit nur los wäre. Aber ich habe nichts.« Er schüttelte den Kopf. »Ich schwöre, mir ist völlig egal, was der Kerl mit mir machen würde. Und wenn er mich am nächsten Baum aufknüpfte, würde ich's mit Freuden hinnehmen. Aber ich ertrage es nicht, dass Mum mit der Schande leben muss. Das würde ihr mehr zusetzen als Dads Tod. Mehr als die Tatsache, dass ihre Söhne in den Krieg gezogen sind.«

James stand auf und spürte Toms Blick auf sich, als er, die Hände in die Hüften gestemmt, auf und ab ging. »Angenommen, du zahlst. Dann ist sie immer noch schwanger. Wie will sie denn das erklären?«

»Sie sagt, sobald sie das Geld hat, stattet sie ihrem Typen einen Besuch ab und sorgt dafür, dass er denkt, es ist seins.« Er spuckte auf den Boden. »Sie ist verrückt, James. Bösartig und wirklich nicht ganz richtig in ihrem gottverdammten Kopf.« Tom stieß durch den Mundwinkel Luft aus. »Ich glaube, sie hat das Ganze geplant. Hat mich ausgesucht, weil ich nur ein dummer Farmer bin.« Er seufzte. »Was ja auch stimmt.«

James sah seinen Freund an, seinen Bruder. Seine Stimme nahm einen stählernen Unterton an. »Wir kriegen das Geld, Tom.«

Tom sah ihn verloren an. »Aber wir haben kein – «

»Ich treibe das Geld auf.« James streckte die Hand aus und zog Tom auf die Füße. »Ich treibe es auf.«

## Kapitel Neununddreißig

Die eleganten Räume der Fairfield-Villa quollen über vor Gästen. Leonora war völlig erstarrt und ließ mit einem schwachen Lächeln die Glückwünsche über sich ergehen. Ihr Inneres war taub gegenüber Worten, Geräuschen oder Gefühlen. Alex, stattlich und selbstgewiss in seinem Frack, machte die Runde unter den Gästen. Munter schwenkte er sein volles Glas, während er Handküsse verteilte, Schultern drückte und dabei immer wieder fest seine Frau an sich zog.

Das Personal dirigierte die Gästeschar zum Abendessen in den Ballsaal. Leonora und Alex nahmen an einem kleinen Tisch Platz, der in goldener Seide eingedeckt war und von einem weißen Rosenbouquet gekrönt wurde.

Owen in einem strahlend weißen Frack stand auf und klopfte mit einer Gabel gegen sein Champagnerglas. Im Saal wurde es still. »Es ist eine große Ehre für uns, Sie heute an diesem herrlichen Tag in unserem Heim willkommen heißen zu dürfen: zur Hochzeit von Alexander Harrington und meiner wunderschönen Nichte Leonora.«

Leonora starrte auf die weißen Hände in ihrem Schoß, als gehörten sie jemand anderem.

»Doch auch wenn wir dem glücklichen Paar unsere Glückwünsche darbringen und unsere Liebe bekunden wollen, müssen wir auch die Gelegenheit nutzen, Abschied zu nehmen.«

Leonora blickte auf. Owen und Alex tauschten grinsend einen Blick. »Wie viele von Ihnen wissen, ist Alex für mich mittlerweile wie ein eigener Sohn. Sein Geschäftssinn und seine aufrichtige Liebe zu meiner Nichte erfüllen meine Frau und mich mit Stolz. Und mit diesem Stolz ist auch tiefes Vertrauen in ihn gewachsen. Liebenswürdigerweise hat sich Alex bereit erklärt, ins Familienunternehmen einzusteigen und in Übersee als mein Stellvertreter zu fungieren.«

In Leonora begann ein Lebensnerv zu zucken, ihre Handflächen kribbelten. Sie atmete ganz flach.

»Bitte stimmen Sie mit ein, wenn wir Alex und Leonora Glück und Gesundheit in ihrer neuen Heimat wünschen.« Owen Fairfield hob sein Glas, blickte Leonora bedeutsam in die Augen und hob für sie allein ihr Glas.

Ihr stockte der Atem.

»In Australien!«

# TEIL FÜNF

## Kapitel Vierzig

Ghan wanderte an der gefurchten Straße entlang. Es war früher Morgen. Unter seinen Füßen knirschte der Frost, als er sich gegen die Kälte stemmte und die Tasche jeweils nur in einer Hand hielt, um die andere in der Jacke wärmen zu können. Nur nachts und morgens war es so durchdringend kalt. Mittags würde er schon in seinem Hemd schwitzen.

Ghan blieb stehen, zog seinen Stiefel aus und umklammerte seine geschwollenen, mit Blasen bedeckten Zehen. *Die verdammten Frostbeulen.* Je mehr er kratzte, desto mehr brannten und schwollen sie. Jede Jahreszeit brachte ihre eigene Geißel mit: Flöhe im Sommer, Läuse im Frühjahr, Fußfäule in der Regenzeit und Frostbeulen im Winter. Aber wenigstens hatte er nur einen Fuß, den er kratzen musste. Ohne ein Gefühl der Besserung stieg Ghan wieder in seinen Stiefel. Keine Zeit zum Trödeln. Er hatte Arbeit heute.

Die Sonne lugte über die Ebene. Bald würden seine Zehen wärmer werden. Arbeit kam. Arbeit ging. Ein paar Jahre hatte er einen Lauf gehabt, mit Sandelholz. Man musste nur ein paar schlaue Ziegen an die Stämme binden und die Wurzeln anhebeln, dann konnte man die Bäume geradezu pflücken. Das hätte er sein ganzes Leben machen können, aber der Wald hatte sich schnell gelichtet. Nach ein paar Jahren blieben nur noch einsame Krater zurück. Gab einem schon ein hohles Gefühl, wenn man meilenweit nur noch ödes, verkratertes Land sah. Aber irgendwo hatte eine reiche Lady ein gut duftendes Sandelholzkästchen auf ihrem Tisch stehen.

Als er das Knirschen von Rädern hörte, drehte er sich um. Ein kleiner Karren hielt neben ihm. Der Fahrer war dick und rotgesichtig und hatte seine abgetragene Jacke bis zum Kinn zugeknöpft. »Wo willste hin?«

»Southern Cross.«

»Dann rauf mit dir.«

• • •

»Hier ist die Karte.« Mr. Fletcher, der Ladenbesitzer, gab ihm ein bekritzeltes Stück Papier. »Du kannst doch lesen, oder?«

»Klar kann ich lesen!«, stieß Ghan hervor. Klar konnte er kein Stück lesen, doch Karte war Karte, und die konnte er so gut lesen wie jedes gelackte Weichei ein Gedicht lesen konnte.

»Die beiden sind so weit«, sagte Fletcher. »Aber ich brauch sie in zwei Tagen wieder, hörst du? Nicht trödeln.«

»Keine Sorge.«

»Sind gute Leute, die Monahans. Stammkunden. Haben im Krieg einen Jungen verloren. Verärger sie nicht, hörst du? Ich brauch die beiden Ochsen in zwei Tagen zurück, hörst du?«

*Noch einmal, und du hörst meine Faust in deinem Gehörgang.* »Ja, Sir. Zwei Tage.«

Ghan wurde langsam weich – aber schließlich braucht der Mensch was zu essen. Er schob die Karte in seine Tasche und hievte sich hinter den beiden Ochsen auf den Wagen.

»Die Tiere kommen nachts in den Stall, hörst du?«, brüllte Mr. Fletcher ihm nach. »Hörst du?«

*Klar hör ich dich, du ewig nörgelnder Hurensohn. Die Ochsen schlafen gemütlich im Stall, während ich mir draußen den Arsch abfrier.* »Ja, Sir«, brüllte Ghan zurück und tippte sich höflich an die Hutkrempe.

Die Straßen von Southern Cross gingen auseinander wie die Finger einer Hand, und als er die Stadtgrenze hinter sich gelassen hatte, faltete er die Karte auseinander, orientierte sich und entschied sich für die Straße, die den Daumen darstellte.

Er kam an einem kleinen Friedhof zu seiner Rechten vorbei, der sich in nichts von anderen unterschied: schiefer Eisenzaun und bescheidene weiße Grabsteine, die vergessene Namen, vergessene Leben markierten. Ein paar Stunden später gelangte er zu einer aufgegebenen Farm und einer niedergebrannten Behausung. Nur noch ein paar verkohlte Balken ragten aus der rußgeschwärzten Erde hervor. Eine Schubkarre, halb braun vom Rost, halb schwarz vom Feuer, lag umgekippt daneben. Der alte Wassertank wirkte unberührt. Eine verwilderte Katze schlich, vom Stampfen der Ochsen aufgeschreckt, geduckt aus dem verwaisten Hühnerstall und raste ins vertrocknete Stoppelfeld. *Eine Schande,* dachte Ghan, *gutes Ackerland einfach brachliegen zu lassen.*

Gegen Abend kam die Farm der Monahans in Sicht. Die Kinder sprangen, eins nach dem anderen, aus dem Haus und kreischten, dass die Vorräte da waren. Noch bevor er ganz halten konnte, umschwärmten sie schon den Wagen.

»Tag«, grüßten die Arbeiter und die Männer und Frauen der Familie. »Kommt O'Shaye nicht liefern?«, fragten sie, während ihre Augen über die Kisten huschten.

»Masern.«

»Die gehen rum. Anscheinend alle paar Jahre.«

So schnell wie die Bienen auf Sirup stürzten sich die Leute auf die Kisten, und der Wagen ächzte unter ihrem Gewicht. Die Frauen stöberten herum, bis sie die Ballen grauer Baumwolle und die Kästchen mit Nadeln, Garn und Knöpfen fanden. Die Männer hievten grunzend und mit angespannten Nackenmuskeln die Kisten vom Wagen. Die Kinder fanden sofort die Dosen mit Malzbonbons, als könnten sie sie direkt durch die Schutzschichten Stroh erschnüffeln.

Ein kleines Mädchen mit geflochtenen Affenschaukeln über den Ohren hielt eine der Dosen in die Höhe. »Dürfen wir eins, Mum?«, bettelte sie.

»Na gut«, nickte Mrs. Monahan. »Aber nur eins. Mehr nicht.« Sie verdrehte die Augen. »Noch vor Ende der Woche sind die weg.«

Die Männer schleppten Kisten mit Trockenfrüchten, Tüten mit weißem Zucker und Reis, kleinere Kisten mit Tee aus China und säckeweise Mehl ins Haus. Ein kräftiger Feldarbeiter lud sich das Steinsalz auf den Rücken und steuerte die Scheune an. Geschirr, Arbeitskleidung, Medizin, Saatgut und Gewürze wurden abgeladen und abgehakt.

»Kommen Sie, essen Sie mit uns zu Abend«, sagte Mr. Monahan, als Ghan die letzte Kiste heruntergereicht hatte. »Es gibt sogar ein Malzbonbon für Sie. Das heißt, wenn Sie es den klebrigen Händen der Kinder entreißen können.«

»Danke, aber ich hab mir was mitgebracht. Ich bleib einfach hier draußen, dann bin ich nicht im Weg.«

»Unsinn. Da wäre die Missus gekränkt.« Mr. Monahan wandte sich zum Gehen. »Warten Sie nicht zu lang, sonst wird das Essen kalt.«

Wenn ein Mann nicht an gutes, warmes Essen gewöhnt ist, wird er störrisch, was das betrifft, denn wenn er es mal wieder zu schmecken bekommt, merkt er, wie sehr er es vermisst hat und dass er lange warten muss, bis er wieder so was kriegt. Also aß Ghan, sprach nur, wenn er was gefragt wurde, und versuchte, das Essen nicht allzu sehr zu genießen, nicht die Augen zu schließen und vor Entzücken aufzujaulen über die Butter, den Zucker und das frische Fleisch auf seiner Zunge.

In dieser Nacht schlief er im Stall, oben auf dem Speicher, zwischen Kisten mit Steinsalz und Saatgut gequetscht. Gar kein so schlechter Schlafplatz – ganz und gar nicht. Als die Sonnenstrahlen durch die Termitenlöcher drangen, war Ghan schon wach und auf dem Rückweg.

Mr. Fletcher warf einen Blick auf seine Taschenuhr, als er vorfuhr. Er musterte die Tiere und nickte beifällig, »Wie war's?«, fragte er.

»Haben alles genommen, was bestellt war.«

»Na klar haben sie das.« Mr. Fletcher legte die Hand an die Flanke des Ochsen und lehnte sich an ihn, wobei seine dünnen Arme merkwürdig lang wirkten. »Sind gute Leute, die Monahans.« Dann wandte er sich wieder dem Geschäftlichen zu. »O'Shaye ist noch krank. Noch 'ne Fahrt?«

»So viele, wie Sie haben.«

Fletcher bohrte sich die Zungenspitze von innen in die Wange. »Also gut. Heute belad ich den Wagen, und wenn du morgen wiederkommst, schicken wir dich südwärts nach Corrigin.«

Da Ghan den Rest des Tages frei hatte, lief er an den neuen Bahngleisen entlang, wo ein paar Chinesen, bezahlte Sklaven im Grunde, über den Gleisen schufteten. Ghan fand den Pub ziemlich weit vom Ortszentrum entfernt. Da er von der Hand in den Mund lebte, gönnte er sich nur ab und zu einen Schluck, vor allem, wenn er einen Job erledigt hatte. Aber wirklich nur einen Schluck, sonst schoss wieder die alte Wut in ihm hoch, und für einen Kampf war er zu alt und verbraucht.

Als Ghan den Pub betrat, schmatzte sein Fuß auf dem Boden, so klebrig war der. Es war gerade mal Mittag, und doch war die Theke zu beiden Seiten besetzt. Ein Barkeeper lehnte mit verschränkten Armen an dem zersprungenen Spiegel, der die Flaschen reflektierte und vortäuschen sollte, die Bar wäre gut bestückt. Ein Schnurrbart zog sich von der Oberlippe des Mannes bis zu seinem Kieferknochen und straffte sich, wenn er sprach.

Ghan zog einen Hocker heraus. Der junge Mann neben ihm rückte ein Stück beiseite, damit er Platz hatte. Der Barkeeper hob fragend das Kinn.

»Bier«, befahl Ghan.

Der Mann goss ein Halbliterglas voll und stellte es spritzend auf der Theke ab, ließ es aber nicht los. »Hast du überhaupt Geld?«

»Bin ja nicht zum Betteln hergekommen, oder?«, knurrte Ghan.

Der Barmann sah ihn aus leicht zusammengekniffenen Augen an, ließ widerstrebend das Glas los und wandte sich an den Gast neben Ghan. »Noch mehr Wasser?«, fragte er spöttisch. Der junge Mann grinste, antwortete aber nicht. Daraufhin ging der Barkeeper wieder zum Spiegel und seinem Schwätzchen zurück.

Das Ale war pisswarm, aber würzig und wärmte augenblicklich seinen Magen. Langsam nippte Ghan daran, er musste sich nicht beeilen, musste nirgendwohin bis zum nächsten Morgen. Er wartete. Wartete auf Arbeit.

Da betrat noch ein junger Mann den Pub, ein von der Sonne gebleichter Rotschopf. Er setzte sich auf die andere Seite seines Nachbarn und nickte ihm zu wie einem Kumpel. Beide waren sauber und rasiert; braun von der Arbeit im Freien, aber nicht so ungepflegt wie die Schafscherer und Hilfsarbeiter.

»Hast du mit ihr geredet?«, fragte der Dunkelhaarige.

»Sie sagt, sie gibt mir 'nen Monat, dann erzählt sie's ihm.« Der Rotschopf kratzte sich am Ohr. »Einen lausigen Monat.«

Der Barkeeper kam zu ihnen. »Was willst du, Tom?«

»Einen Job«, antwortete der verbittert, dann schüttelte er den Kopf. »Whiskey.«

Der Barmann schenkte ihm einen ein. »Ich dachte, ihr hättet ein paar ziemlich gute Jahre gehabt.«

Tom nippte an seinem Drink und starrte ins Glas. »Aber nicht gut genug.«

Da straffte der stille, dunkle Mann die Schultern und sagte: »Tom meint, wir sollten zu den Goldminen.« Er grinste. »Er meint, wir könnten das Riesennugget finden, das tausend andere übersehen haben.«

Tom stützte die Ellbogen auf die Theke und ließ sich dazwischensacken. »Besser als rumsitzen und zusehen, wie alles vertrocknet.«

»Hör auf, James«, erwiderte der Barkeeper. »Die Minen sind nichts für Jungs wie euch. Die holen das Letzte aus einem Mann raus – und das Schlimmste –, so dass er hart und bösartig wird wie der Stein, auf den er einklopft.«

Tom lachte. »Du bist ja ein richtiger Poet.«

»Goldschürfen ist kein Spaß!«, gab der zurück. »Und nichts für euch Jungs. Ich hab deinen Dad gut gekannt, Tom. Und weißt du, was er zu jedem Farmer sagte, der in die Minen wollte? Er sagte: ›Für einen Mann, der auf der Erde gearbeitet hat, ist es unmöglich, unter ihr zu arbeiten. Er würde den Verstand verlieren.‹ Vertrau mir, bleib auf deinem Land, Kumpel. Das macht dir vielleicht Ärger, aber es macht dich nicht kaputt.«

Da traten zwei verschwitzte Männer durch die Tür. Der Barkeeper nicke ihnen schweigend zu und bewegte sich zu den Plätzen, die sie ansteuerten.

Ghan hatte das Gespräch mit angehört. Nicht belauscht, sondern einfach nur gehört, so wie er das Gläserklirren auf den Tischen und das Schlurfen der Stiefel hörte. Der Barmann hatte recht. Die Minen würden diese beiden frischen Jungen zum Frühstück verspeisen und in Einzelteilen wieder ausspucken.

Ghan riskierte einen Seitenblick und sah die beiden verstohlen an. James, der mit dem Wasser, hatte etwas Ruhiges an sich, etwas Zähes, das er nicht nach außen kehrte. *Gut aussehender Junge – das konnte sogar ein Mann sehen, der keine Schwuchtel war.* Hatte die Brauen zusammengezogen, schien sein normaler Ausdruck zu sein, war wohl der nachdenkliche Typ. Der andere war ein typischer Farmerjunge: lässige Haltung, trotzige Miene, loses Mundwerk.

Ghan trank den letzten warmen Schluck. Er würde sich eine Bleibe suchen, was essen und kurz nach Sonnenuntergang zurückkehren. Er schob sein Glas über die Theke und stand auf. Der Barkeeper kam und nahm das Glas. »Ein Shilling.«

Ghan griff in seine Tasche und tastete mit den Fingern nach dem Geld. Dann griff er mit der anderen Hand in die andere Tasche und grub mit den Fingern tief in den Stoff. Da spürte er, dass sich an einer Stelle der Saum gelöst hatte.

Der Barmann sah ihn mit regloser Miene an und zog zischend Luft durch seine Zähne. »Probleme?«

»Es muss hier irgendwo sein.« Die Taschen waren leer, aber er fummelte weiter herum, um zu zeigen, dass das Geld am Morgen noch da gewesen war. »Ist wohl rausgefallen.«

Da schlug der Barkeeper heftig mit der Hand auf die Theke. Alle Gespräche verstummten, alle Augen wandten sich zu ihnen. »Wusst' ich's doch, dass du ein Schnorrer bist. Schon als du reinkamst! Das ist doch kein Wohltätigkeitsverein hier! Entweder zahlst du jetzt, oder ich nehm den Stock hier und prügel dir das Geld aus dem Leib!«

»Ich bin kein Schnorrer!«, zischte Ghan, obwohl er momentan genau das war. »Ich muss nur den Weg absuchen, den ich gekommen bin.«

»Du zahlst, sonst gibt's was!«

»Fragen Sie Mr. Fletcher. Ich bin kein Schnorrer«, spie Ghan. »Ich hab 'ne Lieferung für ihn gemacht.«

»Ich sag doch, dass er ein verlogener Hurensohn ist«, verkündete der Barkeeper den Gästen. »Denn das ist O'Shayes Job. Den hat er schon seit zwei Jahren.« Er rollte die Ärmel hoch, holte einen langen

Stock hinter der Theke hervor und zeigte damit auf Ghans Brust. »Hör gut zu, du Krüppel – «

Der junge Mann neben ihm schob den Stock beiseite. »Zurück!« James warf ein paar Münzen auf die Theke. »Hier. Damit ist es bezahlt.«

Der Barkeeper blickte abwechselnd zu ihm und Ghan und klopfte mit dem Stock auf die Theke. »Hör auf, die Schnorrer auszulösen, James. Sie müssen's doch lernen.«

»Er ist kein Schnorrer«, verteidigte James ihn. »Jetzt lass ihn in Ruhe.«

Tom stand auf, zahlte für seinen eigenen Drink und schob das Geld zum Stock. »Außerdem«, witzelte er, »solltest du uns dafür bezahlen, dass wir deine Pferdepisse trinken. Schaff dir 'n Kühlhaus an, du geiziger Bastard.«

Ein paar der Männer lachten. Dem Barmann wurde der Wind aus den Segeln genommen. »Du hast Schneid, Tom.« Er legte den Stock unter die Theke zurück. »Genau wie dein Dad.«

Ghan zog das Futter aus der Tasche und zeigte es James. »Es muss rausgefallen sein.« Er kratzte sich über den rauen Bart. Vor lauter Scham glühten ihm die Ohren.

James klopfte ihm auf die Schulter. »Kein Problem.«

Ghan konnte das Almosen nicht verwinden und folgte den beiden aus dem Pub. »Halt! Wenn Sie mir sagen, wo Sie wohnen, schicke ich Ihnen das Geld. Morgen kriege ich neuen Lohn. Sie können Mr. Fletcher vom Laden selbst fragen. Ich bin kein Schnorrer.« Diese Worte schwirrten ihm wieder und wieder durch den Kopf. *Ich bin kein Schnorrer. Ich bin kein Schnorrer.*

James winkte lächelnd ab. »War doch nur ein Drink, Kumpel. Ich hab Sie eingeladen.«

Der Mann tat ihm etwas Gutes – bewahrte ihn davor, dass ihm die wenigen noch verbliebenen Zähne ausgeschlagen wurden. Ghan eilte ihm auf seinem Holzbein nach und hielt ihn wieder auf. »Ich hab gehört, Sie suchen Arbeit.«

»Ja.« Tom trat einen Schritt auf ihn zu. »Wissen Sie, wo's welche gibt?«

»Da kommt ein neuer Manager zur Mine in Coolgardie. Amerikaner. Es heißt, er hat ein paar Farmen gekauft und braucht Leute: Viehtreiber, Landarbeiter, Schafscherer, Hilfskräfte, Manager, alles Mögliche.« Ghan richtete sich auf. Er war kein Schnorrer. »Das weiß ich, weil ich 'ne Ladung Holz da runtergebracht habe. Wird alles neu aufgebaut. Wer früh da ist, kriegt wahrscheinlich 'nen Job.«

Der junge Mann, James, hatte wieder diesen nachdenklichen Blick, ernst und hellwach. »Und wo liegt das, sagten Sie?«

»In der Nähe von Leinster. Gehört zur alten Miranda-Creek-Farm.«

»Danke für den Tipp.« James reichte ihm die Hand. »Sie haben uns einen guten Dienst erwiesen, Sir.«

Ghan warf sich in die Brust. Er hatte *Sir* gesagt. Er ergriff die Hand des Jungen, und seine Scham verflüchtigte sich. *Ich bin kein Schnorrer.*

## Kapitel Einundvierzig

»Bronson meinte, er würde in die alte Arbeiterwohnung ziehen«, sagte Tom stockend. »Und ein Auge auf dich und die Mädchen haben.«

Mrs. Shelbys Miene verzog sich vor Zorn. »Ich hab doch schon gesagt: Mit einem Gewehr kann ich so gut umgehen wie ein Mann.«

»Ich weiß. Das weiß jeder«, beschwichtigte Tom sie. »Aber wenn erst bekannt wird, dass kein Mann hier ist, müsstest du es vielleicht auch benutzen. Bronson kommt dir nicht in die Quere; das weißt du. Er wird nur mit seinem Gewehr Wache halten. Mehr zur Show als alles andere. Dann hat der arme Kerl auch 'ne Aufgabe.«

Als Tom ausgeredet hatte, warteten sie und spürten, wie sich das Schweigen am Tisch unangenehm ausbreitete. Toms Nerven waren zum Zerreißen gespannt. »Natürlich nur, wenn wir den Job kriegen.

Ist nur ein Versuch, aber wir würden uns in den Arsch treten, wenn wir's nicht wenigstens versucht hätten.«

Mrs. Shelby war sichtlich gealtert; ihre Augenlider hingen schon etwas schlaff herunter. Hier und da sah man graue Strähnen in ihren roten, hochgesteckten Haaren. Sie blickte von Tom zu James und dann wieder zu Tom. »Wieso braucht ihr so plötzlich unbedingt Geld?«

Tom wurde rot und wand sich auf seinem Stuhl. »Wegen der Steuern, Mom. Und die Mädchen werden älter«, stotterte er. »Und die nächste Trockenzeit kommt.«

»Du steckst in Schwierigkeiten, nicht wahr.« Das war keine Frage. Mrs. Shelby biss sich auf die Unterlippe und reckte das Kinn. Ihr Blick wurde flehentlich. »Was hast du getan, Tommie?«

Tom riss den Mund auf. Alles Blut wich ihm aus dem Gesicht.

»Nichts, was er nicht wiedergutmachen könnte«, warf James ein. »Wir bringen es wieder in Ordnung, Mrs. Shelby. Aber dazu brauchen wir Arbeit. Gute Arbeit.«

Die Frau nickte rasch, hob den Kopf und atmete tief durch die Nase ein. »Also gut. Ich spreche mit den Pächtern, ob sie mir einen Teil der Ernte abtreten.« Mrs. Shelby wies, ohne ihren Sohn anzusehen, zum Büro. »Tommie, hol die Bücher.«

Tom schlich sich davon, gekrümmt vor Scham. »Der Junge hat einfach keinen Verstand im Kopf.« Resignation überkam sie, worauf ihre Züge erschlafften und sie noch älter wirkte. »Steht es schlimm?«

»Ja.«

»Dann pass auf ihn auf, James.« Mrs. Shelby schloss die Augen. »Bring es wieder in Ordnung.«

»Das werde ich«, nickte James. »Versprochen.«

• • •

»Coolgardie!«, brüllte der Schaffner über das Schnaufen der Dampflok hinweg.

»Hier müssen wir raus.« James schnappte sich seine Tasche vom Sitz.

In einer Wolke aus Rauch und Dampf von den heißgelaufenen

Rädern traten sie aus dem Zug in eine Stadt aus Metall und blickten in einen Himmel, wo überall stampfende Bohrtürme zu sehen und Hämmern und Bohren zu hören waren. Vom Herz des Bahnhofs fächerten sich die Gleise voller Eisenwaggons wie verstopfte Adern auf. Ein Geruch von Ruß, Öl und Kohle hing in der Luft. Das Getöse von knirschenden und aufeinanderprallenden Waggons bewirkte, dass sich ihre Trommelfelle zurückzogen wie Schildkröten in ihren Panzer. Überall wimmelten Minenarbeiter, raue, schwarze Gestalten, auf dem Bahnsteig und zwischen den Zügen herum. Ein Gewirr verschiedener Sprachen – Italienisch, Polnisch, Ukrainisch – vermischte sich guttural und kaum verständlich mit australischem Slang.

Zwei Männer mit Rußringen um die Augen saßen auf einem Eselskarren und kauten mit dicken Backen Tabak. Als sie die Neuankömmlinge sahen, zeigten sie auf ihre gebügelten Anzüge und lachten. Tom warf sich seine Tasche über die Schulter, nur für den Fall, dass er jemanden damit schlagen musste. »Ich komm mir vor wie ein Fisch auf dem Trockenen, der gleich ausgenommen wird.«

James überquerte ein paar Gleise und ging auf die Männer zu. »Tag«, begrüßte er sie knapp.

Der eine Mann spuckte auf den Boden und platzierte einen dicken Klumpen rötlichen Rotz direkt neben James' Stiefel. »Willste 'ne Fahrt, Süßer?«

James ignorierte die Frage. »Arbeiten Sie in der Mine?«

»Wie alle anderen hier.«

»Ich habe gehört, es kommt ein neuer Manager. Wissen Sie was über ihn?«

Ihre bedrohlichen Mienen wichen dem Ausdruck von Männern, die plötzlich erkennen, dass sie anderen gegenüber einen Wissensvorsprung haben. Sie reckten den Hals, um in angemessener Haltung Auskunft zu geben. »Arrington. Yankee. Reicher Mistkerl.«

»Hat der hier eine Farm?«

Die Männer lachten. Jetzt spuckte auch der zweite. Der Tabak landete am Huf des Esels, der sich rührte und ihn wegtrat.

»Was ist so komisch daran?«, fragte Tom.

»Ja, er hat eine Farm, oder besser gesagt: ein ganzes Land. Über drei Millionen Hektar, sagt man.«

Der andere neigte sich vor und sagte, wohl um nicht ausgestochen zu werden: »Der Kerl hat eine Viehherde mit über hunderttausend Rindern. Und Pferde auch. Hat sie von irgendwo aus dem Mittleren Osten.«

»Saudi-Arabien«, bestätigte der andere.

»Gibt's da Jobs?«

Der Mann zuckte die Achseln. Mehr wusste er nicht.

»Wer könnte uns da hinbringen?«, fragte Tom.

»Fragt mal in McKellars Pub. Normalerweise gibt's da immer jemanden.«

»Danke.« James tippte sich an den Hut, worauf die Männer sich wieder daranmachten, ihren Tabak zu kauen, zu spucken und zuzusehen, wie Metall auf Metall schlug.

»Glaubst du, das mit den drei Millionen Hektar war ernst gemeint?«, fragte Tom.

»Das werden wir wohl rausfinden.«

• • •

Der Fahrer des alten Karrens schwankte betrunken auf seinem Sitz und brummte ein Lied, das aus drei verschiedenen zusammengestückelt war. Auf einer einsamen Straße, die auf der einen Seite einen brusthohen Zaun hatte, so weit das Auge reichte, hielt er das graue Packpferd an. »Hier ist der Anfang des Grundstücks«, verkündete er. »Durch das Loch im Zaun kommt man über eine Abkürzung zum Haus. Näher komm ich nicht ran.«

Tom und James stiegen vom Wagen auf die rote Schotterstraße. Büsche tüpfelten die Landschaft wie haarige Muttermale auf sonnengebräunter Haut. Die beiden jungen Männer zwängten sich durch das Loch im Zaun, setzten sich in Bewegung und orientierten sich an der Sonne. Nach einer Stunde kamen sie an einer rostigen Windmühle vorbei. Tom blieb stehen und blickte hinauf zu den reglosen Flügeln. »Glaubst du, der Saufkopp wusste überhaupt, wohin er uns schicken musste?«

James lachte und wischte sich den Schweiß und Staub von der Stirn. »Nein.«

»Dann sind wir erledigt.« Sie blickten sich um, doch alles um sie herum war öd und leer. »Verdammt, wie haben uns verlaufen«, gluckste Tom.

»Wir sind tot, Kumpel.«

»Wir werden verschrumpeln wie Rosinen.« Vor lauter Lachen liefen Tom die Tränen übers Gesicht.

James holte eine Wasserflasche heraus, trank mit breitem Grinsen und reichte sie Tom. »So viel zu anständigen Klamotten, wie?«

Tom musterte sein Hemd, auf dem schmutzig-rote Handabdrücke prangten. »Ich seh grässlich aus.« Dann blickte er mit zusammengekniffenen Augen zu James. »Wie zum Teufel schaffst du es, so sauber zu bleiben?«

James schnalzte mit der Zunge. »Ich bin eben ein Gentleman.«

Tom stieß ihn gegen die Schulter und hinterließ einen roten Abdruck auf seinem Kragen. James ignorierte ihn, merkte plötzlich auf und blickte blinzelnd in die Ferne. »Da, sieht aus wie ein Wagen.« Er zeigte auf eine kleine Staubwolke, die sich parallel zu ihnen bewegte. »Da drüben muss es sein.«

Hastig setzten sie sich wieder in Bewegung und hielten den Blick unentwegt auf die Staubwolke gerichtet, um sie nicht aus den Augen zu verlieren. Am Rand des Horizonts tauchten langsam Gebäude auf, wuchsen wie Sprösslinge in die Höhe. Zuerst eine alte weiß getünchte Scheune. Dann eine schiefe Windmühle, deren Schatten nach Osten wies. Darauf eine weitere Scheune, gefolgt von einem Scherschuppen mit zwanzig Kabinen, einem eingezäunten Stall und drei Wassertürmen. Dahinter erschien das Haupthaus. Es war aus neuen, gelben Backsteinen erbaut, hatte ein funkelndes Metalldach und war umgeben von einer überdachten Veranda mit Zierleisten aus Metall, die aussahen wie vorgestülpte Lippen.

James und Tom klopften sich den Staub von Hemd und Hose und wischten sich mit einem sauberen Taschentuch übers Gesicht. Ein Arbeiter saß rittlings auf dem neuen Dach eines Stalls. James rief zu ihm hoch: »Wir sind auf der Suche nach Mr. Harrington!«

Der Mann wies mit dem Hammer in eine Richtung und sagte, mehrere Nägel zwischen die Lippen geklemmt: »Da drüben.«

Sie ließen ihre Taschen hinter der Scheune und gingen zur Auffahrt, vorbei an dem neuen Ford, dessen Karosserie staubbedeckt war. Da ging die Haustür auf, ein Mann trat heraus und brüllte über die Schulter: »Dann sag ihnen, sie sollen es herschaffen!« Amerikanischer Akzent, schnell und direkt.

Der Mann trug sandfarbene Reiterhosen und ein gestärktes weißes Hemd mit weit geöffnetem Kragen und aufgekrempelten Ärmeln. Er blieb auf den Stufen stehen und zündete sich eine Zigarette an. Als er daran zog, traten seine Wangenknochen scharf hervor. Dann bemerkte er die beiden Männer. Er verzog seinen Mund unter dem dünnen Schnurrbart zu einem Lächeln, dann klatschte er langsam in die Hände, während seine frische Zigarette lässig im Mundwinkel hing. »Das wurde aber auch Zeit! Ich habe Sie schon vor zwei Tagen erwartet.«

Tom warf James einen verstohlenen Seitenblick zu und zog fragend die Augenbrauen hoch. »Der Zug hatte Verspätung«, sagte er versuchsweise.

»Wundert mich nicht.« Der Amerikaner trat näher zu ihnen. Seine hohen, schwarzen Stiefel waren bis zu den Knöcheln staubbedeckt, darüber aber blank poliert. »Und natürlich dauert es so lang bis zum nächsten Telegrafenamt, dass man kaum weiß, was einen am nächsten Tag erwartet.« Er musterte sie und lachte. »Sie sind völlig verdreckt. Sind Sie etwa hierher gelaufen?«

»Mit dem Eselskarren aus Coolgardie gebracht worden«, erklärte Tom. »Aber der Kerl hat uns ein bisschen zu früh abgesetzt.«

»Da hätten Sie besser den Zug nach Gwalia genommen. Hätte Ihnen ein paar Stunden erspart. Haben Sie die Anweisungen nicht bekommen?«, fragte er scharf.

Tom verdrehte achselzuckend die Augen.

»Die Hälfte meiner Anweisungen versickert in dieser verdammten Wüste.« Dann nickte er. »Wir bringen Sie ganz schnell unter.« Die Zigarette immer noch lässig im Mundwinkel, streckte er die Hand aus. »Alexander Harrington. Sie können mich Alex nennen.«

James ergriff die Hand des Mannes und drückte sie fest. »James O'Reilly.« Er wies mit dem Kopf zu Tom. »Thomas Shelby.« Tom streckte die Hand aus und beugte sich so weit vor, dass es fast wie eine Verneigung wirkte. Dann fasste er sich und trat mit stolz gereckter Brust zurück.

»Ich bin überrascht«, sagte Alex, musterte sie mit zusammengekniffenen Augen und zog an seiner Zigarette. »Als Mitchell mir von Ihnen erzählte, hatte ich ein paar sonnenverbrannte Raubeine vor Augen. Für die Stelle als Farmleiter kommen Sie mir ein bisschen jung vor.«

Tom schluckte, trat von einem Fuß auf den anderen und öffnete schon den Mund, um die Sache richtigzustellen, da kam James ihm zuvor. »Wir sind auch überrascht«, sagte er beiläufig. »Als Besitzer einer Farm dieser Größe kommen Sie uns ebenfalls ein bisschen jung vor. Soll nicht respektlos gemeint sein.«

»Habe ich auch nicht so verstanden.« Der Mann steckte grinsend eine Hand in die Tasche. »Ich bin eher erleichtert. Sie werden ein bisschen Schwung in den Laden bringen.«

Alex ließ die glühende Kippe fallen und schob mit seinem Stiefel Staub darüber. »Die Stelle bringt sechstausend pro Jahr, fünfhundert Dollar Vorschuss. Sie können es aufteilen, wie Sie wollen.«

Tom klappte der Mund auf, doch nach einem scharfen Blick von James klappte er ihn sofort wieder zu.

»Ich weiß, das Grundgehalt ist ein bisschen weniger, als Sie vorher verdient haben«, fügte Alex hinzu. »Aber wenn wir Gewinn machen, gibt es einen Bonus, und wenn Sie hart arbeiten, werden Sie erheblich besser verdienen als in New South Wales. Ich bin ein starker Verfechter von Anreizmaßnahmen.« Alex klatschte einmal in die Hände und rieb sich dann die Handflächen. »Ich führ Sie jetzt erst mal herum und mach Sie mit allem vertraut.« Dann fiel ihm etwas ein. »Oder wollen Sie sich zuerst frisch machen? Oder was essen?«

»Gegessen haben wir schon unterwegs«, winkte James ab. »Wir können gleich loslegen.« Er trat einen Schritt vor Tom, dessen Gesicht immer noch blanke Verwirrung zeigte.

»Gut.« Alex klatschte noch einmal in die Hände. »Dann holen wir die Pferde.«

Nachdem die Pferde gesattelt waren, ritten die drei langsam an dem einstöckigen Haus mit dem glatten, blanken Metalldach vorbei. Alle paar Meter gingen Flügeltüren auf die Veranda hinaus. Neu gepflanzte Obstbäume standen dürr und schlaff in der Sonne. Ein stachliger Rosenbusch versuchte, sich mit den Ranken am Haus festzuhalten, doch abgesehen davon gab es kaum Vegetation.

»Ich habe das alte Haus abgerissen«, erklärte Alex. »Alles hier ist neu: die Scheunen, die Wassertürme, alles. Wenn wir uns erst mal eingelebt haben, fangen wir an, das Land zu bearbeiten. Es gibt eine Menge zu tun.«

Alex trat seinem Pferd in die Flanken. Er war ein guter Reiter, stark und elegant. Als die Männer eine Ecke umrundeten, landeten sie an einem breiten Reitplatz. Dort lehnte eine Gruppe Aborigines am Zaun, einige saßen auch im Schneidersitz auf dem Boden: alles Männer, die sich in ihren westlichen Kleidern nicht wohl zu fühlen schienen.

Alex zog die Zügel an. »Ich hab zwölf Arbeiter fürs Vieh von der vorigen Farm übernommen. Die wohnen in ein paar Baracken, etwa fünf Meilen entfernt in dieser Richtung. Ich war erst einmal da und hätte die abreißen lassen, doch die Nachbarn haben mir erzählt, die würden trotzdem da bleiben und genauso problemlos unter freiem Himmel schlafen wie unter einem Dach.«

Er lehnte sich in seinem Sattel zurück, zog ein Bein hoch, legte es quer über den Pferderücken und stützte sich mit dem Ellbogen darauf. »Ich versteh kein Wort von dem, was sie sagen, weiß nicht mal, ob es Englisch ist. Aber ich habe gehört, sie kümmern sich gut ums Vieh, vorausgesetzt, sie werden gut geführt. Sind außerdem billig. Offenbar reicht es ihnen, für Zucker, Tee, Fleisch und Tabak zu arbeiten.« Er blickte zu James, dann zu Tom und dann wieder zu James. »Aber Sie müssen sie führen. Wenn die's nicht bringen, sind sie raus.«

Zwei Weiße drückten sich hinter dem Reitplatz herum: Der eine sehnig und mager, mit straff gespannten Nackenmuskeln; der andere ein bisschen größer, mit kurzen, kräftigen Armen. »Wer sind die?«, fragte Tom.

Alex zuckte gleichgültig die Schultern. »Beecher und Russell. Hilfsarbeiter, die ich von einer anderen Farm angeheuert habe. Wirken ruhig und ziemlich harmlos. Nicht viel im Kopf, arbeiten auf Anweisung. Ich brauchte sofort jemanden für die Pferde.« Er kratzte sich am Nacken. »Sie können selbst entscheiden, ob Sie sie übernehmen oder feuern.«

Fünf Pferde drängten sich in der Mitte des Reitplatzes. Bei jeder Bewegung zeigten sich ihre geschmeidigen Muskeln. »Prachtstücke«, bemerkte Tom. »Wollen Sie züchten?«

»Das hatte ich geplant. Da sollten ein paar gute Rennpferde entstehen.«

»Da sind aber auch ein paar ziemlich wilde drunter«, sagte Tom.

»Der Hengst ist ein Biest. Lässt keinen in seine Nähe. Muss jemanden finden, der seinen Willen bricht.« Alex schnalzte mit der Zunge, setzte sein Pferd wieder in Bewegung und ritt zwischen James und Tom über das flache, tief liegende Land. »Der Besitz umfasst dreitausend Hektar«, verkündete er.

Ohne zu Tom zu blicken, wusste James, dass Tom mit weißen Handknöcheln die Zügel umklammerte und wahrscheinlich ins Schwitzen geriet. »Und wie viel Vieh haben Sie?«, fragte er.

»Im Augenblick zehntausend Schafe. In ein paar Wochen kommen die Rinder. Sie werden den Viehtreibern entgegenreiten müssen. Die treiben sie aus dem Norden her – hundertfünfzigtausend.«

Schweigend ritten sie ein paar Meilen, bis sie zu einer Formation aus Granitfelsen kamen, die sich in einem Süßwasserteich spiegelten. Die Männer stiegen ab und ließen ihre Pferde trinken. Alex lehnte sich an einen Baum, nahm sich eine Zigarette, bot den anderen auch eine an und steckte, als sie ablehnten, das Päckchen wieder ein.

Moosfarn mit gelben Blüten rund wie Pompons säumten den Tümpel. In einem Eukalyptusbaum kreischten Sittiche, ihr Gezwitscher hallte verstärkt von den Felsen zurück. Tom setzte sich, endlich gelassener, auf einen großen Stein. »Da haben Sie ein schönes Fleckchen Erde hier, Mr. Harrington.«

»Alex«, verbesserte er ihn. »Ja, das stimmt.« Mit offenkundigem Besitzerstolz überblickte er das Land.

James flippte einen flachen Kiesel über das Wasser. »Und Sie leiten die Coolgardie-Mine?«

»Das ist richtig.«

»Ein langer Weg bis dorthin.«

»Ich hab auch ein Haus in Coolgardie und teil mir meine Zeit auf«, erwiderte Alex. »Außerdem ist dieser Besitz eher für meine Frau gedacht. Sie soll auf keinen Fall in die Nähe einer dieser Minenstädte kommen.« Er tippte mit der Zigarette in die Luft. »Da fällt mir ein, dass ich in ein paar Tagen nach Perth fahre, um sie abzuholen.« Er sah sie durchdringend an. »Ich verlass mich darauf, dass Sie hier alles unter Kontrolle halten, während ich weg bin. Deshalb habe ich die Managerwohnungen auch in der Nähe bauen lassen, eine halbe Meile entfernt Richtung Bach. Es gibt fließendes Wasser und Strom.«

Der Amerikaner schnippte seine brennende Zigarette in den Tümpel, zog einen schwarzen Flachmann aus der Tasche und trank einen großen Schluck. Dann hielt er ihn Tom hin, der ihn dankbar annahm, den Kopf in den Nacken legte und gierig schluckte. Nachdem Alex den Flachmann zurückgenommen hatte, wollte er ihn James geben. »Jetzt Sie, mein Freund.«

»Ich trinke nicht.«

»Nicht?« Alex sog die Wangen ein, winkte dann aber ab. »Jedem das Seine.« Er wischte sich mit der Faust über den Mund und steckte den Flachmann in die Tasche zurück. »Sind Sie verheiratet?«, fragte er.

»Nee«, antwortete Tom. »Kann auf Ablenkung gut verzichten.«

Alex lachte laut. »Schlau. Sehr schlau.« Er zog sein Pferd vom Ufer.

»Ist Ihre Frau Amerikanerin?«, fragte Tom.

»Allerdings.«

»Im Busch kann es ziemlich hart sein für eine Frau.« Tom blickte zur Sonne, die durch die Zweige schien. »Vor allem, wenn sie nicht daran gewöhnt ist.«

»Und das ist sie nicht, das können Sie mir glauben.« Alex strich dem Pferd über die Nüstern und betrachtete prüfend eine Strähne in der Mähne. »Meine Frau ist verzärtelt wie ein Kind. Da wird ihr dieser Ort sehr guttun. Sie ein bisschen abhärten.« Alex zwinkerte den Männern zu. »Eine gute Frau ist wie ein gutes Pferd. Sie muss nur ein bisschen zugeritten werden.« Er schwang sich auf den Sattel und ruckte an den Zügeln. »Australien wird das besser zustande bringen als jede Peitsche.«

## Kapitel Zweiundvierzig

Sie war Australien.

Leonora presste die Stirn an die heiße Scheibe des Waggons und ließ ihre Augen über das vorbeirasende Land huschen. Meilenweit erstreckte sich nichts als rote Erde bis zum Horizont, und sie sog ihre Farbe und die weißglühende Hitze, die darüber flimmerte, in sich ein: Dies war das Land, aus dem sie stammte.

Sie war Australien. Seine Luft war ihre, seine Zellen ihre.

Leonora saß als eine Frau in diesem Zug. Sie kehrte in dieses dahinfliegende, gleichzeitig tote und lebendige Land als eine Frau mit Namen zurück: gebrandmarkt als Fairfield, dann als Harrington. Namen, die von Reichtum zeugten und ihr nachhingen, die behaupteten, sie sei keine Tochter Australiens, sondern edlerer Herkunft. Doch sie wusste es besser.

Einen Monat zuvor winkte ihr Amerika zum Abschied, schickte Luftküsse vom Kai und wünschte ihr alles Gute im neuen Land, genau wie eine Tante, die ein Kind sanft zu seiner Mutter zurückschickt. Und nach Wochen und Wochen auf dem Schiff, wo der Wind sich drehte und nach ihr rief, erwuchs Australien aus dem Meer, erhob sich, um sie mit hoch aufragenden Klippen und Felsensäulen zu begrüßen, die unverändert und geduldig auf ihre Rückkehr gewartet hatten. Und ganz heimlich glättete Leonora die Falten, strich über die Eselsohren ihrer zerknitterten Erinnerung an Australien, atmete aber nicht auf – noch nicht.

Southern Cross. Kalgoorlie. Menzies. Kookynie. Die Städte zogen an ihr vorbei. Bei jeder hielt der Zug und atmete zischend durch, bevor er neue Kohle vorgesetzt bekam und weiterstampfte. Und dann stiegen sie aus. Alex fasste sie am Ellbogen und führte sie durch eine harte, rauchende Stadt mit harten, rauchenden Männern und brachte sie zu seinem Wagen. Australien driftete nun langsamer vorbei und heizte den Wagen während der langen, schattenlosen Fahrt über eine einsame Straße auf.

Das Land war in zwei Teile geschnitten durch einen Zaun, eine Narbe, die sich so weit erstreckte, wie das Auge blicken konnte. Jede Meile wurden sie von einem Tor aufgehalten. Alex ließ den Wagen im Leerlauf tuckern, öffnete das Tor, fuhr durch, schloss das Tor und fuhr dann weiter durch die Zäune, die ein leeres Feld vom nächsten trennten.

Und da war es. Wanjarri Downs. Das Haus ragte aus dem roten Staub, seine gelben Backsteine glühten in der Sonne. Alex hielt ihr die Wagentür auf, schlang seinen Arm um ihre Taille und blickte zum Haus. »Wie findest du es?«

Aber dafür gab es keine Worte. Dieses Land war ihre Heimat, ihr *Zuhause*! Hier konnte sie von vorne anfangen, dem Haus Leben einhauchen, eine Familie gründen und neue Erinnerungen schaffen, die den jahrelangen Alptraum auslöschten. Das Leben war wieder neu. Dankbarkeit durchströmte sie. Sie streckte den Arm nach Alex aus, umarmte ihn und spürte, wie sein Mund in ihrem Haar sich zu einem Lächeln verzog. Sie würde das Vergangene hinter sich lassen und alles, was vor diesem Augenblick lag, vergessen. Sie würde versuchen, Alex zu lieben. Er hatte sie zurück nach Australien gebracht, und sie würde ihm die Verletzungen verzeihen. Sie würde ihm eine gute Frau sein. Ihre Seele blühte auf. Jetzt konnte sie Luft holen, sie strömte in ihre Lungen und wollte als Tränen wieder herauskommen, doch dazu war immer noch nicht der rechte Zeitpunkt.

Alex führte sie durchs Haus, zeigte ihr die Zimmer und öffnete die

Flügeltüren, so dass sich die Vorhänge in der Hitze blähten. Er plauderte über das Land und die Mine, doch ihre Ohren hörten nicht seine Worte, sondern nur Geräusche: den Klang seiner Stimme, das leise Rascheln der Vorhänge, den Widerhall ihrer und Alex' Schritte auf dem neuen Hartholzboden und das Zwitschern von etwa einer Million Vögel draußen.

Sie war Australien.

Als das Tageslicht schwand, zog Alex sich in sein Arbeitszimmer zurück. Leonora trat auf die Veranda, wo die sinkende Sonne ihr leuchtend orange entgegenblickte. Sie bewegte sich jetzt ohne ihr Zutun, ihre Gedanken drifteten unbewusst vorbei. Sie sah auf ihre Füße und befahl ihnen, langsam zu gehen, wo sie doch rennen wollten. Die Erde unter ihr war rot und kannte ihre Füße, bedeckte ihre Schuhe, hüllte sie ein mit Staub. Die Vögel keckerten, fragten gackernd und kreischend, wo sie gewesen war.

Leonora steuerte ein Wäldchen an und versteckte sich zwischen den Geistergummibäumen, die so dicht standen, dass ihre knochigen Äste überall gitterartig ineinandergriffen.

Und sie schmiegte sich in ihre Arme, raffte ihr Seidenkleid, berührte mit den Fingerspitzen die glatte Borke und legte ihre Wange an ihre weiße Haut. Sie klammerte sich an die Äste und spähte mit weit aufgerissenen Augen in die zunehmende Dunkelheit. Kängurus tauchten aus den Schatten auf, unvermittelt und wie aus dem Nichts, und sprenkelten die Ebene mit erhobenen Pfoten und zuckenden Ohren. Da ging ein Ruck durch ihren Körper, und ihr Herz öffnete sich. Sie umklammerte den Stamm eines Baums und weinte in seine Borke.

Hier stand sie, unter dem tiefen Himmel, befleckt von der Erde und begrüßt von fetten Fliegen. Und Australien brach ihr das Herz, weil es sie ebenso wenig vergessen hatte wie sie Australien. Schluchzend weiteten sich ihre Lungen, und die Luft strömte hinein, und sie konnte endlich aufatmen.

Sie war daheim.

## Kapitel Dreiundvierzig

In der Wohnung des Farmleiters tigerte Tom über die neuen Bodendielen, in deren Ritzen noch das Sägemehl steckte. Dann blieb er zum hundertsten Mal am Fenster stehen. »Glaubst du, er weiß es?«

»Schwer zu sagen.« James hatte einen Stiefel zwischen die Beine geklemmt und rieb das Leder mit Fett ein.

»Er ist doch schon seit Stunden zurück«, fuhr Tom fort. »Wenn er es wüsste, wäre er doch längst hergekommen, oder nicht?« Er wartete James' Antwort nicht ab. »Was wird er wohl machen, wenn er weiß, dass wir nicht die neuen Farmleiter sind?«

»Uns rausschmeißen«, antwortete James gelassen, während er ein weiches Tuch faltete und das Fett über die Querfalten der Stiefelspitze rieb.

»Verdammt.« Tom kratzte sich am Kopf. »Er wird stinksauer sein, er ist der Typ dazu.« Er drehte sich zu James um. »Was sollen wir machen? Ihm zuvorkommen und es erzählen?«

»Liegt nicht mehr in unserer Hand.« James fettete die Falten rund um die Sohle und die Ösen ein. »Wenn er es weiß, dann weiß er es. Das werden wir noch schnell genug erfahren.«

»Aber Herrgott noch mal, James! Sechstausend Dollar! Ich würde mich schwarz ärgern, wenn wir diesen Job verlieren.« Tom setzte sich wieder in Bewegung. Sein Mund zuckte.

James nahm seinen anderen Stiefel und warf ihn Tom in den Rücken.

»Aua!«

»Du läufst einen Graben in den Boden. Putz deine Stiefel«, befahl James. »Dann sehen wir wenigstens halbwegs anständig aus, wenn er uns feuert.«

»Machst du dir denn überhaupt keine Sorgen?«

James hielt inne. »Wir können diese Farm leiten, Tom. Ich hoffe, das weiß dieser Typ.« Er reichte Tom die Dose Lederfett. »Jedenfalls werden wir die Antwort sehr bald erfahren.« Er warf einen Blick auf ihre Taschen an der Tür. »Allerdings würde ich noch nicht auspacken.«

Tom nahm einen seiner Stiefel, stellte ihn auf den Tisch und hob und senkte mechanisch den Absatz. »Hast du einen Blick auf seine Frau werfen können?«, fragte er grinsend.

»Nein«, erwiderte James desinteressiert.

»Ich hab sie nur von hinten gesehen.« Ein breites Lächeln entspannte sein Gesicht. »Aber sie ist schon ein echter Hingucker.«

James lachte leise. »Was ist denn aus deinem Keuschheitsgelübde geworden?«

»Ich hab doch nur geguckt.« Unschuldig hob Tom die Hände. »Ein Mann wird doch verrückt, wenn er nur noch Schafsärsche sieht.« Er schwitzte unter seinem Akubra-Hut und stand so abrupt auf, dass er fast den Stuhl umkippte. »Ich halt das Warten nicht mehr aus. Los, gehen wir's an.«

Draußen war alles ruhig. Die Sonne wärmte ihre eine Gesichtshälfte, während die andere in der frischen Morgenluft kühl blieb.

»Da kommt er.« Tom schob seine Hemdsärmel hoch und starrte mit zusammengebissenen Zähnen an James vorbei zum Haus. »Tag, Alex!«, rief er und trat unruhig von einem Fuß auf den anderen, als müsste er aufs Klo. »Wie war die Reise?«

Alex, die Hände lässig in die Hosentaschen gesteckt, schlenderte über die breite Auffahrt zu ihnen. Er trug einen leichten, hellbraunen Anzug mit weißem Hemd und blauer Krawatte, deren dicker Knoten bis dicht unter den steifen Kragen geschoben war. »Gut.« Der Mann blickte sich um und lächelte in die Sonne. »Prachtvoller Tag, wie?«

Tom entspannte sich und wischte sich mit dem Handrücken über die Stirn.

»Wie ist es hier gelaufen?«, erkundigte sich Alex.

»Wir haben eine Karte vom ganzen Besitz angelegt und die besten Weiden für das Vieh eingezeichnet«, erklärte James. »Dann eine

Liste der nötigen Vorräte und einen Plan für die Schafschur erstellt und kalkuliert, wie viele Männer dafür gebraucht werden und wie viel das kostet. Das sollte erst mal ausreichen.«

Alex nickte anerkennend. »Gut. Ich bin beeindruckt.« Dann lehnte er sich zurück und lockerte seine Krawatte. »Nicht schlecht für zwei Farmerjungen.«

Tom senkte den Kopf und schloss die Augen. James aber zuckte nicht mit der Wimper, sondern starrte in die Ferne, als hätte er nichts gehört.

»Hat mich nur ein paar Anrufe gekostet, um das rauszukriegen«, sagte Alex augenzwinkernd. »Aber netter Versuch.«

James wandte sich zu ihm und blickte ihm direkt in die Augen. »Wir haben nicht gelogen. Nicht ein einziges Mal.«

»Das stimmt.« Alex runzelte die Stirn und dachte kurz darüber nach. »Aber Sie haben auch keinerlei Versuch unternommen, es richtigzustellen.«

James erinnerte sich daran, was er Mrs. Shelby versprochen hatte. »Wir können diese Farm leiten.«

»Da will ich nicht widersprechen«, erwiderte Alex. »Aber es gibt andere, die dafür viel qualifizierter sind und alles für diesen Job tun würden.« Herausfordernd kniff er die Augen zusammen und sah sie an. »Nennen Sie mir einen Grund, wieso ich Sie behalten sollte.«

James blickte konzentriert auf das umliegende Land, das Haus und den Stall. Dann verharrte sein Blick auf dem Reitplatz. »Sie sagten, Sie bräuchten jemanden, der die Pferde trainiert.«

Amüsiert musterte Alex James' ernste Miene. »Das ist richtig.«

»Das kann ich übernehmen.«

»Ach wirklich?«, lachte Alex. »Sie kennen sich also mit Pferden aus?«

»Ja.«

Alex rieb sich übers Kinn. Das Ganze machte ihm sichtlich Spaß. »Wetten Sie, James?«

»Nein.«

»Hm. Sie trinken nicht, rauchen nicht und spielen auch nicht.« In gespieltem Erstaunen sah er ihn an. »Haben Sie denn gar keine

Laster?« Er klatschte in die Hände und rieb sie triumphierend. »Na gut, wenn Sie nicht wetten, wie wäre es dann mit einer Herausforderung?«

James sah ihn mit leicht zusammengekniffenen Augen an und stellte sich breitbeinig vor ihm auf. »Woran haben Sie gedacht?«

»Sehen Sie diesen Hengst« – Alex zeigte auf das schwarze Pferd in der Arena. »Wenn Sie sich eine Minute auf dem halten können, haben Sie den Job.«

Toms Schultern erschlafften. Resigniert sagte er: »Wir holen unser Zeug und hauen ab.« Aber James hatte sich schon unter den Zaun geduckt und ging langsam über den Reitplatz.

Alex stützte sich mit den Ellbogen auf den obersten, ungehobelten Rundbalken. Er holte sein Zigarettenetui hervor, klappte es auf, klopfte den Tabak einer Zigarette fest, zündete sie an und nahm lächelnd einen tiefen Zug. »Ich hoffe, Sie wissen, wie man eine gebrochene Rippe fixiert.«

Der schwarze Hengst stand abgesondert von den anderen und schlug unruhig mit dem Vorderhuf, als James näher kam. Er blähte die Nüstern und schnaubte, doch James beachtete ihn nicht, sondern ging an ihm vorbei zu der ruhigeren Stute und strich ihr über Schultern und Nase.

Alex verschränkte die Arme, verdeckte sein breites Grinsen mit einer Hand und räusperte sich. »Äh, Mr. O'Reilly?« Arrogant zog er die Augenbrauen in die Höhe. »Der Hengst ist der schwarze da – hinter Ihnen.«

James beachtete ihn nicht und zog die braune Stute mit sich, während er rückwärtsging, bis der Hengst direkt hinter ihm stand und ihm heiß und zornig gegen seinen Nacken schnaubte. James griff in den Futtersack und ließ sich von der Stute aus der Hand fressen. Der Hengst stieß James mit der Nase gegen den Rücken. James redete leise mit der Stute und kratzte ihr die Schultern.

Der Hengst bäumte sich wie ein trotziges Kind auf, trat näher zu James, stieß James gegen den Ellbogen und verstreute damit Futter auf dem Boden. James holte noch eine Handvoll aus dem Futtersack und streckte, immer noch vom Hengst abgewandt, die Handfläche nach hinten. Der Hengst roch den Hafer, schnaubte, wagte sich vor, zuckte wieder zurück und fing schließlich zögernd an zu fressen.

So leicht und unmerklich wie eine Frühlingsbrise legte James seine Hand auf die schwarze Mähne. Das Pferd scheute. James wandte sich wieder ab. Der Hengst näherte sich erneut und zuckte wieder zurück. Dieses Spielchen spielten sie über mehrere Runden, bis James' Hand allmählich und kaum merklich über den muskulösen Hals des Pferdes glitt und auf seinen mächtigen Schultern liegen blieb.

Ohne auch nur im Geringsten ungeduldig oder bedrohlich zu wirken, bewegte sich James am Pferd entlang. Der Hengst blieb ruhig, riss aber die Augen auf, bis das Weiße darin zu sehen war, um ihn zu beobachten. Dann schloss James, die eine Hand am Nacken, die andere am zuckenden Rücken des Pferdes, die Augen, hielt die Luft an und schwang sich unvermittelt auf den Hengst. Der bäumte sich sofort auf, und James drückte Knie und Schenkel hart gegen seine Rippen und klammerte sich mit jedem Muskel seiner Hände am Hals fest. Aufgebracht raste das Pferd zum anderen Ende der Arena und sprang über den hohen Zaun.

Eine Staubwolke wirbelte unter seinen Hufen auf. James vergrub sein Gesicht in der wild wehenden Mähne. Seine Hände waren weiß, so sehr klammerte er sich am Hals fest, und in seinen Ohren dröhnte der donnernde Hufschlag. Mit aller Kraft drückte er seine Schenkel gegen die Flanken des Pferdes und hielt durch – hielt durch für den Job, für die Shelbys und für Tom. Und immer weiter ging der wilde Ritt, quer durch die Bäume, deren Äste sein Hemd zerrissen und seine Arme zerschrammten. Das Pferd schlug Haken, setzte platschend über Bäche und bespritzte ihn mit Schlamm. James' Schenkel brannten, als sie über das nasse Fell rutschten.

Schließlich, nachdem sie mehrere Meilen zurückgelegt hatten, ging dem Pferd langsam die Luft aus, seine dicken, glatten Muskeln fingen an zu zucken, und es wurde langsamer. Vorsichtig hob James den Kopf von seiner Mähne, bewegte die tauben Kieferknochen und lockerte seinen knackenden Nacken. Als er den Druck seiner Knie verringerte, zitterten ihm die Schenkel, und seine Gelenke kribbelten, weil das gestaute Blut wieder in Bewegung geriet.

Das Pferd trottete jetzt, und James strich ihm über den gesenkten Kopf und tätschelte ihm den muskulösen Hals. Dunkelrote Felsen umringten sie, im Sonnenlicht glühten sie in der Farbe von Blutorangen. Stattliche Eukalyptusbäume reckten ihre dicken, majestätischen Stämme in die Höhe, und nur die Wipfel ihrer Äste bewegten sich leise im Wind.

Mit zittrigem Knie lenkte James das Pferd zum Bach und ließ es trinken. Auch sein Mund war ausgedörrt und staubig, doch er traute sich nicht abzusteigen, da er vielleicht nicht mehr die Kraft hatte, wieder aufzusteigen. Als das Pferd genug getrunken hatte, ließen sie die Felsenschlucht hinter sich und verfolgten ihre Spur zurück zur Farm.

Sie tauchte als blasser Fleck in der Landschaft auf und wuchs mit jedem langsamen Schritt. An der Arena hatte sich eine Menge gebildet. Arbeiter hatten ihr Werkzeug niedergelegt und starrten dem schweiß- und schaumbedeckten Pferd und der staubigen Gestalt darauf entgegen. Tom nahm seinen Hut ab und winkte. Er hatte alle Mühe, den Mund zu halten.

Alex bot James eine Hand, als er abstieg, und stützte ihn, als er einknickte. James umklammerte seine Knie und hustete sich den Staub aus der Kehle. »Und? Haben wir den Job?«

Alex klopfte ihm herzlich auf den Rücken. »Den haben Sie.«

## Kapitel Vierundvierzig

»Der Nächste!« Der Mann hinter dem zerschrammten Tisch beugte sich schlaff über Papiere und Stempel. Ohne aufzublicken, kratzte er sich an den Augenbrauen. »Name?«, fragte er herrisch.

»Ghan.«

Der Mann beugte sich vor und warf einen Blick auf das Holzbein. »Der Sammlertrupp ist vollständig.«

»Will auch nicht sammeln.«

Der Mann schüttelte den Kopf. »Krüppel nehmen wir nicht.« Er schob seine Unterlagen zusammen und brüllte: »Der Nächste.«

»Nein, jetzt warten Sie doch mal«, widersprach Ghan verzweifelt. »Ich war länger unter Tage, als Sie laufen können. Das Bein hier behindert mich nicht – schließlich klopfe ich mit der Spitzhacke, nicht mit dem Bein! Ich hab zwei starke Hände wie jeder andere Mann.« Zum Beweis streckte er die Hände aus, zog sie aber zurück, als sie zu zittern anfingen. »Das Bein ist ganz egal! Ich hab schon immer hart gearbeitet. Meine Narben sind der Beweis. Verdammt, ich könnte auch mit zwei Holzbeinen arbeiten, schließlich hacke ich nicht mit den gottverdammten Beinen!« Ghan atmete schwer; seine Lippen bebten. Er war hungrig, so verdammt hungrig. Elend und erschöpft und hungrig, weil er so lange nicht gearbeitet hatte, sondern von einer Geisterstadt zur nächsten gewandert war und um Arbeit gebettelt hatte.

Der Mann trommelte mit den Fingern auf den Tisch. Er war sauber und weiß, keiner, der das Leben unter Tage kannte. Er konnte es nur von oben leiten, wie der allmächtige Gott. »Wie war noch mal dein Name?«, fragte er.

»Ghan.«

Der Mann biss die Zähne zusammen. »Dein Name, sagte ich. Dein richtiger Name!«

»Claudio Petroni.«

»Italiener?«

Ghan nickte.

Der Mann musterte ihn mit wachsendem Interesse. »Schon mal gestreikt?«, fragte er.

»Nee.«

»Jemals in der Gewerkschaft?«

»Gibt doch keine, die sich für einen mit ’nem Holzbein einsetzt.«

»Mach mal kurz die Tür zu!«, befahl der Mann.

Ghan schloss sie – schloss die Wartenden aus, die mit leerem Blick in der Schlange standen.

»Wir haben hier einen neuen Besitzer – Mr. Harrington«, setzte der Mann an. »Er will einen Großteil der alten Mannschaft durch Italiener ersetzen. Die ersten kamen vor etwa einem Monat. Harte, billige Arbeiter. In ein paar Wochen kommt der nächste Schwung. 'ne Menge Leute verlieren ihren Job: Griechen, Slawen, sogar Australier. Die, die bleiben, kriegen ihren Lohn gekürzt. Wir behalten sie nur, weil wir eine bestimmte Anzahl von Leuten haben müssen, die Englisch sprechen. Das wird ein paar Mal pro Jahr von einer Regierungskommission geprüft.

Hör zu«, fuhr der Mann barsch fort. »Ich will nichts beschönigen. Nie im Leben würde ich einen Krüppel einstellen, aber du hast Ohren« – er unterbrach sich und lachte dreckig – »zumindest eins. Und das brauchen wir hier. Jemanden, der nicht auffällt, der uns aber Bescheid gibt, sollte es irgendwo rumoren. Falls jemand was plant.«

»Ich soll den Spitzel machen?«, stieß Ghan angewidert hervor.

»Aber nein. Nur die Ohren offen halten. Beide Seiten anhören. Sehen, ob jemand was von Gewerkschaften erzählt. Den Italienern zuhören. Jetzt sind sie noch arbeitswillig, aber das wird nachlassen. Und ich muss im Voraus wissen, wenn jemand Ärger machen will. Dann schick ich den weg, bevor es dazu kommt. Böse Zungen können die Männer ganz schnell aufstacheln.«

»Ich weiß nicht«, murmelte Ghan.

»Ich dachte, du willst Arbeit?«

»Klar will ich Arbeit.« Er war es so gottverdammt leid, nach Arbeit zu suchen. Er war so gottverdammt hungrig; die ständige Suche nach Essbarem, das ewige Starren auf die Angel, das endlose Rösten in der Sonne, beim Versuch, ein Kaninchen zu fangen.

»Hör zu.« Der Mann verlor langsam seine Geduld und lehnte sich zurück. »Du sollst ja nichts weiter machen als zuhören und mir, falls nötig, einen Hinweis geben. Mehr nicht. Also: ja oder nein?«

Ghans Bauch verkrampfte sich. »Ja.«

»Ich brauch dir wohl nicht zu sagen, dass du hierüber die Klappe hältst?« Er zog ein Blatt Papier hervor und kritzelte ein paar Zeilen darauf. »Mr. Harrington hat für Aufwiegler oder Drückeberger nichts übrig. Er will Profit machen. Wenn du ihn bescheißt, benutzt er dein Holzbein zum Feuermachen.« Er gab ihm das Blatt Papier. »Und du hängst noch mit dran.«

## Kapitel Fünfundvierzig

Fast über Nacht erwachte Wanjarri Downs aus langem Schlaf zum Leben. Hühner, Schweine und Ziegen gackerten, quiekten und blökten hektisch, als sie in ihren Kisten angeliefert wurden. Drei neue Hengste stiegen mit panisch aufgerissenen Augen aus den Transportern und starrten blind ins grelle Sonnenlicht. Arbeiter hämmerten auf Dächer und neue Zaunpfosten und gruben Brunnen auf entlegenen Weiden. Der Geruch nach Sägemehl und aufgewirbeltem Staub stieg mit dem Grunzen sägender, grabender und umhereilender Männer in die Luft.

Leonora packte das Porzellan aus den Kisten, wischte die Holzspäne mit einem Tuch ab und stapelte Teller und Tassen auf mit Spitze verzierte Regalborde: Jedes Stück verhieß Dauerhaftigkeit, ein Zuhause. Sie schloss die Glastüren des Schranks und strich über das glatte Holz.

»Du lächelst schon die ganze Zeit.« Alex lehnte sich mit verschränkten Armen an den Türrahmen. »Ich wusste gar nicht, dass es dir solches Vergnügen bereitet auszupacken.«

Sie griff nach hinten, zum Knoten ihrer Schürze, und löste ihn. »Mir gefällt es hier.«

»Ich werde dich nie verstehen, meine Liebe.« Er strich sich das Haar aus der Stirn. »Das ganze Haus ist nicht größer als eine Dienstbotenwohnung, und doch leuchtet dein Gesicht, als wäre es ein Palast.«

»Weil es uns gehört.« Sie griff nach seiner Hand und zog ihn zu einem Stuhl. »Komm, ich koch dir Tee. Hast du Hunger?«

Alex beobachtete sie, während sie die Vorratskammer inspizierte. Er stützte einen Fußknöchel aufs Knie und zupfte am Stoff seiner Reiterhose. »Ich habe eine Köchin und eine Haushälterin eingestellt. Nächste Woche fangen sie an.«

»Aber wir brauchen niemanden, Alex.« Leonora brachte einen Topf Marmelade und eine Dose Teegebäck zum Tisch. »Mir macht Kochen nichts aus. Oder auch Putzen.«

»Unsinn.« Er strich mit den Fingern über den polierten Tisch und zeichnete Kreise darauf. »Du hast doch keine Ahnung von den Mengen, die auf einer Farm gekocht werden müssen, Liebes.«

Als sie den vertrauten herablassenden Ton hörte, wandte sie sich ab. »Wahrscheinlich hast du recht.«

»Außerdem, wenn man so weit draußen Gäste hat, dann bleiben die immer mehrere Tage, manchmal sogar Wochen. Dazu kommen noch die Arbeiter, die zur Schafschur anrücken. Da sind jede Menge Mäuler zu stopfen.«

Sie kam mit dem Tee und schenkte ihm ein. »Wie sind denn die Arbeiter so?«

»Die Farmleiter sind gute Männer«, sagte er und nickte anerkennend. »Typische Cowboys, aber jung und auf Zack. Sie kümmern sich hier um alle Einzelheiten. Ich hab genug mit der Mine zu tun.« Alex stützte sich mit dem Ellbogen auf die Stuhllehne, gab einen Würfel Zucker in seinen Tee und rührte ihn langsam um. »Du hättest sehen sollen, wie ihnen fast die Augen aus dem Kopf gefallen sind, als sie die Farm gesehen haben, Leonora.« Er lachte. »Wie sie die Pferde anglotzen und das Land. Der Besitz ist halb so groß wie Belgien, wusstest du das? Ich bezweifle, dass sie je in ihrem Leben noch mal so was zu sehen bekommen.« Sein Blick glitt träge über Leonora. »Warte mal ab, bis sie erst dich zu Gesicht bekommen.«

Er stand auf, obwohl er an seinem Tee nur genippt und das Gebäck nicht angerührt hatte. Er schlang ihr die Arme um die Taille und presste sich an ihren Rücken. Sie schloss die Augen, wusste sie doch nur zu genau, was jetzt kam, und kämpfte gegen ihren Drang, sich zu versteifen. Er war nie wieder grob zu ihr geworden, hatte sich ihr nie wieder aufgezwungen wie beim ersten Mal, doch dazu gab sie ihm auch keinen Anlass, wehrte sich nicht gegen seine Bedürfnisse, sondern ließ ihm sein Vergnügen und war nur froh, wenn es vorbei war.

Als er ihren Nacken küsste, suchte sie angestrengt nach einer Ausrede und entschied sich schließlich für die, die immer wirkte: »Das ist kein guter Zeitpunkt, Alex. Ich könnte schwanger werden.« Sofort ließ er die Hände sinken. Alex wollte erst Kinder, wenn er sein eigenes, solides Vermögen gebildet hatte.

Mit entschlossener Miene kippte Alex den Rest seines Tees hinunter und klatschte einmal in die Hände. »Du warst hier lange genug eingesperrt. Komm mit raus und lern die Männer kennen.« Er fasste sie am Ellbogen. »Ich habe eine Überraschung für dich.«

• • •

Tom ließ den Sattel neben der offenen Stalltür fallen. »Sieht so aus, als würde der Boss seiner Lady die Farm zeigen. Wir sollen alle zum Reitplatz.«

»In einer Minute.« James trieb den dicken Nagel mit zwei raschen Hammerschlägen in die Wand und hängte das letzte Pferdegeschirr auf. Er wischte sich die Hände an der Hose ab und folgte Tom hinaus.

Als Alex zur Gruppe der Männer trat, hatte er eine Frau im Arm, die ihre Augen niedergeschlagen hatte. »So, ich möchte allen meine schöne Frau, Mrs. Harrington, vorstellen«, wandte er sich an sie und vergewisserte sich, dass jeder von ihnen einen Anflug von Neid wegen seines Glücks zeigte. »Darling, dies sind die Männer, die unser Haus gebaut haben, die Männer, die Wanjarri Downs zur besten Farm in Western Australia machen werden.« Darauf folgte unbehagliche Stille, in der die Männer nickten und ihr Gewicht verlagerten, weil sie nicht wussten, ob sie klatschen, Beifall rufen oder still bleiben sollten.

James achtete nicht auf die Rede, er wollte zurück an die Arbeit. Er wechselte einen Blick mit den anderen Männern, die mit gekreuzten Beinen oder verschränkten Armen dastanden: Männer mit harten, sonnenverbrannten, wettergegerbten Gesichtern und Dreitagebart.

»O' Reilly!«, rief Alex. »Bringen Sie Midnight raus.«

James ging zum Stall und holte den schwarzen Hengst, der nach wochenlangem Training ruhiger geworden war. Er gab Alex die Zügel.

Alex führte das Pferd zu seiner Frau. Sie rieb dessen schwarze, seidenglatte Nase. »Er ist wundervoll«, sagte sie atemlos. Alle Männer nickten. Der Hengst war ein gutes Pferd.

»Satteln Sie ihn«, wandte Alex sich an James. »Ich will mit ihm ausreiten.«

James schob seinen Hut hoch. »Er ist noch nicht so weit.«

»Was soll das heißen? Sie reiten ihn doch schon seit Wochen.«

»An mich ist er gewöhnt. Aber er lässt niemand anderen aufsitzen.«

Alex kniff leicht die Augen zusammen, blickte in die Runde und lachte leise. »Ich reite schon mein ganzes Leben; da werde ich wohl mit ihm klarkommen. Satteln Sie ihn.«

James verzog den Mund und sah eine ganze Weile lang zum Pferd. Dann warf er Tom einen Blick zu, der nur mit den Schultern zuckte und *niemals* mit seinen Lippen formte..

James sattelte das Pferd, trat ein paar Schritte zurück, hielt sich aber bereit für den Moment, da er eingreifen musste.

Selbstsicher schwang sich Alex aufs Pferd und lächelte. »Ich sagte doch –«

Beim Klang seiner Stimme stellten sich die Ohren des Tiers auf, es geriet in Panik, riss den Kopf hin und her, schlug mit den Vorderhufen und bäumte sich immer weiter auf. Alex trat der Schweiß auf die Stirn, als er versuchte, das Pferd unter Kontrolle zu bringen, und seine makellose Frisur löste sich in wilde Strähnen auf. Der Hengst wieherte aufgebracht, buckelte, kickte die Hinterbeine nach hinten und warf Alex ab, der bäuchlings zwischen den Männern im Staub landete. Einige schnaubten kurz vor Lachen, aber die meisten pressten wachsam die Lippen zusammen.

Seine Frau trat vorsichtig zu ihm. »Alex, hast du dich verletzt?«

Als er den Kopf hob, zuckte sie zurück. Langsam stand Alex auf, fuhr sich mit den Händen über die Vorderseite, an der der Staub wie festgeklebt war. Er räusperte sich. Rechts von ihm ertönte unterdrücktes Gelächter, links von ihm das Scharren von Stiefeln. Alex lachte kurz auf. Seine Augen waren pechschwarz. Dann schnellte seine Hand zu seiner Jacke, und er zog eine Pistole hervor. Die Sonne blitzte auf dem silbernen Lauf, als Alex steif den Arm hob und auf den Kopf des Pferds zielte.

James wollte schon einschreiten, doch die Frau kam ihm zuvor, packte Midnights Zügel und stellte sich unter den Kopf des Pferds. »Nein, Alex!«

Mit zusammengebissenen Zähnen zischte Alex: »Aus dem Weg!«

»Nein!« Sie umschlang den Kopf des Pferds. »Nimm die Pistole weg, Alex!«

»Weg da, Leonora!« Mit zitternder Hand löste Alex den Sicherheitsriegel. »Beweg dich, oder ich schwöre, ich erschieß dich gleich mit.«

*Leonora.* Der Name hallte in James' Körper wider, lief ihm wie ein Schauer über Arme und Beine und lähmte ihn so, dass er nur daran denken konnte. *Leonora.* Dann verdrängte er den Namen, näherte sich ganz langsam dem Pferd, strich ihm mit der Hand übers Fell und schob sich kaum merklich vor die Frau, so dass er ihren winzigen Körper abschirmte. Wieder bäumte sich das Pferd auf. James zog am Zügel. »Hoo!«, brüllte er das Pferd an – und Alex. »Ich fasse es nicht, dass Sie aufsitzen konnten!« Trotz seines hämmernden Herzens zwang er sich zu grinsen. »Heute Morgen hat er Tom noch in die Eier getreten, nur weil er ihm zu nahe gekommen ist!«

Tom griff das Stichwort auf und fasste sich mit schmerzverzerrter Miene an den Schritt. »Meine arme Mom! Von mir kann die keine Enkel mehr kriegen.« Als die Männer in Gelächter ausbrachen, nutzte James die Gelegenheit, das Pferd wegzuziehen und damit die Frau außer Schussweite zu bringen.

Alex' Arm erschlaffte. Er blinzelte den Schweiß weg, der ihm in die Augen gelaufen war.

»Aber er ist ein echter Prachthengst«, fuhr James fort. »Da besteht gar kein Zweifel. Könnte sogar den Melbourne Cup gewinnen.« Alex schluckte hart und senkte die Hand, doch sein Finger blieb am Abzug.

James ließ die Zügel los, ging auf Alex zu und zwinkerte ihm verschwörerisch zu: »Wie Sie schon sagten – «, sein Magen verkrampfte sich bei den nächsten Worten, »Pferde sind wie Frauen: Sie müssen zugeritten werden, aber die feurigsten lohnen am Ende am meisten.«

Die Männer lachten und nickten zustimmend, worauf Alex sich entspannte. Er fasste James an der Schulter und sagte: »Das ist wahr, mein Freund.« Mit großen Schritten ging er zu seiner Frau und gab ihr einen ziemlich harten Klaps auf den Po. »Wirklich wahr.«

• • •

Mit hochrotem Gesicht, brennend vor Zorn und Scham, knallte Leonora die Tür hinter sich zu. Als sie Alex hinter sich ins Haus kommen hörte, ging sie auf ihn los. »Wie kannst du es wagen – «

Alex packte ihren Arm und verdrehte ihn so, dass ihr der Schmerz bis in die Schulter schoss. »*Was habe ich dir gesagt?*«

»Was?«, schrie sie. »Was denn?«

»Sprich nie wieder so vor anderen mit mir! Hast du gehört?«

»Aber du wolltest das Pferd erschießen!« Ihr blieb die Luft weg, weil er ihren Arm mit einem Ruck noch weiter verdrehte. »Hör auf, Alex! Du tust mir weh!«

»Heb nie wieder die Stimme gegen mich!«, brüllte er. »Nie wieder!«

»Lass mich los, bitte«, flehte sie, aus Angst, ihr Arm würde ausgekugelt. »Es tut mir leid!«

Alex stieß sie von sich weg. Er ging zum Spiegel, strich sich die Haare zurück, riss die Tür zum Spirituosenschrank auf und schnappte sich zwei braune Flaschen. Dann knallte die Haustür, und Leonora blieb starr vor Staunen, ihren Arm umklammernd allein zurück.

• • •

»Was zum Teufel war das denn?«, fragte Tom.

James biss die Zähne zusammen und starrte mit zusammengezogenen Augenbrauen zum Haus.

»Der verrückte Bastard.« Tom stopfte sich das Hemd in die Hose. »Glaubst du, er hätte das Pferd wirklich abgeknallt? Ein Vollblut? Wütend genug sah er ja aus. Herrgott, ich glaube wahrhaftig, er hätte es getan. Obwohl seine Frau davorstand. Den Kerl darf man auf keinen Fall gegen sich aufbringen.«

Dann verzog er die Lippen und bohrte seine Zungenspitze in die Wange. »Aber seine Frau ist schon 'ne Augenweide, wie? So was kriegt man nur für viel Geld.«

James schoss zu ihm herum und sah ihn mit glühendem Blick an. »Nimm das zurück, Tom.«

»Hoo!« Tom wich zurück. »Was ist los, Kumpel?«

»Halt einfach die Klappe.«

Tom lachte und zog eine Augenbraue in die Höhe. »Na also, dann bist du ja doch aus Fleisch und Blut.«

»Was soll das heißen?«

Tom grinste breit. »Dass du auf sie stehst.«

»Ich steh doch nicht auf sie!«, schnaubte James.

»Ich kenn dich schon ziemlich lange, Kumpel. Und ich kenne diesen Blick. Du bist hin und weg.« Tom versetzte ihm einen Schlag auf den Rücken. »Und gleich die Frau vom Boss. Du geiler Bock.«

James' Miene wurde ernst. »Ich glaube, ich kenne sie.«

»Was?« Tom grinste immer noch. »Was zum Teufel soll das denn heißen?«

»Ich glaube, ich kenne sie.« James sah ihn bedeutsam an. »Aus dem Waisenhaus.«

Toms Grinsen gefror, während er versuchte, das Gesagte zu erfassen. »Das ist doch ein Witz.« Er lachte humorlos und starrte zum großen Haus. »Unmöglich, Kumpel. Sie ist nicht mal Australierin.«

»Doch, ist sie … war sie. So sehr wie wir.« James' Stimme erstarb. »Sie wurde von einer amerikanischen Familie adoptiert. Ich glaube, sie ist es.«

»Lieber Gott! Hat sie dich erkannt?«

»Ich glaube, sie hat mich nicht mal gesehen.« Mit leicht zusammengekniffenen Augen ließ er sich das Ganze noch mal durch den Kopf gehen. »Vielleicht irre ich mich auch. Ich weiß nicht. Es ist schon so lange her.« Er schwieg einen Moment. »Ich weiß es nicht.«

Da öffnete sich die Eingangstür vom Haupthaus. Alex kam die Veranda herunter und winkte mit zwei vollen Flaschen. »Sieht so aus, als wäre da jemand in Feierlaune!«, spöttelte Tom.

»Kein Wort darüber, klar?«

»Dass du auf seine Frau stehst?«, scherzte Tom. »Aber nicht doch.«

James starrte ihn finster an.

»Tja, hübsch ist sie schon. Kann man nicht anders sagen.« Tom setzte sich in Bewegung und brüllte zu Alex: »Sind die Drinks für uns oder die Pferde?«

• • •

James lag wach auf dem Bett, hatte die Hände hinter dem Kopf verschränkt und starrte auf die Dachsparren. *Leonora.* Er dachte an das Gesicht der Frau, beschwor das Gesicht seiner Freundin aus alten Zeiten herauf und verglich die beiden, bis sie miteinander verschmolzen, was ihn keineswegs beruhigte. Er dachte daran, wie sie, ohne zu überlegen, das Pferd geschützt hatte, erinnerte sich, wie ihr die Röte ins Gesicht geschossen war, als Alex ihr den Schlag versetzte – der von seiner eigenen Bemerkung ausgelöst worden war. Doch ihm war nichts anderes übrig geblieben, denn mittlerweile kannte er Alex Harrington und wusste, dass er nach Beifall gierte und tobte, wenn der ausblieb.

Schritte donnerten die Treppe hinauf. Tom taumelte ins Haus und klammerte sich an den Türrahmen, als wäre der ein schwankendes Boot auf hoher See.

James lachte leise. »Alles klar?«

»Geht schon«, nuschelte Tom. »Sobald der verdammte Raum aufhört, sich zu drehen.« Er lehnte sich mit der Stirn ans Holz. »Morgen kann ich Ashley das Geld anweisen.«

»Gut.«

»Du hast mir den Arsch gerettet, Kumpel.« Toms Augen glänzten vor trunkener Sentimentalität.

»Behalt von nun an einfach die Hosen an.«

»Ich hab doch gesagt, dass ich keusch bleibe.« Tom ließ die Wand los und hob gefährlich schwankend die Hand. »Ich schwör's.«

»Ja, so keusch wie ein Hase.«

»Übrigens« – Tom torkelte aus dem Zimmer, und seine Stimme wurde leiser, während er sich bemühte, im Flur aufrecht stehen zu bleiben – »die Frau … die Augenweide? Heißt mit Mädchennamen Fairfield.«

Dieser Name sagte ihm etwas, rief ein Echo aus ferner Vergangenheit hervor, vibrierte ihm in der Kehle.

*Leo.*

• • •

Die sinkende Sonne stach ihm in die Augen. James zog den Hut tiefer, bis er nur noch das Pferd sah, mit dem er zur Farm zurückritt. Tom, vollkommen von der Sonne verbrannt, fegte die letzten Reste des Staubsturms weg, der sie in der Nacht zuvor heimgesucht hatte. »Wie steht's um die Schafe?«, fragte er.

»Sind schmutzig und durstig. Aber vollzählig, glaube ich.«

Tom kratzte sich am Ohr. »Ich meine, wir sollten in ein, zwei Tagen aufbrechen und sie weitertreiben.«

»Den Gedanken hatte ich auch schon«, nickte James. »Das Wetter stellt uns auf die Probe.« Er zog ein Taschentuch hervor und wischte sich übers Gesicht. »Ich sag's Alex.«

James klopfte mit orangefarbenen Knöcheln an die große Holztür vom Haupthaus. Dann wartete er, zur Auffahrt gewandt. Der Model T und der Rosenbusch an der Veranda waren mit einer feinen Staubschicht bedeckt. Das Zeug klebte wie Kreide an den Fingern, dachte er. Würde mindestens eine Woche dauern, bis es weg war.

»Hallo.« An der offenen Tür stand Leonora Harrington.

Seine Stiefel waren plötzlich wie festgewachsen an den Holzdielen der Veranda. Er vergaß, wo er war. Hastig griff er nach dem Hut und riss ihn sich vom Kopf. »Tut mir leid, Sie zu stören … Mrs. Harrington.« James räusperte sich und klopfte sich über das platt gedrückte Haar. »Ist … äh … Ihr Mann da?«

»Nein. Er ist heute Morgen weggefahren«, erwiderte sie freundlich. »Aber wenn Sie mit ihm sprechen wollen, er kommt wohl heute Abend noch zurück.«

James wollte gehen. Er sollte gehen. *Gehen.* Aber seine Beine wussten nicht mehr, wie man ging. Er tappte mit dem Fuß auf, um sich zu vergewissern, dass er noch Gefühl darin hatte, dann streckte er unvermittelt die Hand aus. »James. Wir sind uns noch nicht richtig vorgestellt worden.«

»Leonora.« Lächelnd ergriff sie seine Hand und blickte danach auf den roten Staub, der an ihrer Handfläche klebte.

»Ah, Verzeihung.« James rieb sich seine Rechte am Hosenbein ab. »Ich bin grade erst von der hinteren Weide zurückgekommen und konnte mich noch nicht waschen.« Er runzelte die Stirn. Er war nicht gesellschaftsfähig, weder äußerlich noch innerlich.

»Ich bin auch ziemlich staubig.« Sie lachte, zog die Tür weiter auf und lehnte sich mit der Hüfte an die Kante. »Und versuche immer noch, den Staub vom Boden zu entfernen. Kommen die Stürme hier immer so schnell?«

»Normalerweise nicht.« Sein Mund bewegte sich wie gewöhnlich und sprach mechanisch, während sein Puls raste wie ein außer Kontrolle geratener Zug. »So einen habe ich erst einmal erlebt, aber er verzog sich auch ganz schnell. Ohne Wind können die nicht andauern.« Und da war sie. Stand da. James vergaß den Sturm. Er vergaß seinen Namen. Er vergaß zu sprechen und starrte sie einfach nur an.

Ihre Wimpern flatterten, als das Schweigen sich in die Länge zog. Sie fasste sich an den Kragen. »Sie sind doch einer der Farmleiter, nicht wahr? Ich erinnere mich noch von neulich an Sie.«

»Ach ja, was das betrifft, Mrs. Harrington«, setzte er an und trat einen Schritt näher zu ihr.

»Bitte, nennen Sie mich doch Leonora.«

Er konnte ihren Namen nicht in den Mund nehmen. »Was den Tag neulich betrifft« – er schluckte. »Da muss ich mich bei Ihnen entschuldigen.«

»Nein.« Sie senkte die Augen und schob sich näher an die Tür. »Ist schon gut.«

»Nein, ist es nicht. Meine Bemerkung …« Er verstummte und setzte sich wieder den Hut auf. »Ich sah nur die Pistole und … dachte, er würde das Pferd erschießen«, versuchte er zu erklären. »Ich wollte nicht, dass jemand zu Schaden kommt. Aber auf gar keinen Fall wollte ich Sie beleidigen. Ich mag Frauen.« Seine Ohren fingen an zu glühen. »Ich meine: Ich respektiere Frauen.«

Da lachte sie, und das Steigen und Fallen ihrer Stimme war so sacht wie das Streicheln einer Feder.

»Ach, ich drück das ganz falsch aus.« James grinste hilflos und legte den Kopf schräg. »Ich wollte mich nur entschuldigen, mehr nicht.«

»Ich nehme die Entschuldigung an«, sagte Leonora lächelnd. Ihr Unbehagen war geschwunden. »Wahrscheinlich haben Sie dem Pferd das Leben gerettet. Ich sollte mich bei Ihnen bedanken.«

James sah sie an: ihre Haut, ihre Haare, die Form ihres Gesichts. Eine tröstliche, erinnerungsselige Wärme durchströmte seine Brust. Er wandte sich ab und starrte zur Auffahrt, um seinen Sinnen eine Pause zu gönnen, seine Gedanken irgendwie zu ordnen.

»Ist sonst noch etwas?«, fragte sie.

Da drehte er sich langsam um und starrte angestrengt auf seine Stiefel, während er mit dem Fuß tappte. »Ich hab mal eine Leonora gekannt.« Die Worte strömten wie ein sanfter, altvertrauter Wind aus ihm heraus.

»Wirklich?« Erfreut legte sie den Kopf zur Seite. »Aber das ist kein besonders häufig vorkommender Name.«

»Sie sehen aus wie sie.« Er hob den Kopf. »Wir lebten in einem Waisenhaus an der Küste … in der Nähe von Geraldton.« Jetzt sah er sie durchdringend an. Alle Nervosität war von ihm abgefallen. »Vielleicht kennen Sie das ja.«

Ihre Lippen öffneten sich. Alles Blut wich ihr aus dem Gesicht. Sie versuchte etwas zu sagen, stockte aber und schüttelte ihren Kopf so heftig wie einen schmutzigen Teppich. »Wollen Sie etwa behaupten, ich wäre ein Waisenkind?« Panisch sah sie ihn an.

In diesem Augenblick lugte die Sonne über seine Schulter und ließ ihre Haare so aufleuchten, dass sie wie ein goldener Rahmen ihr Gesicht umgaben. Sein Herz setzte einen Schlag aus. Die Sonne enthüllte die Angst und den Schmerz in ihren haselnussbraunen Augen, und da erkannte er sie. Wenn er überhaupt Zweifel gehabt hatte, so schwanden sie jetzt. James schob die Hände in die Taschen und richtete sich auf. »Ich wollte Sie nicht beleidigen.«

»Eine Waise?« Sie krümmte sich, als sie das mit schriller, zittriger Stimme sagte. Die Sonne reflektierte sich in ihren weit aufgerissenen, feucht glänzenden Augen. »So sehe ich also für Sie aus?«

Ihr Abscheu traf ihn mitten ins Herz. »Mein Fehler«, sagte er grimmig und tippte sich an den Rand seines Huts.

»Ja, allerdings!«

Als die Tür vor seiner Nase zuschlug, verkrampfte sich alles in seinem Innern.

• • •

Leonora lehnte sich gegen die Holztür und bedeckte mit den Händen ihr Gesicht. Krampfartig schluchzend beugte sie sich vor. Heiße, dicke Tränen rannen ihr übers Gesicht, nässten ihre Wangen und Lippen. Sie ließ sich an der Tür zu Boden gleiten und vergrub mit zuckenden Schultern ihr Gesicht zwischen den Knien.

Auf der Oberfläche ihres Bewusstseins loderte Angst – echte Panik, konditionierte Furcht bei der Erwähnung des Waisenhauses, ihres früheren Lebens. Sie umkrallte ihren Kragen und riss die Knöpfe auf, die ihr die Luft nahmen. Leise, heisere Schreie entfuhren ihr, unter Zuckungen wehrte sich ihr Körper gegen die Tränenflut. Sie umklammerte die Goldkette an ihrem Hals, ihre Finger glitten zu dem kleinen eingefassten Stein und rieben blind über die glatte Oberfläche, und der Zweifel wuchs, genau wie der Schock und die Furcht.

Doch unter der Angst brach die Sehnsucht durch die heftigen Schluchzer hervor, die Sehnsucht nach dem, was vergraben und fast verloren gewesen war, die Erkenntnis und die herzzerreißende Erleichterung, dass der Traum kein Traum gewesen war. *James.* Leonora nahm die Kette in die Hand, öffnete dann langsam ihre Finger und starrte mit verschwommenem Blick auf den weißen Stein.

Jetzt lächelte sie unter Tränen, ihre Lippen spannten sich in Freude, Kummer und Furcht gleichzeitig. Ein kurzes Auflachen, fast wie ein Schluchzen, entfuhr ihr. Kopfschüttelnd verwandelte sie Zweifel in Glauben.

Leonora hob den Kopf. Ihre Tränen versiegten angesichts eines furchtbaren Gedankens. Sie sah sein Gesicht vor sich – sah, wie sie ihn angezischt hatte. Sie umklammerte ihre Knie und wiegte sich sacht vor und zurück, während sie versuchte, sich sein Gesicht vorzustellen, bevor sie ihn so gekränkt hatte. Er hatte ihr die Hand gegeben, sie berührt. Sie hob ihre Hand, drehte und wendete sie vor ihren Augen und spürte noch einmal den kräftigen Griff seiner langen, starken Finger. Da verschwamm sein Gesicht vor ihren Augen, und sie kniff sie zusammen, um es wieder vor sich zu sehen, doch jetzt tauchte sein Ausdruck vor ihr auf, nachdem sie ihn zurückgewiesen hatte. So als hätte sie ihn geohrfeigt. Wieder blickte sie auf ihre Hand. Als sie den gelblichen Bluterguss von Alex' Griff sah, schob sie sie auf den Rücken.

Erschöpft ließ sie ihren Kopf an die Tür sinken. Der Wind blähte sanft die Vorhänge und brachte einen Hauch von Rosenduft ins Zimmer. *James*. Ein leises Lächeln umspielte ihre Lippen. *Hier*. Die Brise fuhr kühl über ihren nassen Kragen und trocknete ihr die Augen und Wangen, bis ihre Haut sich spannte. Im weichen Licht wirkte alles im Raum sanft. Laut flüsterte sie seinen Namen: »James.«

• • •

Tom saß auf einem Heuballen, hatte den Hut weit zurückgeschoben, so dass seine sommersprossige Stirn und die schweißnassen, roten Haare zu sehen waren, und prüfte das Hauptbuch. Auf der Verschlusskappe des Stifts kauend kritzelte er etwas hinein, wandte aber den Kopf, als er leises Gläserklirren hörte. »Mrs. Harrington. Sie sind wirklich ein Engel!«

Mit hoch erhobenem Kinn versuchte Leonora, ihre Arme still zu halten, damit die Limonade nicht mehr überlief. Trotz ihrer Nervosität musste sie lachen, so glücklich und unbedarft wirkte Tom. »Ich dachte, Sie hätten vielleicht Durst.«

Tom legte Buch und Stift auf den Heuballen, nahm ein Glas von ihr entgegen und leerte es mit zwei großen Schlucken. »Schmeckt himmlisch!« Er streckte die Hand aus. »Thomas Shelby.«

Sie streckte ebenfalls eine Hand aus und bemühte sich, mit der anderen das Tablett zu balancieren. »Leonora.«

Er schwang ihre Hand wie einen Pumpenschwengel. »Schön, Sie kennenzulernen.«

»Möchten Sie noch ein Glas?«

»Nein, das war perfekt. Danke.«

Sie konnte nicht anders, als ihn anzulächeln. Er war aufrichtig und schlicht und hatte klare blaue Augen, in denen der Schalk blitzte. Seine Gesichtszüge waren eher angenehm als attraktiv, und er wirkte wie ein Mann, der sein Mädchen genauso gern packte und auskitzelte wie küsste.

Tom wischte sich mit dem Ärmel über die Stirn. Die Sonne brannte ihnen auf den Schultern. »Ich weiß nicht, wie Sie diese Hitze ertragen«, sagte sie.

»Ach, das ist doch noch gar nichts. Jetzt haben wir Winter, meine Liebe. Aber keine Sorge, Sie gewöhnen sich schon dran.« Er blickte an ihr und dem Haus vorbei. »Sie haben hier eine wunderbare Farm, Leonora. Mein Dad hätte für nur einen Hektar davon getötet.«

»Ist er auch Farmer?«

»Er war es. Ist aber schon vor langer Zeit gestorben.«

»Das tut mir leid.«

»Nicht doch. Er wollte immer Schafe züchten, eine richtige Schaffarm haben. Aber er hatte nur ein paar, nicht viele.« Toms Lippen zuckten belustigt. »Dad behandelte die Lämmer eher wie Haustiere. Gab ihnen allen Namen. Die Hälfte von ihnen hieß ›Fluffy‹.«

Sie lachte, mochte ihn auf Anhieb, mochte ihn mehr als fast alle, die sie je kennengelernt hatte.

»Tja, aber jetzt sollte ich mich wohl mal wieder an die Bücher machen. Noch mal danke für die Limonade.«

»Ist der andere Farmleiter hier auch irgendwo?«, fragte sie und versuchte, so normal wie möglich zu klingen.

»James? Ja …« Er reckte den Kopf. »Hinter dem Stall, flickt ein Loch im Zaun. Aber ich muss Sie warnen, er ist ein ziemlicher Griesgram.« Er zwinkerte ihr kurz zu. »Vielleicht heitert ihn ja die Limonade auf?«

Leonora trug das Tablett aus dem Stall und stieg über ein paar große Steine, die auf dem Weg Richtung Zaun lagen, wobei die Limonade über den Rand der Gläser schwappte. Und da war er, James: hockte mit einem Stück Draht im Mund und einer Zange in der Hand vor dem Zaun und versuchte, das Loch zu flicken. Sie schluckte hart und ging mit heftig pochendem Herzen auf ihn zu.

James blickte weder auf, als er ihre Schritte hörte, noch wandte er den Kopf, als ihr Schatten über ihn fiel. »Ich … ich dachte, Sie hätten vielleicht Lust auf Limonade«, wagte sie sich vor.

»Nein, danke, keinen Durst.« James hielt den Blick starr auf den Draht gesenkt, während er ihn um das Loch schlang. Er hatte die Brauen zusammengezogen, und die sonnengebräunten Muskeln auf seinen Unterarmen zuckten und spannten sich bei jeder Bewegung.

»Bitte.« Ihr brach die Stimme. »Sie haben ja nicht mal Schatten.«

Da legte er den Draht weg und stand auf. Sie beobachtete, wie sein Körper sich in die Höhe entfaltete. Er nahm ein Glas vom Tablett, nickte und blickte auf einen Punkt in der Ferne. »Danke.«

Sie stand da und hielt unbeholfen das Tablett in den Händen, während er trank. Er schien gar nicht zu bemerken, dass sie noch da war. Sie suchte nach Worten, um das Schweigen zu unterbrechen. »Was ist denn mit dem Zaun passiert?«

»Keine Ahnung«, sagte er knapp. »Vielleicht ein Dingo.«

Sie starrte auf sein Profil, die geschwungene Kehle, die kastanienbraunen, ordentlich an den Ohren und am Nacken gestutzten Haare, die glatte, gerade Nase und die in die Ferne gewandten Augen, die ihr bis durch die Haut gedrungen waren. Leonora senkte den Blick, holte ein letztes Mal tief Luft und fragte leise: »Weißt du noch, wie du früher Schwester McCrackenas genannt hast?«

James stand vollkommen reglos da. Er trank einen großen Schluck von seiner Limonade. Nichts regte sich in seinem Gesicht.

Sie begriff, wurde rot und wandte sich ab, wollte sich mit dem letzten ihr verbliebenen Rest Würde davonschleichen. Doch da ertönte hinter ihr eine Stimme mit aufgesetzt schottischem Akzent: »Aye, du meinst die liebe Schwester Kräckerarsch?«

Ein Lachen entfuhr ihr, so spontan und unerwartet, dass sie einen Schluckauf bekam. Sie ließ das Tablett mit dem leeren Glas fallen. Jetzt sah James sie an, mit einem verschmitzten Lächeln. Er bückte sich, hob Tablett und Glas auf, reichte sie ihr und grinste breit, als sie immer noch versuchte, ihr Kichern unter Kontrolle zu bringen.

Leonora wischte sich über die Augen und fächerte sich Luft zu, als wäre es die Hitze und nicht ihre unendliche Erleichterung und die daraus resultierende überbordende Ausgelassenheit, die ihr das Blut in den Kopf jagte. Sie beruhigte sich und brachte ihr Lachen und ihre Atmung unter Kontrolle. Jetzt sah James sie mit seinen dunklen Augen forschend an, und zwischen ihnen breitete sich Stille aus.

»Bist du es wirklich?«, flüsterte sie, außerstande, die Lippen zu schließen. »Nach all der langen Zeit?«

Er nickte. Seine Miene war immer noch reglos, abwartend.

Da fiel ihr ihr Benehmen vom Vortag ein. »Ich war äußerst unfreundlich zu dir!«, stieß sie hervor. »Und das tut mir sehr, sehr leid.«

»Kein Problem.«

»Nein, ich war grässlich. Aber ich konnte es einfach nicht glauben.« Angestrengt suchte sie nach den richtigen Worten. »Es war schon so lange her, dass es mir fast wie ein Traum vorkam. Und dann: hier zu sein – und dann auch noch du hier.« Sie fasste sich an die Stirn. »Weißt du, was ich meine? Ergibt das für dich einen Sinn?«

Als James nickte, wusste sie, dass er sie verstand und es wahrscheinlich auch nicht besser erklären konnte. Wieder breitete sich Stille zwischen ihnen aus, leicht unbehaglich und gleichzeitig mit einer Vertrautheit, die zu viel Zeit gehabt hatte zu verblassen.

James schob eine Hand in die Hosentasche und wies nickend zum Haus. »Sieht so aus, als hätte das Leben es gut mit dir gemeint.«

»So sieht es aus«, erwiderte sie so ernst, dass seine Miene weich wurde und die Furchen auf seiner Stirn verschwanden. »Und was ist mit dir?«, fragte sie. »Hat das Leben es mit dir gut gemeint?«

Da zogen sich seine Augenbrauen zusammen, und die Furchen erschienen erneut. »Geht so.« Und die Stille zwischen ihnen wuchs, und die Gesprächsfetzen verwehten.

Leonora umklammerte das Glas und drückte das Tablett an ihre Brust wie einen Schild. »Ich muss dich um einen Gefallen bitten«, stotterte sie entschuldigend. »Ich muss dich darum bitten, unsere Vergangenheit … also meine, nicht zu erwähnen. Alex weiß nichts davon.« Ihre Stimme erstarb. »Sonst würde mein Leben sehr kompliziert.«

James blickte auf seine Stiefel. »Selbstverständlich.«

»Er würde es nicht verstehen«, versuchte sie es ihm zu erklären. »Es ist besser so. Für alle.«

Er nickte, hockte sich wieder hin, nahm sein Werkzeug und fing von neuem an, den Zaun zu flicken. Wieder hatte sie ihn verletzt.

• • •

Im perlmuttfarbenen Morgenlicht verließen die Männer Wanjarri Downs: Vierzehn Pferde, gesattelt und schwer bepackt, ritten in V-Formation davon. James und Tom an der Spitze, ihre Mäntel gegen die kühle Morgenluft zugeknöpft, und dahinter die Aborigine-Arbeiter. Die Körper von Menschen und Tieren verschmolzen zu einer Form, die wie geraffte Seide über das Land glitt.

Leonora sah ihnen durch das geschlossene Fenster ihres Schlafzimmers nach, und da das Glas das Trappeln der Hufe dämpfte, bewegten sich Pferde und Reiter wie lautlose Phantome, bis sie im Nebel verschwanden. Sie würden monatelang fort sein. Leonora berührte mit den Fingerspitzen das kühle Glas. Vom Bett drang Alex' Schnarchen. Ein allumfassendes Vakuum drang vom Land ins Haus und füllte jeden Winkel. Und die Schatten verdichteten sich und blieben. Und sie vermisste ihn.

## Kapitel Sechsundvierzig

Ghan ging zwischen den dreckigen Zelten hindurch, bis er das letzte in der Reihe erreichte, dessen Planen dreckbespritzt durchhingen und von Spinnweben belagert waren. Er setzte sein Bündel ab. *Zu Hause.*

»Bei Gott!«, ertönte eine Stimme. »Das gibt's doch nicht!«

Ghan starrte auf eine Visage, die fast so alt und hässlich war wie seine. »Whistler, bist du das?«

Der Mann schlug sich gackernd auf die Knie. »Du verdammter Hurensohn!« Auf wackligen Beinen kam er auf ihn zu. Weißes Brusthaar lugte aus seinem Unterhemd. »Was zum Teufel machst du denn hier, Ghan?«

»Arbeiten. Wie's aussieht, sind wir Nachbarn.«

Whistler strahlte übers ganze Gesicht. All seine Falten sahen aus wie nach oben gezogene Mundwinkel. »Ich fasse es nicht, dass du noch am Leben bist, du alter hässlicher Sack.«

»Typen wie wir sind nicht kleinzukriegen«, sagte Ghan. »Wir stehn sofort wieder auf.«

»So ist es!«, lachte der Mann. Als seine Hose ihm über den Hintern rutschte, zog er sie einfach wieder hoch.

»Aber du pfeifst ja gar nicht mehr«, bemerkte Ghan, als ihm wieder einfiel, dass der Mann früher einen verfaulten Zahn mit einem perfekten, grauen Loch in der Mitte gehabt hatte und ihm beim Lachen jedes Mal ein schriller Pfiff entwichen war.

»Hab keine Zähne mehr.« Whistler riss den Mund auf. »Hey, hast du Hunger?«

»Immer.«

»Dann komm, ich mach uns was. Lass deine Sachen hier. Die wird niemand anrühren. Ich hab hier überall Kumpel.« Er steckte sich einen Finger ins Ohr und verzog das Gesicht. »Die verdammten Karren. Die Itaker rasen von morgens bis abends mit Motorrädern rum. Aber es sind gute Männer. Wirst du schon sehen.«

Whistler hielt die Türklappe seines Zelts auf, so dass Ghan hineinschlüpfen konnte. Neben der Mittelstange stand ein kleiner, aus einem Petroleumfass gebauter Ofen. Whistler schnappte sich ein paar Zweige und machte Feuer. Er stellte einen Topf mit Wasser darauf, gab Tee hinein und holte zwei Dosen, die als Becher herhalten sollten. Dann nahm er eine Bratpfanne mit hart gewordenem Fett und fing an, Mehl, Wasser und Backsoda hineinzurühren. Tee und Buschbrot: das Festmahl des Buschmanns.

»Hab nix für drauf«, sagte Whistler entschuldigend. »Nur 'n bisschen Sirup. Kostet 'nen Vierteldollar.«

»Ich hab so 'n Hunger, ich würd auch das pure Fett essen.«

Whistler rührte den blubbernden und fast schwarzen Tee um und goss ihn in die Dosen. »Also hast du schon länger keine Arbeit mehr?«

»Genau. Liegt an den Kriegsveteranen. Krüppel mit Orden. Da kann ich nicht gegen anstinken.«

Der alte Mann reichte Ghan eine kochend heiße Dose, die dieser, ohne mit der Wimper zu zucken, mit seiner schwieligen Hand umfasste. »Das Bein ist weg?«

»So ist es.«

»Tat's weh?«

»Höllisch.«

Whistler erschauerte. »Lieber würd ich sterben. Fürs Messer bin ich zu feige. Mir wird schon schlecht, wenn ich bloß dran denke.« Dann lachte er so heftig, dass ihm die Spucke übers Kinn lief. »Das passiert, wenn man nur Mädchen kriegt. Macht 'nen Mann so weich wie Butter.«

»Wie geht's den Mädchen?« Ghan erinnerte sich daran, dass er fünf hatte, alle blond und niedlich und jeweils ein Jahr auseinander. Wenn Whistler sie angesehen hatte, waren ihm immer die Tränen gekommen, die Liebe war ihm buchstäblich aus den Augen gequollen.

»Alle verheiratet. Und mit guten Männern. Gott sei Dank! Keine Trinker, keine Schläger.« Er lächelte vor Stolz. »Schätz mal, wie viele Enkel ich schon habe.«

»Sag an.«

»Zwölf. Und willst du wissen, wie viele Mädchen? Elf! Gott verdammt noch mal!« Whistler strahlte noch beim Fluchen. »Elf gottverdammte Mädchen! Als hätte ich keinen Stahl im Blut, sondern nur süßen Nektar. Wie kann ein knochenharter Teufel wie ich nur Mädchen kriegen?«

Ghan gluckste und nippte an seinem Tee, während Whistler die Bratpfanne erhitzte. Das Fett schmolz zischend um den Teig, und der Geruch brachte seinen leeren Magen zum Knurren und Gurgeln.

»Meine Frau … Pippa, du erinnerst dich doch, oder?«, fragte Whistler.

»Klar. Hübsch wie eure Töchter.«

Whistlers Augen glänzten von dem Kompliment. »Ist gestorben. Schon ziemlich lange her.« Er stach mit einer Gabel in den fester werdenden Teig und flippte ihn dann herum, so dass das Fett wild über den Pfannenrand spritzte. »Sie fehlt mir schrecklich. Auch wenn sie schon lange weg ist, tut's immer noch weh.« Er schlug sich gegen die Brust. »Hier drinnen. Da fehlt was. Gott, ich vermiss sie.«

Ghan starrte in den dunklen, dampfenden Tee und sah sein wellig verzerrtes Spiegelbild. Er hob die Dose an die Lippen und trank das hohlwangige Gesicht weg.

Whistler stellte einen Zinnteller auf den Tisch und schob den Teig darauf. Der aufgeblähte Rand vom Buschbrot glänzte ölig, trocknete aber sofort. Kaum hatte Whistler Sirup daraufgeträufelt, kamen auch schon die Fliegen. Beim Essen hielten die Männer ihr Brot in einer Hand und mussten mit der anderen die Fliegen verscheuchen.

»Was für'n Job hast du denn gekriegt?«, fragte Whistler.

»Graben.«

Der Mann hielt mitten im Kauen inne, so dass der breiige Teig zwischen seinen Lippen zu sehen war. »Unter Tage?«

»Ja.«

»Wann hast du denn das letzte Mal gegraben?«

»Weiß ich nicht genau.« Ghan blickte blinzelnd in den Rauch, der durch ein Loch in der Zeltspitze nach draußen driftete. »Vor etwa fünfzehn, zwanzig Jahren.«

Alle Falten im Gesicht des alten Mannes sackten abwärts. »Warum zum Teufel gehst du dann wieder runter?«

»Hab ich doch gesagt. Ich brauch den Job.«

»Nein. Nein. Nein, nein, nein.« Entschieden presste er die Lippen zusammen. »Das ist zu lange her, Kumpel. Wenn du einmal so lange über Tage warst, kannst du nicht mehr runter. Das bringt dich um. Tu's nicht.«

»Muss aber.«

»Ach was.« Whistler schluckte sein restliches Buschbrot, ohne zu kauen. »Hör mir zu, Ghan. Wenn man so lange nicht mehr gegraben hat, dann ist es zu hart, wieder damit anzufangen. Die Sonne verändert einen; man kriegt wieder Luft in die Lungen, und das ist schön. Wenn man dann wieder runtergeht, ist es, als kriegt man den Kopf unter Wasser gedrückt.«

Ghan kaute auf seinem Brot, schmeckte aber nichts mehr. »Hab keine andere Wahl.«

Der Mann fuhr sich mit den abgebrochenen Fingernägeln durch die Haare. »Verdammt, ich wollte, ich könnte dich mit zum Sammeln nehmen. Das mach ich schon so lange, da sehen die Manager eine Maschine in mir. Und es wartet schon 'ne ellenlange Schlange darauf, dass ich abtrete, um mich zu ersetzen.« Er machte ein langes Gesicht. »Verdammt, ich wollte, du könntest mit mir zusammenarbeiten.«

Das letzte Stück Buschbrot verschwand, und auf dem Teller blieben nur ölige, runde Flecken zurück. Da die Fliegen jetzt keine schlagende Hand mehr zu fürchten brauchten, machten sie sich daran, ihn zu reinigen. »Komm.« Whistler stand auf und ging aus dem Zelt. »Ich zeig dir die Umgebung.«

Müßig schlenderten die Männer zwischen den Zelten umher. Alle waren aus Segeltuch, manche verstärkt mit Sackleinen oder Wellblech, manche groß genug für eine ganze Familie, manche fast zu klein für einen ausgewachsenen Mann. »Tag, Mrs. Riccioli«, grüßte Whistler mit einer knappen Verbeugung.

Eine gut aussehende Frau mit schwarzen, straff zurückgebundenen Haaren hörte auf zu fegen. »Morgen«, erwiderte sie lächelnd. »Sie wollen essen? Sind viel zu dünn, Whistler!«

Der streckte seinen Bauch vor. »Nein, muss meine Figur halten, für die Damen, wissen Sie?« Whistler lehnte sich zu Ghan und flüsterte ihm ins Ohr: »Die Itaker wollen einen immer füttern, vor allem die Frauen. Gute Leute. Wenn nur die verdammten Motorräder nich wärn.«

Whistler winkte der Frau kurz und führte Ghan weiter an den Zelten entlang. »Hier ist alles wie auf einer Karte eingeteilt. Die Itaker sind hier, am weitesten weg. Die Aussies sind näher am Ort. Dazwischen Slawen, Polen und ein paar andere Gruppen. Unten in der Grube arbeiten alle prächtig zusammen, aber hier oben sehen sie nur ihre eigene Fahne. Früher waren hier auch Deutsche, aber die verschwanden mit dem Krieg. Auch 'ne Schande. Waren gute Männer, stark und witzig. Wollten nicht weg, mussten aber. Den armen Kerlen wurde ziemlich zugesetzt. Ich frag mich, wo ein Deutscher hinsoll, wenn alle ihn hassen. Was glaubst du, wo sie hin sind, Ghan?«

»Zurück nach Deutschland.«

»Näh. Die hassten den Kaiser mehr als wir. Muss hart sein, keine Heimat zu haben. Echt hart.« Dann lachte er belustigt. »Gottverdammt noch mal. Kapierst du jetzt, was ich eben gesagt habe, mit meinen vielen Töchtern? Ich bin weich wie Butter, echt. Könnte dir im Mund schmelzen!«

Sie kamen an italienischen Fahnen vorbei, die, halb zerfetzt vom ätzenden Staub, jämmerlich im Wind wehten. »Täglich kommen mehr Itaker«, brummelte Whistler. »Verschiebt das Gleichgewicht. Gar nicht gut. Macht die Leute sauer. Nich mich natürlich. Mir isses egal. Aber ich spür's grollen. Da brodelt was. Die Manager kürzen links und rechts die Löhne, und die Schichten werden immer länger. Das gefällt mir nicht.« Mit seinen O-Beinen ging er jetzt langsamer. »Hast du schon den neuen Besitzer gesehen: Mr. Harrington?«

»Glaub nicht.«

»Ah, das würdest du wissen, glaub mir. Von Kopf bis Fuß Yankee.

Jeden Tag 'nen neuen Anzug. 'n echter Dandy. Aber harte Augen. So 'n Typ, der lächelt, wenn er dir wehtut. Macht sich viele Feinde, aber auch Freunde. Bei denen, die was zu sagen haben. Schmeißt ständig Partys im Hotel. Mit Anwälten, Titelträgern und Leuten von der Regierung, die Schlange stehen, um zu trinken und zu spielen. Sogar der Sheriff. Und die feinen Herren mögen auch die Damen. Früher sind Annies Mädchen jeden Dienstag in den Ort gekommen. Jetzt sind sie drei Abende die Woche da. Sieht so aus, als würde jeder mit einem Laster Geld scheffeln: die Spieler, die Huren, die Schnapsbrenner. Aber wir, die anständigen Typen, verhungern hier draußen.« Er wich einem Rinnsal Spülwasser aus, das aus einem Zelt floss. »Hier brodelt's. Da rumort was. Gefällt mir gar nicht, das kann ich dir sagen.«

»War doch schon immer so.«

»Näh. So nicht. Klar, gab's immer die eine oder andere Gruppe, aber nicht so. Der Neid wird zu groß. Die Großen werden größer; die Kleinen kleiner … so klein, dass man sich nicht mal mehr wie ein Mensch vorkommt, sondern nur noch wie 'ne kahle Ratte, die aus ihrem Loch kriecht.«

Ghan gluckste. »Du bist im Alter aber bitter geworden, Kumpel.«

Whistler lachte nicht mit. »Ich bin nicht bitter, Ghan. Ich hab nur schon 'ne Menge gesehen. Hat mir die Augen geöffnet. Ich bin schon fast tot, aber jetzt bin ich endlich aufgewacht und sehe die Dinge, wie sie sind.« Whistlers Stimme wurde kalt. »Die Wut, die hier aus den Zelten und Gruben kommt, jagt mir 'ne Heidenangst ein.«

## Kapitel Siebenundvierzig

Der Winter verlor seine Kraft, bog um eine scharfe Ecke und tauchte als Frühling wieder auf. Der neue Regen kam mit Macht, hämmerte auf die Metalldächer, schlug gegen Fenster, hängte sich an den Wind und peitschte mit seiner Hilfe noch heftiger. Blitze zuckten ungehindert, da kein Baum oder Berg sich ihnen entgegenstellte, und mit jedem Flackern tauchte Alex' schlafendes Gesicht auf, und die Schatten der Regentropfen tüpfelten seine Haut. Leonora zog sich die Decke bis zum Kinn. Donner erschütterte das Haus bis in seine Grundfesten. Dazwischen ertönte Alex' trunkenes Schnarchen vom Kissen. Sie dachte an James und Tom und die Arbeiter, die mit dem Vieh durch das Northern Territory mussten. Die würden jetzt nass bis auf die Knochen sein und frieren.

Die Morgendämmerung trieb den Regen nach Osten und ließ das Land erstrahlen. Die rote Erde verdunkelte sich zu einem feurigen Rostorange. Die vom Staub befreiten Blätter glänzten dunkelgrün. Über allem erstreckte sich der Himmel in einem satten, leuchtenden Blau. Kakadus hockten auf den Bäumen wie hängengebliebene Wölkchen.

In der Küche arbeiteten Meredith und Clare, die Köchin und das Hausmädchen, schwatzend und kichernd, bis Leonora eintrat. »Morgen, Mrs. Harrington«, grüßte Meredith, eine blasse Frau mit schiefen Zähnen und den harten, starken Händen einer Milchmagd. »Was kann ich Ihnen bringen?«

»Nur Tee, danke. Aber den kann ich mir selbst machen.«

Meredith stemmte die Hände in die Hüften. »Nix da.« Sie goss den Tee ein, stellte ihn auf den Tisch und wies mit dem Kopf zur Tür. »Hab das erste Ei seit dem Regen gekriegt. Die Hühner haben's zu gut. Schon bei ein paar Tröpfchen Regen muss man jedes Ei aus ihnen rausquetschen.« Eine Eisenpfanne kratzte über die Herdplatte. »Will Mr. Harrington jetzt Frühstück?«

»Ich frage ihn mal.«

Die Tür zum Arbeitszimmer stand offen. Alex hatte seine langen Beine auf den Tisch gelegt, die Knöchel gekreuzt und saß zurückgelehnt auf seinem Stuhl. Gerade faltete er die Zeitung zusammen. »Morgen, Darling.«

Leonora blickte sich im Arbeitszimmer um, sah die Bücherregale, das Kristall an der Bar, die gerahmten Fotos: Alex und ihr Onkel in Jagdkluft, mit Gewehren über der Schulter; Alex mit ein paar indischen Würdenträgern; ein Bild seines alten Hengstes mit einem Blumenkranz um den Hals. Aber nirgendwo ein Bild von seiner Frau. »Die Köchin fragt, ob du Frühstück willst.«

»Ja, gleich.«

Leonora fuhr mit dem Finger über den Schreibtisch und dann über die Messinglampe. »Wie lang dauert es noch, bis die Männer mit der Viehherde zurück sind?«, wagte sie sich vor.

»Etwa einen Monat.« Alex ließ die Zeitung zu Boden fallen und nahm die Füße vom Tisch. »Es braucht eben ziemlich lange, so viele Tiere von A nach B zu treiben.« Alex lehnte sich mit verschränkten Händen zurück und lächelte zufrieden. »Ich hab schon einen Vertrag für das Fleisch aufgesetzt, kommt nach Großbritannien. Und den Rest verkaufen wir billig in der Mine.«

Sie nickte, ging zum Fenster und schob die Gardine zurück. »Es ist wunderschön draußen. Sollen wir einen Spaziergang machen?«

»Später vielleicht.« Alex zog eine Schublade auf, blätterte durch ein paar Akten und fächerte sie auf. »Ich muss noch an die Kirche schreiben und ihr Geld anweisen.«

»Seit wann unterstützt du die Kirche?«

»Seit sie uns einen Gefallen tut.« Er winkte abschätzig mit der Hand. »Außerdem hat die Kirche hier ziemlich viel Macht. Also muss man sich aus geschäftlichen Gründen mit ihr gut stellen.« Er rieb sich übers Kinn und sah dann zu ihr auf, als überraschte es ihn, dass sie noch da war. »Sonst noch was?«

»Ich dachte, wir könnten für einen Tag in den Ort fahren. Fändest du es nicht auch nett, mal von hier wegzukommen?«

»Ja, aber nicht heute.« Er holte mehrere Blatt Papier heraus und drehte sich zur Schreibmaschine. »Mach doch eine Erkundungstour. Du bist ja kaum aus dem Haus gekommen.« Alex spannte einen Bogen Papier ein und justierte die Halterung. »Ich sag dir was: Wenn ich alles geregelt habe, machen wir eine kleine Rundfahrt. Ich stell dich den anderen Frauen vor, wir veranstalten ein Picknick oder eine Party oder so. Wir wäre das?«

»Gut. Oder ich könnte vielleicht ein paar Wochen bei dir in Coolgardie verbringen?«

Als er sich zu ihr wandte, wirkte sein Gesichtsausdruck fast panisch. »Auf gar keinen Fall.«

»Wieso nicht?«

»Eine Minenstadt ist kein Ort für eine Dame.« Er drehte sich wieder zur Schreibmaschine und drückte auf die runden Tasten: *klack klack.* »Viel Spaß auf deiner Erkundungstour.« *Klack klack klack.* »Aber verirr dich nicht.« *Klack klack.*

• • •

Leonora überquerte die kleine Brücke über dem leeren Flussbett, das vom Unwetter nun wie ein Sumpf wirkte. Nicht weit dahinter befanden sich die kleinen, schlichten Unterkünfte der Farmleiter, die von einem riesigen Eukalyptus abgeschirmt wurden. Die Sonne wärmte ihr Gesicht und den Stoff ihres Kleids. Grüne Papageien kreischten, klickten mit ihren dicken, grauen Zungen und flatterten mit ihren Flügeln, die an der Unterseite gelb waren.

Leonora trat auf die breite Veranda, stellte sich auf die Zehenspitzen und spähte durch das Fenster. An einem Haken an der Wand hing eine Jacke, an der Rückenlehne eines Stuhls ein schlaffer Hut. Das Zimmer war sauber und ordentlich, das Geschirr ordentlich auf der Anrichte gestapelt. Von ihrer Position aus konnte sie einen Teil des Schlafzimmers sehen. Das Bett war mit sauberer Wäsche bezogen. Doch da ihr der Anblick zu privat vorkam, zu intim, eilte sie über die Brücke zurück.

Sie umrundete das Haupthaus, ging am Gehege mit den braunen Hühnern vorbei, an dem riesigen Wasserturm, in dessen Nähe ihr immer kalt wurde. Dann ging sie einfach immer weiter, Meile um Meile mit der Sonne, den Vögeln und dem Himmel, bis sie sich fühlte, als stünde ihr Körper still und die Welt um sie herum bewegte sich.

Unvermittelt sah sie eine Reihe Hütten vor sich, die schief auf der rissigen Erde standen. Der Geruch von Feuer, von verbranntem Sirup oder Zucker hing über den Wellblechdächern, die fast alle rostig waren und teilweise gezackte Löcher hatten. Leonora näherte sich der ersten Hütte. Sie hatte keine Tür, so dass der Eingang wie ein klaffendes Loch wirkte. Langsam trat sie näher, spähte in die Dunkelheit und ließ ihren Blick über den festgestampften Fußboden gleiten. Da erschienen zwei Füße mit gelblichen, verwachsenen Nägeln aus der Tiefe der Hütte. Sie presste ihre Hand gegen die Brust und taumelte zurück. Ein alter Mann, dessen weiße Haare in scharfem Kontrast zu seiner schwarzen Haut standen, tauchte im Eingang auf.

»Es … es tut mir leid«, stammelte sie. »Ich wusste nicht, dass hier jemand wohnt.« Der Mann sah sie aus alten, blutunterlaufenen Augen an. Er war groß und klapperdürr, und seine seltsam an ihm anmutende westliche Kleidung schlotterte an seinen Gliedmaßen. »Es tut mir leid«, wiederholte sie und spürte, wie ihr am Haaransatz der Schweiß auf die Stirn trat.

Jetzt sah Leonora auch die anderen. Kurz zuvor war noch niemand da gewesen, doch jetzt entdeckte sie Schatten im Licht, still und weich, die mit den Schatten an den Eingängen oder Dachvorsprüngen verschmolzen. Frauen in einfachen, sackartigen Kleidern, die auf Stufen saßen und ihre Babys stillten oder Yamswurzeln schälten. Selbst die dünnste von ihnen hatte ein plumpes Gesicht, eine breite Nase und dicke Haare. Ein paar von ihnen ließen sie nicht aus den Augen, sahen sie durchdringend und abwartend an. Andere behandelten sie wie Luft. Aber eine Frau, deren leicht geschwollener Bauch zeigte, dass sie schwanger war, bedachte sie mit einem verstohlenen Lächeln.

Leonora blieb stehen und erwiderte ihr Lächeln. »Guten Morgen.« Doch die Frau starrte sie nur weiter an, sah mit diesem seltsam geheimnisvollen Lächeln durch sie hindurch, als wäre sie nur eine Erinnerung. Weder erwiderte sie ihren Gruß, noch folgte sie ihr mit dem Blick, als Leonora sich eilig von ihren Hütten entfernte. Sie war hier unerwünscht. Und sie hatte Angst und schämte sich deswegen.

Da ertönte eine Kinderstimme – »Tag« –, und jemand zupfte an ihrem Rock.

»Nun, guten Morgen.« Als Leonora sich vorbeugte, stockte ihr beim Anblick des Kindes der Atem. Eines seiner Augen war pupillenlos, milchig weiß und bewegte sich hin und her wie eine vorbeiziehende Wolke. Das Gesicht wirkte seltsam verzerrt, in die Breite gezogen wie bei einem geistig Behinderten. Das kleine Mädchen trug einen viel zu großen, ausgebleichten roten Rock, der mit einem Gürtel um den Bauch zusammengehalten wurde; der ausgefranste Saum reichte bis zu den Füßen. Ein Oberteil trug sie nicht. Trotz ihres Zustands jedoch war sie wunderschön: mit bronzefarbener Haut und seidig schwarzen Haaren mit vereinzelten goldenen Strähnen. Ihr gesundes Auge strahlte, als sähe es etwas Herrliches; das milchige Auge hingegen spiegelte die Welt in einem stillen Perlmuttsee.

Leonora ergriff die winzigen Finger und hielt sie sanft fest. »Wie heißt du denn?«

»Macaria.«

Der Name klang eher wie ein Laut, eine Melodie und strich ihr wispernd über die Wange. »Macaria.« Leonora wiederholte den Namen fast singend. »Macaria. Das ist der schönste Name, den ich je gehört habe.« Sie ließ die Hand des Mädchens los. »Ich bin Leonora.«

»Macaria!«, ertönte es aus einer der Hütten. Das Gesicht des kleinen Mädchens erstarrte. Ohne Leonora noch eines Blickes zu würdigen, rannte sie fort.

Leonora ging in die Hocke und fuhr mit ihrem Finger über den Fußabdruck des Mädchens. In den Bäumen zwitscherten Vögel, Zikaden zirpten in der Sonne, und doch traf sie schmerzlich die Einsamkeit des Buschs. Langsam stand sie auf und klopfte sich den Staub vom Rock.

Der Rückweg kam ihr viel länger vor. Die Sonne brannte gnadenlos auf sie herab. Ihre Schuhe drückten sie an den Zehen. Als sie zu einem Wäldchen kam, ließ sie sich unter dem schattigen Laubdach auf dem kühlen, noch feuchten Boden nieder. Das wäre ein guter Platz für einen Garten, dachte sie. Sie zerkrümelte die Erde zwischen ihren Fingern, und ihre Idee nahm Formen an. Neue Energie durchströmte sie. Sie nahm einen knorrigen Ast, schritt damit ein großes Rechteck ab und steckte ihn am Schluss zur Markierung in den Boden. Als sie die Hände in die Hüften stemmte, um das Ganze zu begutachten, konnte sie schon fast die kleinen Bohnen-, Tomaten- und Gurkenpflänzchen sehen, die aus der Erde lugten. Lächelnd nickte sie. Das würde ihr eigenes kleines Projekt sein, ihr eigenes kleines Stück Land – ihrs ganz allein.

• • •

Zwei Tage später hörte sie durchdringendes Geschrei.

Zuerst im Traum: Sie stand als Kind in der Dunkelheit unter einem brennenden Baum. Die Äste zerkratzten ihr Gesicht, und der Wind heulte ihr ins Ohr. Und dann war sie plötzlich im Waisenhaus, wo Flammen an die Mauern leckten, während die Kinder versuchten, aus der Kirche zu fliehen, doch die Türen waren verriegelt, und ihre Schreie stiegen durch Rauch und Feuer empor –

Leonora riss die Augen auf, schwer atmend und gepeinigt von den quälenden Traumbildern. Doch sie hörte nicht nur ihr laut pochendes Herz, sondern noch etwas, und sie spitzte die Ohren und versuchte, die gedämpften Geräusche einzuordnen. Dann stockte ihr der Atem, und ihre Haut wurde eiskalt. Das Geschrei war immer noch da, unmissverständlich und grauenhaft. Sie schoss hoch. Alex lag nicht mehr im Bett, und seine Stiefel waren verschwunden. Sie schnappte sich ihr Kleid, fummelte mit zittrigen Fingern an den Knöpfen herum und schloss es schief, mit klaffenden Lücken dazwischen. Ein durchdringender Schrei ertönte. Wimmernd versuchte Leonora, ihre trägen Finger zur Eile zu bewegen.

Sie rannte die Treppe hinunter, rutschte über die Kanten, während sie gleichzeitig ihre Haare zusammenband. Als sie die Vordertür erreichte und hindurchplatzte, wurde das Geschrei lauter. Im grellen Sonnenlicht sah sie Polizeiwagen, Männer und Gewehre. Leonora drehte den Kopf nach links und rechts, um die lauten Befehle, die raschen, zielgerichteten Bewegungen zu erfassen, als ein Hämmern – hart und verzweifelt – ihre Aufmerksamkeit zur Scheune lenkte. Dort stand ein Mann in Uniform vor dem verschlossenen Tor und hielt sein Gewehr lässig in der Armbeuge. Zwischen den Ritzen der Holzwände drang schrilles Geheul heraus.

Verstört und benommen schlug sich Leonora die Hand vor den

Mund. Von der Auffahrt kam ein anderer Mann und zerrte einen kleinen Aborigine-Jungen mit sich. Der Junge schrie an der Scheune, er schrie, *schrie* und wehrte sich gegen den Polizisten, der ihn sich daraufhin einfach über die Schulter warf wie einen Sack Kartoffeln. Und dann gerannen alle Geräusche: markerschütterndes Kreischen und das Geheul von Frauen – und der Alptraum enthüllte seine Bedeutung: Die Polizei nahm die Kinder mit.

Ein Pfeil durchbohrte Leonoras Herz, und sie stürzte vor. Als ein Priester ihre Schritte hörte, drehte er sich wie ein schwarzer Schiffsmast herum und lächelte. »Ah, guten Morgen, Sie müssen Mrs. Harrington sein.«

»Was soll das?«, keuchte Leonora mit entsetzter Stimme.

Eine Frau trat zu ihm. »Wir haben uns noch nicht kennengelernt, Mrs. Harrington. Ich bin Rebecca Malloy, die Frau des Diakons.« Höflich streckte sie ihre Hand aus. »Wie schön, Sie endlich kennenzulernen.«

Hörten sie denn nicht das Geschrei? Leonora ignorierte Hand und Höflichkeitsfloskeln. Sie zitterte am ganzen Körper. »Was geht hier vor?«

»Verzeihen Sie mir.« Der Diakon nahm nervös seinen Hut ab und knautschte ihn in den Händen. »Ich ging davon aus, Ihr Mann hätte es Ihnen erzählt.«

»Erzählt? Was denn?«

»Dass wir heute kommen würden, um die Kinder mitzunehmen«, warf seine Frau mit liebenswürdiger Stimme ein.

»Die Kinder mitnehmen?« Leonoras Blick flog krampfhaft zwischen den beiden hin und her. »Warum denn?«

Die Frau schnalzte mit der Zunge und schien die Frage überhört zu haben, denn sie ließ ihren Blick über den Besitz schweifen. »Was für ein schönes Haus Sie doch haben.«

Leonora hielt sich die Ohren zu. »*Was machen Sie hier?*«

»Wir gehören zum Aboriginal Protection Board«, erklärte Mrs. Malloy mit einem Seufzer. Dann nahm ihre Stimme einen steifen, autoritären Ton an. »Wir leiten die Kindermission für diesen Bezirk.«

Der Polizist war wieder da, diesmal mit einem wild um sich schlagenden, nackten Baby in den Armen. »Vielleicht sollte ich es erklären«, setzte Mr. Malloy an. »Als Amerikanerin können Sie natürlich nichts davon wissen.« Sie legte ihre Hand auf Leonoras Schulter, als wäre diese ein Kind. »Wir helfen den Kindern, verstehen Sie – den Eingeborenen und vor allem den Mischlingen –, ein dauerhaftes Zuhause zu finden, wo sie anständig erzogen werden und die Chance auf eine gute Ausbildung bekommen.«

»Diese Kinder haben doch schon ein Zuhause.«

»Im weitesten Sinne schon, doch die meisten leben doch immer noch wie Wilde. Unsere Mission bietet ihnen Struktur und Gemeinschaft, wo sie eine anständige Erziehung, Essen und Kleidung bekommen. Ohne unsere Programme haben diese Kinder keine Chance. Sie sind doch ziemlich vernachlässigt.«

Leonora starrte sie an. »Sie werden nicht vernachlässigt. Das habe ich mit eigenen Augen gesehen.«

»Mrs. Harrington, allein die Tatsache, dass es Aborigines sind, beweist, dass sie vernachlässigt sind.« Mrs. Malloy steuerte Leonora zum Haus. »Kommen Sie, ich erkläre Ihnen das alles beim Tee. Ich möchte unbedingt Ihr schönes Haus sehen.«

Leonora entriss ihr ihren Arm. »Sie werden diese Kinder nicht mitnehmen.«

»Doch, das werden wir.« Die Frau richtete sich auf. »Es sind Schutzbefohlene des Staates. So lautet das Gesetz.«

Hinter den Malloys sah Leonora ein weiteres Kind von groben Armen umfasst: Macaria, das eckige Gesicht schreckverzerrt, die Augen weit aufgerissen und panisch, die Lebensfreude erstickt.

»Nein!« Leonora drängte sich zwischen den beiden hindurch. »Lassen Sie sie los!« Sie löste das Kind aus dem groben Griff und drückte es sich an die Brust. Macaria schlang die Beine um Leonoras Rippen und verbarg ihren Kopf unter ihren Haaren. Sie zitterte am ganzen Körper.

»Verschwinden Sie von meinem Besitz!« Blinder Zorn brach sich in ihr Bahn. Sie stieß die Frau des Diakons gegen ihren Mann. »Sie alle!«

Mrs. Malloy bot ihr gefasst die Stirn. »Ich weiß, dies ist nicht leicht mitanzusehen, Mrs. Harrington.« Sie schloss kurz die Augen, als würde sie um Geduld beten. »Aber Sie dürfen nicht vergessen, dass die Eingeborenen nicht so empfinden wie Sie und ich. Es sind einfache Kreaturen. Sie vergessen schon bald, dass sie Kinder hatten. Das habe ich schon hundert Mal gesehen. Erst schreien und brüllen sie wie die Tiere, und dann vergessen sie.«

Diakon Malloy nickte gewichtig. »Das ist wahr.«

Leonora sah erst ihn und dann sie an. »Das ist unmenschlich!«

»Im Gegenteil«, gab der Diakon zurück. »Unmenschlich ist es, wenn Wilde Wilde aufziehen, die im Elend leben, ohne anständige Kleidung und Erziehung. Es ist ein Akt der Nächstenliebe, diese Kinder ihren Eltern zu entziehen.«

»Ah, der Diakon und Mrs. Malloy!«, ertönte hinter ihnen Alex' Stimme. »Ich hätte Sie schon früher begrüßt, doch mein Ausritt hat leider länger gedauert als erwartet.« Er gab Mrs. Malloy einen Kuss auf die Wange. »Sie hätten schon zum Frühstück kommen sollen.«

Ein bitterer Geschmack breitete sich in Leonoras Mund aus. Ihr wurde flau im Magen. »Du wusstest davon?«

»Aber natürlich.« Er sah seine Frau verständnislos an. »Ich habe dir doch erzählt, dass die Kirche uns einen Gefallen erweist.« Als er das Kind in ihren Armen sah, verzog er angeekelt das Gesicht.

Ihre Übelkeit breitete sich aus und machte sie benommen. Sie trat einen Schritt beiseite, setzte die Kleine auf dem Boden ab und umfasste ihre kalten Wangen. »Macaria«, setzte sie mit zitternder Stimme an, versuchte aber, möglichst ruhig zu klingen. »Es wird alles wieder gut. Verstehst du?« Leonora hielt ihr Gesicht fest auf sich gerichtet und versuchte, ihren hin und her driftenden Blick festzuhalten. »Es wird alles wieder gut, Macaria.« Als sie ihr Gesicht losließ, rannte die Kleine unter einen Busch und versteckte sich zwischen den dürren Zweigen.

Die ganze Gruppe sah Leonora mitfühlend an. Alex verdrehte die Augen. »Sie müssen meine Frau entschuldigen. Sie weiß noch nicht, welchen Ärger Australien mit diesen Eingeborenen hat.« Die Malloys nickten. »Was hämmert denn da?«, fragte er dann.

»Wir mussten die Frauen in der Scheune einschließen. Hoffentlich haben Sie nichts dagegen«, erklärte der Diakon. »Wir hielten das für sicherer, bis das Ganze vorbei ist. Aber wir sind gleich fertig. Noch einen Augenblick, dann sind Sie uns los.«

Leonoras Mund wurde trocken. Die Zeit lief ihr davon. Ein Polizist schloss schon die hintere Tür von einem der Wagen und schob dazu einen kleinen, schwarzen Kopf ins Innere. Mit großen Schritten ging er zum Fahrersitz und wartete dort, das feiste Gesicht hochrot, den Ellbogen auf den Rahmen des offenen Fensters gestützt. Von der geschlossenen Ladefläche drang der Geruch nach Urin und Erbrochenem. Das Geschrei erstarb zu leisem, gequältem Wimmern.

»Alex, dürfte ich dich mal kurz sprechen?«, fragte Leonora verzweifelt.

Er zwinkerte den Malloys zu. »Entschuldigen Sie mich kurz.« Er nahm sie lächelnd beiseite, zischte aber: »Lass das, Leonora! Die Malloys kennen jeden auf dieser Seite Australiens. Ich dulde nicht, dass du hier eine Szene machst.«

Sie hatte nur eine Chance und musste die mit einem einzigen, zwingenden Argument nutzen. Sie fasste ihn am Arm. »Alex, ich glaube, das hast du nicht gründlich durchdacht.«

»Ach nicht?« Er verschränkte die Arme vor der Brust. »Und wie kommst du darauf, *Darling*?«

Sie schluckte. »Wie viele Aborigines arbeiten hier?«

»Zwölf. Wieso?«

»Und was bezahlst du ihnen?«

»Nicht viel.«

»Und sind es gute Arbeiter?«

Er kniff leicht die Augen zusammen. »Ja, schon.«

Leonora zog ihn näher zu sich und murmelte: »Mir scheint, dass die Aborigines uns im Augenblick nützen. Solange sie hier angestellt sind und in Ruhe gelassen werden, scheinen sie doch ziemlich harmlos. Aber wenn wir ihnen die Kinder wegnehmen, dann werden sie verschwinden, und du musst neue Arbeiter einstellen. Und diesmal weiße.« Als er darauf nichts erwiderte, sondern darüber nachdachte, wurde sie kühner: »Abgesehen davon kann man nicht sagen, wie die Männer reagieren, wenn sie zurückkommen und entdecken, dass ihre Kinder weg sind. Ich habe Geschichten gehört, Alex. Sie könnten die Ställe in Brand stecken, oder unser Haus. Sie könnten die Zäune zerstören. Sie könnten sogar die Pferde töten.« Alex ließ die Arme sinken und sah sie mit stählernem Blick an.

Die Tür war offen, aber nur einen Spaltbreit. Sie umklammerte seinen Arm und grub ihre Fingernägel in sein Hemd. »Wenn du das zulässt, Alex, ist es für mich einfach zu gefährlich, allein hier zu bleiben.«

Er straffte die Schultern und tätschelte ihr den Kopf. »Die Farmleiter würden dich beschützen.«

»Aber die sind den ganzen Tag auf den Weiden, und das weißt du.« Sie umklammerte noch fester seinen Arm. »Mir bliebe nichts anderes übrig, als mit dir zur Mine zu fahren, Alex. Mir macht das nichts aus, wirklich nicht. Ich könnte in deiner Wohnung bleiben, und wir würden jeden Abend zusammen essen.« Sie lächelte und streichelte, immer noch mit einem hohlen Gefühl im Magen, seinen Arm. »Das könnte sogar ganz schön werden.«

Da sprang die Tür sperrangelweit auf. Alex räusperte sich. »Das sind ein paar triftige Argumente.« Er kniff ihr ins Kinn. »Vielleicht steckt doch mehr von deinem Onkel in dir, als ich dachte.«

Ihre Haut zog sich unter seiner Berührung zusammen, doch sie lächelte noch breiter. Alex warf einen Blick über ihre Schulter. »Aber die Malloys werden enttäuscht sein.«

»Sag ihnen einfach, wir übernehmen die Verantwortung für die Kinder. Wenn du ihnen dann noch mit einer großen Spende winkst, werden sie dich für den großzügigsten und klügsten Mann weit und breit halten.« Sie schob ihren Arm durch seine Ellenbeuge, legte den Kopf auf seinen Oberarm – und hasste ihn.

Die Malloys hörten Alex zu und nickten mit gesenkten Köpfen. Der Wind ihrer gerechten Sache war ihnen aus den Segeln genommen. Murrend öffneten die Polizisten die Wagen und entließen ihre mühsam verladene Fracht. Die Kinder strömten heraus und flohen unter Tränen zur Scheune oder in den Busch. Ein Polizist warf sich das Gewehr über und half den Kindern, den Riegel zur Scheune zurückzuziehen. Die Mütter stürzten heraus und stolperten, blind vor Kummer, geblendet von der Sonne, übereinander, fielen zu Boden, rannten zu ihren Kindern.

Leonora wandte sich ab und unterdrückte ihr Schluchzen, schluckte es hinunter. Das Schockierende, die Grausamkeit des Ganzen zog ihr den Boden unter den Füßen weg.

Die leeren, stinkenden Laster ruckelten schwankend davon. Die Malloys verließen mit prall gefüllter Brieftasche die Farm, um woanders Kinder zu retten, woanders Menschen aus ihrem Zuhause zu entführen, woanders Babys der Mutterbrust zu entreißen.

Alex trat von hinten zu ihr und küsste sie auf den Scheitel. Und sie wünschte, er wäre tot.

## Kapitel Achtundvierzig

Ghan rieb sich die Schulter, die vom langen Liegen auf dem harten Boden schon ganz steif war. *Offenbar macht sich das Alter zuerst in den Knochen bemerkbar,* dachte er, *das Knochenmark verdickt, und die Gelenke haben keine Schmiere mehr und knirschen. Das Blut wird zu Gelatine; die Haut wird trocken, rissig und kriegt Flecken, die Haare fallen aus.* Er fuhr sich mit der Zunge übers Zahnfleisch. Die Zähne waren ihm, bis auf ein paar vereinzelte, ausgefallen. *Augen und Ohren altern auch und rücken die Welt in verschwommene Ferne. Die Kälte fühlt sich kälter, die Hitze fühlt sich heißer an – und dazwischen lauern Schmerzen und Müdigkeit.*

Ghan schnallte sich sein Holzbein an und nahm sein Mittagessen: einen halben Laib Brot und eine Dose Sardinen. Er verließ das Zelt und trottete mit den anderen Ameisen der aufgehenden Sonne und dem abfallenden Schacht entgegen. Heute musste er sich vom Licht verabschieden und in die Dunkelheit zurückkehren, wo er hingehörte, zu dem Ort in der Tiefe, der ihn vor der hübschen Welt oben verbarg.

Mit jedem Schritt bebte der Boden und schickte ihm Schockwellen durch sein gesundes Bein. Sein Holzbein ratterte leise. Eisenwagen schoben sich, aneinanderstoßend, an ihnen vorbei; Kolben und Stahlhammer dröhnten von der Schmelzhütte. Die Luft roch nach Öl und Erz – der erstickende Geruch vom Inneren der Erde rang mit dem sauberen Sauerstoff um die Vormacht. Ghan kam an riesigen Holzstapeln vorbei: Eukalyptusbäume, entwurzelt und gefällt, warteten darauf, ins Feuer oder in die Grube geworfen zu werden. Ghan blickte zurück. Das Zeltlager lag weit hinter ihm. Da beschlich ihn große Angst, kroch ihm, Wirbel für Wirbel, den Rücken hinauf.

»Name?«

Ghan stand am dunklen Eingang des Schachts. Der Aufseher hielt seinen Stift über dem Klemmbrett gezückt. »Name!«, brüllte er noch mal.

Am liebsten hätte Ghan kehrtgemacht. »Ghan.«

»Rein mit dir.«

Er wollte sich von dem Krach, dem Geruch, der gähnenden Höhle abwenden und ins Licht rennen, zu seinem winzigen Zelt. Aber seine Beine bewegten sich vorwärts und betraten den eisernen Förderkorb. Ein zweiter Mann gesellte sich zu ihm. Seine Haut wirkte eher grünlich als weiß, wahrscheinlich Rumäne. Und der grünliche Mann musterte Ghan mit schwarzen Augen, starrte ihn durchdringend, mit heruntergezogenen, fast bösartig wirkenden Brauen an. Ghan wandte den Kopf ab, doch immer noch ruhte der Blick des Minenarbeiters auf ihm, wanderte bis zu seinem Holzbein und wurde noch düsterer. Ghan kannte diesen Blick. Kein Minenarbeiter wollte an die Gefahren erinnert werden, die da unten lauerten.

»Runter mit ihnen.«

Der Korb sackte so ruckartig ab, dass Ghans Magen einen Satz nach oben machte und seine Lippen sich über den zusammengebissenen Zähnen spannten. Sie fielen in die pechschwarze Tiefe; der Mann neben ihm verschwand wie auf Knopfdruck. Der Korb ratterte und ruckte, sauste und schlingerte. Ein kalter, feuchter Luftstoß strich ihm über die Haut, gefolgt von den Ausdünstungen gefangener, schwitzender Körper und blakender Laternen. In wenigen Sekunden, die ihm vorkamen wie Stunden, hielt der Korb, und sie waren über eine Meile tief unter der Erde.

Die Arbeiter stürzten aus den Körben. Ghan musste sich erst sortieren und kam als Letzter. Trödeln wurde nicht gern gesehen. Aber Kotzen war noch schlimmer, also schluckte er würgend die bittere Galle herunter. Die Männer strebten jetzt wie Motten geradewegs auf die Karbidlampen am Ende des Schachts zu. Die holzgestützten Decken, ein Spiegelbild der Gleise unter ihnen, hingen tief, so dass die Männer sich beim Gehen bücken mussten. Hinter dem Licht hörte man es überall hacken und graben.

Die Wände, Böden und Decken glänzten ölig – und das Öl bewegte sich. Ghans Unterkiefer begann zu zittern. Er hatte die Kakerlaken vergessen. Die krochen mit ihren harten Panzern klickend übereinander und drangen bis in die letzten Winkel vor, knirschten feucht unter den Stiefeln der Männer. Die Ratten, von den Kakerlaken so groß wie Katzen, huschten zwischen den Füßen umher. Nur ihre hellen Schwänze waren wie riesige zuckende Regenwürmer im Licht zu sehen.

Eine Kakerlake fiel von der Decke auf Ghans Schulter und huschte ihm übers Gesicht, bevor er sie wegwischen konnte. Wieder musste er würgen. Wenn es eine Hölle gab, dann war sie so. Er zitterte am ganzen Körper. Er wusste nicht, wie er diese Arbeit je hatte schaffen können. Es kam ihm vor, als wäre dies ein anderes Leben gewesen und er ein anderer Mann darin.

Die Arbeiter krochen durch ein Loch und tauchten in dem Bereich wieder auf, wo das Hämmern ohrenbetäubend zwischen den Wänden widerhallte. Hier gab es keine Kakerlaken und Ratten mehr. Nach der Dunkelheit war das Licht jetzt blendend grell und konnte nicht direkt angesehen werden. Der Vorarbeiter wies den Männern Plätze und Werkzeug zu. Dann sah er Ghan. »He! Was machst du denn hier unten, Kumpel?« Der Vorarbeiter war ein alter Mann und fragte eher besorgt als aufgebracht. »Das ist kein Platz für dich.«

Das war kein Platz für Ghan. Das war die Hölle. »Ich kann arbeiten«, antwortete Ghan.

»Denen ist wohl vollkommen egal, wen sie hier runterschicken.« Die Stimme klang resigniert, als wäre sie Kummer gewohnt. Der Vorarbeiter kratzte sich mit rußig schwarzen Fingern am Kopf. »Nimm die Nische da drüben. Da kannst du beim Arbeiten sitzen.«

»Muss ich nicht«, gab Ghan barsch zurück.

Der Vorarbeiter wies ruckend in die Nische. »Wenn ich sage, du setzt dich, dann setzt du dich!« Dann wurde seine Stimme sanfter. »Ist kein Mitleid. Manchmal hat man sich einen Sitzplatz verdient. So wie du aussiehst, hast du deine Zeit in der Grube abgeleistet und dafür bezahlt.« Er reichte einem Mann, der gerade eingetroffen war, eine Spitzhacke. Dann sagte er: »Jetzt setz dich schon, du sturer Bock!«

## Kapitel Neunundvierzig

Im Haus herrschte eine dumpfe Stille von der eingesperrten Luft. Die Fenster mussten geschlossen bleiben, die Fliegen waren vorwitzig und schweißdurstig. Leonora faltete im Schlafzimmer Wäsche, strich die Falten glatt und räumte die Kleider in ordentlichen Stapeln in die Schränke. Plötzlich fingen die Dachbalken an zu zittern. Die Bilder wackelten, und ihre Rahmen schlugen leicht gegen die Wand. Unter ihren Füßen bebten die Holzdielen, und das Gitterbett fing an zu hüpfen. Sie klammerte sich an der Matratze fest. Ihr ganzer Körper vibrierte von dem Dröhnen, das heftig genug schien, um das gesamte Haus ins Schwanken zu bringen. Doch dann erkannte sie, woher es kam. Sie rannte zum Fenster. In der Ferne sah sie, wie tausend donnernde Hufe eine immer größere Staubwolke aufwirbelten. Leonora umfasste mit beiden Händen ihr Gesicht und lächelte so breit, dass ihre Augen tränten.

Sie waren zurück.

Sie ließ alles stehen und liegen und eilte die Treppe hinunter. Clare und Meredith klebten mit der Nase am Fenster und versperrten ihr die Sicht nach draußen. Als Meredith sich zu ihr umdrehte, war ihre Miene grimmig. »Da ist jemand verletzt.«

Leonora zwängte sich zwischen die Frauen ans Fenster und sah in die Richtung, in die sie zeigten. Zwei Gestalten kamen aufs Haus zu gehinkt. »Kocht heißes Wasser«, befahl sie und rannte zur Tür. »Ich brauche saubere Handtücher und den Arzneikasten.«

Draußen klammerte sich Tom mit einer Hand an sein blut- und dreckbespritztes Hemd, während er den anderen Arm um James' Schulter geschlungen hatte. James stützte ihn, schwankte aber unter seinem Gewicht. Leonora rannte zu ihnen und legte sich Toms anderen Arm über die Schulter, um ihnen zur Veranda zu helfen. Bei jedem Schritt verzog sich Toms Gesicht vor Schmerzen.

»Was ist passiert?«, fragte sie atemlos.

»Durchbohrt worden. Vor etwa einer Meile«, erklärte James. »Das Horn ist tief eingedrungen, aber wie tief genau, weiß ich nicht.«

Sie schleppten Tom, der gequält die Zähne zusammenbiss, langsam ins Haus.

»Auf die Couch«, befahl Leonora.

»Nein, nicht dahin«, wehrte Tom ab, als James ihn daraufsinken lassen wollte. »Ich blute doch.«

»Das schert mich keinen Pfifferling, Tom. Hinlegen.« Leonora hob seine schweren, staubigen Stiefel auf den makellos sauberen, salbeifarbenen Samt. Aus Toms Seite floss Blut und tropfte von der Couch auf den Teppich.

Vorsichtig knöpfte Leonora Toms Hemd auf, dessen Stoff vom getrockneten Blut schon ganz hart war.

Clare brachte den Arzneikasten, etliche Mullbinden und eine Schüssel mit heißem Wasser, ergriff sofort danach aber wieder die Flucht. Leonora zog behutsam den Stoff von der Wunde. Daraufhin quoll ein neuer Blutstrom aus dem schwarz verkrusteten Loch.

Tom spürte das, warf einen Blick darauf und versuchte, sich davon wegzuschieben. »Oh Gott.«

»Das wird schon wieder, Tom. Es sieht schlimmer aus, als es ist«, log Leonora. »Wenn Sie sich zurücklehnen, wird sich die Blutung verlangsamen.« Sie blickte James direkt in die Augen. Seine Sorge malte sich deutlich darin ab. »Sie müssen nach Gwalia, einen Arzt holen. Nehmen Sie den Wagen. Die Schlüssel liegen auf dem Sitz.« Dann fügte sie noch hinzu: »Wahrscheinlich sollte auch jemand Alex ein Telegramm schicken, damit er Bescheid weiß.«

James nickte, sah sie einen Augenblick dankbar an und wandte sich dann zu Tom. »Rühr dich nicht und hör auf das, was sie sagt.«

Als Clare einen Stapel Handtücher brachte, sah sie die Wunde und heulte auf: »Oh, Gott. Oh –«

Leonora schoss ihr einen derartig scharfen Blick zu, dass sie sofort verstummte und sich auf die Lippen biss. »Bring mir eine Flasche Whiskey.«

»Sind Sie sicher, dass das der richtige Zeitpunkt zum Trinken ist?«, fragte Tom, und ein Grinsen schlich sich in seine gequälte Miene.

Leonora wandte sich wieder der Wunde zu, aus der unablässig Blut quoll. Sie faltete ein Stück Gaze und legte es auf die Öffnung. Als Tom den Druck spürte, fuhr er auf. »Bitte, Tom«, sagte Leonora. »Sie müssen liegen bleiben. Die Blutung muss verlangsamt werden.«

Innerhalb von Sekunden war die Gaze blutdurchtränkt und wurde durch ein neues Stück ersetzt, was Tom an den Rand der Agonie brachte. Leonora setzte ihm die Whiskeyflasche an die Lippen. »Trinken Sie, so viel Sie können.«

Tom gehorchte, und sein Körper entspannte sich ein wenig.

»Das könnte jetzt etwas brennen.« Sie reinigte die Wunde mit heißem Wasser und biss sich auf die Lippen, als er sich unter ihr wand. »Es tut mir leid, Ich weiß, es tut weh.«

»Kitzelt nur ein bisschen«, quetschte er zwischen zusammengebissenen Zähnen hervor.

»Wie ist das passiert?«

»Durch meine eigene Dummheit. Der verdammte Bulle! Aaargh …« Er hechelte sich durch die Schmerzen. »Ich wollte ihn absondern, in einen Pferch treiben. Er ist brünstig.«

»Sie waren wohl nicht sein Typ«, scherzte sie.

Er lachte und verzog daraufhin das Gesicht. »Keine Witze.«

»Verzeihung.«

Die Blutung verlangsamte sich zu einem dünnen Rinnsal, tränkte jedoch weiterhin einen Gazestreifen nach dem anderen. Leonora wusch mit dem heißen Wasser das Blut von Toms Brustkorb und Armen. Als sie den Waschlappen ausdrückte, wurde sofort die ganze Wasserschüssel rot. Sie griff nach einer Verbandsrolle. »Tom, Sie werden sich jetzt leicht aufsetzen müssen, damit ich Sie verbinden kann. Ich mach, so schnell ich kann.«

Stöhnend ertrug er, wie sie seinen Rumpf fest umwickelte. »Das wird Sie stabil halten, bis der Arzt hier ist. Wahrscheinlich haben Sie sich ein paar Rippen gebrochen, doch insgesamt haben Sie noch Glück gehabt. Wenn das Horn nur ein bisschen höher in die Seite gedrungen wäre, hätte es den Magen getroffen; und ein bisschen tiefer, tja …« Sie lächelte schüchtern. »Nun, seien Sie einfach froh, dass es nicht so weit gekommen ist. Sie können Ihren Namen noch weitergeben.«

»Mensch!« Er grinste. »Das wäre ja schlimmer als der Tod gewesen.«

Sie drückte ihn behutsam auf ein Kissen. Der enge Verband verhinderte, dass seine Rippen sich bewegten. »Wo haben Sie das alles gelernt?«, erkundigte er sich. »Sind Sie Krankenschwester?«

»Nein. Aber ich wäre gerne eine geworden.« Wieder setzte sie ihm die Whiskeyflasche an die Lippen. »Als der Krieg ausbrach, habe ich mich in den Staaten freiwillig beim Roten Kreuz gemeldet. Es gefiel mir, den verletzten Soldaten zu helfen. Ich habe versucht, die Krankenschwestern so gut wie möglich zu entlasten.«

»James und ich wollten uns freiwillig melden. Aber meine Brüder sind uns zuvorgekommen. Die verdammten Glückspilze.«

»Sagen Sie das nicht, Tom. Der Krieg ist schrecklich. Die da waren, haben gesagt, so etwas hätten sie noch nie gesehen.« Als Toms Blick weich wurde, fügte sie leichthin hinzu: »Natürlich sind Ihre Brüder wahrscheinlich gerade besser dran als Sie.«

Tom grinste. »Wenn die mich jetzt sähen, würden dir mir ganz schön zusetzen. Die beiden sind tollkühne Teufel.« Auf seinem Gesicht malte sich deutlich ab, wie sehr er die beiden vermisste. »Die Türken tun mir fast leid.«

»Sie haben also zwei Brüder?«, fragte sie.

»Und fünf Schwestern.«

»Acht Kinder! Da verdient Ihre Mutter aber einen Orden!«

»Ja, das stimmt.« Jetzt malte sich Stolz auf seinem Gesicht ab. »Hat immer 'ne Menge Mäuler zu stopfen. Ich weiß nicht, wie Mum das schafft, so ganz allein.«

Leonora berührte ihn sachte an seinem Verband. »Wie wär's mit einem Tee? Oder Suppe?«

»Ich krieg nichts runter. Mir ist ganz flau im Magen.«

»Aber mit dem Whiskey ging's doch ganz gut«, zog sie ihn auf.

»Ich hab auch noch nie so einen weichen Whiskey getrunken.« Dann zwinkerte er ihr zu. »Alex hat Geschmack.«

Lächelnd nahm sie das Kompliment entgegen und versuchte, ihn von seiner Verletzung abzulenken. »Kennen Sie und James sich schon lange?«

»Schon seit unserer Kindheit. Er ist für mich wie ein Bruder.« Tom nickte nachdrücklich. »Ich würde alles für den Kerl tun. Er war weiß Gott immer für mich da.« Eine ganze Weile sah er sie nur an. »Ich kann verstehen, warum er Sie so gernhat.«

Leonora erwiderte seinen Blick. »Hat er was über mich erzählt – über uns?«

»Ja, noch bevor er sich wirklich sicher war. Aber ich erzähl's keinem weiter. Versprochen.«

»Ich bin froh, dass Sie es wissen. Und ich bin froh, dass er einen so guten Freund hat.« Das Blut sickerte durch die Mullbinden. »Tut mir leid, Tom. Es ist wieder Zeit, den Verband zu wechseln.«

»Sie können wohl nicht die Finger von mir lassen, wie?«

Sie lachte und wickelte die Mullbinde von seinen Rippen. »Also, gibt es eine Dame in Ihrem Leben?«

»In meinem? Nicht nur eine.« Er lächelte verwegen, zuckte aber zusammen, als die Gaze von seiner Wunde gelöst wurde. »Zu viele Damen. Das ist ja das Problem. Ich kann mich nicht für eine entscheiden. Sie sind alle so verdammt hübsch.«

»Wollen Sie sich denn nicht eines Tages häuslich niederlassen?« Sie legte die blutgetränkten Mullbinden auf den Boden und reinigte die Wunde noch mal mit warmem Wasser. »Eine Frau und acht Kinder haben?«

»Acht? Nie im Leben. Höchstens eins oder zwei. Wer weiß, vielleicht habe ich ja eines Tages das Spielchen satt und lass mich von einer einfangen.«

»Wie großzügig von Ihnen.«

Er lachte gepresst, weil er nicht noch mehr Blut vergießen wollte.

»Und James?«, fragte Leonora betont beiläufig. »Ist der auch ein Frauenheld?«

»Die Frauen lieben James.« Tom verdrehte die Augen. »Halten ihn für düster und geheimnisvoll.« Ihre Ohren wurden rot, was Tom nicht entging. »Aber«, fügte er verschlagen hinzu, »James ist eine harte Nuss. So als würde er jedes der armen Mädchen mit einer anderen vergleichen.«

Leonora glitt die Binde aus der Hand. Tom grinste. Rasch verband sie ihn und gab ihm die Whiskeyflasche. »So, Casanova. Genug geredet«, sagte sie sanft mahnend. »Noch einen Schluck, dann ruhen Sie sich ein bisschen aus, bis der Arzt kommt.« Langsam erhob sie sich zum Gehen und nahm die Schüssel mit dem blutroten Wasser und das rostfarbene Verbandszeug.

»Ja, Mum«, erwiderte er benommen. »Was immer du sagst.«

Vier Stunden vergingen, bis James mit dem Arzt auftauchte, einem kräftigen Mann mit gebeugten Schultern und rot geränderten Augen. Leonora kam ihnen auf der Veranda entgegen und streckte ihre Hand aus: »Ich bin Leonora Harrington. Vielen Dank, dass Sie den langen Weg hierher gemacht haben.«

»Dr. Meade«, erwiderte er ihren Gruß. »Ich kenne Ihren Mann.« Als er an ihr vorbeischlurfte, drang der Geruch von Mottenkugeln aus seinem abgetragenen Anzug. »Wo ist der Patient?«

»Auf dem Sofa. Er schläft.«

Der Arzt betrat das Haus. James wandte sich zu ihr. »Geht es ihm gut?«

»Ich glaube ja«, antwortete sie. »Er hat viel Blut verloren, doch glücklicherweise hat das Horn keines seiner Organe getroffen. Allerdings wird er eine Weile das Bett hüten müssen.«

Sie ließen sich auf den Stufen der Veranda nieder und entspannten sich in der stillen, warmen Luft. James lehnte sich gegen einen der Verandapfosten und rieb sich über das aufgestellte Knie. »Danke, dass du ihm geholfen hast.«

Sie lächelte. »Er ist ein guter Kerl.«

»Das ist er.« James wandte sein Gesicht zur Tür. »Übrigens schulden wir dir ein neues Sofa.«

»Ach, das ist mir egal.« Sie starrte auf ihre Hände. »Genauso wie die Spiegel, die Teppiche oder das ganze andere Zeug.«

Als James sie aufmerksam betrachtete, ließ sie sich in seinen Blick fallen wie in ein weiches Kissen. »Du bist jetzt seit fast zwei Monaten auf dem Pferd unterwegs«, bemerkte sie und lehnte ihren Kopf an das verwitterte Holz. »Da bist du bestimmt erschöpft.«

James klopfte sich den Staub vom Schienbein. »Ich brauche ein langes, heißes Bad. Ich könnte glatt ein paar Tage in der Wanne einweichen.«

Blitzartig tauchte das Bild vor ihr auf, wie er sich mit nassen Armen in der Wanne abstützte und mit geschlossenen Augen den Dampf einatmete. Blinzelnd vertrieb sie das Bild und strich sich angelegentlich über die Falten ihres Kleids. »Wie gefällt dir deine Wohnung?«, fragte sie.

»Ist noch komfortabler als zu Hause.« Er bedachte sie mit einem Grinsen. »Du solltest mich mal zum Tee besuchen.«

»Gerne«, lachte sie. »Vielleicht mache ich dir ein paar Vorhänge.«

»Vorhänge?«, wiederholte er spöttisch. »Da würden mich die Arbeiter von der Ranch jagen.«

»Schon gut, schon gut.« Sie lächelte. »Keine Vorhänge. Wie wäre es dann mit einem Kuchen?«

Da grinste er breit und zeigte seine weißen, geraden Zähne. »Kuchen mag ich.«

Schweigen breitete sich zwischen ihnen aus, doch diesmal war es nicht unangenehm. In Gedanken versunken blickten sie langsam blinzelnd ins Leere.

»Wie geht's den Pferden?«, fragte James.

»Gut. Alex passt auf sie auf, als wären es seine Kinder.«

»Irgendwas passiert, während wir weg waren?«

Einen kurzen Moment fragte sie sich, ob er von den Aborigines wusste – ob er von dem Überfall gewusst, ihn vielleicht sogar gebilligt hatte. Allein der Gedanke war so schmerzhaft, als presste ihr jemand Eis auf die Haut. Sie schluckte und verdrängte ihn, konnte es einfach nicht ertragen, sich das vorzustellen. »Nein«, sagte sie leise. »Nichts.«

Wieder schwiegen sie. Da wies James mit dem Kinn auf eine Staubwolke, die sich von der fernen Straße näherte. Fast zornig zog er die Augenbrauen zusammen. »Dein Mann ist zurück.«

• • •

Schweiß tropfte Leonora von der Stirn, als sie die Hacke heftig zwischen die Gemüsereihen schlug. Auf dem schattigen Plätzchen gediehen die Pflanzen gut. Da der Regen ausblieb, wurde der Boden trocken, doch es störte Leonora nicht, eine Wasserkanne von der Regentonne herzuschleppen. Alex wusste nichts von dem Garten; er blieb mittlerweile wochenlang in der Minenstadt, und wenn er zurückkam, umgab ihn wie Rasierwasser eine Alkoholfahne. Manchmal wirkte er davon warmherzig und fröhlich, manchmal kalt und düster; in jedem Fall jedoch beunruhigend. Oft rochen seine Kleider auch nach Frauenparfüm, und Lippenstiftflecken zierten die Kragen seiner weißen Hemden. Doch darüber empfand sie nur Erleichterung.

Als sie hörte, wie sich jemand in langsamem Galopp näherte, hielt Leonora in ihrer Arbeit inne, wischte sich die Hände am Kleid ab und blickte durch die Bäume. Sie spürte ein Flattern im Bauch, als James durch das Wäldchen ritt: stark und elegant, sehnig und vor Gesundheit strotzend. Er zog an den Zügeln und neigte sich lässig vor. »Ich dachte, ich hätte hier eine Bewegung gesehen.« Dann stieg er rasch und geschickt vom Pferd und kam zu ihr in den Schatten. »Reicht dir der Garten am Haus nicht?«

»Ich habe schon so lange nicht mehr gegärtnert.« Sie lehnte die Hacke an einen Baum. »Es hat mir gefehlt.«

»Körperliche Arbeit steht dir.« Er lächelte und trat näher, so nahe, dass er die Sonne verdeckte, ihre Wärme aber mit seinem Körper vermittelte. Er streckte eine Hand aus, griff an ihrem Kopf vorbei nach dem Hut, der ihr auf den Rücken gerutscht war, und setzte ihn ihr wieder auf. »Sonst kriegst du einen Sonnenbrand.«

Aufgewühlt wich sie einen Schritt zurück und richtete ihren Hut. »Wahrscheinlich sollte ich aus der Sonne.« Sie setzte sich auf den kühlen Boden im Schatten und zog die Knie seitwärts an.

James folgte ihr und lehnte sich neben seinem Pferd an einen Baum. Vor der hellen Rinde wirkte sein Körper besonders braun und muskulös. »Hast du in Amerika viel im Garten gearbeitet?«, fragte er.

»Nein.« Sie spähte in die Baumkrone. »Mal sehen: da waren die Klavier- und Französischstunden, Aquarellmalerei und, ach ja, ein bisschen Nähen oder Tee bei den alten Damen aus guter Gesellschaft, aber Gärtnern? Nein.«

»Zu schade. Das kannst du doch gut.« Er blickte sie unter seinem Hut aus leicht zusammengekniffenen Augen an. »Und, wie ist Amerika so?«

»Hm.« Sie dachte darüber nach. »Amerika ist ein sehr schönes Land. Da gibt es die Rocky Mountains, die kalifornische Küste, die Keys in Florida. Ich habe in Pittsburgh gewohnt, das ist in Pennsylvania. Wenn einen der Ruß nicht stört, ist es sehr nett da, und wenn es regnet, wird es genauso grün wie in Irland.« Sie wandte sich zu ihm, weil ihr etwas einfiel, und fragte ihn sanft: »Warst du je dort?«

»In Irland? Nein.« Er kratzte sich an seiner feuchten Kehle. »Ich bin nie aus Western Australia rausgekommen.«

Sie nickte und betrachtete ihn aufmerksam. »Wie ist deine Familie? Die O'Reillys?«

»Sind beide tot.« Seine Stirn war gefurcht, sein Lächeln verschwunden. »Schon seit einer Weile.«

»Das tut mir leid.«

»Die Shelbys haben mich bei sich aufgenommen.« James schob die Hände in die Hosentaschen. »Weiß nicht, was ich ohne sie gemacht hätte.«

Eine leichte Brise spielte mit ihren Haaren und kühlte ihre schweißfeuchten Kleider. Leonora wischte sich mit dem Handrücken über die Stirn. »Hier.« James reichte ihr ein Taschentuch aus seiner Brusttasche. »Ich weiß nicht genau, wie sauber es ist.« Er grinste.

Der Stoff roch nach Seife, Heu und Erde, männlich und intensiv, und als sie den Geruch mit geschlossenen Augen einatmete, wünschte sie, sie müsste es nicht zurückgeben. Sie tupfte sich damit über Stirn und Nase und zuckte zusammen. »Mein Gesicht brennt.«

»Du bist auch ziemlich rot. Ich fürchte, heute Nacht wird's ein bisschen unangenehm.«

»Ich werde grässlich viele Sommersprossen kriegen.«

»Ach, sag nichts gegen Sommersprossen«, sagte er tadelnd. »Manche Männer finden die ziemlich anziehend.«

»Ach wirklich?«

James nickte. Er musterte sie und streckte die Hand aus. »Ich reite jetzt besser zurück und mache Abendessen für die Prinzessin. Vom langen Sitzen im Bett wird sie ziemlich gereizt.«

»Der arme Tom.« Leonora ergriff seine Hand, worauf seine langen Finger sich fest um ihre schlossen, und ließ sich von ihm auf die Füße ziehen. »Ich komme später mal rüber und sehe nach ihm. Ach, ich bringe auch den versprochenen Kuchen mit.«

Ihre Blicke trafen sich. Er entzog ihr seine Hand. »Ich freue mich schon drauf.«

• • •

Wie immer in der Dämmerung verklangen die Geräusche, die die Arbeiter machten, und das Summen der Insekten wurde lauter. Irgendwo in den Eukalyptusbäumen keckerte ein Kookaburra. Aus dem Quartier der Farmleiter drang warmes, weiches Licht. Toms Hund schlug an, doch als er sie erkannte, winselte er, wedelte entschuldigend mit dem Schwanz und geleitete Leonora über die kleine Brücke, während ihr das Herz bis zum Hals schlug und sie den Kuchen auf beiden Händen vor sich hertrug.

Tom kam auf die Veranda gehumpelt und grinste breit. »Hey, die Sonne geht auf!«

Sofort wurde sie ruhiger. »Hallo, Tom. Sie sehen schon viel besser aus.«

Er hob die Hände und drehte sich einmal um sich selbst. »Dank Ihnen bin ich schon fast völlig wiederhergestellt. Bin heute Morgen sogar mit James ausgeritten.«

Sie tätschelte ihn am Arm. »Nur nichts übertreiben.«

»Aber es hat sich gut angefühlt.« Er streckte sich. »Hat ein bisschen geziept, aber die Bewegung hat mir gutgetan.« Er zeigte auf den Kuchen. »Das riecht aber lecker!«

Verlegen hob sie ihr Mitbringsel. »Kirschkuchen.«

»Mein Lieblingskuchen. Sie sind ein Engel, wissen Sie das? Ich hol schnell James.«

»Hat er zu tun?«

Tom grinste. »Nein, er ist bei seiner Freundin.«

»Oh.« Leonora sank das Herz. Steif richtete sie sich auf. »Dann … dann komme ich später noch mal.«

»Aber nicht doch. Bleiben Sie hier, ich hole ihn raus.« Tom sprang die Stufen hinauf und rief ins Haus: »James, zieh dir ein Hemd an und komm raus. Du hast Besuch. Ach, und bring Josephina mit!« Tom zwinkerte Leonora zu. »Sie werden sie mögen.«

Leonora schluckte und fasste sich an den Magen. Ihr wurde übel. Am liebsten hätte sie sich unter einem Stein verkrochen. Sie wandte sich zum Gehen.

»Hey, Leo«, begrüßte sie James von der Tür und streifte sich das Hemd über die Brust. Ihr Magen sackte noch tiefer und landete bei ihren Knien.

James trat aus dem Haus. »Willst du schon wieder gehen?« Er steckte das Hemd nicht in die Hose und ließ lässig die Hosenträger über die Hüften hängen. Der Umriss seiner Brust war durch die dünne Baumwolle deutlich zu sehen.

Sie wusste nicht, wo sie ihre Augen lassen sollte. »Ich … ich wollte nicht stören«, stotterte sie. Ihr Gesicht brannte so, dass sie die Hand auf die Wange legte.

»Stimmt was nicht?«

Sie schloss die Augen und ließ sich blind auf die Stufen sinken. Sie kam sich so dumm vor, dass sie hierhergekommen war, und noch dümmer, weil sie so aufgelöst war. James ging wieder zur Tür. »Warte mal kurz, ja? Ich möchte dir jemanden vorstellen.«

Leonora umschlang mit beiden Händen ihren Bauch und beugte sich vor. Dann übte sie zu lächeln, um sich nicht vollkommen lächerlich zu machen, wenn sie die Frau kennenlernte.

Eine Sekunde später kam James mit einem Bündel in seinem Arm heraus und setzte sich so dicht neben sie, dass sein Oberarm gegen ihren strich. »Dies ist Josephina.« Als er die Jacke öffnete, lugte der puschlige Kopf eines winzigen Kängurus daraus hervor.

Vor lauter Erleichterung seufzte Leonora laut auf, schlug sich dann die Hand vor den Mund und lachte zwischen ihren Fingern hindurch. »Josephina ist ein Känguru?«

Er sah sie fragend an. »Ja natürlich. Was dachtest du denn?«

»Ich dachte … ich dachte, du hättest eine Freundin.«

»Aaah.« Er nickte und betrachtete sie mit amüsiert hochgezogenen Augenbrauen. »Nein, leider nicht.« Er wandte sich zu dem Känguru und kratzte es liebevoll hinter den Ohren. »Ich hab die Kleine im Busch gefunden. Ist ein Waisenkind.«

»Mir gefällt der Name.« Vor lauter Erleichterung konnte sie einfach nicht aufhören zu lächeln. James' Gesicht wirkte so sanft, ohne auch nur eine Spur von Arroganz.

»Ich dachte, Joey passt nicht ganz.« James sah Leonora lächelnd in die Augen. Als sie die Hand ausstreckte und die flauschige Nase des Tiers streichelte, berührte sie versehentlich James' Brust, und seine Wärme breitete sich über ihren ganzen Arm aus.

Es war so angenehm, einfach da zu sitzen. So leicht. Zu leicht. Am liebsten hätte sie ihren Kopf an seine Schulter gelegt und sich an ihn geschmiegt wie an eine Decke. »Wie lange willst du sie behalten?«, fragte sie.

»Bis sie allein fressen kann und ein bisschen gewachsen ist. Dann setze ich sie wieder aus. Sie hätte die Nacht nicht überstanden.« Als er sie sorgsam musterte, senkte sie den Kopf. Eine Haarsträhne fiel ihr über die Nase. James strich sie ihr hinters Ohr und hinterließ eine Brandspur auf ihrer Haut.

Aus dem Haus ertönte eine Stimme. »Wo ist meine Krankenschwester?«

»Ich sollte wohl mal nach dem Patienten schauen«, sagte sie mit einem kurzen Auflachen.

»Komm mit rein, dann schneide ich den Kuchen an.« Sie folgte ihm in das kleine Haus, dessen Vorderzimmer nach warmem Brot und frisch geschlagenem Holz duftete.

Tom saß aufrecht in seinem Bett und hielt sich seinen Oberkörper, der bis auf den Verband nackt war. »Ich wusste doch, dass ich Sie früher oder später in mein Schlafzimmer kriege.«

James stand direkt hinter ihr, griff mit dem Arm über ihren Kopf und stützte sich am Türrahmen ab. »Sei brav, sonst holt sie wieder Dr. Meade.« Sein Atem strich kitzelnd über ihre Haare.

»Ja, ich bin ganz brav.« Tom legte sich die Hand auf die Brust. »Ehrenwort.«

James tippte ihr auf die Schulter und hinterließ damit einen brennenden Fleck auf ihrer Haut. »Aufgepasst«, warnte er sie, dann ging er in die Küche.

»Er ist bloß eifersüchtig.« Tom lehnte sich zurück.

»Das hab ich gehört!«, rief James aus der Küche.

Tom wiederholte lautlos: *Er ist bloß eifersüchtig.*

Leonora setzte sich auf die Bettkante und löste behutsam den Verband. »Sie sind grässlich, wissen Sie das?«

»Ach, ich doch nicht! Sie wissen, dass ich Ihnen ans Herz wachse. Geben Sie es nur zu.«

»Ja, ich gebe es zu«, sagte sie mit unbewegter Miene, während sie die Mullbinde abwickelte. »Wie ein räudiges Straßenhündchen.« Sie hörte James leise in der Küche lachen. Als sie die Gaze von Toms mit blauen Flecken überzogenen Rippen löste, quoll ein Blutstropfen aus der Wunde. »Sind Sie sicher, dass Sie nicht zu früh schon wieder aufgestanden sind?«

»Nein, mir geht's gut. Die Rippen tun auch nicht mehr so weh. Kann schon atmen, ohne zu schreien.«

Sie holte frisches Verbandszeug aus ihrer Tasche. »Sie erholen sich schnell.«

Tom senkte den Blick. Aller Schalk war aus seiner Miene gewichen. »Ich weiß nicht, was ich ohne Sie gemacht hätte. Ehrlich.«

»Ab jetzt lassen Sie einfach die Bullen in Ruhe, ja?« Sie tätschelte sein Knie und stand auf. »Halten Sie sich an die Frauen.«

James wartete auf der Veranda auf Leonora. »Du hast dich gut um ihn gekümmert«, sagte sie, als sie in die warme Abendluft trat.

Einen Augenblick sah er sie gedankenverloren an, dann wies er mit dem Kopf zur Tür. »Der Kuchen ist schon abgekühlt. Kann ich dir ein Stück bringen?«

»Ich sollte eigentlich zurück.« Sie seufzte. »Alex kommt bald heim.« Sie verdrehte die Augen. »Sonst schickt er eine Suchmannschaft nach mir.«

»Zu schade.« James zwang sich zu lächeln. »Dann komm, ich bringe dich nach Hause.«

»Nein, ist schon gut. Das schaffe ich noch allein.«

»Das war keine Frage.« Er wollte sie schon am Ellbogen fassen, da hielt er inne. »Das hätte ich fast vergessen: Warte mal. Ich hab was für dich.« Er drehte sich um und nahm die drei Stufen mit einem Satz. Kurz darauf kam er mit einem Einmachglas zurück, in dem weiße Blumen steckten. »Das ist Oleander«, erklärte er. »Die hintere Weide ist voll davon.«

Als Leonora die Blumen nahm, stieg ihr der Duft in die Nase, eine Mischung aus Aprikose und Flieder. James' schlichte, aufmerksame Geste schnürte ihr die Kehle zu. »Sie sind wunderschön.« Dann gingen sie und James schweigend zum Haupthaus, und bei jedem Schritt waren ihr die Bewegungen seines Körpers mehr als bewusst.

»Wie lang bleibt Alex zu Hause?«, brachte James schließlich hervor.

»Schwer zu sagen. Die Entscheidung fällt immer von einem Tag auf den anderen.« Erneut schwiegen sie und fingen erst wieder an zu sprechen, als sie die Stufen zu ihrer Veranda erreichten. »Danke für die Blumen«, bemerkte sie verlegen.

Er nickte und setzte sich in Bewegung. »Eine gute Nacht«, sagte er und fügte dann hinzu: »Und danke für den Kuchen, Leo.«

*Leo.* Ihr wurde ganz warm. »Weißt du, dass du der Einzige bist, der mich je so genannt hat?«

Er zwinkerte ihr gutmütig zu. »Gut.«

• • •

Schon als Alex zurückkehrte, war er schlecht gelaunt, knallte die Türen und erfüllte das ganze Haus mit Unbehagen. »Brand in der Mine«, knurrte er. Er hängte seinen Mantel auf. Sein Gesicht war unrasiert und grau, sein Kragen schmutzig. »Hat uns einen ganzen Tag zurückgeworfen.«

»Wurde jemand verletzt?«

»Zwei oder drei. Keine Ahnung.« Er zuckte die Schultern. »In ein, zwei Tagen muss ich wieder hin.« Er ließ sich auf den großen Sessel fallen und fuhr sich mit den Fingern durch die Haare, die daraufhin steif abstanden. »Ich brauche nur mal eine Nacht Ruhe und Frieden.«

Sie ging zur Bar, schenkte ihm einen Drink ein und reichte ihm das Glas.

Er trank einen großen Schluck und musterte sie kurz. »Bist du gerannt? Dein Gesicht ist ganz rot.«

Leonora berührte ihre Wange. »Sonnenbrand.«

»Um Himmels willen, wieso hast du keinen Hut getragen?«

»Ich habe gegärtnert, und da ist er wohl runtergerutscht.« Sie lachte. »Ich hab's erst bemerkt, als es zu spät war. Es tut ziemlich weh.« Wieder fasste sie sich an die Wange.

Mit ausdrucksloser Miene starrte er sie an. »Gegärtnert?«

Sie nickte stolz. »Willst du es sehen? Es ist hinterm Haus, etwas weiter weg.«

Er erhob sich aus dem Sessel. »Du hast im Dreck gewühlt?«, knurrte er so grimmig, dass ihr Lächeln schlagartig verblasste. »Du hast da vor aller Augen im Dreck gewühlt, in der prallen Sonne wie eine ganz gewöhnliche Feldarbeiterin?«

Sein Ton schockierte sie, und ein leichter Schauer durchfuhr sie, als er sie mit seinem Blick durchbohrte.

»Zeig mir deine Hände.«

»W-w-wieso?«, stammelte sie. »Ich – «

Durch seine zusammengebissenen Zähne stieß er hervor: »Zeig mir deine Hände!«

Sie streckte ihm ihre Hände hin, die jetzt sichtbar zitterten. Er drehte sie um. »Nun sieh dir deine Hände an! Sieh sie dir an! Die sind ja hart und rot wie bei einem Mann! Und die Nägel sind dreckig und abgebrochen!«

Sie duckte sich und überlegte, ob sie zur Tür laufen und Meredith oder Clare rufen sollte.

»So empfängst du mich?«, brüllte Alex. »Mit dreckigen Händen und verbrannter Haut?«

»Es tut mir leid. Ich … ich wollte nur …«

»Was wolltest du nur? Mich vor der gesamten Farm in Verlegenheit bringen? Überleg mal, was die Farmleiter denken müssen! Wenn sie meine Frau im Dreck wühlen und Gemüse pflanzen sehen, so als könnte ich sie nicht ernähren!«

»Aber es hat mich niemand gesehen, Alex«, log sie. »Der Garten liegt ganz versteckt.«

Alex riss sich die lose Krawatte vom Hals und schleuderte sie auf den Boden. »Ich wollte dich dieses Wochenende zum Pferderennen mitnehmen, damit du ein paar der anderen Ehefrauen kennenlernst. Aber das kannst du jetzt vergessen.«

»Warum denn?«

»Sieh dich doch an!« Er schob sie zum Spiegel.

Jetzt verdrängte Wut ihre Angst. »Du bist so viele Tage weg, dass ich es schon nicht mehr zählen kann, Alex! Was soll ich denn den ganzen Tag tun? Däumchen drehen und auf dich warten? Du hast eine Köchin und ein Dienstmädchen eingestellt. Für mich gibt es hier nichts zu tun! Wie soll ich denn deiner Meinung nach meine Tage ausfüllen?«

»Wieso tust du nicht, was alle anderen Frauen auch tun?« Er knallte das leere Glas auf den Tisch. »Und denkst darüber nach, wie du mir eine bessere Ehefrau sein kannst!«

• • •

Das Dröhnen des Fordmotors erschreckte die Pferde. Tom, verärgert über den Krach, hielt sie am Zügel fest und striegelte sie weiter.

»Bist du sicher, dass du schon wieder arbeiten kannst, Tom?«, fragte James.

»Wenn ich auch nur noch einen einzigen Tag im Bett bleibe, erschieße ich mich.«

James warf einen suchenden Blick in den Stall. »Wo ist Russell?«

»Keine Ahnung.« Tom zuckte zusammen, als er sich bückte, um den Huf des Pferdes zu begutachten. »Hab ihn eben mit Schubkarre und Spaten losgehen sehen. Er meinte, er müsste irgendwo einen Garten umgraben.«

»Was?« James stellte die Heugabel weg. Tom zuckte die Schultern.

James stieg auf seine braune Stute und ritt am Haus und den Ställen vorbei. Von einem vertrauten, schattigen Plätzchen ertönte das Knirschen von Metall auf Erde. Unter den Bäumen kam Russell in Sicht. Der Zaun um den kleinen Garten war abgerissen und auf die Schubkarre geladen worden, wo er die zarten, jetzt schon schlaffen Gemüsepflänzchen zerdrückte.

»Russell!«, brüllte James. »Was zum Teufel machst du da?«

Der Mann hob träge den Kopf. Sein Mund war vom Kautabak geschwollen. »Den Garten umgraben.«

»Wieso? Wer hat dir das befohlen?«

»Mr. Harrington.« Russell lehnte sich an den Spaten und wischte sich mit dem Daumen über die Nase. »Hat gesagt, ich soll ihn dem Erdboden gleichmachen.«

James spannte die Kiefermuskeln an. »Weiß seine Frau davon?«

»Woher soll ich das wissen?«, gab er zurück. »Ich tu nur, was er gesagt hat.«

James begutachtete den Schaden: Die ordentlichen Reihen waren zerstört worden, und die Pflanzen in der Schubkarre verdursteten schon unter der Sonne. »Tom braucht dich in der Scheune«, erklärte er. »Das hier kann warten.«

»Ich will keinen Ärger mit dem Boss.« Russell nahm den Spaten und glättete die Erde. »Mr. Harrington hat gesagt, erledige das, also mach ich das auch.«

»Ich erledige das.« James schnappte sich den Spaten. »Wenn Mr. Harrington ein Problem damit hat, kann er mit mir reden.«

»Okay. Wenn Sie's sagen.« Schlurfend machte sich Russell auf den Weg zur Scheune.

James hockte sich hin und ließ die frisch umgegrabene Erde mit den zerhackten Blättern und Blüten durch die Finger rieseln. Dann ging er zur Schubkarre, durchwühlte den Pflanzenhaufen und rettete das, was er an Gemüse finden konnte: eine Handvoll Bohnen und Erbsen und eine kraftlose Möhre. Er dachte an Leos Gesicht, wie es bei der Arbeit gestrahlt hatte, an ihr Lächeln, das er jetzt unwillkürlich nachmachte. Als er das zerstörte Gärtchen musterte und aufstand, um zum Haupthaus zu gehen, breitete sich ein hohles, trauriges Gefühl in seinem Magen aus.

Mit dem Hut in der Hand ging er die Veranda hinauf und klopfte an die Tür. Und wartete. Er klopfte ein zweites Mal, doch keiner öffnete. Gerade wollte er sich zum Gehen abwenden, als er hörte, wie die Tür einen Spaltbreit aufging. Er erkannte die Frau kaum, so blass und niedergeschlagen wirkte sie. Er räusperte sich. »Tag, Leo.« Er kratzte sich an der Schläfe. »Offenbar sind ein paar Kaninchen über deinen Garten hergefallen und haben da eine ziemliche Bescherung angerichtet.« Er hielt ihr seinen Hut hin. »Ich habe versucht, so viel wie möglich zu retten.«

Als sie auf den Inhalt seines Huts blickte, huschte ein flüchtiges Lächeln über ihr Gesicht. James nahm eine der schlaffen Bohnen und grinste. »Ein echtes Festmahl, wie?«

Ein leises Lachen entfuhr ihr, und ihr Lächeln breitete sich aus. Doch der Rest ihres Gesichts zeigte eine solche Traurigkeit, dass er sich abwenden musste. »Wieso hat er das getan?«

Leonora wischte sich über den Augenwinkel. »Er findet Sommersprossen wohl nicht so anziehend.«

Da blickte James sie an, die perfekt gepunktete Nase, die glatte Stirn, ihre Wangenknochen, die parallel zu ihren hochgezogenen Mundwinkeln standen. Ihr Ausdruck zerriss ihn. »Ist Alex zu Hause?« Ihm wurde heiß in der Brust. »Ich würde gerne mal ein Wörtchen mit ihm reden.«

»Nein, er ist nicht hier.« Ihr Blick flackerte. »Lass es gut sein, James. Es ist nicht so wichtig. Nur ein Fleckchen dreckiger Erde.«

Jetzt loderte es in seiner Brust, und er blickte in die Ferne, noch über die Straße hinaus. »Es ist nicht nur das, Leo. Er sollte dich nicht so oft allein lassen. Das ist nicht richtig.«

»In Australien lassen Männer ihre Frauen ständig allein. Viehtreiber, Minenarbeiter – es gibt kaum einen Job, der die Frauen nicht in die Einsamkeit zwingt.«

»Aber bei dir ist das was anderes. Die Mine erzeugt böses Blut, Leo. In Western Australia wird es wohl niemanden mehr geben, der nichts von eurem Reichtum weiß.« James schüttelte den Kopf und presste vor Sorge die Lippen zusammen. »Ich weiß, es geht mich nichts an, aber Alex muss das wissen. Es ist weder richtig noch sicher, dich hier allein zu lassen.«

»Es ist besser, wenn er weg ist«, sagte Leonora und schlug sich dann mit der Hand vor die Stirn. »Ich hab's nicht so gemeint. Nur … er hat eben einen harten Job, viel Arbeit, und eine Menge Menschen hängen von ihm ab. Da ist es besser, wenn er fort ist und sich um seine Arbeit in der Mine kümmert.«

Leonora zog die Tür weiter auf, und einen Moment lang dachte er, sie würde nach seiner Hand greifen. »Ich weiß deine Sorge zu schätzen, James. Wirklich. Aber es ist besser, du lässt das Ganze auf sich beruhen.« Sie rang sich ein Lächeln ab und sagte in bemüht leichtem Tonfall: »Außerdem habe ich ja noch Meredith und Clare hier. Die wissen bestimmt, wie man eine Bratpfanne schwingt.«

»Das ist nicht lustig, Leo.«

»Ich bin schon ein großes Mädchen und kann auf mich aufpassen, danke. Außerdem habe ich Maßnahmen ergriffen.« Sie straffte die Schultern, und plötzlich blitzten ihre Augen, und in ihre Wangen kehrte Farbe zurück.

Er verschränkte die Arme, spürte, wie sein Zorn schwand, und bemühte sich, nicht zu lachen. »Ach ja? Was für Maßnahmen denn?«

»Geheime Maßnahmen.«

»Bitte, erzähl mir davon.«

»Dann wären sie doch nicht mehr geheim, oder?«, zog sie ihn auf.

James atmete geräuschvoll aus, gluckste und schüttelte resigniert den Kopf. »Versprich mir wenigstens, Fremden nicht die Tür zu öffnen.«

»Schließt das dich mit ein?«, fragte sie.

Da trat James direkt vor sie. Ihre Gesichter waren nur noch Zentimeter voneinander entfernt. »Ganz besonders mich«, sagte er augenzwinkernd. Mit einem Mal überkam ihn der Drang, sie zu küssen. So schnell blitzte der Impuls auf, dass er erschrocken einen Schritt zurücktrat. Er ließ das kümmerliche Gemüse in einen Korb auf der Veranda fallen und setzte sich den Hut wieder auf. Er musste allein sein, musste sich sortieren. »Sei einfach vorsichtig«, sagte er, ohne sie noch mal anzusehen, und lief schnell die Stufen hinunter.

»James …«

Er drehte sich noch mal um.

Eine Welle der Dankbarkeit schnürte ihr die Kehle zu. »Danke.«

## Kapitel Fünfzig

Der Regen kam ohne Vorwarnung, blieb zwei Tage und Nächte, ertränkte einen Slawen und einen Italiener in der Grube und unterband zum ersten Mal seit dem Feuer jede Arbeit.

Die Arbeiter drängten sich unter ihre Zelte. Über ihren Köpfen hingen die vollgesogenen Planen durch und tröpfelten jedes Feuer direkt nach dem Anzünden wieder aus. Es war ein kalter, durchdringender Regen, still und stetig, ohne Blitz und Donner. Zwischen den Zeltreihen wurde die Erde zu braunem Schlick, und die Stiefel sanken überall ein. Betten, Kleider, Essen und Brennholz wurden in den Ecken auf Wellblech gelagert, damit alles trocken blieb. Die Männer und Frauen stanken in ihren Kleidern, die mehrfach nass und dann wieder getrocknet worden waren. Das offene Abwasserrohr in den Hügeln quoll über, und die Kloake floss langsam aufs

Zeltlager zu. Zwar wurden Dämme aus alten Kleidern und Sandsäcken dagegen errichtet, doch drang sie durch jede Ritze und jeden Spalt.

Ghan saß in Whistlers Zelt auf einem nassen Stück Pappe. Beide Männer hatten eine Konserve und eine Gabel in der Hand und aßen schweigend – Ghan Fleisch und Whistler Sardinen. Hundefutter nannte man das. Das Brot, vollgesogen wie ein Schwamm, schimmelte in der Ecke.

Der Regen drückte auf die Stimmung. Gestern keine Arbeit, heute keine Arbeit und wahrscheinlich morgen auch keine. Drei Tage ohne Lohn dräuten über dem Zeltlager. Selbst Whistler grinste nicht mehr, sein Gesicht wirkte so grau und gewichtig wie die Wolken. Whistlers Gabel kratzte auf dem Boden der Dose, als er nach dem letzten Happen fischte. »Es gibt Gerede«, sagte er, zur Dose gewandt.

Ghan mümmelte an dem warmen Kalbsfleisch, das so durchgekocht und faserig war, dass es sich wie vorgekaut anfühlte. »Was für Gerede?«

»Es brodelt. In jeder Ecke«, sagte Whistler. »Der Regen macht's noch schlimmer. Weil man nix machen kann, nur reden.« Der Alte stocherte in seiner Dose. »Ein paar reden von Streik, ein paar von Aufstand, aber alle sind sauer. Die Ausländer sind fuchsteufelswild wegen der abgesoffenen Männer. Völlig zu Recht. Die Manager haben die Jungs zu lange unten gehalten. Haben gesehen, wie das Wasser stieg, und sie trotzdem nicht hochgeholt. Jetzt kann man nicht mal die Leichen beerdigen, weil sofort Schlamm in die Gräber läuft.«

Ghan leerte seine Dose und stellte sie neben sich auf den Boden. Er sah zu Whistler. »Ich soll für die Manager spionieren«, sagte er. »Bescheid sagen, wenn's brodelt. Deshalb hab ich den Job gekriegt. Nur deshalb.« Ghan wartete auf Whistlers Reaktion.

Whistler aß seinen letzten Happen auf, kratzte die Dose leer, leckte seine Gabel von beiden Seiten ab und grinste ihn breit an. »Aber du bist keine Ratte, Ghan.«

Ghan grinste zurück. »Nicht einen Tag in meinem ganzen Leben.«

»Was willste machen, wenn die Fragen stellen? Sogar die Bosse merken, dass es brodelt.«

Ghan zuckte die Achseln. »Auf Zeit spielen. Sagen, es gibt Klagen, aber nichts Organisiertes. Nur das ganz normale Herumlamentieren.«

»Du steckst in ’ner schwierigen Lage, Kumpel. Dauert nicht mehr lange, bis es losgeht. Muss nur noch irgendwas passieren, dass das Fass überläuft. Todsicher. Auf jeder Seite warten die Männer nur drauf, dass einer niest, und dann läuft das Fass über, und uns fliegt alles um die Ohren.« Whistler verstummte kurz und saugte sich die Fischreste vom Zahnfleisch. »Und die Bosse geben dir die Schuld, weil du sie nicht gewarnt hast. Werden es nur zu gerne an dir auslassen.«

Die Pappe unter Ghans Hintern sank in den Schlamm, doch das war ihm egal. Wieder zuckte er die Schultern. »Darüber denk ich nicht nach. Nehme immer nur einen Tag nach dem anderen. Spar mein Geld, falls ich rausgeschmissen werde. Wenn sie mich schnappen, gibt's nicht allzu viel, was sie mir noch antun können.«

»Aber die Knochen brechen«, wandte Whistler ein.

»Wär auch nix Neues. Und danach lebt man weiter oder eben nicht.«

»Aber du vergisst das Leiden dazwischen.«

»Nee, vergess ich nich.« Ghan blickte auf seine großen, rauen Hände. »Aber ich bin keine Ratte.«

Steif erhob sich Whistler, und seine Gelenke knirschten vom Rheuma, das durch den Regen noch schlimmer geworden war. Er wühlte in einem Haufen, holte eine rostige Konservendose hervor, öffnete sie und brachte eine alte Socke mit dick ausgebeulter Spitze zum Vorschein. Die schwang er wie ein Pendel hin und her. »Ich hab Geld zur Seite gelegt. Bisschen hier, bisschen da, wann immer es ging. Viel isses nich.« Whistler warf Ghan die Socke zu, der sie geschickt auffing. »Beim ersten Anzeichen von Ärger schnappst du's dir, und dann haust du ab, bevor sie dich holen kommen.«

Ghan warf die Socke zurück. »Ich nehm kein Geld von dir, Whistler.«

»Doch, verdammt!«, fluchte Whistler. »Ich hab Familie. n' Haufen Töchter, die für mich da sind. Und du, was hast du?« Er rieb sich über sein Stoppelkinn. »Hör mal, ich hab nich mehr lange. Meine Knochen sind so brüchig, dass sie jederzeit knacken können. Tut so beschissen weh, zu laufen oder auch nur die Finger zu bewegen, dass ich schon nahe dran war, Rattengift zu schlucken, nur damit's aufhört. Ich bin nur noch wegen der Mädchen hier. Würde ihnen das Herz brechen, wenn ich mich abmurksen würde. Glauben, ich müsste dann in der Hölle schmoren.«

Verbittert presste er die Lippen zusammen. »Ich brauch das Geld nich, Ghan. Wenn diese Hurensöhne dir wehtun, tun sie auch mir weh. Hier drinnen, ganz schrecklich. Du weißt doch, durch die Mädchen bin ich weich wie Butter. Ich hab schon genug Schmerzen ohne deine.«

Whistler stopfte die Socke zurück in die Dose, verschloss sie und steckte sie wieder tief in den Haufen. »Wenn du das Geld nich brauchst, bleibt es hier. Aber wenn du Ärger kriegst, Gott verdammt noch mal, dann nimmste es!« Er schob noch mehr Kleider über die Dose. »Und jetzt komm. Gucken wir mal draußen, ob irgendwo ein Spielchen läuft.«

Die beiden Männer verließen geduckt das Zelt und zogen sich gegen den prasselnden Regen die Kragen hoch und die Hüte herunter. Aus einem großen Zelt auf der australischen Seite driftete Zigarettenrauch, der sofort zerstob. Aus der Öffnung drang leises Stimmengewirr, dann ertönte ein Jubelschrei und sofort darauf wieder Gemurmel. Whistler zog die Zeltklappe zurück. Da die Plane hoch hing, konnten sie sich strecken und den Regen abtropfen lassen. »Gibt's hier ein Spielchen?«, fragte Whistler.

»Kommt drauf an«, erwiderte ein stämmiger, sonnenverbrannter Mann. »Habt ihr Geld?«

Whistler klimperte mit den Münzen in seiner Hosentasche.

»Is' gut.« Der Mann nickte. »Ihr seid dabei.« Er schob seine Holzkiste zu ihnen. »Macht Platz für die Opas!«, befahl er. Jeder Po rutschte einen Platz weiter.

»Was spielt ihr denn?«, fragte Ghan.

»Fliegenklo.« In der Mitte des Kreises lag ein Stück Holz mit sechs kleinen Zuckerpyramiden darauf. Die Männer trieben wild fuchtelnd die Fliegen über ihnen auseinander. »Die Einsätze!«, rief der Mann.

Ghan legte seine Münze vor den vierten Zuckerkegel. Die anderen Männer taten es ihm gleich, suchten sich einen oder manchmal zwei Kegel aus. »Keine Einsätze mehr!«, rief der Mann. »Drei, zwei, eins, los!«

Alle Männer hörten auf zu fuchteln und zu reden, und alle Augen richteten sich auf die umhersurrenden Fliegen. Ein dickes, haariges Exemplar umkreiste den Zucker, während die Männer den Atem anhielten. Dann sackte eine andere Fliege nach unten, setzte sich ohne Umschweife auf die zweite Zuckerpyramide und begann daran zu lecken. Drei der Männer jubelten auf und klatschten in die Hände, während die anderen murrten. Die Gewinner streckten die Hand aus, um ihren Gewinn in Empfang zu nehmen. »Die Fliegen kommen vom Abflussrohr, ganze Wolken, schwarz wie die Nacht«, erklärte ein anderer Mann. »Weiß nich, was sie mehr mögen, Zucker oder Scheiße.« Alle Männer lachten.

»Whistler und Ghan, richtig?«, fragte der Anführer freundlich, während er die Gewinne austeilte. Die beiden nickten. »Winston. Freut mich. Du bist neu, oder?«, wandte er sich an Ghan.

»Kommt mir nich so vor«, sagte Ghan, während er noch eine Münze herausholte. »Arbeite fast schon mein ganzes Leben in Minen. Und die sind doch alle gleich.«

»Genau«, nickte Winston. »Aber wieso haust ihr da drüben bei den stinkenden Itakern? Ihr müsstet doch rüberkommen.«

Whistler warf Ghan einen bedeutsamen Blick zu und antwortete: »Da drüben is eine, die füttert uns ab. Is 'ne verdammt gute Köchin. Nur deshalb. So alte Scheißer wie wir müssen nehmen, was wir kriegen können.«

Winston runzelte verständnisvoll die Stirn. »Aber passt auf. Die waschen sich nie die Flossen und scheißen, wo sie essen.« Zustimmendes Schnauben und Murmeln ertönte zwischen dem wilden Gefuchtel. »Letztes Spiel. Die Einsätze!«

## Kapitel Einundfünfzig

Auf der Farm war ständig mit Durchreisenden zu rechnen: Wanderarbeiter, die ihre gesamte Habe in einem Bündel an einem Stock trugen; Goldschürfer mit harten, rissigen Händen und leeren Taschen; arbeitslose Viehtreiber, die ihre Demütigung unter schroffen Worten verbargen. Veteranen, äußerlich und innerlich versehrt, in deren leerem Blick immer noch der Schock über die Gräuel des Krieges stand, kamen auf der Suche nach verlorenen Kameraden vorbei. Wer auch immer kam, der fragte nach »ein bisschen zu essen«, um den leeren Magen zu füllen, und machte sich meist schon kurz darauf wieder auf den mühseligen Weg. Nur wenige gönnten sich ein Nickerchen unter dem Coolibah-Baum.

Zu essen und zu trinken wurde ihnen immer gegeben: Das war das oberste Gesetz im Busch. Und ein Großteil waren anständige, ehrliche und schwer arbeitende Männer, die von den harten Zeiten getroffen worden waren. Die meisten kamen aus dem Westen und Norden und wollten zu den Minen und Feldern südlich von ihnen. Echte Kriminelle waren rar im Outback; die zogen die Anonymität und die dunklen Straßen der Stadtslums vor.

Der Strom der Durchreisenden versiegte erst, als ein Unwetter das Inland heimsuchte und alle Flüsse und Wege überflutete. Während dieser und der darauf folgenden Woche schien das Leben außerhalb der Farm zum Erliegen gekommen zu sein. Doch als das Hochwasser sank und versickerte und Schlaglöcher und Erdrisse zurückließ, erschienen die Durchreisenden wieder wie Termiten auf verrottendem Holz.

Dennoch gab es eine Veränderung. Immer öfter sah Leonora, dass Männer aus dem Süden kamen, und ihre Gesichter waren eingefallener, ihr Blick leerer als vor dem Unwetter. Wenn sie sie mit Lammpastete und Pfirsichen versorgte und ihre Feldflaschen mit frischem Wasser auffüllte, lag ihr immer die Frage auf der Zunge, woher sie kamen und wohin sie wollten, doch sprach sie sie nie aus. Etwas in ihren Gesichtern verriet, dass sie nicht an Gesprächen interessiert waren – oder an sonst irgendwas.

Und in ihrer ganzen Zeit auf der Farm war nicht eine einzige Frau an ihrer Tür erschienen. Manchmal sah sie eine zusammengekauert auf der Ladefläche eines Wagens oder mit einem weinenden Baby, doch die Frauen hielten sich immer im Hintergrund und blickten niemals zum Haus oder gesellten sich zu ihren Männern auf die Veranda. Daher war es für Leonora eine große Überraschung, als sie in der größten Mittagshitze die Tür öffnete und eine Frau mit zwei kleinen, schmuddeligen Jungen vor sich sah.

Die Frau wich ihrem Blick aus. »'tschuldigung, wenn ich störe, Miss.« Ihre Stimme verriet, wie sehr sie sich schämte. »Ich wollte nur fragen, ob Sie für meine Jungs vielleicht einen Happen entbehren können.«

Da Leonora die Frau nicht unnötig quälen wollte, antwortete sie ein bisschen überstürzt: »Selbstverständlich. Aber bitte kommen Sie doch in den Schatten.«

Die Jungen setzten sich in Bewegung, doch die Frau zog sie zurück. »Wollen Ihnen keine Umstände machen. Wenn's nichts ausmacht, nehmen wir's einfach mit.« Die armen Jungen schauten auf ihre Füße. Ihre Schuhe waren so abgelaufen, dass ihre schmutzigen Zehen aus den Löchern lugten.

»Bitte«, sagte Leonora drängend. »Das macht doch keine Umstände. Im Gegenteil, ich würde mich über Gesellschaft freuen. Außerdem haben wir gerade einen Eintopf auf dem Herd, der noch nicht ganz fertig ist.«

Hoffnungsvoll blickten die Jungen zu ihrer Mutter auf. Der Hunger malte sich deutlich auf ihren ausgezehrten Gesichtern ab. Seufzend kapitulierte die Frau. »Aber nur kurz, dann machen wir uns wieder auf den Weg. Will keine Umstände machen, Miss.«

Im Haus starrten die Jungen mit offenen Mündern auf die großen Räume, die hohen Decken und die vielen Möbel. Ihre Mutter räusperte sich, um ihre Blicke auf sich zu lenken, und gab ihnen mit stillem Nicken eine Anweisung. Sofort nahmen die Jungen ihre Hüte vom Kopf, worauf tote Fliegen und roter Staub zu Boden rieselten. »Liebe Zeit, Jungs!«, zischte ihre Mutter.

Leonora lachte. »Ist schon gut. Mein Mann hinterlässt ständig eine Staubspur im ganzen Haus.« Sie ging zur Küchentür und rief: »Meredith, wie weit ist der Eintopf?«

»Fertig, wenn Sie was wollen.«

»Ja. Wir haben Gäste zum Mittagessen.« Sie lächelte die Jungen an, die wegen ihres neuen Ehrentitels strahlten.

Alle vier nahmen an dem frisch eingedeckten Tisch Platz. Die Köpfe der Jungen reichten gerade mal über den Rand. Ihre Mutter schien sich so unbehaglich zu fühlen, dass Leonora sich fragte, ob es grausam von ihr gewesen war, sie hereinzubitten. Sie wusste, was Australier über Almosen dachten, vor allem die Frauen.

Meredith brachte die Suppe zum Tisch und starrte die Neuankömmlinge an. Die Jungen stürzten sich auf die Brötchen und schaufelten sich den Eintopf in den Mund, noch bevor er ein wenig abkühlen konnte. Jetzt sah die Frau Leonora an, und ihre Falten wirkten durch den Staub noch tiefer. Ihr Alter war nicht zu bestimmen, lag irgendwo zwischen zwanzig und fünfzig. »Sie machen sich zu viele Umstände.«

»Mein Mann ist oft unterwegs.« Leonora senkte den Blick und sagte ganz offen: »Wir haben nicht häufig Frauen zu Besuch. Da kann es ziemlich einsam sein.« Die Schultern der Frau entspannten sich, und mit einem Mal hatten sie etwas Gemeinsames, das über Herkunft und Bildungsstand hinausging.

»Woher kommen Sie?«, fragte Leonora.

»Aus Coolgardie.«

»Von der Mine?«

»Ja.«

»In letzter Zeit kommen viele Männer von da her. Gibt es nördlich von hier noch eine Mine, die Leute einstellt?«

Die Frau legte den Kopf schräg und sah sie ungläubig an. »Sie fliehen alle vor dem Fieber.«

Leonora begriff nicht. »Dem Fieber?«

»Typhus. Im ganzen Lager.«

Die Jungen hörten kurz auf, das Essen in sich hineinzuschlingen, und hingen mit ihrem Blick am Gesicht ihrer Mutter, das jetzt vollkommen verloren wirkte.

»Mein Mann ist vor ein paar Tagen gestorben«, sagte sie knapp und dumpf vor Zorn. »Und davor mein Baby.« Sie umklammerte ihren Löffel so fest, dass ihre Knöchel weiß wurden. »Ich will mit den Jungs nach Daggar Hills. Die Familie von meinem Mann hat da eine Farm.«

»Das ist ein weiter Weg bis dorthin.« Leonora drückte sich die Serviette an die Lippen. »Wie wollen Sie da hinkommen?«

»Laufen.«

Einer der Jungen sah auf seine Schuhe und verzog das Gesicht.

»Bleiben Sie denn wenigstens über Nacht?«, fragte Leonora.

»Nein.« Allein bei der Frage wirkte die Frau, als wollte sie sofort wieder aufbrechen. »Wir müssen los. Wir sind schon viel zu lange geblieben.«

»Ach bitte, bleiben Sie doch. Dann können die Kinder sich ausruhen. Wir haben genug Platz. Und morgen früh können Sie aufbrechen, wenn es noch kühl ist.« Sie lächelte verlegen. »Außerdem kann ich besser schlafen, wenn noch jemand im Haus ist.«

Während die Frau darüber nachdachte, schien sie ihren Körper der Erschöpfung preiszugeben. Sie blickte zu ihren müden Söhnen, und ihr Blick wurde weich. »Ist gut, dann brechen wir morgen ganz früh auf.«

Nach dem Abendessen ließ Leonora ein Bad für die Jungen einlaufen, da der Wasserturm nach dem Unwetter bis zum Rand gefüllt war. Es machte ihr richtig Vergnügen, für die Familie zu sorgen, auch wenn es nur für kurze Zeit war. Es erinnerte sie an ihre Tage im Krankenhaus.

Die Mutter steckte ihre sauber geschrubbten Söhne ins warme Bett und lächelte zum ersten Mal. »Es sind gute Jungs«, sagte sie. »Hatten's schwer, viel zu schwer für ihr Alter.« Ihre Stimme hob sich: »Deshalb bin ich auch weg. Wollte sie nicht ans Fieber verlieren.« Tränen traten ihr in die Augen. »Sie nicht auch noch.«

»Was ist denn mit dem Arzt an der Mine?«, fragte Leonora. »Konnte der nicht helfen?«

»'n Arzt hab ich nie zu Gesicht bekommen. Wir haben nach ihm gerufen, wie alle anderen auch, doch der hat sich nur um die hohen Tiere gekümmert. Mein Mann war doch nur ein einfacher Grubenarbeiter. Und die Manager interessieren sich nur für das, was aus der Erde kommt, nicht für die, die's rausholen.«

Mit einem Schlag wurde Leonora klar, dass die Frau nicht wusste, wen sie vor sich hatte. Sie wusste nicht, dass Alex und sie die Mine besaßen. Und sie hoffte, dass es so blieb. »Das Badewasser müsste noch warm sein«, sagte sie. »Da könnten Sie es auch noch nutzen, bevor es weggeschüttet wird.«

Jetzt wirkte die Frau, als würde die Erschöpfung sie überwältigen. »Das wäre schön.« Sie bedachte Leonora mit einem langen Blick. »Sie waren so nett. Viel zu nett. Nach dem Bad leg ich mich zu meinen Jungs. Wir stör'n Sie nicht mehr.«

Schuldgefühle beschlichen Leonora. Sie hatte gar nichts für diese Frau getan. Im Gegenteil: Möglicherweise hatte Alex ihr Mann und Kind genommen.

• • •

Am nächsten Morgen waren die drei Gäste wie versprochen schon früh auf den Beinen und hatten ihre Mägen mit Brot, Eiern und Speck gefüllt. Dank des Essens und der Ruhepause schienen die Lebensgeister der Jungen wieder geweckt. Leonora fragte sich nur traurig, wie lange das anhalten mochte.

Vor dem Haus wartete ein Pferdekarren. Leonora hatte James gebeten, ihn mit Futter fürs Pferd, ein paar Decken und Wasserkanistern zu beladen. Sie selbst hatte die Vorratskammer geplündert und so viele Nahrungsmittel wie möglich daraufgepackt. In einen Korb steckte sie ein paar Geldscheine, schob sie tief nach unten, damit die Frau sie erst dann bemerkte, wenn es zu spät war umzukehren, um sie zurückzugeben.

Als die Frau den Pferdewagen sah, verschlug es ihr die Sprache. Ihr Staunen hätte nicht größer sein können, hätte es sich um eine goldene Kutsche gehandelt. Kopfschüttelnd versuchte sie, das Geschenk abzulehnen, doch Leonora unterbrach sie: »Der alte Karren wird schon seit Jahren nicht mehr benutzt. Die Männer wollten ihn schon als Brennholz nutzen. Und ich fürchte, die Stute macht's auch nicht mehr lange«, log sie. »Vielleicht schafft sie's nicht mal bis nach Daggar Hills. Sie erweisen uns einen Gefallen, wenn Sie sie uns abnehmen.«

Die Frau sagte kein weiteres Wort mehr, aber in ihren Augen lag unendliche Dankbarkeit, als sie zusah, wie die Jungen es sich auf den Decken unter der Plane der Ladefläche bequem machten. Ohne sich auch nur einander vorgestellt zu haben, brachen sie auf.

Kaum war der Wagen außer Sichtweite, machte sich Leonora auf den Weg zur Mine. Sie wusste, Alex würde wütend sein, doch ihre Wut war größer: wie eine weißglühende, zischende Spur über Schießpulver, die an jedem ihrer Nerven bitzelte. »Soll er doch toben!«, zischte sie leise. Wie konnte er es wagen, die Arbeiter, seine Arbeiter, leiden und sterben zu lassen und deren Kinder zu Waisen zu machen! Wie konnte er es wagen, nicht jeden einzelnen Arzt in Western Australia zu Hilfe zu rufen! »Soll er doch toben«, wiederholte sie zornig. »Soll er's doch mal versuchen.«

In den Kofferraum des Ford hatte sie so viele Wasserkanister gepackt, wie darin Platz fanden, dazu einen Korb mit sauberen Stoffresten, mehrere Schüsseln mit Zitronen und Orangen und ein paar Ampullen mit Opiaten. Auf den Beifahrersitz stellte sie einige Wasserbehälter für sich selbst und dazu Obst, Sandwichs und Wechselkleidung, da sie nicht wusste, wie lange sie bleiben wollte. Sie hinterließ Clare eine Liste mit Anweisungen für den Haushalt und sagte nur, sie würde Alex für ein paar Tage besuchen.

Eine Karte brauchte sie nicht, denn es gab nur eine Straße. Hin und wieder wies an einem Abzweig ein altes, handgemaltes Schild zu Orten im Osten oder Westen. Der schwarze Wagen kochte vor Hitze, weil die Sonne ihnen unentwegt folgte. Aber Leonora kurbelte das Fenster nur halb herunter, weil sie nicht wusste, was schlimmer war: die Gluthitze oder der erstickende Straßenstaub.

Auf dem Weg roch es zunehmend nach Feuer und verkohltem

Holz. Zu beiden Seiten der Straße sah sie gerodete oder abgefackelte Wäldchen. Tausende Baumstümpfe, so weit das Auge reichte, ein abstoßender Anblick wie hässliche Pusteln, die zähflüssigen, klebrigen Eiter absonderten. Und das verstümmelte Land wurde zum Sterben liegen gelassen. Alle Vögel waren verschwunden, weil es keinen Schatten mehr gab. Tiefe Trauer lag über dem Land, so durchdringend, dass sie fast menschlich wirkte.

Leonoras braune Lederhandschuhe wurden durch ihre schwitzenden Hände schwarz. Immer abwechselnd nahm sie eine Hand vom Steuer und streckte die steifen Finger, um die Blutzirkulation anzuregen. Blauer Rauch wirbelte vor ihr gen Himmel. Stark stechender Geruch lag in der Luft. Sie spähte zur Motorhaube, um sich zu vergewissern, dass nicht der Wagen brannte. Dann driftete immer wieder der Geruch nach Jauche zu ihr, zuerst kaum merklich, doch dann immer durchdringender. Sie drückte ihre Nase in ihren Ellbogen und hustete in ihren Ärmel. Mitten im Gestank kam das Lager in Sicht: Reihen windschiefer Zelte; Baracken aus Wellblech und Planen, Metallreste, die mit Tierhäuten und faseriger Baumrinde zusammengehalten wurden.

Leonora fuhr langsamer und starrte durch das Seitenfenster zum Lager. Dort war alles still. Niemand schien krank. Es gab auch kaum Müll. Leonora hatte sich das Ganze wie ein Schlachtfeld vorgestellt: überall Leichen und das Geschrei der Kranken. Doch abgesehen von dem Geruch war alles sauber, ordentlich und friedlich. Wahrscheinlich waren die meisten Männer auf der Arbeit und die Kinder in der Schule. Vielleicht hatte sie vorschnell geurteilt; vielleicht war doch ein Arzt geschickt worden.

Leonora bremste, worauf der Wagen im Leerlauf die Stille durchbrach. Sie lehnte sich auf ihrem Sitz zurück und streckte die schmerzenden Beine aus. Aus einigen Ofenrohren, die durch die Zeltdächer ragten, driftete Rauch. Hin und wieder konnte man eine Gestalt durch ein Fenster oder eine offene Tür sehen. Ein magerer, an einen Pfahl geketteter Hund bellte. Als die leise Brise von draußen plötzlich aussetzte, überlief ein Prickeln Leonoras Nacken. Ein Schatten schob sich kalt über das Innere des Wagens. Dann starrte ein Mann sie durch das Fenster an und klopfte gegen die Scheibe, als wäre sie eingeschlafen. »Sie verlaufen?« Der Mann klang wie ein Osteuropäer, doch sprach er klar und deutlich. Er war klein und gedrungen.

Leonora öffnete die Wagentür und stieg aus. »Ich suche die Verwaltung«, sagte sie zögernd, weil sie nicht wusste, wie das Gebäude genannt wurde. »Die Minenleitung.«

Der Mann zeigte auf einen leeren Platz in der Ferne. »Hinter Lager. Auf linker Seite.« Er begann mit dem Kopf zu schütteln, als wollte er etwas sagen, was sein Mund nicht zuließ. »Sie gehen. Nicht gut hier. Typhus.« Das letzte Wort klang bei ihm fast wie eine Frage, als wäre er nicht sicher, ob sie von der Krankheit im Lager wusste.

»Ich weiß.«

»Krankenschwester?«

»Nein.«

Der Mann wirkte enttäuscht. Er nahm den Hut ab und zerknautschte ihn in den kräftigen Händen. »Mein Baby krank. Weiß nich, ob Typhus. Mittleres Kind auch.« Dicke Tränen strömten ihm über die Wangen.

Tränen bei einer Frau waren schwer zu ertragen, aber einen Mann so offen weinen zu sehen, brach Leonora das Herz. »Wo wohnen Sie?«

Er konnte nicht sprechen, sondern schnaufte nur schwer, während er ihr eine Behausung zeigte, die halb aus Plane, halb aus Blech bestand und hier und da mit Hühnerdraht befestigt worden war.

Der Mann betrat den Blechteil der Unterkunft, und Leonora folgte ihm. In einer kleinen Holzwiege weinte ein nacktes, rotes Baby. Ein Junge von etwa acht Jahren stieß sie lustlos mit dem Fuß an. Auf dem Boden saß eine Frau und hielt ein dünnes, zerbrechlich wirkendes Mädchen in den Armen. Sie alle starrten völlig desinteressiert zu der Fremden, blickten einfach durch sie hindurch.

Leonora neigte sich zu dem Baby und nahm es auf den Arm. Es war so leicht, als wäre es nur eine Hülle. Seine Haut brannte heiß an ihren Handflächen. »Bitte holen Sie das Wasser aus meinem Kofferraum und füllen Sie eine Schüssel damit«, sagte sie und hatte Mühe, das Zittern in ihrer Stimme zu unterdrücken. Als ihr Blick auf den aufgeblähten Bauch des Babys fiel, sah sie den roten Typhusausschlag, so unverkennbar wie das Schwarz bei Wundbrand. Leonora drücke den winzigen Jungen an ihre Brust, wiegte ihn sacht und sah zur Mutter, die in eine Ecke starrte und vielleicht dort eine hoffnungslose Zukunft sah – oder eine Vergangenheit, in der es noch Hoffnung gegeben hatte.

Als der Mann die Schüssel brachte, tauchte Leonora das Baby bis zum Hals ins Wasser. Es war so schwach, dass es sich nur mit einem ersterbenden Wimmern wehren konnte. Leonora sah dem Mann in die Augen und wollte schon etwas sagen, doch die Gewissheit schnürte ihr die Kehle zu, und sie senkte den Blick.

»Er stirbt, oder?«

Sie nickte. Ihm brach die Stimme. »Nix zu machen?«

»Ich kann ihm was geben, damit er sich ausruhen kann.« Eine Träne löste sich aus ihrem Augenwinkel und lief ihr über die Wange. »Er wird friedlich von uns gehen, versprochen.« Der Mann nickte und verließ das Zelt; die Frau behielt die dunkle Ecke fest im Blick und blinzelte nicht ein einziges Mal.

Stunden vergingen. Das Tageslicht schwand. Leonora begab sich von einem Zelt zum nächsten, von einem Krankenlager zum anderen. Männer und Frauen aus den unterschiedlichsten Ländern verschmolzen zu einem einzigen gleichförmigen Alptraum. Sie traf auf Wut und Ohnmacht, auf hemmungslose Trauer und stille Verzweiflung und wurde rastlos immer weitergetrieben. Es waren so viele – alle ausgezehrt, alle schwach –, und manche quälten Halluzinationen und andere offensichtliche Schmerzen. Doch es waren die Kinder, bei denen alles in ihr aufschrie, die Kleinen, deren Leben gerade erst begonnen hatte, bei denen sie sich vor lauter Verzweiflung die Haare hätte ausreißen mögen, obwohl sie ganz ruhig an ihrem Lager arbeitete, keine Tränen mehr vergoss und nichts von dem Grauen nach außen ließ, das sie innerlich fast zerriss. Und bei jedem Schrei drückte sie ihre eigenen Gefühle, ihre eigene Trauer tiefer in ihren Leib.

Leonora konnte nichts bewirken. Sie hatte nichts anderes anzubieten als einen frischen, gesunden Menschen, der sich kümmern wollte. Sie gab den Fiebernden sauberes Wasser und feuchte Lappen und den Sterbenden Betäubungsmittel, doch heilen konnte sie keinen einzigen. Es lag in Gottes Hand, wer leben durfte und wer nicht, wer Waise und wer Witwe werden würde.

Sie hatte die Zeit völlig aus dem Blick verloren, als ihre Ampullen leer waren und ihre Hände bleich und knittrig vom ewigen Baden. Sie wusste nur, dass im Lager Totenstille herrschte und der Mond hoch am Himmel stand. Als sie schließlich ging, begleitete niemand sie zum Wagen. Sie konnte sich an kein Gesicht, an keinen Namen erinnern.

Als sie sich auf dem kühlen Ledersitz niederließ, schmerzten ihre Glieder, doch gleichzeitig war sie aufgeputscht. Sie umklammerte das Lenkrad, steckte aber nicht den Zündschlüssel ins Schloss. Einige Minuten saß sie nur benommen da und starrte in die Dunkelheit. Ihre Hände zitterten, und dann kroch das Zittern in ihre Arme und schließlich in ihren Rumpf, als sie in heftiges Schluchzen ausbrach. All der Kummer, all die Ohnmacht, die sie an den Krankenlagern verdrängt hatte, brachen nun hervor. Sie legte den Kopf auf das Lenkrad und bearbeitete es weinend mit beiden Fäusten, bis sich ihr Schmerz erschöpft hatte und nun dem wich, was unmittelbar unter der Oberfläche lag. Als ihre letzte Träne getrocknet war, trat es zutage: Wut, rasend und voller Hass. Und ein Name: Alex. Leonora drehte den Zündschlüssel, und der Motor, nun abgekühlt, sprang beim ersten Versuch an.

Zittrig vor Erschöpfung, Hunger und Ohnmacht raste Leonora mit dem Wagen an den schlafenden Zelten vorbei zur Raffinerie und der offenen, mit Lichtern umringten Grube in der Ferne, die glühte wie das Tor zur Hölle. Sie parkte vor dem stattlichen Backsteinhaus für die Minenleitung und stürmte, kaum dass der Motor verstummt war, die Treppe hinauf in das leere Sekretariat. Aus Alex' Büro drangen Zigarrenrauch und gedämpfte Männerstimmen. Hier und da lachte jemand. Es kümmerte sie nicht, dass Alex nicht allein war.

Ohne zu zögern, stieß Leonora die Tür auf. In dichtem Nebel

glommen fette Zigarren auf. Gläser, an die Lippen erhoben, verharrten in der Schwebe. Alex saß am Schreibtisch und hatte die Beine daraufgelegt. Vor ihm lehnten zwei Männer lässig auf dicken Ledersesseln. Und alle drei starrten sie mit offenem Mund an. Wäre Leonora eine Erscheinung gewesen, sie hätten nicht schockierter wirken können.

Alex fasste sich als Erster, zog die Beine vom Schreibtisch und schoss in die Höhe. »Was machst du denn hier?«, stotterte er.

Sie ignorierte die Frage und die weit aufgerissenen Augen der beiden anderen Männer. Vor Zorn pochten ihre Schläfen und brannte ihre Kehle. »Wieso hilfst du den Leuten im Lager nicht?«

Verwirrt senkte er den Kopf. »Im Lager? Welchem Lager?« Er schüttelte den Kopf. Vor Frustration bellte er: »Wovon zum Teufel redest du eigentlich?«

»Vom Lager, Alex!« Ihre laute Stimme durchdrang klirrend das Schweigen. Die beiden anderen erstarrten auf ihren Sesseln. »Das Lager, das nicht mal fünf Meilen von hier entfernt liegt! Das, in dem deine wertvollen Arbeitskräfte wohnen. Das, in dem der Typhus wütet!«

»Ach, geht es darum?« Er stützte sich mit den Fäusten auf seinem Schreibtisch ab und lachte kurz auf, bevor er sie mit verblüfft aufgerissenen Augen ansah. Ganz ruhig setzte er zum Sprechen an, wurde aber immer wütender. »Du bist den ganzen Weg hierhergefahren, um mir von dem *verfluchten Lager* zu erzählen?«

Mit vor Müdigkeit brennenden Augen trat Leonora einen Schritt auf ihn zu. »Ich habe den ganzen Tag hier verbracht! Da sterben Menschen, Alex! Kinder, die vor lauter Schwäche nicht mehr stehen können, Herrgott noch mal! Kinder, die es nicht mal bis morgen früh schaffen werden!« Sie starrte die Männer an, durchbohrte jeden einzelnen mit ihrem Blick, bis sie unruhig hin und her rutschten. »Wieso wurde kein Arzt zu ihnen geschickt?«

Der Mann rechts von ihr räusperte sich. »Ich bin Dr. Middleton.« Er setzte eine besorgte Miene auf, doch seine Stimme klang selbstgefällig. »Es ist bedauerlich. Aber wir haben hier in der Leitung auch einige Fälle von Typhus. Wir mussten das Lager unter Quarantäne stellen.« Unschuldig breitete er die Hände aus. »Ich wünschte, ich könnte mehr tun, aber« – er schnalzte bedauernd mit der Zunge – »ich habe alle Hände voll mit den Männern hier zu tun.«

»Ja, das sehe ich«, gab sie zurück und blickte vielsagend auf das Glas in seinen Händen.

Dr. Middleton richtete sich in seinem Sessel auf. Jetzt lächelte er nicht mehr. Zu Alex gewandt sagte er: »Es ist schon spät. Ich sollte mal wieder die Runde machen.« Er nickte steif zu Leonora hinüber, sah aber nicht in ihre Augen, die ihn durchdringend musterten. »Vielleicht sehen wir uns unter glücklicheren Umständen wieder, Mrs. Harrington.« Der andere Mann erhob sich ebenfalls und folgte dem Arzt mit eingezogenem Schwanz.

Die Tür schloss sich. Die eintretende Stille dröhnte in ihren Ohren. Alex wich nicht von seinem Platz am Schreibtisch. Er hatte den Kopf gesenkt und klopfte mit den Fingern dumpf auf die polierte Holzplatte. Leonora starrte auf seinen Scheitel und hasste jede einzelne Strähne seines dunklen Schopfs. »Du musst einen Arzt – «

»Kein Wort mehr«, stieß Alex zwischen seinen Zähnen hervor. Er hob den Kopf und sah sie mit kaltem, stechendem Blick an. »*Kein einziges Wort!*«

Dieses eine Mal machte ihr sein Ton keine Angst, und er schnürte ihr nicht die Kehle zu. Sie kochte vor Zorn, und jeder einzelne Muskel in ihrem Körper war kampfbereit. »Entweder holst du einen Arzt, der sich um die Leute kümmert, oder ich tue es!«

Alex schlug so heftig auf den Tisch, dass die Gläser darauf klirrten. »Meine Sorge gilt der Mine, Leonora, und nicht einem Haufen dreckiger Ausländer, die nicht mal wissen, dass man nicht scheißt, wo man isst. Ich brauche jeden gesunden Mann unter Tage, und genau darum kümmert sich Dr. Middleton! Falls du es noch nicht bemerkt haben solltest: Wir haben Krieg. Die Armee braucht jede Unze Erz, die wir produzieren können.«

Ein bitteres Lachen entfuhr ihr. »Ach, auf einmal bist du ein Patriot?«, höhnte sie. »Du, der du gar nicht schnell genug vor der Einberufung flüchten konntest?«

Da stürzte Alex zu ihr und packte sie mit gefletschten Zähnen an den Handgelenken. »Wie kannst du es wagen, du verwöhntes kleines Frauenzimmer!« Er hob die Hand zum Schlag.

»Ja, genau, Alex! Schlag mich. Das tun Feiglinge doch!«, höhnte sie. »Wie die Männer dich dann bewundern werden: Alexander Harrington, der Frauen schlägt und Kinder wie Ungeziefer verrecken lässt!«

Langsam, mit knirschenden Zähnen senkte Alex den Arm und stieß sie von sich. Unbeugsam stand sie vor ihm und sagte mit eisiger Stimme: »Entweder holst du einen Arzt fürs Lager, oder ich telegrafiere meinem Onkel, was hier los ist. Er würde niemals ein Stück Erz oder auch ein Kilo Gold über ein Menschenleben stellen.«

Alex ließ sich auf seinen Schreibtischsessel sinken. Sein Zorn war verpufft. »Ich rede mit Dr. Middleton.«

»Er muss morgen anfangen.«

»Unmöglich.«

»Dann bleibe ich im Zeltlager, bis er kommt.«

Alex sah sie prüfend an, als hätte sie vor ihrem Gesicht ein Kartenblatt aufgefächert. Er ließ es nicht darauf ankommen, dass sie bluffte. »Ist gut. Ich hole einen Arzt aus Kalgoorlie. Bis der kommt, arbeitet Dr. Middleton im Lager. Doch nur, bis das Fieber eingedämmt ist.«

Zum ersten Mal seit Verlassen des Zeltcamps atmete Leonora auf und ließ ihre bis an die Ohren hochgezogenen Schultern sinken. Mit einem Mal hatte sie das Gefühl, ihre Füße steckten in Zement fest, und ein Anflug von Schwindel machte ihr klar, dass sie seit dem Morgen nichts mehr gegessen oder auch nur getrunken hatte.

Alex sah sie an, und seltsamerweise war alle Kälte aus seinem Gesicht gewichen. »Was ist nur aus dir geworden, Leonora?« In diesem einen Augenblick war sein Gesicht ganz offen, bar jeder Arroganz. »Was ist aus der stillen, schüchternen Frau geworden, die ich unter der Eiche geküsst habe?« Doch so unvermittelt seine Aufrichtigkeit gekommen war, so schnell schwand sie auch wieder, und seine ewige Kritiksucht brach sich Bahn. Anklagend sagte er: »Du hast dich verändert.«

Doch Leonora hatte sich nicht verändert, sondern war nur aus ihrem Winterschlaf aufgetaucht. Australien war ihr Frühling, und sie würde sich nie wieder zurückziehen.

Alex nahm ein Geschäftsbuch, schlug es auf und blätterte abwesend durch die Seiten. »Du bist schmutzig. In der Wohnung gibt es ein Bad.« Er griff nach einem Stift und begann zu schreiben. »Ich kann heute Abend nicht mehr mit dir reden. Geh mir aus den Augen.«

• • •

Sie verließen Coolgardie bei Morgengrauen, ohne gefrühstückt oder auch nur Tee getrunken zu haben. Während der Motor schon im Leerlauf lief, wartete Leonora fast eine halbe Stunde auf ihrem vibrierenden Sitz, da Alex den Managern noch Instruktionen erteilte. Sie starrte durch die Windschutzscheibe, an deren Rändern Staub und zerquetschte Insekten klebten, und sah zu, wie sich die Sonne über das Land schob und die Schatten schmelzen ließ. Und mit der Sonne erhoben sich die Männer und kamen, gezogen von ihren Strahlen, einer nach dem anderen aus dem Nebel über den Hügelkamm und folgten dem Licht, bevor sie in die Dunkelheit hinabstürzten.

Alex stieg in den Wagen und knallte die Tür hinter sich zu. Er trug noch sein Hemd vom letzten Abend und hatte es bis zur Brust geöffnet, der Kragen klaffte auseinander. Er rauchte, und seine Augen waren rot gerändert: Er war nicht ins Bett gekommen. Doch wo und ob er geschlafen hatte, war ihr ganz gleich.

Alex drückte aufs Gas und ließ den Wagen vorwärtsschießen, raste durch die Reihen der Arbeiter und wirbelte Staub in ihre zu ihnen gewandten Gesichter. Er hatte den Kopf leicht schräg zurückgelehnt und eine Zigarette im Mundwinkel. Und sie hasste ihn.

Sie fuhren durch den morgendlichen Verkehr von Coolgardie, vorbei an den wartenden Gleisen, den leeren Waggons, die nach Erz hungerten. Sie fuhren an den Holzreihen vorbei und an den Zelten und Humpies, die sie am Tag zuvor aufgesucht hatte. Doch im hellen Tageslicht sah man nichts vom Elend und Leid des Vorabends, die geschlossenen Zeltklappen verbargen den Alptraum des Fiebers.

Dann, mit einem Mal, verschwanden die Zelte, das Land öffnete sich vor ihnen, und die Sonne brannte auf den stickigen Wagen.

Leonora lehnte ihren Kopf ans Fenster und kühlte ihre Wange an der Scheibe, während ihr Rücken am Sitz klebte. Sie beobachtete, wie die Bäume an ihr vorbeisausten, und betrachtete das flache, rote Land und die Grasbüschel – silbrige, scharfkantige Borsten auf uraltem Land. Ihrem Land.

Doch sie konnte kaum atmen, erstickte fast in ihrem Land und ihrer Luft. Sie hatte gesehen, welche Verheerungen Typhus anrichtete, hatte die daraus resultierende Hoffnungslosigkeit und Verzweiflung gesehen.

*Weggehen!*, rief die Stimme in ihrem Innern. Sie riss die Augen auf und hielt die Luft an. *Weggehen.* Das Wort hüpfte in ihrem Kopf und ihrer Brust und wärmte ihren Magen. *Ich kann von ihm weggehen.* Sie blickte auf Alex' Profil, und ihr Rücken straffte sich mit der Entscheidung. *Ich werde von ihm weggehen.*

## Kapitel Zweiundfünfzig

Ghans Körper war alt und müde, daher dachte er, als die tiefe Erschöpfung über ihn hereinbrach, dies sei nur, weil er schlecht schlief und keinen Appetit hatte. Zitternd lag Ghan auf seinem Schlafsack und griff nach Kleidern, Pappe und sogar Konservendosen, allem, um sich zu bedecken und etwas Wärme zu bekommen. Doch all das war noch kälter und lastete auf seinem Körper, der bis auf die Knochen durchgefroren war. Ghan schlang sich die Arme um den Leib. Sein Kopf zuckte vom Schüttelkrampf. Seine Eingeweide schmerzten wie nach einer Prügelei, und alle Organe zogen sich qualvoll zusammen.

Immer wieder nickte er ein und schrak auf, driftete durch Dunkelheit und Licht. Als er die Augen aufschlug und nur Schwärze sah, dachte er, er sei im Schacht, und rief nach einer Laterne, in Panik, sie hätten ihn unter der Erde vergessen und den Schacht geschlossen. Die Angst vor der Dunkelheit prickelte an seinen Gliedmaßen wie Feuerameisen, und am liebsten hätte er um sich geschlagen und die Flucht ergriffen. Dann kam das Licht und versengte seine Haut, während seine Knochen noch eiskalt waren. Kalter Schweiß brach ihm aus allen Poren, machte seine Decke schwer und feucht, vereiste seinen Körper und löste solchen Durst aus, dass er nur noch an eines denken konnte: Wasser. Ghans Feldflasche war längst leer, und vom Inhalt war mehr auf seinem Kinn als in seinem Mund gelandet. Sein Mund fühlte sich geschwollen an, wie mit schmutziger, grober Baumwolle gefüllt, die nach Öl schmeckte. In den frühen Morgenstunden kroch Ghan nach draußen und leckte den Tau vom Zelt. Er hätte auch aus einer Pfütze oder Toilette getrunken, wäre eine in der Nähe gewesen.

Der endlose Durst erweckte die Schatten zum Leben. Schwarze Flecken auf der Plane wurden zu Spinnen oder manchmal auch zu verwelkten Blumen, deren Blütenblätter vom Himmel rieselten. Im Delirium schlug Ghan nach ihnen, wenn sie sich wieder in Spinnen verwandelten und auf seinem Gesicht landen wollten.

So würde er sterben, erkannte er in kurzen Momenten geistiger Klarheit. *Hauptsache schnell,* mehr wollte er nicht. *Nur dass der Durst aufhörte. Wenn nur die Spinnen verschwanden.* Und so zitterte und wartete er, wie lange, wusste er nicht.

Und dann kam der Engel. Die himmlische Gestalt betrat sein Zelt, und ihr Gesicht leuchtete im Heiligenschein, der ihren gebeugten Körper umgab: blass und wunderschön. Der Engel legte ein kühles Stück Stoff auf seine Stirn, wischte ihm das Gesicht ab und vertrieb mit einem Blick die Spinnen und die verwelkten Rosen. Sie brachte den Himmel an seine Lippen. Himmlische, feuchte Kühle, die sie an seinen Mund drückte, bis das Wasser durch seine geschwollene Kehle rann. Er hielt die Lippen geöffnet, und sie erfrischte ihn wieder und wieder, ließ Tasse um Tasse in seine Kehle fließen. Sie quetschte Zitronensaft in seinen Mund.

Ghan sah sie immer wieder erscheinen, während seine Lider, so schwer wie Backsteine, zufielen und sich immer langsamer öffnen wollten. Durch seine halb geschlossenen Augen sah er ihre Laterne und dachte kurz, dies wäre die Quelle des Lichtscheins. Vielleicht war sie nur halb ein Engel; vielleicht war er nur halb tot. Dennoch blieb sie bei ihm, ob Minuten oder Monate, wusste er nicht.

Als die Morgensonne durch die Löcher im Zelt drang, war er zu schwach, um sich zu bewegen, doch er war nicht tot. In diesem Augenblick erkannte Ghan, dass er den Tod wieder einmal besiegt hatte. Er konnte sich nicht bewegen und war immer noch schwer krank, doch er würde leben – und die Erkenntnis machte ihn noch schwächer.

Im Verlauf des Tages brach das Fieber aus und schmolz das Eis in ihm mit Feuer. Sein Körper war mager und ausgezehrt; ihm rutschte die Hose von den Hüften. Er aß: einen Zitronenschnitz, den der Engel ihm dagelassen hatte; ein paar Sardinen. Wegen der kräftigen Aromen drehte sich ihm der Magen um, doch nach dem ersten Schock verlangte er knurrend nach mehr. Es war nicht so, als kehrte seine Kraft zurück, sondern eher, als löste die Schwäche ihren Klammergriff.

In der Nacht schlief er ohne Decken. Und wachte hungrig auf. Von draußen drang das Klappern von Töpfen auf den ersten Lagerfeuern und brachten eine unendliche Schwere mit sich. Denn er musste arbeiten. Es ging ihm nicht gut, aber er würde nicht sterben, also wartete die Mine auf ihn, rief nach ihm wie die Galeere den Verurteilten. Die Zeit, sich auszuruhen, hatte er nicht. Und Traurigkeit senkte sich über ihn, denn er erkannte, dass er nur lebte, um zu atmen, und nur arbeitete, um zu essen, und das war eine schwere, traurige und erschöpfende Art zu leben.

Ghan taumelte aus dem Zelt, um nach Whistler zu suchen. Die Welt um ihn herum wirkte so müde wie seine Glieder, und alles drang nur schwerfällig zu ihm: Der Rauch stieg langsam in die Höhe, die Gerüche waren schwach und die Zelte schmutzig und reglos. Er wusste nicht, wie lange er krank gewesen war. Doch die Welt drehte sich weiter, und die Menschen regten sich, und das Leben nahm seinen Lauf, als hätte er nur eine Nacht geschlafen.

Whistler lag in seinem Zelt auf der Matte und schlief noch. Ghan humpelte zu ihm und rüttelte ihn an der Schulter. Doch das Fleisch gab unter seinen Händen nicht nach, und seine Gliedmaßen waren hart wie Stein. Eine stille Wehmut überkam Ghan, als er sanft den starren Körper auf den Rücken legte. Whistlers Gesicht war bläulich weiß, sein Mund offen und trocken, seine Augen blickten ins Leere, und die Totenstarre war schon Tage alt.

Ghan zog ihm die Decke über das leblose Gesicht, stand auf und duckte sich, um nicht gegen die Plane zu stoßen. Er warf einen Blick durchs Zelt. Der Coroner würde es verbrennen lassen. Langsam schlurfte Ghan in den hinteren Teil und wühlte in dem Haufen aus Kleidern und Nahrungsmitteln, bis er die Dose fand. Er öffnete sie, holte die Socke heraus, musterte sie prüfend, befingerte die Münzen ganz unten und schob sie nickend in seine Tasche. Er warf einen letzten Blick auf die Decke, die Umrisse seines Freundes und fand es seltsam tröstlich. Jetzt würden Whistler nicht mehr alle Knochen wehtun. Jetzt war er im Himmel, bei seiner Frau; oder wenn's den Himmel nicht gab, war er in der stillen Zuflucht des Todes. Jedenfalls würden ihm nicht mehr die Knochen wehtun. Seine Finger würden sich nicht mehr um Steine schließen; Arbeit und Regen würden nicht mehr seine geballten Fäuste quälen. Nach einem langen, schweren Leben konnte Whistler sich endlich ausruhen. Sehnsüchtig blickte Ghan auf die reglose Gestalt. Erschöpfung überkam ihn, machte die Luft grau und seinen Körper schwach.

»Ruh dich aus, Kumpel.« Nach dieser kurzen Trauerrede verließ Ghan das Zelt und humpelte durch die Gänge zwischen den Zelten und Humpies der Italiener. Mrs. Riccioli stand an ihrem Feuer. Als sie Ghan sah, lächelte sie. Ihre Augen waren noch vom Schlaf verschwollen. »Gutte Morrrge, Ghan. Kaffee?«

Ghan schüttelte den Kopf und brachte mühsam hervor: »Whistler ist gestorben.«

»Der Typhus.« Das war keine Frage. Das Fieber raffte täglich etliche dahin.

Ghan holte die alte Wollsocke heraus und hielt sie ihr hin. »Er wollte, dass ich das zum Witwenfonds gebe.«

Die Frau riss den Mund auf, und tiefe Furchen erschienen auf ihrer Stirn, als sie das Geld nahm. »Er war ein guter Mann.«

Ghan nickte und wollte sich abwenden, doch sie fasste ihn am Arm und sagte sanft: »Sie sind auch ein guter Mann.«

## Kapitel Dreiundfünfzig

Die Entscheidung war getroffen und der nächste Schritt ganz klar, als Leonora sich Alex gegenüber an den Frühstückstisch setzte. Ausnahmsweise waren ihre Nerven, gestärkt durch den Entschluss, vollkommen ruhig.

Meredith brachte die Scones und Marmelade, schenkte ihnen Tee ein und kehrte dann in die Küche zurück. Alex las, ein Bein lässig über das andere geschlagen, die Zeitung. Man hörte nur gedämpfte Essgeräusche und das leise Klirren des Porzellans. Die Standuhr im Wohnzimmer schwang ihr Pendel und tickte: *tick tack, tick tack.*

»Ich will die Scheidung.«

Alex blickte ausdruckslos von seiner Zeitung auf. »Was hast du gesagt?«

»Ich will die Scheidung«, wiederholte Leonora mit ruhiger, fester Stimme.

Alex starrte sie weiterhin ausdruckslos an. Keiner von ihnen bewegte sich, keiner blinzelte.

Langsam hoben sich Alex' Mundwinkel, dann fing er an zu lachen. Er blickte zur Decke und lachte immer lauter, als hätte er einen guten Witz gehört. »Die Scheidung?«, fragte er mit leichtem Tadel. Er nahm die Zeitung, ordnete sie und gluckste. »Die Scheidung, sagt sie.«

»Das ist kein Witz, Alex.«

»Doch, ist es«, lachte er. »Und zwar ein ziemlich guter.«

Leonora saß schweigend da und wartete. Rührte ihren Tee nicht an, sondern atmete nur, ganz ruhig, ein und aus, so dass sich ihre Brust kaum hob und senkte. Und sie wartete.

Alex' Augen huschten über die Zeitung, ohne etwas zu sehen, und wurden immer dunkler. Er presste die Lippen zusammen. »Geht's mal wieder um das verdammte Zeltlager?«

»Nein, um alles. Ich verlasse dich, Alex.«

Er blähte die Nasenflügel. »Du bist so dumm, dass du nicht mal weißt, was du da sagst!«, knurrte er. »Die Scheidung. Bei Gott, Leonora, ich dulde nicht, dass du mit Wörtern um dich wirfst, deren Bedeutung du nicht mal kennst!«

»Alex«, sagte sie langsam, und ihr Blick war klar und scharf. »Ich will die Scheidung.«

»Schluss mit dem Unsinn!« Er warf die Zeitung auf den Tisch und verschüttete seinen Tee. Alle Heiterkeit war mit einem Schlag verflogen. »Die Antwort ist ›nein‹!«

»Das war keine Frage.«

»Ach nicht?«, spottete er. »Nun, dann habe ich eine an dich. Wo willst du denn hin? Zurück nach Amerika? In die liebenden Arme deiner Tante und deines Onkels? Oder, lass mich raten, willst du hier in Australien bleiben, oder vielleicht nach Paris flüchten und den schönen Blick auf die Seine genießen?« Er lehnte sich vor und sagte schneidend: »Ich habe Neuigkeiten für dich, *Darling:* Du hast kein eigenes Geld, nicht einen einzigen Penny.«

»Dann suche ich mir einen Job.«

»Ha! Du bist doch nur für einen einzigen Job zu gebrauchen, und da nicht mal gut genug, um Stammkunden zu halten.«

Mit aller Kraft drängte sie ihren aufsteigenden Zorn zurück. »Dann schreibe ich meinem Onkel und bitte ihn um Geld.«

»Du wirst nichts Derartiges tun!« Alex schlug mit der Faust auf den Tisch. »Kein Wort, zu niemandem, von dieser absurden Idee. Am wenigsten zu deinem Onkel!«

Als sie den Blick auf ihre im Schoß verschränkten Hände senkte, überkam sie große Ruhe. Denn Alex konnte nichts sagen, keine Drohung ausstoßen, die sie von ihrem Entschluss abbringen würde. »Warum, Alex?«, fragte sie aufrichtig verwirrt. »Warum willst du mich nicht gehen lassen? Ich weiß, dass du mir nicht treu bist. Und offenbar löse ich nur Wut und Frustration in dir aus. Ich hätte gedacht, du wärst froh über eine Scheidung.«

Ein Anflug von verletztem Stolz oder vielleicht sogar verletzter Gefühle huschte über sein Gesicht. »Du gehörst hierher, Leonora. Zu mir.« Einen Augenblick lang verzog echter Schmerz seine Züge, die sich jedoch sofort wieder strafften. »Außerdem werde ich weder meinen Namen noch den deines Onkels mit einer schändlichen Scheidung besudeln. Das ist mein letztes Wort.« Er nahm wieder die Zeitung auf und verbarg sein Gesicht dahinter.

»Es tut mir leid, Alex.« Leonora seufzte und erhob sich vom Tisch. »Aber meine Entscheidung ist gefällt. Noch diese Woche werde ich einen Anwalt aufsuchen und die Papiere unterschreiben. Du kannst das Geld vom Vermögen meines Onkels behalten. Ich will es nicht. Ich will nichts von all dem.«

Alex schwieg hinter seiner Zeitung. Sie wartete auf den nächsten Wutanfall, doch nach ein paar Minuten ertönte seine Stimme vollkommen ruhig: »Also habe ich mich geirrt? Du hast das alles gründlich durchdacht?«

»Ja.«

Er faltete die Zeitung, drückte den Knick mit den Fingern zusammen und legte sie als ordentliches Rechteck auf den Tisch. Sacht strich er mit der Hand darüber. »Das war es dann also.« Er blickte zu ihr auf. »Du hast dich entschieden. Es ist aus.«

Leonora verblüffte der plötzliche Stimmungsumschwung. »Ja«, sagte sie sanft. »Das ist es. Es tut mir leid, Alex.«

»Schon gut.« Alex zuckte die Schultern und seufzte ergeben. »Ich willige in die Scheidung ein.«

Ihr klappte der Mund auf. Sie wartete auf mehr, auf Wut, auf Widerstand, auf Beleidigungen. Doch als nichts mehr kam, flüsterte sie: »Danke, Alex.«

Sie ging zur Treppe, und vor ihr leuchtete die Freiheit wie ein helles Signalfeuer. Freiheit. Zum ersten Mal in ihrem Leben: Freiheit.

»Aber es ist schon wirklich eine Schande«, ertönte Alex' Stimme, triefend vor Sorge, vom Tisch. »All die armen Kinder.«

Leonora hielt inne, und ihre Hand auf dem Geländer wurde kalt.

»Schwer zu sagen, wen es härter trifft«, fuhr Alex fort. »Die Kinder oder die Mütter.«

Leonora drehte sich um. Alex hatte ihr den Rücken zugewandt. Sein Ellbogen hob sich, als er an seinem Tee nippte.

»Selbstverständlich werden sie früher oder später darüber hinwegkommen. Zumindest werden sie im Waisenhaus unter ihresgleichen sein. Allerdings weiß ich nicht genau, was sie mit der mit dem weißen Auge anfangen werden. Du weißt, wen ich meine, nicht wahr? Die zurückgebliebene? Nun, es gibt sicher Anstalten für solche Kinder. Das arme Mädchen wird wahrscheinlich nie wieder Tageslicht sehen.«

In Leonoras Brust loderte es. »Wovon redest du, Alex?«

»Von den Aborigines natürlich.« Alex drehte sich auf seinem Stuhl herum und schüttelte traurig den Kopf. »Denn wenn du weg bist, gibt es natürlich keine Möglichkeit für sie, hier weiter zu leben. Eigentlich sollte ich sofort mit dem Diakon sprechen, um ihre Abholung zu planen. Besser, man bringt es gleich hinter sich.«

Leonoras Blut gefror zu Eis, ihre Hände wurden taub, und der Galgenstrick schnürte ihr die Kehle zu. Alex blickte sinnierend zur Decke und fuhr fort: »Wenn die Kinder erst mal weg sind, muss ich die anderen auch vom Grundstück jagen. In ihrer Trauer werden die Männer kaum noch zum Arbeiten taugen, im Gegenteil, vielleicht machen sie sogar Ärger. Der Sheriff muss wohl ein paar Männer mehr mitbringen, um sie zu vertreiben. Könnte hässlich werden. Die Polizei hat nichts für Schwarze übrig, weißt du.« Er schnalzte bedauernd mit der Zunge. »Es würde ihnen sicher Spaß machen, ein paar abzuknallen.«

»So grausam kannst du nicht sein«, sagte sie heiser.

»Ich?« Gekränkt legte er sich die Hand auf die Brust. »Mir sind die Hände gebunden, Darling. Du bist diejenige, die das entscheidet, nicht ich.« Alex wandte sich wieder seinem Tee zu. »Welch eine Schande. Mir ist schleierhaft, wie du mit solcher Schuld weiterleben willst.«

Leonora begann am ganzen Körper zu zittern. Mit weißen Knöcheln umklammerte sie das Treppengeländer. »Das lasse ich nicht zu.« Sie erhob die Stimme, obwohl schon Tränen in ihren Augen brannten.

Er schlug sich aufs Knie und lachte. »Und wie willst du das verhindern, Darling?«

»Die … die Männer«, stammelte sie, »die Hilfsarbeiter und Farmleiter werden dich aufhalten.«

Alex griff in seine Jackentasche, holte seinen Revolver hervor, rieb über das blinkende Silber und spähte mit einem Auge in den Lauf. »Ich glaube nicht, dass sie so dumm sind.«

Da fiel Leonora wieder der Tag ein, an dem Alex diese Waffe auf sein kostbares Vollblutpferd gerichtet hatte. Und sie wusste mit tödlicher Sicherheit, was Alex tun würde, wenn man sich ihm entgegenstellte. Ihre Freiheit schwand, verflüchtigte sich im Dunst von Hass und Grausamkeit. »Dann bleibe ich«, murmelte sie.

Alex legte eine Hand an sein Ohr. »Wie war das?«

Sie schluckte und schloss die Augen. »Ich sagte, ich bleibe.«

Alex lehnte sich vor und krauste die Stirn. »Ich kann dich immer noch nicht hören.«

Tränen schnürten ihr die Kehle zu, und sie musste sie erst hinunterschlucken, bevor sie mit lauter, brüchiger Stimme herausbrachte: »Ich sagte … ich bleibe.«

»Ich wusste doch, du würdest zur Vernunft kommen.« Fröhlich klatschte er in die Hände. »Also nur ein kleiner Streit unter Liebenden? Aber du solltest wirklich nicht alles so ernst nehmen, Darling. Und dann gleich mit einem solch hässlichen Wort wie ›Scheidung‹ zu drohen, zeugt doch von sehr schlechtem Geschmack. Ein Wutanfall bei einer verheirateten Frau? *Tsts.*«

Alex stand auf und kam mit großen Schritten zu ihr. Als er sie auf die Wange küsste, verzogen sich seine Lippen zu einem triumphierenden Lächeln. »Keine Angst, Darling. Ich vergebe dir.«

• • •

James reparierte gerade das schief hängende Tor an der hinteren Seite der Scheune. Mit einem Mal spürte er, dass er nicht mehr allein war. Als er sich, mit erhobenem Hammer und einem Nagel zwischen den Zähnen, umdrehte, sah er Leonora: bleich, mit tränenüberströmtem Gesicht.

James spuckte den Nagel aus und legte den Hammer auf den Boden. »Was ist los, Leo?«

»Bring mich weg«, wimmerte sie. »Irgendwohin. Bitte!«, flüsterte sie mit brechender Stimme. »Bring mich einfach weg von hier.«

Nur eine Sekunde musste James in ihr Gesicht blicken, nur eine Sekunde die Last ihres Schmerzes in seiner Brust spüren, da ging er schon in den Stall und kam kurz danach auf seinem Pferd herausgeritten. Er streckte die Hand aus und zog Leonora hinter sich in den Sattel. Ihre zierlichen, weichen Finger umklammerten seine Hüften und brannten sich durch sein Hemd. James trieb das Pferd an und ritt los: am Stall und am Reitplatz vorbei zu den östlichen Weiden. Die Gebäude verschwanden schnell außer Sichtweite, und nur noch der Schutzzaun gegen die Kaninchen erstreckte sich neben ihnen.

Hitze breitete sich in ihm aus. Hitze von der Sonne oben, Hitze vom Pferd unten und die weiß sengende Hitze von hinten, an seinen Beinen, die ihre berührten, an seinem Nacken, von ihrem Atem. Und in seinem Inneren die rot glühende Hitze, weil er ihren Schmerz sah und das zerquetschen wollte, was auch immer ihn verursacht hatte.

Schweigend ritten sie mehrere Meilen, bis sie zu einer Weide kamen, wo das Gras so hoch war, dass es dem Pferd bis an den Bauch reichte und ihre Füße streifte. Dahinter ließen Eukalyptusbäume ihre knorrigen Äste über einen großen, nierenförmigen Teich hängen. Als James das Pferd zum Stehen brachte, sprang Leonora ab und ging zum Ufer des Teichs, der so still war, dass er im Schatten fast schwarz wirkte. Sie setzte sich ins Gras, schlang die Arme um die Knie und starrte blicklos geradeaus.

James band das Pferd an und ließ sich vorsichtig neben Leonora nieder. Er blickte an den Bäumen vorbei und blinzelte ins Sonnenlicht, das von den winzigen Blättern gefiltert wurde. Ein Kakadu rutschte seitwärts einen Ast entlang, erst hin und dann wieder zurück. Da das Schweigen das rot glühende Feuer in seinem Innern anfachte, ballte James unter seinen verschränkten Armen die Fäuste. »Hat er dir wehgetan?«

Leonora biss sich auf die Lippen und schüttelte den Kopf. In ihren Augen glitzerten Tränen. Erst nach einer ganzen Weile brachte sie hervor: »Nein.«

James streckte die Finger und spürte, wie das Blut wieder hindurchströmte. »Erzähl mir, was passiert ist.«

Sie öffnete schon den Mund, um dem einzigen Menschen von Alex' Drohung zu erzählen, der nachempfinden konnte, wie sehr sie das traf. Doch genau das war das Problem. James würde sich darum kümmern. Er würde einschreiten und Alex zur Rede stellen. Und sie sah nur zu deutlich die silbern blinkende Pistole vor sich.

James lehnte sich näher zu ihr und wiederholte: »Willst du mir nicht sagen, was los ist, Leo?«

Ihr Kinn krauste sich. »Nein«, hauchte sie fast lautlos. Dann drehte sie sich von ihm weg, neigte sich biegsam wie eine Weide vor und fing an zu schluchzen. Ihr ganzer Körper zuckte, während sie versuchte, ihr Weinen zu unterdrücken.

Bevor er sich's versah, griff James schon nach ihr und zog sie an seine Brust. Ihr Kummer brach sich Bahn, und sie vergrub ihren Kopf unter seinem Kinn. Als sie ihre Finger in den Stoff seines Hemds krallte, drückte er ihre Schultern fester an sich. Er schloss die Augen, weil ihre seidigen Haare an seinem Hals rieben. Ihre Tränen nässten sein Hemd und wärmten seine Brust. Jeder Schluchzer zerriss ihn innerlich. Mit weit gespreizten Fingern hielt er die zuckenden Schultern umfasst.

Schließlich verebbte ihr Schluchzen, und ihr Atem beruhigte sich. Leonora löste sich von ihm, blickte in sein Gesicht, als sähe sie es zum ersten Mal, und wand sich aus seiner Umarmung. Ihr Gesicht war hochrot und tränenüberströmt, und ihre großen, feuchten Augen reflektierten mit ihrem leuchtenden Grün das Land, das sie umgab. Sie rieb sich mit den Händen über die Wangen und wandte sich ab. »Es tut mir leid.«

Dann holte sie mühsam Luft und sah ihn an. »Du findest es bestimmt lächerlich, dass ich hier heule wie ein kleines Kind.« Sie unternahm den schwachen Versuch zu lächeln. »Ich hätte dich nicht von der Arbeit wegzerren sollen. Es tut mir leid.« Sie schaute zum Pferd und zog die Nase hoch. »Jetzt geht's mir wieder gut. Wahrscheinlich warten die Männer schon auf dich.«

Ohne sie fühlten sich seine Arme kalt an. Als wollte er es sich für einen längeren Aufenthalt bequem machen, legte er sich auf die Seite, stützte sich auf einen Ellbogen und spielte mit einem Grashalm. »So attraktiv die Arbeiter auch sein mögen«, erwiderte er grinsend, »so ziehe ich doch meine jetzige Begleitung vor.«

Als Leonora daraufhin leicht lächelte, bekam ihr Gesicht etwas von seiner ursprünglichen Farbe zurück. Eine Sekunde trafen sich ihre Blicke, und eine Hitzewelle durchströmte seinen ganzen Körper, weil ihm fast der Atem stockte, so süß und unschuldig war sie. Er wandte den Blick zu dem hohen Gras. »Was ist passiert, Leo?«

Sofort war ihr Kummer wieder da, und sie seufzte laut auf. Sie schüttelte den Kopf und sagte: »Manchmal hab ich das Gefühl … ich weiß nicht … als gäbe es nichts Gutes auf der Welt. Als wären alle verrückt geworden.« Sie legte die Stirn in Falten und blickte verloren in die Ferne. »Ich suche ständig nach dem Guten, will danach greifen, und dann rinnt es mir durch die Finger und ist weg.« Sie lachte auf. »Ziemlich dumm von mir, oder?«

James pflückte einen Grashalm und rieb mit den Fingern über die raue Oberfläche. »Nein, gar nicht.«

Da legte Leonora den Kopf auf ihre verschränkten Arme und sah ihn von der Seite an. Jetzt war ihre Miene offen und forschend.

»Was ist?«, fragte er sie mit leicht zusammengekniffenen Augen.

»Du bist die Ausnahme.« Aufrichtiges Staunen malte sich auf ihrem Gesicht ab. »Du warst immer nur gut.«

Das Bild vom blutenden Shamus zu seinen Füßen durchzuckte ihn. »Es ist viel Zeit vergangen, Leo.« Seine Miene verdüsterte sich. »Möglicherweise bin ich längst nicht mehr so gut, wie du denkst.«

Da spürte er ihre Hand auf seiner, und die Wärme ihrer Handfläche breitete sich auf seinen Fingern aus. Er ließ den Grashalm fallen. »Wenn eines auf dieser Welt wahr ist«, sagte sie klar und entschieden, »dann, dass du ein guter Mensch bist.«

James starrte auf die glatte, makellose Hand auf seiner. Die glänzenden, ovalen Nägel berührten ganz sanft seine Haut. Eine feine, weiße Linie verlief über ihren Zeigefinger. Er versuchte, sich darauf zu konzentrieren – auf alles außer dem heißen Pochen seines Bluts unter ihrer Berührung. »Wie hast du die Narbe an deinem Finger bekommen?«, fragte er mit belegter Stimme.

Sie entriss ihm ihre Hand und versteckte sie unter ihrer Achsel. Unruhig wiegte sie sich vor und zurück.

»Ich wollte dich nicht aufregen, Leo.« James versuchte, ihre Miene zu ergründen. »Man bemerkt sie kaum. Ehrlich. Ich hab sie heute nur zum ersten Mal gesehen.«

Langsam holte sie ihre Hand hervor, starrte auf die Narbe und fuhr sie mit ihrem Fingernagel nach. Dann griff sie sich an den Kragen, fummelte eine Zeitlang am obersten Knopf herum und öffnete ihn schließlich. Unbeholfen glitt sie mit den Fingern zum nächsten Knopf und öffnete auch den. Starr vor sich hin blickend knöpfte sie die gesamte Knopfleiste auf.

James schluckte. Er sah ihre Haut unter dem auseinanderfallenden Stoff: zart und hellrosa an ihrem Hals; die Kuhle an ihrem Schlüsselbein, die leicht glänzte; den Ansatz einer Kluft, die zu ihren Brüsten führte. Er wusste, er sollte nicht hinsehen, doch starrte er hilflos und wie gebannt auf ihre Finger und ihre Haut.

Leonora griff in ihr Kleid und zog eine Kette heraus. Langsam strich sie darüber, bis sie zu dem kleinen Anhänger kam. Dann hielt sie ihm die Kette hin.

Er löste seinen Blick von ihrer Haut und nahm den Anhänger. Die goldene Kette war so dünn wie ein Bindfaden und führte zu einem weißen, ovalen Stein. James schnalzte mit der Zunge. »Ich will dich ja nicht enttäuschen, aber ich glaube, der Juwelier hat dir einen falschen Stein angedreht.«

Leonora sah ihn durchdringend, fast drängend an. »Erkennst du ihn nicht?«

Wieder wandte er seine Aufmerksamkeit dem schlichten Stein zu, und dann veränderte sich alles, und sein Inneres wurde weich. »Den hast du behalten?«, fragte er.

Glücklich und mit glänzenden Augen nickte sie. »Ich habe dich nie vergessen, James.« Dann korrigierte sie sich: »Nie vergessen, wie *gut* du bist.«

James steckte die Kette wieder in ihr Kleid. Seine Finger streiften ihre warme Haut an der Kehle, als er die Kette aus seiner Hand gleiten ließ. Bei seiner Berührung fing Leonora schneller an zu atmen und wandte den Blick ab.

Sie nahm den Anhänger und sah ihn sich noch einmal an. »Nach meiner Adoption«, sagte sie, »verbrannten die Fairfields alles, was ich hatte: meinen Koffer, meine Kleider, sogar meine Schuhe. Ich hatte nicht viel, doch das hier …« Sie ließ den Stein hin und her pendeln, und ihr Gesicht wurde weich, »dieser Stein hier bedeutete mir mehr als alles andere auf der Welt.«

Sie steckte die Kette zurück. »Sobald ich die Möglichkeit hatte, durchwühlte ich die noch glühende Asche. Das Nest und die Federn waren verbrannt, aber ich fand den Stein. Die Narbe stammt da her.« Jetzt wirkte sie verlegen. »Der Juwelier hielt mich für verrückt, als ich ihn Jahre später in Gold fassen lassen wollte.«

Schweigend saßen sie nebeneinander und blickten mit in Erinnerung verlorenen Mienen aufs Wasser. Dann stand James auf. »Warte mal kurz. Ich möchte dir was zeigen.«

Er ging zum Pferd und holte aus einer der Satteltaschen ein Buch. Einen Augenblick starrte er auf den Einband, dann gab er es ihr.

Skeptisch legte sie den Kopf zur Seite. »Willst du mich jetzt bekehren?«

»Schlag es mal auf.«

Sie öffnete die alte, zerlesene Bibel, starrte auf die Handschrift und neigte den Kopf noch mehr zur Seite.

»Das ist von meiner Mutter«, sagte er zögernd. »Ihr Tagebuch.«

Leonora klappte der Mund auf. »Deshalb hast du das die ganze Zeit mit dir rumgetragen. Und ich dachte, du wolltest Priester werden.«

James lachte. Dann verstummte er und sah auf das Buch, das in ihren Händen so natürlich wirkte. Es fühlte sich gut an, dass sie es hielt. »Du bist der erste Mensch, dem ich es zeige.«

Leonora schlug das Buch zu und strich sanft über den Einband. Ihr fielen die verkohlten Seiten auf, doch beschloss sie, nicht nachzufragen. Dann gab sie es ihm zurück. »Danke für dein Vertrauen.«

Die nun leuchtend rosafarbene Sonne begann hinter den Baumwipfeln zu sinken. Ihre Strahlen besprenkelten die weiße Rinde der Eukalyptusbäume mit Orange und Pink. Das Wasser zeigte nur noch Farben, keine Formen: Äste, Blätter und Himmel verschwanden in den grellbunten Schlieren. Als der Horizont sich von orange zu tiefrosa und dann zu lila färbte, wusste Leonora, dass ihre Zeit mit James zu Ende ging, und ihre Stimmung sank mit der Sonne. Langsam drehte sie sich zu James und betrachtete sein Profil: seine braunen Haare, die ordentlich und kurz an den Ohren geschnitten waren und mit einer scharfen Kante bis zum Nacken verliefen; die lange, sehnige Kehle und die breiten Schultern, die in muskulöse Arme mündeten. Da wandte er sich zu ihr und sah sie direkt an.

»Ich sollte zurück«, sagte sie leise.

»Du musst nicht«, sagte er kaum hörbar und blickte sie ernst und unverwandt an. »Nicht, wenn du nicht möchtest.«

»Doch, das muss ich.« Sie nickte und stand auf, gefolgt von seinem Blick.

James erhob sich ebenfalls und folgte ihr zum Pferd. Leonora lehnte sich an das weiche Leder das Sattels und schmiegte ihren Kopf an den warmen Hals der Stute. James kam näher und tätschelte dem Pferd den Nasenrücken. Voller Zuneigung drückte es sich stärker gegen seine Hand.

James richtete die Zügel. Der Raum zwischen Leonoras Körper und seinem vibrierte und pochte. Sie betrachtete sein Gesicht, während er sich an den Zügeln zu schaffen machte, seine Augen, die alles in sich aufnahmen, bis sie voll und tief waren. Da sah er sie an und ließ die Hände sinken. Als ein stilles Drängen in seine Miene trat, machte ihr Herz einen Satz. Seine Augen nahmen sie in sich auf, saugten jede Einzelheit in sich ein, und sie konnte sich nicht davon abwenden. Einen Moment lang blickte er an ihr vorbei, dann atmete er geräuschvoll aus und neigte sich langsam zu ihr.

Leonora stockte der Atem: Pures Gefühl verdrängte jeden Gedanken. Instinktiv kam sie ihm entgegen, berührte seinen Körper und hob ihr Gesicht seinem entgegen. Die Gedanken hinkten hinterher, die Erkenntnis, dass er nur das Buch wieder in die Satteltasche stecken wollte, kam zu spät und konnte sie nicht mehr aufhalten. Sanft und doch hungrig drückte sie ihren Mund auf seinen, gerade, als sie eisig das Bewusstsein durchströmte, dass er sie nicht küssen wollte. Und seine Lippen blieben hart und straff unter ihren, steif und reglos.

Gedemütigt erstarrte sie, und Scham durchschoss sie glühend heiß. Sie öffnete den Mund und löste sich entsetzt von ihm. Sie kniff die Augen zu und wäre am liebsten im Boden versunken. »Oh mein Gott«, stieß sie erstickt hervor und verbarg ihr Gesicht in den Händen. Vor lauter Scham wurde ihr fast schwindlig. »Es tut mir ja so leid«, keuchte sie. »Wie dumm von mir! Ich dachte …«

»Sieh mich an, Leo«, befahl er.

»Nein. Nein. Oh Gott.« Krampfhaft schüttelte sie den Kopf. »Du hasst mich jetzt bestimmt.«

Er packte ihre Hände und zog sie von ihrem Gesicht.

»Sieh mich an, Leo!«

Geschlagen hob sie die Lider und hätte sich am liebsten in Luft aufgelöst, nur um nicht seine schockierte, angewiderte Miene zu sehen. Doch in seinem Ausdruck lag keinerlei Widerwillen, sondern nur Sehnsucht. Und dann küsste er sie, und seine Lippen waren warm und lebendig, weich und drängend.

James ließ ihre Hände los und umfasste ihr Gesicht, hielt mit seinen warmen Fingern ihre Wangen und liebkoste die Knochen ihres Kiefers. Ihre Haut verschmolz mit seiner, ihre Lippen sanken in seine, und die Welt um sie herum verschwand. Sie schlang ihre Arme um sein breites Kreuz und glitt mit den Händen sein Rückgrat hinunter. Und ihr Atem wurde schneller und ihre Lippen drängender. Sie fiel, *fiel.* Sie schmiegte sich immer enger an seinen Körper und schwebte in seiner Wärme, und ihre Gliedmaßen erschlafften, doch sein starker Arm hielt sie umfasst, hielt sie an sich gepresst, hielt sie davon ab zu fallen.

Ihr Atem wurde zu Keuchen. Seine Lippen waren in ihren Haaren, an ihrem Hals, am Kragen ihres Kleids. Und sie küsste seine Augen, seine Schläfen und seine Wangen, umklammerte seine Hüften. Seine starken Schenkel pressten sich gegen sie. Da bewegte sich das Pferd an ihrem Rücken, Leonora taumelte, und ihre Lippen lösten sich voneinander. Verschwommen sah sie, wie die Welt um sie herum wieder Gestalt annahm. Das Land, die Sonne, die Luft drangen viel zu schnell auf sie ein.

»I-ich sollte gehen«, stotterte sie benommen.

James blinzelte nur, dann nickte er. Sie wandte sich zu dem Pferd und sah James dann fragend an. »Nimm sie«, flüsterte er.

»Aber zu Fuß ist es weit«, hauchte sie.

»Nimm sie einfach.« James erwachte aus seiner Trance und legte die Hand auf den Sattel. »Leo …«

Leonora wich seinem Blick aus und sagte fast flehentlich: »Ich muss gehen.« Als sie das Pferd zum Galopp antrieb, spürte sie seinen Blick brennend auf ihrem Rücken.

Während der Wind um Leonoras Gesicht peitschte, war sie mit den Gedanken noch bei James' Blick, ihre Finger spürten immer noch den fest gewebten Stoff seines Hemds, ihr Rücken brannte immer noch von James' festem Griff, mit dem er sie umschlungen hielt. Aufregung, Glut und Angst brannten ihr im Magen. Und dann kam die Koppel in Sicht, und das Metalldach des Haupthauses lugte über den Horizont, als wäre sie erst eine Minute geritten. Die Fenster des großen Hauses leuchteten in der Dämmerung.

Eilig brachte Leonora das Pferd in den Stall, sprang mit gerafftem Kleid die Stufen der Veranda hinauf und betrat leise das Haus. Die Tür zu Alex' Arbeitszimmer war geschlossen, nur ein schmaler Lichtstrahl drang unter ihr hervor. Erleichtert seufzte sie auf. Doch als sie den Fuß der Treppe erreicht hatte, zuckte sie zusammen, denn sie hörte, wie die Tür aufging.

»Da bist du ja!« Alex lehnte sich mit verschränkten Armen an den Türrahmen. »Ich fing schon an, mir Sorgen zu machen. Dachte, ich müsste einen Suchtrupp losschicken.«

»Wieso denn?«, fragte sie kalt. »Du weißt doch, dass ich nirgendwohin gehe.«

»Das ist wahr.« Er wandte sich zum Arbeitszimmer zurück. »Wirklich wahr. Also gute Nacht, Darling. Schlaf gut.«

• • •

Leonora lehnte gerade über den Stufen der Veranda und schnitt Rosen, als sie die Pferde von der Jagd zurückgaloppieren hörte. Sie krümmte sich innerlich. Alex kam als Erster und zog ein totes Känguru hinter sich her, das eine Blutspur im ebenso roten Staub hinterließ. Hinter ihm ritt Russell und hielt die Zügel eines unbemannten Pferds in der Linken. Alex stieg vom Pferd. Er wirkte erfrischt und in Hochstimmung. »Ach, es geht doch nichts über eine gute Jagd, um sein Blut in Wallung zu bringen.« Er band die Hinterläufe des Kängurus vom Pferd, worauf der Kadaver mit einem dumpfen Schlag auf den Boden fiel. »Jetzt sieh dir dieses Monstrum an! Hat bis zum Ende um sich getreten!«

Angewidert wandte Leonora sich ab.

»Es ist schon was dran, da draußen in der freien Natur zu sein: Aug in Aug mit den wilden Tieren«, bemerkte Alex, holte tief Luft und reckte die Brust. »Die Verstörung, die Angst in den Augen der Bestie zu sehen, bevor …« Pantomimisch hob er ein Gewehr, richtete es auf ein Ziel und zog den Abzug: »Peng!« Durchdringend starrte er sie an und freute sich sichtlich an ihrem Unbehagen.

Als Leonora sich wieder ihren Rosen zuwandte, stellte Alex einen Fuß auf die Stufe unter der, auf der sie hockte. Er griff in ihren Korb, nahm eine Rose und sog ihren Duft ein.

»Wo ist denn euer Begleiter geblieben? Der Eingeborene?«, fragte sie bemüht sachlich.

Alex sah mit leichter Verwirrung die Rose an und drehte sie zwischen seinen Fingern. »Der eingeborene Begleiter?« Grübelnd kniff er die Augen zusammen. »Der eingeborene Begleiter?«

Russell scharrte mit den Füßen, lachte und zog das dritte Pferd näher zu sich.

»Ach ja! Allambee. So hieß er doch, oder nicht?«

Wieder lachte der Arbeiter, dann zuckte er die Achseln.

»Allambee, ja. Jetzt weiß ich wieder. Er meinte, sein Name bedeute: stille Zuflucht. Komisch, oder?«, fragte Alex, zum Himmel gewandt. »Wie auch immer: Ein paar Meilen von hier stieg er einfach ab und verschwand. Meinte, er wollte eine Buschwanderung machen.« Er inspizierte die Blütenblätter der Rose. »Seltsame Wesen, diese Eingeborenen. In der einen Minute führen sie einen noch durch den Busch, in der nächsten wandern sie in den Sonnenuntergang.«

Trotz des warmen Nachmittags rann ihr ein eisiger Schauer über den Nacken. »Aber er hat gar nicht sein Pferd mitgenommen«, bemerkte sie.

Alex sah sie an, als wäre sie ein kleines Kind. »Eine Buschwanderung wollte er machen, meine Liebe, keinen Busch*ritt*.« Dann lächelte er, ließ die Rose fallen und zertrat sie unter seinem Absatz wie einen glühenden Zigarettenstummel. Er wandte sich zu Russell und fragte: »Wie viele Schüsse hast du heute Morgen abgegeben?«

»Schwer zu sagen«, antwortete Russell und lachte gackernd. »Ein paar aufs Känguru. Und ein paar in den Busch.«

»Du solltest vorsichtiger sein, Russell«, sagte Alex mit gespieltem Tadel. »Man weiß nie, wer einem in die Schusslinie gerät. Diese Aborigines verschmelzen doch ständig mit dem Hintergrund, vor allem die Kinder.« Er zwinkerte seiner Frau zu.

»Säubere die Pferde, Russell. Spritz das Blut ab!«, befahl er dann. »Der Abo wird seins so schnell nicht mehr brauchen.« Die Männer lachten.

Leonora wurde flau im Magen, und ihr Kopf glühte so, als bekäme sie Fieber.

»Was soll ich mit dem Tier hier machen?«, fragte Russell.

»Ist mir egal. Überlass es den Dingos und Bussarden.«

Mühsam zerrte Russell das Känguru zu einem Karren und hinterließ eine rostrote Blutspur im Staub.

Leonora drückte die Hand gegen den Magen und wandte sich zum Haus, doch Alex packte sie am Ellbogen. Er glitt mit den Fingern ihren Unterarm hinunter und umfasste fast schmerzhaft fest ihre Hand. Dann starrte er mit seltsam versonnener Miene auf ihren Ehering, rieb mit dem Daumen darüber und hielt den Diamanten ins Licht. »Der Ring meiner Mutter«, sagte er sanft. »Mein Stiefvater wollte ihn nach ihrem Tod verkaufen, aber ich habe ihn vorher gestohlen. Wusstest du das?« Leonora reagierte nicht, sondern erstarrte nur, als sich sein Griff um ihre Finger verstärkte.

»Wäre er nicht gewesen, hätte sie mich nie verlassen. Sie hätte mich niemals weggeschickt und sich dem Trunk ergeben.« Sein Blick schoss zu ihr hoch, seine Miene wurde drohend. »Verlass mich niemals, Leonora.«

Als er ihre Hand losließ, zog der Ring schwer wie ein Ankerstein an ihrem Finger. Alex straffte die Schultern und strich sich die Haare hinter die Ohren. »Ich kann also davon ausgehen, dass das gestrige Thema erledigt ist?«

Sie nickte schwerfällig und wollte nur weg von ihm, wollte nur, dass der eiskalte Schauer an ihrem Nacken verschwand. »Du hattest recht: Ich wusste nicht, was ich da sagte.«

»Das ist mein Mädchen.« Breit grinsend tätschelte er ihr die Wange. »Hoffen wir, dass wir nie wieder dieses grässliche Wort hören. Denn sonst« – er wirbelte auf dem Absatz herum und warf sich sein Gewehr über die Schulter – »müsste ich wieder einen kleinen Jagdausflug machen.«

• • •

Die Schafscherer trafen am frühen Vormittag ein, und zwar in einer Karawane stark mitgenommener Nutzfahrzeuge: jeweils drei Mann auf dem Vordersitz, der Rest hockend oder liegend auf der Ladefläche, die dreckbespritzten Stiefel über den Rand hängend. Es waren starke, sonnenverbrannte Männer mit dick geäderten, muskulösen Unterarmen, mit tiefen Falten um die Augen und rauen, lachenden Stimmen.

Meredith und Clare vernachlässigten ihre morgendlichen Pflichten, um sie unter die Lupe zu nehmen, zeigten auf die mit den hübschesten Gesichtern und den muskulösesten Körpern und spotteten über die, die nicht so gut ausgestattet waren. Als Leonora zu ihnen ans Fenster trat, unterdrückten die beiden ihr Kichern.

»Das sind also die Schafscherer«, bemerkte Leonora.

»Gerade angekommen.«

»Das sind aber viele.«

»An die dreißig, schätze ich mal. Ich werde mehr Mehl brauchen«, sagte Meredith und machte sich im Geiste eine Notiz. »Zucker. Backpulver. Käse.« Sie rollte die Ärmel auf, als wollte sie Brotteig kneten. »Männer arbeiten nur mit vollem Bauch gut.«

Die Männer strömten von den Wagen. Leonoras Lippen teilten sich unwillkürlich, als sie sah, dass James und Tom die Männer begrüßen kamen. Sie sah herzliches Händeschütteln, Arme, die in verschiedene Richtungen des Grundstücks zeigten, Rücken, die sich vor Lachen bogen, Schultern, die getätschelt, Zigaretten, die gerollt und geteilt wurden, Hüte, die zurechtgerückt und Hände, die in Hosentaschen geschoben wurden.

Die Frauen standen still und stumm da angesichts der Bewegungen so vieler Männer in eng anliegenden Hosen. Es waren raue, zähe Gestalten mit stolzer Haltung, langen, gebräunten Armen und scharfen Augen. Die drei Frauen wechselten scheue Blicke und pressten sich die Hände auf den Mund, um ihr Kichern zu unterdrücken.

Leonoras Blick hing an James' Gestalt. Als sie spürte, wie ihr die Röte heiß in die Wangen stieg, räusperte sie sich. »Wahrscheinlich sollten sie sofort was zu essen bekommen.«

»Ja, gute Idee.« Meredith räusperte sich ebenfalls. »Sie sehen schon ganz hungrig aus. Und wollen bestimmt was Kaltes zu trinken.«

Clare kicherte und hielt sich die Hand vor den Mund. »Mir läuft auch schon das Wasser im Mund zusammen.«

Meredith versuchte, sich ihr Grinsen zu verbeißen, stieß sie in die Seite und klatschte dann in die Hände. »Also gut, dann los.«

Leonora blieb am Fenster, während die beiden Frauen in die Küche tänzelten. Ihre Stimmen waren vor lauter Aufregung schrill und laut genug, dass man sie deutlich verstehen konnte.

»Gott, hast du die gesehen?«, fragte Meredith.

»Ich hab ein Auge auf den großen mit dem blauen Halstuch geworfen«, erwiderte Clare und schnalzte mit der Zunge.

»Nicht doch! Mit dem wirst du gar nichts anfangen können«, widersprach Meredith weise. »Der ist ein Lackaffe. Den Typ kenn ich: immer nett und adrett. Bildet sich was auf seine Zurückhaltung ein. So einen kannte ich mal. Hat sich die Hände mit Lanolin eingecremt, damit sie weicher sind, wenn er sich's selbst besorgt.«

»Huch!« Clare kicherte los. »Ich war schon mit ein, zwei Schafscherern zusammen, und die haben Hände wie sonst keiner. Muskeln bis in die Fingerspitzen, das sag ich dir! Hände wie Stahl.« Sie verstummte kurz, als dächte sie nach. »Allerdings sind die Melker auch ziemlich gut mit ihren Händen.«

»Das Problem bei denen ist nur, dass sie erst wissen, dass es dir gefällt, wenn dir die Milch aus den Titten spritzt!«

Leonora lachte auf und schlug sich die Hand vor den Mund.

»So ist es!«, gackerte Clare. »Ich schwöre, ich hatte mal einen Melker, der erst aufhörte, als er mich muhen hörte!« Gekicher und Töpfeklappern. »Trotzdem gefällt mir der mit dem blauen Halstuch.«

»Hör auf, in den Teig zu sabbern, und schieb ihn in den Ofen. Wir müssen Männer satt kriegen!«

• • •

James ritt den Scherern voran, und die anderen folgten ihnen langsam in ihren Wagen. Die Unterkünfte waren neu und sauber, und als die Männer sie sahen, pfiffen sie anerkennend. »Wie viel Vieh war's noch mal?«, fragte ihr Vorarbeiter. Er war der Älteste von ihnen, doch strotzte er vor Gesundheit und hatte tiefe Lachfalten.

»Zwanzigtausend«, antwortete James.

»Gut. Wird uns höchstens einen Monat kosten. Den Männern gefällt's hier, schade, dass es nicht mehr zu scheren gibt.« Er schob sich den Hut in den Nacken. »Wir kommen direkt von der Gillabong Station. Aber auf der Scheißfarm waren wir zum letzten Mal. In den Unterkünften wimmelte es derart von Ungeziefer, dass die Jungs und ich jede Nacht im Freien schliefen.«

»Hier ist alles neu. Werkzeuge, Scherkabinen.« James zeigte zum Gebäude hinter den Unterkünften. »Wenn Sie hier Ungeziefer finden, hat's einer von Ihnen mitgebracht.« Er klopfte dem Mann auf die Schulter.

Der Schafscherer strahlte und rieb sich die Hände, weil es ihn juckte, sofort anzufangen. »Und wie sieht's mit dem Personal hier aus«, fragte der Mann und zwinkerte anzüglich.

James wusste, was er meinte. »Nur eine Köchin und ein Dienstmädchen im großen Haus. Ich überlasse es Ihnen, sich ein Bild zu machen.«

• • •

Der Geruch von geschorener Wolle stieg empor und erfüllte die heiße Luft, bis selbst menschliche Haut danach roch. Von den Schafscherern bekam man nichts zu sehen, bis auf zwei Lieferwagen, die jeden Morgen bei Sonnenaufgang hoch beladen mit Wollballen die Farm verließen. Sie hinterließen eine Spur von winzigen Flaumflocken, die dem Maschendraht entschlüpft waren und in der Luft schwebten wie die Federn von einem gerupften Huhn.

Meredith und Clare kamen jeden Morgen ziemlich spät, immer mit Eiern oder Besen in den Händen, um zu zeigen, dass sie schon fleißig gearbeitet hatten. Doch man sah ganz deutlich ihre Fußspuren von den Unterkünften der Schafscherer, und ihre Wangen waren von ihren heimlichen nächtlichen Unternehmungen gerötet.

Wenn Alex nicht in der Mine war, sah er den Scherern bei der Arbeit zu. Er aß auch oft mit ihnen zu Abend, trank mit ihnen und half ihnen, beim Spielen ihren Tageslohn loszuwerden. Wenn er heimkam, war es weit nach Mitternacht, und er roch nach Schafen, Alkohol und abgestandenem Rauch. Kaum spürte Leonora sein Gewicht auf der Matratze, rollte sie sich weit auf ihrer Seite des Betts zusammen. Er hatte sie seit Monaten nicht mehr angerührt, doch sie befürchtete immer noch, er könnte es versuchen. Sie hatte stets ihren Handarbeitskorb neben dem Bett, mit langen Stricknadeln ganz oben. Nie wieder würde sie sich von ihm berühren lassen, nie mehr zulassen, dass er sich ihr als Ehemann näherte. Mit Freuden hätte sie Huren bezahlt, nur damit er sie in Ruhe ließ.

James sah sie nur selten, doch war er ständig in ihren Gedanken.

Er war mit den Pferden oder Rindern draußen auf den Weiden, brach vor Tagesanbruch auf und kam erst in der Dunkelheit wieder zurück. Bei den wenigen Gelegenheiten, da sie sich auf der Farm gesehen hatten, war kein Wort zwischen ihnen gewechselt worden, doch sie hatten sich intensiv angesehen, bis Alex irgendwann unweigerlich auftauchte und sie ihre Augen voneinander losreißen mussten, worauf James' Miene düster und hart wurde. Aber James war noch da. Und das reichte ihr.

In ein paar Wochen wollte Alex sie nach Coolgardie mitnehmen, zum jährlichen Fest der Mine im Imperial Hotel. Gerade an diesem Morgen war ihr neues Kleid mit der Post angekommen das er in Mailand bestellt hatte. Sie würde die Ehefrauen der leitenden Angestellten kennenlernen. Sie und Alex würden in der einzigen Suite des Imperial schlafen. Leonora blickte zu ihrem Handarbeitskorb. Sie würde die Stricknadeln mitnehmen.

Das war ihr Leben. Doch solange James da war – und solange sie dafür sorgte, dass ihm und den Aborigines kein Leid geschah –, musste ihr dieses Leben reichen.

## Kapitel Vierundfünfzig

Alexander Harrington lehnte mit verschränkten Armen an der hinteren Wand. Am Tisch saßen drei Männer, ihrem Boss zugeneigt, mit wachsamem Blick. Ghan boten sie keinen Stuhl an.

»Also, das Fieber ist unter Kontrolle?«, fragte Alex mit arroganter Miene.

»Ja.« Dr. Middleton richtete seinen Hosenbund und blähte die Nasenflügel, als würde etwas im Raum stinken. »Das halbe Zeltlager wurde niedergebrannt. Und alles andere mit Desinfektionsmittel abgeschrubbt. Habe ich selbst überwacht.« Der Arzt zwinkerte, ohne jemand Besonderen anzuschauen.

»Und was ist mit dem Abwasserkanal?«

Jetzt wirkte der Arzt nicht mehr so großspurig. »Das kommt noch. Die Männer wollen nicht drangehen.« Er schnalzte die Zunge und seufzte. »Erst beschweren sie sich über das Fieber, und dann beschweren sie sich darüber, die Scheiße zu beseitigen, die alles verursacht hat. Das stelle man sich mal vor!«

Alex wandte seine dunklen Augen zu Ghan. »Man hat mir mitgeteilt, Sie hielten für uns die Ohren auf. Wie ist die allgemeine Stimmung?«

»Mies.« Ghan sah jeden Bastard einzeln an. »Wie soll die sonst sein?«

Die Männer am Tisch erstarrten und blickten verstohlen zu Alex, doch der lachte nur leise, worauf sie sich entspannten. »Sie sind ziemlich angepisst, Mr. Petroni, nicht wahr?«

Ganz kurz blitzte vor Ghan Whistlers Gesicht auf, blau und starr, und er musste die aufschießende Wut zurückdrängen. »Ja, ich bin angepisst, und wie«, sagte er kalt. »Wenn Kinder sterben, wenn ihre Mütter zu krank sind, sie im Arm zu halten, und Männer Angst haben, gefeuert zu werden, weil sie zu krank zum Arbeiten sind, dann bin ich wirklich angepisst!«, knurrte er, zum Arzt gewandt. »Der Doc taucht erst auf, als das Fieber schon fast vorbei ist. Sie sagen, die Männer beschweren sich, weil sie das Abwasserrohr sauber machen sollen? Verdammt recht haben sie! Die Mine hat das Abwasserrohr gelegt. Die Mine hat es verkommen lassen. Und jetzt sollen die Männer aus dem Camp es wieder in Ordnung bringen: Männer, die ihre Kinder verloren haben, weil die Mine zu gottverdammt geizig ist, um das verfluchte Abwasserrohr zu reparieren.« Er verzog die Lippen und verdrängte blinzelnd den Hass, der ihm in den Augen brannte. »Also: ja, ich bin richtig angepisst!«

Alex löste die Arme aus der Verschränkung, schob die Hände in die Taschen und starrte auf seine Schuhe. Die anderen Männer bissen die Zähne zusammen, verzogen das Gesicht und warteten. »Martin«, wandte sich Alex an den Mann in der Mitte, »schicken Sie die Ingenieure ins Lager und lassen Sie das Abwasserrohr reparieren. Und dann wird aufgeräumt. Alles. Ohne die Männer aus dem

Camp. Holen Sie Tagelöhner dafür, oder Chinesen oder Aborigines. Ist mir egal. Aber Sie bringen die Schweinerei in Ordnung, und wenn Sie es mit eigenen Händen machen müssen.«

Martin nickte. »Ja, Sir.«

»Gut, das wäre das.« Alex wandte sich wieder zu Ghan und fragte unverblümt: »Und jetzt sagen Sie mir, Mr. Petroni, werden die Männer streiken?«

Da war sie. Die Frage. Ghan wusste die Antwort. Der Streik kam so sicher, wie die Sonne aufging. Und dann kämen die Streikbrecher und dann die Tumulte. Und wenn die erst mal angefangen hätten, würden sie sich wie ein Lauffeuer ausbreiten.

Der Streik kam. Hass und Tumult waren so sicher wie das Amen in der Kirche. Und hier standen diese glatt rasierten Bastarde mit ihren warmen Betten und ihren vollen Bäuchen und trauten sich zu fragen – wollten eine Vorwarnung. Sobald sie wüssten, dass es rumorte, würden sie die Männer wie Zecken aus einem Kängurufell abpflücken und mit einem Streichholz abfackeln. Sie würden die Italiener einkesseln, sie einteilen und die eine Hälfte nur mit dem, was sie am Leib trugen, in die Heimat zurückschicken und die anderen wieder in die Grube beordern – und auch noch Dankbarkeit erwarten, weil sie ihren Job und ihr lausiges Zelt behalten durften. Dann würden sie ein paar von den Aussies aufpeitschen, ihren Blutdurst wecken und ihnen die Seele aus dem Leib prügeln, um ihnen danach den Lohn zu kürzen. Ein paar Wochen später würden neue ahnungslose Italiener kommen, und alles würde wieder von vorne anfangen.

Ghan atmete, um der Wirkung willen, ganz langsam aus, ließ etwas Dampf ab, doch in seinem Innern brodelte es weiter. »Näh. Von Streik is nich die Rede.«

»Wirklich nicht?« Skeptisch neigte Mr. Harrington den Kopf zur Seite.

»Sie sind angepisst. Ich bin angepisst. Wir alle sind verdammt angepisst.« Ghan ließ die Schultern sinken. »Aber das Fieber hat alle geschwächt, an den Gliedern genauso wie an Kopf und Herz. Die Männer wollen nich kämpfen. Nur ihre Kinder satt kriegen. Sogar den Aussies ist die Puste ausgegangen.«

Prüfend sahen die Männer ihn an. »Ich war krank«, fuhr Ghan fort. »So krank wie noch nie in meinem Leben. Aber dann wachte ich auf und merkte, der Typhus geht weg. Konnte kaum glauben, dass ich noch am Leben war.« Jetzt blickte Ghan die Männer an. »Und wollen Sie wissen, woran ich als Erstes dachte, als das Fieber weg war? Was mir als Erstes in den Kopf kam?« Die Männer warteten.

»Ich wollte arbeiten. Aufstehen und zur Arbeit gehen.« Ghan schüttelte den Kopf. »Es gibt keinen Streik. Mit dem Fieber is was zerbrochen. Die Männer woll'n nur arbeiten.«

• • •

Die schlechten Neuigkeiten verbreiteten sich über Nacht im ganzen Ort. Gute Neuigkeiten verbreiten sich wie Rinnsale und stauen sich wie Pfützen von einem Lächeln zum nächsten. Die schlechten Neuigkeiten nicht, die rollen an wie Flutwellen, reißen einem Ohren weg und saugen gierig Zorn und Hass in sich auf, um von neuem anzuschwellen. Und dann wachsen und wachsen sie und hören erst auf, wenn sie alles hinter sich platt gemacht haben.

Am Morgen verbreiteten sich die schlechten Neuigkeiten im ganzen Lager, drifteten wie giftiges Gas zwischen den Zelten umher und drangen durch die Poren der Planen, unter die Öffnungen und durch die Löcher im rostigen Metall. Und die schrecklichen Nachrichten wuchsen und verzerrten sich dabei, Fakten wurden weggelassen oder hinzugedichtet, bis die Nachrichten nur noch nebulöse Gerüchte waren, die ein Eigenleben gewonnen hatten.

Die Nachrichten erreichten Ghan wie in einem Zeltlager üblich aus dem Mund eines Vorbeigehenden und wurden durch leises Geflüster unter Zeltstangen ergänzt.

Kämpfe gab es in Minenstädten so reichlich wie Whiskey. Doch die Nachrichten von diesem Kampf, das wusste Ghan, hatten mehrere Schichten und schreckliche Untiefen, die aus einer normalen Keilerei einen Krieg machten. Zwei Minenarbeiter, ein Itaker und ein Aussie, hatten sich im Lamb's Eye Pub mit Fäusten und Flaschen geprügelt. Wer angefangen hatte, hing von der Nationalität desjenigen ab, der die Geschichte erzählte. Doch dabei war der Aussie irgendwie mitten durchs Auge ins Hirn getroffen worden und gestorben. Die Polizei erschien, und noch bevor das Blut aufgewischt war, lag der Itaker schon mit dem Gesicht nach unten auf der Straße. Erschossen. So fing es an. Aber die genauen Einzelheiten waren untergegangen und jetzt auch unwichtig. Denn daraus war etwas ganz Neues entstanden.

Ghan zurrte die Rindenfaser fest um das Holzbein und schnürte sie mehrmals um seinen Stumpf. Die Luft war stickig, geschwängert vom Hass, der bei Morgengrauen aufgekommen war. Die Spucke in seinem Mund schmeckte beißend. Draußen tranken die Männer schwarzen, bitteren Kaffee, und diese schwarze Bitternis spiegelte sich auch in ihren Augen.

*Da ist es*, sagte Ghan zu sich und runzelte die Stirn. Die Blindheit griff um sich. Auf allen Seiten wurden die Männer blind, wie Männer eben blind werden. Und diese Männer gingen durch die Zeltreihen und stießen mit den Schultern andere Männer an und knurrten und schnüffelten verächtlich, wie Hunde das eben tun. Der Streik war vergessen: Das hier war was Größeres. Sie würden es Streik nennen, mit diesem Wort ihre Wut bemänteln und den Aufstand verdecken. Doch dieser Krieg würde nichts mit Lohnkürzungen oder Streikbrechern zu tun haben, mit Immigranten oder Typhus. Dieser Krieg brach aus, weil der Blutdurst im Mund die Gier nach Zucker überlagert hatte.

Ghan ging an den Zelten und Hütten der Italiener vorbei. Dunkle Augen folgten ihm, Stimmen verstummten. Grün-weiß-rot gestreifte Fahnen wurden feierlich eingeholt und gefaltet. Frauen bissen die Zähne zusammen und huschten zwischen den blinden Männern hin und her. Mit abwesendem Blick fegten sie über den Boden und hinterließen kleine Gruben im Staub, weil sie immer wieder dieselbe Stelle fegten. Denn die Frauen sahen, was ihren blinden Männern entging, und wurden bleich. Sie sahen die Veränderung, sahen, wie der Zorn einen Ehemann, einen Ernährer, in eine rasende Bestie verwandeln würde, und sie, die Frauen, konnten den Schaden wiedergutmachen. Auch die Frauen empfanden Zorn, doch ihrer war auf die blinden, dummen, *dummen* Männer gerichtet.

Ghan bahnte sich einen Weg durch die brodelnden Gänge zur australischen Seite. Da die näher am Ort lag, waren die Nachrichten hier früher gelandet und hochgekocht. Aus den Zelten drangen laute Stimmen. Beim Zeltkoch hatte sich eine Gruppe Männer versammelt und wärmte sich die schwieligen Hände am Feuer. Ghan warf seine Münze in eine Dose und brachte Kaffee und Eier zu einer Stelle hinter den Männern. Er setzte sich auf den nackten Boden, zog das gesunde Bein unter sich und ließ das Holzbein ausgestreckt.

Zwei Männer gesellten sich mit ihren Blechtellern zu ihm. Sie ließen sich so dicht neben ihm zu Boden sinken, dass ihre Schatten an seinen grenzten. »Was hast du dabei?«, fragte ein Mann den anderen mit einer Stimme, die wie Donner grollte.

»'n Messer. Und du?«

»Nur meine Fäuste.« Der Mann streckte seine Hand über dem Teller aus und griff dann nach seiner Gabel. »Mir gefällt's, wenn Knochen unter meinen Knöcheln brechen.« Er hatte das Gesicht voller Pockennarben, die bei jedem Bissen aufklafften und sich verzerrten. »Gutes Timing, was? Genau zur Managerparty im Hotel.«

Der andere lachte. Dabei fiel ihm ein glibbriges Stück Ei aus dem Mund. »An die Party werden die sich noch lange erinnern, was, Hugh?«

»Is aber verdammt hart, bis dahin stillzuhalten. Die anderen wollen warten, bis die Party anfängt und es draußen dunkel ist. Trotzdem, das Warten is hart.«

»Schsch.« Der Glibbrige wischte sich über den Mund. »Achtung. Der Krüppel hört mit.«

Ghan schaufelte sich seine Eier in den Mund, ohne etwas zu schmecken, und versuchte, vollkommen ausdruckslos zu wirken.

»Der sagt doch nix«, widersprach Hugh und hob die Stimme. »Stimmt doch, Holzbein, oder?«

Ghan kaute langsam und hielt den Blick starr auf sein Essen gerichtet.

Hugh lachte leise. »Sag ich doch.« Dann rieb er sich mit ernster Miene über sein pockennarbiges Gesicht. »Hab gehört, Harrington wird auch da sein.«

»Da hast du richtig gehört. Und er bringt seine Alte mit.«

»Kein Scheiß? Da werden die Nutten aber ihren Lieblingskunden vermissen.« Wieder lachten die Männer schnaubend.

»Ich hatte schon so lange keine Frau mehr, da würde ich auch 'ne Nutte nehmen.«

»Da sagst du was«, nickte Hugh mit finsterer Miene. »Ich hab meine Frau seit drei Jahren nich gesehn. Ich sag dir, da würde ich gerne mal Hand an Missus Harrington legen und ihr zeigen, wie sich ein richtiger Mann anfühlt.«

Der andere stach mit der Gabel in die Luft. »Und wieso auch nich? Wir können doch 'n bisschen Spaß haben, während die Männer aufgemischt werden!«

»Ja-haa!« Hugh klatschte in die Hände. »Zum Teufel noch mal, wir verdienen auch mal 'nen Bonus. Die Kumpel kommen schon allein vom Reden auf Touren. Bei Gott, Angus, da sagst du was! Wir reichen die Lady rum, damit jeder mal drankann.«

Ghan blieb das Essen im Hals stecken. Er hörte auf zu kauen, saß stocksteif da. Von allen Seiten presste sich die Luft wie Mauern gegen ihn.

»Hey, Krüppel!«, brüllte Hugh. »Wann hattest du das letzte Mal 'ne Frau?«

Ghan blickte vom Teller auf, wandte aber nicht den Kopf. »Frag deine Alte«, stieß er hervor.

Hugh verzerrte angriffslustig das Gesicht und schob die Unterlippe vor, doch Angus brach in Gelächter aus und schlug seinem Freund auf den Rücken. »Er verarscht dich doch nur, Mann!«

Hughs Lippen verzogen sich nach oben; dann lachte er ein bisschen zu laut. »Keine Sorge, Kumpel. Du kommst auch dran.«

Angus schaufelte sich eine Gabel voll Ei in den Mund und sagte mampfend: »Du kommst doch heute Nacht mit, oder? Um es den Itakern ein für alle Male heimzuzahlen? Den Managern eine Lektion zu erteilen?«

Als Ghan nichts darauf antwortete, wurde ihr Blick über ihren lachenden Mündern düster. »Entweder für oder gegen uns, Kumpel«, sagte Hugh warnend.

Ghan wischte sich mit dem Handrücken den Mund ab und erhob sich zum Gehen. »Ich bin dabei.«

• • •

Hin und her gerissen zwischen zwei Parteien. Zwischen allen Stühlen. Ghan setzte sich in Bewegung. Ging erst in die eine Richtung, dann in die andere. Er humpelte Richtung Sonne, bis sie ihm die Nase verbrannte, und dann in die Gegenrichtung, bis sein Hemd am Rücken schweißnass war. Und während er ging, hörte er einiges: Gemurmel und Pläne, knackende Knöchel untätiger Hände. Wenn er den Streik meldete, bekäme er es mit den Aussies *und* den Itakern zu tun; wenn nicht, mit den Managern; wenn er gar nichts unternahm und zuließ, dass eine Frau misshandelt wurde, bekäme er es mit seinem eigenen Gewissen zu tun. Es gab keinen Mittelweg, keinen Kompromiss. Er musste sich für einen Weg entscheiden und dann so schnell wie möglich Fersengeld geben.

Jetzt vermisste er Whistler. Ihm war ganz schwach zumute von dem, was sich im Zeltlager zusammenbraute. Whistler hatte es kommen sehen und ihn gewarnt. Und jetzt war er hier und steckte in der Klemme. Er wusste einfach zu viel.

Mit zusammengebissenen Zähnen verfluchte er sich, weil er überhaupt essen gegangen war. Er wünschte, er hätte die Männer nicht reden hören, hätte nicht mitgekriegt, wie sie ihr Gift verspritzten. Jetzt war ihm übel. Weil er ständig an die Frau denken musste und an das, was sie mit ihr machen wollten. *Die Manager konnten ruhig was abkriegen. Auch Harrington. All die Männer konnten was abkriegen, ob weiß oder dunkel. Aber doch nicht die Frau. Doch nicht eine Frau, Herrgott noch mal! Kein Mann hatte das Recht, einer Frau wehzutun, ganz gleich wer sie war und ob sie gut oder schlecht war, nett oder gemein, hässlich oder hübsch. Und kein Mann durfte einer Frau jemals so etwas antun!*

Ghan kroch in sein Zelt. Er legte sich auf den Rücken und starrte an die schmutzige Decke. Die Schatten der Fliegen tüpfelten die Plane. Er konnte zur Polizei gehen. Die würde mit Schlagstöcken und Drohungen kommen und das ganze Lager durchsuchen. Die Männer würden sich dumm stellen und schmollen. *Wir machen doch keinen Ärger!*, würden sie sagen. Aber sie würden warten. Die Wut würde warten und wachsen. Das Ergebnis wäre dasselbe, nur der Zeitpunkt ein anderer.

Ghan atmete die heiße, im Zelt gestaute Luft und spürte, wie sein Hirn davon weich wurde. Er konnte zu den Managern gehen. Ihnen sagen, dass Streik drohte. Alle verpfeifen. Traurig schüttelte er den Kopf. *Aber die Manager … dieser Harrington … die waren ein arroganter Haufen. Holten entweder die Polizei oder kümmerten sich selbst drum. Die würden schon ihre Party feiern. Grubenarbeiter waren doch bloß Ungeziefer für die. Und ein Reicher mit der Polizei im Rücken hatte keine Angst vor Ungeziefer.*

Ghan stützte sich auf einen Ellbogen. Er steckte sich sein letztes Geld in die Tasche, seine Entscheidung war gefallen.

Im Ort wollte Ghan zum Telegrafenamt, sah aber die beiden vom Frühstück davor, die jeden, der kam und ging, beobachteten und belauschten. Ghan drehte ab und versuchte, seine Gedanken zu ordnen. Drei alte Fahrräder standen vor dem Büro des Kuriers. Dazwischen hockte ein schlaksiger Junge, der auf Aufträge wartete. Ghan schätzte, dass es mit dem Fahrrad einen halben Tag bis zur Farm der Harringtons dauerte. Außerdem konnte man diesen Jungs nicht trauen, deren Zunge war so flink wie ihre in die Pedale tretenden Beine. Sein Blick wanderte zu einem alten Nutzfahrzeug ohne Dach. Vorne schlief ein Abo, seine Beine hingen aus der Fahrerkabine, seine Fußsohlen waren vollkommen staubig. Sein Gesicht wurde von einem Hut bedeckt.

Ghan eilte zum Wagen und klopfte auf die Motorhaube. »Is' das dein Wagen?«

»Vom Boss«, antwortete der junge Aborigine knapp und lugte unter seinem Hut hervor. »Der is' im Pub, saufen.«

»Also du fährst?«

»Ja.«

»Willst du dir ein paar Dollar verdienen?«

Der junge Mann zog seine Füße ins Auto und stützte sich mit verschränkten Armen auf dem Armaturenbrett ab.

Rasch fuhr Ghan fort: »Kennst du Wanjarri Downs?«

»Klar. Hab da Verwandte.«

»Wie lange dauert es, dahin zu fahren?«

»Wenn ich mich beeile? Vier, fünf Stunden.«

»Du musst eine Nachricht an Mr. Harrington überbringen. Es ist dringend.«

Der Mann lachte so breit, dass seine gesamte weiße Zahnreihe zu sehen war. »Wer hört denn auf 'n Abo, Boss?«

Da hatte er recht. »Warte.« Ghan wühlte in einem Müllhaufen neben dem Laden, entdeckte eine fettige Papiertüte und riss ein Stück ab. »Hast du was zu schreiben da?«

Der Mann suchte den Boden des Wagens ab und kam mit einem Stift wieder hoch. Ghan gab ihm den Zettel. »Schreib's auf.«

Wieder blitzte die Zahnreihe, als er den Zettel zurückgab. »Kann nur 'n X.«

Ghan starrte auf das Stück Papier. Er legte es auf die Motorhaube, versuchte, den Stift zwischen die Finger zu nehmen, und umklammerte ihn schließlich mit der Faust. Dann drückte er die Spitze aufs Papier und schloss die Augen, weil er versuchen wollte, sich ein Wort als Bild vorzustellen. Schweiß tropfte ihm von der Nase auf den Zettel. Er fluchte. Er blickte sich um, bis sein Blick auf das Hotel Imperial und die kühne Schrift an der Seitenmauer fiel. Wie das Hotel hieß, wusste er. Er sagte es im Stillen vor sich hin, bewegte dabei die Zunge, artikulierte jeden Laut einzeln. Das erste Wort war kürzer und musste »Hotel« heißen.

Ghan strich den Zettel glatt und kopierte mit zittrigem Handgelenk HOTEL in Großbuchstaben. »Hotel«: das erste Wort, das er je geschrieben hatte – und zwar wie ein Dreijähriger. Als er auf die ungelenken Buchstaben blickte, verspürte er Zorn, Scham und Traurigkeit. Unter das Wort zeichnete er ein großes X. Mehr konnte er nicht tun. Dann gab er dem Aborigine den Zettel. »Mr. Harrington muss das kriegen, hörst du?«

»Und wenn er's nich will?«

»Dann gib es irgendeinem Weißen da. Sag dem, Mr. Harrington darf nicht fahren. Klar?«

»Klar, Boss.« Der Aborigine grinste, faltete den Zettel und steckte ihn sich in die Tasche. Dann hielt er die Hand auf. Als Ghan ihm ein paar Scheine gab, riss der Mann die Augen auf und startete sofort den Wagen.

Ghan klopfte auf die Motorhaube. »Wenn du wieder zurück bist, sag kein Wort davon, klar?«

Wieder blitzten die weißen Zähne auf. »Wer hört schon auf 'n Abo, Boss?«

Der Wagen tuckerte die Straße hinunter, und die dünne Gestalt des Fahrers hüpfte bei jedem Schlagloch. Ghan sah ihm nach, nicht erleichtert, sondern nur resigniert. Er hatte alles getan, was er konnte.

Als er ins Lager zurückging, versuchte er, nicht auf die Zeltreihen zu blicken, die wahrscheinlich noch in dieser Nacht abgefackelt würden. Mit dröhnendem Schädel duckte er sich in sein eigenes Zelt und wollte schon an der Mittelstange zerren, da hielt er inne. Wenn er das Zelt abbaute, würde sich wie ein Lauffeuer verbreiten, dass er einpackte. Er biss die Zähne zusammen. Dann bliebe ihm gar nichts mehr: kein Geld und kein Zelt. Er packte so viel zusammen, wie er konnte, und stopfte es in sein Hemd. Dann verließ er seine Bleibe, blickte sich ein letztes Mal um und eilte, so schnell sein Holzbein es zuließ, Richtung Wäldchen.

## Kapitel Fünfundfünfzig

James rannte dem Wagen der Scherer nach und winkte dem Fahrer, dass er anhalten sollte. Als der langsamer wurde, kletterte er auf die Stoßstange und schob die Wollballen zurück, die sonst herausgefallen wären. Er zurrte sie wieder mit dem Seil fest und sprang vom Wagen. »Hätten fast die Ladung verloren«, sagte er zum Fahrer und klopfte auf die Tür. »Jetzt ist alles in Ordnung.« Der Mann tippte sich an den Hut und fuhr los, worauf die Ladung wie ein tänzelndes Hinterteil hin und her schwankte.

Von der anderen Straßenseite näherte sich eine Karre mit einer Riesenstaubwolke und bog so schnell in die Auffahrt, dass sich zwei Räder vom Boden lösten und mit einem dumpfen Aufschlag wieder darauf landeten. Der Wagen hielt vor dem Haupthaus, und ein schlanker Aborigine stieg aus, der den Hut so tief ins Gesicht gezogen hatte, dass man nur sein Kinn sah. Er ging die Stufen zum Haus hinauf und klopfte an die Tür. Meredith kam zum Fenster, verzog das Gesicht, verschwand wieder und zog die Vorhänge zu. Der Aborigine wartete ein paar Minuten, dann lachte er und ging langsam wieder zurück.

Tom wischte sich den Schweiß von der Stirn. Er war immer noch außer Atem vom Verladen der Wollballen. »Was will der denn hier?«

»Vielleicht was zu essen.« James runzelte die Stirn. »Die Köchin hat nicht mal die Tür aufgemacht.«

Der Mann ging zurück zum Wagen. »Kann ich was für Sie tun?«, rief James ihm zu.

Der Aborigine zeigte ihm grinsend die Zähne. »Ich will zu Mr. Harrington.«

»Der ist heute Morgen weggefahren.«

Das Grinsen des Mannes schwand. »Das ist schlecht. Ich hab 'ne Nachricht für ihn.« Er griff in seine Hemdtasche, zog einen zerknitterten, braunen Zettel heraus und gab ihn James.

Die Schrift war auf dem fettigen Papier verschmiert, doch erkannte er das Wort und sah, dass der Stift beim X Löcher ins Papier gedrückt hatte. »Wer hat Ihnen das gegeben?«

»Weißer Mann. Hat mir aufgetragen, Mr. Harrington zu sagen, dass er nicht fahren soll.« Als er James forschend ins Gesicht blickte, wurde seine Miene ernst. »In Coolgardie gibt's Ärger. Heute Abend. Alles brodelt. Alle suchen Streit.« Jetzt sah er James unverwandt und drängend an. In seinen Augen zeigte sich tiefes Verständnis. Er zeigte mit dem Finger auf den Zettel und schüttelte den Kopf. »Ärger. Wird schlimm werden. Es gibt Streik. Aufstand.«

James sah vor sich, wie die Harringtons am Morgen losgefahren waren. Alex hatte die Koffer eingeladen, während Leonora mit gesenktem Kopf auf dem Beifahrersitz saß. Er hatte den Blick abgewandt, denn ihm wurde jedes Mal übel, wenn er sie zusammen sah. Der Aborigine beobachtete ihn. James knüllte den Zettel zusammen und damit das Bild von Alex und Leonora.

»Wollen Sie sich ein wenig im Schatten ausruhen?«, fragte James. »Ich könnte Ihnen ein bisschen Proviant für die Rückfahrt besorgen.« Er sprach zu ihm wie zu einem Weißen, worauf der Aborigine sich entspannte.

»Nee. Muss zurück sein, bevor der Boss aufwacht. Muss seinen Arsch retten, bevor der Ärger losgeht.«

James nickte. Daraufhin machte sich der Mann auf den Rückweg, und seine dünne Gestalt hüpfte auf dem Fahrersitz der rumpelnden, schlingernden Karre.

Tom kam zu James. »Worum ging's?«

»Er meinte, in Coolgardie gäbe es Ärger.« James quetschte das zerknüllte Papier in seiner Faust zusammen, bis es nur noch erbsengroß war. »Ein Streik. Er wollte Alex warnen, dass er wegbleiben soll.«

»Och«, spöttelte Tom. »Klingt für mich wie 'ne Räuberpistole. Da versucht ihm jemand Angst zu machen.« Dann grinste er. »Außerdem geschieht's dem eingebildeten Bastard ganz recht.«

»Leonora ist bei ihm.« Er hörte seine eigene Stimme wie aus ferner Distanz.

»Glaubst du etwa die Geschichte?« Auf die Antwort musste Tom länger warten.

»Ich hab ein ganz schlechtes Gefühl dabei, Tom. Es war da was im Blick dieses Typen. Ich kann's nicht erklären.«

»Aber ich«, sagte Tom lachend. »Du hast Sehnsucht nach deiner Freundin.« Er hielt sich die Rippe wegen des Scherzes und streckte dann den Arm über den Kopf, um sie zu entstauchen. »Also gut«, sagte er dann, »kann ja nicht schaden, das nachzuprüfen. Verdammt, wir waren schon seit Monaten nicht in der Stadt, vielleicht schlagen wir 'n gutes Essen dabei raus.«

• • •

Tom pfiff die gesamte Fahrt tonlos vor sich hin, während er und James stundenlang die schnurgerade Strecke nach Coolgardie rasten. Als sie an den abgehackten Bäumen vorbeikamen, wirkten die Stümpfe in der einbrechenden Dämmerung wie schwarze Löcher. Die Reifen rutschten ständig in die verschiedenen Spurrillen, so dass James oft Mühe hatte, den Wagen geradeaus zu steuern. Als er die Scheinwerfer einschaltete, sah man das Licht in der Dämmerung kaum, doch mit zunehmender Dunkelheit wurde es immer schärfer. Tom rutschte mit dem Hintern über den Sitz und richtete sich auf. »Riechst du das?«

»Da brennt was. Guck.« James zeigte in die entsprechende Richtung. Am graublauen Himmel stiegen ebenso graue Rauchsäulen in die Höhe.

»Liebe Güte.«

James drückte aufs Gas und umklammerte fester das Lenkrad. Tom rieb sich die Stirn. »Wir müssen erst nachdenken, James. Klar? Wir können nicht einfach so da reinstürmen.«

»Aber sie ist mittendrin, Tom.«

»Ich weiß.« Sein Atem ging schneller, und er rutschte weiter zum Rand des Sitzes. »Ich weiß, aber wir müssen erst nachdenken, sonst geht's uns an den Kragen.«

Der Rauch aus Coolgardie wurde dichter und wallte in einer giftigen Wolke auf. Im Osten leuchtete rot der Himmel, und auch hier wallte Rauch auf, doch gezackter, da er von Flammen durchschnitten wurde. »Ach du Scheiße. Das ist übel.«

Als der Wagen über einen Hügel fuhr, konnte man einen ersten Blick auf Coolgardie erhaschen, das hell erleuchtet war. Rauch stieg empor und fraß schwarze skelettartige Schatten, um immer höher in den Himmel zu steigen. Rote Flammen leckten an gelben Blitzen, und bestimmte Punkte der Stadt waren von einem orangefarbenen Lichthof umgeben. Tom wollte etwas sagen, doch fehlten ihm die Worte. Er schluckte und setzte erneut zum Sprechen an. »Es ist überall. Die wissen gar nicht, wo sie hinwollen.«

»Doch, das wissen sie«, grollte James mit harter Stimme. »Sie ziehen einen Ring.«

Der Wagen raste ins brennende Tal. »Weißt du noch, wo das Hotel war?«, fragte James knapp.

»Ja. Links vom Güterbahnhof.«

»Wir fahren hinter die Gleise, steigen da aus, umrunden den Bahnhof und sehen, ob wir so ins Hotel kommen.«

Im Ort wurde der Rauch immer dichter. Das Scheinwerferlicht konnte die wirbelnden Schwaden kaum durchdringen. Der Wagen bog abrupt von der Hauptstraße auf einen Schotterpfad und ratterte blind zu den Gleisen. Dann stießen die Reifen gegen ein Bahngleis und rumpelten darüber. James und Tom stiegen aus, drückten sich die Hemden auf die Nasen und rannten auf die Gebäude zu, von denen einige brannten. Das schrille Klingeln der Feuerwehrwagen schmerzte in ihren Ohren. Scheiben zersprangen und fielen klirrend zu Boden. Männer brüllten; Stimmen hallten zwischen den Mauern.

James und Tom schlichen sich durch eine lange Gasse, die quer zur Hauptstraße lag. Dort stand ein verwaister Feuerwehrwagen mit zerstückeltem Schlauch und zerstörter Leiter. Sie pressten sich mit dem Rücken an eine Backsteinmauer und rührten sich nicht, als eine Horde Männer, eine gesichtslose, wimmelnde Masse, über die Hauptstraße zum Hotel stürzte. Ein Mann schnellte daraus hervor, schmetterte einen mit Nägeln gespickten Holzbalken gegen die Räder eines stillgelegten Wagens und schlug so lange zu, bis der Balken brach. Der Gestank von Öl und Benzin lag in der Luft. James packte Tom am Hemd und zeigte zum weiter weg liegenden Nebenflügel des Hotels. »Wir steigen durchs Seitenfenster ein.«

Sie holten kurz Luft und rannten zum Hotel, dessen vierte Etage bereits in Flammen aufging. Das Seitenfenster war zerschmettert, so dass sie durch rasiermesserscharfe Scherben in die dunkle, verrauchte Lobby steigen mussten. Ein paar versprengte Gestalten auf der Straße sahen sie und stürzten Stöcke schwingend zu ihnen. Tom bekam einen so festen Schlag in den Rücken, dass er taumelte. James und zwei Männer in der Lobby packten nach jedem, den sie zu fassen bekamen, und schleuderten sie zurück durchs zersprungene Fenster. Andere verbarrikadierten den Haupteingang, der unter heftigen Schlägen von draußen erzitterte.

Im Bruchteil einer Sekunde wurden sie von den panischen Gästen auseinandergerissen. »Tom!«, brüllte James, doch seine Stimme ging im Lärm unter. Dann schoss eine Flamme aus der Bar empor, dicht gefolgt von kleineren Explosionen, als die Spirituosenflaschen zerplatzten. Im Licht eines Blitzes sah man angstverzerrte Gesichter, kreischende Frauen und Befehle brüllende Männer. Im immer wieder aufflackernden Licht suchte James den Raum nach Leonoras Gesicht ab. Da – da war Alex, duckte sich unter dem zerspringenden Glas, packte Männer am Kragen und brüllte ihnen etwas ins Ohr. James pflügte sich durch die Menge und fasste ihn am Arm. »Alex!«

Verwirrt sah Alex sich um.

»Wo ist Leo?«, schrie James.

Mitten im Chaos hielt Alex inne und legte den Kopf zur Seite. James hätte ihn am liebsten erwürgt. »Wo ist Ihre *Frau*, gottverdammt noch mal!«

Alex verzerrte das Gesicht, als wäre er geschlagen worden, und sagte gequält: »Ich kann sie nirgendwo finden! Sie war nicht bei mir, als das Feuer ausbrach.« Er packte James und klammerte sich wie ein Ertrinkender an ihn. »Sie müssen sie finden! Gott helfe mir, aber ich werde mir niemals verzeihen, wenn ihr was zustößt!«

»In welchem Stockwerk wohnen Sie?« *Bitte nicht im vierten.*

»Im zweiten! Aber da ist überall Rauch.«

• • •

»Alles klar.« James überflog erneut den Raum und straffte sich. »Hören Sie, Tom ist auch hier. Hier irgendwo.«

• • •

Auf der Straße schrillten handgekurbelte Sirenen los; in der Ferne ertönte ein Schuss. Leonora presste sich ein nasses Handtuch auf den Mund, als schwarzer Rauch unter der Tür hindurchquoll. Sie versuchte, ganz ruhig zu bleiben und trotz des Aufruhrs klar zu denken. Sie begriff nicht, was los war. In der einen Minute zog sie sich noch zum Abendessen um und in der nächsten verwandelte sich die Stadt in einen Kriegsschauplatz. Adrenalin beschleunigte ihre Überlegungen und straffte ihre Muskeln. Sie kämpfte gegen den Drang, sich in einer Ecke zusammenzukauern oder um Hilfe zu schreien. Niemand würde sie hier hören. *Denk nach, Leonora.* Sie musste den Mund geschlossen halten und verhindern, dass der Rauch in ihre Lungen drang. *Denk nach.*

Im Flur war zu viel Rauch; also müsste sie durchs Fenster flüchten. Sie hielt die Luft vor den aufsteigenden giftigen Schwaden an und wollte das Fenster hochschieben. Vor lauter Anstrengung rutschten ihr die Hände ab. Sie versuchte es noch mal, stärker, doch brachen ihr nur die Fingernägel ab. Vor Panik schluchzte sie auf, riss sich dann aber zusammen. Sie durfte jetzt nicht die Beherrschung verlieren, sondern musste nachdenken. Flach atmen, sonst würde sie ersticken. Sie tastete mit den Fingern über den Fensterrahmen. Da waren Nägel in der Ecke. *Nein.* Das Fenster war zugenagelt. Hektisch suchte sie im zunehmenden dunklen Rauch nach etwas, womit sie die Scheibe einschlagen konnte. *Nichts.* Sie hämmerte mit blanken Fäusten dagegen. *Nein!* Dadurch bekam sie zu viel Rauch in die Lungen. Hustend krümmte sie sich. Sie fand das Handtuch, das sie fallen gelassen hatte, und atmete durch den nassen Stoff.

Irgendwo schrie eine Frau. Irgendwo klirrte ein Fenster, ob über oder unter ihr, wusste sie nicht, der Lärm kam von überall her. Leonora hustete in ihr Handtuch und lauschte angestrengt. Ihre Lungen brannten. Entweder starb sie in diesem Zimmer, oder sie versuchte es trotz des Rauchs durch den Flur. Sie stellte es sich bildlich vor, wie sie rennen würde, bis sie den Rauch hinter sich hatte oder zusammenbrach. So oder so: Hier bleiben konnte sie nicht.

Da hörte sie Männer im Flur. *Gott sei Dank!* Die würden ihr helfen. Ihr wurde schon schwindlig, sie schwankte. Sie konnten sie hier rausbringen. Ihre Augen brannten, ihre Lungen schrien nach frischer Luft. *Sie werden mir helfen.* Sie taumelte zur Tür …

• • •

Alex warf einen Blick über die Schulter. »Die Polizei ist da, Gott sei Dank.« Die Hitze im Saal war unerträglich. Alex' Gesicht war so schweißüberströmt, dass es aussah, als weinte er, als er James zubrüllte: »Wenn Sie Leonora finden, bringen Sie sie raus. Einfach weg von hier, hören Sie?« Abrupt gingen sie in die Hocke, weil noch eine Flasche über ihnen explodierte. Alex kniff die Augen zu Schlitzen zusammen. »Finden Sie sie.«

James schlängelte sich durch die Menschenmasse, bis er die breite Treppe fand, deren oberste Stufen vor lauter Rauch nicht mehr zu sehen waren. Mit dem Hemd vor dem Mund stürzte er in den zweiten Stock hinauf. Der Rauch brannte ihm in den Augen. James hustete in sein Hemd. Im Flur drang durch ein großes, noch intaktes Fenster Licht vom Feuer draußen, so dass er trotz des dichten Rauchs etwas sehen konnte.

»Leo!«, brüllte er über die Sirenen hinweg. Hustend holte er Luft und rief noch einmal: »Leo!« Seine Stimme wurde heiser und rau, und er musste so husten, dass er nicht mehr rufen konnte. Mit brennenden, tränenden Augen stolperte er durch den leeren Flur. Immer langsamer tastete er sich an der Wand entlang und spürte, wie seine Lungen schrumpften.

»Lass sie doch!«, ertönte eine Stimme in der Dunkelheit. »Die Bullen kommen schon!«

»Ich hau nich ab, bevor ich nich krieg, was ich haben wollte!« Raues Husten. »Muss nur den Scheißrock runterkriegen …«

Eine eiskalte Hand schloss sich um James' Herz und drückte zu. Er ließ sein vor die Nase gepresstes Hemd sinken und vergaß Feuer und Rauch. Blind rannte er durch den Flur.

»Scheiße!« Ein Mann floh in den Rauch. Ein zweiter, grau und schemenhaft, blickte vom Boden auf, erschreckt, aber wild entschlossen, mit der Hand am Rock einer Frau.

James holte mit dem Fuß aus und ließ ihn gegen das Kinn des Mannes krachen, was den sofort zu Boden schickte. Er krümmte sich zusammen und wollte sich wieder aufraffen. Doch James wartete nicht erst ab, sondern trat ihm so heftig gegen die Rippen, dass die zusammengekrümmte Gestalt in den dunklen Rauch rollte. Jetzt musste James so schnell atmen, dass ihm zu viel Rauch in die Lungen drang und er sich schwindlig an der Wand festhalten musste. Er hörte, wie sich jemand den Flur hinaufschleppte. James wollte den

Männern folgen, doch seine Brust zog sich schmerzhaft zusammen. Er presste sich wieder das Hemd über den Mund und glitt mit den Händen an der Wand hinunter, bis er den weichen Körper der Frau spürte und sich bis zu ihrem Gesicht hochtastete.

»Leo!« James zog den schlaffen Körper hoch und schüttelte ihn an den Schultern. »*Leo*!«

Er umschlang ihre Taille und ihre Knie und drückte Leonora an seine Brust. Ihr Kopf prallte immer wieder von seiner Schulter ab, als er sie blind die Treppe hinuntertrug. Er stützte sich mit dem Rücken am Geländer ab und hustete in seine Schulter. Unten brüllten Polizisten, und Menschen stürzten kreischend durch den Eingang der Lobby, obwohl der halb in Flammen stand. James steuerte weg von der Menge in einen dunklen Saal. Dort gab es eine Holztür nach draußen, die verschlossen war, aber aufsprang, als James erst mit der Schulter dagegenrammte und sie dann auftrat.

Die frische Luft traf ihn wie ein Schlag ins Gesicht. In der Gasse sank James auf die Knie, hielt seine Wange vor ihren Mund und spürte keinerlei Atem. Er drückte seine Lippen auf ihre und atmete tief in ihre Lungen, kämpfte gegen den Husten, bis er selbst Luft holen musste. Ihr Kopf kippte schlaff zur Seite und hing schwer auf seinen Fingerspitzen.

Er riss das Oberteil ihres Kleids auf, schob die Kette aus dem Weg und hob sie an, bis ihr Kopf nach hinten sank und ihr Rücken sich nach oben wölbte. Den Blick hielt er auf den Anhänger gerichtet, konzentrierte sich nur auf ihn, während er seine Lungen mit frischem Sauerstoff füllte und dann seinen Mund auf ihren presste. Jahre voller Verlust überschwemmten ihn, und mit jeder neuen Welle sah er ein anderes Gesicht, eine andere Erinnerung. Er beatmete Leonora schneller und härter. *Nicht noch mal.* »Nicht noch mal!« flehte er laut zwischen zwei Atemzügen.

Wieder drückte er seinen Mund auf ihre geöffneten Lippen. »Ich darf dich nicht verlieren, Leo«, bettelte er. »Nicht noch einmal.«

Da reckte Leonora den Hals und schlug die Augen auf. Sie hustete so heftig, dass sich ihr ganzer Körper krümmte, doch James drückte ihren Kopf an seine Brust und hielt ihre Schultern umschlungen, während sie würgend Luft einsog und ausstieß. Als er sie schließlich einatmen hörte, drückte er seine Wange gegen ihren Haarschopf und küsste mit zitternden Lippen ihren Scheitel.

Geschrei von der Straße riss ihn aus seiner glückseligen Erleichterung. Er verschwendete nicht einen einzigen Augenblick, sondern hob Leonora auf seine Arme und rannte zu den Gleisen.

»James!« Tom kam vom Ende der Gasse zu ihm gestürzt. Er blutete über dem Auge. »Oh Gott, ist alles in Ordnung mit ihr?«

»Ja, geht schon wieder. Was ist mit dir passiert?«

Tom fasste sich an den Kopf und guckte erstaunt auf das Blut an seinen Fingern. »Bin wahrscheinlich von einer Scherbe getroffen worden.« Er wischte sich nachlässig mit dem Hemd über die Wunde. »Ich habe Alex gefunden.«

»Ich auch.«

»Ich soll seinen Wagen holen. Wir sind direkt hinter euch. Bring sie einfach hier raus.«

James legte Leonora auf den Rücksitz und versuchte, ihr etwas Wasser einzuflößen, aber sie schüttelte nur den Kopf, weil sie vor lauter Husten nichts sagen konnte. Doch sie war bei Bewusstsein, sie atmete, sie lebte. Er setzte sich auf den Fahrersitz und fuhr über die Gleise, den Blick auf den Rückspiegel gerichtet – auf sie.

Stunden später, als der Nachthimmel still und klar war und nur von den Sternen erhellt wurde, hielt James den Wagen vor dem Tor nach Wanjarri Downs, stieg aus, öffnete es, setzte sich wieder auf den Fahrersitz und fuhr hindurch. Er schloss das Tor nicht hinter sich. Während der ganzen Fahrt hatten sie nicht gesprochen, und die Stille war nur durch ihr quälend trockenes Husten unterbrochen worden. Jetzt hörte er, wie sie zum Wasser griff und mit langsamen Schlucken trank. Er fuhr an den Straßenrand, drehte sich zu ihr und spürte das Vibrieren des im Leerlauf tuckernden Wagens in seinen Gliedern. Leonoras Augen trafen seine. Ihre waren müde und blutunterlaufen. Ihr Gesicht und ihr Kleid waren rußverschmiert.

Vor lauter Erleichterung schnürte es ihm die Kehle zu. »Geht es dir gut?«

Sie nickte. »Und dir?« Ihre Stimme war heiser und gepresst.

»Mir auch. Jetzt.« Er holte zum ersten Mal tief Luft. »Ich fahr dich zum Haus und hol dann den Arzt.«

»Nein.« Sie klammerte sich am Sitz fest. »Ich brauche keinen Arzt. Ehrlich nicht.« Sie unterdrückte ein Husten und senkte den Blick. »Geht es Alex gut?«

Er spürte ein hohles Gefühl im Magen. »Ja.« Er wandte sich von ihr ab, drückte aufs Gas und blickte starr geradeaus. »Tom bringt ihn zurück.«

Als James vor dem Haus vorfuhr, drückte er auf die Hupe. Nach ein, zwei Minuten kam Meredith aufgelöst aus einem Scherschuppen, richtete sich das Haar und knöpfte sich die Bluse zu. James zog die hintere Wagentür auf und schob seinen Arm um Leonoras Taille. »Das schaff ich schon«, sagte sie. James ignorierte sie, hob sie mühelos hoch und trug sie zu Meredith, die händeringend auf den Stufen stand.

»Um Himmels willen!«, sagte sie mit zittriger Stimme. »Was ist denn passiert?«

»In Coolgardie gab es Tumulte. Das Hotel wurde in Brand gesteckt.«

»Oh mein Gott, nein!«

James ging an ihr vorbei. »Kochen Sie ihr heißen Tee und lassen Sie ihr ein Bad ein!«, ordnete er an.

»Ja, sofort.«

Geschickt trug James sie die Treppe hinauf. »Ich kann aber schon laufen, weißt du?«, bemerkte sie zaghaft.

»Ich weiß.« Er hatte die Kieferknochen so fest aufeinandergepresst, dass sein ganzes Gesicht wie eine Maske wirkte.

Er stieß mit dem Fuß die Schlafzimmertür auf und legte Leonora aufs Bett. Als er sah, wo Alex geschlafen hatte, wo er wieder schlafen würde, krümmte er sich innerlich. Leonora entging das nicht. »Er ist nicht hier, James.« Er nickte und setzte sich neben sie auf die Bettkante.

Meredith kam die Treppe heraufgestampft und reichte James die Tasse Tee. »Dann lass ich jetzt das Bad ein«, sagte sie und eilte mit entschlossener Miene wieder hinunter.

Leonora nippte an dem heißen Tee. Jeder Schluck brannte ihr in der Kehle, die noch rau vom Husten war, und beruhigte sie dann. Während sie den Blick auf den Tee gesenkt hielt, betrachtete James ihr Gesicht, beobachtete die winzigen Bewegungen ihrer Finger, die den Becher umschlungen hielten. Er zog die Augenbrauen zusammen, und seine ganze Miene zerknitterte sich. »Bist du sicher, dass du keinen Arzt brauchst?«, fragte er leise.

»Ja, ganz sicher.« Als sie den Becher auf den Nachttisch stellte, hatte er rußfarbene Flecken.

James starrte zur Tür, war mit dem Blick ganz woanders. Sein Schweigen machte sie nervös, beschleunigte ihren Puls. Sie blickte auf ihr schmutziges Kleid, dessen Saum eingerissen und dreckbespritzt war. Dann drehte sie die Hände in ihrem Schoß um und sah auf ihre schwarzen, eingerissenen Fingernägel. »Ich seh ja vielleicht aus«, sagte sie leise und lehnte sich in die Kissen.

James wandte sich zu ihr. »Ist das das Leben, das du dir wünschst, Leo?«, fragte er schroff und drängend und sah sie direkt an.

Ihre Augen brannten, obwohl längst kein Rauch mehr da war. »Was ich mir wünsche, ist ganz unwichtig«, flüsterte sie.

»Wie kannst du das sagen?« Er verzog das Gesicht. »Verdammt, Leo, du bist wichtig. Wichtig für mich.« Er richtete sich auf, als wollte er hinausstürmen, doch dann umfasste er ihr Kinn und küsste sie, wild und hart, als wäre dies sein letzter Kuss. Dann wurden seine Lippen weich, und er zog sich leicht zurück. »Ich dachte, ich würde dich verlieren.«

Sie klammerte sich an sein Hemd und zog ihn wieder zu sich. Er griff in ihre Haare und streichelte sie, während er sie küsste, und senkte ihren Kopf auf das Kissen. Sie schlang ihm die Arme um den Hals, drückte ihn fest an sich und spürte, wie von seiner Wärme ihr Blut in Wallung und ihre Sinne in Aufruhr gerieten.

Unten knallte die Haustür. »Wo ist sie?«, rief Alex mit verzweifelter Stimme.

Leonora löste sich aus dem Kuss. Diese Stimme vereiste sie innerlich.

»Oben, Sir«, antwortete Meredith rasch.

Leonoras Augen huschten zur Tür. James starrte auf ihre Lippen – Lippen, die er nicht küssen durfte –, und sein Gesicht war schmerzerfüllt. »Ich kann das nicht mehr, Leo.«

Alex' Schritte donnerten unten über die Dielen.

Unbeholfen griff sie nach seiner Hand. »Was denn?«

»Das hier. Dich mit ihm zusammen zu sehen.« Er schob ihre Hand weg. »Ich kann das nicht mehr.«

Alex stürzte ins Zimmer. »Gott sei Dank geht es dir gut.« Er packte Leonora und zog sie an seine Brust. Mit einer Grimasse drehte sie ihr Gesicht weg und suchte James mit dem Blick. Doch er war bereits fort.

## Kapitel Sechsundfünfzig

Die frisch geschorenen Schafe hüpften ohne ihr schweres Wollkleid geradezu über das karge Land. Unter dem zarten Flaum mit den noch sichtbaren Streifen vom Scheren schimmerte rosig ihre Haut hindurch. An diesem Vormittag wurde die letzte Wolle abtransportiert. Die Schafscherer hatten ihren Geschwindigkeitsrekord gebrochen und zwanzigtausend Schafe in drei Wochen geschoren. Die Wollballen waren groß und schwer gewesen, die Erträge hatten alle Hoffnungen übertroffen. Alex zahlte den versprochenen Bonus aus, so dass die Männer mit brennenden Muskeln stolz in Geld und Whiskey schwelgten. Sie saßen um eine große Feuergrube herum und aßen Unmengen an Steaks und Hammelfleisch von dünnen Blechtellern, von denen der Bratensaft auf die Erde tropfte. Dabei reichten sie Whiskey herum, bis die Flaschen leer waren.

James und Tom hatten sich dazugesellt; Tom plauderte mit den Männern, während James auf dem Rücken lag, die Hände hinter dem Kopf verschränkt hatte und in den Himmel starrte. Alex konnte er nicht mal ansehen. Dann drehte sich ihm der Magen um.

Seit dem Aufstand war Alex zu Hause geblieben. Seine Manager, Lakaien mit verschlagenen Mienen, kamen zum Haupthaus und blieben dort, um Vergeltungsmaßnahmen und Strategien zu planen, die Arbeiter wieder auf Spur zu bringen. Die Nachricht verbreitete sich so schnell im Outback wie das Feuer zwischen den alten Holzhäusern in Coolgardie. Zwei Italiener und ein Australier waren bei den Tumulten umgekommen. Eine italienische Herberge, zwei Pubs und zahllose Häuser waren vollkommen abgebrannt. Das Imperial Hotel hatte seine zwei obersten Stockwerke verloren, doch das Erdgeschoss war noch in gutem, wenn auch dachlosem Zustand. Die Mine und deren Nebengebäude waren unversehrt.

Seit dem Feuer hatte James Leonora nicht mehr gesehen, und er legte es auch nicht darauf an. Er hielt den Blick vom Haupthaus abgewandt und Geist und Körper mit Arbeit beschäftigt. Doch in seinen Träumen war sie da, mit weichen, wartenden Lippen und einer Haut, so glatt unter seinen Fingern. Und wenn er aufwachte, streckte er sich, warf sich den Arm über die Stirn und versuchte, die Bilder zu verdrängen. Dann stand er auf und kurierte sein Verlangen mit Arbeit.

Jetzt erhob sich Alex schwankend aus dem Kreis der Männer. »Einen Toast! Auf die gottverdammt besten Schafscherer in ganz Australien!« Er hob die Flasche in die Luft und nuschelte wie ein arroganter Clown. Die betrunkenen Männer jubelten und hoben ihre Gläser.

»Halt … halt … wartet!« Alex brachte sie zum Schweigen. »Ich habe ihnen schon persönlich gedankt, will es aber noch einmal öffentlich tun: James und Tom …« Mit trübem Blick entdeckte er sie in der Menge und hob seine Flasche: »Männer, ihr habt meine Frau gerettet.« Plötzlich klang er nüchtern und entschieden. »Und dafür werde ich euch immer dankbar sein! Cheers!« Er stieß die Flasche vor und setzte sie dann an seine Lippen. Die Männer brüllten und tranken mit blitzenden Augen.

»Nun, Männer, da von meiner Frau die Rede ist« – Alex grinste und zwinkerte den Männern zu – »ist es jetzt Zeit, mich zurückzuziehen und mit ihr zu feiern!«

Die Männer brachen in lauten Jubel aus und klatschten. Ohne zu wissen, was er da tat, schoss James in die Höhe. »Lass ja die Finger von – «

Sofort packte Tom ihn am Arm und quetschte sein Handgelenk. Die Männer verstummten. Man hörte das Feuer knacken. Ganz langsam drehte Alex sich um und legte die Hand ans Ohr. »Wie war das?«

Tom umschlang grob James' Hals und brüllte lachend: »Sie haben es gehört, Alex: Lassen Sie ja die Finger von der Flasche, sonst können Sie bei Ihrer Frau kaum Ihren Mann stehen!«

Da brüllten die Männer vor Lachen. Eine Sekunde lang starrte Alex James finster an, dann neigte er den Kopf zur Seite und lachte mit. »Zur Kenntnis genommen!« Er ließ die Flasche fallen und hielt seine leeren Hände in die Höhe. »Zur Kenntnis genommen!« Lachend schwankte er zum Haus.

James wollte sich aus Toms Griff lösen und sah seine Faust schon an dessen Kinn. Doch Tom blieb hart und hielt ihn fest umklammert. »Sie ist nicht deine Frau!«, flüsterte er hitzig. Erst dann ließ er ihn los, wiederholte jedoch: »Sie ist nicht deine Frau, Kumpel.«

• • •

Leonora lag in ihrem dunklen Schlafzimmer und lauschte auf das Aufbranden und Verebben des Stimmengewirrs am Lagerfeuer. Die Kameradschaft der Männer draußen ließ sie die Einsamkeit im Haus noch stärker spüren. Sie versuchte, einzelne Stimmen zu erkennen, doch sie vermischten sich alle zu einem rauen Bariton. Sie spitzte die Ohren, um James herauszuhören, seinen leichten, weichen Tonfall, doch das Gebrüll und Gelächter der betrunkenen Männer waren zu laut. Sie vermisste ihn derart, dass sich alles in ihrem Innern zusammenzog.

Da knallte die Haustür so heftig, dass sie hochfuhr und ihr Herz zu rasen anfing. Alex war zurück, und an seinem Stampfen erkannte sie, dass er ziemlich betrunken war. Sie wartete auf das Knarren und das anschließende Klicken der schweren Mahagonitür seines Arbeitszimmers. Stattdessen hörte sie, wie seine dumpfen Schritte die Treppe heraufkamen, und dann: »Wach auf, Darling!«

Leonora rollte sich aus dem Bett, stürzte zur Tür und schob gerade rechtzeitig den Riegel vor, als der Türknauf sich bewegte. Sie stieg zurück ins Bett, zog sich die Decke bis zum Kinn und kauerte sich zusammen.

Alex zog ungeduldig am Türknauf. »Mach auf, Leonora.« Seine Stimme war noch ganz ruhig. Leonora gab keinen Laut von sich. Da brachte ein Stoß gegen den Knauf die Tür zum Vibrieren. Und dann schlug Alex mit der Faust gegen die Tür. »Wach auf und öffne die Tür, gottverdammt noch mal!«

Leonora griff nach der langen Stricknadel und versteckte sie unter ihrer Bettdecke. Da ihre Hände zitterten, kam sie mit dem kalten Metall an ihr Bein.

Jetzt stieß Alex mit der Schulter gegen die Tür. *Rumms.* Sie hörte, wie er ein paar Schritte zurücktrat und dann so hart gegen die Tür rammte, dass der Rahmen vibrierte. *»Scheiße!«*, schrie Alex gepeinigt auf. Fluchend glitt er mit dem Rücken die Tür hinunter. Dann war es still. Leonora wartete und lauschte, hörte aber nur das Pochen ihres Herzens. Sie lockerte ihren Griff um die Stricknadel, nahm sie aber mit, als sie zur Tür ging. Sie hörte etwas rutschen und dann einen dumpfen Aufschlag. Alex' Kopf war zu Boden gesunken. Sie drückte ihr Ohr gegen die Tür. Draußen ertönte Alex' lang gezogenes Schnarchen. Leonora presste ihre kalte Stirn ans Holz und schloss die Augen.

# TEIL SECHS

## Kapitel Siebenundfünfzig

Danny, der Postbote, belieferte ein fünfzig Meilen umfassendes Gebiet. Nachdem er Pferde und Kutsche gegen ein Automobil getauscht hatte, kam er nicht mehr alle zwei bis drei Wochen, sondern wöchentlich. Dazwischen lieferte er auch Telegramme aus. Doch durch sein Auto wurde er nicht unbedingt schneller. Krummbeinig wie eine Wünschelrute und genauso steif, bewegte sich Danny nur gemächlich und ignorierte das ungeduldige Nicken und Grüßen seiner Kunden, die begierig auf Post, Kataloge und Nachrichten aus der großen weiten Welt warteten. Er war ein Mann, der nur wenig redete, dafür aber umso mehr pfiff.

Jetzt tippte er grüßend an seinen Hut, als er Leonora sah, und pfiff durch seinen zahnlosen Mund. Auf seinen krummen Beinen schwankend holte er einen Umschlag hervor. »Telegramm für Shelby.«

»Ich glaube, er ist draußen bei den Pferden.« Leonora nahm das Telegramm entgegen. »Ich werde es ihm bringen.«

Der Novembertag bescherte ihnen durchdringende, trockene Hitze. Obwohl es erst halb elf war, stieg die Temperatur schon über 37 Grad. Unter ihren Schritten wallte der Staub auf und färbte den Saum ihres blauen Kleides orange. Als sie James in der Arena entdeckte, machte ihr Herz einen Satz. Er führte den Hengst an der Kandare und beruhigte ihn, indem er die Zügel straff hielt und ihm über die Flanken strich. Tom stieg gerade von einer grau getüpfelten Stute und winkte. »Hey, Smoky!«

»Hi, Tom«, lachte sie. Als James sie näher kommen sah, verschwanden erst die Falten auf seiner Stirn, doch dann senkte er den Blick.

»Du fegst aber schön den Boden«, sagte Tom augenzwinkernd. Er stützte sich lässig auf den Holzzaun. »Aber bei dir sieht sogar Ruß hübsch aus.«

Lächelnd reichte Leonora ihm das Telegramm. »Das ist gerade für dich gekommen.«

»Ach!« Tom nahm den Umschlag und las den Absender. »Von Mum. Bestimmt sind die Jungs zurück.« Er riss den Umschlag auf und überflog den Text. Dann erstarrte sein Blick, und seine Lippen teilten sich. Er ließ die Arme sinken, hielt aber das Telegramm weiterhin umklammert. In der darauf einsetzenden Stille wurde die Atmosphäre noch drückender. Leonora presste sich die Hand an den Bauch.

James ließ das Pferd los und kam zu Tom. »Was ist?«

Tom hob den Kopf, blickte starr durch ihn hindurch und schloss den Mund.

»Wer?«, fragte James leise und sanft, denn er begriff sofort.

»Beide.« Jetzt blinzelte Tom, doch seine Miene blieb starr und verstört. »Die Grippe.« Er schüttelte den Kopf und verzog angewidert die Oberlippe. »Sie sollten heimkommen.« Seine Verstörung nahm zu. »Die Grippe? Die gottverdammte Spanische Grippe?«

Tom ließ das Telegramm fallen und griff sich mit den Händen in die Haare. »Sie sollten heimkommen«, murmelte er.

James trat noch einen Schritt auf ihn zu. »Tom …«

Doch Tom wich, die Hände immer noch in den Haaren, vor ihm zurück. »Sie sollten heimkommen!« Er schüttelte den Kopf zwischen seinen Händen. »Ich kann jetzt nicht reden. Ich kann nicht …« Stolpernd entfernte er sich, schlurfte am Stall und am Haupthaus vorbei und wirbelte dabei viel Staub auf.

James bückte sich, hob das Telegramm auf, strich es sauber und las es. Sein Gesicht war aschbleich, seine Miene steinern.

Leonora presste sich die Hand auf den Mund. Heiße Tränen quollen ihr unter den gesenkten Lidern hervor. »Es tut mir so leid, James«, wisperte sie. Denn es waren auch seine Brüder.

»Wir müssen zurück«, sagte James langsam, ohne den Blick vom Telegramm zu lösen. »Wegen der Beerdigung.« Er schloss die Augen. »Die arme Mrs. Shelby«, flüsterte er.

»Ich komme mit.«

Kurz huschte sein Blick zu ihr. »Nein.«

Sie berührte ihn sanft am Arm, zog aber dann ihre Hand zurück. »Toms Mutter hat immer noch fünf Kinder und einen großen Haushalt, James.« Sie wischte sich mit dem Ärmel die Tränen weg. »Ich kann kochen, putzen und mich um die Kleinen kümmern. Die arme Frau ist in Trauer, James. Sie wird Hilfe brauchen. Außerdem können wir den Wagen nehmen und schon morgen ganz früh aufbrechen.«

James sah sie unter schweren Augenlidern an. »Das ist keine gute Idee, Leo.«

»Wieso nicht?«

Sein Blick huschte zu ihren Lippen. »Das weißt du genau.«

»Ich verspreche, ich gehe dir aus dem Weg, James«, sagte sie mit flehender Stimme, weil sie wieder Toms gequälte Miene vor sich sah. »Ich … ich will doch nur helfen.«

»Das wird Alex niemals zulassen.«

»Es wird ihm nichts anderes übrig bleiben.«

• • •

»Nein.« Alex blickte nicht mal von den Unterlagen auf, die auf seinem Schreibtisch verstreut waren.

»Aber Toms Mutter wird Hilfe brauchen«, erwiderte Leonora hartnäckig.

»Dann können sie Meredith oder Clare mitnehmen.«

»Alex.« Leonora beugte sich über den Schreibtisch und zwang ihn, sie anzusehen. »Sie haben mir das Leben gerettet und dir wahrscheinlich auch. Das ist das Mindeste, was wir für sie tun können. Außerdem sind es doch nur ein paar Tage. Bis die Beerdigung vorbei ist.«

Alex hörte nur mit halbem Ohr hin und blätterte weiter durch seine Papiere. »Ich schick doch nicht meine Frau auf eine Farm, damit sie da Hilfsarbeiten leistet.«

Das gerahmte Foto von Alex mit seinen Vollblutpferden stand an prominenter Stelle auf seinem Schreibtisch. »Wolltest du nicht heute zu irgendeinem Pferderennen?«, fragte sie knapp.

Alex schnaubte. »Zu irgendeinem Pferderennen?« Jetzt legte er die Papiere aus der Hand und sah sie mit hochgezogenen Augenbrauen an. »Es ist der Melbourne Cup, Darling!«

»Nun, dann komme ich mit.«

Er lachte. »Auf gar keinen Fall.«

»Hör mal, Alex. Ich werde nicht allein hier bleiben. Schon gar nicht nach dem, was in Coolgardie passiert ist. Entweder helfe ich Mrs. Shelby, oder ich komme mit dir zum Pferderennen. Es liegt ganz bei dir.«

Alex trommelte mit den Fingern auf die Schreibtischplatte. Leonora war klar, dass er an die Frauen in Melbourne dachte, an die Partys, die Pferdewetten und die Befreiung von ehelichen Pflichten. »Na gut. Dann widme dich deiner Wohltätigkeitsarbeit.«

• • •

Tom lud die Hälfte des Gepäcks auf den Beifahrersitz des Fords Model T; die andere Hälfte packte er zusammen mit dem Proviant in den Kofferraum. Dann wandte er sich zu Leonora und brach endlich sein Schweigen. »Darf ich fahren?« Bedrückt rieb er sich die Schläfe. »Ich kann einfach nicht dasitzen und nachdenken«, erklärte er. »Ich will mich nur aufs Fahren konzentrieren.«

Daraufhin gab Leonora ihm die Wagenschlüssel und machte es sich auf dem Rücksitz bequem. James setzte sich neben sie. Er war frisch rasiert, und der leichte Geruch nach Seife und seiner Haut erfüllte die Luft zwischen ihnen. Ihr wurde etwas schwindlig. Sein muskulöser Körper strahlte Wärme aus. Sie spürte ihn, ohne ihn zu berühren.

Der Wagen ließ erst das Haupthaus und dann die Gatter, eines nach dem anderen, in einer Staubwolke hinter sich. Dann erstreckte sich die Straße schnurgerade vor ihnen, bis in die Unendlichkeit. Der Wind wehte Leonora durchs Haar, einzelne Strähnen kitzelten ihr Gesicht. Das Brummen des Motors störte die Stille im Fahrraum nicht, jeder hing seinen Gedanken oder Erinnerungen, Hoffnungen oder Sorgen nach, und so war der Wagen von stummen, endlosen Gesprächen erfüllt. Eine Herde Emus beobachtete den vorbeifahrenden Wagen und reckte perplex die langen Hälse und haarigen Köpfe nach dem seltsamen, knatternden Wesen.

James legte träge einen Arm auf die Rückenlehne, so dass seine Hand nur noch wenige Zentimeter von ihrem Kopf entfernt war. Wenn die Straße ruckeliger wurde, kam sie mit ihren Haaren an seine Finger, und das jagte ihr jedes Mal einen Schauer über Arme und Beine. Sie dachte, wie einfach es doch wäre, einfach ihren Kopf an seine Schulter zu legen, die Muskeln seiner Brust an ihrer Wange zu spüren und dem tröstenden Geräusch seines Atems zu lauschen.

Die Stunden flogen so schnell wie der Wagen dahin. Die Sonne drückte gegen ihre Augenlider, bis sie von allein zufielen. Vom Motorengebrumm und der Hitze nickte Leonora immer wieder ein und sah Traumbilder vor sich: von Küssen und zärtlichen Händen und aneinanderdrängenden Körpern. Ihre Lippen teilten sich mit einem tiefen Seufzer, von dem sie aufwachte, ohne sich bewusst zu sein, dass sie eingeschlafen war. Leicht benommen blinzelte sie. James grinste sie mit einem seltsamen Ausdruck an. »Das muss aber ein schöner Traum gewesen sein«, bemerkte er. »Du hast die ganze Zeit gelächelt.«

Leonora wurde rot bis zu den Ohren und wandte sich zum Fenster. Der Busch wurde jetzt dichter, die Vegetation üppiger. Hohes Gras breitete sich wie ein Gewebe aus goldenen Fäden aus.

»Hier fängt der Wheatbelt an«, erklärte James. »Als Nächstes kommt Southern Cross, und dann sind es nur noch ein paar Stunden bis nach Hause.« Er beugte sich vor und stützte die Arme auf den Vordersitz. »Soll ich übernehmen, Tom?«

Tom schüttelte nur wortlos den Kopf.

Nach ein paar weiteren Stunden Fahrt richtete Tom sich auf und fuhr mit den Händen von den Seiten des Lenkrads nach oben. »Wir sind fast da«, erklärte James. »Dieser Zaun ist die Grenze zum Land der Shelbys.«

Leonora spürte Schmetterlinge in ihrem Bauch und drückte ihre Hand dagegen. Vielleicht hätte sie doch nicht mitkommen sollen. Jetzt würde sie einen Teil von James' Vergangenheit kennenlernen, eine Welt, die ihr bis dahin verschlossen gewesen war. Vielleicht hatte James das ja gewollt.

Sie bogen in eine Kurve. Aus dem Nichts tauchten Hunde auf und rasten bellend und mit flatternden Zungen neben ihnen her. Sie jagten den Wagen, umkreisten ihn, schnappten nach den Reifen. Dann kam ein niedriges Haus in Sicht, das schlicht und doch gemütlich wirkte. Rote Rosen wanden sich um die Verandapfosten und reckten sich zum Rand des Metalldachs. An einem Fenster tauchten fünf Rotschöpfe auf.

Tom hielt den Wagen an und stieg aus. Kläffend und jaulend sprangen die Hunde an ihm hoch, um sein Gesicht abzulecken, und krallten sich dabei an seinem Hemd fest. Dann stiegen James und Leonora aus. Die Hunde beschnüffelten sie neugierig und stellten sich dann auf die Hinterbeine, um an ihr Gesicht zu kommen.

Da flog die Verandatür auf, und herausgestürmt kam eine Schar kleiner Mädchen mit roten Zöpfen, die in unterschiedlichen Tonlagen riefen: »Sie sind da! Sie sind da!«

Die Mädchen stürzten genauso zu ihnen wie vorher die Hunde. Tom ging mit ausgebreiteten Armen in die Hocke und wurde von ihnen einfach umgeworfen, weil alle sich drängten, ihn zu umarmen. Lachend und staubig stürzten sie sich als Nächstes auf James. Blitzschnell hob er zwei Mädchen gleichzeitig hoch, drückte sie an sich und wirbelte sie herum.

Wieder ging die Verandatür auf, diesmal langsamer. Eine große, majestätische Frau mit dicken, hochgetürmten Haaren kam auf sie zu. James setzte die Mädchen ab. Die Kleinen verstummten und senkten die Köpfe. Das Gesicht der Frau strahlte Stärke aus, doch ihre Mundwinkel waren nach unten gezogen, und ihr Körper wirkte steif. Sie nickte den Männern förmlich zu. »Tom. James.«

Tom straffte sich und starrte seine Mutter an. »Hey, Mum.«

Mrs. Shelby nickte – nickte und nickte. Ihre Lippen zuckten. Da ging Tom zu ihr und umschlang mit seinen sonnenverbrannten Armen ihre Schultern. Mit einem Mal knickte die Frau ein und wurde nur noch von seinen Armen aufrecht gehalten. Ihre Gesichter waren verborgen. Ganz still wurde es, die Kinder scharrten nicht mal mit den Füßen, und die Hunde ließen mit eingeklemmtem Schwanz die Ohren hängen.

Höchstens eine Minute hielten Mutter und Sohn sich umschlungen, da löste sich Mrs. Shelby schon und wischte sich mit dem Handrücken über die Augen. Sie fasste sich, und ein kaum merkliches Lächeln umspielte ihre bleichen Lippen. »Ich bin froh, dass ihr da seid, Jungs.« Schließlich wanderte ihr Blick zu Leonora.

»Mum«, setzte Tom an, »Dies ist Mrs. Harrington. Leonora.«

Die Schmetterlinge flatterten wie verrückt in Leonoras Bauch, als sie auf Mrs. Shelby zuging und ihr die Hand entgegenstreckte. »Mrs. Shelby, mein aufrichtigstes Beileid.«

Doch die ergriff nicht ihre Hand, sondern wandte sich ab und fragte Tom: »Was will sie hier?«

Tom räusperte sich. »Dir helfen, Mum. Damit du dich ausruhen kannst.«

Mrs. Shelbys Augen blitzten auf. »Wann habe ich jemals Hilfe gebraucht? Sehe ich so aus, als könnte ich nicht mehr für meine eigene Familie sorgen?«

Unbehagliches Schweigen dehnte sich zwischen ihnen aus. »Das reicht, Mum«, sagte Tom schließlich. »Sie ist eine freundliche Frau. Du weißt, dass die Trauerfeier in Perth ist. Da muss jemand auf die Mädchen aufpassen.«

Mrs. Shelby wischte die Worte weg und wandte Leonora den Rücken zu. »Das Abendessen ist auf dem Herd. Ihr Jungs habt bestimmt Riesenhunger.« Dann ging sie zum Haus zurück und rief dabei den Mädchen zu: »Kommt, Mädels! Deckt den Tisch. Die Jungs sind hungrig.«

Leonora ließ den Kopf hängen. Die Schmetterlinge in ihrem Bauch sanken schwer wie Blei. James trat zu ihr.

»Du hattest recht«, sagte sie kaum hörbar. »Ich hätte nicht mitkommen sollen.«

Da legte er ihr einen Finger unters Kinn und hob behutsam ihren Kopf. »Ich bin froh darüber.«

Sie wollte sich abwenden, doch er hielt sie sanft an den Schultern fest. »Sie wird sich schon mit dir anfreunden. Versprochen.« Er glitt mit den Händen über ihre Arme. »Sie ist außer sich vor Trauer, Leo.«

»Ich weiß«, sagte Leonora und schluckte. »Ich weiß.«

• • •

Die Familie ließ sich an dem großen, rechteckigen Tisch nieder, während Mrs. Shelby zwischen Küche und Esszimmer hin und her eilte und dampfenden Eintopf, Bohnen und Brot auftischte – und jegliche Hilfe strikt zurückwies. Zwei leere Stühle lehnten in der Mitte am Tisch – ein Schrein, den keiner ansah.

Die Kinder bestaunten offen die neue Frau am Tisch. Gracie saß auf der Kante ihres Stuhls und zwängte sich, kaum war ihre Mutter in die Küche zurückgekehrt, zwischen Leonora und James. Sie zupfte ihn am Ärmel und senkte die Stimme: »Darf ich sie was fragen, Jamesie?« Die Zwillinge waren schon neun, nannten ihn aber immer noch bei seinem Spitznamen aus Kindertagen.

James nickte dem Kind mit einem kaum merklichen Lächeln zu. »Sie wird schon nicht beißen«, sagte er.

Gracie sah Leonora mit großen, neugierigen Augen an. »Bist du eine Prinzessin?«, flüsterte sie.

Leonora neigte sich mit ebenso neugierigem Blick zu ihr hinunter und fragte flüsternd: »Nein. Und du?« Das Mädchen kicherte mit strahlenden Augen.

Leonora blickte James über Gracies Kopf hinweg an und grinste: »Jamesie?«

Er zog eine Augenbraue in die Höhe. »Vorsicht, Prinzessin.«

Da kam Mrs. Shelby mit Butter zurück. Sie warf erst einen Blick zu James, dann zu Leonora und dann wieder zu James. »Gracie!«, tadelte sie scharf. »Zurück auf deinen Platz!«

Schweigen senkte sich über den Tisch, als alle zu essen anfingen. Tom brach es als Erster: »Gott, Mum, wie ich dein Essen vermisst habe!«

»Halb verhungert seht ihr aus«, schimpfte sie leise. »Alle beide. Bekommt ihr nicht genug zu essen?« Sie warf Leonora einen spitzen Blick zu.

»Wir arbeiten hart, Mum«, versuchte Tom sie zu beschwichtigen. »Zu essen gibt es reichlich.« Er wischte sich mit der Stoffserviette den Mund ab, lehnte sich zurück und strich sich über den Bauch. Dann berührte er die Lehne von einem der leeren Stühle neben sich, starrte eine Weile auf das Holz und tätschelte es dann, als wäre es eine Schulter. »Wann müssen wir morgen los?«, fragte er leise.

»Noch vor Tagesanbruch«, antwortete Mrs. Shelby. »Der Zug fährt um sieben ab.«

»Tom«, sagte Leonora zaghaft. »Nehmt doch bitte den Wagen. Ich brauche ihn nicht.«

»Danke«, nickte Tom. »Das ist eine gute Idee. Spart uns Zeit.«

»Wir können ohne weiteres den Zug nehmen«, widersprach Mrs. Shelby mit roten Wangen und stach ihre Gabel ins Fleisch. »Die Shelbys waren niemals auf Almosen angewiesen, und dabei soll es auch bleiben. Ein Auto!«, murrte sie. »Unsere Familie protzt nicht herum!«

»Das reicht, Mum!« Tom haute so heftig mit der Faust auf den Tisch, dass die Mädchen erschrocken aufsprangen. »Das sieht dir gar nicht ähnlich.«

Leonora stand auf. Ihr war elend zumute. »Ich fang schon mal in der Küche an«, murmelte sie.

»Nein, du setzt dich hin!«, befahl Tom. »Du hast kein Recht, unhöflich zu unserem Gast zu sein, Mum. Die Harringtons haben sich uns gegenüber immer anständig verhalten. Als ich mal von einem Bullen auf die Hörner genommen wurde und fast verblutet wäre, hat sie mich besser als jeder Doc weit und breit verarztet. Wir haben da einen guten Job, Mum, und konnten damit auch schon die Steuern bezahlen. Solche Unhöflichkeit sieht dir gar nicht ähnlich. Und es gefällt mir wirklich nicht, so mit dir zu sprechen, Mum, ganz ehrlich. Aber du schuldest dieser Frau eine Entschuldigung.«

Leonora krümmte sich innerlich und wäre am liebsten im Erdboden versunken. »Ist schon gut, Tom.«

»Nein, ist es nicht«, sagte Mrs. Shelby zittrig. »Tommie hat recht.« Sie blickte Leonora blinzelnd an, als sähe sie sie zum ersten Mal. »Es ist, als hätte ich einen Dorn im Fleisch, der immer wieder rumgedreht wird. Die Schmerzen setzen mir so zu, dass ich nicht mehr klar denken kann.« Sie berührte mit den Fingern flatternd ihre Wangen, als würde sie ihr eigenes Gesicht nicht mehr erkennen. »Ich muss meine Söhne zu Grabe tragen. Verstehen Sie? Ich kann nicht mehr klar denken. Weil dieser Dorn im Fleisch so wehtut.« Ihr brach die Stimme. »Das wird erst aufhören, wenn ich meine Jungen beerdigt habe.«

Leonora presste sich die Serviette auf den Mund, nickte und versuchte, ihre aufsteigenden Tränen zurückzudrängen. Dann legte sie die Serviette auf den Tisch. »Darf ich Ihnen in der Küche helfen?«, fragte sie.

Die Frau holte tief Luft und stand auf. »Ich könnte Hilfe gebrauchen. Danke.«

• • •

Das Haus der Shelbys war ein richtiges Zuhause. Kleine Schnitte im Türrahmen zum Bücherzimmer markierten, wie viele Kinder im Laufe vieler Jahre herangewachsen waren. Die Bodendielen waren abgelaufen vom ständigen Kommen und Gehen vieler Füße. In den Küchenregalen stapelten sich angeschlagene, nicht zusammenpassende Teller und Tassen. Schränke und Vorratskammer quollen über von Lebensmitteln, die für eine Armee gereicht hätten. Das ganze Haus war von Stimmen, Gelächter und Geschichten erfüllt und umhüllte mit seiner Wärme jeden, der es betrat. Hier hatte James einen Großteil seiner Jugend verbracht, und wenn Leonora mit den Fingerspitzen über ein geflicktes Sofa, den staubigen Einband eines Buchs oder einen zerzausten Haarschopf strich, durchströmte sie tiefe Dankbarkeit, dass James so ein Leben geschenkt bekommen hatte.

• • •

In der Küche spülte Mrs. Shelby das letzte Geschirr. James und Tom saßen vor ihren Kaffeebechern und wirkten satt und ausgeruht. Mrs. Shelby sagte, ohne den Kopf von der Spüle zu wenden: »Morgen. Es gibt Kaffee und Eier, wenn Sie möchten.« Dann drehte sie sich mit einem leichten Lächeln um. »Haben Sie gut geschlafen? Das Bett ist nicht besonders bequem.«

»So gut wie schon lange nicht mehr«, antwortete Leonora.

»Und Mums Schnarchen hat dich nicht wach gehalten?«, scherzte Tom. »Ich dachte, das Dach würde einstürzen.«

Mrs. Shelby streckte den Arm aus und versetzte ihm einen Klaps auf den Hinterkopf.

»Aua!« Tom zuckte zusammen. »Du sollst mich doch nicht vor anderen schlagen!«

Mrs. Shelby schoss ihm einen scharfen Blick zu, konnte sich aber ein Lächeln nicht verkneifen. Sie wandte sich zu James. »Bist du sicher, dass dir die Mädchen nicht zu viel sind, mein Sohn?«

»Ganz sicher. Außerdem hilft mir ja die Prinzessin hier.« Er zwinkerte Leonora zu.

»Fährst du nicht mit?«, fragte sie überrascht.

James schüttelte mit gesenktem Blick den Kopf. Mrs. Shelby bemerkte seine gerunzelte Stirn. »Du gehörst zur Familie, James. Das weißt du doch. Du hast das gleiche Recht, dort zu sein, wie wir.«

»Das weiß ich«, erwiderte James und nickte. »Aber ich halte es einfach für das Beste hierzubleiben. Ich besuche mal die Pächter und kümmere mich ums Vieh. Außerdem haben mir die Mädchen gefehlt.«

Tom und Mrs. Shelby brachen kurz nach dem Morgengrauen auf. »Wir sind morgen zurück«, rief Tom über das Brummen des Motors hinweg. »Versuch bis dahin, nicht in Schwierigkeiten zu geraten!«

Leonora und James blickten ihnen von der Veranda aus nach, bis sich die blaue Wolke aus dem Auspuff in Luft aufgelöst hatte. »Gut, dass sie den Wagen genommen haben«, bemerkte James. »Mrs. Shelby hat es verdient, einmal im Leben komfortabel zu reisen.«

»Und ob!«, nickte Leonora.

James lachte. »Du hörst dich immer mehr wie ein echter Aussie an, Leo.«

Sie lächelte verschmitzt und krempelte die Ärmel hoch. »Schluss mit dem Gequatsche, Kumpel. Das Haus putzt sich nicht von alleine.« Sie spürte die Wärme von James' Grinsen im Rücken, als sie in die Küche ging.

• • •

Eine ganze Reihe von Köpfen lugte um den Türrahmen und sah ihr beim Kochen zu. Leonora spielte mit und tat so, als bemerkte sie sie nicht. Sie schabte die Eier, deren Unterseite von der Butter goldbraun war, aus der Pfanne. Der Speck und die Wurstscheiben zischten, spuckten dunkle Spritzer auf den verrußten Herd und fauchten, als sie herumgeflippt wurden. Leonora fand diese einfachen Verrichtungen schlichtweg himmlisch. Es störte sie nicht, dass es nicht ihre Küche, ihr Essen und ihre Kinder waren.

Als sie das Essen auf die Teller gab, tauchten die Kinder auf wie Kaninchen in einem frisch bestellten Garten. Überrascht blickte Leonora auf. »Wo kommt ihr denn alle her?«

Die Mädchen hüpften auf ihre Stühle und fingen an zu essen. Mit Ellbogen und Blicken wurde Rachael, die Älteste, zum Reden aufgefordert. Sie brachte die anderen dazu, still zu sein, und fragte ausgesucht höflich: »Mrs. Harrington, sind Mum und Tom schon gefahren?«

»Ja, schon ganz früh.« Leonora lächelte. »Aber nennt mich doch bitte ›Leonora‹.«

Wieder wandten sich alle Blicke zur großen Schwester. »Ich bin Rachael. Die Älteste.«

»Und wie alt bist du genau, Rachael?«

»Vierzehn.«

»Also schon eine Frau, nicht wahr?«

Stolz reckte das Mädchen den Kopf. »Fast.«

»Nun, dann kann ich wohl auf deine Hilfe zählen, Rachael. Wir Frauen müssen doch zusammenhalten.«

Das Mädchen strahlte. »Gracie und Charlotte«, befahl Rachael, während ihr Blick, um Billigung heischend, zu Leonora huschte, »bitte nehmt während des Essens die Ellbogen vom Tisch. Und Sarah und Annie, hört auf herumzuzappeln.«

Da betrat James mit einer Ladung frischer Holzscheite die Küche.

Die Muskeln auf seinen Armen waren vom Holzhacken noch deutlich angespannt. »Ich glaube, in ganz Australien gibt es keine hübscheren Damen als hier«, bemerkte er, worauf die Mädchen kicherten, während er das Holz neben dem Ofen aufstapelte.

Als James über Leonoras Schulter blickte, roch seine Haut nach frischem Eukalyptus. Fast hätte sie die Gabel ins heiße Fett fallen lassen. »Willst du dich zu den Mädchen setzen?«, fragte er. »Dann räume ich hier auf.«

»Nein, mach du das. Sie haben dich vermisst.« Leonora blickte in sein gut aussehendes Gesicht und ließ ihre Augen seinen Hals hinunter bis zum offenen Kragen seines Hemds wandern. Sie räusperte sich und drehte sich wieder zum Herd. »Hast du Hunger?«

»Ja. Ich bin so früh aufgestanden, dass es für mich schon fast Mittag ist.« James setzte sich zu den Mädchen, die ihn voller Zuneigung anstrahlten.

»James«, fragte Rachael, »stimmt es, dass du und Tom Vieh getrieben habt?«

»Ja, das stimmt.« Er griff nach seiner Gabel. »Zweihunderttausend Rinder.«

Die Mädchen hörten auf zu essen. »Und hast du Schlangen gesehen?«

»Haben euch Räuber überfallen?«

»Oder Abos?«

James hörte auf zu kauen. »Ja, ja und nein.« Er warf Charlotte einen Blick zu. »Hör nicht darauf, was die Kinder in der Schule erzählen. Aborigines wollen niemandem schaden. Das weißt du doch.«

»Was für Schlangen denn?«

»Ein paar Taipane. Eine Braunschlange. Und als ich eines Morgens aus meinem Zelt kam, bin ich fast auf eine Todesotter getreten.«

»Bist du gebissen worden?«

»Dann wäre ich doch nicht hier.«

»Und Räuber? Echte Buschräuber?«

James nickte, aß seinen Teller leer und brachte ihn zur Spüle. »Drei. Mit Gewehren, maskierten Gesichtern und allem Drum und Dran.«

»Soll das ein Witz sein?«, fragte Leonora steif.

»Nein, ganz und gar nicht.« James schob die Ärmel hoch und fing an, den Teller mit leichten, kreisenden Bewegungen zu spülen. »War zu erwarten.«

»Was habt ihr gemacht?«, fragte Sarah atemlos.

»Einen alten Trick angewandt, den Tom von eurem Dad gelernt hat. Man rennt herum und brüllt so laut, dass das Vieh anfängt, unruhig im Kreis zu laufen. Das verwirrt die Räuber und versetzt sie in Angst und Schrecken. Die Pferde werden nervös und können nicht mehr gezügelt werden. Und die Räuber glauben, man wäre in der Überzahl, und verschwinden.«

*Mensch!*, flüsterten die Mädchen einstimmig.

»Aber jetzt, Kinder«, James klatschte lachend in die Hände, um die Mädchen aus ihrer Verzauberung zu reißen, »bringt eure Teller her und zieht euch an.«

Leonora gesellte sich zu James und trocknete ab, während er spülte. »Stimmte das mit den Buschräubern?«

»Das meiste. Bis aufs Ende.« James lachte leise und schrubbte mit heißem Wasser die Pfanne. »Tom hat sich nackt ausgezogen und fing an, wie ein Irrer die armen Kerle zu jagen. Wahrscheinlich hätten sie ihn erschossen, hätten sie nicht so lachen müssen. Und dann holte Tom den Bourbon raus und alle besoffen sich zusammen.«

»Nackt?«, lachte sie.

»Splitterfasernackt. Die ganze Nacht.« James zog eine Augenbraue hoch. »Fast wäre ich selbst mit den Buschräubern verschwunden, nur um nicht mehr seinen bleichen Hintern zu sehen. Der leuchtete so weiß wie ein Vollmond.«

Leonora presste sich ihr schaumbespritztes Handgelenk an den Mund und lachte, bis ihr der Bauch wehtat. James krümmte sich selbst vor Lachen, dann schob er sie mit der Hüfte von der Spüle weg und mahnte grinsend: »Reiß dich zusammen, Frau!«

• • •

Während James die Nachbarn auf den entfernteren Farmen aufsuchte, verbrachte Leonora den ganzen Tag mit Hausarbeit. Sie machte die Betten und strich die Laken sorgfältig glatt. Sie staubte die Bücherregale und das Klavier ab und fuhr mit dem Staubwedel so eifrig über die Möbel, dass das fedrige Ende wie ein Wiesel zuckte. Sie wusch die Kleider der Mädchen und bügelte sie mit dem Eisen, wobei ihr Gesicht vom Dampf ganz rot wurde. Und sie wusste, es war albern, dass sie bei dieser Arbeit so glücklich war, doch es war echtes Glück, und bei jedem Strich ihres Besens und jedem Zischen des Bügeleisens wünschte sie insgeheim, dies wäre ihr Leben.

Später schälte sie Rüben, Karotten und Kartoffeln und schaute dabei aus dem Fenster. James rannte mit Gracie auf dem Rücken übers Feld und ließ sich von den anderen Mädchen jagen. Als sie ihn gefangen hatten, setzte er Gracie ab, nahm ein anderes Mädchen auf den Rücken und rannte wieder los. Schließlich legte er sich erschöpft auf den Boden, obwohl ihn alle Schwestern an Armen und Beinen zogen, um ihn zum Weitermachen zu bewegen. Leonora hörte mit dem Schälen auf und lachte, bis ihr die Tränen über die Wangen liefen. James tat so, als wäre er eingeschlafen, worauf die Mädchen schmollend warteten, doch dann sprang er so plötzlich auf und jagte sie, dass sie kreischend auseinanderstoben. Und als Leonora sie beobachtete, schwand ihr Lachen und sogar ihr Lächeln, und wieder einmal wünschte sie sich, jetzt voller Trauer, dies wäre ihr Leben.

Am Abend stand der Mond hoch am Himmel. Das Essen war vorbei. Bäuche waren gefüllt, Gesichter gewaschen, ein paar Münder gähnten über Nachthemden. James lag auf der Couch, die Mädchen um sich herum, und las *Der magische Pudding* vor. Danach trug er jedes schlafende Mädchen einzeln ins Bett. Als er in die Küche zurückkehrte, war das Haus zum ersten Mal an diesem Tag ganz still. Jetzt meldete sich die Natur, und das rhythmische Zirpen der Grillen und das Quaken der Frösche drangen durch die Fenster.

James lehnte sich gegen die Wand und sah zu, wie Leonora das saubere Geschirr in die mit Küchenpapier ausgelegten Regale zurückräumte. Als sie sich umdrehte, bemerkte sie, dass er sie anlächelte. Der Anblick seines hochgewachsenen, muskulösen Körpers, der jetzt ganz entspannt war, ließ ihr Herz schneller schlagen.

»Du gehst wirklich gut mit ihnen um«, sagte sie, und ihre Miene wurde weich. »Du wirst eines Tages ein großartiger Vater sein.«

»Glaubst du?«

»Aber ja.«

»Ich liebe Kinder, hätte am liebsten fünfzig«, gestand er verlegen.

»Fünfzig? Das erklärt wohl, warum du noch nicht verheiratet bist«, zog sie ihn auf.

»Hilfreich ist es nicht«, nickte er. James reckte den Rücken an der Wand und rieb sich abwesend die rechte Schulter. Sein Blick ruhte immer noch auf ihr, und es war ganz einfach, ihn zu erwidern, so einfach und angenehm wie atmen.

Doch strömte die Hitze vom Herd ihr ins Gesicht. »Ich sollte wohl jetzt ins Bett gehen.«

»Nein, noch nicht. Du warst den ganzen Tag hier eingesperrt.« Er trat näher zu ihr und nahm ihre Hand. »Sie kommen jetzt mit mir, junge Dame.« Die Berührung seiner großen Hand, die ihre ganz umschloss, war fast schockierend, so dass sie ihm ohne Gedanken oder Worte folgte, denn ihre gesamte Aufmerksamkeit war auf das Gefühl seiner Handfläche an ihrer gerichtet, seiner Finger, die sich mit ihren verschränkten, und auf die Hitze, die ihr vom Handgelenk bis zur Schulter strömte.

Sie traten hinaus auf die überdachte Veranda und dann weiter in die Sommernacht. Die warme Luft umhüllte sie und fühlte sich im Vergleich zu der stickigen Hitze im Haus doch kühl an.

Langsam und fast widerstrebend ließ James ihre Hand los, aber sie gingen nah beieinander weiter. Hin und wieder berührten sich ihre Arme. Die samtige Luft um sie herum vibrierte geradezu vom Zirpen der Grillen, vom Quaken der Frösche und den schrillen Rufen der Brachvögel.

Leonoras Hand fühlte sich ohne seine seltsam fremd an, und sie streckte und beugte die Finger, als wären sie taub. »Wo war dein Haus?«, fragte sie schließlich. »Das der O'Reillys.«

In der tiefblauen Nacht huschten verschiedene Regungen über sein Gesicht, die vom Schatten gemildert wurden. »Etwa acht Meilen in diese Richtung.« Er wies mit dem Kinn dorthin.

»Kann ich es sehen?«

»Nein«, antwortete er rasch und ernst. »Ist abgebrannt. War kaum mehr als eine Hütte.« Einen Augenblick schwieg er und blickte in ihr besorgtes Gesicht. »Tess – meine Tante«, erklärte er leise, »war eine gute, nein, eine großartige Frau. Sie hatte ein riesiges Herz. Nach ihrem Tod ist einfach alles zusammengebrochen. Von damals habe ich kaum noch gute Erinnerungen.«

»Und wie war dein Onkel?«

»Shamus?« James seufzte. »Wie ich schon sagte, kaum gute Erinnerungen.«

Als sie einen kleinen Hügel erreichten, schüttelte James alle Dämonen ab, die ihn noch heimsuchen mochten. »Mach die Augen zu«, befahl er. Gehorsam kniff sie sie zusammen.

James fasste sie an den Schultern. »Und jetzt leg dich hin.« Sofort sprangen Leonoras Augen wieder auf.

»Vertrau mir.«

Wieder schloss sie die Augen, war aber nervös. »Und die Schlangen?«

Er lachte. »Hier gibt es keine. Versprochen.«

Er half ihr, zu Boden zu sinken, und hielt ihren Kopf, bis er im dichten Gras lag. Das Zirpen der Grillen drang ihr jetzt direkt in die Ohren und schien aus ihrem eigenen Körper aufzusteigen. Sie spürte seine Wärme, als er sich neben sie legte, und ihr Puls beschleunigte sich. »Und jetzt mach sie wieder auf«, sagte er.

Sie krallte sich mit den Händen ins Gras, weil sie plötzlich von einem Schwindel erfasst wurde: Der endlose Himmel wölbte sich wie eine Kuppel über ihr. Der Erdboden war nicht mehr zu sehen, keine Grenze zum Universum, das sie umschloss: ein nachtblaues Gewölbe, durchstochen von winzigen Löchern, durch die Licht drang. Sie holte keuchend Luft, so sehr überwältigte sie die gewaltige Unendlichkeit um sie herum. »Als würde man im Weltraum schweben.«

»Verblüffend, nicht wahr? Man fühlt sich gleichzeitig ganz klein und ganz groß.« Mit sanfterer Stimme fügte er hinzu: »Heute scheinen die Sterne besonders hell zu leuchten. Als ob sie sich für dich mehr Mühe gäben.«

Seine Worte verschwammen, und alles um sie herum kam ihr fast unwirklich vor. Sie lagen nebeneinander, ohne sich zu sehen, da ihre Körper vor dem Licht der Sterne mit dem dunklen Erdboden verschmolzen. Leonora stieß einen tiefen Seufzer aus und entspannte sich im Gras. Als ihre Hand seine streifte, fuhr ein leichter Stromschlag durch ihre Glieder.

Sie zog ihre Hand nicht weg. Langsam und behutsam rückte James seine Hand näher zu ihrer und bedeckte sie. Leonora stockte der Atem, als er mit den Fingerspitzen über ihre Knöchel strich und die sanften Krümmungen ihrer zierlichen Finger nachfuhr. Ihr ganzer Körper fing an zu kribbeln, jede winzige Bewegung verstärkte sich, als sie erst durch ihre Finger, dann ihren Arm und dann durch ihren ganzen Körper strömte. Sie starrte in den Sternenhimmel, doch ihre gesamte Aufmerksamkeit war auf seine Hand gerichtet, die auf ihrer lag.

Da drehte sie ihre um und presste ihre Handfläche gegen seine. Sie berührte die weichen und die harten Stellen auf seiner Haut und spürte seine Zärtlichkeit, als sich seine langen Finger mit ihren verschränkten. Plötzlich hatte sie seine Hände auf ihrem Körper vor Augen: starke Hände, sanfte Berührungen, sein geschmeidiger Körper an ihrem. Hitze stieg ihr ins Gesicht. Wenn er sich umdrehte und sie küsste, würde sie sich ihm mit Freuden hingeben. Sie war es leid, dagegen anzukämpfen.

James wandte den Kopf zu ihr und betrachtete ihr Profil. Im Mondlicht leuchtete sein Gesicht wie Porzellan. Die Sterne spiegelten sich in seinen Augen, und als sie in ihnen ertrank, erfasste sie wieder der Schwindel.

»Du bist so schön«, flüsterte er.

Traurigkeit überkam sie bei diesen Worten. Er fand sie wirklich schön, vielleicht liebte er sie sogar, und das tat so weh wie tiefe Trauer. Ihr Verlangen nach ihm war ein fast körperlicher Schmerz, sie sehnte sich danach, dass er sie an sich zog. Sie wollte, dass er sie liebte: hier und jetzt und bis in alle Ewigkeit. Sie öffnete leicht den Mund und drückte seine Hand – ein stärkeres Signal konnte sie ihm nicht geben.

Er atmete schneller, und sein Gesicht verdüsterte sich, so musste er sich zurückhalten. Er schloss die Augen und zwang sich dann mühsam, wieder hinauf zu den Sternen zu blicken. »Wir sollten zurück.«

Er stand auf, half ihr auf die Beine und ließ sie dann los. Vor lauter Enttäuschung klappte ihr der Mund auf, und ihr sank das Herz. Er wich ihrem Blick aus, als er sich zum Haus wandte. »Die Mädchen haben einen leichten Schlaf.«

• • •

James lag auf der Couch im Bücherzimmer, schlug das Buch zu und ließ es dumpf zu Boden fallen. Dann rieb er sich mit den Handballen die Augen und warf den Arm über die Stirn.

*Sie ist nicht deine Frau*, hörte er Tom in seinem Kopf.

James ballte die Faust und öffnete sie wieder. Er versuchte, sich an das Gefühl zu erinnern, als ihre Finger mit seinen verschränkt waren, und versuchte gleichzeitig, nicht daran zu denken. Er kannte sich selbst nicht mehr. In der einen Minute konnte er sich noch von ihr fernhalten, und in der nächsten streckte er die Hand nach ihr aus und berührte sie. Doch seine Sehnsucht ließ niemals nach und nagte an ihm wie Hunger.

Sie hier bei den Shelbys zu sehen, machte alles noch schlimmer. Denn sie war glücklich. Sie leuchtete geradezu vor lauter Freude. Wenn sie am Herd stand, wollte er sie von hinten umfassen und auf den Nacken küssen. Stand sie an der Spüle, wollte er sie auf die Anrichte heben, damit sie mit den Beinen seine Hüften umschlingen konnte. Er wollte sie. Ersehnte sie. Ein Kuss, eine Umarmung, eine Liebkosung – das alles war nur ein Vorgeschmack und verstärkte lediglich sein Verlangen.

In ein paar Tagen würde Leonora schon wieder bei Alex sein, ihrem Ehemann. Sie würden wieder ein Schlafzimmer teilen – mit allem, was dazugehörte. Und ihm bliebe nur die Erinnerung an ihr Rosenparfüm, an ihre weichen Hände und die bittere Wahrheit, dass sie nicht sein war, dass er nicht mehr für sie war als eine Zerstreuung.

James fuhr sich mit den Fingern durch die Haare, so dass sie steif abstanden. Er dachte daran, wie sie unter den Sternen neben ihm gelegen hatte, erinnerte sich an ihr Profil im Licht des Mondes, der ihre glatte Stirn sanft beschienen hatte. Er schmolz dahin bei der Erinnerung an ihre schmale, perfekte Nase und die lächelnden Lippen. *Diese Lippen!*

In jenem Augenblick unter dem Nachthimmel hätte er sie fast in die Arme genommen, fast seinen Körper mit ihrem verschmelzen lassen, bis sie eins waren. Sich fast von seinen drängenden Bedürfnissen überwältigen lassen. Er hatte sie lieben wollen. Da, auf dem harten, kalten Boden hatte er sie lieben wollen. Im Schutz der Nacht, umhüllt von den Geräuschen der Nacht, wollte er sie berühren – überall – und die Nacht mit ihren eigenen Geräuschen, Bewegungen und Entzückungen erfüllen.

*Sie ist nicht deine Frau.*

Weiter den Flur hinunter schlief Leonora – drei Türen von ihm entfernt. Drei. Nur ein paar Wände trennten sie, und er spürte geradezu ihren Atem an seinem Hals, ihre Haare an seiner Brust, ihr Lächeln, das sich über seine Haut bewegte. Ein paar Schritte den Flur hinunter, ein Drehen des Türknaufs, und er wäre in ihrem Zimmer. Er könnte die Decke zurückziehen und zu ihr gleiten, ihre Lippen finden und ihre suchenden Hände und ihren bereitwilligen Körper. Nur drei Türen weiter. Es zuckte ihm in den Beinen, schon glitten sie zum Rand der Couch, sein Rücken straffte sich, um sich aufzurichten.

*Sie ist nicht deine Frau.* Frustriert stöhnte er auf, warf sich auf den Bauch, zog sich das Kissen bis zu beiden Ohren und drückte seine Hände darauf.

*Sie ist nicht deine Frau, Kumpel.*

»Ich weiß!«, brüllte er, und das Kissen dämpfte seinen Schrei.

• • •

Nach ihrer Rückkehr ließen Tom und Mrs. Shelby den nackten Schmerz der ersten Tage los und begannen zu trauern. Die Beerdigung lastete nicht mehr auf ihren Schultern. Mrs. Shelby hatte ihre Söhne begraben; Tom hatte seine Brüder begraben, und das Leben ging weiter, wenn auch zähflüssig und grau.

Keiner von ihnen wollte im Haus eingesperrt sein oder an zwei überzähligen Stühlen vorbeigehen, die jetzt an die Wand gerückt worden waren. Daher stellte Mrs. Shelby ein Picknick zusammen, und alle brachen auf zu einem Plätzchen am See, der sich am Ende ihres Lands befand. Es war ein strahlend schöner Tag, heiß und trocken. Der Boden war übersät mit Blumen und Schmetterlingen, und am leuchtend blauen Himmel zeigte sich kein Wölkchen. James trug Charlotte auf den Schultern und protestierte hin und wieder taumelnd, wenn sie ihm die Augen zuhielt.

Tom lief rückwärts, von der Sonne abgewandt. »Wo gab's noch mal Tanz, Mum?«

»Bei den Tesslers«, antwortete Mrs. Shelby. »Der ganze Landkreis wird da sein.« Tom drehte sich wieder zur Sonne und ließ die Schultern hängen.

»Nach dem Abendessen solltet ihr los«, bemerkte Mrs. Shelby.

»Du weißt genau, dass ich nicht hinfahre«, sagte Tom und stapfte niedergeschlagen vor sich hin. »Das wäre nicht recht.«

»Und ob! Schließlich liebst du nichts mehr als Tanzen!«, widersprach Mrs. Shelby. »Du hast viel zu viel gearbeitet, Tommie. Du brauchst mal eine Pause. Es würde dir guttun.«

»Ehrlich?« Fragend drehte Tom sich um. »Wärst du nicht sauer?«

»Sauer? Ich würde Gott auf Knien danken, endlich mal etwas Ruhe vor deinem ewigen Gequassel zu haben!« Sie wedelte mahnend mit dem Zeigefinger. »Du wirst zu dieser Tanzveranstaltung gehen, und wenn ich dich persönlich hinzerren muss!« Dann zeigte sie auf James und Leonora. »Ihr alle werdet gehen. Hört ihr?«

Tom grinste bis zu den Ohren, lief zu seiner Mutter und drückte ihr einen dicken Schmatz auf die Wange. Mrs. Shelby wischte mit der Hand darüber. »Gott, ich hoffe, bei den Mädchen küsst du nicht so schlecht!«

Tom war wie verwandelt und blickte jetzt strahlend in die Sonne. Er ließ sich zurückfallen und legte Leonora den Arm um die Schultern. »Warst du schon mal bei einem Scheunenfest?«

»Nein.« Sie stellte sich vor, wie James und Tom mit all den hübschen Mädchen vom Land tanzten. »Aber ich bleibe auch hier und helfe im Haus. Ihr müsst mich nicht mitschleppen.«

»Unsinn«, widersprach Mrs. Shelby. Dann lehnte sie sich zu Leonora und sagte ihr leise ins Ohr: »Außerdem muss jemand auf sie aufpassen. Toms Blick will mir gar nicht gefallen. Er ist jetzt schon betrunken von der Aussicht auf Grog und Mädchen.«

»Habt ihr das gehört?«, rief Tom. Er stieß James in die Rippen. »Aber recht hat sie.«

Der See kam in Sicht. Mrs. Shelby breitete die Decke im Gras aus und stellte die Proviantkörbe darauf.

»Dürfen wir schwimmen gehen, Mum?«, kreischten die Mädchen los.

»Aber bleibt bei den Jungs!«, befahl Mrs. Shelby und hielt eine Decke vor die Mädchen, damit sie sich umziehen konnten. Tom und James zogen Hemden, Stiefel und Socken aus und legten ihre Sachen auf einen glatten Findling.

»Kommst du mit?«, fragte James und grinste Leonora an.

Sie schüttelte den Kopf und bemühte sich, nicht auf seinen muskulösen Oberkörper zu starren. »Ich hab keinen Badeanzug dabei.«

Er zwinkerte verschmitzt. »Umso besser.« Sie wurde rot und bewarf ihn mit einer Aprikose.

»Der Letzte ist ein Schisser!«, brüllte Tom.

»Tommie, achte auf deine Sprache!«, mahnte Mrs. Shelby, doch die Männer stürmten bereits zum Wasser, und die Mädchen rannten kreischend hinterher.

Die beiden Frauen setzten sich in den warmen Schatten eines großen Pfefferbaums und rafften die Röcke unter ihren Beinen. Sie sahen zu, wie die Jungen mit den Mädchen Fangen spielten und so taten, als hätten sie einen Krampf im Bein oder Fuß, damit die Mädchen sie erwischen konnten. Dann ließen sie sich alle ins Wasser platschen.

»Sie haben eine wunderbare Familie, Mrs. Shelby«, bemerkte Leonora und strich wehmütig über einen Grashalm.

»Danke. Es ist wirklich ein toller Haufen«, sagte sie mit sichtlichem Stolz. »Aber Tommie wird mich noch umbringen.« Sie gluckste. »Er ist nicht in der Lage, weiter zu blicken als auf das, was direkt vor ihm ist – sei es eine Frau, ein Bier oder eine Faust. Er ist genau wie sein Vater. War er schon immer.« Ihre Augen funkelten, dann verlor sich ihr Blick. »Tommie kam mir schon immer so flüchtig vor wie der Wind.«

Leonora pflückte einen Grashalm und zwirbelte ihn zwischen den Fingern. »Wieso das?«

»Er war ein kränkliches Kind. Das sieht man ihm jetzt nicht mehr an. Der Arzt meinte, es wäre chronische Malaise. So ein Unsinn! Im ersten Jahr wäre Tommie mehrfach fast gestorben, öfter, als ich zählen konnte. Ich stillte ihn zwar, wollte ihn aber nicht im Arm halten, um mich nicht an ihn zu gewöhnen. Klingt hartherzig, nicht wahr?« Mrs. Shelby verzog das Gesicht. »Aber ich konnte einfach nicht anders. Tommie hat es nur geschafft, weil sein Dad ihn ständig mit sich herumgetragen hat. Er schnallte ihn sich an die Brust, wie ein Känguru sein Junges, und nahm ihn überallhin mit.« Jetzt gluckste sie, doch ihre Stirn lag immer noch in tiefen Falten. »Mir bleibt immer noch das Herz im Halse stecken, wenn ich Tommie sehe, weil ich ständig Angst habe, es könnte ihm was zustoßen.« Sie schüttelte sich, um ihre Dämonen zu vertreiben, und klopfte sich aufs Knie. »Liegt wahrscheinlich an den schwierigen ersten Jahren. Wohl die Schuldgefühle, weil ich ihn nie im Arm gehalten habe. So was kann einer sentimentalen alten Frau ganz schön zusetzen.«

Mrs. Shelby zupfte an einem losen Faden ihres Kleids und ließ den Blick zwischen See, Pfefferbaum und den im Gras versteckten Veilchen schweifen. »Ich verkaufe das Land«, sagte sie unvermittelt. »Tommie weiß es noch nicht.« Sie senkte den Blick. Ihr Gesicht wurde bleich, die Haut an ihrem Kiefer schlaff. »Zu viele Geister. Ich schaue immer noch jeden Morgen beim Aufwachen aufs Kissen neben mir, ob mein Tom dort schnarcht. Mein Mann ist seit über zehn Jahren tot, und doch strecke ich immer noch die Hand nach ihm aus. Und jetzt sehe ich überall auf den Feldern Will und John, meine manchmal sogar, sie kämen im wogenden Weizen auf mich zu. Das bricht mir jedes Mal das Herz. Als würde ich sie immer wieder verlieren, hundertmal am Tag.«

»Wo wollen Sie dann hin?«

»Keine Ahnung.« Sie presste die Lippen zusammen. »Aber hier kann ich nicht bleiben. Sonst breche ich zusammen.«

Sie holte tief Luft und schloss die Augen. Ihre Stimme klang vor lauter Anstrengung gepresst und verzerrt. »Meine Jungen sind tot. Ich kann kaum atmen, so weh tut das. Als stünde ich ständig kurz vor dem Ersticken.« Ihr Kinn zitterte, wurde dann aber wieder fest. »Ich dachte, ich könnte damit umgehen. Als die Jungs in den Krieg zogen, wappnete ich mich innerlich. Ich hatte zwar Hoffnung, sagte mir aber immer wieder, dass die Gefahr bestand, sie nie mehr wiederzusehen. Doch man kann sich genauso wenig auf den Tod vorbereiten wie den Magen auf Hunger.« Mrs. Shelby fasste sich an ihr rotes Haar und drückte es sich über dem Ohr fest. »Seit meine Jungen weg sind, kommt mir alles fast wie im Traum vor.«

Sie blickte in die Ferne und huschte mit den Augen hin und her, fast als suchte sie nach einer Welt, die sie wiedererkannte. Dann wandte sie sich zu Leonora, musterte sanft ihr Gesicht und ließ die gewichtigen Worte wegdriften wie die Samen einer Pusteblume. »Jetzt sehen Sie mich nur an. Hier sitze ich und jammere.« Sie zog einen Korb heran und holte eine Schale Erdbeeren heraus. »Bedienen Sie sich. Es lohnt sich nicht, auf die anderen zu warten. Die werden wir mit Gewalt aus dem Wasser zerren müssen.«

Leonora nahm sich eine und genoss ihren warmen, süßen Saft. Sie beobachtete James, der aus dem Wasser watete, die Haut nass, die Hose so tief sitzend, dass seine Beckenknochen zu sehen waren. Er brüllte etwas zu Tom und tauchte den Kopf unter. Als er spritzend wieder auftauchte, gab es ein lautes Hallo.

»Er ist ein guter Mann«, bemerkte Mrs. Shelby sachlich. Leonora wusste, wen sie meinte, und aß langsam von ihrer Erdbeere.

»Er ist in Sie verliebt, wissen Sie? Das habe ich sofort erkannt, als er Sie das erste Mal ansah. So hat er noch nie jemanden angesehen. In seinem ganzen Leben nicht.«

Leonora begann am ganzen Körper zu glühen und spürte einen Kloß im Hals.

»Und Sie lieben ihn auch.« Mrs. Shelby hielt ihren Blick unverwandt auf Leonoras Gesicht gerichtet.

Leonora schloss die Augen. Am liebsten hätte sie geweint. Nun, da es laut ausgesprochen war, kam es ihr noch realer vor. Ihr Brustkorb füllte sich mit Sehnsucht, bis ihr die Rippen wehtaten.

»Ihr Ehemann«, fragte Mrs. Shelby, »ist er ein guter Mann?«

»Nein.« Leonora brach die Stimme. Sie konnte Mrs. Shelby kaum ansehen. »Nein, das ist er nicht.«

Mrs. Shelby verdrehte die Augen. »Sie wären nicht die Erste, die einen Scheißkerl geheiratet hat.«

Als Leonora in ihr freundliches Gesicht sah, mussten beide kurz lachen. Doch dann wurde Mrs. Shelby ernst und fragte: »Wollen Sie ihn verlassen?«

Leonora stiegen die Tränen in die Augen. Sie blinzelte sie weg. »Nein.«

Mrs. Shelby nickte. »Dann müssen Sie James ziehen lassen.«

Leonora quetschte den Grashalm zwischen ihren Fingern, bis er dunkel wurde und zerriss.

»Der Junge ist für mich wie ein Sohn.« Als Mrs. Shelby jetzt zum See blickte, verzog sie vor lauter Zuneigung ihr Gesicht. »Er ist aufrichtig. Anständig. Wägt alles genau ab. Ist empfindsamer als andere. Es ist ein Segen und gleichzeitig ein Fluch für einen Mann, so viel zu empfinden.« Ihr Gesicht wurde traurig. »Er hat ein hartes Leben hinter sich, Leonora.«

Leonoras Kopf fuhr hoch. Sie sah Mrs. Shelby forschend an und wartete, dass sie weitersprach.

»In seinem jungen Leben hat er schon viel mehr verloren, als man einem Menschen eigentlich zumuten kann. Nachdem Tess tot war, ließ O' Reilly alles an dem Jungen aus. Er hat dem armen Kind sämtlichen Lebensmut aus dem Leib geprügelt.«

Entsetzt schlug sich Leonora die Hand vor den Mund. Das Blut rauschte in ihren Ohren. Ihre Kehle war wie zugeschnürt, und jetzt quollen ihr die Tränen aus den Augen und strömten ihr heiß über die Wangen.

»Ich sage Ihnen das nur«, erklärte Mrs. Shelby mit freundlicher, mitfühlender Stimme, »weil dieser Mann es einfach nicht verdient, dass ihm noch mehr wehgetan wird. Wenn Sie nicht mit ihm zusammen sein können, dann lassen Sie ihn ziehen. Das wird ihn treffen, aber nicht umbringen. Was hingegen durchaus passieren könnte, sollten Sie ihn weiterhin an sich binden. Also bringen Sie es besser hinter sich. Lassen Sie James ziehen, damit er sein Glück woanders finden und eine Familie gründen kann. Er wird eines Tages einen guten Ehemann und Vater abgeben. Doch Sie müssen ihm die Möglichkeit geben, seinen Weg dahin zu finden.«

Mrs. Shelby stand auf und strich sich ihren Rock glatt. »Ich weiß, es tut weh, Leonora. Ich sehe das an Ihren Tränen. Doch wenn Sie ihn wirklich lieben, werden Sie es jetzt beenden. Dieser arme Kerl hat schon so viel gelitten, dass es für ein ganzes Leben reicht.«

• • •

Die alte Scheune war so hell erleuchtet, dass das Licht durch jeden Spalt und jedes Astloch der Holzlatten drang. Noch bevor sie aus dem Wagen stiegen, spürten sie, wie die Luft vom Stimmengewirr und Gelächter, vom Takt des Ragtime, vom Johlen der Männer und Quieken der Mädchen vibrierte. Die aufgeladene Atmosphäre drang bis zu ihnen und zog sie an wie die Motten das Licht.

Ohne die Wagentür zu öffnen, sprang Tom aus dem Fenster des Model T. Er brannte darauf, den Schmerz und die Anstrengungen der letzten Tage hinter sich zu lassen. »Eine Warnung an euch beide!« Er zeigte auf James und Leonora. »Falls ich heute Nacht den Absprung nicht schaffe, müsst ihr mich vom Fußboden kratzen!« Als er einen Blick auf eine zierliche Brünette erhaschte, fügte er hinzu: »Oder von ihr. Hey, Süße, warte auf mich!« Er schoss los und blickte wie gebannt auf die Kleine, die ihn mit keckem Hüftschwung in die Scheune lockte.

Leonora lächelte der fast hüpfenden Gestalt nach. »Ich schätze, wir können ihn beim Wort nehmen.«

»Verlass dich drauf«, nickte James. Er schob die Hände in die Hosentaschen und reckte ihr einen Ellbogen entgegen, damit sie sich unterhakte. »Sollen wir?«

Leonora ermahnte sich, dass es ja nur sein Arm war. Schüchtern hakte sie sich bei ihm unter, doch sofort durchströmte sie sengende Hitze. Sein Bizeps strich gegen ihren Unterarm und war unter seinem weißen Hemd hart wie Stahl. Sie versuchte, sich auf etwas anderes zu konzentrieren, den Boden, die Luft, die Musik in der Scheune, doch die Wärme seines Körpers löschte alles andere aus.

Sie gingen über den Schotterweg zum offenen Scheunentor, aus dem das Licht strömte. Leonoras Herz übernahm den Takt der Musik, die immer lauter dröhnte und in ihrem Brustkorb widerhallte. Das Innere der Scheune war wie ein Organismus, ein lebendiges Wesen, das sich regte und atmete. Der Boden unter ihren Füßen vibrierte. Es roch nach Tabak und brennenden Zigaretten, deren Rauch wie Nebel zu den Dachsparren driftete und dort hängen blieb. Eine Musikgruppe in der Ecke machte gerade Pause, rauchte und scherzte miteinander. Die Nadel des Grammophons spielte hüpfend und schlingernd »Darktown Strutters' Ball«. Ein Kabel mit Glühbirnen wand sich, ansteigend und wieder durchsackend, durch die gesamte Scheune. An den Wänden dienten aufeinandergestapelte Heuballen als Sitzgelegenheiten für die jungen Frauen, die verführerisch ihre Kleider bis zu den Knien hochzogen, während die jungen Männer ihnen über Knöchel und Waden strichen und ihren Hals küssten.

Leonora fuhr mit der Hand zur Kehle. Die Hitze war allgegenwärtig. Ihr wurde schwindlig vom Geruch nach parfümgeschwängertem Schweiß, verschüttetem Bier, feuchtem Stroh und aufgeworfener Erde. In allen Ecken und Winkeln der Scheune sah sie Körper, Berührungen, Küsse und Sehnsucht, Verlangen, Begehren. Sie zog ihren Arm aus James' Ellenbeuge und wandte sich von ihm ab, als sein Blick sich in ihr Profil brannte.

Mrs. Shelbys Worte verfolgten sie und schmerzten in ihr wie eine offene Wunde. Es war von Anfang an verrückt gewesen, dass sie überhaupt mitgefahren war. Morgen würde sie nach Wanjarri Downs zurückkehren; morgen war sie wieder Mrs. Alexander Harrington. Dies hier war nur ein Märchen.

Doch im Augenblick war sie hier. Leonora schob das Morgen beiseite und ließ sich vom Klang der Trompeten, des Klaviers und des dumpf schrammelnden Basses mitreißen. Sie verdrängte ihre Schwermut, tappte mit dem Fuß zur Musik und konzentrierte sich auf die Party. In den Ecken standen grüppchenweise junge Männer und Frauen, die quer durch den Raum einander beäugten, auf einander zeigten und mit einander flirteten. Hübsche Mädchen in bunten Kleidern aus Seide und Baumwolle wiegten sich im Takt der Musik, die Wangen gerötet von Rouge und Bier. Junge Männer, die von sauberen Arbeitskleidern über steife Kragen bis Uniformen alles trugen, unterhielten sich, die Zigaretten lässig im Mundwinkel, und ließen ihre Augen umherwandern.

Tom stolperte mit zwei überschwappenden Gläsern Bier durch die Menge. Sein Haar unter dem Hut war bereits schweißnass. Ein Glas drückte er Leonora so ungestüm in die Hand, dass ihr das Bier über die Finger lief, und stieß so heftig mit ihr an, dass es klirrte. »Cheers! Auf den Anfang vom Ende.« Er kippte das Bier herunter, als wäre es Wasser.

Leonora schnippte kichernd das Bier von den Fingern und blickte auf James' leere Hände. »Offenbar hat er deins vergessen.«

»Ich trinke nicht«, sagte er knapp.

Sie blinzelte einmal, dann lachte sie. »Aber natürlich nicht.«

Er erstarrte und zog die Augenbrauen zusammen. Sie berührte ihn am Arm. »Das war nicht bös gemeint, James«, sagte sie sanft und lächelte. »Du erstaunst mich nur immer wieder.«

Seine Miene entspannte sich, und er zog eine Augenbraue in die Höhe. »Sei vorsichtig mit dem Zeug. Sonst könnte einer dieser Kerle vielleicht auf die Idee kommen, die Wirkung auszunutzen.«

»Danke für die Warnung.« Sie nippte an dem dunklen Bier und spürte, wie es mit leichtem Brennen durch ihre Kehle bis in den Magen lief und dort die Schmetterlinge ertränkte. Es war schrecklich bitter, und doch hatte sie nie etwas Köstlicheres getrunken.

Zwei Frauen mit identischem Lächeln blieben am Rand der Menge abrupt stehen und kreischten: »Tommie Shelby!«

Tom drehte sich um, riss sich den Hut vom Kopf, umfasste mit jedem Arm eine der beiden Zwillingsschwestern und hob sie mit einem lauten »Woooee!« von den Füßen.

»Du bist ein Schuft, Tom! Wieso hast du nicht Bescheid gesagt, dass du wieder da bist?« Dann verstummten sie, da ihnen wieder einfiel, warum er nach Hause gekommen war. »Ach, Tom. Das mit deinen Brüdern tut mir so leid«, sagte die etwas größere mit aufrichtigem Mitgefühl.

Tom schob alle Gefühle beiseite, die ihm die Stimmung zu verderben drohten, fasste die Mädchen an den Händen und zog sie zur Tanzfläche, bis die Kleinere sich umdrehte und rief: »James! Mein Gott, wir haben dich gar nicht gesehen. Allison, James ist da!« In ihrer Aufregung waren die Schwestern sehr charmant und auch ziemlich hübsch. Leonora senkte den Blick.

Die beiden stürzten zu James und warfen ihm so ungestüm die Arme um den Hals, dass er fast an die Wand gekippt wäre. »Gott, wir haben euch so vermisst! Ohne euch war es einfach nicht mehr dasselbe!«

Allison fasste James an der Hand. »Komm schon, ich liebe diesen Song.«

»Vielleicht beim nächsten.« James drückte ihre Hand, bevor er sie losließ. »Außerdem sieht es so aus, als wollte Tom euch für sich allein haben.«

Als Allison einen Blick zu Leonora warf, malte sich Verständnis in ihrer Miene. »Verzeihung, Miss. Ich habe Sie nicht gesehen. Ich bin –« Doch bevor sie sich vorstellen konnte, zog Tom sie schon in die Menge der Tanzenden.

James zeigte in ihre Richtung, neigte sich zu Leonora und sagte ihr ins Ohr: »Das sind die McGinny-Schwestern, Allison und Jessica. Sie haben noch drei Geschwister.« Da sein Atem ihren Hals liebkoste, hatte sie Schwierigkeiten, sich auf seine Worte zu konzentrieren.

Leonora dachte an die hübschen McGinny-Schwestern, dachte an Mrs. Shelbys Worte und erkannte, wie selbstsüchtig es von ihr war, James' Aufmerksamkeit zu beanspruchen. »Willst du nicht mit ihnen tanzen«, fragte sie zaghaft. »Sie sind doch sehr hübsch.«

»Ich bin kein großer Tänzer«, erwiderte James. Und sie schämte sich über ihre Erleichterung.

Tom tauchte allein wieder aus der Menge auf. Seine Wangen waren hochrot, und seine Haare tropften. Er strahlte derart, dass beide lachen mussten. Grinsend fasste Tom Leonora bei der Hand. »Im Gegensatz zu James bin ich Manns genug, mit dir zu tanzen.« Er nahm ihr das Glas ab und reichte es unbeholfen James. »Tut mir leid, Kumpel«, sagte er scherzend und zog Leonora auf die Tanzfläche.

James lehnte sich an die Wand und schob seine freie Hand in die Tasche. Er sah zu, wie Tom und Leonora sich durch die Menge quetschten. Leonora trug ein hellblaues Kleid, über dem ihre Haut pfirsichfarben, ihre Lippen lachsfarben und ihre Wangen rosa leuchteten: wie ein lebendiger, sich bewegender Sonnenaufgang. Jetzt konnte er freier atmen; in ihrer Nähe stockte ihm immer der Atem. Er konnte nur mit Mühe seine Augen von ihr lassen, so als wäre es ihre Bestimmung, in ihr Gesicht zu starren und sonst nichts. Blind verrichtete er all seine Aufgaben und wurde immer wieder hilflos zu ihr gezogen. Vom Zwang, sich ständig zurückzuhalten, vom ewigen Hin und Her, vom unermüdlichen Kampf gegen seine eigenen Bedürfnisse schmerzten ihm schon alle Muskeln.

James stellte das warme Bier auf den Boden und wischte sich seine nasse Hand an der Hose ab. Er lachte leise, als sein Freund Leonora über die volle Tanzfläche wirbelte. Er hatte keinerlei Rhythmusgefühl oder Talent zum Führen, sondern folgte einfach begeistert den Impulsen seines Körpers und riss die arme Leonora mit sich.

Leonora lachte – so heftig, dass James Tränen in ihren Augen sah, während sie versuchte, mit ihrem umherwirbelnden und zuckenden Tanzpartner Schritt zu halten. Er war erleichtert, sie so glücklich zu sehen. Beim Picknick hatte sich ihre Stimmung verändert. Sie war ganz still und distanziert geworden und ihr Blick traurig. Doch um dunkle Wolken zu vertreiben, musste man nur Tom Shelby rufen.

James beobachtete Leonora: ihr Lächeln und ihr Lachen, ihre Figur, ihre Haut, ihre goldenen Haare, die Biegung ihres Halses, die schmale Taille, die perfekten Schultern und den anmutigen Rücken. Tom verblasste mit allen anderen auf der Tanzfläche, denn James sah einzig Leonora. Sogar die treibende Musik wurde leiser, nur noch die Bässe vibrierten auf seiner Haut. James' Lächeln schwand. Er liebte sie. Hier und jetzt traf ihn die Erkenntnis – in seinem Herzen, in seinem Blut –, und all seine Muskeln spannten sich an. Denn jetzt brach wieder sein innerer Kampf los, befeuert vom vibrierenden Boden und der Hitze von vielen, dicht aneinandergedrängten Leibern.

Morgen würde sie zu diesem Bastard zurückgehen. Allein bei dem Gedanken verhärtete sich seine Miene, und sein Rücken straffte sich. Morgen wäre alles vorbei. Er liebte sie, und sein Kampfesmut meldete sich. Er hatte diesen Abend. Nur diesen. Er würde sich nicht verstecken. Er konnte kämpfen oder warten und verenden. Die Entscheidung kam schnell und hart. Was morgen kam, konnte Licht oder Schatten bringen, aber heute Abend würde er kämpfen.

James stieß sich von der Wand los und marschierte hoch aufgerichtet und zielstrebig auf die Tanzfläche. In Toms Klammergriff sah Leonora ihn näher kommen und flehte ihn mit hochgezogenen Augenbrauen an, sie zu erlösen. Doch als sie seinen Gesichtsausdruck bemerkte, schwand ihr Lächeln, und sie erschlaffte in Toms Armen. James schob Tom beiseite und packte Leonora fest an der Taille. Tom riss schon den Mund auf, um sich zu beschweren, doch als er James' Miene sah, verschwand er sofort in der Menge.

Die Musik wechselte, und der langsame Song »Any Time's Kissing Time« setzte ein. James drückte seine Handfläche gegen Leonoras Rücken, zog sie eng an sich und sah ihr direkt in die Augen, so dass sie ihren Blick nicht von ihm abwenden konnte. Unter seiner Berührung erschauerte ihr ganzer Körper. »Ich dachte, du wärst kein großer Tänzer«, flüsterte sie.

»Ich hatte noch nicht die richtige Partnerin.«

Er presste seine Finger so tief in die weiche Seide ihres Kleids, dass sie nicht wegrutschen konnte. Dann gab er alle Zurückhaltung auf und wanderte mit seiner Hand selbstbewusst ihren Rücken hinauf. Unverwandt hielt er ihren hilflosen Blick gefangen und ließ zu, dass das Feuer sie beide erfasste und aufloderte. Vor lauter Sehnsucht und Verlangen verschwand die Welt um ihn herum. Stimmen und

Musik verstummten vor der strahlenden Schönheit, die er in Händen hielt. Von seinem Druck öffnete Leonora unwillkürlich die Lippen und keuchte leise auf. Klar und deutlich spürte er ihr Herz an seiner Brust klopfen.

Leonora gehörte nicht einem anderen. Sie war nicht die Frau eines anderen. Nicht hier. Hier, in diesem Augenblick, gehörte sie ihm. Hier, in diesem Augenblick, gab es keine Farm, zu der man zurückkehren musste, keine Vergangenheit voller Einsamkeit und Schmerz, sondern nur ihr gelöstes Gesicht und ihre rosigen Lippen, ganz dicht vor seinem Mund.

Als der Song mit den letzten klagenden Tönen verstummte, blieb James stehen, hielt sie reglos an sich gedrückt und blickte weiterhin in ihre aufgerissenen Augen. Er neigte sich zu ihr und flüsterte ihr ins Ohr: »Ich kann dich glücklich machen, Leo.« Er sah, wie sich Furcht in ihren Blick schlich. »Ich werde dir *niemals* wehtun«, versprach er. »Niemals.«

Hier und jetzt hätte er sie geküsst, direkt auf den Mund und ohne Reue, hätte nicht eine angetrunkene Frau ihn mit einem anderen verwechselt und ihn grob aus Leonoras Armen in die Menge gezerrt.

Ohne ihn blieb Leonora die Luft weg. Ihr wurde schwindlig. Noch immer brannte die Stelle am Rücken, wo seine Finger sie berührt hatten. Und dieser Blick: Vom Drängen in seinen Augen hätte sie sich fast aufgelöst. Sie konnte nicht mehr klar denken. Sie fasste sich an die Kehle und stürzte durch die Menge zum offenen Scheunentor und hinaus in die kühle Nachtluft. Sie musste weg von hier, um wieder zur Vernunft zu kommen.

Musik und Gelächter drangen zu ihr heraus. Leonora blickte zum dunklen Himmel und atmete gierig die frische Luft ein. Millionen von Sternen tüpfelten das nächtliche Firmament. Sie ging an den Pferdewagen und den wenigen Automobilen vorbei, bis die Musik und das Stimmengewirr zu einem fernen Hintergrundrauschen verblassten.

Leonora stützte sich mit den Armen auf den Koppelzaun, ließ sich von der leichten Brise das Gesicht kühlen und starrte in die endlose Dunkelheit. Es wäre so leicht, ihm nachzugeben. Doch die

Folgen würden sie erdrücken. Es wäre so leicht, einfach ›ja‹ zu sagen, die Augen zu schließen, seine Hand zu nehmen und alles und jeden hinter sich zu lassen. Doch die Aboriginekinder würden sie verfolgen. Mit ihren großen, weißen Augen und den schrecklichen Schreien nach Mutter und Vater, bis sie selbst schreien würde. Wenn sie Alex verließe, würde sie Familien zerstören. Wenn sie bliebe, würde sie James zerstören.

Leonora rieb sich über die Nasenwurzel. Immer tiefer sank ihr das Herz. Sie konnte James auf der Farm halten – ihn mit winzigen Lichtblicken, mit Hoffnung an sich fesseln. Sie konnte ihr eigenes Herz in Gang halten nur durch das Wissen, dass er in ihrer Nähe war. Für sie war das genug. Doch James würde langsam und qualvoll daran zugrunde gehen und seine eigene Zukunft, sein eigenes Glück einbüßen. Mrs. Shelbys Worte fielen ihr wieder ein. All das Leid, das er schon hatte erdulden müssen. Sie konnte und würde ihm nicht noch mehr Leid zufügen. Ihr eigenes Leben war ein geringeres Opfer. Aber es brachte ihr keinen Trost zu wissen, was sie zu tun hatte; es zerriss sie innerlich und machte sie elend von Kopf bis Fuß. Ihre Entscheidung zwang ihr eine unendlich einsame Zukunft auf, die sie mehr tot als lebendig zu ertragen hatte.

Tränen stiegen ihr in die Augen und verzerrten die Sterne über ihr erst zu Diamanten und dann zu unkenntlichen Formen. Leonora biss sich auf die Lippen, um die Tränenflut zu stoppen, doch strömte sie immer heftiger. Ihr ganzer Körper zuckte, als sie zu schluchzen anfing und nach Luft schnappen musste. Sie drückte sich die Fäuste gegen die Augenlider und ließ ihren Gefühlen freien Lauf. Sie liebte ihn, liebte ihn so sehr, dass sie lieber gestorben wäre, als ohne ihn weiterzuleben. Doch in dieser Welt war nicht nur ihr Leben wichtig. Ihr eigenes Glück hatte immer zurückstehen müssen. Dies war ihr Fluch und ihre Qual.

Als sie Schritte auf dem Schotter hörte, wischte sie sich hektisch über die Augen, um ihre Tränen zu vertreiben. Aus dem Schatten tauchte James auf. Ihr wurde so flau im Magen, dass sie die Hand daraufpressen musste. Sie war nur dankbar, dass es so dunkel war, und hoffte, er sähe ihre geröteten Augen nicht.

»Du bist einfach verschwunden«, sagte James vorsichtig.

»Ich brauchte nur ein bisschen frische Luft«, erwiderte sie leicht schniefend.

Er trat näher zu ihr. »Hast du geweint?«

Sie schüttelte den Kopf, obwohl ihr schon wieder die Tränen kamen. »Nein.«

»Aber ich sehe es doch.« Sanft wischte ihr James mit dem Daumen eine Träne weg. Er umschloss ihre Wange mit der Hand und streichelte sie.

Sie war so erschöpft, so müde vom Kämpfen, daher ließ sie ihre Wange schwer gegen seine Hand sinken. Sie schloss die Augen und legte ihre Hand auf seine, weil sie – nur für einen Moment – seine Berührung auskosten wollte. Einen Moment, den sie für den Rest ihres Lebens in Erinnerung behalten konnte.

James rückte so nahe zu ihr, bis seine starken Schenkel gegen ihre Hüften drückten. Er löste seine Hand von ihrer Wange, umfasste ihre schlaffe Hand, drehte sie herum und presste seinen Mund auf die glatte Mitte ihrer Handfläche. Ihr wurden die Knie weich, so dass sie sich auf den Zaun stützen musste, weil James ihr mit seinen Lippen über ihre Handfläche, das Handgelenk und den Unterarm wanderte.

Ihr ganzer Körper brannte, und ihre Muskeln zitterten. James legte ihr seine Hand um die Taille und zog sie eng an sich. Er neigte sich vor und drückte ganz sanft einen Kuss auf das äußerste Ende ihrer Wange, dicht an ihrem Ohr.

Sie fiel. Sie sank. Sie ertrank. Hilflos. Das Verlangen lähmte sie. Seine Lippen strichen über ihren Wangenknochen. Sie drohte sich zu verlieren. Wenn er sie auf den Mund küsste, wäre sie verloren. Sie würde in seinen Armen dahinschmelzen. Und jeder klare Gedanke, alles Denken, würde sich in Luft auflösen.

*Doch wenn Sie ihn wirklich lieben, werden Sie es jetzt beenden.* Mrs. Shelbys Äußerung hallte zwischen ihren Küssen wider. *Dieser arme Kerl hat schon so viel gelitten, dass es für ein ganzes Leben reicht.*

James küsste sie so dicht neben ihrem Mundwinkel, dass sie nur ein bisschen ihren Kopf drehen musste, dann träfen sich ihre Lippen. *Lassen Sie ihn ziehen.*

»Ich … ich kann das nicht«, flüsterte Leonora tränenerstickt.

James hielt inne, doch sein Gesicht in der Dunkelheit war dicht vor ihr. »Du kannst ihn doch verlassen, Leo«, sagte er drängend. »*Verlass ihn.*« Er nahm sie in die Arme und flüsterte an ihren Lippen: »Ich liebe dich, Leo.«

Sie schloss die Augen, schluckte hart und drängte all ihre Liebe für ihn tief in ihr Inneres. Ihre Miene verhärtete sich. Sie richtete sich auf und zwang die Tränen in ihren Augen, sich in Eis zu verwandeln. Dann suchte sie nach möglichst schroffen, bitteren Worten und stieß hervor: »Und ich liebe Alex.«

Er zuckte zusammen. Es hätte nicht schlimmer wehtun können, wenn sie ihm ein Messer mitten ins Herz gestoßen und umgedreht hätte. James' Hand glitt von ihrer Taille und hing schwer wie ein Senkblei herunter. Er zog die Brauen über seinen völlig ausdruckslosen Augen zusammen. Sein ganzes Gesicht verzerrte sich, so fest biss er die Zähne zusammen. Eine einzige, letzte Sekunde starrte er sie an, dann drehte er sich wortlos um und ging.

Leonora sah ihm nicht nach. Völlig reglos, wie gelähmt, stand sie da. Nur ihre Hand bewegte sich: Ihre Fingerknöchel wurden weiß, so fest krallte sie sich an den Zaunposten, nur um nicht vom Schmerz in ihrem Innern zu Boden zu gehen.

• • •

Am nächsten Morgen verließen Tom, James und Leonora beim ersten, grausamen Tageslicht die Farm der Shelbys. Während der Wagen in die eine Richtung fuhr, winkte der goldene Weizen in die andere: zurück, zurück. Ach hätte sie doch zurückgekonnt!

Doch dann drängte sich Wüstenbeifuß zwischen die Weizenähren, bis diese nicht mehr winken konnten. Und der Beifuß breitete sich aus, so wie sich die rote Erde dazwischen ausbreitete, und die steifen, harten Blätter winkten nicht, sondern zeigten geradewegs in den gnadenlos heißen Himmel. Der Wagen flog so schnell am Zaun entlang, dass die Pfosten verschwammen und nur noch lange, graue Drahtlinien nach Hause zeigten.

Tom lag verkatert auf dem Rücksitz und schlief. Er hatte die Fußknöchel gekreuzt und die Stiefel auf dem Fensterrahmen abgelegt. Sein Hut bedeckte Augen und Nase. Manchmal zuckte er zusammen, weil er vom Tanzen träumte oder sein Magen rebellierte, dann erschlaffte er wieder und schlief weiter.

James fuhr und hielt die zusammengekniffenen Augen starr auf die Straße gerichtet. Mit der rechten Hand hielt er das Lenkrad und stützte den linken Ellbogen auf den Rahmen des heruntergekurbelten Fensters. Trotz der gnadenlosen Hitze spürte Leonora die Kälte, die von ihm ausging. Leonora saß mit verschränkten Händen auf dem Beifahrersitz und war so starr wie eine aufgerichtete Leiche. Seit ihrem Abschied von den Shelbys hatten sie kein einziges Wort gesprochen – die Distanz zwischen ihnen war so groß, als würden sie in verschiedenen Wagen fahren. In ein paar Stunden würden die Gatter von Wanjarri Downs in Sicht kommen und sich, eines nach dem anderen, hinter ihr schließen.

Leonora starrte auf die Finger in ihrem Schoß. »Wie lang bleibst du noch?«, flüsterte sie.

Eine ganze Weile antwortete James nicht, sondern blickte stur geradeaus. »Bis ich mit Tom geredet habe«, sagte er dann und fügte hinzu: »Er kann bleiben, wenn er will.«

»Und wohin gehst du?«

Darauf antwortete er nicht, sondern rückte noch mehr von ihr ab und schob den Ellbogen weiter nach draußen.

Sie hatte kein Recht, ihm Fragen zu stellen. Er würde bald aufbrechen, vielleicht sogar morgen schon. Es würde nie wieder einen Kuss, eine Berührung, einen Blick geben. Nicht mal ein Lebewohl. Es war vorbei. Sie wischte sich eine dicke, einsame Träne von der Wange. Es war vorbei, noch bevor es richtig begonnen hatte.

## Kapitel Achtundfünfzig

Als der Postbote das Telegramm von Alex brachte, pfiff er nicht. Er nickte nicht mal, sondern drückte ihr nur das Schreiben in die Hand und eilte zu seinem Wagen zurück, so schnell seine Krummbeine es zuließen. Und Leonora spürte an der feuchten, elektrisch aufgeladenen Luft, dass ein Sturm nahte, noch bevor sie das Telegramm gelesen hatte.

Alex steckte in Coolgardie fest, weil ein Blitz ein Feuer ausgelöst hatte, das sich rasend schnell im trockenen Busch ausbreitete. Er schickte Instruktionen zum Schutz der Farm. Doch für sie brachte das Telegramm nicht die Botschaft von Sturm oder Feuer, sondern nur die Erleichterung darüber, dass Alex noch nicht zurückkehren würde und Tom und James noch einen Tag bleiben mussten.

Seit ihrer Rückkehr hatte Leonora James nicht mehr zu Gesicht bekommen. Sie wusste nicht mal, ob er in der Nähe war. Denn Tom hatte ihr mit schuldbewusster Miene ihre Kündigung überbracht und ihr dabei nicht mal in die Augen blicken können. »Kommst du klar, Leonora?«, hatte er gefragt.

Sie hatte genickt.

»Wir bleiben so lange, bis Alex zurück ist«, hatte er versprochen. »Es ist nur recht und billig, dass wir es ihm persönlich sagen.«

Sie nickte wieder und biss sich auf die Lippen. Als Tom zu ihr trat und sie brüderlich umarmte, hatte sie ihr zuckendes Kinn in den Stoff seines Hemds gedrückt. Dann löste sie sich von ihm und hielt den Blick starr auf die Maserung der Haustür gerichtet, auf irgendetwas Lebloses, nur um Toms mitfühlendem Blick auszuweichen.

»James kommt schon klar«, sagte er, als könnte er ihre Gedanken lesen. »Er ist ein zäher Kerl.«

Als sie seinen Namen hörte, blinzelte sie die Tränen weg und starrte an die Decke, bis Tom gegangen war.

• • •

Der Tag brach an, doch die Dunkelheit blieb. Heute würde die Sonne nicht scheinen. Aus der Küche drang Topfklappern. Leonora folgte dem Geräusch und entdeckte, dass Meredith gebückt vor den Unterschränken stand und alle möglichen Töpfe, Kessel und Pfannen herausholte. Ihr Gesicht war bereits hochrot und schweißnass. Sie hatte die Ärmel aufgerollt, und der Stoff schnitt ihr ins Fleisch ihrer Oberarme. Als sie sich noch tiefer in den Schrank beugte, stieß sie sich beim Zurückziehen den Kopf. »Ach! Verflixt und zugen…« Sie richtete sich auf und rieb sich den Kopf. »Ach, Morgen, Mrs. Harrington. Hab Sie nicht kommen hören.« Dann nickte sie ihr bedeutungsvoll zu. »Es kommt ein Sturm.«

»Das habe ich gerade von Alex erfahren. In der Nähe von Coolgardie gibt's ein Buschfeuer. Alle Straßen sind blockiert.«

Meredith knallte einen Topf auf den Herd. »Und es wird ein ganz großer! Es war schon viel zu lange ruhig. Jetzt will dieser Sturm wohl alles aufholen.« Sie nahm eine Pfanne und schob sie auf eine hintere Platte. »Aber man kann nie wissen, wie's wird. Manche sind wie die Sintflut, dann treten die Flüsse innerhalb von Minuten über die Ufer. Manche bringen nur Blitze, ohne einen einzigen Tropfen Regen. Und manche bringen beides. Kann man nie vorher sagen. Aber diesmal werden die Blitze schlimm werden. Spüre ich auf der Haut.«

Meredith zog eine Schublade voller Kellen, Löffel und Bratenheber auf. »Die Männer arbeiten draußen. Ich hab sie auf dem Weg ins Haus gesehen. Sie holen die Schläuche raus und spritzen die Ställe ab. Mehr können sie nicht tun. Alles nass machen und beten.«

Leonora musterte den vollen Herd. »Es sieht aus, als wollten Sie eine ganze Armee verköstigen.«

»Das will ich auch!«, bellte Meredith. »Gesetz des Buschs, Mrs. Harrington. Wenn's im Busch brennt, kommen alle Mann im Bezirk und löschen. Und die Frauen sorgen für Essen. Arbeiten in Schichten.«

Da ging die Küchentür auf, und Clare kam verschlafen und lächelnd herein. Sie trug noch ihr Kleid vom Vortag. »Morgen, Mrs. Harrington«, sagte sie steif, und ihr Lächeln schwand. »Es kommt ein Sturm.« Ihr Blick huschte zu Meredith und verriet, dass sie ihr etwas zu erzählen hatte. »Soll ich alles im Haus verrammeln?«

»Nein, das übernehme ich schon«, sagte Leonora, die den Hinweis begriff und froh war, etwas zu tun zu haben. »Meredith braucht bestimmt Ihre Hilfe.«

Leonora ging in den ersten Stock und fing an, die Blendläden zu schließen. Wohin sie auch blickte, zogen sich dicke, graue Wolken über dem weiten, flachen Land zusammen. Die Arbeiter wimmelten wie Ameisen auf dem Grundstück umher und zapften die Wassertürme an, schleppten Gummischläuche zu den Gebäuden und räumten Heu und trockenes Gesträuch in sichere Entfernung. Dann kam James angeritten und gab einem der Aborigines Anweisungen. Leonora berührte den Spitzenvorhang. Sie fühlte sich ganz hohl, vermisste ihn bereits, obwohl er noch nicht fort war. Doch sie verdrängte ihre Verzweiflung, schob sie in einen hinteren Winkel ihres Innern, so wie eine Schneiderin die Ecken eines Kissens stopft, und zog die Blendläden mit einem Knall zu.

Sie ging hinunter ins Erdgeschoss. Russell besprengte von der Veranda die Außenwände des Haupthauses. Das Wasser spritzte gegen die Fenster und lief die Scheiben hinunter, während Leonora die hohen Flügeltüren zuzog und der Raum mit jedem Klick dunkler wurde.

»Zieh den Kopf aus den Wolken, Clare, und schäl die Kartoffeln!«, hörte sie Meredith aus der Küche schimpfen. »Du bist ja heute Morgen zu gar nichts zu gebrauchen! Was hast du bloß?«

»Eine schöne Nacht hinter mir«, erwiderte Clare und lachte. »Und auch einen schönen Morgen.«

»Ach ja?«, spottete Meredith unbeeindruckt. »Hast du's wieder mit dem Wanderarbeiter getrieben?«

Leonora zog die Blendläden in der Nähe der Küche zu und verdrehte die Augen angesichts der endlosen Anzüglichkeiten. Heute konnte sie nicht darüber lachen, sie konnte über gar nichts mehr lachen.

»Ach was!«, gab Clare hitzig zurück. »Ich hab die Nacht in der Managerunterkunft verbracht.«

Leonora erstarrte, drückte die Hand flach auf die Fensterscheibe und lauschte auf jedes winzige Geräusch aus der Küche.

Meredith lachte so laut, dass bestimmt ihr großer Busen wackelte. »Als würde Tom dich anrühren! Spar dir deine Geschichten für jemand Dümmeren auf!«

»Ist keine Geschichte«, beharrte Clare wütend. »Außerdem war's nicht Tom, sondern James.«

Leonora brannte das Gesicht bis zu den Ohren. Sie konnte nicht atmen, ihre Kehle war wie zugeschnürt.

»Der guckt dich doch nicht mal an, da soll er mit dir ins Bett gehen?«, höhnte Meredith.

»Tja, jetzt jedenfalls hat er mich angeguckt. Und das gleich zweimal. Jetzt fühl ich mich so krummbeinig wie Danny, der Postbote!«

Meredith lachte heftig, dann sagte sie voller Zuneigung: »Du bist mir schon eine, Clare.«

Clares Worte trafen Leonora wie ein Schlag in den Magen, so heftig und schockierend, dass sie meinte, sie müsste sich übergeben. Ihre Knie wurden weich, und sie sackte schlaff an die Wand.

»Er sagt, er wollte mich schon lange«, prahlte Clare. »Wollte wohl nicht mehr warten, schließlich verlässt er die Farm.«

Leonora barg ihr Gesicht in den Händen. Ihr Magen verkrampfte sich so, dass sie sich krümmen musste. *Nein, nein, nein!*

»Echt Mist, dass sie gehen«, sagte Meredith. »Es sind gute Kerle.«

»James sagt, er hat es satt, für Mrs. Harrington den Laufburschen zu spielen!«, sagte Clare mit wissender Stimme. »Er hat es satt, Befehle von Reichen zu kriegen.«

Rasender Schmerz wie von einem stumpfen, gezackten Messer durchzuckte sie. Leonora spürte förmlich, wie dieser grausame Verrat ihr das Herz brach. Sie presste die Lippen zusammen, denn ein Schrei stieg in ihr empor, blieb ihr aber in der Kehle stecken, bevor er ihr entschlüpfen konnte. Es war alles nur ein Scherz gewesen: ein grausames, herzloses Spiel. Quälende Bilder blitzten vor ihrem inneren Auge auf: James, wie er Clare auf den schmallippigen, schiefen Mund küsste, ihre Haut mit den vielen Sommersprossen berührte, ihr etwas ins geneigte Ohr flüsterte und *sie* anlachte.

Ihre Knochen wurden bleischwer. Es war alles eine Lüge gewesen. Plötzlich verwandelte sich ihr Schmerz in weißglühenden Zorn. *Es war alles eine Lüge gewesen.* Ihr wollten die Tränen kommen, doch ihre Wut drängte sie zurück. Blind griff sie nach der Kristallvase auf dem Tisch und schleuderte sie quer durch den Raum. Sie zerbarst in tausend Scherben, genau wie ihr Herz. Jetzt brach sich ihr Schmerz Bahn, und sie schluchzte so heftig, dass ihr ganzer Körper zuckte. Sie war so eine Närrin! Sie war auf seine Säuseleien hereingefallen. Er hatte sie nie geliebt – niemand hatte sie je geliebt.

Die Bilder von James und Clare bestürmten sie, und in dem verrammelten Raum kam sie sich vor wie im Käfig. Sie wollte weg. Wegrennen, bis ihre Beine versagten und ihr Herz zu schlagen aufhörte. Sie stürzte aus dem Haus, dessen Wände immer näher rückten. Draußen peitschte ihr der Wind durchs Haar. Sie stemmte sich gegen ihn und eilte zum Stall. Dort zerrte ein Arbeiter gerade mit eingezogenem Kopf die Tür zu. Sie zwängte sich an ihm vorbei, stürzte zum schwarzen Hengst, der sich schweißüberströmt und mit weit aufgerissenen Augen an die Wand seiner Box drängte, und ruckte an seinen Zügeln. Der Arbeiter wollte sie aufhalten und zeigte auf die Blitze am fernen Himmel. »Nicht gut. Sturm kommt.«

Doch sie dachte weder an Sturm noch Wind, noch Blitze, sondern nur an den Schmerz, der ihr Inneres versengte. Ohne Sattel stieg sie aufs Pferd. Der Hengst bäumte sich auf, doch sie hielt sich fest und trieb ihn mit einem einzigen sanften Druck in die Flanken an, am Reitplatz vorbeizupreschen. James und Tom bogen gerade um eine Ecke und mussten aus dem Weg springen, als sie in vollem Galopp vorbeiritt.

Leonora lenkte das Pferd in den Sturm, ritt meilenweit dem immer dunkler werdenden Himmel entgegen und suchte die Stelle, wo er ausbrach. Die aufgetürmten Wolken zogen so schnell über sie hinweg, wie sie ihnen entgegengaloppierte. Sie wusste nicht, wohin es ging, es war ihr auch ganz gleich, wenn sie nur von diesem Haus wegkam, von Clares Lachen, von James' Grausamkeit und den Bildern, die unaufhörlich vor ihrem inneren Auge aufblitzten.

Dann begann es zu schauern, und immer wieder spritzten ihr Regentropfen ins Gesicht. Als von Süden her knatternder Donner ausbrach, bäumte sich das Pferd erneut auf. Die Blitze kamen immer näher. Das Knacken der Blitze und Rollen der Donner brachten sie wieder zu sich. Die Luft war so aufgeladen, dass ihr die Haut juckte und sich die Härchen an ihren Armen aufstellten. Sie überflog mit dem Blick die Ebene, um sich zu orientieren und einen Unterschlupf zu suchen. Der nächstgelegene war ein Stall auf einer nicht weit entfernten Weide. Leonora trieb das Pferd an und bog, während der Donner direkt über ihrem Kopf grollte, scharf nach rechts.

Als sie die Weide erreicht hatte, war sie nass bis auf die Knochen. Schnaubend ließ das Pferd sie absteigen. Es schwitzte so, dass ihm Dampf aus Fell und Nüstern stieg. Der Regen prasselte jetzt senkrecht auf sie herunter. Sie führte das Pferd zum Stall, dessen Tür offen stand. Die frisch geborenen Lämmer waren fort. Sie band das Pferd ab, ging wieder nach draußen und starrte blinzelnd zum Himmel, weil ihr der Regen in die Augen fiel. Sie schirmte sie mit der Hand ab, überblickte die aufgeweichte Ebene, hörte, wie der Donner näher rollte, und entdeckte die Lämmer mit den Mutterschafen unter einem Eukalyptusbaum.

Verstört vom Donner liefen die Lämmer mit lautem Bähen immer im Kreis herum. Sie trieb sie neben dem Stall zusammen und trug sie, keuchend vor Anstrengung, einzeln hinein. Danach war ihr Rock rot von der Erde und jeder Zentimeter ihrer Haut durchweicht. Die Mutterschafe weigerten sich, unter dem Eukalyptusbaum hervorzukommen, und stemmten die Hinterbeine in die Erde. Leonora brach einen Zweig ab und schlug damit einem Schaf aufs wollige Hinterteil, bis es sich widerwillig in Bewegung setzte. Als sie sich die Haare aus dem Gesicht strich, sah sie einen Reiter in vollem Galopp näher kommen.

Sofort loderte ihr Zorn wieder auf. Sie packte ein Mutterschaf, schob es mit aller Kraft in den Stall und wollte dann das letzte holen, obwohl sie schon am ganzen Körper zitterte. Aus dem strömenden

Regen tauchte James auf, sprang vom Pferd und zerrte es zum Stall. »Leo«, rief er unter dem Sturzbach hindurch, der ihm von der Hutkrempe strömte. Doch sie reagierte nicht.

James stürzte zu ihr. »Was zum Teufel machst du da?«, brüllte er.

Sie ignorierte ihn, glühend vor Hass, und schob das Schaf am Hinterteil zum Stall. James packte es um den Bauch. »Ich trag es rein!«

Da stieß Leonora ihn so heftig weg, dass ihr die nassen Haare ins Gesicht flogen. »Ich brauch deine Hilfe nicht!«, schrie sie. »Hau einfach ab!«

Verblüfft starrte James sie an. Der Regen war jetzt vergessen. »Was ist denn los, Leo?«

»Ich brauche dich nicht!«, rief sie mit zitternder Stimme und hämmerte mit ihren Fäusten gegen seine Brust. »Lass mich in Ruhe!«

»Hör auf!« Er packte ihre nassen Handgelenke. »Was ist denn?«

Sie wehrte sich gegen den Griff seiner starken Hände. »Ich hab das mit Clare gehört!«, brüllte sie. »Du hast was mit ihr! Ich weiß alles!«

Sein Gesicht erstarrte zu einer Maske. Leonora nahm sein Schweigen als Bestätigung und entriss sich seinem Griff. Sie presste die Lippen zusammen. Dann rief sie: »Wie konntest du nur?«

»Clare? Das Dienstmädchen?« Jetzt wurde auch James laut. »Hast du den Verstand verloren, Leo?« Verächtlich spuckte er den Regen aus, der ihm in den Mund lief. »Glaubst du im Ernst, ich würde je diese Frau anrühren?«

»Lüg mich nicht an, James!« Leonora starrte ihn finster an und hätte ihm am liebsten in die Rippen geboxt. »Ich hab gehört, was sie gesagt hat.«

»Sie ist eine gottverdammte Lügnerin, Leo!« Schwer atmend zeigte er in die Ferne. »Ich hab sie selbst aus einer Abo-Hütte kriechen sehen. Heute Morgen!«

Der Regen strömte ihr übers Gesicht und sammelte sich in ihrem offenen Mund. James sagte die Wahrheit. Diese Erkenntnis traf sie klar und deutlich, genau wie sie jetzt den Sturm klar und deutlich wahrnahm. Clare hatte gelogen. Leonora hatte sie schon tausendmal tratschen und lügen hören und es doch dieses eine Mal nicht gemerkt. Denn der Gedanke an James – an James mit ihr – hatte ihr den Verstand geraubt. Jetzt überflutete sie Reue. »Ich … ich … es tut mir leid«, stammelte sie.

James biss so heftig die Zähne zusammen, dass seine Kieferknochen hervortraten und seine Lippen nur noch ein schmaler Strich waren. Jetzt loderte er vor Zorn. Über ihren Köpfen krachte der Donner, doch James zuckte nicht mal zusammen. Er trat auf sie zu und schrie sie durch den prasselnden Regen hinweg an: »Wieso zum Teufel verteidige ich mich überhaupt ausgerechnet dir gegenüber?« Seine Stimme klang schroff und bitter. »Du bist doch diejenige, die verheiratet ist!«

Er trat noch einen Schritt näher. »Wie kannst du es überhaupt wagen, mir was vorzuwerfen, und an mir zu zweifeln!«, brüllte er. Mit wildem Blick zeigte er Richtung Haupthaus. »Du gehst doch jede Nacht in dieses Haus und teilst das Bett mit diesem Bastard, obwohl ich weiß … ich weiß, du solltest bei mir sein! Kannst du dir eigentlich vorstellen, wie mir zumute ist, wenn ich daran denke, dass du neben ihm liegst, Nacht für Nacht … wenn ich daran denke, dass er dich anfasst? Hast du überhaupt die leiseste Ahnung? Es zerfrisst mich, Leo! Es bringt mich um!« Er fuhr sich mit der Hand durch die Haare und riss an den nassen Strähnen. »Also: nein, ich war nicht mit Clare zusammen oder irgendeiner anderen, aber ich bin auch kein Heiliger, Leo. Ich bin ein Mann und will dich so sehr, dass ich …« Er verstummte und suchte mit finsterer Miene nach Worten. Dann trat er noch näher zu ihr. »Also, sag's mir, Leo. Sag mir, welches gottverdammte Recht du überhaupt hast, irgendwas von mir zu verlangen!«

»Weil … weil ich dich liebe!«, rief sie stockend. »Ich liebe dich.«

Da packte James sie an den Schultern und küsste sie, fiebrig, grob, eine Ewigkeit. Der Regen strömte ihr über Haare und Gesicht, doch sie merkte nichts davon.

James löste seine Lippen von ihren und umfasste mit gespreizten Fingern ihre Wangen. »Dann verlass ihn«, flehte er sie an.

Leonora wurden die Knie weich. »Ich kann nicht«, flüsterte sie.

James' Augen unter den nassen, verklebten Wimpern wurden hart. Er lockerte seinen Griff und schluckte angewidert. »Geht es ums Geld?«

»Nein!«, rief sie und fasste ihn an den Armen.

James riss sich von ihr los und blickte auf ihre Lippen, als wäre ihm der Anblick widerlich. »Also bist du zu feige.«

Heftig schüttelte sie den Kopf. »Nein.« Ihr blieb die Stimme im Hals stecken, während sie versuchte, seine Hand zu ergreifen. »Bitte sag das nicht.«

Mit verächtlicher Miene wich James vor ihr zurück. »Du bist ein verdammter Feigling.«

Er hasste sie. Allein stand sie im strömenden Regen und sah hilflos zu, wie er immer weiter vor ihr zurückwich. Sie öffnete den Mund, doch brachte sie kein Wort hervor.

»Geh zurück zu Alex«, befahl James mit leiser, klarer Stimme. Seine Miene war eisig. Er sah sie an, als wäre es das letzte Mal. »Ich will dich nicht mehr.« Damit drehte er sich um und ging zu seinem Pferd zurück. Er war so durchnässt, dass seine Kleider schwarz wirkten.

Leonora sank in den Schlamm. Er ging fort. Panik, altvertraut, stieg aus ihrem tiefsten Innern empor und verbreitete sich in ihrem ganzen Körper. Die Wahrheit dräute über ihr, nass, kalt und erstickend: Alle verließen sie.

Sie starrte auf ihre rot verschmierten Hände. »Er lässt die Kinder wegbringen!«, brüllte sie schließlich in den Sturm. James verharrte, drehte sich aber nicht um. »Die Kinder«, wimmerte sie und haute schwach mit der Faust in den Schlamm, so dass ihr Unterarm rote Sprenkel bekam.

James drehte den Kopf zu ihr, sah sie mit zusammengezogenen Brauen an und fragte mit kühler Stimme: »Welche Kinder?«

*Nichts sagen. Aufhören. Ihn ziehen lassen.* Doch der drohende Verlust, die Leere krallte sich schon um ihre Glieder. »Die Aborigines!«, schrie sie. »Wenn ich Alex verlasse, lässt er die Kinder fortschaffen!«

Die Wahrheit hing in der Luft, wie ein Galgenstrick. Die Stimme der Vernunft war verstummt. Sie hatte es gesagt. Jetzt konnte sie es nicht mehr zurücknehmen, nicht mehr aufhalten, was sie in Gang gebracht hatte.

Mit großen Schritten kam James zu ihr zurück. Leonora schluchzte mit gesenktem Kopf. Ihr war elend vor lauter Schwäche und Reue. Seine Stiefel kamen in Sicht und blieben vor ihren Knien stehen. James streckte die Arme aus und zog sie an den Schultern hoch.

»Ich wollte ja gehen!«, rief sie, ohne ihn anzublicken. »Ich habe die Scheidung verlangt. Doch die Mission wollte die Kinder abholen, und als ich das sah … ich konnte nicht zulassen, dass er das tut, James.« Sie spürte, wie er seine Finger in ihre Schultern grub, und nur deswegen brach sie nicht zusammen. »Ich weiß … *wir* wissen doch, was mit Waisen geschieht.« Jetzt blickte sie zu ihm auf und flüsterte verteidigend: »Ich bin kein Feigling.«

James blickte blinzelnd durch den strömenden Regen, bis er ihre Augen fand. »Wieso hast du mir das nicht schon früher erzählt?«

Jetzt weinte sie heftiger, und ihre Tränen vermischten sich mit dem Regen. Sie umfasste seine Ellbogen und schüttelte sie kraftlos. »Weil du dich ihm entgegengestellt hättest. Und man nichts tun kann. Gar nichts.« Sie senkte die Stimme und blickte ihm suchend ins Gesicht. »Er ist ein grausamer Mensch, James.« Sie umklammerte den durchweichten Stoff seines Hemds. »Versprich mir, nichts zu unternehmen.«

Doch James hatte sich völlig in ihrem Blick verloren, in der Schönheit ihres Gesichts. Er umfasste ihre Taille und zog sie an sich. Sie versuchte, sich ihm zu entziehen, weil er unbedingt begreifen musste, was sie ihm sagen wollte. »Versprich es mir, James«, flehte sie. »Bitte …«

Doch James hörte sie nicht. Er umschlang sie, so dass ihre Arme an ihre Seiten gedrückt wurden, und verschloss ihren Mund mit einem Kuss. Und mit diesem Kuss verstummten alle Worte, schwand alle Vorsicht, und sie schmolz dahin in seinen warmen Armen und seinem drängenden Mund.

Der Regen prasselte hart und stetig auf ihre Haut und nässte ihre Gesichter, ihre Haare, ihre Ohren, ihre gierigen Lippen; er durchnässte ihre Kleider, bis ihnen der Stoff warm und schwer am Körper klebte. Dann zerriss krachend ein Blitz den Himmel und schlug so nahe bei ihnen ein, dass der durchweichte Boden unter ihnen zischte und sie erschrocken auseinanderfuhren. Mit einer einzigen geschmeidigen Bewegung hob James sie auf seine Arme und rannte mit ihr in den schützenden Stall.

Der Regen hämmerte so laut auf das Metalldach, als wären die Wolken über ihnen nicht mit Wassertropfen, sondern mit Nägeln gefüllt. Die Wände aus frischem, stellenweise noch grünem Holz sogen die Feuchtigkeit in sich auf und verbreiteten ihren harzigen Geruch, vermischt mit dem süßen Duft von feuchtem, gepresstem Heu, der nach oben hin immer stärker wurde. James setzte Leonora ab, drückte sie gegen eine Wand und senkte erneut seinen Mund auf ihren. Immer häufiger tauchten zuckende Blitze den Stall erst in Licht und dann wieder in Dunkelheit, so als würde eine Lampe unentschlossen ein- und ausgeschaltet. Donnergrollen begleitete sie unablässig, ohne jede Verzögerung. Im Hintergrund raschelten die Pferde und Schafe leise im Stroh.

James schmiegte seinen Kopf in Leonoras Halsbeuge, fuhr mit dem Mund über ihre gebogene Kehle und schmeckte den Regen auf ihrer Haut. *Zu Hause.* Sie klammerte sich an seinen Rücken, doch waren ihre Hände viel zu klein, um ihn ganz zu umfassen. Sie strich mit den Handflächen über die Muskeln an seinen Armen: die festen Unterarme, die harten Bizeps und Schultern. *Zu Hause.* Sie zerrte an seinem nassen Hemd, riss es ihm aus der Hose. Die Knöpfe wollten im durchweichten Stoff nicht aufgehen. Blind ihrem Kuss hingegeben, fummelte und zerrte sie an ihnen, öffnete einige, übersprang andere. James krallte seine Finger in ihre Haare. *Zu Hause.*

Ohne seine Lippen von ihren zu lösen, schüttelte James sein Hemd ab und ließ es von den Armen zu Boden gleiten. Leonora küsste die Muskeln auf seiner Brust, während er ihr die Bluse von den Schultern schob und mit dem Mund ihr Schlüsselbein entlangstrich. Sie griff nach hinten und öffnete ihren Rock. James schob ihn ihr hastig vom Leib, dann hielt er kurz inne, hielt sie auf Armeslänge von sich entfernt und betrachtete sie. Während der Donner über ihnen grollte und das Licht der zuckenden Blitze ihre reglosen Gesichter erleuchtete, starrten sie einander an.

Dann neigte James den Kopf und küsste sie, diesmal sanft und langsam, während er mit seinen Fingerspitzen so behutsam über ihr Gesicht glitt, als wäre es zerbrechlicher als Porzellan. Sie griff nach seinem Hosenbund und zerrte am Gürtel. Der Lederriemen glitt aus der Metallschnalle und dann mit dem Geräusch einer alten, langsamen Peitsche durch die Schlaufen. Geschickt öffnete sie den obersten Metallknopf. Unter ihrer Berührung erschauerte er leicht, drängte sich enger an sie, strich mit den Fingern über die Seide ihres Unterkleids und berührte ihren Busen. Wie von selbst öffneten sich ihre Lippen, als sie seine Berührung spürte. Er umschloss mit der Handfläche ihre Brust, liebkoste sie und streifte ihr dann die zarten Träger des Unterkleids über die Schultern. Von seinem eigenen Gewicht glitt es zu Boden

James schlang seine Arme um Leonora, drückte sie an seine glatte Brust, hob sie hoch und legte sie sanft in das saubere Stroh. Während ihre Gliedmaßen und Atemzüge miteinander verschmolzen, wütete der Sturm über ihnen. Das Metalldach dröhnte vom Regentrommeln; die Wände wackelten, der Boden zitterte – so wie ihre Körper. Regennasse Haut erschauerte unter drängenden Fingern. Lippen erkundeten die Biegung eines Nackens, eine zarte Armbeuge, das kleine Grübchen am Ansatz des Pos. Finger fuhren Linien nach und schlossen sich um das versteckte, empfindliche Fleisch von Brüsten, Innenschenkeln und Pobacken. Das Gleiten einer Hand, das Aufbäumen eines Körpers.

James' harte Oberschenkel zuckten, bis Leonoras sich ihm willig – begierig – entgegenwölbte. Leise, erstickte Laute der Lust erfüllten die warme, stille Luft. Angesichts der ungewohnten Geräusche und Bewegungen blökten die Lämmer zittrig und drängten sich zwischen die Beine der Mutterschafe.

Immer schneller und lauter hallte ihr Atem zwischen den Holzwänden wider, bis er den prasselnden Regen übertönte. *Zu Hause, zu Hause, zu Hause, zu Hause.* Als ein lang gezogener Schrei die dichte Stille durchschnitt, scharrten die Pferde nervös mit den Hufen. Kurz darauf folgte ein weiterer Schrei, tiefer und gedämpfter, und dann Stille.

Schläfriger Frieden breitete sich im Stall aus. Die Schafe schlossen die Augen und legten ihre Köpfe auf das Fell ihrer Lämmer. Langsame Atemzüge mischten sich mit dem Regen, dem Schnaufen der

Schafe und Pferde, mischten sich mit dem beruhigenden Geruch des Strohs. Sanfte, zärtliche Küsse – ganz langsam, ganz ruhig, ohne jedes Drängen. Denn die Zeit war stehen geblieben und hatte Angst, Einsamkeit und Schwäche ausgelöscht. Nun hatten sie ein Zuhause. Nach Jahren der Suche waren sie endlich zu Hause.

Sanfte Berührungen. Liebkosungen nackter Haut. Leises Wispern zwischen Lippen und Ohrläppchen. Münder, an Haare und Kehle gepresst, ersticktes Lachen. Küsse. Lippen, die über Hälse, Arme, Beine und Bäuche strichen. Streicheln. Gleitende, einander umschlingende Gliedmaßen. Finger, die nicht ruhen konnten, sondern hier kitzelten und da vorrückten. Suchen und Erkunden. Wärme und Weichheit; feuchte, pulsierende Haut. Spalten. Empfindsame Stellen, die sich öffneten, warteten, begehrten. Dann veränderte sich der Atem und wurde wieder schneller und drängender. Und erneut übertönten Laute der Liebe den Sturm.

• • •

Als Leonora aufwachte, umhüllte sie duftiges Licht. Die Nachmittagssonne drang durch die Risse der Stallwände, warf ihre Lichtspeere über den Boden und ließ die winzigen Teilchen von Staub und Stroh in der Luft glitzern. Der Regen war verstummt. Vom Dach tropfte leise das Wasser in die Regentonnen. Die Luft roch nach frisch getränkter Erde. Der Boden dampfte. Die Heuballen verströmten leichten Kompostgeruch.

Leonoras ganzer Leib war schlaff und entspannt vom Liebesakt. Ihre Knochen fühlten sich an wie Gelee. Ihre Augen wanderten über James' nackten Körper. Er hielt sie immer noch so fest umschlungen, als befürchtete er, sie könnte verschwinden. Sein Gesicht wirkte ganz friedlich. Ehrfürchtig betrachtete sie es; noch nie hatte er so gut, so perfekt ausgesehen. Die Schmerzen der Vergangenheit, die immer in seinen Augen gelegen hatten, waren verschwunden. Sein Haar war zerzaust und stand an manchen Stellen ab. Strohhalme hatten sich zwischen die kastanienbraunen Strähnen geschlichen. Sie lachte leise und zupfte ihm lächelnd ein paar aus den Haaren.

James rührte sich, streckte seinen Rücken und zog sie noch enger an sich, ohne die Augen zu öffnen. Er lächelte träge und flüsterte ihr ins Ohr: »Ich liebe dich, Leo.«

Sie schmiegte sich an seinen Hals und fuhr ihm mit den Fingernägeln über die Flanke, so dass er eine Gänsehaut bekam. Er stützte sich auf den Ellbogen, berührte ihr Gesicht und zeichnete die Linien nach. Dann strich er ihr die Haare hinters Ohr und legte ihre dünne, goldene Kette ordentlich zwischen ihre Brüste.

Leonora neigte sich zu ihm und küsste seine Stirn, seine Wangen und seine Mundwinkel, um dann mit ihrer Zungenspitze seine Lippen zu teilen. Es gab keinerlei Zurückhaltung hier im Stall; und es gab kein Zurück.

Ihre Augen huschten zu den weißen Sonnenstrahlen, die sich durch die Ritzen hereindrängten. Sie seufzte und senkte den Blick zu ihren Fingern auf James' Brust. James betrachtete ihr Profil und sah, wie erste Anzeichen von Sorge sich darauf abzeichneten. Er hob ihr Kinn und las ihre Gedanken. »Wir überlegen uns was, Leo.«

»Du wirst nicht gehen?«

»Ich würde dich niemals verlassen.«

Sie nickte tapfer, weil ihre Sorge wuchs in der Sonne, die zu hoch stand und zu heiß war. James barg sie in seinen Armen und strich ihr übers Haar. Als er warme Tränen an seinem Hals spürte, drückte er sie noch fester an sich. »Wir überlegen uns was.« Er wollte sie nicht loslassen. »Ich verspreche es.«

Da wieherte der Hengst und zerrte an den Zügeln. Erneut hörte man ein Donnern, in der Ferne noch, doch es wurde immer lauter. Die Schafe wachten auf; vom Vibrieren des Bodens mühten sich die Lämmer auf die Beine. Leonora schoss hoch und drückte sich die Kleider an die Brust. James sprang auf und schlüpfte in seine Hose. Der stete Rhythmus des Donnerns zeigte, dass ein Pferd herangaloppiert kam. James streifte sich das Hemd über den Kopf und knöpfte es zu, während er zur Stalltür ging. »Bleib hier, Leo!«, befahl er, nun nicht mehr ruhig.

Er öffnete die Tür einen Spalt und spähte hinaus. »Ich glaube, es ist Tom. Aber er ist noch zu weit entfernt, um sicher zu sein.« Dann schaute er zu ihr, und sein Blick wurde sanft. »Komm nicht raus, bis ich dich hole, ja?« Er stopfte sich das Hemd in die Hose und drückte die Stalltür hinter sich zu.

Tom kam angeritten und brachte sein Pferd so abrupt zum Stehen, dass es mit den Vorderhufen in der Luft ruderte. »Herrgott, James! Ich hab dich überall gesucht.« Mit umherschweifendem Blick ließ er sich vom Pferd gleiten. »Ist Leonora bei dir?«

James nickte kurz. Seine Miene verhärtete sich.

»Herrgott!«, stieß er hervor. Doch Tom packte ihn am Arm und sagte fest und entschieden: »Hör zu, James. Alex hat die gesamte Farm mobilisiert, um sie zu suchen. Ich habe versucht, ihnen zuvorzukommen, aber sie sind dicht hinter mir. Du musst hier weg. Sofort.«

James rannte zum Stall. Leonora war schon angezogen. »Ich hab's gehört«, sagte sie.

James griff nach den Pferden. »Komm, wir müssen hier weg.«

»Ich kann nicht wegrennen, James. Außerdem dürfen wir nicht das Risiko eingehen, zusammen gesehen zu werden. Du reitest.«

»Aber ich lass dich nicht allein.«

Tom riss mit wildem Blick die Stalltür auf. »James, du musst jetzt abhauen! Du hast noch höchstens fünf Minuten Vorsprung.«

»Geh, James!«, flehte Leonora. »Bitte.«

James blickte Tom und sie abwechselnd an. Dann biss er die Zähne zusammen und schwang sich aufs Pferd.

»Halte dich in der Nähe der östlichen Weiden«, wies Tom ihn an.

James wandte sich zu Leonora und wollte etwas sagen.

»Geh!«, brüllte Tom.

Da presste James mit einem letzten Blick die Lippen zusammen und gab dem Pferd die Sporen.

Tom beobachtete die Staubwolke und rieb sich über die Stirn. Die Angst war ihm deutlich anzusehen. »Ich warte, bis er außer Sichtweite ist, dann gebe ich das Signal, dass ich dich gefunden habe.«

Er verließ den Stall. Kurz darauf feuerte er einen Schuss ab, der über die Ebene hallte. Zwei Schüsse folgten. Und jedes Mal zuckte Leonora zusammen, kniff die Augen zusammen und hielt sich die Ohren zu.

Dann näherte sich Hufgetrappel, immer lauter, von etwa vier, fünf Pferden. Alles in ihr spannte sich an. Eigentlich konnte Alex noch nicht zurück sein. Ihr wurden die Knie weich. Vielleicht wusste er Bescheid. Alles Blut wich ihr aus dem Gesicht, und ihre Fingerspitzen wurden eisig. Die Pferde waren jetzt ganz nah. Über das Hufgetrappel hinweg hörte man Männerstimmen. Leonora trat durch die Stalltür in die blendende Sonne.

Tom stellte sich schützend neben sie und schirmte sie mit dem Gewehr ab. »Sag ihm, der Sturm hätte dich überrascht und du hättest hier Zuflucht gesucht«, flüsterte er. »Klar?«

Sie nickte, gerade als die Gruppe Männer ihre Pferde vor ihr zügelte. Tom rief ihnen mit gezwungener Munterkeit zu: »Ihr geht's gut. Ist nur ein bisschen eingeschüchtert vom Sturm.«

Alex schwang sich vom Pferd und marschierte mit großen Schritten auf sie zu. Sie versuchte, seinen Blick zu deuten, seine Stimmung zu ergründen, doch vergeblich. »Ich habe dich überall gesucht«, sagte er. »Und alle Mann auf die Suche geschickt.«

»Es tut mir leid, der Sturm hat mich überrascht«, gab sie vorsichtig zurück. »Dann bin ich hier eingeschlafen.« Sie streckte die Hand aus und legte sie ihm auf den Arm. Ihr Handgelenk zitterte. »Es tut mir leid, dass du dir Sorgen um mich gemacht hast.«

Alex blickte auf ihre zitternde Hand, schien zu überlegen, wie er sich verhalten sollte, und sah ihr direkt ins Gesicht. Er war ungewöhnlich ruhig. Eine düstere Stille umgab ihn.

Sie versteckte ihre zitternde Hand auf dem Rücken und schluckte hart. »Wie hast du es so schnell durch den Sturm nach Hause geschafft?«

Einen Augenblick lang antwortete er nicht. Dann senkte er den Blick. »Es ist etwas passiert, Leonora. Deine Tante«, sagte er sanft, »Sie ist gestorben.«

Sofort wurden ihre Augen trocken. Sie hörte auf, verzweifelt zu blinzeln.

»Es tut mir leid.« Alex senkte das Kinn und die Stimme. »Ich hab's gestern Abend erfahren und gewartet, um es dir persönlich zu sagen.«

In ihrem Kopf verschwamm alles. Sie wusste nicht mehr, wo sie war oder was sie fühlte. Verwirrung breitete sich wie Nebel in ihr aus. Sie verspürte weder Trauer noch Erleichterung, nur dumpfes, merkwürdig anmutendes Unverständnis. Langsam, wie eine Figur auf einer Spieluhr, drehte sie sich zum Stall und fragte sich, ob dies alles ein Traum war. Eben noch hatte sie in James' Armen gelegen, und jetzt stand sie vor Alex, und ihre Tante war tot. Der Nebel verdichtete sich und schnürte ihr die Kehle zu.

»Ich habe schon alle Vorbereitungen für unsere Reise nach Amerika getroffen«, erklärte Alex.

Ihr Kopf fuhr hoch. »Nach Amerika?«

»Wegen der Beerdigung, Leonora.«

»Ach ja, natürlich.« Ihr schwirrte der Kopf. Sie erfasste kaum den Sinn seiner Worte.

»Der Dampfer legt Freitag in Freemantle ab. Wir müssen morgen ganz früh aufbrechen.«

*Morgen. Morgen!* Dieses Wort hallte ihr im Kopf wider.

»Und wir haben noch Glück gehabt«, nickte er. »Wegen des Kriegs gibt's kaum Passagen.«

Leonora hörte ihm nicht mehr zu. Sie würde morgen wegfahren. James verlassen. Ihre Augen füllten sich mit Tränen.

»Deine Tante war ein guter Mensch«, sagte Alex mit seltenem Mitgefühl. »Sie hinterlässt eine große Lücke.«

## Kapitel Neunundfünfzig

Sechzig Sekunden in der Minute.

Die Sonne brannte James gnadenlos auf den Rücken, während er sich mit dem Flicken längst fertiger Zäune beschäftigte, mit dem Polieren längst glänzender Sattel, mit den endlosen Pflichten, die er erledigte, einmal, zweimal, wenn's sein musste, dreimal.

Sechzig Sekunden in der Minute. James zählte jede einzelne. Wieder und wieder zählte er sie: Jede endlose Sekunde war eine winzige Welle, die den Dampfer und sein Herz über den Pazifik schob. Und jede Sekunde war ihm bewusst, dass Alex bei ihr war.

Sechzig Minuten in der Stunde.

Die Minuten des Tages vergingen schon quälend, aber die Minuten der Nacht waren in ihrer Unendlichkeit die reinste Folter. Die Minuten in der Nacht führten ihm vor Augen, dass Alex das Bett mit ihr teilte. Ließen die Frage vor ihm aufragen, ob Alex sie anrührte. Prophezeiten bösartig, Leonora würde ihn vergessen, vergessen, was im Stall gewesen war, vergessen, dass sie füreinander bestimmt waren.

Vierundzwanzig Stunden am Tag.

Vierundzwanzig Stunden mit angehaltenem Atem. Vierundzwanzig Stunden Warten. Vierundzwanzig Stunden brennende Eingeweide vor lauter Sehnsucht.

Sieben Tage in der Woche.

Vier Wochen in einem Monat.

Einen Monat der Agonie, und Leonora wäre immer noch nicht in Amerika.

Zwei Monate.

Das Telegramm war kurz und ohne Absender.

*Ich liebe dich.*

Drei Worte, unübersehbar auf dem blanken Papier. James las sie wieder und wieder. *Ich liebe dich.* Die Sekunden und Minuten und Stunden und Tage und Wochen und Monate, bis Leonora zurückkam, konnte er jetzt überleben. *Ich liebe dich.* Das war ihm genug.

## Kapitel Sechzig

Owen Fairfield wirkte wie ein Geist, der die schweren Ketten der Trauer mit sich schleppte. Der weiße Anzug schlotterte ihm am Körper; sein Bäuchlein hing schlaff über dem Gürtel wie ein Ballon, aus dem die Luft entwichen war. Seine Wangen- und Kieferknochen ragten deutlich hervor, und die weißen Stoppeln seines Barts wirkten nicht mehr weich, sondern spitz und räudig. Seine Augen, die früher blitzend schlau und aufgeweckt in die Welt geblickt hatten, starrten jetzt ins Leere, in die Vergangenheit, die hin und wieder ein Lächeln auf seine Lippen zauberte, um kurz darauf für tiefe Furchen auf seiner Stirn und ein zitterndes Kinn zu sorgen.

Im Gegensatz zu ihm blühte Alex auf. Er traf sich mit Anwälten und Buchhaltern und arrangierte alle Einzelheiten der Beerdigung. Er überwachte die Stahlwerke. Sein Ohr war rot von Transatlantik-Telefonaten, seine Stimme ruhig und energisch, als er die Geschäfte aus Owens zittrigen Händen in die eigenen nahm. Der Erste Weltkrieg war vorbei. Der Schiffsverkehr strömte durch die Routen wie Blut durch frei gemachte Adern; Blut, das direkt zu Alex floss. Und zwischen seinen geschäftlichen Verpflichtungen wachte Alex über seinen Schwiegervater und sorgte dafür, dass er alles bekam, was er brauchte. Auf Schritt und Tritt folgte er dem Fairfield-Geist, damit der in seiner Trauer ja nicht philanthropischen Hirngespinsten verfiel.

Am Tag der Trauerfeier begleitete sie ein Korso der Polizei. Die Kirchenglocken wurden laut und lang anhaltend geschwungen. Die Kathedrale hatte nicht genug Platz für die Massen, die sich durch das breite, schmiedeeiserne Tor drängen wollten, so dass sie sich bis auf die Straße stauten. Der Sarg war geschlossen, obwohl die Bestatter ihr Möglichstes getan hatten, um die Leiche bis zur Ankunft von Leonora und Alex zu konservieren. Die Predigt war lang und gespickt mit Beispielen für die Güte und Großzügigkeit einer Seele, die der Herr nun mit weit offenen Armen in sein Paradies aufnehmen würde. Für Leonora waren diese Worte wie das Hämmern von Nägeln in brüchiges Holz: Irgendwann gab etwas nach, und sie trauerte, trauerte wegen der kalten und lieblosen Kindheit, die diese hoch gepriesene Frau ihr beschert hatte.

Ein paar Tage später, an einem kalten, grauen Dezembertag, der ohne tröstenden Schnee auskommen musste, begleitete sie ihren Onkel zum Friedhof. Das gefrorene Gras knirschte unter ihren Füßen, als sie zwischen den stillen Grabsteinen umherwanderten. Leonora vergrub ihr Kinn in den Wollkragen und schob ihre behandschuhten Hände tiefer in die Taschen. Ihr Onkel hingegen ging mit offenem Überzieher und schien die Kälte nicht zu bemerken. Sie sprachen kein Wort.

Der Grabstein der Fairfields überragte alle anderen. Eleanor Fairfield gelang es selbst noch im Tod, die anderen in ihrer Umgebung klein zu machen.

»Ich werde auch nicht mehr lange hier sein«, sagte Owen sinnierend.

Leonora fasste ihn am Ellbogen. »Bitte sag doch nicht so was.«

»Ich bin nicht morbid, Liebes.« Er versuchte zu lächeln, doch vergeblich. »Eher im Gegenteil.« Sein Adamsapfel hob sich deutlich sichtbar an seinem dürren Hals, als er schluckte. »Ich vermisse meine Frau.«

Er starrte eine Weile auf das Grab, reckte dann den Kopf und nickte, als hätte der Grabstein etwas gesagt. Dann wandte er sich zu Leonora; seine Aufgewecktheit war, wenn auch schwächer als früher, zurückgekehrt. »Setz dich, Leonora«, befahl er. »Ich habe dir einiges zu erzählen.«

Die Kälte vom gefrorenen Boden kroch ihr die Stiefel hinauf. Sie folgte ihrem Onkel zu einer Steinbank, ließ sich auf der eiskalten Sitzfläche nieder und wartete. Owen griff in seine Manteltasche, holte einen braunen Umschlag hervor und reichte ihn ihr. Da er nicht zugeklebt war, zog sie das pergamentartige Blatt Papier heraus, das sich darin befand. Dann überflog sie die Worte, die juristischen Formulierungen und die Siegel. »Das verstehe ich nicht«, sagte sie.

»Es ist eine Besitzurkunde«, erklärte er. »Für tausend Hektar Land in New South Wales. Die gehören dir. Eleanor wollte, dass du sie bekommst.« Owen blickte auf seine Hände. »Alex weiß nichts davon.«

Leonora überflog erneut das Dokument. Da sprang ihr ein unbekannter Name ins Auge. »Wer ist denn Elizabeth Granby?«, fragte sie.

Ihr Onkel wurde etwas bleicher. »Das Grundstück war ursprünglich für sie gedacht. Als Eleanor« – ihm stockte die Stimme – »im Sterben lag, bat sie mich, das Land auf deinen Namen eintragen zu lassen.« Der Mann seufzte tief und fügte hinzu: »Granby war Eleanors Mädchenname.«

Angesichts dieser neuen Rätsel überkam Leonora große Müdigkeit. Wieder blickte sie auf den Namen und rieb sich über die Furche an ihrer Nasenwurzel. Doch dann fiel es ihr ein: »Elizabeth Granby ist ihre Schwester, nicht wahr? Die, die in einem Krankenhaus in Sydney gestorben ist.«

Da schüttelte ihr Onkel den Kopf, langsam und anhaltend wie die Kirchenglocke bei der Beerdigung. »Es gab keine Schwester, Leonora.« Er kniff die Augen zusammen. »Elizabeth Granby war ihre Tochter.«

Jetzt war Leonora nicht mehr kalt, im Gegenteil, unter ihrem Wollmantel brach ihr der Schweiß aus. »Was?«

Owen schlug die Hände vors Gesicht, krümmte sich zusammen und schluchzte. Ohnmächtig sah Leonora zu, wie er vor Trauer zusammenbrach. Vor lauter Schock und Verwirrung konnte sie ihm keinen Trost geben, sondern ihn nur anstarren.

Schließlich, nach einem letzten Wimmern, zog Owen ein Taschentuch heraus und wischte sich über Nase und Augen. »Ich lernte Eleanor kennen, als sie sechzehn war. Damals war ich Mitte zwanzig«, setzte er mit brüchiger Stimme an. »Ich hatte gerade meinen Abschluss an der Universität von Stanford gemacht und reiste vor meinem ersten geologischen Gutachten durch Kalifornien.« Seine Tränen trockneten und hinterließen weiße Schlieren auf seinen

Wangen. »Auf dem Weg wollte ich in einem Gasthaus übernachten. Ich erinnere mich nicht mehr an den Namen der Stadt. Ist das nicht komisch?«, sinnierte er. »Dort begegnete ich deiner Tante. Sie bezog gerade das Bett in meinem Zimmer. Sie war das Dienstmädchen.«

Leonora meinte, sich verhört zu haben. Oder ihr Onkel war vor lauter Trauer senil geworden. Eleanor Fairfield – ein Dienstmädchen? Niemals.

Owen las ihre Gedanken und lächelte leicht. »Scheint absurd, wie? Ist aber die Wahrheit. Und ich habe mich auf den ersten Blick in sie verliebt.« Sein Lächeln wurde breiter. Er schmunzelte. »Eleanor wollte nichts mit mir zu tun haben. Kann ich ihr nicht verdenken. Schließlich war ich acht Jahre älter als sie. Doch ich war hartnäckig und blieb eine Woche dort, um sie für mich zu gewinnen. Ich verschob sogar meinen neuen Job.«

Sein Lächeln schwand, und er rieb sich über den schlaffen Kiefer. »An dem Tag, an dem ich endlich aufgab und schon packte, nahm sie mich bei der Hand und führte mich in den winzigen Kellerraum, in dem sie wohnte.« Er verstummte. »Und sie zeigte mir ihre Tochter.

Als Eleanor dreizehn war, starb ihr Vater. Sie waren nicht reich gewesen, aber doch wohlhabend und in ihrer Gemeinde sehr angesehen. Der dortige Priester las die Messe und blieb nach der Beerdigung bei der Familie.« Owens Wangen begannen heftig zu zittern, dann sagte er schrill: »Und dieser Mann, *dieser Priester*, hat sie vergewaltigt.«

Leonora schoss das Blut in die Wangen; heiße Tränen rannen ihr über die Wangen und tropften in ihren Ausschnitt.

»Eleanor wurde schwanger, und als sie es ihrer Mutter beichtete, schimpfte die sie eine Hure und behauptete, mit ihren Lügen würde sie die ganze Familie ruinieren. *Dieser Bastard* und ihre eigene Mutter schickten sie weg. Sie setzten dieses Mädchen, das doch noch ein Kind war, schwanger und ohne einen Cent in einen Zug nach Kalifornien, wo sie sich allein durchschlagen musste.« Owens Lippen waren weiß, so fest presste er sie zusammen. »Eleanor bekam einen Job als Dienstmädchen, gebar ganz allein ihr Kind, versteckte es vor der Welt und sorgte dafür, so gut sie konnte.« Sein Blick huschte zu Leonora. Leise sagte er: »Das Baby … Elizabeth … war schwer behindert, geistig und körperlich.«

Er holte tief Luft, bevor er fortfuhr: »Eine Woche später heiratete ich Eleanor Granby. Und ich versprach ihr, für sie zu sorgen und ihre Dämonen zu vertreiben. Ich versprach ihr, niemals, *nie wieder* zuzulassen, dass jemand ihr wehtat.« Und mit einem tiefen Seufzer stieß er hervor: »Dieses Versprechen habe ich gehalten.«

»Mit der Zeit, innerhalb weniger Jahre«, fuhr er fort, »kam ich zu Geld. Wir reisten umher. Nachdem ich die Stahlwerke gekauft hatte, beschlossen wir, uns in Pittsburgh niederzulassen. Da entschied sie sich, das Kind wegzugeben.« Owen schüttelte den Kopf. »Eleanor lebte in ständiger Angst, jemand könnte das mit dem Kind herausfinden. Sie war in Panik, man könnte ihre Vergangenheit aufdecken und sie bloßstellen. Ein Teil in ihr glaubte immer noch, ich würde sie verlassen – und dann wäre sie wieder allein, auf sich gestellt und ohne jede Mittel. Also schickte sie Elizabeth zum entferntesten zivilisierten Ort, den sie finden konnte: nach Sydney in Australien.« Er nickte entschieden. »Es war ein guter Ort und ein gutes Sanatorium. Aber wir zahlten auch gut. Die Schwestern und Ärzte kümmerten sich besser um das kleine Mädchen, als wir es je gekonnt hätten.« Eine ganze Weile schwieg er. »Doch als Eleanor ihr Kind weggab, starb etwas in ihr – genau an dem Tag, als sie ihr Kind aufs Schiff gab. Dann ertappte sie sich dabei, wie sie anderen ständig etwas über Australien erzählte und Geschichten von ihrer Schwester und deren Kind erfand. Nur um die Tränen zu erklären, die ihr ständig in die Augen stiegen. Und dann starb Elizabeth.« Owen starrte in den grauen, verrußten Himmel. »Eleanor war am Boden zerstört. Sie sprach kein Wort mehr, nicht mal zu mir. Sie war nur noch eine Hülle ihrer selbst, und ihre Augen waren vollkommen blicklos. Ich dachte, ihr Lebensfunke wäre für immer erloschen. Doch dann kehrte er zurück.« Er wandte sich zu Leonora. »An dem Tag, als sie dich kennenlernte.«

Leonora senkte den Kopf in ihre Hände, hielt sich die Ohren zu und erschauerte bis zu den Zehenspitzen.

»Sie hat dich geliebt, Leonora«, sagte Owen mit bittender Stimme. Jetzt presste sie ihre Fäuste auf die Ohren.

»Sie hat dich *geliebt.*« Owen umfasste ihre Knie und sah sie mit seinem verhärmten Gesicht flehentlich an. »Hör mir zu, Leonora. Du weißt ja nicht, wie sie vorher war. Aber ich schon. Ich sah, wie sie sich durch dich veränderte. Ich sah, wie ihre Miene weich wurde. Ich sah den Glanz in ihren Augen, wenn sie sich eine sichere, glückliche Zukunft für dich vorstellte, mit Geld und Kindern. Ich sah, wie sie jede Nacht vor dem Einschlafen heimlich dein Foto küsste. Sie hat dich geliebt, Leonora, und ein Teil in ihr taute auf, *wurde warm*, als du in ihr Leben tratst.«

»Wie kannst du so was sagen?«, fauchte Leonora und riss die Hände vom Gesicht. »*Du* weißt doch, wie sie mich behandelt hat! Ich versuchte nur, es ihr recht zu machen. Ich bin ganz krank geworden bei dem Versuch, ihr zu gefallen! Weißt du nicht mehr? Ich hatte keine Freunde; lernte den ganzen Tag, widersprach nie. Und sie stieß mich ständig von sich weg und demütigte mich.« Der Schmerz darüber vernebelte jeden klaren Gedanken und drang ihr durch alle Poren ihres Körpers. Fast schluchzend und nach Luft ringend sagte sie: »Ich war doch noch ein Kind. *Ein Kind!* Und wollte sie nur dazu bringen, mich zu lieben. Aber was bekam ich dafür? ›Ich verstoße dich, Leonora! Ich verstoße dich!‹ Und jedes Mal, wenn sie das sagte, starb ein Teil in mir und wurde gefühllos, bis ich nur noch hoffte – *betete* –, sie würde ihr Versprechen wahr machen.«

Owen bedeckte mit einer Hand die Augen und nickte gequält. »Ja, ich weiß«, nickte er voller Reue. »Sie war herzlos zu dir, manchmal sogar grausam. Wahrscheinlich hätte ich mehr tun sollen, um sie daran zu hindern.«

*Wahrscheinlich!*, schrie es in ihrem Innern, *wahrscheinlich!*

»Aber Eleanor meinte, sie würde dich schützen.« Ihr Onkel blickte in die Ferne, als versuchte er, es sich selbst zu erklären. »Als sie dich in dem Waisenhaus sah und bemerkte, wie gern dich der Priester mochte, da kam alles wieder hoch: die Panik, die Hilflosigkeit … die Vergewaltigung.«

»Aber Pater McIntyre war ein guter Mensch!«, rief Leonora entsetzt. »Er hat besser für mich gesorgt als jeder andere in meinem Leben!«

»Ich weiß.« Abwehrend hob er die Hand. »Ich weiß. Aber Eleanor traute Priestern nicht. Ich will ja nur sagen, dass sie versuchte, dich zu retten. Sie hat diese Lehrerinnen geschickt, um dich zu schützen.« Owen rieb sich über die Stirn. »Letzten Endes lief es nur auf Angst hinaus, Leonora. In ihren Handlungen gab es keinerlei Logik, sondern nur nackte Angst. Jedes Mal, wenn sie dir drohte, meinte sie, dich zu schützen. Anders konnte sie ihre Liebe nicht zeigen.« Er legte ihr die Hand auf die Schulter und blickte ihr in die tränenerfüllten Augen. »Deshalb wollte sie auch, dass du Alex heiratest. Ich glaube, Eleanor wusste schon lange, dass sie krank war. Sie wollte jemanden, der sich um dich kümmert und auf dich aufpasst, wenn sie nicht mehr da ist. Aber selbst nach deiner Heirat mit Alex kam ihre Angst zurück. Schließlich kann auch die Sicherheit einer Ehe versagen. Und deshalb wollte sie dir dieses Stück Land übertragen. Sie wollte, dass du etwas hast, das nur dir gehört – etwas, das keiner dir wegnehmen kann.«

Leonora wurde so flau im Magen, dass sie meinte, sie müsste sich übergeben. »Ich kann nicht mehr klar denken«, schluchzte sie.

»Ich weiß.« Jetzt sah der alte Mann wieder aus wie ein Geist, denn Trauer, Schuldgefühle und die Dämonen der Vergangenheit hatten ihn in ihrem Griff. »Es tut mir leid, Leonora.« Er senkte den Blick. »Ich kann die Vergangenheit nicht ungeschehen machen. Aber ich hoffe, du findest etwas Trost in dem, was ich dir anvertraut habe.« Er stand auf und ging schleppend zum Wagen.

Wieder wurde ihr kalt. Ihre Beine und Fingerspitzen waren wie Eis und zitterten. Vor lauter Tränen wurden ihre Wangen taub. Sie wandte den Blick und sah zum Grabstein hinüber. *Eleanor G. Fairfield.* Sie starrte auf die eckige Schrift, den harten, grauen Granit und dachte über diese Frau nach. Und endlich sah sie es, erinnerte sich an die Furcht in ihren Augen. Erkannte endlich, was es war, was es immer gewesen war: die grimmige Erbitterung einer Frau, die ihr Kind vor einem heranrasenden Bullen wegstößt.

## Kapitel Einundsechzig

Drei Monate nachdem der Ford im Morgengrauen Leonora von Wanjarri Downs entführt hatte, kehrte er mit ihr zurück.

Dieser Januartag war einer der heißesten Tage, die je verzeichnet wurden. In großen, schwarzen Schwärmen umkreisten die Fliegen angriffslustig jedes warme, atmende Lebewesen. Tom beobachtete, wie der Wagen auf der Straße in einer Staubwolke näher kam, und schlug nach den dicken, haarigen Fliegen; James stand reglos da und hatte nur Augen für den heranrückenden Wagen, der schließlich mit einem absterbenden Knattern vor dem Haus hielt. Mit großen Schritten marschierte James darauf zu und musste sich zwingen, nicht loszurennen. Tom packte ihn am Hemd, doch James riss sich los. Alex stieg als Erster aus. Er wirkte energiegeladen und zufrieden. James spürte ein hohles Gefühl im Bauch. *Wenn er sie angerührt hat, dann helfe mir Gott …*

Tom lief zum Wagen und begrüßte Alex, bevor James die Möglichkeit hatte, ihn finster anzustarren. »*America, America*«, stimmte er an. »*God shines His grace on thee!*«

Alex lachte.»Shed«, sagte er. »*God shed His grace on thee.*« Er schüttelte Tom herzlich die Hand und schlug ihm leicht auf den Rücken.

»Na, wenigstens war *America* richtig! Mit Erdkunde hab ich's nicht so«, witzelte Tom, behielt James aber unauffällig im Auge. Unmerklich führte er Alex vom Wagen weg. »James kümmert sich ums Gepäck. Also, wie war die Reise?«

Da öffnete Leonora die Wagentür und stieg aus. James stockte der Atem, als er sie sah: ihre rosigen Lippen, die glatte Haut, das seidige Haar. Sie war hier. Und das quälende Ticken der endlosen Sekunden verstummte endlich – hörte einfach auf. Seine Lippen kribbelten, so sehr wollte er sie küssen. Jede Faser in seinem Körper drängte danach, sie zu berühren. Er trat zu ihr, doch sie schüttelte den Kopf und bedeutete ihm stumm: *Nicht jetzt.*

Er warf einen Blick zu Tom und sah, dass Alex ihnen den Rücken kehrte. Die Augen auf Leonoras Gesicht geheftet, griff er über ihre Schulter hinweg nach dem Koffer auf dem Rücksitz. Dabei strich er mit seinen Lippen über ihre Wange. Er roch den Duft ihres Parfums, drängte sich enger an ihre Hüften und berührte ihre Taille. Dann zog er den Koffer heraus und trat zurück.

»Komm schon, Leonora!«, rief Alex, immer noch an Toms Seite. »Ich verhungere gleich!«

• • •

Leonora wurde einfach ihre Übelkeit nicht los, die ihr die Überfahrt auf dem unruhigen Meer beschert hatte; und von der anschließenden Fahrt über die endlosen, schnurgeraden Straßen war sie ganz grün im Gesicht. Schlaf konnte gegen ihre ewige Erschöpfung auch nichts ausrichten. Jeden Tag ging sie noch vor dem Dunkelwerden zu Bett und stand lange vor dem Morgengrauen wieder auf. Und sie wusste Bescheid. Es lag nicht an der Reise, dass ihr alle Energie geraubt und ihr Magen ständig in Aufruhr war.

Jetzt nahm sie Alex gegenüber am Tisch Platz. Er überflog die Zeitung und redete in einer Tour über Metalle, Arbeit und Dollars. Ihr war der Kopf schwer, ihre Stirn mit Schweißperlen besetzt. Vom ewigen Gerede wurde ihr übel wie von einem schlechten Geruch. Immer wieder kam ihr die Magensäure hoch. Plötzlich musste sie würgen und schlug sich die Hand vor den Mund.

Alex senkte die Zeitung und verzog das Gesicht. »Was ist denn?«

»Mir geht's nicht so gut …« Wieder krampfte sich ihr Magen zusammen, und sie schoss zur Toilette, wobei sie so heftig mit der Hüfte gegen den Tisch stieß, dass die Teetassen klirrten.

Nach ein paar Minuten kam Leonora mit bleichem Gesicht und zittrigen Händen zurück. Doch kaum sah sie den Teller mit Rührei, krampfte ihr Magen sich erneut zusammen. Sie bedeckte die Eier mit einer Serviette und schob sie von sich weg. Meredith schenkte ihr frischen Tee ein.

»Geht es dir besser?«, fragte Alex kauend.

»Ja«, log sie.

Meredith stellte die Teekanne ab. »Da sind wohl Glückwünsche angebracht, wie?«

Leonora sank das Herz so abrupt wie ein losgeschnittener Anker.

Alex hörte auf zu kauen. »Wofür denn Glückwünsche?«

»Na, zum Baby natürlich! Meine Mum hatte zwölf Kinder. Da werde ich doch wohl eine Schwangere erkennen!« Sie zwinkerte Leonora zu und verließ das Zimmer.

Furcht streckte sich in ihr aus wie eine aufwachende Katze. Schützend legte Leonora die Hand über ihren Bauch.

Alex' Gabel schwebte immer noch in der Luft. Seine Stirn wurde ganz glatt, und seine Augenbrauen rückten auseinander. »Ist das wahr?«, flüsterte er.

»Ich … ich weiß nicht«, stammelte sie.

Es kam ihr wie ein seltsamer, verzerrter Traum vor, als Alex zu ihr trat, vor ihr niederkniete und mit glänzenden Augen ihre Hände umfasste.

Angesichts seiner Freude zog sich alles in ihr zusammen. Alles zerbröselte. James. Das Kind. Unter Alex' Händen wurde alles zu Staub.

»Ein Baby?«, fragte Alex freudestrahlend und lächelte breit. »Wir bekommen ein Baby?«

Leonora starrte auf ihre Hände, die schlaff und leblos in seinen lagen. Und sie wartete – wartete wie ein Verurteilter auf den Schnitt der Guillotine. Denn in seinem Kopf würde sich alles zusammenfügen. Lügen war zwecklos. Schließlich konnte man es ihr kaum ansehen. Und so wartete und spürte sie, wie alles sich auflöste. Denn Alex musste lediglich die Tage, Wochen und Monate zusammenrechnen, um zu erkennen, dass das Baby nur während ihrer Enthaltsamkeit empfangen worden sein konnte. Sie waren so lange enthaltsam gewesen, da hätte es schon geboren sein können. Ihr wurde eiskalt. Sie begann unkontrollierbar zu zittern. Tränen stiegen ihr in die Augen. Und sie wartete.

Da quetschte er ihre Hände zusammen. Und das Warten hörte auf. Er wusste Bescheid. Kapitulierend hob Leonora den Blick und sah in seine schwarzen Augen. Wo eben noch Freude und Zärtlichkeit zu sehen waren, drohten jetzt nur noch Schwärze, Eis und Hass. »Wer ist es?«, knurrte er.

»Ich … ich weiß nicht.«

Alex bohrte ihr seine Fingernägel in die Haut. »*Wer ist es?*«

Wimmernd versuchte Leonora, ihm ihre Hände zu entziehen. Doch er bohrte seine Nägel noch fester in ihre Haut, bis sie aufriss. »*Ich weiß es nicht!*«

Da ließ Alex ihre Hände los und schlug ihr so heftig quer übers Gesicht, dass ihr Kopf bis zur Schulter schnellte. Leonora fasste sich an die brennende Wange und schmeckte das Blut, das ihr aus dem Mundwinkel tropfte. »Bitte, Alex!«, bettelte sie.

Doch er war rasend vor Zorn und hörte nichts, sondern packte sie bei den Schultern und rüttelte sie so heftig wie Hunde ihre Beute. »Sag mir, wer es war, sonst …«

»Jemand aus dem Krankenhaus!«, schrie Leonora in dem verzweifelten Bemühen, die Szene zu beenden. Hektisch suchte sie nach einem Namen. »Dr. Edwards!«

Da riss Alex so abrupt die Hände hoch, als wäre ihre Haut ätzend.

»Es war nach der Beerdigung …«, fügte sie eilig hinzu, »als du im Stahlwerk warst.« Ihre Gedanken suchten wie wild nach einer plausiblen Lüge. »Es tut mir leid, Alex.«

Einen Augenblick lang stand er vollkommen reglos da. Doch dann huschten seine schwarzen Augen wie irre hin und her. Er reckte den Hals, leckte sich über die Lippen. »Dr. Edwards ist im Krieg gefallen.«

Entsetzt schrie Leonora auf. Schützend presste sie sich die Hände auf den Bauch und wich zurück. Alex stürzte sich auf sie, packte sie an den Haaren und schleuderte sie gegen die Wand, worauf der Spiegel zu Boden krachte.

Meredith kam aus der Küche angerannt. »Was ist los? Ich habe was gehört.«

Alex packte Leonora an der Kehle. »*Du verlogene Schlampe!*«

»Hände weg von ihr!«, brüllte Meredith und versuchte, seine Finger von ihrem Hals zu lösen. Doch Alex schlug ihr mit der linken Hand so heftig ins Gesicht, dass sie quer durchs Zimmer flog.

• • •

James führte gerade den Hengst im Reitplatz herum, da drang ihm ein undeutlicher Schrei ins Ohr, so schrill, dass sich ihm alle Härchen an den Armen aufstellten. Immer länger zog sich der Schrei und steigerte sich zu einem regelrechten Kreischen. James sprang über den Koppelzaun.

»Hilfe!« Er sah Merediths kräftige Gestalt vor dem Haus hilflos im Kreis laufen. »Helf mir doch jemand! Hilfe!« Da entdeckte sie James. »Mrs. Harrington!«, schrie sie. »Er will sie umbringen!«

Ohne einen Gedanken raste James ins Haus, jeder Muskel, jeder Nerv seines Körpers aufs Äußerste angespannt. Er brach durch die Haustür, hörte Alex' Beschimpfungen aus dem Nebenzimmer und dann einen dumpfen Aufschlag an der Wand.

»Nein!« Er stürzte sich auf Alex, packte ihn am Hemd und schleuderte ihn zu Boden. Leonora glitt die Wand hinunter. »Leo!« Mit beiden Händen umfasste er ihren schlaffen Nacken und küsste wie ein Rasender ihre Stirn. »Leo, kannst du mich hören?«

»Du!«, stieß Alex hervor und mühte sich auf die Knie. »*Du warst es!*«

James wandte sich noch zu ihm, da traf ihn seine Faust schon an der Schulter. Doch so rasend war sein Zorn, dass er den Schlag nicht merkte, sondern die Faust ballte und sie Alex direkt gegen den Kiefer rammte. Alex kippte nach hinten, doch James packte ihn am Hemdkragen und boxte ihn wieder und wieder, bis seine Faust auf dem Blut abrutschte und Alex' Körper in seinem Griff erschlaffte. Jetzt bemerkte James das Blut, sah, dass seine Knöchel aufgeplatzt und blutrot waren, und ließ Alex hastig los. Der sank zu Boden und blieb wie ein Häufchen Elend liegen.

James löste den Blick von seinen blutbespritzten Händen und kniete sich neben Leonora. Er strich ihr übers Haar und versuchte, sie aus ihrer Ohnmacht zu wecken. Ihr Mund war blutig, ihre Wange geschwollen und dunkellila.

»Der verdammte Scheißkerl!«, rief Tom von der Türschwelle und blickte zwischen Alex' und Leonoras leblosen Gestalten hin und her.

»Hol den Doktor!«, befahl James. »Und besser noch den Sheriff!«

Leonora bewegte ihren Kopf, schlug die Augen auf und schaute James an, ließ ihren Blick über sein Gesicht gleiten, als könnte sie ihn nicht deutlich sehen. James küsste sie auf die Augenlider. »Gott sei Dank.« Er küsste sie aufs Haar, presste seine Stirn gegen ihre. »Gott sei Dank ist der Schaden nicht schlimmer.«

Leonora fasste sich behutsam an die Wange, zog aber sofort ihre Hand wieder weg, so weh tat es. Dann sah sie Alex am Boden liegen und riss den Mund auf. »Ist er …«

»Nein«, sagte James widerwillig. »Er ist nicht tot.« Er strich ihr übers Haar. »Was ist passiert, Leo?«

Sie berührte ihren Bauch. »Ich bin schwanger.«

James klappte der Mund auf. Adrenalin durchschoss ihn.

»Es ist deins. Unseres, James.« Sie drückte seine Hand. »Seit dem Tag auf den Weiden, seit unserem ersten Kuss, habe ich mich nicht mehr von ihm anrühren lassen. Das schwöre ich, James.«

Das wäre jetzt auch unwichtig gewesen. Dennoch spürte er, wie ihn Erleichterung durchströmte, warm und intensiv. Er umschloss mit seiner Hand ihre unversehrte Wange und küsste sie auf den Nasenrücken. Dann legte er ihr die Hand auf den Bauch. Lächelnd, staunend schloss er den Mund.

Doch als er sich zu Alex wandte, wurde sein Blick wieder hart. »Wir verschwinden.«

»Aber James – «, wandte sie ein, doch er schnitt ihr das Wort ab.

»Nein, Leo. Alles andere ist unwichtig.« Jetzt wurde seine Miene wild. »Im Moment bist nur du wichtig.« Dann blickte er auf seine blutenden Fingerknöchel. »Tom ist los, um den Sheriff und den Doktor zu holen. Danach verschwinden wir.«

Da fasste sich Leonora plötzlich mit schmerzverzerrter Miene an den Bauch und krümmte sich zusammen. »Was ist denn?« James riss sie in seine Arme. »Leo?«

Doch Leonora schnappte nur stumm nach Luft. James fasste sie am Ellbogen, half ihr auf und hob sie sanft auf seine Arme. »Du musst dich hinlegen, Leo.«

Alle Wärme schwand aus ihrem Körper, und ihr Gesicht wurde bleich. James geriet in Panik, denn das Bild von Tess durchzuckte ihn. Er drückte Leonora enger an seine Brust und trug sie die Treppe hinauf. Sie hatte den Blick starr auf ihren Bauch gerichtet. Kaum hatte James sie auf ihr Bett gelegt, drehte sie sich zur Wand, weg von ihm, rollte sich zusammen und umschlang mit beiden Armen ihre Knie.

James schluckte, streckte die Hand aus, um ihre Schulter zu streicheln, zog sie dann aber wieder zurück. »Ich bring dir Tee«, sagte er hilflos. Leonora reagierte nicht. Ihr Blick war vollkommen leer.

James nickte dem gekrümmten Rücken zu, wandte sich ab, rieb sich mit den Handballen über die Augen und zupfte sich an den Haarsträhnen über seiner Stirn. Als er das Zimmer verließ und die Treppe zum Esszimmer hinunterging, waren seine Gliedmaßen schlaff und tonnenschwer. Alex lag immer noch zusammengesunken und reglos am Boden.

James stieß ihn mit dem Stiefel an. Alex' Gesicht war blutverkrustet, seine Nasenlöcher verstopft von schwarzem Schorf. Sein weißes Hemd war zerrissen und hatte rostfarbene Fingerabdrücke. Langsam ging James in die Hocke und hielt sein Knie über Alex' geschundenes Gesicht. »Ich sollte dich umbringen.«

Vom Fenster drang ein Lichtstrahl herein. Etwas Metallenes fing ihn auf und warf ihn zurück. Alex' Revolver in seiner Jackentasche. James griff danach, rieb mit den Fingern über den kalten, glatten Stahl und sah sein Spiegelbild verzerrt auf der Trommel. Er verspürte ein schmerzhaftes Kribbeln unter der Haut. Er umfasste den Griff, und sein Zeigefinger glitt wie von selbst an den Abzug. James erhob sich zu voller Größe und richtete die Waffe auf Alex. Sie verschmolz mit seiner Hand und seinem Arm, bis sein Körper nur noch eine einzige Verlängerung des kalten, silbernen Revolvers war. Doch dann ließ James den Arm sinken, bis er schlaff an seiner Seite hing. Den Revolver, der jetzt an seinem Finger baumelte, würdigte er keines Blickes mehr. Er wandte sich von Alex ab, ging in die Küche und warf die Waffe in den Müll.

Er zog den Teekessel grob über den Herd und hielt ihn unter den Wasserhahn. Mit tief gefurchter Stirn ließ er das Wasser in den leeren Kessel platschen. Dann drehte er den Hahn ab und knallte den Kessel auf den Herd. Dabei ging der Schorf an seinen Fingerknöcheln auf, und von neuem quoll Blut darunter hervor. James zündete die Gasflamme an und sah zu, wie sie sich bläulich um den Kesselboden schloss.

Dann riss er das Gefrierfach auf und schaufelte etwas Eis in eine Schüssel, in das er seine Faust drückte, nachdem er die Tür wieder zugeknallt hatte. Seine Finger pochten und zeigten Schlag für Schlag seinen Puls an. Als er einen Blick zum Mülleimer warf, sah er den Revolver auf Eierschalen, Kaffeemehl und schlaffen Salatblättern liegen. Er streckte sein Bein aus und schob den Mülleimer damit in die Vorratskammer. Dann knallte er auch diese Tür zu und schob seine Faust wieder in die Schüssel mit Eis.

Der Teekessel zischte. Kochendes Wasser spritzte aus dem Ausgießer des übervollen Kessels auf die Gasflammen, die sich flackernd gelb und weiß färbten. Dann fing der Kessel an zu pfeifen, leise erst und kurz darauf mit plötzlicher Ungeduld schrill und laut. James drehte die Flamme ab. Da schob sich ein Schatten von hinten heran und ragte über seinem empor. Ein Luftzug an seinem Rücken, dann krachte sein Schädel, und James fiel hart auf die Knie. Wimmernd verstummte der Teekessel. Ein Schlag traf James' unteren Rücken. Sein Kopf traf so heftig auf dem Boden auf, dass er zurückprallte.

• • •

Leonora schmerzte die Kehle so sehr beim Schlucken, dass sie davon aufwachte. Sie hatte gar nicht gemerkt, dass sie eingeschlafen war. James war noch nicht mit dem Tee zurück. Sie krümmte sich zusammen, weil ihr Bauch glühte und brannte. Intervallartig wurde der Schmerz so scharf und reißend, dass sich alle Organe wie ein ausgewrungenes Handtuch zu verdrehen schienen. Dann ließ der Schmerz nach und kehrte wieder zum Glühen und Brennen zurück. Sie schwitzte, so strengte sich ihr Körper in den schmerzhaften Wellen an. In diesem Zustand sollte James sie nicht sehen. Sie versuchte, sich gerade hinzulegen, doch ihre Knie wollten sich nicht von ihrer Brust lösen. In ihrem Kopf drehte sich alles. Sie hatte Durst. An der Wand tickte die Uhr, laut, jede Sekunde wurde durch die Stille im Raum länger und gewichtiger.

Leonora schloss die Augen. Doch dadurch hörte sie jetzt alles deutlicher. Da war noch etwas – hinter dem rhythmischen Schwingen des Pendels, ein dumpfer Laut. Er kam von draußen. Sie befahl der Uhr, leiser zu ticken. Doch, da war es wieder: ein Schrei, oder das Wiehern eines Pferds, oder ein Brüllen? Ihr wurde eiskalt. Wut lag in dem Laut. Dann leises Lachen. Eine Stimme. *Alex.*

Leonora schoss hoch, doch augenblicklich erfasste sie solcher Schwindel, dass sie sich am Bettpfosten festhalten musste. Und ein Messer durchstieß ihren Bauch; sie riss den Mund auf, um Luft zu bekommen. Sie zwang ihre Beine, sich trotz der qualvollen Schmerzen zu bewegen. An der Treppe umklammerte sie mit beiden Händen das Geländer. Ein leiser Schrei entfuhr ihr, als sie ein warmes Rinnsal an ihrem Innenschenkel spürte.

Die dumpfen Schläge von unten wurden lauter. Sie zwang sich, nicht mehr an ihren Körper zu denken, und mühte sich erst durch die Zimmer im Erdgeschoss und dann aus dem Haus. Die Sonne blendete sie, als sie auf die Veranda taumelte. Da verstummten die Geräusche, und sie konnte deutlicher sehen. »*Nein!*«

Sie erkannte Alex auf der Einfahrt und vor ihm Beecher und Russell, die einen vornübergekippten Mann festhielten und ihm die Arme nach hinten drückten. Als die beiden Hilfsarbeiter Leonora sahen, wirkten sie plötzlich zerknirscht und verlegen. Sie ließen den Mann los, der mit einem dumpfen Aufschlag in den Staub sank. Alex trat einen Schritt zurück, wischte sich über seine blutende Nase und blickte zufrieden auf seine aufgeplatzte Hand. Er verneigte sich vor Leonora und wies auf die zusammengesunkene Gestalt. »Dein Prinz!«, rief er und lachte gepresst, da ihm das Atmen sichtlich Schmerzen bereitete. Beecher und Russell trollten sich.

Leonora schrie. Sie versuchte, sich in Bewegung zu setzen, aber ihr ganzes Inneres krampfte sich zusammen.

Mit einem Mal war Alex' Selbstgefälligkeit wie weggeblasen, und er riss den Mund auf: »Du blutest ja!«

Leonora blickte auf die Blutlache, die sich unter ihr ausbreitete. Die ganze Welt war aus Blut. Blut. James. Schmerzen. Blut! Klauen rissen an ihr. Sie klappte zusammen und sank auf die Stufen.

Von der Straße her ertönte schrilles Hupen, das immer lauter und drängender wurde, je näher zwei Wagen kamen. Es klang wie eine Gans, die ihre Küken zusammentreibt. Beecher und Russell suchten das Weite. Als Erstes kam ein Polizeiwagen, aus dem Tom sprang, noch während er rollte. »Du verdammter Bastard!«, brüllte er und stürzte sich auf Alex. Die beiden gingen miteinander verknäult zu Boden und boxten auf einander ein.

Aus dem Polizeiwagen stiegen eilig zwei Männer und bemühten sich, Tom loszureißen. Als sie ihn festhalten konnten, stand Alex auf und boxte Tom hart ins Gesicht. Der Sheriff packte Alex am Hemd. »Das reicht!«, donnerte er. Alex riss sich von ihm los und wischte sich keuchend und mit verzerrten Lippen über den Mund.

Tom wand sich, als der Hilfssheriff ihn grob in den Polizeigriff nahm. »Lass mich los, du verdammter …«, zischte er, weil ihm fast der Arm brach, und rammte ihm fest den Hinterkopf ins Gesicht.

Der Officer ließ Toms Handgelenk los und hielt sich die Nase. Dann griff er mit zornesrotem Gesicht nach seiner Waffe. »Ich bring dich um, verdammt noch mal!«

Der Sheriff schlug die Waffe beiseite. »Das reicht, sagte ich! Herrgott noch mal, Murphy.« Der Sheriff blickte die aufgebrachten Männer nacheinander an. »Jetzt beruhigen sich alle mal!«, brüllte er. »Und will mir mal jemand sagen, was zum Teufel hier eigentlich los ist?«

Tom kniete sich neben James und drehte ihn um. James' Gesicht war blutverkrustet und reglos. Der Sheriff warf Alex einen scharfen Blick zu. »Was ist hier los, Alex?«

Alex rieb sich über den Kieferknochen und grinste. »Irgendein Bastard hat meinen Safe aufgebrochen.«

Tom ging drohend auf ihn zu. »Du verlogenes Schwein!«

»Prüft doch seine Taschen!«, befahl Alex. »Na los, vergewissert euch selbst.«

Der Sheriff kniete sich neben James und zog ein Bündel Geldscheine aus der einen Hosentasche. Aus der anderen holte er eine goldene Uhr und las die Inschrift auf der Rückseite.

Toms Augen huschten wild hin und her. »Das hat er ihm untergeschoben!« Wieder wollte Tom sich auf den grinsenden Alex stürzen, doch der Hilfssheriff hielt ihn an beiden Ellbogen fest. »Seht ihr nicht, was er hier veranstaltet?«, brüllte er daraufhin.

Da hielt mit quietschenden Reifen der zweite Wagen auf der Einfahrt. Meredith sprang mit gerafften Röcken vom Fahrersitz. Dr. Meade eilte steifbeinig hinter ihr her und drückte sich mit der einen Hand den Hut an den Kopf, während er in der anderen seine Arzttasche hielt. Er beugte sich über James und prüfte seinen Puls.

Da schrie Meredith auf und starrte mit offenem Mund zum Haus. Alle Augen wandten sich in ihre Richtung. »Mrs. Harrington!«

Leonora spürte Hände auf ihrer Haut, jemand löste ihre Finger von ihrem Bauch. Sie schlug die Augen auf und sah lauter ängstliche Gesichter um sich herum, verzerrt wie in einer Glasschüssel. Sie folgte ihrem Blick und sah, dass nicht nur ihre Hände rot waren, sondern auch ihr nasses Kleid darunter. Sie riss den Mund auf, bekam aber keine Luft. Meredith wandte besorgt ihr Gesicht ab. Und dann nahm alles wieder deutlichere Formen an, und ihr Sichtfeld vergrößerte sich. Sie konnte am Arzt vorbeiblicken, zur Auffahrt, und sah Alex, die Polizei und Tom. Und sie sah James, der immer noch reglos am Boden lag. »James!«, wollte sie schreien, brachte aber nur ein schwaches, kaum hörbares Wimmern hervor.

Dr. Meade drückte sie zu Boden. »Ganz ruhig, Mrs. Harrington!« Mit der einen Hand hielt er ihren Arm fest, während er mit der anderen in seiner Tasche wühlte. »Festhalten«, befahl er Meredith.

Leonora wehrte sich gegen ihren Griff. »Tom!«, schrie sie. »*Tom!*«

Tom riss sich vom Hilfssheriff los und drängte Meredith beiseite. Beim Anblick des vielen Bluts wurde er bleich. Leonora umkrallte seinen Arm. »*James*?«, fragte sie wimmernd.

»Der wird schon wieder.« Tom drückte ihre Hand.

Da spürte sie ein Stechen an ihrem Arm. Als sie den Kopf dorthin wandte, sah sie die Nadel.

Der Arzt holte eine zweite Spritze heraus und hielt die Nadel in die Höhe. »Sie müssen sich ausruhen.«

»Mein Baby!«

»Da ist keins mehr.«

Wieder spürte sie ein Stechen. Dann breitete sich eine bleierne Schwere in ihrem Arm aus und strömte weiter zu ihrer Schulter. Schwach zupfte sie an Toms Hand. Der verblasste buchstäblich vor ihren Augen. »Lass James nicht mit diesen Männern allein!«, flehte sie nuschelnd. »Lass ihn nicht allein!«

Tom nickte hektisch, mit Tränen in den Augen. Er sah Meredith an. »Ich bleib bei ihr!«, knurrte sie drohend wie ein Wachhund. »Mr. Harrington wird sie nicht anrühren.«

Tom verschwand. Meredith verblasste. Der Arzt und seine Nadeln lösten sich in Luft auf. Unter ihren immer schwerer werdenden Lidern suchte sie die zunehmende Dunkelheit nach James ab. Ihr Mund öffnete und schloss sich wie bei einem Fisch auf dem Trockenen, bevor die Welt um sie herum schwarz wurde.

• • •

Scharfe Klingen stachen ihm immer wieder in die Lungen. Sein Kopf prallte gegen die Rückenlehne. *Fump, fump, fump.* James stöhnte und versuchte, die Augen zu öffnen, doch nur eines ging einen Spalt weit auf.

»Alles klar, Kumpel?«, fragte Tom mit gesenkter Stimme.

Als James sich vorbeugte, verbrannten heiße Schürhaken sein Inneres. Er keuchte vor Schmerz auf und lehnte sich wieder zurück. »*Gott!*«

»Die Rippen?«, fragte Tom leise.

James nickte, zuckte aber bei der kleinsten Bewegung zusammen. Wieder öffnete er das eine Auge einen Spaltbreit. Tom war neben ihm. Auf den vorderen Sitzen saßen zwei Männer. Er konnte nur ihre Hinterköpfe sehen und ihre verschwitzten, haarigen Nacken. »Wohin fahren wir?«, fragte er knapp.

»Zur Polizeiwache«, antwortete Tom.

»Polizei? Was ist los –«, James verstummte, weil seine Rippen schmerzhaft protestierten. »Leo!« Er schoss so heftig vom Sitz, dass sein Kopf an die Wagendecke stieß. »Wo ist Leo?«

Der Hilfssheriff sah ihn beim Fahren über den Rückspiegel an. Der Sheriff drehte sich zu ihnen um und legte den Arm über die Rückenlehne.

»Wo ist sie?«, brüllte James. Tom wich seinem Blick aus.

»Sie hat das Baby verloren«, murmelte er.

Da durchschoss James der Schmerz erneut wie ein Blitz, und dieser Schmerz hatte nichts mit seinen Verletzungen zu tun. »Und wie geht es ihr?«, fragte er erstickt.

Jetzt sah Tom ihn doch an und nickte. »Der Doc ist bei ihr. Und Meredith.«

*Alex.* James packte den Sheriff an der Schulter. »Wir müssen umkehren!«

»Ganz ruhig!«, warnte der Sheriff.

Der Hilfssheriff griff nach seiner Waffe. Seine Augen im Rückspiegel waren schwarz und gemein. »Steck das Ding weg, Murphy!« Der Sheriff schob seinen Arm beiseite. »Herrgott, bist du heute schießwütig!«

Dann drehte er sich wieder zu James und sah ihn an. Er war ein starker, schlanker, sonnengebräunter Mann mit ruhigem Blick. »Hier ging's nicht um Geld, oder?«, fragte er.

»Was für Geld?«

»Alex hat dir Geld untergeschoben«, zischte Tom. »Und behauptet, du hättest es ihm geklaut.«

»Was?« In seinem Kopf war alles so verschwommen wie die Bäume, an denen der Wagen vorbeisauste. »Wann?«

»Nachdem sie dich zusammengeschlagen haben.«

Jetzt wurde es still im Wagen. Der Sheriff schürzte die Lippen und nickte. »Sieht jeder Idiot, dass es um die Frau geht. Aber wenn du was mit ihr hattest, hatte Alex alles Recht der Welt, dir 'ne Abreibung zu verpassen.«

»Scheiße, ja!«, grollte der Hilfssheriff.

Der Sheriff starrte seinen Untergebenen finster an. »Hast du was zu sagen, Murphy?« Daraufhin sank der Mann mit finsterem Blick auf dem Fahrersitz zusammen. Der Sheriff blickte zu Tom und James, verdrehte die Augen und zeigte mit dem Daumen auf den Fahrer hinter sich. »Nur Ärger mit den Neuen«, scherzte er. »Die Marke steigt ihnen zu Kopf.« Der Hilfssheriff sank noch tiefer in seinen Sitz und umklammerte mit weißen Knöcheln das Lenkrad.

Der Sheriff verschränkte die Arme auf der Rückenlehne. »Geht mich nichts an, was zwischen 'nem Mann und 'ner Frau läuft«, sagte er zu James. »Bin nur zuständig, wenn jemand das Gesetz bricht.«

James lehnte sich, behutsam wegen seiner Rippen, vor. »Alex hatte sie an der Kehle gepackt.«

»Wie schon gesagt: Geht mich nichts an. Und euch auch nicht. Das müssen Männer und Frauen unter sich ausmachen.« Er sah prüfend auf seinen Fingernagel und zuckte die Schultern. »Frauen schlagen find ich auch nich gut. Aber kommt eben vor.«

James und Tom durchbohrten ihn mit ihren Blicken. Der Mann schmunzelte. »Ich weiß, was ihr denkt. Ihr denkt, Alex hätte mich in der Hand, oder? Ist mir klar. In Coolgardie hat er einige Cops auf seiner Gehaltsliste, das ist so sicher wie das Amen in der Kirche. Aber ich kenne Alex gut und finde, er ist ein verdammtes Arschloch. Ich weiß, ihr habt das Geld nicht geklaut, aber ich musste euch da rausholen, bevor er euch beide umbringt.«

Toms Schultern entspannten sich. Der Sheriff grinste. »Wir schaffen euch zur Wache nach Gwalia. Bringen dich auf Vordermann, James, lassen die Rippen verbinden. Keine Sorge, wir kriegen das Ganze schon wieder in Ordnung.« Er lächelte. »Ihr seid gute Jungs.«

»Ich muss mal pissen«, meldete Murphy und rutschte auf seinem Sitz hin und her.

»Fahr rechts ran«, erwiderte der Sheriff und wies mit dem Daumen zum Fahrbahnrand.

Die Straße wurde von beiden Seiten von niedrigen, felsigen Hügeln gesäumt. Mulgabüsche schlängelten sich um die Felsen und krochen mit ihren Zweigen in die Spalten. Ein paar alte Eukalyptusbäume reckten sich zum Himmel. Krähen, so schwarz, dass sie in der flirrenden Sonne bläulich schimmerten, hockten auf den Ästen und wandten ihre Köpfe mit den raschelnden Blättern hin und her. Die Luft war jetzt drückend heiß und staubig. Kein Windhauch ging. Die Fliegen summten an den offenen Fenstern und schwirrten immer wieder hinein und hinaus. Der Hilfssheriff stieg mit gesenktem Kopf aus und ging langsam zu den Felsen. Der Sheriff streckte den Nacken und blickte durch die Öffnung im Wagendach zum Himmel. »War ein langer Tag, was?«, seufzte er. »Wo kommt ihr Jungs eigentlich her?«

»Vom Wheatbelt«, antwortete Tom und strich sich müde über die Beine. »Aus der Gegend um Southern Cross.«

Der Sheriff drehte sich um und sah sie interessiert an. »Ach ja? Murphys Frau kommt auch da her. Hübsches Mädel. Hat auch gerade ein Baby bekommen.« Er lächelte, als er versuchte, sich an ihren Namen zu erinnern. »Abby? Nein: Ashley!«

Tom erstarrte. Die Krähen breiteten ihre Flügel aus und erhoben sich mit hektischem Kreischen in die Luft. Der Himmel explodierte, die Stille zerriss. In der sich endlos ausdehnenden Sekunde erstarrten die drei Männer im Wagen und blickten reglos geradeaus. Dann sank der Kopf des Sheriffs nach vorn – seine Schädelrückseite ein blutiger Brei.

Der nächste Schuss traf James in die Schulter und warf ihn so heftig gegen die Wagentür, dass sie von seinem Gewicht aufsprang. James rutschte zu Boden.

»James!« Tom kam ihm nachgekrochen, packte ihn, versuchte, ihn zur Rückseite des Wagens zu schleifen, und wich einer weiteren Kugel aus.

Das Echo der Schüsse wurde von den Felsen hin und her geworfen und kam stetig näher. Murphy schritt langsam und unbeirrbar, mit ausgestrecktem Arm und gefletschten Zähnen, auf sie zu. »Sie hat mir gesagt, dass du es warst!«, brüllte er.

Tom stand auf und stellte sich breitbeinig hin, um seinen Freund abzuschirmen.

»Sie hat mir gesagt, was du ihr angetan hast. Und dass du ihr Geld gegeben hast, um sie zum Schweigen zu bringen!«

Tom trat einen Schritt auf ihn zu. »Es war nicht so, wie du denkst.« Hilflos hob er die Hände.

Murphys Arm zitterte. »*Als ich das Baby sah, wusste ich Bescheid!*«

»Nein – «

»Sie hat mir gesagt, dass du sie gezwungen hast. Meine eigene Frau!«

Tom ließ die Arme sinken. Er streckte einmal die Finger und ließ sie dann schlaff hängen. Jetzt sagte er nichts mehr, sondern blickte nur kurz zu James. In seinen Augen malte sich ganz deutlich ab, was jetzt kommen würde, unleugbar. Er kapitulierte und wartete. »Bei Gott, ich schwöre, ich habe nie – «

Die Schüsse kamen schnell und ohrenbetäubend:

Eins–zwei–drei–vier.

Toms Körper sackte zu James' Füßen zusammen, und seine Augen waren leer wie Glas, seine Pupillen vollkommen starr. »*Tom!*«, schrie James. Weiß glühend vor Zorn schoss er hoch und stürzte sich auf Murphy. Doch der richtete nur lässig die schwarze, rauchende Mündung der Waffe auf ihn. Dann zerrissen die Schüsse erneut erst die Stille des Buschs und dann seine Haut.

• • •

Das Sofa unter Leonoras Rücken gab nicht nach. Ein Kissen war ihr unter den Nacken geschoben worden. Aber sie spürte ihren Körper nicht. Ihre Augenlider öffneten und schlossen sich wie Muscheln in kochendem Wasser. Ganz kurz nahm ein dunkles Zimmer vor ihr Form an, bevor es unter ihren schweren Lidern wieder verschwand. Von einer Lampe auf einem Tisch drang gedämpftes Licht, ihre Umrisse waren verschwommen. Keine Gedanken – nur undeutliche, intuitive Bilder, Geräusche und Strukturen, die ihre Entrücktheit durchbrachen.

Dumpfe Schritte näherten sich über den Holzboden. *Schritt. Schritt. Schritt.* Vor dem Sofa setzte die Bewegung aus. Mit großer Mühe konnte Leonora die Augenlider heben. Ein Körper sperrte das Licht von der Lampe aus. Dunkle Hose. Eine Männerhand fächelte ihr mit einem quadratischen Blatt Papier vor der Nase Luft zu. Die Hand hielt inne und ließ das Blatt los. Es flatterte durch die Luft und landete auf ihrer Hüfte.

»Dein Freund ist tot.« Wie das Blatt drifteten diese Worte durch die Luft und folgten dann Alex' verhallenden Schritten.

## Kapitel Zweiundsechzig

Ghan zwängte sich zwischen die Felsen und ließ sich zu Boden gleiten. Sand und Staub rieselten vom Findling in seinen Kragen. Ihm wurde der Mund trocken, so lange hielt er die Luft an. Seine Lippen zitterten. Die Schüsse dröhnten ihm immer noch in den Ohren.

Ein weiterer Schuss zerriss die drückende Luft. Ghan umschlang seine Knie und kauerte sich zusammen. Bei jedem neuen Schuss zuckte er zusammen, als würde er selbst von den Kugeln getroffen. Dann Stille. Angestrengt lauschte Ghan über das weiße Rauschen in seinen Ohren hinweg, das den Takt seines Herzschlags anzeigte. Ein Wagen sprang an und fuhr weg. Doch Ghan lauschte weiter, hielt sich zwischen den Felsen versteckt. Er wollte nicht den Kopf heben – wollte nicht sehen, was passiert war.

Ghan straffte sich innerlich und ließ seine Knie los. Er schloss die Augen, schob seinen Körper an den Felsen vorbei in die Höhe, holte tief Luft und öffnete die Augen. Sofort überfiel ihn eine Welle der Übelkeit. Auf dem Boden vor ihm lagen drei Leichen, schlaff und verdreht: ein blutiges Massaker.

Ghan spähte in beide Richtungen der Straße und leckte sich über die aufgesprungenen Lippen. *Er könnte zurückkommen*, warnte er sich selbst. Sein Kopf fuhr hektischer nach links und rechts. *Könnten auch mehrere sein.* Er humpelte aus der Deckung der Felsen heraus. Jetzt war sein verkrüppelter Körper weithin sichtbar. Als er über die Schotterpiste eilte, hinterließ sein Holzbein im Staub große Halbkreise.

Aus allen Poren brach ihm der Schweiß aus, rann ihm über den Rücken und ließ seinen Bart jucken. Er trat zu den Leichen. Die erste lag mit dem Gesicht nach unten im Staub. Die Rückseite ihres Schädels war weggerissen, und dunkelrotes Blut tränkte ihre Kleider bis zu den Beinen. So schnell schoss Ghan sein Mageninhalt durch die Speiseröhre, dass er sich auf seine Stiefel erbrach. Würgend neigte er sich vornüber. Dann wandte er sich ab, doch der Geruch nach Blut hing in der glühend heißen Luft, kochte unter der Sonne.

Die Fliegen flogen zu Schwaden zusammen und schwirrten zum offenen Schädel. Darüber flatterten Krähen und warfen ihre von der Sonne verlängerten Schatten über die Leichen und den Boden. Wieder kam Ghan die brennende Magensäure hoch. Innerhalb einer Stunde wäre von den Männern nichts mehr übrig. Die Fliegen würden anfangen, dann kämen die Krähen und danach die Bussarde. Und wenn die Dingos erst mal das Blut riechen würden, kämen sie angerannt und würden sie knurrend auseinanderreißen. Sie mussten beerdigt werden. Das war Tatsache und nagte an Ghan. *Auf gar keinen Fall*, wehrte sich Ghan. Er war zu alt, um auch nur einen der Männer zu begraben, geschweige denn alle drei. Ghan blickte hoch zur Sonne. Wenn er in dieser Hitze Gräber ausheben sollte, würde auch er krepieren – und dann wären es vier statt drei Leichen. Die Krähen beobachteten ihn und tippelten ungeduldig von rechts nach links über die Äste. Noch mehr Fliegen schwärmten heran. *Aber man kann doch keinen Toten den Tieren überlassen. Ist nicht richtig.* Ghan spürte förmlich das Gewicht der Schaufel in seinen leeren Händen. *Aber sie sind doch schon tot!*, schrie es in seinem Innern. Haut und Knochen würden verwesen, ob über oder unter der Erde. *Ist die Mühe nicht wert.*

Ghan schlug nach einer Fliege, verfluchte die Krähen und humpelte dann zu seinem Zelt, um die Schaufel zu holen.

## Kapitel Dreiundsechzig

Vielleicht war sie zuerst gestorben.

Vielleicht war sie schon immer tot gewesen.

Vielleicht war die Welt schon immer schwarz gewesen, innen und außen.

Vielleicht war sie zusammen mit dem Kind gestorben, das sich doch gerade erst in ihr gerührt hatte; das Kind, das nie einen Luftzug oder Küsse von ihr oder seinem Vater gespürt hatte; vielleicht war sie schon als Kind gestorben, in der Wüste, und das Leben war nur ein Traum gewesen, der auf diesen letzten Sargnagel gewartet hatte.

Es war Morgen, doch brachte er kein Licht. Leonora konnte durchs Fenster sehen: Die Sonne hing hoch über den Bäumen – ein seltsam greller Ball, der nicht in eine Welt voller Dunkelheit gehörte. Meredith kam still und gebückt, nahm den kalten, unangerührten Tee vom Tablett, ersetzte ihn durch eine frische, dampfende Tasse und wischte einen Spritzer weg. Doch eine Tote kann den Dingen nicht so rasch folgen, daher betrachtete Leonora die Frau und ihre Bewegungen wie aus weiter Ferne.

»Ist es wahr?«, hörte Leonora sich selbst mit brüchiger, lebloser Stimme fragen.

Meredith wandte sich nicht zu ihr, sondern senkte nur den Kopf und nickte schwer.

Die monströse Schwärze begann vor ihren Augen zu wirbeln. Das Vakuum breitete sich in ihrem ganzen Körper aus. »Wo ist Tom?«, fragte sie mit tauben, trockenen Lippen.

Nun wandte sich die Frau doch zu ihr. Ihre Stirn war tief gefurcht. »Wissen Sie es denn nicht?«

Leonora reckte kraftlos das Kinn, denn vom Beruhigungsmittel waren all ihre Muskeln schlaff. »Was denn?«

Merediths Kinn kräuselte sich in ihrem von tiefen Furchen durchzogenen Gesicht. »Tom ist auch tot.«

Leonoras Augenlider blinzelten – wieder und wieder und wieder. Meredith ging. Und immer noch blinzelte Leonora, ohne etwas zu sehen. Irgendwo, hinter dem Blinzeln, hörte sie ihr Herz pochen. Sie wartete, dass es aufhörte – wartete darauf, dass die Leblosigkeit nach dem pulsierenden Muskel griffe und ihn zum Schweigen brächte.

*Blinzel. Blinzel. Blinzel.*

*Warten. Warten. Warten.*

Der merkwürdige Lichtball draußen bewegte sich an den ausgestreckten Ästen der Bäume entlang und glitt hinters Haus. Vor den Flügeltüren wuchsen rechteckige Schatten auf dem Boden. Meredith kehrte zurück und brachte neuen Tee. Eine Schale mit Suppe dampfte auf dem Tablett und kühlte dann ab.

Vor dem Sofa strich ein langer, schlanker Schatten vorbei, hielt an, kehrte wieder zurück, ging hin und her, zwischen ihrem Blinzeln. Schließlich hielt er inne. »Ich hatte nichts damit zu tun, Leonora.« Alex starrte sie hohlwangig an. Seine Worte drangen nur von ganz fern zu ihr, reizten kaum ihren absterbenden Hörsinn. »Sag was, verdammt noch mal!«, brüllte er.

Totsein war kalt und schwarz. Taub. Die Luft strömte langsam in ihre Lungen – zwei abgestorbene Hüllen – und wieder hinaus, jeder Atemzug fremd, dumpf und sonderbar. Und immer noch wartete sie, dass ihr die Luft wegblieb. Und immer noch lauschte sie auf das hartnäckige Pochen in ihrer Brust. Die Schmerzen in ihrem Unterleib waren wie losgelöst von ihr – saßen auf einem fernen Sims mit dem störrischen Herzen und den unerschütterlichen Lungen.

»Ich halt das nicht aus.« Alex raufte sich die Haare und schrie: »Sieh mich an!«

Ihre toten Augen wanderten an ihm hoch und hefteten sich auf seine. Da taumelte Alex zurück, krallte sich in seine Haare und fing wieder an, mit großen Schritten hin und her zu tigern. Doch den toten Augen konnte er nicht entkommen, sie folgten ihm mit schwerem Blick. Am Fenster blieb Alex stehen und holte mühsam Luft. Er verschränkte die Hände auf dem Rücken. »Du musst wissen, dass ich nichts damit zu tun habe.« Seine Stimme wurde ruhiger. »Ein Teil von mir wünschte, es wäre doch so. Ein Teil von mir wünschte, ich hätte selbst den Abzug gedrückt.« Er drehte sich zu ihr. »Doch ich hatte nichts damit zu tun. Ich schwöre es.«

Die Wahrheit – reine, ungefilterte Wahrheit – versuchte ihre Taubheit zu durchdringen. Das sonderbare Organ begann schneller zu pochen, und Speichel sammelte sich in ihrem trockenen Mund. *Nein!*, schrie es in ihrem Geist, der aus seiner Totenstarre erwachte. Das Leben, die Luft, der Puls bewegten sich in die falsche Richtung, weg vom Tod. Sie klammerte sich an der Taubheit fest wie an einer ausgefransten Decke. Sie konnte den Schmerz schmecken, der sich in einem fernen Winkel versteckte, sie belauerte und ihre Nerven vor Entsetzen erzittern ließ.

Als Alex jetzt auf sie zukam, zeigte sein Gesicht keinerlei Anmaßung oder Zorn, sondern nur Aufrichtigkeit und Verwundbarkeit. Er kniete sich vor sie hin und nahm ihre schlaffen Hände in seine. »Ich war es nicht. Und ich kann mit diesem Hass in deinen Augen nicht leben.« Ihm brach die Stimme. »Die Männer haben den Sheriff angegriffen, Leonora. Haben ihn kaltblütig umgebracht, als sie versuchten zu fliehen. Der Hilfssheriff musste sie erschießen, er hatte keine andere Wahl.« Alex drückte ihre Hände. »Dein kostbarer James hat das getan. Nicht ich.«

Dieser Name umschloss ihren Unterleib mit eiserner Faust und quetschte ihn so fest zusammen, dass sie aufschrie. Der Schmerz drohte sie zu zerbrechen. Alex packte sie mit bebenden Lippen an den Schultern. »Es muss doch nicht so sein. Siehst du das nicht? Wir können noch mal von vorn anfangen, Leonora. Jetzt, da du die Wahrheit über ihn weißt. Niemand außer uns beiden weiß, was passiert ist. Niemand weiß es.«

Seine Worte waren wie ein Strudel in ihrem Bauch, und ihr wurde übel vor Trauer. Sie drückte sich die Hand auf den Mund, weil sie würgen musste. Alex löste ihre Hand und umfasste ihr Gesicht. »Ich gebe mir selbst die Schuld an allem. Ich hätte dich nie mit nach Australien nehmen dürfen. Es hat dich verändert.«

Die Worte wirbelten in ihrem Kopf herum und ließen ihren Geist wie einen Kreisel umherschnellen.

»Du wusstest ja nicht, was du tatst. Ich habe dich einfach zu oft allein gelassen. Das erkenne ich jetzt. Du warst schon immer wie ein Kind. Du brauchtest Führung, und ich war nicht da, um sie dir zu geben.«

Alex rüttelte an ihren Armen, als wäre sie eingeschlafen. Sie starrte blicklos in sein Gesicht, suchte in seinen verzerrten Zügen nach irgendetwas, das einen Sinn ergab und ihr keine Übelkeit verursachte.

»Ich vergebe dir, Leonora«, sprudelte es aus Alex heraus. »Ich vergebe dir. Siehst du das nicht? Es war nicht deine Schuld. Du wusstest nicht, was du da tatst.« Er fing an zu strahlen. »Wir gehen fort von hier. Zurück nach Amerika. Nach Kalifornien. Und da passe ich besser auf dich auf, Darling, das verspreche ich.«

Sie sah zu, wie er die Worte mit seinen Lippen bildete, wie sein Mund sich mit jedem Laut bewegte. Sie sah zu, wie seine weißen Zähne bei manchen Lauten sichtbar wurden und bei anderen verschwanden. Seine Zunge war rosa. Die Haare seines Schnurrbarts umrahmten seine geschwungenen Lippen.

»Jetzt verstehst du es. Nicht wahr?«, fragte er drängend.

»Ja.« Ihre Stimme war tot.

Vor Freude bogen sich seine Lippen nach oben. »Und du siehst ein, dass ich dich niemals gehen lassen werde?«

»Ja.« Ihre Stimme drang wie durch einen langen Tunnel zu ihr.

Alex drückte sie fester an sich. »Wir fangen ein ganz neues Leben an.«

Sie schluckte und krächzte, als sie »ein ganz neues Leben« hörte.

Alex umschlang ihren steifen Körper. Er überschüttete sie mit Küssen auf die Stirn, die Wangen und die steifen Lippen. »Von nun an wird alles besser. Du wirst sehen.« Er stopfte ihr noch ein Kissen hinter den Kopf.

Der Schmerz wartete, bis Alex gegangen war. Die Schnitte rissen auf, und heraus quoll Blut. Sie umklammerte ihren Bauch. Dann rollte die Trauer über sie hinweg, krallte und bohrte sich mit jeder Welle in sie, Woge um Woge. Ihr Mund wurde zu einem Oval der Agonie, und ihr Körper erbebte unter der nackten Verzweiflung. James war fort. Tot. Diese Erkenntnis zerrte an ihren Nerven und hallte bis in die Tiefen ihres Gehirns nach, bis die Qual alle Gedanken und Gefühle auslöschte.

• • •

Wochen vergingen, oder Monate. Leonora ließ sich so schwer in die Tiefen der Trauer sinken wie ein Kieselstein in die undurchdringliche Dunkelheit eines bodenlosen Sees. Sie kämpfte nicht länger gegen den Schmerz, denn jetzt war er ein Teil von ihr, ein Teil ihrer Haut, ihres Bluts, ihrer Organe.

Alex ließ sie niemals aus den Augen. Sie konnte sich nicht mal von einem Zimmer zum nächsten begeben, ohne dass er sie fragte, wohin sie wollte. Er stellte einen neuen Manager für die Leitung der Mine in Coolgardie ein. Er entwarf Pläne, Wanjarri Downs aufzuteilen und zu verkaufen. Doch Leonora wusste, trotz ihrer Trauer, dass sie Australien nicht verlassen würde. Selbst wenn das bedeutete, dass sie hier begraben würde.

»Wohin willst du?«, rief Alex aus seinem Arbeitszimmer.

»Spazieren gehen«, krächzte sie.

»Gut.« Alex widmete sich wieder seinen Papieren. »Frische Luft wird dir guttun.«

Die Sonne blendete sie; die trockene Hitze hüllte sie ein und brannte auf ihrer Haut. Ihre Gliedmaßen spürten den Sog von der Managerunterkunft, doch sie stemmte sich dagegen und zwang sich, westwärts zu gehen. Nur, dass es nichts half: James war überall, und sein Verlust drang durch ihre Schläfen, ihren Bauch und ihre Schultern. Staub kroch ihr die Knöchel hoch. *Bull Dust*, erinnerte sie sich vage, nannte man diesen feinen, alles durchdringenden Staub. Abwesend kickte sie ihn hoch. Setzte einen Fuß vor den anderen, ohne auf die Richtung zu achten. *Schritt. Schritt. Schritt.*

Die Sonne brannte auf ihren gebeugten Nacken. Ihr Atem ging flach. *Schritt. Schritt. Schritt.* Der Staub wurde weniger, der Boden fester, röter, mit Rissen. *Schritt. Schritt. Schritt.* Der Schweiß tropfte ihr von der Nase und fiel auf den Kragen ihres Kleids. In ihrer Brust zog sich etwas zusammen: Ihre Trauer erwachte. Jetzt ging sie schneller. *Schritt. Schritt. Schritt.* Von der Energie brachen sich Schluchzer Bahn. Sie rannte. Ihre Lungen brannten von der glühend heiß hereinzischenden Luft. Tränen fielen und trockneten, bevor sie ihren Hals erreichten, und immer noch rannte sie. *Schritt, Schritt, Schritt.* Abrupt blieb sie stehen. Über ihr Schatten. Ein Heulen entfuhr ihr. Sie fuhr sich mit den Händen in die Haare, hielt sich an ihnen fest und krümmte sich vor Schmerz. Ihre Knie gaben nach. Sie ließ sich am Stamm des einsamen Baums sinken, rieb ihre Wange an der warmen Rinde und schlang ihre Beine um die Wurzeln. *Sinken, tiefer und tiefer und tiefer.*

Ihr Körper kühlte ab. Sie war schon mal hier gewesen. War es derselbe Baum oder ein anderer – ganz gleich: Es war dasselbe. Von der Erinnerung wurde ihr eiskalt. Alte Panik beschlich sie von hinten. Als sie durch ihre Tränen hochblickte, war sie wieder ein Kind. Sie suchte die dürre Ebene nach einer Gestalt ab. Ihr ganzer Körper zitterte. Es war dasselbe. Die Panik, die strudelnde Übelkeit, der klaffende Verlust. *Dasselbe.*

Ihre Hände zitterten heftig, als sie sie von ihrem Schoß in die Luft streckte. Sie starrte auf die dünnen, zitternden Finger, die bebenden Handflächen. Etwas durchzuckte sie. Und dann verlagerte sich etwas. Es war *nicht* dasselbe. Ihre Hände waren nicht die eines Kindes. Sie spreizte die Finger, worauf sie aufhörten zu zittern. *Ich bin immer noch hier.* Dieser Gedanke durchdrang sie wie ein Stoß frischer, reiner Sauerstoff. *Ich bin immer noch hier.* Ihr Brustkorb weitete sich; Die heiße Luft des Buschs drang in ihre Lungen und strömte bis in die letzten Fasern. *Ich bin immer noch hier.* Und dann kam alles ganz schnell. Unter dem Schatten der sich sachte regenden Äste blitzten die Bilder ihres Lebens auf. Zum Sterben allein in der Wüste gelassen. Dem Meer entrissen. Aufgezogen, um unter einem verrußten Himmel dahinzuwelken. Eine freudlose Ehe. Eine unglückliche Liebe. Ein verlorenes Baby. *Aber ich bin immer noch hier.* Und in diesem Augenblick, in der Stille des reglosen Buschs, spürte Leonora weder Trauer noch Schmerz, noch Verlust. Sondern nur ihr Sein.

Dann kamen Antworten. Wie Worte wurden sie in ihrer Brust gebrüllt, in ihrem Kopf geschrien, in ihren Lungen gehaucht, in ihrem Herzen geseufzt. Jetzt kamen die Antworten. Und sie waren so einfach. So lange hatte sie sie nicht finden können, aber jetzt standen sie direkt vor ihr, so deutlich, als hätte man sie in den roten Staub geschrieben.

Sie konnte jetzt fortgehen. Sie würde die Aborigines warnen. Sie konnte ihnen Land anbieten. Annehmen würden sie es nicht, das wusste sie. Ihnen eine Grundstücksurkunde anzubieten wäre, als sollten sie einen Vertrag für Luft unterzeichnen. Aber sie würde sie warnen. Ob sie blieben oder gingen, konnten sie selbst entscheiden. Doch sie selbst würde nicht hierbleiben. Nicht mehr. Den Rest der Ländereien würde sie Toms Mutter geben. Sie erinnerte sich an ihre Prophezeiung: Tom war flüchtig wie Wind.

Leonora stand auf und straffte sich. Die Trauer war immer noch da, doch sie war nicht die Trauer, sondern nur diejenige, die sie empfand. Sie würde ihren Schmuck verkaufen. Sie würde das Geld an sich nehmen, was ihr rechtmäßig zustand, und dann würde sie fortgehen. Und wenn sie kein Geld hatte, würde sie auch fortgehen.

Leonora ging und umklammerte ihre Trauer wie eine Handtasche, doch gab sich ihr nicht mehr hin. In der Ferne blitzte die Siedlung der Aborigines auf, die Metalldächer schimmerten wie Perlen in der unermüdlichen Sonne. Leonora schluckte. Denn jetzt konnte sie die Sonne sehen und das Blau überall. Das Grau zog sich zurück.

Zwischen den Hütten wuschen ein paar Frauen Kleider in einer rostigen Wanne. Sie beobachteten Leonora, als sie näher kam, und wandten sich diesmal nicht ab. Ihre dunklen Pupillen blickten ruhig, und das Weiß in ihren Augen zuckte nicht. Denn sie sahen die scharfen Linien ihres Verlusts, die vor Trauer schweren Lider und erkannten ihren Blick. Vielleicht kannten sie diesen Blick besser als alle anderen auf der Welt.

Kinder hüpften am Dorfrand herum und spielten Fangen mit einem mageren Hündchen. Die Männer waren auf den Weiden, den Feldern oder bei den Pferden. Die Frauen widmeten sich wieder ihrer Wäsche. Leonora wusste nicht, wie sie ansetzen sollte, sie fand keine Worte, keinen Anfang. Eine große, dünne Aborigine-Frau griff nach einem durchhängenden Draht und hängte ein nasses Kleid darüber. Als sie sich umdrehte, sah man, dass sie schwanger war. Leonora starrte auf den vorgewölbten Bauch und sah zu, wie die Frau ihn behutsam berührte. Abwesend legte Leonora ihre Hand auf ihren flachen Bauch.

Da kam die Schwangere zu ihr und ragte groß und schwarz wie die Nacht vor ihr auf. Ihr Kopf verdeckte die Sonne. Mit ihren harten, rauen Händen nahm sie Leonoras zarte Finger und legte sie auf ihren eigenen Bauch. Jetzt kamen Leonora wieder die Tränen, aber nicht vor Trauer. Denn unter Leonoras Händen pochte Leben: warmes, pralles, blühendes Leben. Sie empfand keinen Neid. Denn dies war ein Geschenk, das Geschenk der Frau an sie, und sie ließ das Wunder des Lebens in ihre Adern strömen und dort die Wunde ihres Verlusts heilen.

»Danke«, flüsterte sie.

Die Frau nickte und bedeutete ihr stumm ein Wort … nur eines: *Leben.*

Leonora nahm das Wort und ließ seinen Widerhall durch ihren ganzen Körper strömen. *Leben.*

• • •

Vier Tage später hämmerte es spätnachts laut an die Haustür. Leonora fuhr in ihrem Bett auf. Das Hämmern wurde immer lauter und drängender. Alex stöhnte und erstarrte dann, aufmerksam lauschend. Er schoss aus dem Bett und holte den Revolver, der noch in seiner Hose steckte. »Bleib hier!«, befahl er.

Leonora ignorierte das und folgte ihm. Das ganze Haus schien unter dem heftigen Klopfen zu erzittern. Alex spähte aus dem Fenster. »Was zum Teufel!« Fuchsteufelswild riss er die Haustür auf und brüllte den Aborigine mit den weit aufgerissenen Augen an: »Was soll das – !«

Der Mann beachtete Alex gar nicht, sondern reckte den Kopf und rief Leonora zu: »Das Baby! Das Baby kommt nicht!«

Alex wandte sich zu Leonora. »Ich hab doch gesagt, du sollst oben bleiben.«

»Was ist los?« Leonora drängte sich an Alex vorbei und sagte zu dem Mann: »Welches Baby?«

Knurrend stieß Alex den Aborigine vor die Brust. »Verschwinde hier!«

»Das Baby!«, rief der Mann, immer noch an Leonora gerichtet. »Alkira presst, aber das Baby kommt nicht.«

Leonora blickte auf ihre Hände, dachte an die schwangere Frau und spürte immer noch den Herzschlag des Babys an ihren Fingerspitzen. »Warten Sie!«, befahl sie. »Ich komme.«

Sie rannte zur Treppe, um sich anzuziehen, da packte Alex sie. »Du wirst das Haus nicht verlassen.«

Leonora entriss sich ihm. »Die Frau braucht Hilfe, Alex.«

»Ist mir scheißegal!«

Voller Hass stieß Leonora hervor: »Willst du wirklich das Blut noch eines Babys an deinen Händen kleben haben?«

Alex blickte kurz auf ihren Bauch und wich zurück. »Dann geh!« Er wedelte mit den Händen in der Luft, als läge darin übler Gestank. »Schert mich doch einen Dreck!«

• • •

Leonora trug ihre Tasche mit medizinischen Utensilien und knöpfte sich noch das Kleid zu, als sie dem Mann nacheilte, der fast mit der Dunkelheit verschmolz. Es war Neumond und der Himmel eine dicke, onyxfarbene Decke. Kein Bruch in der Farbe deutete die Grenze von Himmel und Erde an, nur eine Reihe Sterne wies auf den Horizont. Die Luft war kühl. Das Jammern der Buschtriele durchschnitt ohrenbetäubend die Nacht. Der Aborigine bewegte sich wendig und lautlos, während sie ihm mühsam hinterherkeuchte und ihre Füße über Steine und scharfes, trockenes Gras stolperten und rutschten, als sie mit ihm Schritt zu halten versuchte.

Als sie zum Dorf kamen, blieb sie stehen. Aus den Hütten drang keinerlei Lebenszeichen. Zwischen den rostigen Unterkünften machten sich Schatten breit, die nichts mit der nächtlichen Dunkelheit zu tun hatten. Selbst die Luft war wie ein erdrückendes Vakuum. Irgendetwas stimmte hier nicht. Es gab nirgendwo ein Feuer oder Licht in einer der Hütten. Ein Schauer durchfuhr Leonora. Ganz langsam wich sie zurück.

Der Mann blieb stehen, drehte sich zu ihr um und winkte ihr, zu kommen. Leonora zwang sich, trotz ihrer Furcht weiterzugehen. Es war zu still. In der kühlen Luft lag keinerlei Geruch und wirkte dadurch noch kälter. Sie merkte, dass sie schneller atmete und ihre Tasche wie einen Schild an die Brust drückte. Sie versuchte, trotz ihrer zugeschnürten Kehle zu schlucken, und ging, langsam zwar, aber immer weiter auf die Reihen der schlafenden Wellblechhütten zu.

Der Mann betrat die größte, einen rechteckigen Kasten mit verbogenen, rostigen Kanten, in den Löcher als Fenster hineingesägt worden waren. Leonora folgte ihm ins Dunkel. Der Boden unter ihr war grob festgestampfte Erde. Außer dem Mann neben ihr sah sie nichts. »Wo ist sie?«, fragte sie krächzend.

»Da hinten.« Er legte Leonora fest seine Hand auf den Rücken. Als ihre ohnehin schon angespannten Nerven bei dieser Berührung zusammenzuckten, ließ er sie los und winkte ihr, ihm zu einer anderen Tür zu folgen.

Die Schatten in den Ecken veränderten sich. Sie hörte noch jemanden atmen. Der Mann stieß die Tür auf. Sie wich zurück, weil sie der Drang zu fliehen plötzlich überwältigte. Hinter ihr bewegte sich etwas und stieß sie in den schwarzen Raum. Leonora taumelte blind vorwärts und drehte sich dann um. Die Tür schlug zu. Leonora presste ihre Hände dagegen und versuchte, die Kante, den Griff zu finden. »Was machen Sie denn?«, schrie sie.

Die Tür wurde verriegelt. An ihrem ganzen Körper stellten sich die Härchen auf. Sie fand den Griff, der aus Drahtgeflecht um einen Metallstiel bestand. Sie rüttelte daran und versuchte, ihn zu drehen. Mit ihrem ganzen Arm versuchte sie, ihn zu betätigen. Panik strich ihr über den Rücken und erfüllte die Dunkelheit. Jetzt hämmerte sie mit der Faust gegen die Tür. »Lassen Sie mich raus!«, schrie sie. »Hilfe! Ist da jemand! Lasst mich raus!«

»Leo.«

Sie erstarrte. Ihre Faust hing in der Schwebe. Ihr Herz fing an zu rasen, bis es fast ihre Brust sprengte. Ihr Blut rauschte so laut in ihren Ohren, dass sie kaum noch etwas anderes hörte. Dann jedoch: ein Quietschen von Bettfedern.

»Ist schon gut, Leo«, flüsterte die Luft.

Sie zitterte am ganzen Körper und spürte, wie ihre Lippen sich über ihre Zähne spannten. Ihre Faust sank und öffnete sich; ihre Finger zuckten krampfhaft. Dann entfuhr ihr ein lang gezogener Klagelaut.

»Bitte, wein doch nicht.«

Es war ein Geist. Sein Geist. Seine Stimme. Leonora versuchte, sich daran zu klammern. Sie wusste, sie würde verstummen, wusste, sie *war* schon verstummt. Kopfschüttelnd rief sie: »Tu mir das nicht an!«

Seine Stimme würde wieder entschwinden. Sie würde ihn noch einmal verlieren. Ihre Stirn sank an die Tür und presste sich ans Metall. Wieder schüttelte sie den Kopf und schluchzte: »Bitte tu mir das nicht an.«

»Dreh dich um, Leo.«

»Nein!«, heulte sie. Wenn sie sich umdrehte, würde die Stimme verschwinden, der Geist sich in Luft auflösen.

»Bitte.« Die Stimme wurde lauter, flehentlicher. »Dreh dich einfach nur um, Leo.«

Geschlagen wandte sie sich in der Dunkelheit um. Ihre Füße stolperten übereinander, als sie sich zum hinteren Teil des Raums vortasteten. Sie hätte sich nicht bewegen sollen. Jetzt würde die Stimme verschwinden. Die tiefe Wunde würde wieder aufreißen, bluten und immer größer werden. Und dieses Mal würde sie nie mehr vernarben und heilen, sondern bis in alle Ewigkeit offen bleiben und bluten. Doch immer noch bewegten sich ihre Füße vorwärts. Ihre Knie waren so weich, als hätten sie keine Knochen. Dann berührte etwas ihren Arm. Ihr stockte der Atem. Fingerspitzen strichen ihren Arm hinunter und umfassten ihre Hand, drückten sie fest.

Da gaben ihre Beine nach, und sie sank zu Boden. An ihrer Wange spürte sie einen Bettrahmen aus kaltem Metall. Die Hand zog sie hoch. Lippen strichen ihr über die Stirn, küssten ihre Augenlider. Ein Mund öffnete sich und seufzte an ihrem Kieferknochen.

Leonora schüttelte den Kopf und weinte, doch die Lippen küssten ihre Tränen weg. Ihre Hände berührten Haut. *Haut.* Ihre Nägel bohrten sich in einen langen, glatten Rücken. Ihr Kopf schmiegte sich in Wärme – die Wärme seines Nackens. Ihre Finger tanzten über ein Gesicht. Sein Gesicht. Ihre Fingerspitzen fuhren die Linien seiner Kieferknochen nach, seine heiße Haut, die lange, schmale Nase, die gespannten Augenbrauen, die gefurchte Stirn, seine seidigen Haarsträhnen. Ein leiser Schrei entfuhr ihr.

»Schsch«, beruhigte James sie, schlang einen Arm um ihre Taille und zog sie an seine Brust. »Ich weiß«, flüsterte er an ihrem Hals, und seine Stimme war genauso schmerzerfüllt wie ihre. »Ich bin hier, Leo. Ich bin hier.« Er krümmte seine Finger um ihren Schopf und drückte ihren Kopf an seinen. »Ich hab doch gesagt, ich würde dich niemals verlassen.«

Sie wollte etwas sagen, fand aber keine Worte. Sie versuchte, die Lippen zu küssen, die über ihre Wangenknochen strichen, doch ihre Lippen waren noch starr vor Trauer und vor freudigem Schock. Sie riss den Mund auf und keuchte: »Ich … ich dachte, du –« Wieder entfuhr ihr ein Schrei, bevor sie es aussprechen konnte.

»Ich weiß.« In einem unaufhörlichen Kuss bewegten sich seine Lippen langsam über ihr Gesicht. »Aber jetzt wird alles gut.«

Die Wochen und Monate des Dahinsiechens ohne ihn drangen in ihr Bewusstsein und schnitten wie Messer in ihren Leib. »Warum hast du kein Lebenszeichen gegeben?«

Sein Kuss wurde langsamer und verharrte; seine Lippen schwebten vor ihren. »Weil fast kein Leben mehr in mir war.« James presste seine Stirn an ihre. »Du solltest es erst erfahren, wenn ich mir ganz sicher wäre.«

»Sicher?«

»Dass ich überleben würde.«

Sie umklammerte seine Schultern. Er zuckte heftig zusammen und keuchte gepresst auf. Leonora ließ ihn los. »Du bist verletzt!«, stieß sie hervor.

»Es geht schon wieder.« Er schwieg einen Moment. »Das Schlimmste ist überstanden.«

Behutsam tastete sie in der Dunkelheit über seine Arme, seine Brust, die Verbände, die viel zu viel von seinem Körper bedeckten. Dann berührte sie sein Gesicht, sank an seine Brust und schmiegte ihren Kopf unter sein Kinn. »Wie ist das möglich?«, flüsterte sie tränenerstickt.

»Ich weiß es nicht«, antwortete er. »Jemand hat mich gefunden und hierhergebracht.«

Sie fand seine Lippen, seinen warmen Mund. James umfasste ihren Hinterkopf und drückte sie an sich. »Ich habe nie aufgehört, an dich zu denken, Leo!«, flüsterte er zwischen ihren ausgiebigen Küssen. »Nie.« Dann berührte er mit seiner bandagierten Hand sacht ihren Bauch.

Das Baby. Die Erinnerung überfiel sie schmerzhaft. Er wusste es noch nicht. Voller Scham und Entsetzen entzog sie sich ihm.

»Was ist denn, Leo?« James griff nach der entgleitenden Hand und drückte sie wieder an sich.

»Das Baby …«, sagte sie erstickt, denn jetzt strömten neue Tränen heiß über ihr Gesicht und tropften auf sein Handgelenk.

»Ich weiß.« James rutschte auf der dünnen Matratze näher zu ihr, wobei er vor Schmerzen zusammenzuckte. Dann küsste er ihren Hals und schluckte seine eigenen Tränen herunter. »Ich weiß von dem Baby, Leo.« Seine Stimme war kaum zu hören. »Tom hat es mir gesagt.«

Bei diesem Namen senkte sich lastende Stille über sie. Tom.

Leonora war froh, dass sie James' Gesicht nicht sehen konnte, den Schmerz und die Verbitterung, die seine Züge verzerren würden. Doch noch erleichterter war sie, dass er nicht ihr Gesicht sehen konnte und die Scham und Schande darin. Während der Name noch nachhallte, wuchs die Stille zwischen ihnen. Toms Tod war ihre Schuld.

Sie schlug die Hände vors Gesicht und weinte bitterlich. »Es tut mir ja so leid«, flüsterte sie stockend.

»Nein, Leo.« James richtete sich mühsam und stöhnend auf und küsste ihre Hände, ihre Fingerspitzen. Er schlang seinen starken Arm um ihren Rücken, so dass sie seinen Bizeps fest und tröstlich an ihrer gebeugten Wirbelsäule spürte. »Das hatte nichts mit dir zu tun … oder mit uns. Nichts.« James strich ihr die Haare hinter die Ohren und küsste jede Strähne, die ihm durch die Finger glitt. »Glaub mir, Leo.«

Da ließ sie sich schluchzend in seine Arme sinken, doch sein Körper war ruhig und entspannt. »Es ist vorbei, Leo. Die Schmerzen. Die Verluste. All das ist jetzt vorbei.« Als er sie auf die Stirn küsste, spürte sie, wie seine Lippen sich zu einem Lächeln verzogen. »Jetzt fangen wir ein neues Leben an. Gemeinsam.« Er küsste sie. »So wie es uns schon immer bestimmt war.«

## Kapitel Vierundsechzig

»Das war nicht deine Schuld, mein Sohn.«

Mrs. Shelbys Worte hatten James gefunden, an dem Tag, als Tom starb, und waren in den Wochen, die darauf folgten, leise flüsternd in sein Bewusstsein gedrungen.

Das war nicht deine Schuld, mein Sohn.

Seine Mutter war bei seiner Geburt gestorben. Tess war dahingesiecht, während er groß und stark wurde. Shamus war vor lauter Hass gestorben. Und dann Tom. Als die Kugeln in ihn eindrangen, waren all ihre Gesichter vor ihm aufgeblitzt.

Das war nicht deine Schuld, mein Sohn.

Irgendwo in der langen, gedankenlosen Dunkelheit drangen die Worte durch die Poren seiner Haut. Irgendwo in der unnatürlichen Klarheit des nahenden Todes war dies in seine Adern gesickert und strömte ihm seitdem stetig durchs Blut. Und als er vom Fieber geschüttelt wurde und die Dunkelheit fast über ihn siegte, trieb diese Erkenntnis Wurzeln und umschlang seine Knochen wie Muskeln.

Die ganze Zeit hörte er Flüstern. Selbst nachdem die Aborigines seine Kleider gewechselt, ihn gebadet und mit Kräutertee allein gelassen hatten, war der Raum erfüllt von Flüstern. Seine Mutter hielt seinen Kopf und küsste ihn auf die verschwitzte Stirn. Tess hielt seine Hand, umschloss sie in festem Griff. Auch Shamus war da und aller Zorn verschwunden, als er ihn mit dem Licht Irlands in den Augen anfeuerte durchzuhalten. Sein Vater hielt schweigend und unerschütterlich seine Hand. Pater McIntyre wich ihm nie von der Seite, stand stark, gütig und stolz neben ihm. Und sie alle vermittelten ihm, dass er kein elternloses Kind war, sondern der Sohn vieler.

Und dann war da noch Tom – sein Freund, sein Bruder – immer in seiner Nähe. Lässig saß er am Fußende des Betts, unbekümmert, lächelnd und cool. Und wenn die Dunkelheit ihn überwältigen wollte, boxte Tom ihn gegen den Arm und holte ihn damit wieder zurück. All diese Schemen hielten ihn fest. Und ihr Flüstern hallte in seinen Ohren, während er den schmalen Grat zwischen Leben und Tod entlangwandelte. Die Aborigines heilten seinen Körper, doch die Geister heilten seine Seele.

James drückte gegen den Verband an seinem Brustkorb. Der Schmerz war mittlerweile erträglich. In einem Monat konnte er wieder aufstehen und gehen. Er schloss die Augen und dachte an Leo. Wie weich sie war, ihre Haut, ihre Küsse, ihr Haar. Es war furchtbar, ihr nicht zu sagen, dass er hier war. Es war furchtbar, dass sie hierhergelockt werden musste. Doch anders ging es nicht. Niemand durfte wissen, dass er hier war. Schon bald würden sie fortgehen.

James entspannte sich auf der dünnen, klumpigen Matratze. Als er die Augen schloss, sah er vor sich das Meer und erinnerte sich an jene Tage weit in der Vergangenheit, als seine Freundin und er auf der Klippe saßen und ihre Beine furchtlos über dem Meer baumeln ließen. Und Sonne und Hoffnung wärmten sie.

Die Hoffnung war zurückgekehrt. Sie würden nach Hause gehen.

## Kapitel Fünfundsechzig

Alexander Harrington reckte sich unter dem dünnen Laken und streckte die Beine aus. Er hatte den schalen Geschmack von Whiskey im Mund, und seine Zunge fühlte sich an wie Watte. Mit einem langen Seufzer wurde er vollständig wach und bewegte die Zehen. Er war scharf. Schläfrig strich er sich mit einer Hand über den Schwanz. Leonora sollte jetzt langsam für ihn bereit sein, schließlich waren ihre Wunden verheilt. Es dauerte schon viel zu lange. Er drehte sich zur Seite und wollte nach ihrer Hüfte greifen, doch seine Hand fiel aufs Laken. Blind tastete er über die leere Bettseite, drehte sich dann aber grunzend wieder auf den Rücken.

Wahrscheinlich sollte ich froh sein, dass sie aufgestanden ist, sagte er zu sich. Wenigstens schlich sie nicht länger wie ein Gespenst im Haus herum. Seit fast einem Monat sah sie nicht mehr aus wie eine Tote. Ihre Wangen hatten wieder Farbe, und ihre Figur bestand nicht mehr nur aus Haut und Knochen, sondern gewann ihre Rundungen zurück. Sie war wieder hinreißend, schon fast schmerzhaft schön, und sein Verlangen war neu erwacht. Außerdem hatte er die Nutten mit ihrem verlogenen Stöhnen und dem billigen Parfum satt. Alex drehte sich erneut zur Seite, drückte sich Leonoras Kissen ans Gesicht und roch den zarten Rosenduft.

Sie brauchte nur etwas Zeit. Das Schlimmste lag jetzt hinter ihnen. Leonora hatte sich ausgetobt und war jetzt handzahm. Kalifornien würde für sie ein Neuanfang sein. Australien hatte ihnen nur Pech gebracht.

Kalifornien. Sie würden ein Grundstück an der Küste kaufen und Rennpferde an einem Ort züchten, der ihnen nicht die Haut unter dem Fell wegbrannte. Grinsend verschränkte Alex die Arme hinter dem Kopf. Owen Fairfields Tage waren gezählt. Der Mann war ja schon halb tot vor Trauer. Sie würden mehr Geld kriegen, als man in fünf Leben ausgeben konnte. Wieder strich Alex über seinen Penis, doch die Erregung war verflogen. Er musste pissen.

Unten trank er seinen schwarzen Tee und blätterte durch die Zeitung, die auf dem Tisch lag. Meredith stellte mit steifen Bewegungen Orangen, Scones und Butter neben ihm ab. »Wo ist Leonora?«, fragte er, ohne aufzublicken.

»Keine Ahnung«, antwortete sie knapp.

Er sah sie von der Seite an. »Aber hat sie gefrühstückt?«

Sie verschränkte die Arme über dem Busen und starrte ihn finster an. »Nein.«

Er entließ sie mit einem verächtlichen Schnauben. Es würde sich großartig anfühlen, dieses Miststück zu feuern.

Nach dem Frühstück ging Alex in sein Arbeitszimmer und holte die Immobilienliste aus Monterey hervor. Sein Blick huschte über die Angaben zu Größe und Gestaltung der Grundstücke. Dann blickte er über die Unterlagen hinaus und überflog den Schreibtisch. Irgendetwas störte ihn, fühlte sich komisch an. Suchend blickte er über die Wände. Doch die Bilder starrten wie gewohnt zurück. Sein Schreibtisch war aufgeräumt. Er drehte den Kopf zu den Regalen, doch die waren ordentlich und abgestaubt. Die Kristallkaraffen an der Bar waren fast voll. Der Safe war wie immer –

Alex schoss aus seinem Stuhl hoch. Die Safetür war nur angelehnt und schwang auf, als er sie anfasste. Ihm quollen fast die Augen aus dem Kopf, und sein Blut begann zu kochen. Die Hälfte des Geldes war weg. Einfach weg! Als hätte jemand eine Axt genommen und den Geldstapel in zwei Teile gehackt: auf der einen Seite stapelten sich die Geldbündel fast bis zur Decke, während die andere Seite leer war und nur nackten Stahl zeigte. Sie waren ausgeraubt worden. Er ballte so fest die Fäuste, dass ihm die Fingernägel in die Haut schnitten.

Da fuhr ihm ein Gedanke durch den Kopf, der ihn heftig blinzeln ließ. Nein. Schnaubend wie ein Stier stieß er die Luft aus, die er unwillkürlich angehalten hatte. Das würde sie nicht wagen.

Alex rannte aus dem Arbeitszimmer und stürmte, immer drei

Stufen auf einmal nehmend, nach oben. Er stürzte ins Schlafzimmer und riss die oberste Schublade von Leonoras Schreibtisch auf. Leer. Er zog die nächste auf. Leer. Zähneknirschend vor Zorn riss er Schublade um Schublade auf. Leer. Leer. Leer! Er öffnete so heftig die Schranktüren, dass sie laut gegen die Wand knallten. Leer.

»Neeeein!«, heulte er, griff nach der Tischlampe und schleuderte sie quer durchs Zimmer. Sie zerbarst in tausend Scherben.

Alex stürzte schlitternd die Treppe hinunter. Clare stand mit weit aufgerissenen Augen am Fuß der Treppe. »Wo ist sie?«, brüllte er. Clare antwortete nicht, sondern wich nur zitternd vor ihm zurück. Er packte sie an den Schultern und schüttelte sie, dass ihr Kopf wippte. »Wo ist sie?«

»Ich weiß nicht!«, schrie sie, und ihre Stimme ruckte von Alex' Schütteln.

Darauf stieß er sie so heftig von sich, dass sie gebückt in die Küche schlich.

In blinder Wut stürmte Alex ins Arbeitszimmer, holte den Revolver, spannte den Abzugshahn und rannte aus dem Haus. Der Wagen war weg. Dieses Miststück! Am ganzen Körper zuckend zielte er wahllos hierhin und dorthin, hielt dann aber plötzlich inne, weil ihm sein Ziel mit einem Mal klar vor Augen stand.

Er rannte los. Seine Stiefel donnerten über den harten Boden. Fump. Fump. Fump. Schweiß tropfte ihm von der Stirn und brannte in seinen Augen. Sein Hals war schon ganz nass. Sein Atem glich eher einem Keuchen, Grunzen, Spucken. Sein Kopf fühlte sich unter der sengenden Sonne geschwollen und dumpf an. Ihm war schwindlig. Die heiße Luft drang viel zu schnell in seine Nase und verbrannte seine Kehle. »Ich werd's dir zeigen«, brüllte er in den stillen Busch.

Dann tauchte das Lager der Aborigines vor ihm auf. Die Fliegen kamen ihm in dichten Schwaden entgegen und drangen ihm in Augen, Nase und Mund. Er rannte an den niedrigen, rostigen Hütten vorbei, blieb immer wieder stehen, drehte sich um sich selbst und zielte auf jede Behausung. Er gierte nach Tod; seine Augen suchten nach irgendeinem Lebenszeichen, damit er zuschlagen konnte. Doch da war nichts: keine Bewegung, kein Schatten, keinerlei Leben.

Alex hielt inne. Ungehindert flogen die Fliegen in schwarzen Wolken in die Hütten und wieder hinaus. Seine Augen fingen an zu zucken, erst das eine, dann auch das andere, und dann bewegte sich der nervöse Tick bis hinunter zu Kiefer und Kinn. Der Zorn schoss in seine Hand. Er zielte auf die Hütten und schoss wild um sich. Bei jedem Schuss schrie er, schrie, als die Kugeln dumpf auf Metall schlugen, Staubwolken aufwirbelten, zwischen den Hütten hin und her titschten und in der stillen, drückenden Luft widerhallten.

Da biss ihm brennend etwas in den Fuß. »Scheiße!« Der Revolver glitt ihm aus der Hand. Alex rollte sich auf der Erde und umklammerte seinen angeschossenen Fuß. Eine Kugel war geradewegs durch seinen Stiefel gedrungen, und jetzt tropfte Blut aus dem Loch in der Sohle.

Alex wand sich vor Schmerzen und wiegte sich hin und her. Er weinte: schluchzte laut und heftig wie ein Kind. »Sieh dir an, was du getan hast, Leonora!«, brüllte er, weil sein Bein brannte, als läge es zwischen glühenden Kohlen. »Das ist deine Schuld!«

# EPILOG

Zwei Jahre später

## Kapitel Sechsundsechzig

Die zerschlissene Plane über den beiden knorrigen Stützpfosten flappte träge. Ein schmaler Schatten durchschnitt wie eine dünne, graue Linie Ghans Körper. Die heiße Sonne fand die Löcher im Zelt und konzentrierte sich auf einzelne Punkte seiner Haut. Ghan hatte den Mund weit geöffnet, um seinen schwachen Lungen die Arbeit zu erleichtern. Getrockneter Speichel klebte an seinen Mundwinkeln. Die Fliegen scharten sich dort oder wanderten über seine halb geschlossenen Augenlider. Ghan hatte nicht mehr genug Kraft, um sie zu verscheuchen. Er lag im Sterben.

Der nächste, mühselige Atemzug tat ihm in der Brust weh. Die Schwäche seiner Lunge übertrug sich auf seine Muskeln wie das Gähnen in einer gelangweilten Menge. Ghans träge Augen starrten auf die schmutzige, durchhängende Plane über seinem Kopf. Darüber huschten Schatten von Wolken, die mit der Sonne Verstecken spielten. Der Staubgeruch war verschwunden, denn seine wunde, aufgeplatzte Nase versagte ihm den Dienst. Mit den Gerüchen schwanden auch alle Geräusche. Die Welt war ein Vakuum aus Sonne, Schatten und schwindendem Atem.

Ghans Körper driftete dem Tod entgegen, doch seine Gedanken waren noch lebendig und würden sich bis zum letzten Herzschlag mit aller Kraft wehren. Ghan hätte nie gedacht, dass es so enden würde: still und langsam, ohne Gewalt. Der Schmerz des Todes war ganz anders als der Schmerz des Lebens. Dieser Schmerz war wie eine Liebkosung. Dabei hätte er nie gedacht, dass er alt werden oder gar den Tod begrüßen würde: Er hatte immer damit gerechnet, ihn durch Gewalt – durch Schläge oder Explosionen – zu finden.

Ghans Hals schmerzte. Sein Körper gierte keuchend nach mehr Luft. Die Ruhe zwischen zwei Atemzügen war für seine Lungen zu viel gewesen; jetzt wollten sie nicht mehr aufwachen. Und doch taten sie es. Plötzlich kam noch ein Atemzug, stockend und lang gezogen. Der Tod wartete müßig in den Lungenflügeln. Ghans Körper sank entspannt auf den Boden zurück.

Ghan vermisste die Kamele. So schnell überfiel ihn dieser Gedanke, dass es schon wieder wehtat. In seiner härtesten Zeit waren die Kamele bei ihm gewesen. Und jetzt waren sie weg. Er hatte sich nie von ihnen verabschiedet oder sich vergewissert, dass gut für sie gesorgt wurde. Und jetzt fehlten sie ihm. Etwas Schweres legte sich auf ihn und drückte seine Glieder tiefer zu Boden. Sein zerbrechliches Herz fing an, heftiger zu pochen. Panik stieg in ihm auf. Ich will nicht sterben. Seine kalten Hände begannen zu zittern. Ich will nicht sterben! Das Zittern erstreckte sich weiter auf seine Arme und seine Beine. Seine Füße zuckten. Die Fliegen flogen auf, surrten aber hartnäckig über dem krampfenden Körper.

Ein bedeutungsloser Mensch. Ghans Augen waren trocken und verkrustet, aber jetzt kamen ihm die Tränen. Es waren leichte Tränen, aber sie brannten ihm in den Augen. Ein bedeutungsloses Leben für einen bedeutungslosen, gräulich aussehenden Mann. Er riss den Mund weiter auf und stieß einen heiseren Schrei aus. Er hatte dieser Welt nichts gegeben außer Hässlichkeit. Sein Elend breitete sich im ganzen Körper aus. Entsetzen drängte ihn, wegzurennen und sich vor dem Tod, vor der Einsamkeit und Hässlichkeit zu verstecken, doch seine Glieder konnten sich nicht rühren. Er war in seiner Hülle gefangen und musste ertragen, wie die Angst ihn von außen bestürmte. In ihm kämpfte alles und starb alles – gleichzeitig. Und er war allein. Und hatte Angst vor dem Sterben. Angst davor, allein zu sterben.

Doch da hörte er eine Stimme, aus seinem Innern, von einem Ort, der noch tiefer reichte als die Einsamkeit. Du bist nicht allein! Das war klar und deutlich. Die Worte kamen laut, doch ohne Angst oder Dringlichkeit. Ghan wurde ruhig – sperrte noch weiter den Mund auf – und lauschte auf die nachdrücklichen, lautlosen Worte.

Wieder kamen ihm die Tränen. Sein Mund zuckte. Nickend bestätigte er die Worte. Ihm schwand die Luft, und die Dunkelheit nahte.

Sein letzter Atemzug drang kaum in seine Lungen. Das Zittern erstarb. Seine Finger erschlafften. Sein Körper sank ruhig und entspannt zu Boden. Sein Mund öffnete, seine Lider schlossen sich. Alle Gedanken stoppten. Das Herz schlug noch einmal und stand still.

## Kapitel Siebenundsechzig

Traurigkeit überkam sie, wie aus dem Nichts, und war plötzlich überall. Leonora drückte sich die Hand vor den Mund und schüttelte den Kopf, weil ihr unvermittelt die Tränen kamen. Als eine weiche Brise ihre Haare streichelte wie der Flügel eines Engels, strömten sie noch heftiger.

Da zupfte etwas an ihrem Rock. »Warum weinst du, Mum?«, fragte eine leise Kinderstimme.

Leonora blickte auf den kleinen Jungen und lächelte ihn durch Tränen an. Sie kniete sich vor ihn, nahm seine Hände und wischte sich die Tränen an ihrem Ärmel ab. »Ich weiß es nicht«, antwortete sie. Ihre Traurigkeit verflog wie Wolken über dem Meer. Leonora lachte leise. »Ich weiß es nicht.«

Der kleine Junge starrte sie immer noch besorgt an. Leonora musterte kurz seine von der Kinderlähmung verkrüppelten Beine, die von Metallprothesen gestützt wurden. Das Waisenhaus hatte den armen Jungen schon aufgegeben. Sie drückte ihn an die Brust und hielt ihn fest.

James kam, gebückt vom Gewicht eines kleinen Mädchens auf seinem Rücken, in die Küche. »Ich krieg keine Luft mehr«, keuchte er dramatisch. Die Kleine kicherte und kniff vor lauter Erheiterung die blinden Augen zu. Er ließ sie neben ihrem Bruder zu Boden sinken.

»Mum hat geweint«, bemerkte Nathan altklug.

James warf ihr einen Blick zu. »Alles in Ordnung, Leo?«

Leonora lachte über ihre alberne Gefühlsregung. »Ich bin wohl heute ein bisschen sentimental.«

James musterte sie prüfend, dann nickte er. Er trat hinter die Kinder und klatschte in die Hände. »Diese Rabauken wollen heute Nacht bei den Shelbys schlafen.« Er zwinkerte ihr verschmitzt zu. »Wie wär's, das Haus mal wieder ganz für uns zu haben?«

»Bitte, Mum!«, bettelten die Kinder im Chor. »Biiiiittte.«

Seit Mrs. Shelby und ihre Töchter ins Gästehaus gezogen waren, bekamen Leonora und James ihre Kinder kaum noch zu Gesicht. In den ersten Monaten hatten die Shelbys emsig für die Kinder der Aborigines gekocht und gebacken, doch dann waren die Aborigines weitergezogen, mitten in der Nacht unbemerkt verschwunden.

»Na gut«, gab sie nach. »Aber morgen früh, direkt nach dem Aufstehen, gehört ihr wieder mir!« Sie schlang ihre Arme um sie und bedeckte ihre sich windenden, kichernden Kinder mit Küssen.

»Nathan«, befahl James, »hilf deiner Schwester, ihre Sachen zusammenzusuchen, dann brechen wir auf.« Der kleine Junge nahm seine Schwester bei der Hand, worauf die beiden sich glücklich in ihr Zimmer verzogen.

James legte Leonora seine Hand um die Taille und küsste sie auf den Hals. »Bist du bereit, noch mehr zu adoptieren?«

»Aber höchstens noch zwanzig.« Verträumt ließ sie sich in seinen Kuss sinken.

»Nun, heute Nacht jedenfalls sind wir nur zu zweit. Und du gehörst ganz mir«, flüsterte er ihr streng ins Ohr.

»Yes, Sir.« Sie küsste seine warme Wange. Ihr Herz begann immer noch jedes Mal heftig zu pochen, sobald sie die Hitze und Stärke seines Körpers spürte.

Hinter ihnen färbte die untergehende Sonne den Himmel tiefrot und schien den Horizont zu erweitern. Feine Linien in Rosa und Orange umrandeten die prächtigen Eukalyptusbäume und ließen das hüfthohe Gras smaragdgrün leuchten. Und zwischen ihren Küssen spürten sie die Meeresbrise, die wie ein endlos wirbelnder Zephir von der gezackten Küste von New South Wales zu ihnen drang und immer wieder flüsterte: zu Hause.

LESEPROBE

GEBUNDEN MIT SCHUTZUMSCHLAG
ISBN 978-3-352-00903-7

PREIS: 19,99 €

# DRITTES KAPITEL

*1936 – Katarina*

Katarina Sánchez öffnete vorsichtig ihre Zimmertür, darauf bedacht, möglichst leise zu sein. Sie wusste, wie laut das geringste Klicken des Schlosses durch das große Anwesen hallen würde. Nachdem sie sich vergewissert hatte, dass niemand im Flur war, huschte sie über den langen Gang und die mit dickem roten Teppich ausgelegte Treppe hinunter, die kleine Tasche mit Brot und Obst fest umklammert. In der Eingangshalle angekommen, atmete sie tief durch, biss sich auf die Unterlippe und schob die schwere Eingangstür gerade so weit auf, dass sie hinausschlüpfen konnte. Als sie im gleißenden Mittagslicht auf der Steintreppe stand, die zur Straße hinunterführte, senkte sie ihren Kopf, um sich vor den Blicken der Passanten zu schützen. Natürlich bestand immer die Gefahr, dass man sie auf ihrem Weg zum Unterricht entdeckte, aber sie konnte sich mit ihren siebzehn Jahren auch nicht einsperren lassen wie einen Vogel. Am liebsten wäre sie losgerannt, aber es war so warm, dass sie sich zwingen musste, langsam zu gehen, wollte sie nicht völlig erschöpft ankommen.

Seit fast einem Jahr schlich sie sich einmal die Woche aus dem Haus ihrer Eltern, ohne dass sie jemals dabei erwischt worden wäre. Und immer noch plagte sie jedes Mal ihr schlechtes Gewissen. Katarina schloss kurz die Augen und erschauderte bei dem Gedanken daran, wie ihre Familie reagieren würde, wenn sie herausfände, was sie im Schilde führte. Sie hätten sie nicht verstanden. Und auch niemals verstehen wollen.

Schon von Kindesbeinen an hatte sie sich wie eine Art Fremdkörper in ihrer Familie gefühlt. Ihre roten Haare, die blauen Augen und der helle Teint, die so sehr im Kontrast zu den dunklen Haaren ihrer Verwandten standen, waren nur die äußerlichen Merkmale.

Vor allem aber quälte es sie, dass sie in ein privilegiertes Leben hineingeboren worden war, im Luxus lebte, während so viele Menschen litten. Doch auch wenn sie mit ihrer Haltung bei ihrer Familie auf Unverständnis stieß, liebte sie sie innig und hätte es nicht ertragen, dem Namen Sánchez Schande zu bereiten. Um den Familienfrieden zu wahren, hatte sie sogar den Mann, den sie liebte, zurückgewiesen. Umso schlimmer wäre es für sie, nun auch noch ihrer großen Leidenschaft zu entsagen. Allein die Vorfreude auf die wenigen Stunden pro Woche, die sie ihr widmen konnte, trug sie durch die langen, sich dahinschleppenden Tage. Deswegen hatte sie sich für die Heimlichkeit entschieden und musste akzeptieren, immer wieder diesen Kampf zwischen ihrem Gewissen und ihrem Herzen ausfechten zu müssen.

Katarina eilte durch die Altstadtgässchen von Granada, vorbei an räudigen Hunden und Müllhaufen. Mit ihrem luftigen Rock und ihrer einfachen weißen Bluse fiel sie in der Menge nicht auf. Sie hielt ihren Kopf gesenkt und blickte starr auf das Pflaster des Bürgersteigs. In letzter Zeit fühlte sie sich auf ihrem Weg nach Sacromonte immer weniger sicher. Seit kurzem kursierten Gerüchte über einen bevorstehenden Aufstand, das hatte die Stimmung im Land deutlich verändert. Ihre sonst so vertrauensvollen und herzlichen Landsleute waren durch den Sturz der Monarchie und die zahlreichen Putschversuche, die der Gründung der Zweiten Spanischen Republik folgten, massiv verunsichert worden. Nun, fast fünf Jahre später, war zu befürchten, dass sich die Lage sogar noch verschlimmerte. Wenn ihr Großvater und seine reichen Freunde recht behielten, dann würde Spanien noch tiefer in den Abgrund stürzen. Man munkelte von Verschwörungen und dem Sturz der Regierung: Die obersten Ränge des

Militärs sowie nationalistische Bewegungen im Baskenland und Katalonien unterstützten zusammen mit den Arbeiterbewegungen und Gewerkschaften die Linke. Beide Seiten versuchten einen Putsch gegen das demokratische Spanien zu inszenieren. Für Katarina bestand kein Zweifel daran, dass das Ergebnis ein Krieg sein würde. Doch wer hörte schon auf eine Siebzehnjährige aus Granadas Oberschicht. Niemand interessierte sich für ihre Befürchtung, dass Francisco Franco, General des *Ejército de la República Española*, nur geduldig auf die richtige Gelegenheit wartete, um zum Schlag auszuholen, und dieser Schlag würde hart, schnell und schmerzhaft sein.

Als Katarina endlich Sacromonte erreichte, war sie erleichtert, hier fühlte sie sich sicher, zu Hause. Ob es die Herzlichkeit der Menschen war oder ihre ausgeprägte Musikalität, mit jedem Mal fiel es ihr schwerer, das Viertel wieder zu verlassen. Wie oft hatte sie sich schon bei dem Gedanken erwischt, dass ihr Leben erfüllter sein könnte, wenn sie in eine Familie dieses Teils der Stadt hineingeboren worden wäre.

Sie schüttelte den Kopf. Natürlich war das naiv. Wenn harte Zeiten kämen und sie gezwungen wäre, von der Hand in den Mund zu leben, würden sich ihre romantischen Vorstellungen sicher schnell in Luft auflösen. Doch sie liebte die Menschen auf dem Sacromonte. Für Katarina waren sie der Inbegriff von Menschlichkeit, sie strahlten